茅盾文学奖获奖作品全集

陈彦/著

主角

下

本书荣获第十届茅盾文学奖

人民文学出版社

二十五

说起来,忆秦娥的艺名,还是秦八娃起的。

秦八娃当时就觉得,这碎女子将来可能是要出大名的。

在他看来,这娃有几个奇异之处。

首先是长得好。不是一般的好,而是长成人间尤物了。照说山里娃,哪能长出这么好的鼻梁、这么生动的眉眼、这么汁水饱足而又棱角分明的脸型?可这娃就偏偏长成了。有人说她像外国电影明星,他可是半点都没看出来。明明是自己的娃,生在山沟垴垴,长在山沟垴垴,父母一辈子恐怕都没见过外国人,却偏要说像外国人的坯子,难道咱们自己连个高鼻梁娃都生不出来了?他觉得忆秦娥就是秦人自己的娃。无论上了装,还是卸了装,都是绝色美人一个。但这种美,是内敛的美,羞涩的美,谦卑的美,传统的美。恰恰也是中国戏曲表演所需要的综合之美。尤其是她见人爱用手背捂嘴的动作,给他印象很深很深。就那么一种不经意,让他感到这孩子的天性,是与戏曲旦角的天赋神韵,连上了一根看不见的天线的。他是一个不好赶热闹的人,可忆秦娥在北山演出时,自朱继儒请他去看了第一场,他就一连又看了好多场。连老婆都有些吃醋,说他突然发了"羊角风"。秦八娃也的确是有些忍不住,他不能不面对这样的美。不,是审美。他一再强调,他是在审美。但他做豆腐的老婆,却偏说,他是在"给眼睛过生日",是在"做梦娶媳妇",是在"叫花子拾黄金"呢。任老婆再贬槺,忆秦娥他还是要去看的。

忆秦娥的第二个奇异就是功夫。她身上的那个溜劲儿、飘劲儿、灵动劲儿,都是北山舞台上过去不曾有过的。他觉得他最早下的"色艺俱佳"定义,是没有错的。这次到京城,不是得到更多专家的认同了么？演员么，没有"色"的惊艳，那总是有所缺欠的。关键是忆秦娥功夫好，嗓子也好，这就叫全才了。忆秦娥调到省城不久他就听说了。他为宁州感到惋惜，但也为忆秦娥感到庆幸。他早就预料到，这不是宁州、北山能放下的人物。他想着忆秦娥是一定会在省城唱红的，但没想到会这么快。几乎是一眨眼工夫，就声名大振了。秦八娃也是从报纸、电视、广播上铺天盖地的宣传中，看到了忆秦娥的头像，听到了忆秦娥的声音，才知道此忆秦娥，就是彼易青娥了。而这个艺名，恰恰是秦某人口占的，还真是一炮走红了。这让他，甚至都有了一种巨大的成就感。无论如何，他是得到省城去看看这出《游西湖》了。看看忆秦娥的慧娘，是不是有报纸、广播、电视上吹的那么好。关键是值不值得他为看戏，要弄出这么大的动静来。

他走时，老婆正在给豆腐点石膏，问他弄啥去，他说到省上开会。老婆说，你开个鸟会，是又发"羊角风"了吧。老婆知道，秦八娃这几天，是跟人好几次说起过忆秦娥的。乡里人都听说，忆秦娥在省城演《游西湖》"红破天"了。老婆嘟哝归嘟哝，他想出门，谁也挡不住。有时为收录民歌，他顺着秦岭山脉，一走好几个县，一出门就是好几十天。有人问老秦哪里去了，老婆就气呼呼地说："死了。"以他整理民歌、民谚、民谣的成就，还有创作戏曲剧本、编写民间故事的能力、声名，北山地区文化馆和省上群艺馆，早都是要调他的。可他为了这点来来去去的自由自在，就愣是没去。这也反倒成就了他更大的名声。就连省上领导来了北山，一说起文化工作，也是要去看看民间艺术大师秦八娃的。老婆岂能管得住他？他要走，老婆也只能气得嘟哝一声："死去吧你！"

秦八娃进了省城，就直奔剧场而来。他没有惊动忆秦娥。票是从贩子手上钩的。本来一张甲票一块二，他是掏了三块钱才买到的。得有一张好票，必须坐到能看清演员细腻表演的位置，那才叫看戏。你连演员的一颦一笑都看不大清楚，就不叫看戏了，那叫晃戏,把戏晃了一下而已。他看了一场,没有给忆秦娥打招呼,就住在剧场附近的一个私人旅社里。他在反复整理观后感。他边整理,又接着弄票看了第二场。直到看完第三场,他才觉得,是可以见忆秦娥了。

那天演出完,他去了后台。土头土脑的秦八娃,穿的还是对襟褂子,圆口布鞋。他头上有点谢顶。走起路来,有些像鸭子踩水,左一歪右一歪的。有人就挡住了去路,问他找谁。他说找忆秦娥。人家说,看戏明天来,后台一律不接待观众。他就报上了姓名。年轻人也不知道秦八娃是谁,只是觉得来人有点滑稽。可封导和单团长一下就兴奋起来了。封导说:"秦八娃!这可是我省的大剧作家呀!写的戏,50年代就拍过电影呢。这些年,谁找他写戏,都是不轻易接活儿的,今天竟然自投罗网来了。"单团长几下就跛到了秦八娃面前,一把拉住他的手,有些像当年他演雷刚时,紧紧拉着党代表柯湘的手,说的那句久旱逢甘霖的台词:

"可把你盼来了!"

秦八娃微微笑了一下说:"我想见见忆秦娥。"

单团长和封导,就把他领到后台化装室了。

忆秦娥经过多场演出锻炼,终于再不呕吐了。现在,她已经能应付每晚的好几次谢幕了。

忆秦娥正在卸装。单团长喊:"秦娥,你看谁来了!"

忆秦娥回头一看,是秦八娃老师。她急忙站起来招呼:"秦老师!"

秦八娃说:"你先忙你的。我都看你三场演出了。"

"啊,秦老师咋不早说呢。也没给您准备票。"单团长急忙说。

"哎,看戏就要自己买票,那才叫看戏呢。要票看,送票看,混票看,那都叫蹭戏。"

秦八娃把大家都说笑了。

封导说:"请您来看,那叫审查。"

"哎,审查是领导的事,可不敢给我这儿乱安,浮不起。"秦八娃直摆手。

单团长说:"您是大剧作家,能来看我们的戏,那就是评审、审查么。我跟封导昨天还在说您,还说想到北山去请您,就怕您不来呢。我们都知道,您平常就不出秦家村的。省上啥活动也不来参加。有几次,都摆着桌签,也还是不见您大驾光临。"

秦八娃说:"不敢大驾,更不敢光临。好多年都没写出啥东西了,还出来赶啥热闹呢。真是到省城来蹭会蹭饭吗?没东西,还在人前摇来晃去的,想着都丢人哩。"

封导说:"就凭您的那几部作品,再三辈子不写,也有老本可吃的。"

"哎不敢不敢,都是些速朽的玩意儿。见笑见笑。"

单团长说:"秦老师,您把忆秦娥的戏也看了,我们还就想请您给这娃写个戏呢。您看这么好的演员,也该是上原创剧目的时候了。掐指头算来算去,就觉得请您写最合适、最保险、最上档次。"

"可不敢用'最',我不喜欢这个词儿,一'最',就离完蛋不远了。"

秦八娃把大家又惹笑了。

就在他们说话的时候,单团长已安排人去西大街回民坊上安排夜宵了。秦八娃说他从来不吃夜宵,可还是让团上几个人硬把他拽上车了。在车上,单团长问他,《游西湖》演得怎么样?秦八娃半天没说话。忆秦娥心里就有点不安起来。其实她也不知道秦八娃到底有多厉害,可从宁州团的朱团长,还有古存孝老师的言谈中,再到单团长和封导,对这个不起眼的乡下人的尊敬程度看,恐怕不是个一般人物了。尤其是戏在一片叫好声中,问他怎么样,他却一言不发时,车上几个人,就委实觉得有些扫兴了。不过,秦八娃很快就把话题引开了,说:"这都啥时候了,街上还明晃晃的。

到底是省城,放在我秦家村,这阵儿,好多人一觉都醒过来了。"大家就又笑了起来。

到了回民坊上,几条街更是灯火辉煌的。人也跟剧场门口一样,好像才是入场的感觉。团办公室选了最好的一家烤肉摊子,几个人忙前忙后的,又把附近有名的贾三包子、麻乃馄饨、刘家烧鸡、小房子粉蒸肉、金家麻酱凉皮,全端了过来。刘红兵也不知是啥时赶到的,端直从老远的地方,还端来了王家饺子。那也是坊上响当当的名吃。秦八娃就直喊叫:"你们把我当饭桶了。吃不完的,吃不完的。再不敢端了,都糟蹋了。"大家就一边吃,一边议论着坊上的小吃来。再没人提说戏的事。最后倒是秦八娃自己提说起来了。他说:"你们刚才不是问我戏的事吗?的确好看。比五六十年代演的《游西湖》好看多了,但不朴实了。台上太华丽了,尤其是灯光,把人眼睛扰的,看不成戏了。吹火也太多,完全成技巧了,像耍杂技。在廉价的掌声中,把一个大悲剧搞得有点闹腾了。对不起,我把话说得可能有些过,但这是我的真实看法。你们尽可以不在意,我这毕竟是乡村野老的姑妄之言。这样演也好着呢,但跟这坊上的百年小吃比起来,就差了一大截韵味了。"

大家都不说话了。这是自《游西湖》演出以来,无论是北京,还是西京都没有过的,给大家兜头浇下来最凉最凉的一盆冷水。本来单团长和封导,是想借吃夜宵,请他写新戏的。这下也不好说了,就都闷头吃着,喝着。要不是刘红兵不停地打岔,说浑话,还都弄得有些下不来台呢。刘红兵对秦八娃很是有些不以为然,就有意想给这家伙下下火,说:"秦老兄,认识我不?"秦八娃摇摇头:"不认识。"单团长说:"这是你们北山地区刘副专员的儿子。他爸也是管文化的。"秦八娃还是摇摇头:"没听说过。"刘红兵的脸,就有些挂不住。他说:"你不是磨豆腐的么,咋还懂戏?"忆秦娥就用胳膊肘把刘红兵拐了一下。秦八娃说:"戏就是演给引车卖浆之流看的。戏之所以越来越不耐看,就是让那些啥都不懂的给管坏了。北山这几年就没出过好戏,一出就是活报剧。几出好戏,都是人家宁州剧团出的,还多亏了那几个老艺人懂戏。"刘红兵还想战斗,硬是被忆秦娥暗中拿脚踩死了。

夜宵吃得不欢而散。

送走了秦八娃,刘红兵还在车上喊叫:"一个乡村文化站的烂杆人,你听听这名字,秦八娃。他能懂个尿,别听他胡掰掰了。在北山,那都是个上不了台面的人。你们省上大剧团,还在意这样的烂人满嘴跑火车呢。"忆秦娥又想踩他脚,没踩住,他给提前蹩跳了。

这一晚,忆秦娥翻来覆去地没睡着。她也没想到,这么红火的戏,竟然还有人是这样的看法。她就急于想再见到秦八娃了。

第二天一大早,她就到秦八娃住的旅社去找他了。

秦八娃住在城墙根下一个私人旅社里,门洞黑黢黢的。进去是个天井院子,有七八间客房。老板娘正在一边打扫院子一边骂人:"真是些烂鸡巴的货,出门就能掏出来尿。你咋不尿到你妈的炕上呢?朝老娘白白的墙上浇哩。你都知道这是啥地方吗?这是省城,是西京,是皇城。老娘这一块儿叫下马陵。过去连文武百官走到这儿,都是要下马的,你就敢掏出来随便尿哩。狗尿脖还大得很,把老娘浑浑的墙,活活冲出几道深渠来。我看你能当驴。"

忆秦娥等老板娘骂歇下了才问:"阿姨,这里是不是住着一个叫秦八娃的人?"

"这里没住娃,都是住了些二愣子货。你看这,你看这,这都像娃尿的吗?娃能尿这多?真是能把老娘恶心死。又不是冬天,都不想出去上公厕。看多跑几步路,能把驴腿跑折了。"

"你这有登记没有,帮我查一下,看有没有姓秦的。"

还没等忆秦娥把话说完,秦八娃从二楼一间房里就探出头来,招呼她:"秦娥,在这儿。"

忆秦娥就上去了。

秦八娃早起来了,连床上的被子都叠得整整齐齐。枕头上放着一本书,旁边还放着一个记得密密麻麻的本子。

忆秦娥说:"秦老师咋住这儿?"

"这儿好着呢,你看多有生活气息的。这女人都骂一早上了,骂得可生动了,跟咱乡下婆娘骂人一模一样。除了特别爱强调这是省城,这是西京,这是皇城根以外,几乎所有用词,跟乡下婆娘都没有两样。你信不信?这婆娘有可能就是从乡下娶进城来的。要不然,她不会老用'炕'啊'驴'呀的,骂得可攒劲了。"

秦八娃的怪癖,把忆秦娥给逗笑了。

忆秦娥说:"这多嘈杂的,窗外边还是个早市。"

"这是我专门挑的地方。要不然,进一趟省城,岂不白来了。要想知道西京是个啥样子,就要到这些地方来看、来听、来住呢。一早有两个卖肉的吵架,可没把我活活笑死。"

"你这本本上,都是记的这个?"

"噢。我爱记民间语言,生动,有趣,抓地,结实。大面子上说的话,基本都是官话、套话。意思不大。"

这时,楼下的老板娘又跟一个旅客吵起来了:"你敢说不是你尿的?"

"你凭啥赖我尿的?"

"有人看见。"

"谁看见,你让他站出来。"

"人家凭啥站出来?"

"那你凭啥说我尿的?"

"就凭你的鞋帮子到现在还是湿的。你看看,这墙是才刷过的,白灰都溅到鞋面上了,你还背着牛头不认赃。"

"你……你胡说呢。"

"胡说不胡说,你自己心里清楚。罚款,给老娘交罚款。不交不能走。这是西京,可不是你西府的蔡家坡。"

"哎,你再别糟蹋我蔡家坡了。一听口音,你也就是麻家台一带的人么,还糟蹋我蔡家坡人哩。"

"我是麻家台的人咋了?我是麻家台的人咋了?老娘十八岁就嫁到西京了,文明了。咋了?"

两人吵着、扯拉着,就出大门去了。

秦八娃笑着说:"看咋样,一准是外地嫁进来的。"

忆秦娥就说:"秦老师,你真有趣。"

"生活,这就是生活。你咋还找到这儿来了?"

"就是想听听你的意见呢。"

"走,咱上到城墙上聊去。"

说着,他们就出门了。

西京南城墙,就在旅社的门口。出了旅社,走不了几步,就有上城墙的豁口。

一早,城墙上人并不多。忆秦娥也是第一次上来,所以感到特别新鲜。她没想到,城墙上会这么宽阔,宽得能并排跑好几辆汽车。她甚至还激动得朝前奔跑了一阵。

秦八娃说:"真厚实啊,咱戏曲就跟这老城墙、老城砖一样厚实。我为啥说你们把《游西湖》搞得太花哨了,就是缺了这古城墙的感觉。这么大的悲剧,怎么能轻飘得只剩下炫目的灯光、吹火了呢?我是历来主张戏曲表演,要有绝技、绝活的。但绝技、绝活一定要跟剧情密切相关。你的火,吹得太多、太溜,而忘记了'鬼怨',忘记了杀身之仇。因此,吹火就显得多余了。还有最大的一个问题,就是对戏曲程式的随意篡改。尤其是大量舞蹈的填充,让整个演出的美学追求,显得不完整、不统一了。我说这些,并不是在否定这个戏。还是那句话,戏的确好看,节奏也快了,演员都很靓丽,服装都很华美,但戏味减少了。就像这古城墙一样,我们不能给它贴进口瓷砖吧。只有用最古朴的老砖,它才是古城墙啊!哎,那个老艺人古存孝不是调到省秦了吗?他怎么没发挥作用?"

"古老师,已经离开了。"

"为啥?"

"跟团上人说不到一起,就吵架走了。"

"到哪儿去了?"

"不知道。也可能是甘肃,也可能是宁夏、新疆。反正走了。"

"可惜了,可惜了,可惜了!"秦老师连着说了三声可惜了。他说:"那是个搞戏的人。虽然文化水平不高,可他是真懂戏啊!"

"秦老师,那你说,我该咋演呢?"

秦八娃说:"你应该朝回扳一扳。就是朝传统扳一扳。吹火的戏,只要是为技巧而技巧的,都要减一减。绝不能让观众跳出来只看杂技,而忘了剧情的推动发展。好演员,你必须总控住观众观剧的情绪。现在是你把观众带出悲剧氛围的,你让一个大悲剧走向轻飘了。乐队也太大了,太洋气了,跟演员抢戏呢。戏曲不需要这样的声音铺张。我想,你之所以能获那么大的奖,是大家看到了一个功底很深厚的戏曲苗子,太难得了。虽然这个奖,含金量很高,全国一等奖才五个,但你要有清醒的头脑。得在戏的本质上下功夫呢。"

这天他们在城墙上谈了很久。最后,忆秦娥还是又提到了那个话题:"秦老师,团上想请你写个戏,也不知你答应不?单团长昨晚走时,还跟我咬耳朵说,要我再请你呢。"

秦八娃扶着城墙垛子,无限感慨地说:"写,怎么能不写呢?我要不写,很可能就错过历史机缘了。"

"什么历史机缘?"

"忆秦娥呀!不是哪个时代,都能出现忆秦娥的。这样好的演员,也许几十年,或者上百年,才出那么一半个。作为一个写剧本的,我要是错失了这个良机,也就是跟自己过不去了。"

忆秦娥突然鼻子一酸,一个城市,都模糊在奔涌的泪水中了。

二十六

　　楚嘉禾近一段时间,几乎整夜整夜睡不着觉。她想着,凭忆秦娥的实力,到省秦,唱一两个能翻能打的主角,卖卖苦力,也许不成问题。她的功夫,的确扛硬。贼女子,也舍得出贼力气。可没想到,一下能火成这样。尤其是去了一趟北京,进了一回中南海,回来,就跟炼钢炉里的铁流一样,红得淌到哪里哪里就是一片火海,把自己以外的一切东西,全都能熔化、烤煳、烧焦了,并且是那样无孔不入。人竟然能神奇成这样,一个烧火做饭的丫头,眼看着就成了千人捧、万人迷了。连她那一脸的乡巴佬蠢相,在记者眼中,也成"清纯优雅""静若处子"了。弄得楚嘉禾老想笑,又笑不出来。就一烧火的,傻盯着灶洞惯了,竟然还"静若处子"了,真是让人快喷饭了。不管咋说,这碎婊子,是真红火起来了。西京城的大小报纸,能整版整版地登她的剧照、生活照。尤其是傻得老捂嘴笑的那张,传播得最广。有记者还骚情地给下边配了这样的文字:"秦娥一笑百媚生"。真是活见鬼了,那就是傻,他们看不出来,还偏偏造些怪句子,只有吃了屎了,才把黑面馍馍当香饽饽。电视台也是播她的戏,拍她的专题片,上她的新闻。一些有头有脸的人物,也站出来,给她捧场、说话。有个作家,竟然还说忆秦娥是上天奉送给人间的尤物,一百年才创造一个的。还说能听她唱一口秦腔,吹几口鬼火,那就是我们这一代秦人的福分了。楚嘉禾就想骂,可又不知当谁面骂去。她只能当着周玉枝的面骂,可周玉枝又不接话茬,有时还会说:"秦娥也不容易。"她就感到有些孤独了。即使走在大街上,穿行在需要贴身收腹才能通过的滚滚人流中,她也觉得自己是那么孤苦伶仃。狗日唱戏这行,真是太折磨人了。

　　尤其是宁州剧团来看《游西湖》的那几天,但见那些见识浅的乡巴佬一开口,她的心上就跟刀扎着一样难受。都把忆秦娥稀罕得、吹捧得、亲热得,像是早八百年就是亲姊妹一样。而对她,开口就是:"嘉禾,看来得加油了。你看人家秦娥,一来就背大戏,一唱就红破天。人家这就算是把唱戏这碗饭,吃到皇后娘娘的份上了。你好歹也得吃出个贵妃、格格来吧。"早先忆秦娥背运,弄去烧火做饭时,你谁又这样亲热过?除了胡彩香,是跟胡三元有一腿,才偷偷照顾过忆秦娥外,谁又把忆秦娥朝眼缝里夹过一下?这阵儿,都搂抱得跟亲姑奶奶似的。她和周玉枝站在一旁,连手都没人拉一下。真是遇事就见君子小人了。

在北京演出的那几天,最让她窝火的是,进中南海演出时,偏把她和周玉枝扮的李慧娘替身给裁了。本来是八个"慧娘替身",只去了四个。从哪个角度讲,都是轮不上减她和周玉枝的。"慧娘替身甲"是吊吊尻子;"替身乙"腰比她粗;"替身丙"是凹凹眼睛;"替身丁"是五短身材。而她和周玉枝是公认的大美女。可团上在最关键时刻,就把她们这些外县来的"拿下"了。她们几个为这事还找过团长单仰平,可单跛子说,业务科都定了,他也不好更改,说以后还有机会。这种托词,谁不知道是骗人的?中南海是你单跛子的办公室?说进,谁一冲都进去了。进去还敢拍你的桌子、抢你的烟。有的还端直一跳,把屁股担在你摇摇晃晃的办公桌上,跟你讨价还价呢。她没能进中南海,回来后,谁见了都问,中南海是什么样儿?见到毛主席办公、游泳的地方了吗?尴尬得她,见问就岔开话题溜了。尤其是宁州剧团来的这帮货,个个见了都是这话:"人家忆秦娥都进中南海唱戏了,你还连人家的替身都没捞上当,真得加油了。哪天你和玉枝也进中南海唱一回戏,给咱宁州再制造一回轰动,多跶活。"

就在团上回来演出到十几场的时候,楚嘉禾她妈也专程来了一次省城,还专门看了《游西湖》。晚上,她妈把她叫到宾馆里,母女俩整整叨叨了一夜。她妈说:"戏的确是好看,不愧是省上的大剧团。手段多,舞台也洋气,演员是个顶个的棒!就是很小的角色,哪怕只有一两分钟戏的'土地公',都演得那么到位、精彩。阵容的确是县剧团没法比的。就忆秦娥的演出,要放在县剧团,那也就是县级水平。可放在省上大团,就是省级水平了。关键是整体气象太赢人了。听听那乐队,四五十号人,混合管弦,真是棒极了。放在宁州,就是把他朱继儒打死,也拿不出这样的阵仗。忆秦娥硬是被包装出来了。"母女俩也给忆秦娥挑了不少表演上的毛病。但挑来挑去,她妈还是说:"得朝前奔呢。省上这个平台太好了,唱不出大名,都可惜了。"然后,她们就开始分析,怎么才能上戏。在省秦,要上戏,谁说话算数。楚嘉禾说:"封子导演好像最管用,可封导家里没人敢去。说封导的老婆厉害得很,常年有病不下楼,谁去骂谁。尤其是女的,只要去,就说勾引她老汉。据说封导也不收礼。忆秦娥去,拿的东西都扔出来了。"她妈就说:"你看看,人家忆秦娥多会来事。东西就是扔出来了,人情也在嘛。必须去。"她妈还分析说:"打蛇得打七寸呢。光给封导送没用,还得给一把手送。"楚嘉禾说:"单跛子没用,不太拿事。"她妈:"再不拿事也是一把手。一把手不拿下,想唱主角,门都没有。"她妈问还有谁厉害。楚嘉禾说业务科科长也厉害。她妈就说:"拿下,统统拿下。不信我娃上不去。"然后,她们就合计怎么送、送什么,直商量到大天亮。

第二天,她们就去买东西。直到晚上,才一个个往家里送。自然,首先是去给一把手单仰平送了。

单仰平住在家属楼的最东边。楚嘉禾和她妈,是从很远的一个排水沟里溜过来的。夏天到了,人都在院子里坐着,一窝一窝的。看着在说话、聊天,但眼睛都没闲下。不管谁走过来走过去的,都能引起一串话题。好在排水沟边上没路灯,她们直溜到单仰平楼下了,还没人看见。楚嘉禾就提着东西,上去敲门了。

开门的是单团长。开了门,楚嘉禾才发现,家里还有几个孩子,都在跟着单团长的老婆学二胡。单团长的老婆,是团上拉二胡的。单团长把学二胡的房门掩了掩,就招呼她坐。单团长一跛一跛的,要给她倒水,她挡了。她看见,在家里穿着短裤的单团长,一条腿是彻底萎缩了,明显要比另一条腿细得多、短得多。并且中间还有两处变了形的大骨节。她想问,又不敢。但眼睛,一直在那条残疾腿上睃着。单团长就说:"这条腿,你都想不来有这难看吧?"

"不难看,不难看。团长的腿,一点都不难看。"

"还不难看,有时连我都不敢看。越长越失形了。"

"团长的腿,那可是英雄腿呢。"

"啥子英雄,那就是一场演出事故。你可能都知道,我演雷刚,救党代表柯湘时,要从高台上朝下跳。本来底下是要放海绵垫子的,结果放垫子的人嫌角色小,只演了个过场的'白狗子',连分的景也不好好搬,就失场了。他不但没放垫子,而且本来应该撤走的一个墩子,也没撤。我扎了个雄鹰展翅式,从高空飞下来,就端端跌在菱形墩子上了。当下把大腿折成了三截。后来骨头没接好,又砸断一次,就弄成这样了。"

楚嘉禾一边啧啧着,一边说:"那也是英雄啊。团里人都说,京剧武生盖叫天腿摔断了,没接好,自己一拳头砸断,又重接了一次。说咱们单团长,也跟盖叫天一样,把腿砸断过。那要怎样的勇气呀!"

"唉,啥勇气,那就是不想难看,不想当跛子。可没想到,砸断了,重接了,却得了骨髓炎。还反倒跛得更厉害了。这都是命。所以呀,舞台演出没小事呀!主角配角,包括拉景的,搬道具的,都很重要。那可是一点都马虎不得的,一马虎,就要出大事。还是那句老生常谈:只有小演员,没有小角色呀!"单团长说着,还把一处变了形的大骨节,狠狠捶了捶。

楚嘉禾就没话了。好像这时提说要排戏,要演《游龟山》里的女主角胡凤莲,有些不合时宜。这是她跟她妈反复商量后,决定要排的戏。可单团长特别强调,只有小演员,没有小角色。连搬布景、上道具的,都同等重要。更何况自己已经有了李慧娘 C 组的名分,还上了李慧娘的替身。再要有非分之想,还真成"小演员"了。她不说话,就那样一个劲地用左手,狠劲搓着右手的一根指头。单团长问她有事吗,她只好连连说着:"没有,没有。"自己都不好意思地起身了。单团长就急忙把她拿来的东西,提起来放在了她的手中。她急忙说:"没事,我就是来看看团长,感谢团长能把我调来。还希望团长再培养培养我呢。"果然,单团长就是那话:"团上已经很重视你了,李慧娘都排进去了不是?虽然还没演出,可能进入 C 组,已是很大荣誉了。你好好努力,只要戏好,就一定有演出机会的。"楚嘉禾心里想:就是再有演出机会,谁还愿意馏人家吃过的"二馍"呢?且不说演不过忆秦娥,就是能演过,观众已先入为主,不再接受别的形象了。何况人家已经浪得那么大的名声,你还能在人家胳肢窝下,兴起狂风、作起大浪吗?她啥也不想说了,又一次放下东西,就准备朝出跑。单团长几扭几扭的,先扭到门口把她挡住了。

"嘉禾,我不是不收你的东西,我是谁来了都不收。工资都不高,都不容易,何必花这钱呢?你要理解我,我一个跛子,本来当团长,就不给大家带面子。你想想,剧团都是什么人,谁愿意自己领导是个跛子腿呢?人前丢人么。我要再贪一点、占一点,在大家身上再抠搜一点,就把自己做人的那点脸面,全都抠烂完了。你要还认这个团长了,就请帮我拾点面子,我就剩下这点在人前走动、说话的尊严了。你们都得帮我护着点。谢谢了!现在不是流行'理解万岁'吗,还请理解我这个跛子团长!"

说完,单仰平还弯了九十度的腰,给她鞠了一躬。

她就不好意思再说啥,提着东西下楼了。

事后,她也听团上人议论过单跛子,说他的确谁的东西都不收。也不给人许排戏的愿。他说,演员没有觉得自己不行的。都想排戏,都想唱主角,都想出大名。可一年,一个团就只能排那么两三本戏,要是谁都答应,省秦一百多号演员,五十年都轮不到一人唱一回主角。答应也明显是骗人的话。所以他从来不许任何空头愿。

楚嘉禾都有些后悔,不该去找单仰平。可提着东西出来后,她妈还是满意的。她妈说:"礼数到了就对了。不收是他的事。"

楚嘉禾本来也不想去封导家的,都说他老婆难缠。加上在单仰平家又碰了软钉子,她就更是少了信心。但她妈硬逼着她去,她到底还是去了。

封导的老婆,据说特别见不得那些抹了口红、画了眉毛、涂了指甲油的人,说一见就犯病。因此,楚嘉禾故意把妆化得很淡,不仔细看,几乎看不出来。如果不化,又总觉得缺点啥,封导是不喜欢演员平常邋里邋遢的。尤其是那些上了年岁的女演员,"盈盆大脸""肉厚渠深""腆腹撅臀",还不讲究穿戴的,是常常要遭到封导严厉批评的。封导说,你是演员,不是居委会的老大妈,你得努力保持身材体形,要给观众以美感,要对得起职业。演员必须懂得审美。楚嘉禾对自己的容貌,还是有充分自信的。从某种程度上讲,如果说忆秦娥是一种"骨感美",带着一点黝黑的美,封导叫健康的美。那她的美,就是娇嫩的美,白皙的美,是阳春三月,春芽嫩笋破土而出的美。仅涂一点淡妆,就已经是俏在枝头了。过去在宁州,忆秦娥还烧火做饭的时候,同学们说起美女,哪有过她的份儿呢?那就是异口同声说的是楚嘉禾。到了省秦,大家依然惊叹说,深山出"妖狐"呀!那意思,就是说她美丽得近妖近狐了。她的美丽受到冲击,是在忆秦娥来了以后。尤其是忆秦娥上了李慧娘,成了省秦的顶梁柱后,好像就成"天字第一号大美人"了。她知道,这是眼下没办法挽回的事实。但她必须去努力,一切毕竟都才开始。她还有足够的本钱,去跟忆秦娥角力。

楚嘉禾敲响了封导的家门。

只听一个中年妇女生硬地问:"谁!"

"我。"

"你谁?"

"我找封导。"

只听门锁一阵乱响,门被打开了一条缝。一张虚浮肿胀的盈盆大脸,露出一半来,上下打量了一下楚嘉禾,就单刀直入地逼问:"干啥的? 干啥的? 你干啥的?"调门还很高。

"我是……封导的学生。"

"封子啥时候还招学生了? 我咋不知道呢? 封子,封子,你过来!"她就扭头直冲里边喊。

封导就出来了。封导朝门缝一看,也不敢说让老婆开门的话。只听他老婆一个劲地追问:"咋回事? 咋回事? 咋回事? 能说清楚不? 你能说清楚不? 你啥时招了这么个女学生? 还烫个'招手停'的头。闻闻这香水味儿,这还是学生吗? 你也想学那些电影导演了是吧? 你自己看看咋回事。"

"这娃是谦虚,哪里是我的学生?"

"又娃娃娃的。我给你说过多少次了,这儿哪来的娃? 哪来的娃? 哪来的娃? 个子比你都高。看那胸,都发达成啥了,还娃呢。你是有病呢。革命阵营称同志,你偏娃娃娃的。团上过去叫娃叫出事的教训还不深刻,你还要重蹈覆辙、故技重演是吧?"

封导在他老婆身后,一个劲地打手势,示意让楚嘉禾快走。结果手势还让老婆看见了。老婆一把扭住他的手,直问:"咋回事? 咋回事? 咋回事? 还打上暗号了? 嘴也是个抽,眼睛也是个斜的,咋回事? 发羊角风了……"

楚嘉禾就吓得一溜烟跑了。

到了楼下,她还惊魂未定。她妈见她手里的东西还在,就问:"没要?"

"岂止是没要,差点还弄出人命来。"

楚嘉禾就把过程气呼呼地说了一遍。她妈还安慰说:"这下就行了,目的绝对达到了。让他觉得亏欠你一点的好,妈懂这个。"

楚嘉禾都觉得没脸进第三家了,可她妈坚持要走完。她妈说:"东方不亮西方亮。你不是说业务科科长权很大吗?兴许把这人一拿下,一河水就开了。"

楚嘉禾虽然是磨磨蹭蹭的,但到底还是把科长的门敲开了。

谁知她把东西提到科长家,竟然受到了科长老婆十分热情的接待。老婆让科长又是开冰峰汽水,又是洗西红柿,又是削苹果的。她是抽着烟,斜卧在沙发上,做贵妃状:一尊很胖很短的贵妃。据说她也当过演员,唱过一折《孙二娘开店》的。嗓子是真正的开口"一包烟"。当群众甲乙丙丁,答一声"有""在",都是够不着调的。她也就只能认"不是唱戏的料"的命了。说过去她老吃人"下眼食",自男人当了业务科科长,就再不用上台扮各种"若干人"的"杂碎角"了。晚上演出,她只到后台谝一谝,拉一两个无关紧要的布景、道具,演出补助也就拿到手了。她平常主要是打牌,据说能一连打三天三夜不下场子。最近派出所来团里端了几个赌博窝点,她们那一窝,得到风声早,都从二楼窗户跳下去了。她也跳,可人胖,裤子挂在了窗户插销上。等她撕烂了裤子,跌下来时,脚脖子又崴了。这几天,她就只能圈在沙发上,"卧阵指挥"丁科长了。

科长老婆的说话风格,那是省秦有名的。楚嘉禾还没说到几句话,她就一针见血了:"想排戏,是吧?见忆秦娥红了,都坐不住了是吧?何况你们都是从外县来的。还是一个县的吧?叫什么来着,宁州,噢,宁州。去过,驴蹄子大一点地方,山密得跟牛百叶一样,亏了还能长出你这样的大家闺秀来。真是怪了,那么个山圪崂,还能生出你跟忆秦娥这样的水灵人儿。忆秦娥出名了,你就急了吧?不怕不识货,单怕货比货嘛。这一比,放在谁,心里都得发毛不是?理解,理解。都是过来人,谁不想唱主角呢?这世上除了我,把名利看得比屁淡,谁还能见了名利,不上刀山下火海地奋不顾身呢?就凭你这条件,就凭你这诚意,我就给你做主了。老丁,必须给嘉禾安排戏噢。这好的条件,不给人家安排戏,那就是你们业务科瞎了狗眼。忆秦娥好是好,但还没有这娃长得细嫩,长得白净,长得心疼。这娃可是个好花旦的坯子。娃喜欢啥戏,就跟你丁老师说,他不安排,你就来找我。看他敢。"丁科长只是笑,不说话。

丁科长也没演过啥有名有姓的角色,倒是留下不少笑话。说当年演移植样板戏《红灯记》时,他扮了个小日本兵,先后上场给鸠山队长报了两回消息:一回是王连举招了;一回是李玉和不招。结果他在后台谝忘了,被人急急呼呼喊上台,给鸠山报告:"李玉和招了。"鸠山一愣:日他妈,完了,戏演不下去了,李玉和都招了,后边戏还演屄呢?好在演鸠山的是个老演员,眼睛滴溜溜一转,一把揪住他的领口喊道:"以我多年对付共产党的经验,李玉和这块硬骨头,是不可能真招的。再审!"一把将他推了出去。这时他也知道把乱子捅大了。他下场后,工宣队领导一个耳光抽上去:"你不想活了!"吓得他当时就尿到裤子上了。是封导急中生智说:"立即上去再报,说李玉和果然是假招。"他就上去抖抖索索地如是报了。鸠山队长手一挥:"带李玉和!"戏才接了下去。不过从此以后,丁科长就再没演戏了。先是在舞美队装台。后来才慢慢进业务科,当干事,当副科长,当科长了的。

他老婆见他没话,就把那只好脚伸出去,美美踢了丁科长一下说:"放个响屁,你倒是安排不安排?""安排,安排,咋不安排呢?你想排啥呢?"楚嘉禾就说:"我想排《游龟山》。"科长老婆又踢了一下老汉:"胡凤莲,好戏。最适合这娃排了。就这样定了。"丁科长就点头定了。

从丁科长家出来,楚嘉禾都快想喊起来了。她一下扑到她妈怀里,还像孩子一样,把她妈的奶,从衬衣外美美咬了一口。她妈

"哎哟"一声:"你疯了!"楚嘉禾说:"定了。""科长答应排《游龟山》了?"楚嘉禾点点头。她妈也激动地在女儿脑门上,弹了个脑瓜嘣。

这天晚上,母女俩又合计了一夜。怎么排戏?跟导演如何搞好关系?让谁作曲?唱腔味道如何提升?怎么"一唱遮百丑",掩盖功底的不足?包括最后怎么造成影响,怎么上报纸、上电视的事,都合计到了。不过商量来商量去,觉得挡路的,可能还是忆秦娥。这家伙突飞猛进,于自己成长很是不利。她妈就说:"要学会扬长避短。不唱武戏,不唱功夫戏,不唱大悲剧,你只唱文戏,只唱花旦戏。要以柔媚、娇嫩、妖艳见长。尤其是爱情喜剧,要多唱多演。现在观众就好这一口。"

分析了自己的长短,又开始分析忆秦娥的短长。分析着分析着,她就说到了忆秦娥在宁州剧团,被老炊事员廖耀辉强奸的事。她妈腾地从床上坐了起来,说:

"我咋忘了这一出呢?这可是个硬伤啊!搞不好,名气越大,越臭气熏天呢。"

二十七

《游西湖》整整演了一个月。这在西京城,也算是奇迹了。连一些嘴上哼着邓丽君、手上提着录音机、身上绷着喇叭裤、街上跳着霹雳舞的长发飘飘青年,也会挤进人群,钓一张戏票,进剧场看看,是啥玩意儿能火成这样。大幕一拉开,他们就惊呆了:小妞"盘盘"靓。真是他娘的神了奇了,古了怪了,见了鬼了,管他让不让,都得到后台瞧瞧了。卸了装的妞,更是靓得了得。单凭那一对扑闪扑闪的"灯",赫本一样的高鼻梁,瓜子一般饱满而又棱角分明的小脸,就能把人手中提的进口四喇叭录音机,电麻得跌在地上。那段时间,好多长头发、喇叭裤,都进剧场来了。他们只打口哨,不鼓掌。只要忆秦娥一出来,就都把手抬到嘴边,吱儿的一声口哨,打得此起彼伏。弄得单团长还有些害怕,一见晚上长头发来得多了,就要给保卫科、办公室打招呼,说谨防流氓砸场子。从演出开始收票起,他就在剧场前前后后、上上下下,颠来跛去的。剧场没年轻人进来不得了;有了这样勾肩搭背的一群群"长毛贼"哄进喻出,也了不得。并且这样的人还越来越多。据说他们中间还出了打油诗:

　　看了李慧娘,
　　才知啥叫靓。
　　见了忆秦娥,
　　直想换老婆。

还有顺口溜说:

　　录音机可以不叫,
　　霹雳舞可以不跳。
　　喇叭裤可以剪小,
　　长头发可以剃掉。
　　李慧娘不能不瞧,
　　忆秦娥不能不要。

这事让一贯天不怕地不怕的刘红兵,都有些吃力了。有人说:"红兵哥,小心让这些街皮,把你夹到碗里的肉,给刨出去了。"刘红兵嘴上说:"他敢!"但心里也是毛乎乎的,就觉得维护忆秦娥安全和领土完整的责任,是越来越大了。有时见一溜一串的街皮朝后台拥,他都能暗暗渗出一身冷汗来。那段时间,他也穿起了喇叭口更大的裤子,裤脚能放到一尺五。头发也留得披了肩,一走动,就像风中的旗子,也是一飘一扬地有范儿、有型、有势。他倒不是想赶时髦,他是想以毒攻毒哩。并且他腰上还别了刀子,随时准备为捍卫自己的主权,而牺牲一切,包括生命。

到演出快满一个月的时候,大家几乎都不想演了。再红火,也都演皮了。有的是嫌演出时间长了,见天晚上死困在剧场里,耽误事呢。加之天气也太热,一些人就喊叫说,即使是放在万恶的旧社会,进了伏天,也该封戏箱了,还能把人当腊肉腌哩?单团长和封导他们也担心,剧场里袒胸露背的年轻人越来越多,秩序不好维持。

其实,这轮演出,派出所的乔所长,几乎天天都是要来一趟的。开始他还穿着警服。后来,觉着来得有点多,有些不好意思,他才换了便服的。在这以前,乔所长可是从来没看过戏的。自几个月前,为处理刘红兵跟皮亮打架的事,跟剧团人认识后,他才第一次走进剧场。票是忆秦娥送的。乔所长开始还没在意,虽然报纸把《游西湖》和忆秦娥也吹得凶,可戏有多好看,他还想不来。加之也忙,他就把票撇到一边忘了。有一晚上,剧场门口突然发生斗殴事件,他带人出警,来铐了几个烈倔的,正准备走呢,却被单团长和刘红兵拉到池子里,押住看了一会儿戏。没想到,一场戏没看完,就把他彻底给征服了。忆秦娥的长相,本来给他留的印象就很舒服。可没想到,化装出来,更是画中人一般的天仙模样了。他本来是要回所里,连夜提审那几个打架的"操蛋货",可屁股却咋都从凳子上拔不利。他就安排副所长带人先回去了,自己一直坚持把戏看完。幕都谢三次了,他还激动得浑身在打战,嘴里不住地说:"戏是这样的,啊?原来戏是这样的,啊?这比香港武打片好看得多么,啊?"单团长和刘红兵还把他请到后台,跟忆秦娥打了招呼。他见忆秦娥,一时不知咋表现好,还给忆秦娥鞠了一躬说:"我原来以为只有抓住犯人,才是最快乐的事呢,啊?没想到,这么多人,在剧场里,啊?找到了比抓犯人更快乐的事,啊?难怪为争一张戏票,要拿砖把人头朝破地拍了,啊?戏太神奇了!啊?"从此以后,乔所长就常常来看戏了。即使不看全,也要看一折《鬼怨》,或者

《杀生》的。看完后,他还一定要到后台,把忆秦娥也看上一眼,才跟抓住了犯人一样地愉快离去。单团长和刘红兵,只要看见乔所长来,就觉得有了底气。最近观众秩序的确有点乱,尤其是看完戏后,一些街皮不停地朝后台跑,或者在路上堵。都要看忆秦娥卸了装是什么模样呢。有的还端直朝上生扑,要跟忆秦娥握手。还有的胆子更正,竟然还拥抱上了。刘红兵就想把那些烂胳膊都剁了。他几次对单团长说:"秦娥最近累得实在背不住了,歇一歇吧。"乔所长也说:"歇一歇好。啊?一些屄娃不是成心来看戏的,就是来趸摸忆秦娥的。啊?你看看,人长得太漂亮了,就爱惹麻烦不是。啊?咱派出所,整天就遇这号怪事。啊?前天一个女娃,也是长得好。当然比忆秦娥差远了。啊?那娃晚上把嘴抹得血丝拉红的,裙子也穿得短了点,啊?就让一个看门老头把不住脉了。啊?楼道仅停了十几分钟电,老头就摸上去,把案做了。啊?抓住问他咋回事,你猜那老狗日的说了个啥?说娃嘴长得好,红红的,大大的,把他游丝一下给撬乱了。啊?你看看,你看看,还都说这老头平常好得很,没事了还看报纸呢。啊?这不,一时三刻就变成魔鬼了。啊?"

戏终于停演了。忆秦娥也的确快累死了。见天晚上演出,白天有时还要录音、录像、接受采访。她都有些厌倦这种生活了。可单团长和封导,还一个劲地让她不要忽视媒体宣传。说不乘着这股东风,再加几把火,很可能大好机遇就一闪而过了。封导说,他在剧团都干半辈子了,也没见过这么红火的事。既然遇上了,那就让它好好火一阵,别让火轻易熄灭了。刘红兵在政府大院待惯了,自是懂得宣传的重要,不仅主动接待媒体,招待喝酒吃饭,而且在忆秦娥不愿意接受采访时,他还越俎代庖,"单刀赴会"。反正就那点事儿,无非是翻来覆去地说么,他觉得他说,比忆秦娥说还要精彩生动百倍,也就全都亲自上手上嘴了。有一天,《唐城故事会》的记者,用《"傻瓜"忆秦娥》为标题,发了一整版文章,就是刘红兵接受专访的。连他也没想到,记者会用这样刺眼的名字,赫然把"傻瓜"两个字,还特别放大了一倍,并且是颠来倒去地安放着。他拿到报纸,就没敢让忆秦娥看。结果那个记者轻狂,硬是拿着厚厚一摞报,到后台到处散发,最后竟然还跑到忆秦娥跟前评功摆好去了。忆秦娥当时就躁了,质问记者:我咋不知道这事?记者说,是你爱人接受采访的。气得忆秦娥晚上演出完,刚走到没人的地方,就一个二踢脚,狠狠踢在了刘红兵的小腹上。刘红兵当下就痛得眼泪汪汪地弓了下去。他知道是文章惹的祸,就连忙检讨说,他从来没说过她是"傻瓜",都是狗日记者胡编呢。忆秦娥说:"不是你嘴烂,人家咋能编出'傻瓜'来。都是你平常臭屁乱放,才让人家当枪使了,竟然发出这大一篇破文章来,把我败葬扎了。我是傻瓜,你妈才是大傻瓜呢,生出你这号傻货来。"刘红兵气得一点脾气都没有,只能狗腿子一样,捂着小腹,在后边猫腰跟着。忆秦娥又喊了一声"滚",他才慢慢没敢跟了的。

忆秦娥把刘红兵臭骂一顿,回到房里后,也觉得自己有点过,尤其是还那样粗暴地踢了他。当时气得她是真下狠劲踢了。他也是真痛得快要就地打滚了。她突然想起,在秦八娃快走的时候,还专门给她说过这样一番话:

"秦娥,看来你的名声这回是起来了,并且起来得很猛,很爆。这对你是好事,也是不好的事。人都想出名呢。可出了名,就得想办法把名声浮住。浮不起这名声,还是不出的好。"

她当时还说:"我也不知道是咋回事。我也不想出。太累人了。"

秦老师就说:"人就是这样,有时你不想出名,都不由你了。既然出了,你就得想办法把名声托起来。"

"咋托呢?"她问。

"咋托?让它名副其实起来。你不要觉得现在的一切都是真的。很多都是虚的,是言不由衷的,是言过其实的,是夸大其词的,是文过饰非的。这是媒体卖报纸、卖杂志、做节目的需要。他们得炒起一个热闹来,然后让读者、观众去关注。而你在这种过分关注的热闹中,就会让熟悉的人感到可笑:谁不知道谁呀?掀起屁股帘儿看看,谁比谁干净呀?自然就会引起嫉妒、怨恨,甚至诽谤、陷害。目的就是要让你还原普通。甚至还要付出丑态百出的代价。"

忆秦娥听得有点毛骨悚然,就问:"那我该咋办呀?"

秦老师说:"你已经没有办法了。以你的功底和条件,很可能这种红火,还是初步的。"

"我真的不想再演戏了。太累了。我为演这个戏,已经瘦了十几斤了,吃啥都胖不起来了。"

"这可能已经由不得你了。一个剧团,推出一个名角不容易,只要你嗓子没坏,身体没残疾,不让你演戏是不可能的。"

"那我该咋办呢?"

"唯一的办法,就是让自己强大起来。强大得跟媒体宣传的一样,甚至比'吹捧'的做得更好。得用你的实力,把紧跟在身后的B角、C角、D角,从专业上,甩得更远些。让她们跟你没有任何可比性。只有这样,你才可能遭受嫉恨、构陷少一点。"

"我真的不想再朝前走了。从《杨排风》,到《白蛇传》,再到《游西湖》,已经把我快累死了。唱戏真不是人干的,还不如小时在山里放羊快活。"

秦老师笑着说:"这就是生命的痛苦根源了。你要放羊放到这一阵,也许已经痛苦得早放下羊鞭了。可唱戏唱到这个份上,又想去放羊。这世上,不可能有一种让你一劳永逸的日子。除非不活了。对于你来讲,唱戏,可能是生命最好的选择。是上天最合理的安排。唯有唱戏,才可能让你青春生命这样灿烂。你就别在唱不唱戏这个问题上,再胡思乱想了。必须唱,并且要唱得更好。唱到最好。"

忆秦娥被他说懵懂了,不知如何回答是好。她就那样怔怔地看着秦老师。

秦八娃接着说:"要把戏真正唱好,你得改变自己。首先让自己成为一个真正有文化、有教养的人。不敢唱戏、做人两张皮:唱的是大家闺秀,精通琴棋书画,而自己却是斗大的字不识一升。如果开口闭口,再是不文明的语言;抬脚动手,又都是不文明的动作,很自然,这些都会带到戏里。包括李慧娘,其实你的表演,还像唱武旦的名演员忆秦娥;也有些像烧火丫头杨排风;还有些像云里来雾里去的白娘子;而不完全像对有报国情怀的书生裴瑞卿,抱有深切同情心的李慧娘。你还需要在这方面下很大的功夫呢。"

秦八娃说完,从身上掏出了一个读书单子,上面列了十几本书的书名。说希望她能从这些古典文化的启蒙物读起。还说,若要演他写的戏,就必须把这些书先读完。他还要求她平常练练字,弹弹琴,也可以学点画。总之,是要她把自己的生命,完全都浸泡在文化当中。他说只有这样,她忆秦娥才可能跟 B 角、C 角、D 角拉开距离。也才可能真正成为一代秦腔大家。

秦八娃走后,忆秦娥还真去书店买了几本书回来。秦老师说,《诗经》《唐诗三百首》《古文观止》,都是可以背诵的。说要想打点文化基础,就得下笨功夫。可她一页书打开,足有一半字不认得。她就翻字典,那是米兰老师走时给她专门留下的。可翻着翻着就头痛。倒是刘红兵每天从外面买回来的一些故事报,要么《唐都出了潘金莲》,要么《唐都惊天碎尸案》,要么《澡堂里的三声枪响》,还有什么《口红、大腿、舞厅》……让她看得心惊肉跳、欲罢不能的。可秦老师说了,看这些东西还不如不看,再看,你连杨排风也演不好了。她就干脆啥都不看了。不演出了就睡觉。先美美睡他半个月,把疲劳驱除干净了再说。

可她还没安宁睡到几天,就有人来说:"秦娥,咋回事?有人传你的坏话,可难听了。说你在县剧团的时候,让一个做饭的给咋了,还是个脏老汉。说那时你才十四五岁呢。后来为进省城,攀高枝,说你又把一个跟你睡了好几年的男同学给蹬了。还说那人都疯了呢。"

忆秦娥的头,嗡地一下都快爆炸了。

二十八

来给她传话的,是《游西湖》的小场记。因为个子矮小,上不了台,才做了场记的。据说他年龄都过三十了,看上去还像个娃娃。在开始排练,大家都有点瞧不起忆秦娥的时候,小场记就喜欢给她提供各种小道消息。因为小场记是奥黛丽·赫本迷,他见忆秦娥第一面,就倒吸一口冷气地"哦"了一声。从此,他就心甘情愿地做了她的"探马""快报"。尽管忆秦娥并不喜欢听太多的闲话,嫌太累,太烦人。可小场记专门跑来,神秘兮兮地鼓捣了半天,并且说可能知道的人还不少,连《唐城故事会》的人,都来打探消息了。她就有些紧张起来。小场记还说:"那人手里拿着采访本,你说啥,他都朝上记呢。掏给我一张名片一看,就是写《唐都出了潘金莲》连载的那个人。你可得小心了。"小场记是个情痴,一望着她,就不知道把眼睛朝开移,她从来都不敢太招惹的。她就轻描淡写地对他说:"都是胡说呢。谢谢你噢!"就把人辞走了。

小场记走后,她就再也躺不住了,甚至还出了一身冷汗。与廖耀辉的事,怎么又翻起来了?咋还扯出个"在一起睡了好几年的男同学"?那分明是说封潇潇么。谁干的呢?她脑子第一个想到的是楚嘉禾,然后是周玉枝。在省秦,只有她们两个知道这事。她当时就想去质问这两个人,可心里又没底。从十一二岁起,她就觉得一班同学,都是高过她一等的人。尤其是楚嘉禾,她都当了主角,心里还是觉得矮人家一头的。她有点不满意自己了,甚至还严厉地批评起自己来:怕什么?你怕她楚嘉禾什么呢?她是嗓子好?还是功夫好?还是戏比你唱得好?怕她什么呢?有这么欺负人的吗?忆秦娥真的是好欺负的吗?三想四想的,她到底还是找楚嘉禾去了。

楚嘉禾的门紧闭着。她听见里面有人说话,可就是不给她开,但她到底还是把门敲开了。她进去时,一个男的还在背过身,拉牛仔裤的拉链。楚嘉禾床上的被子,也是随便拉了一下,还没来得及叠。

忆秦娥就没好气地问她:

"嘉禾,我是哪儿把你得罪了,你要到处乱说我呢?我把你咋了?"忆秦娥气得情绪有点失控,问起话来,也就没头没脑的。

楚嘉禾的脸先是一红,但却很快镇定了下来,装作十分无辜的样子问:"你说啥呀,妹子?我咋听得稀里糊涂的?我啥时说你了?说你啥了?"

"你心里明白得很。"

"我不明白。哎,忆秦娥,别以为你演了个烂主角,就可以欺负到我楚嘉禾头上了,你有没有搞错耶?你个啥货吗?还跑到我家里撒野来了。"

"我啥货,你说我是啥货!"

"你啥货,你说你是啥货!"

这时,那个穿牛仔裤的插话了:"咋回事?咋回事?"说着,他还上前动手掀了忆秦娥一把。

楚嘉禾倒是挡了他一下说:"这里没你的事,坐一边去。"

那牛仔裤男,就把手指关节,扳得咯咯嘣嘣直响地坐到一边去了。

楚嘉禾接着说:"哎,忆秦娥,你今天得给我说清楚,我说你啥了?我到处乱说你啥了?"

"你还没说?你还没说?"忆秦娥就气得快哭出声来了。

499

"我到底乱说你啥了吗?"

"你……你乱编派我……在宁州剧团的事。"

"你在宁州剧团咋了吗?"

"我咋了,你不知道?"

"我知道你咋了?"

"和廖耀辉的事。还有……还有封潇潇。"

"你和廖耀辉的啥事吗?和封潇潇啥事吗?"

"你还装。廖耀辉糟蹋我的事。"

"咋糟蹋你的吗?"

"都是你说出去的,你还装。"

这时,那个牛仔裤男又站起来了,恶狠狠地说:"糟蹋你,就是把你日了。还要打破砂锅问到底呢。"

"你……"忆秦娥气得飞起一脚,直接踢在那男人的下巴颏上了。那男人痛得"哎哟"一声,嘴里哇地就吐出一口血来。

"你们都什么东西?你们都什么东西!"忆秦娥直指楚嘉禾和那男人质问道。

"我们什么东西?我们就是要叫你付出卖身代价的那个东西。"说着,那男人恼羞成怒地抄起桌上一个暖瓶,就要朝忆秦娥身上砸,被楚嘉禾一把拦住了:"忆秦娥,你还不快走!"

忆秦娥动也不动地站在那里,嘴里还叨叨着:"你砸!有种的你砸!"

那男人手中的暖瓶还真砸过来了。幸好,楚嘉禾挡了一下,暖瓶在离忆秦娥还有一点距离的地方,砰地爆炸了。

这时,恰恰周玉枝回来了。是周玉枝一把将忆秦娥拉出房子,一场难以预料结果的当面质问,才暂时化险为夷了。

在周玉枝拉着忆秦娥走出城中村时,忆秦娥还是一根筋地又质问了周玉枝:"你跟楚嘉禾,是不是说我坏话了?"

周玉枝没有回答。

忆秦娥又问:"说呀,我哪里把你们得罪了,要说我坏话呢?"

周玉枝还是没有吭声。

"那个老家伙,明明是糟蹋我,没有成,你们为啥要说他把我糟蹋了?我跟封潇潇,连手都没正经拉过,你们为啥要说我跟他……睡了好几年?"

周玉枝终于开口了,说:"秦娥,我本来这几天也想找你的。我也不知道是哪里来的这股风,把你说得这样腌臜。我知道你不容易,打从进宁州剧团,就受了别人没有受过的苦。现在刚好起来,谁又造出这样的风声,传得到处都是。我觉得你找谁论理都没用。谁也不会承认的。你相信姐,嫉妒是嫉妒你,可还没坏到这一步。你得回宁州一趟,让单位给你写个证明,回来交给单团长他们,让在团上念一下。要不然,越传越臭,对你活人、唱戏,可不利了。"

忆秦娥觉得周玉枝说得在理,也没多想,当天就气呼呼地回宁州去了。

忆秦娥连自己都没想到,自己回一趟宁州,竟然已是惊天动地的大事了。她刚从车站走出来,就有好多人把她围上了,都稀罕地喊着:"忆秦娥回来了!"等她到剧团院子时,她舅和胡彩香老师,还有好多同学,已拥到院子看她来了。都想她到自己家里去坐一坐。她先是去了她舅的房子。她舅问她,咋也不打个招呼就回来了。她就哭着把事情说了一遍。她舅是个大炮筒子,气得又要操家伙,去"揭廖耀辉的皮"。是胡彩香老师来,才把她舅的情绪压下来的。胡彩香不是外人,她舅就让她把事情再说一遍。忆秦娥说完,胡老师说:"这事还声张不得。都知道你在省城混得好,这一说,还反倒让一些人看了笑话呢。"她舅问咋办,说总不能让外甥女跌到酱缸里,不朝起捞、不朝清白地洗吧?胡老师就说:"倒是可以给朱团长说一下。朱团长这人嘴严,也有德行,不会乱说的。"晚上,忆秦娥就到朱团长家去了。

朱团长自忆秦娥调走后,就把干事的那股劲气泄了。他觉得一切都没意思了。尤其是觉得县剧团干不成事,抽吊桥的人太多。他还是那句话,省上剧团不要脸,自己培养不出人才,就到处乱挖抓,把全省都挖得稀烂了。他说还别说他们得了金奖银奖,就是把金山银山背回来,也是应当的。最后,朱团长无限感慨地说:"秦娥呀,'一将功成万骨枯'啊!你是成了,省秦是成了,可这宁州剧团,就算彻底抽垮架了呀!"忆秦娥就不好说话了。倒是朱团长的老婆,不停地嘟哝着朱团长说:"你还不让人家娃们都奔前程了?省秦到底么么,不好,秦娥能浪得这大的名声,连中南海都进了,上报纸、上电视都成家常便饭了?你再别老糊涂了瞎说呢。"老婆说着,就给朱团长倒药。是用老砂罐熬的汤药。忆秦娥问咋了,老婆说:"老毛病了,一遇事就心慌、掉气、脑壳痛。中间都好些了,可自你调走后,就又把药罐子背上了。"忆秦娥就觉得有些亏欠老团长。老团长咧起嘴,痛苦地喝完一大黑碗药后,长长地叹了一口气说:"娥呀,其实你调到省上,尤其是出了这大的名,我也是替你高兴的。不过也替你担心哪!唱戏这行,就是个名利场。自古以来,只要有戏班子,就安宁不了。自己人搅,社会上爱戏的、捧角儿的、盯旦角的、盯生角的,也都会跟着搅。反正不搅出一些事来,就不叫戏班子,就不叫名利场。我倒不担心你演不上戏,主角会一个接一个朝你头上安的。不想演都由不你。我是担心,你太老实,太傻了,不会处理事情,最后会把生活搞得一团糟啊!"虽然忆秦娥还是不喜欢听人说她傻,可朱团长一直就像老父亲、老爷爷一样待自己,他说她傻,好像也就有些温暖的意思了。她看是说话的时候了,就把在省城遇到的麻烦说了一遍。朱团长就说:"娃呀,天妒英才呀!你是太出色、太出众了!只怕以后不好混哪!我写,我会把一切都写得明明白白的。单怕是我写得再明白,把你也洗不清白呀!是人心脏了,不是这个事脏得说不清了。"

　　从朱团长家里出来,忆秦娥把朱团长的话想了好半天,那时她大概还不能完全明白其中的含意。只是觉得,只要朱团长写了,还盖了宁州剧团的大印,就会把胡言乱语堵住的。晚上,给她配演过青蛇的惠芳龄,聚集了一帮同学,非要请她吃饭。她就高高兴兴地去了。她想着,也许封潇潇会来的。结果没来。这让她很是失望。本来回宁州,除了要证明材料,她也有想见见封潇潇的意思。最近几个月,她还老梦见封潇潇。刘红兵对她越好,她越想封潇潇。她总觉得,要结成夫妻,在一起过一辈子,似乎跟封潇潇更合适,更安全些。因此,在别人糟蹋她跟封潇潇的事时,虽然离谱,但没有像糟蹋她跟廖耀辉那么让她痛苦,那么让她感到不堪。刘红兵也不知哪儿,总是让她觉得不真实、不踏实、不靠谱。尤其是最近关于她的传闻出来后,刘红兵突然几天不见了。也可能与踢他小腹那一脚有关,但过去也踢过不少回的,他从来都没有不辞而别过,这次竟然悄无声息地蒸发了好几天。直到回宁州的路上,她才想到,刘红兵的突然消失,大概与最近的谣传也不无关系。只有封潇潇,从来不相信这些鬼话。在宁州演《杨排风》红火时,她与廖耀辉的谣言就风传过一阵。在《白蛇传》演出轰动北山时,这个谣言又不胫而走。可封潇潇从来没有为这些谣言摇摆过。他总是在她最困难、最难过的时候,坚定地站在她身后,悄无声息地递上她所需要的一切,包括充满了信任、眷顾、爱怜的眼神。那种默契,那种呵护,那种支撑,至今让她回想起来,依然感到暖意如春。一般一个戏的男女主角,总是充满了明争暗斗的名利交锋。而封潇潇连每晚演出完的谢幕,也都富含着推举她的谦让。按导演安排,最后一轮谢幕,是要白娘子和许仙同时向台前跨一步,以突出男女主演角色地位的。而封潇潇每晚至此,总是在跨前一步后,用手势把观众掌声引向白娘子,然后自己谦卑地退后一步,跟次主演们站在一排。忆秦娥还说过他几次。他说,这个戏就应该突出白娘子,许仙是配演,不是主演。他在一点一滴地关爱呵护着她。而那时,封潇潇已经是演过几本大戏的台柱子了。

她太想见到封潇潇了。可当同学们都坐齐后,并没有封潇潇的人影。惠芳龄大概是看出了她的左顾右盼,才说:"今天就差了潇潇。都以为他艳福不浅,结果被人家专员的儿子淘汰出局了。他受了震了,连脑子都有麻达了。"

忆秦娥再也顾不得害羞地问道:"潇潇到底咋了?"

惠芳龄说:"你还不知道?"

忆秦娥摇摇头。

"潇潇自从进西京城看了你一次后,回来脑子就不对了。天天喝酒,越喝脑子越瓜。一醉,见了花草、猫狗,都叫忆秦娥呢。他家里人看着不对,最近给找了个对象,上个礼拜都订婚了。今天我们本来想叫他的,又没敢。怕出事呢。"

忆秦娥的脸,红一阵、白一阵的,不知该说什么好了。

有人就说:"潇潇这家伙,看上去硬硬朗朗、明明白白的。可没想到,还真当了贾宝玉,成花痴了。"

惠芳龄就问:"哎,秦娥,你咋没带那个专员儿子回来呢?"

忆秦娥怔了半天,说:"他是我的什么人,我带他回来?"

这句话,一下把大家都给说愣住了。

虽然是同学聚会,大家放得很开,可毕竟所宴请的主人忆秦娥心情有些不爽,神情甚至都有点恍惚,也就弄得大家不欢而散了。

这天晚上,忆秦娥在宁州的街道上,独自走了很久很久,并且是在封潇潇可能经过的地方走动着。她特别想见封潇潇一面,印证一下,封潇潇到底成啥样子了?跟他订婚的女人又是谁?都说很一般,什么叫一般?一般到什么程度?总之,她什么都想知道。在她来回盘桓的过程中,先后见到了好几个剧团人,她都巧妙地闪躲开了。她就想见封潇潇。

可就在快十一点的时候,她竟然见到了最不愿意看到的人:廖耀辉。

廖耀辉是跟宋光祖师傅一块儿在街上小跑着。宋师拉着架子车,廖耀辉扶着车帮子紧跟着。车上捆着一头猪。猪哼哼唧唧的。

廖耀辉说:"非要拉到兽医站去看吗?把兽医还牛的,请不来?"

宋师说:"我给你说了,这几天县城发猪瘟,兽医忙不过来,都是送去一块儿看、一块儿打针的。你还屁嘟嘟屁嘟嘟的。"

"不是我爱屁嘟,咱单位的猪,比其他猪,都喂得肥些,病也轻些,跟重病猪混到一起,死了可惜不是。"

"就你喂的猪肥。你把人家县委县政府喂的看一下,比你喂的肥十倍。"

"人家的猪,就是病了,都有人上门看的。"

"那你还屁嘟啥,还不跑快些。"

两人就急急火火地跑过去了。

忆秦娥恨的,牙帮骨都咬得咯咯吱吱直响。要是只有廖耀辉一个人,她都能捡起石头打他一下。这头把她害惨了的脏猪!她本来是想去看看宋师的,但他们住在一间房里,并且她记得,廖耀辉是又搬出来住在外间了的。她也就无法再进那个门了。那是一个罪恶的门。

就在她左等右等,等不来封潇潇,准备离开的时候,喝得酩酊大醉的封潇潇,突然从远处一摇三晃地过来了。他是被一个个头很矮、屁股很大的姑娘,架着朝回走的。一边走,那姑娘还一边唠叨:"潇潇,以后再别这样喝了,好不好?你看人都笑话你呢。"虽然是唠叨,但唠叨着,也是用的昵称"潇潇"。

"谁笑话?忆秦娥吗?"

"别忆秦娥忆秦娥的,好不好?人家都要结婚了,你还惦记人家啥呢?"

"我惦记她了吗?我惦记你好不好?我惦记她?!人家是专员的儿媳妇了,咱他妈是谁呀……"

忆秦娥的眼泪唰地就下来了。

二十九

忆秦娥在老家九岩沟,美美睡了一天一夜,起来就要去放羊。她爹说,刚好能让她放一天,今晚连夜就要拉走。邻县几个乡镇已谈妥了,他们那边,明天中午就要开始检查羊的数量,并且一连要检查几十家,得跑十好几天呢。她爹高兴地说:"现在有羊的人家可俏货了,想再买几只,都买不到手了。羊快比牛金贵了,见天吃精粮、坐汽车、绑绸子、戴红花。一只羊,一天能挣好几块哩。把一沟人眼馋的,都说易家是走了狗屎运:女子红火得'照天烧';养一群羊,把钱挣得拿簸箕揽。那么个乱茅草里窝着的老坟山,突然还给冒出杠杠的青烟来了。"她爹说着,就笑得有些岔气。她娘出来,用喂猪的瓢,美美把他的光脊背磕了几下,说:"你就沉不住气,刚过了几天舒心日子,就嘴痒痒,皮做烧了。咋不蹦到房顶上,架个大喇叭叉子喊呢!"她爹做了一个害怕她娘的鬼脸,把忆秦娥惹笑了。

这天,忆秦娥一人把一群羊赶到山上,坐在树荫下,美滋滋地过了一天放羊娃的生活。虽然羊跟她都有些生分,不像过去她放的那三只羊,冷了都敢朝她身上挤,朝她怀里钻;热了还敢跟她抢水喝;有那癫狂的,还敢从她身上、头上朝过跳、朝起飞呢。现在的羊,好像跟她很生疏,一点都不亲热不说,对山上的草,似乎兴趣也不大了。赶上坡,只见一只只肥嘟嘟的羊,都在找树荫,抢着朝下卧呢。最多舔舔自己的毛,或者蹭蹭痒而已。几只兔子跑出来,从它们身边蹦跳而过,它们连看都懒得扭头看一眼。尽管如此,忆秦娥还是觉得幸福极了。她感觉它们是那么悠闲,那么自在,那么无忧无虑。而自己,真是活得不如羊快活了。

这一天,她享受着弟弟送上坡的两顿饭,尽量回味着昔日那美好的放羊生活,而不愿被西京城里那些挠心的事情所搅扰。

晚上也睡得很安宁了。九点多,一条沟里,除了狗,基本都躺下了。她跟娘说了一会儿话,她老要说放羊,娘老要说女婿。说不到一起,她就装作有了鼾声,装着装着,还真睡着了。大概是后半夜的时候,忆秦娥突然被院子里的汽车声吵醒了。还没等她明白是怎么回事,就听有人敲门:"秦娥,秦娥,开门。是我,刘红兵。"

他咋找到这里来了?

刘红兵是在县剧团里,找了个过去喝过酒的哥们儿带路,才连夜摸到九岩沟垴上来了。他开的是帆布篷吉普,没路的地方,只要横梁不被担住,他就敢朝过开。尤其是从乡政府上沟垴的路,只能勉强过手扶拖拉机。他说手扶拖拉机能过,他就能过。果然,他是几次把半边轮子悬在空中开上来的。直到开进忆秦娥家的屋场,那带路小子,才抹了一头的冷汗说:"哥,你是不要命了。"

"命倒是个屎。"

刘红兵是真的有点急了。他已经有整整一礼拜没见到忆秦娥了。这是自忆秦娥调来省城,他们之间彼此见不上面的最长时间。倒不是因为那天忆秦娥又照他小腹踹了一脚。踢他、踹他,已不是什么新鲜事了。恰恰是一次又一次踢踹,才让他感受到了忆秦娥与他距离的拉近。只有那种踢、踹、瞪、挑,才是恋爱男女的惯用动作,并且往往是爱到深处的极致表现。虽然忆秦娥踢他,里面更多是粗暴的践踏、体罚。尤其是对于一个副专员的公子来讲,有太多的不堪成分,但总体他还是能接受的。毕竟,他太爱这个女人。他常想,如果跟她见第一面,就能一见钟情,媒人一拉扯,她就能"带着妹妹,带着嫁妆,赶着马车来",也许他早已失去这股黏糊劲了。可这个健康如下山小毛驴般的"碎蹄子",是咋都对他不待见、不上眼、不上心、不入辙、不配合、不钻套、不上道,他就觉得有点意思了。刘红兵啥时有过这样的耐心?一天天等,一月月熬的。就像炖了一锅香喷喷的鸡汤,其实鸡早熟了,可偏不能揭锅。鬼知道是不是还能熬出更浓更香的汤来呢?反正他就只能围着锅台,转来转去,转出转进,干看着揭不了锅。要是锅烧干了,最后无汤可舀呢?还真是个没准头的等待呢。可他还在等,并且等得有滋有味的。让他突然发了脾气,生了决绝之念的,是那天忆秦娥踢过他小腹之后的事。他去找团里几个闲人喝闷酒,喝着喝着,几个狗屁,话里拖刀带剑的,就突然把他的心给扎伤了。

那天,几个人几乎都在说忆秦娥在宁州的丑闻,还说省城都快传遍了。有人就借着酒劲说:"兵哥,何苦呢。像你这样的男人,还真就缺这一口吗?美是美,香是香,可毕竟是别人嚼过的馍呀!"刘红兵当时心里就有些不快。其实,早在北山时,他就听到过类似的谣传。他妈还问过地区文化局的领导,文化局的领导又问剧团领导,都说是无稽之谈,纯属恶意泼脏水。至于跟封潇潇的事,他倒并没太在意。说封潇潇疯了,正说明忆秦娥是拒绝了。一个让他觉得如此之美、之好、之圣洁的女子,被一个做饭的老头糟践了,听起来,总是一件让人感到十分恶心的事。加上那天忆秦娥又踢了他。他就到北山办事处,打了几天几夜牌,是想凉一凉这事。可越想凉,越凉不下来。越说不想她,她越朝他心里乱钻。钻着钻着,他牌也打不进去了,光输钱不说,还因反应迟钝,而屡遭牌友讥讽嘲弄。他就一气之下连牌桌都掀了。他又回到租赁房里找忆秦娥,竟然一天一夜都没找到人。他就跟疯了一样,觉得自己是快软瘫在地上了。直到这时,他才明白,自己对忆秦娥的感情,已经陷得深不可拔了。他去找团上人问,团上说放假了。他又去找楚嘉禾,找周玉枝。楚嘉禾只是不阴不阳地说:"咋,妹子跟人跑了?你可得小心看着,妹子可是香饽饽,谁逮住都想啃两口的。"他也懒得理楚嘉禾。倒是周玉枝悄悄告诉他,忆秦娥可能回宁州了。他这才去办事处开了车,直奔宁州而来。到了宁州,又听说忆秦娥回了老家九岩沟,他就又连夜进了九岩沟。他已经在心里决定了:就是忆秦娥真的让那个老头糟践过,他也当胸砸一捶,认了算了。那毕竟是强奸,不是心甘情愿。他觉得他不能没有忆秦娥,没有了,真会死人的。

忆秦娥她妈起来,把门打开,见是女婿,高兴得就骂老汉起得慢了。易茂财没见过刘红兵,只听老婆上次回来,把未过门的女婿,端直喊了驸马爷。可惜自己不是皇上,胡秀英也不是皇娘娘,叫个驸马爷,他只觉得像唱戏。这一见面,还果然印象不赖:小伙子个头高大,眉眼周正,说话处事,一看就是见过大世面的人。他进门先是从小车上搬下两箱西凤酒来;烟也是几整条窄版金丝猴;膘厚肉肥的猪肉,端直就从车上弄下来了半扇。易茂财就觉得礼行得有点重。女婿第一次拜门,的确是需要拿猪肉的。不过依当地风俗,是用一根竹竿,挑一块二三指宽的肋条肉就行。肉的中间,扎个红纸腰封,吊拉得老长,一走三摇晃,只是为了告知路人,某家的女婿正式拜门来了。这一下给案板上,嗵地撂下半扇猪肉的手笔,易茂财还是头一次见到。虽然猪肉是他自己扛进家门的,女婿要扛,被胡秀英挡了,说:"茂财你咋这死性的,兵兵岂是干这活的人,还不快接着。"他就把半扇猪肉闪到肩上,血水沅了一脸地扛到案板上了。胡秀英还笑他说:"秦娥,快来看你爹,高兴得要扮红脸关公了。"

胡秀英今晚是格外地兴奋。她只恨夜有些深,隔壁邻舍都睡了,驸马爷"携珠宝、披黄袍、顶冠带、乘官轿,咿咿呀,咿子儿呀"地"拜丈人"的场面,一沟人竟然没能看到。她不停地说:"看娃,来了就来了,还拿这么多东西,生分了不是。"刘红兵说:"我也不知道家里有多少门亲戚,反正这是二十四瓶酒、八条烟,还有这点肉,你们分去。"

忆秦娥虽然心里总有那么些不待见刘红兵的地方,可这深更半夜的,他能到九岩沟来找她,还是有些让她感动。尤其是在那么多人说她坏话以后。她坚信,刘红兵是听到过的。但他依然这样对她痴缠不休。不像封潇潇,竟然就那样快地烛灭线断、烟消云散了。她似乎突然对刘红兵生出许多好感来。

她娘不停地悄声叨咕:"对人家热情些。你是前世烧了高香,懂不?你姐夫说,红兵他爸的官,比县太爷都大呢,你还拧次个啥?小心把肉熬成豆腐价了。"她也知道,娘更多的,是喜欢人家的家世。老觉得这么大个官的儿子,攀上,就是易家祖坟冒青烟儿了。当然,娘也喜欢刘红兵的外貌,老说是一表人才,百里、千里挑一的。加之刘红兵又会亲热,就把娘给彻底征服了。她始终觉得,这是一件飘在半空的事。她不喜欢这种类型的人。她喜欢的,还是封潇潇那种爱得不动声色的人。可封潇潇却给了她这样致命的打击,几乎也是不动声色地,就改弦更张了。这让她失望透顶了。她甚至都想过,如果封潇潇还爱着她,她都准备给单团长提请求,把封潇潇也调进省秦来。她觉得他们配戏,是不言自明的默契。可惜一切都不存在了。刘红兵反倒成最后的选择了。

刘红兵的确有刘红兵的特点,到了九岩沟,丝毫也没有大少爷的作风。相反,还勤快得让她姐来弟,不停地数叨自己的女婿太懒。照说晚上来得晚,早上可以多睡一会儿,可他偏起了个老早,去帮忆秦娥她爹给羊擦澡去了。擦了澡,还给每只羊打记号。打了记号,又给羊绑大红花。羊们,几乎是争先恐后地朝前挤着要擦洗,要打记号。刘红兵就问给羊扎花干啥。她爹易茂财不敢说,还是忆秦娥一口说了出来。没想到刘红兵"哈哈哈"一阵大笑说:"我就经常给我爸玩这种游戏呢,他是从来都识破不了的。"她娘急忙说:"你回去可不敢给你爸说噢。一说,咱家的财路可就断了。"刘红兵说:"放心,他们只要数字,没人管得这么细。"把羊刚收拾打扮好,山下就有拖拉机上来了。她爹给拖拉机后边斜搭了两块木板,羊们就高高兴兴地自己挤上去了。她娘眨眨眼睛,不无神秘地对刘红兵说:"都灵醒着呢。又要去逛地方、吃好的了。狗日的,比人都混得美呢。"把刘红兵惹得扑哧扑哧地直笑。

忆秦娥还没有走的意思,光想睡觉。刘红兵就留下来陪着。

刘红兵在车上,是放着一杆猎枪的。来弟她男人高五福,就领着刘红兵到后山打猎去了。他们整整忙活一天,回来才拎了一只死兔子。连忆秦娥的小弟易存根,都笑话他说:

"二姐夫还不如我。我拿柳条筐都扣过好几只兔子回来了。"

刘红兵就急忙问:"存根,你刚把我叫啥?"

"二姐夫呀。"

"谁让你叫的?"

"娘。"

"你二姐知道不?"

"不知道。"

大姐夫高五福就教他:"一会儿当你二姐面,也叫他二姐夫。"

"我不敢,二姐抽我嘴巴呢。"

刘红兵和高五福都笑了。

高五福说:"好好听你二姐夫的话,你二姐夫来头可大了,能把你将来安排到县城当干部呢。"

"我不到县城当干部。"

"那你要干啥?"刘红兵问。

"当二姐。唱主角。进省城。逛北京。"

高五福说:"狗贼心还大得很,县里都看不上了。"

刘红兵说:"对着呢,到省城给你二姐当保镖去。"

这天晚上,乡上、县上,有人听说刘专员的儿子来了,就都摸上沟垴来,跟刘红兵套近乎。第二天,她娘一天做了五顿饭,还有一拨没赶上。虽然她娘特别高兴,可忆秦娥不乐意了:一家人从早到晚围着锅台转,都累得咽肠气断的,就招呼了一群酒鬼。

忆秦娥就说要回省城去了。

刘红兵也害怕了这伙喝酒的,不是劝,而是捏着鼻子灌。再灌,他的胃就成酒窖了。他也就准备拉忆秦娥回省城了。

走时,她娘几乎是当着全村人的面,故意对忆秦娥大声说:

"麻利把婚结了,知道不? 不小了,都不小了。我和你爹还等着抱孙子呢。亲家那边肯定也急着呢。"

气得忆秦娥美美瞪了她娘几眼。

刘红兵倒是答应得爽快:"放心,阿姨……"

县上来的人,立马就起哄:"还叫阿姨呢,叫娘。"

"叫! 叫! 叫!"

"叫娘!"

刘红兵这个讪皮搭脸的货,端直就叫了:"娘,您老放心,我回去就给老爷子下达命令:咱结婚。给你抱外孙子。没麻达!"

忆秦娥就照刘红兵脊背,狠狠揳了一捶。

三十

忆秦娥回到省城,首先把从宁州弄回来的材料,拿去让单团长看了。单团长问她啥意思。她说:"能不能拿到全团会上念一遍,让大家都知道,传说是假的?"

单团长停了一会儿说:"有这个必要吗? 本来就是子虚乌有,何必再弄个此地无银三百两呢?"

忆秦娥就有点生气了,说:"团长,你不知道别人把我说成啥了吗?"

"早听说了。可我们从来就没相信过。"

"可……可那么多人,还要乱说。社会上也在说,并且说得很凶。"

"社会是谁? 你能堵住社会的嘴吗? 清者自清嘛。秦娥,唱戏这行,就这样。你一出名,啥事都来了。不要在乎,乱说一阵就过去了。过去好多名演员都经历过这事的。"

忆秦娥怔怔地看了单仰平许久,说:"你们团上就这样用人的？有了事，就不管不顾了。"

单仰平说："不是不管不顾。这种事，以我过去的经验，就是让它自生自灭。要不然，真的是粪不臭，挑起来臭。对你不是啥好事。秦娥，你相信我。"

单团长又给她举了些例子，就让她把材料留下，说让有关领导传看一下就行了。他说大会上一念，搞不好还反倒让别有用心的人，生出些新的古怪话题来呢。忆秦娥听单团长说得有道理，再加上，单团长平常对她也不错，她也就再没坚持。可从单团长那儿一出来，她又有些难过，难道这么严重的事，就高高提起，轻轻放下了？这事咋能自生自灭呢？除非现在传谣的人都老死了，病死了，要不然，咋能灭了呢？她心里一阵纠结，无助得特别想哭。她感到，几乎身后每个人，都在对着她的脊梁骨指指戳戳。她快步回到了租房里。

自从九岩沟回来后，刘红兵跟她的关系，好像很自然地加深了一步。刘红兵甚至每顿饭都从外面买回来，摆在桌上一起吃。有时，他也亲自下手做。他能扯一手好面。刚好，忆秦娥又爱吃面，两人就见天吃起扯面来。晚上，刘红兵也是越赖越晚地不走。忆秦娥不下三次以上逐客令，他几乎都能赖着不动。有一晚上，刘红兵还弄了个录像带，说是啥子艺术片，高级得很，能帮助她提高演技呢。她就答应看。开始是几个男女说话，外语没有翻译，也听不清说啥。可说着说着，就都脱光了衣服，一对对的，端直干起了不堪入目的事。这事忆秦娥过去是看她舅跟胡彩香干过的。她就捂了眼睛，骂刘红兵是臭流氓。刘红兵还以为她是不好意思，就扑上床，硬把她捂眼睛的手朝开掰，说好看得很，还说这才是人生最有意思的事，比唱戏出名有意思多了。忆秦娥就踢他。他还不撒手，还要把她的手朝开掰，并大有当初廖耀辉强暴她的意思。他是一下翻上她的身，要把她压在身子下了。忆秦娥当下气得火冒三丈，忽地翻起来，不仅端直把他压在身下，而且还抄起床头柜上的台灯,照他后脑勺就是几下。刘红兵都快痛死在床上了。她打得重了,被单上还流下一摊血来。这下把刘红兵也给彻底激怒了,他一骨碌爬起来,大声嚷道:

"忆秦娥,你假正经啥?你假正经啥?出去听听,谁不知道你十四五岁,就让一个脏老头上了。后来又跟封潇潇搞到一起,把人家都捣鼓疯了,你还假正经呢?我对你咋了?你一而再,再而三地骂我、打我、羞辱我,我啥事做得对不起你了?我给你说,老子还不伺候你了!妈的,啥东西,不就是个烂唱戏的么,婊子!呸!"

刘红兵歇斯底里地把她臭骂一通后,摔门而去了。

录像机里,几个狗男女,还在搞着,拿嘴嘬着,呻吟着。忆秦娥暴怒地跳起来,一脚把机子踢飞到门上,机子跌下来,碎成了几瓣。然后,她一下扑到床上,号啕大哭起来。

她没有想到,刘红兵会用这样恶毒的语言,把她浑身剥得一干二净。在刘红兵眼中、心中,她都是这样丑恶的形象,那在别人眼里呢?她不敢再往下想了。从宁州开来的证明,说明自己是清白的,可那仅仅就是一个材料,看来是没有什么实际用处的。她得用身体证明:她没有跟人睡过。她不是婊子。

第二天,忆秦娥就去了一家很小的医院,这也是经过她反复筛选才定下的地方。并且她进去溜达了两趟,确保没人认出她是演员忆秦娥来,才以检查妇科为名,找到了一个面色很是和善的老太太。她磨叽了半天,才勉强说清,是想让人家看看她的处女膜还在不在。老太太一笑,就跟奶奶健在时给她微笑一样的温暖。老太太问她结婚没有,她直摇头。又问她处没有处男朋友,她也摇头。老太太就仔细检查了起来。她早就听说,一般运动剧烈的职业,处女膜是会破裂的。她还给老太太解释了一下,说她是练武功的。老太太问是不是运动员,她还点了点头。当然,她更希望自己不是那个倒霉的运动破裂者。让她万分庆幸的是,就在她心脏快从嘴里蹦出来时,老太太检查完了。老太太亲昵地拍了一下她的屁

股说:

"孩子,你的处女膜完好无损!"

她还反问了一句:"真的?"

"这还能有假,非常完整!"老太太说。

她甚至激动得想跳起来。

她下了检查仪器,穿好衣服后,还真把老太太美美拥抱了一下。老太太还轻轻弹了她一个脑瓜嘣呢。可走出医院大门后,她又在想,处女膜完好不完好这种事,又该对谁去讲呢?给单团长说,好像说不出口;给楚嘉禾、周玉枝她们说,会不会就像单团长说的,是此地无银三百两?那跟谁说去?想来想去,她觉得这事应该让刘红兵知道。是刘红兵骂她婊子的。从刘红兵那晚的神气看,他坚信她是被那个臭老汉糟蹋过了,还说她跟封潇潇也有问题呢。她必须证明给刘红兵看:她是清白的,她还是处女,是完好无损的处女。怎么证明给他看呢?把他叫回来,看诊断证明?老太太是给她开了证明,并且盖了章子的。原话是:"处女膜完好,边缘齐整。"可刘红兵这次被台灯底座痛打后,恼羞成怒,一去三天不来了。会不会永远不来了呢?如果永远不来了,也就没这个证明的必要了。

忆秦娥自有了关于处女膜的诊断证明后,腰杆突然直了起来,好像也不怕谁说三道四了。到单位,该集合集合,该练功练功。别人应付完集合,只要没有排练任务,就都开溜了。而她,还是保持着苦练的习惯,不练,浑身就不舒服。练功对于她,似乎跟吃饭睡觉一样,是一种需要,而不是工作。偌大一个排练场,常常就她一个人在那里拿顶、踢腿、走鞭、趟马。有时一个人,会把"杨排风"的戏过一遍。有时也会把"白娘子"过一遍。有时一个李慧娘的"卧鱼",她就能卧上个把小时。她觉得这样很舒服,很自在。不过练着练着,心里还是不踏实,她能感觉到,还是有人在背后指指点点,并且说话也是夹枪带棒的。她就想,还是要把诊断结果告知于人。到底先告知谁呢？她想来想去,还是得依靠组织:让团领导开大会,把事朝明地讲。

第二天早上集合,她就把诊断报告,拿给单团长看了。单团长看完,问她:"你的意思是……"忆秦娥说:"能不能把这个结果,还有宁州剧团的证明,一起在大会上念一下?"单团长就笑了,说:"你这个娃呀,咋是一根筋呢?我咋念?念了全团会不会起哄、发笑?有人再给你编出新的段子来,说处女膜是重新修复的,你咋回答?你知不知道,处女膜是可以重新修复的?那能说明什么?秦娥,组织是相信你的,你就别再背这个包袱了。尤其是别上当了。有些人那就是别有用心,看你业务好,就爱在暗处放黑枪。等组织抓住,要是团上人,我非开除他不可。你啥事都没有,干干净净的。你就一门心思搞好你的业务,天塌下来,有组织给你撑着。"单团长虽然没解决任何问题,可也说得她心里暖融融的。她也不懂,怎么处女膜还能修复、还能造假?越想,她就越觉得单团长说得有道理。看来公布于众,也不是个解决问题的好办法。

有一天,周玉枝去了一趟她家,问宁州剧团给她开证明没有。她说开了,但单团长认为,不拿到团上念的好。她把单团长的意思说了一遍,周玉枝也觉得有道理。她忍不住,把处女膜诊断结果,也拿出来让周玉枝看了。周玉枝就说:"这东西,恐怕更不能随便让人瞧了。一个大姑娘家,要是拿着这东西,到处找人看、找人说、找人念,还反倒把自己抹得一身臊了。这就不是能给人说、能给人看的东西么。"忆秦娥见周玉枝处处替她想着,就把刘红兵骂她婊子的事,也和盘端了出来。周玉枝又说了她一句,让她别把这些话再当人学了,说别人会顺风扬场、借瓮做醋的。不过,周玉枝在谈到刘红兵时,也没说什么好听话,她说:"他刘红兵是个好的?自己都到处卖派,说他有多少多少女人哩,还好意思说你?秦娥,刘红兵滚蛋了,对你不是啥坏事。这家伙太灵光,你傻不唧唧的,能玩过他?""我咋傻了吗?""哦你不傻,你不傻。你是脑子有点潮,只缺一锨烘干的炭。"忆秦娥就扑过去,把周玉枝压在床上,拍打她的脸蛋说:"你脑子才缺一锨炭,你脑子才缺一锨炭呢。"

刘红兵离开五天后,自己又死回来了。

那天晚上,忆秦娥正在床上"卧鱼"着,有人敲门。忆秦娥问谁。刘红兵就在外面,捏着鼻子充女人声音地长叫:

"是我呀——!"

忆秦娥一下就听出是刘红兵装的。她还有些兴奋起来,但却故意装作听不出来地说:"你谁呀,我不认识。我睡了。"说着,还关了灯。

刘红兵就又变了声音地继续用戏腔韵白道:"娘子——,官人回来了。难道你连我的声音都听不出来了吗?"

"听不出来。你快走吧!"

"秦娥,是我,刘红兵。"刘红兵恢复了他那干倔干倔的声音。

"你回来干啥?"

刘红兵在门外停顿了一会儿说:"我回来拿东西。"

"拿啥东西?"

"拿录像机。"

"破成几块了。"

"生要见人,死要见尸。"

忆秦娥无法,只好起来把门打开了。

没想到,刘红兵是扛着一个大纸箱子回来的。忆秦娥还不知是啥,他就端直在窗户上下起了玻璃。下完玻璃,他又三下五除二地,从箱子里扯出一个空调窗机来,把它安上,并插电运转了起来。

忆秦娥就收拾起自己的东西,准备离开。

刘红兵一把挡住说:"哎别别别,我走,我走。我就是为回来给你装空调的。我走。"说着,他还真的出门了。

忆秦娥就喊了一声:"你回来!"

刘红兵一怔:"咋?"

"我有话要跟你说。"

刘红兵就退回到房里,问她:"有啥话,你说。"

在刘红兵安空调的时候,忆秦娥就一直在想:终于有机会,可以把憋在心里的话说出来了。怎么说,她还没想好。不过这次说完,她就一定要离开这个租房,再不回来了。

刘红兵呆呆地站在房中间,等待忆秦娥发话。他甚至都做好了再挨打的准备。这个一身好武艺的妞,嘴笨,手脚却灵活得要命,动不动就给他上全武行呢。不过,他现在也有了些经验,遇到可能发生肢体冲突与械斗的事,最好站远些,也能有个躲避回旋的余地。他都走到房中间了,又后退了两步,觉得位置相对安全了,才慢慢站稳了问:"啥事,你说。"

"你自己看。"说完,忆秦娥就把处女膜诊断书,还有宁州剧团写的证明材料,一回都扔给了刘红兵。

刘红兵一张一张从地上捡起来,看完,先哈哈大笑起来。

忆秦娥问他笑啥。

刘红兵说:"你真傻,傻得可爱!"

"我日你妈了吧,我傻。"

"你还不傻吗?这号事,还能回去开证明?还能到医院做检查?你想证明给谁看呢?还有比你更傻的女人吗?……"

这一次,是真的把忆秦娥说暴怒了,她一下跳起来喊道:"刘红兵,我日你妈!"

说时迟,那时快,只见忆秦娥一个老鹰扑食,从床上飞了下来。哪容刘红兵转身逃离,她就将他扑倒在身子下,一连几拳砸在了他嘴上、鼻子上。顿时,刘红兵不仅眼冒金星,而且一颗牙,好像也跌落在舌头上了。血已经从忆秦娥的拳头背上,飞溅在了他的额头上、眼睛里。他感觉,这次可能是要牺牲在一个瓜得能做面瓜饼的女人手中了。他挣扎了挣扎,好像已无翻身回天之力了。她的一只手,好像还死死掐着他的脖子。他只能等死了。他觉得这次笑话可能闹大了：

北山地区行署副专员的儿子,在西京城的一个租房内,被演李慧娘声名大振的秦腔名伶忆秦娥,几拳开了果酱铺,砸死在胯下了。

那句台词叫什么来着:牡丹花下死,做鬼也风流。他这下,是真要做风流野鬼了。

他想:真不该再回来呀！真正叫送死来了！死就死吧,冤枉的是,到现在,他还连这个女人正经摸都没摸一下呢。真正是比窦娥还冤了……

刘红兵想着这次是彻底完蛋了呢。可怎么忆秦娥又突然站了起来,并且哗地一下脱掉外衣,露出了一丝不挂的胴体。她静静地对他说：

"刘红兵,我今晚就证明给你这个畜生看：我没有被人糟蹋过。我还是处女。我不是你他妈说的婊子！"

刘红兵吓傻了。

三十一

刘红兵的确见过几个女人的身子,从光碟里,更是阅过无数女人的身体。说实话,像忆秦娥这样干净、匀称、美丽、健康、弹性十足的身子,还是第一次见到,他是真的傻了。

忆秦娥慢慢走到床上,静静地躺下来,还是一丝不挂,也没有想用任何东西掩盖的意思。她就那样闭起眼睛,均匀地呼吸着。台灯那带点金黄色的光线,把她的身体照射得跟裸体画一样,让刘红兵在一刹那间,几乎分不清这是现实,还是在看当时还很难搞到的那种外国油画集。他的眼睛已经肿了起来,透过那越来越窄的缝隙,他看见,忆秦娥脸上异常平静,但那种不可猥亵的平静,让他

不寒而栗。他勉强撑着站起来,摇摇晃晃地说:

"秦娥,对不起,我……我是爱你的。"

说完,他头重脚轻地朝门口走去。在开门前,他还先把脑袋塞出门缝观察了一下,当确证没有人在门口,能于他开门的瞬间,看见床上一丝不挂的睡美人时,他才一闪身出去,把门紧紧拉上了。他不想让任何人看见这美丽的胴体。这个胴体是属于自己的。谁看见,都会瞎了狗眼的。太美了,他必须得到。

忆秦娥是刘红兵的。绝对!

刘红兵到北山办事处养了几天伤。有人问他咋回事,他说,酒喝多了,摔了一跤。一颗门牙没了,那一定是摔个狗吃屎了?他连连点头承认,是摔了个狗吃屎。乌起来的眼泡,还有紫薯一样垂挂在脸上的鼻子,都在一天天消退着挤眉弄眼的肿胀。唯有失去的门牙,短期实在补不上来。并且那颗牙还宽得要命,一旦失去,就是半扇城门洞的豁口。说话跑风漏气倒也罢了,这相,却委实残破得连粘都粘连不到一起地缺损无序了。见狐朋狗友倒是无妨,可要见忆秦娥,那就真是背着狗头敬菩萨——故意腌臜神了。但他真的是急切想再见到忆秦娥,他觉得一切都似乎成熟了,虽然忆秦娥采取的是那么极端的方式。如果没有做好把一切都交给他的准备,相信她是不会脱成那样的。能脱成那样,就是把最后的防线都撤哨了。无奈也罢,情愿也罢,反正她是要交给他了。他觉得那天晚上,面对追求了快一年的目的地,在冲锋登顶的一刹那间,他突然撤离,肯定是对的。尽管也有眼冒金星、口含血牙的不适与无奈。但更重要的,还是忆秦娥那种刚烈如火、如剑、如刀的性格,把他震撼了。他觉得,她是神圣不可冒犯的。尽管出门以后,他也有些后悔,后悔没有把那千般万般的美好,再多看上几眼。不过再看也是看不成的了,他那眼睛,当下就渐进式眯缝得只剩一线游丝,若再不迅速撤退,只怕是连门的大致方位都摸不见了。他在想,这个间隔时间不能过长,一旦忆秦娥灵醒起来,不要他证明什么清白与否,他也就错失良机,大概只能看水流舟、望洋兴叹了。

刘红兵觉得,他对忆秦娥的爱,已经是深入骨髓了。尽管占有她美妙的胴体,仍是目的中的目的,但对她与对过去接触过的任何女人,还是大有区别。对于那些女人,他的目的很明确,方式就是快刀斩乱麻。还不等对方由撒娇升级到撒泼、撒野,他就已胜利大逃亡地刀割水洗了。而忆秦娥,他在极欲占有的同时,还伴随着珍视、爱怜、呵护、责任这些深沉的东西。他是真的准备跟这个女人过一辈子的。尽管他也怵火着她那动不动就爱拳打脚踢的毛病。但见她脚动手挥,他就有了毛发倒竖、欲拔腿逃跑的本能反应。可逃了跑了,还是想再回去,继续黏糊着,巴结着,讨好着,准备领受她新的拳脚相加。他已经反复试验过,每每赌气离开忆秦娥,都是绝对坚持不到一个礼拜的。基本是挨过三天,就有要发疯上吊的感觉。过去他那么爱打牌,现在在牌桌上是咋都坐不住了,赢钱输钱都没意思了。唯有跟忆秦娥赖在一起,即使无缘无故地挨上一脚,也是要心花怒放的。

他不能等着肿消牙补了再去见忆秦娥。兴许打弱势牌,就这样伤痕累累、残缺不全地去见,更能使她内疚愧悔、良心发现。他在镜子里,反复观察了观察自己的面容,用"歪瓜裂枣"四个字形容,堪称精准恰当。尤其是他故意张开嘴唇,露出那扇直通喉管的黑门洞来,更是显得山河破碎、满目疮痍了。曾经是一张多么英俊帅气的脸面哪!有那美人咬着他的高鼻梁说过:"兵哥,就你这张脸,一辈子也就只能是贾宝玉的命了。"他还真不喜欢贾宝玉那厮,太好在女人跟前黏黏糊糊、胭脂粉饼了。可在忆秦娥面前,他还就真成贾宝玉了,任人家甩脸、辱骂、踢打,还是要死朝人家跟前凑,死去讨好卖乖,殷勤表现。他觉得自己是完全变了一个人了。因为爱,已自我摧残得面目全非了,剩下的,也就只能是继续去爱了。再不爱,自己还就真的什么都没有了。他在镜子里扮了几个鬼脸,戴上一副蛤蟆镜,遮去了一部分残破疆域后,就又找忆秦娥去了。

　　他这次真的打的是乞求同情牌。他上身穿了一件办事处做活动的绿色套头衫,皱皱巴巴的,上面还印着"北山牛奶"字样;下身穿了一条大裆花短裤;脚上趿了一双烂凉鞋。这双凉鞋,还是前几天挨打逃跑时,趿了脚跟,把半边鞋耳子挣扯后,他用剪刀改造的凉拖鞋。他相信这双烂鞋的遭遇,一定会让她记忆犹新。他把头还削成了光葫芦。肿鼻子烂眼窝,也是在蛤蟆镜的遮挡下,有了位置大概正常的分布。而嘴里跑风漏气的豁牙,他还故意咧出来,让忆秦娥在打开门时,先是倒吸了一口冷气地惊诧不已。他左手一只鸡,右手一只鸭,背上还背了一个胖娃娃。鸡是西京饭庄的葫芦鸡,鸭是北京人在西京开的烤鸭店里的肥烤鸭,背上背的是一个做工很细致的大布娃娃。还不等他进门,忆秦娥就已经笑得窝在门后了。这娃笑点也太低了。刘红兵却是半点笑意都没有的,大咧着豁豁牙,昂首阔步地走了进去。

　　"你牙咋了?"

　　"你还好意思问我牙咋了。"

　　"真的咋了?"

　　"你双手沾满了人民的鲜血,还问我牙咋了。"

　　忆秦娥忍不住,又捂嘴笑了,问他:"真的咋了吗?"

　　"你搞独裁,施淫威,玩暴政,下黑手,差点没让我牺牲了。牙算啥!"

　　"真是我打掉的?"

　　"莫非我有病,还故意把门牙拔了,来讹你?"

　　"对……对不起噢。"

　　在刘红兵的记忆中,这还是忆秦娥第一次给他道歉。他就顺着杆杆朝上爬了:

　　"一声对不起就打发了?"

　　"那你还要我怎么样?"

"给我当老婆。"

"滚!"虽然这声滚里,有着她那一如既往的脾气,可也已明显柔和了许多,里面是富含了从未有过的婉转和含蓄了。

刘红兵说:"咋,还不愿意?"

"我不是你想的那样子。"

"我想的什么样子?"

"你说你想的什么样子。"

"你说我想的什么样子。"

"要我是婊子,你妈也是。都是。"

这话又把刘红兵说愣了,忆秦娥永远就是这样的一根筋。

"我是说的气话。"刘红兵急忙改口说。

"你不是说气话。"

"那我说的什么话?"

"你说的是你心里的真话。可惜我不是。"

"我就是说的气话,你肯定不是。就是是的,我也爱你,要你,娶你。"

"日你妈,你还说是的。"

"我说就是真的也娶你呀!"

"你凭啥说是真的?你凭啥侮辱我?"

"好好,不是真的,不是真的。好了吧?"

"听你这口气,你还是说是真的嘛。"

"我没有说呀!"

"刘红兵,你心里就是这样说的,你以为我猜不出来?你把我能冤枉死,日你妈!"

看着忆秦娥愤怒的样子,刘红兵终于再也控制不住自己地,把双手搭在了她的肩上。忆秦娥抬手一扫,他的两只手就被扒拉了下来。但这个动作,明显有羞涩的成分在里边。他就再次伸出双臂,去搂抱她了。她又挣扎了挣扎,但已完全没有了暴力成分。他就一鼓劲儿,另一只手从她的大腿弯部搂起来,人就三折弯地横陈在了他的怀里。她并没有停止反抗,还在用拳头砸他的胸部,不过砸着已不是痛,而是痒,是酥,是麻了。他把她抱向了榻榻米。他知道,忆秦娥要真的反抗,他是连小命都难保的。这个武旦,这个烧火丫头,是一拳可以给他脸上开酱醋铺,三拳也能打死"镇关西"的人。她要是不情愿,还别说把她抱到床上,就是亲近一下,也都是要付出惨痛代价的。可她这次是真的让他抱了,并且抱到床上后,也没有把他顺势俯下来的身子完全推开。她只是不让他胡乱动、胡乱摸而已。按照他的惯例,是要先从接吻开始的。可还不等他把烂嘴凑上去,她就一掌推开了。他想,可能是嫌他的嘴烂,难看,牙还缺着一豁呢。他自己看着都难受,还别说别人了。那他就不接吻了,先摸胸部吧。可他刚一搭手,那高耸紧致的两团活肉,就像带着电一样,把他的手弹出老远。原来这里也是不许动的。她仅把胸部一摆,就把他还算有经验的老手,撂到一边去了。只要是她明令禁止的地方,他就只能收手不干。他似乎已经明白了她的用意,就继续向下探索。到一块十分平坦、板结、滑溜的开阔地后,他的手停了下来。他想仔细摸索一下这个神秘的地方,但她扬手一打,把他的动作终止了。他再试着先脱她的鞋,是一双白色练功鞋。她竟然没有反抗。他又试着去脱她的衣服。她上身穿的也是一件白短袖衬衫,下身穿的是一条纯白色府绸练功灯笼裤。他想先脱去她的上身,可她反感着推开了他解扣子的手。他就又试着去脱她的下身,这次她没有动,任他一点点把练功裤从腰部翻卷下去,直到从脚上褪下来。然后,他又试着去剥她的白色小裤头。那裤头几乎只有一巴掌大,但干净得就跟一捧雪一样,里边看不到一丝杂质。她的下身全部裸露出来了。但上身,却是白衬衫严严实实地紧裹着。她把眼睛闭上了,却将下巴翘了起来。她用一只手,护着高高挺起的胸部,另一只手,用来遮住了做人的脸面。她似乎在等待,等待着一个无奈的证明。刘红兵突然意识到,这是那天那个动作的延续。她没有因为间隔几天,就改变这个初衷。他实在不能往下进行了,可又不忍就此放弃。他先躺下来,慢慢剥去自己的衣裤,等待着她的反应。她竟然是纹丝未动地继续平躺着,等待着。他就轻轻翻了上去。他感到身子下面的身体,一阵紧张地抽搐,他又慢慢溜了下来。他想用豁了牙的嘴,吻吻最神圣的地方,可她是一种厌恶的表情。他就又窸窸窣窣地,开始了属于男女之间的那种勘探。忆秦娥双腿自然并拢着。他轻轻将两条十分完美的腿,微微朝开掰了掰。只见她浑身的肌肉,很是紧张地朝拢并了并,但又没有完全拒绝的意思。他就开始了最后的、稍带些强制的进攻。在抵抗与不抵抗之间,他进行了反复的佯攻、强攻。终于,忆秦娥"哎哟"一声,几乎痛得昏厥过去了。他立即从阵地上退却了下来。紧接着,他就看见白色被单上,有了殷红的血迹。他是完全感觉到了破门的艰难,以及破门而入给她带来的钻心疼痛。然后,忆秦娥就拉起白色床单的另一半,慢慢从脚到头,把自己覆盖了起来。

刘红兵突然爬起来,面对忆秦娥,扑通一声跪了下来。他是跪在人造革地板上的。那声跪,他是要让忆秦娥听见的。他说:

"对不起,秦娥,你是洁白无瑕的。我要好好爱你,比爱亲生父母都更加爱你。你是值得我一生去好好珍爱的!你记住,就是再骂再打再踢,我都是打不散踢不走的。我是你的人。这一辈子,都心甘情愿……做你的奴隶……"

任刘红兵怎么说,忆秦娥都再未搭话。她一直就那样躺着,用洁白的床单,把自己整整覆盖了一天两夜。

三十二

忆秦娥的泪水,一直在白床单里静静流淌着。

为了今天的证明,她是经过反复思想斗争,才最终这样决定的。她觉得她已无法摆脱刘红兵了。跟廖耀辉没有啥,都被传成了那样。跟封潇潇戏外几乎都没拥抱过,也把她说成是"水性杨花""见异思迁""无情无义"的"害人精"了。而与刘红兵的关系,早已被他自己吵吵得宁州、北山、西京都无人不知了。她要再不跟他,污水倾盆而下,只怕是跳到黄河也洗不清了。这事打一开始,她不是不清醒,不反对,没抵抗。可反对着,抵抗着,最终还是一步步陷了进来。她都不知是怎么陷到今天这般光景的。跟他,好像已是唯一出路了。其实在一些人眼中,也许她还不配刘红兵呢。人家是专员的儿子,而自己就是个唱戏的。连她娘、她姐都是这看法。可在她心中,又总是把封潇潇涂抹不掉。她始终觉得,自己跟封潇潇的感情才是美妙的,才是她精神所向往的。妇唱夫随,戏中有戏,戏外有情,真是太妙不可言了。可一切都无从谈起了。无论从哪个角度讲,她都只能选择刘红兵了。

好在,刘红兵对自己的确是好。

她之所以要坚定地将处女之身,证明给刘红兵看,也是她已做出决定:要嫁给刘红兵了。反正看不到反悔余地了。迟证明,不如早证明。一证明,她的心也就安然下来了。至于别人怎么看,怎么说,她也顾不了那么多了。她相信,只要她证明给刘红兵了,刘红兵是会有办法去处理、去为她证明的。她的心,已经累得够够的了。她只希望早点把这事放下,也好安生去练功、演戏。除了练功、排练、演戏,她还真不知有啥事,是她能干的了。

那天,她突然脱光了衣服,没想到,反倒把刘红兵吓跑了。就凭那一跑,她知道,刘红兵还算不得太流氓。她也知道,那天的确是把刘红兵打惨了。谁让他要骂出她婊子的话来。她当时就想把他嘴撕烂,牙掰掉。可没想到,那么健壮个男人,竟然跟稻草人一样,只三两拳,就打得稀烂了。把她也吓的,就起身脱了衣服,要让他证明自己是处女,不是他妈的婊子。那天刘红兵吓跑后,她看着自己的身体,把自己也吓了一跳。忆秦娥啥时这样开放了?竟然自己剥光了衣服,一丝不挂地躺在这里,要让一个男人上来证明了。真是气糊涂了不是。不过,在刘红兵没来的这几天,她是真的坚定了信心:只要他还来,她就一定要证明给他看。一切都不能再拖了,她快拖不动了,得让刘红兵来帮她一起朝前拖了。

她坚信刘红兵是会回来的。把他打成那样,如果再能回来,那就一定是死磕着她的人了。

果然,他回来了。伤痕遍体,却还是以那样轻松、滑稽、幽默的方式回来的,就让她有些感动,有些爱怜了。她本来就准备把身体给他了。这几天,她一直都穿着一身白净的衣服,在等他。她是想告诉刘红兵,作为女人,她是清白的。

终于,刘红兵开始证明了。让她没想到的是,那么多人那么津津乐道的事情,竟是这般痛苦,是比被钢刀穿过身体还要钻心疼痛的事体。她几乎都快痛晕过去了。好在刘红兵还算爱惜她,在她最痛苦的时候,没有继续自己的欢乐。并且在发现了那片殷红后,他突然退到地板上,嗵地跪下,一连声地表白起了从他心底涌上来的感动话语。她用床单紧紧捂着头,蒙住身子,一声不吭。她想,她是完全证明给他了。这个证明,也已明显发挥了作用。不过,她也知道,属于自己的忆秦娥,已经彻底结束了。她已经是另一个忆秦娥了。

整整一天两夜,刘红兵几次掀床单,她都没有松手,是把床单的边角,死死扎在身子下,不愿露出一丝肉体来。她的眼泪,从九岩沟的羊,哭到宁州剧团的人,再哭到西京城的戏,就那样任由它涕泗横流着。她能感到,一直跪在地上的刘红兵,最后是爱抚地贴着她的身子,静静躺在她身边的。那床白单子,一直将他们的肉体隔离着。

当忆秦娥最终从床单里钻出来时,只说了一句话:"我们结婚吧!"

他们就要结婚了。

到团里开结婚证的时候,单团长是不同意的,嫌他们结得太早,影响事业。忆秦娥就坐着不走。她软缠硬磨地说:"不结不行了。"单团长急得呼地站起来,一瘸一跛地来回颠着问:"咋叫个不行了?"忆秦娥说:"不行就是不行了。反正必须结。"单团长过去还没发现,这个忆秦娥,还是个无法做通思想工作的人。说啥,她都只认死理。后来,刘红兵又来找他缠,他才把问题问得透彻了些:"老实说,是不是给人家娃把活儿做下了?"刘红兵嬉皮笑脸的,不说做了,也不说没做,反正就两个字:"得结。"单团长看没办法,就跟他商量说:"要实在不结不行了,那我也对你们有个要求:五年之内不能要孩子。有了,也得采取措施。忆秦娥演戏正是如日中天的时候,只要现在生孩子,立马就完蛋。团上这样的例子太多了。几年拖下来,功夫功夫没了,嗓子嗓子打了,体形再一发胖,大尻子大脸盘的,浑身都朝下泄着,就把一个好演员活活毁了。""这个你放心,单团,我们保证五年内不要孩子。结婚,也是为了让她更好地唱戏,更好地振兴秦腔事业呢。"单团长无奈地摇摇头,也就同意办公室把证明开了。

办完结婚证回来,刘红兵刚进门,就迫不及待地用脚反蹱上门,一把搂起她来,死朝床上摁。谁知忆秦娥就跟一条才蹩上干滩的鱼一样,劲大得咋摁都摁不住。摁住了腿,她的上身蹩起来了。摁住了上身,她的腿和小腹,又一个鲤鱼打挺地绷弹起来。刘红兵就喊叫:"哎,妹子,这下可是合理合法了耶,你还不给。""去你的!"忆秦娥说着,又是一脚,踢在了他那张扬得搁不下的地方。刘红兵痛得捂着那点不安生,跳将起来喊:"你咋了?你该没病吧,老朝我这儿踢。"

忆秦娥就抿着嘴笑:"谁让你不老实。"

"我咋不老实了?"

"大中午的你要干啥?"

"你说我要干啥！你已经是我老婆了,我要干啥?都受法律保护了,我想干啥就干啥,想啥时干就啥时干。"

"流氓。"

"哎,你懂不懂啥叫流氓。"

"你这种人就叫流氓。"

"好好好,我流氓我流氓。忆秦娥,我也老实告诉你,以后哪儿都能踢,就是这儿不能踢,懂不懂?这是命根子。它是我的命根子,也是你的命根子,知道不?我们的幸福生活,我们要生儿育女,统统都靠它了,懂不懂?除了这儿,你爱踢哪儿踢哪儿。"

忆秦娥就用手背捂着嘴笑:"脑瓜也能踢?"

"你踢,随便踢。踢灵醒踢傻瓜了,都是你的。"

"你写。"

"写啥?"

"纪律,制度。团上都有各种纪律制度,家里也该有。"

"那叫啥制度,家庭纪律制度?"

"行。"

"都定些啥制度?"

忆秦娥就拿来一个剧本,让他在后面空白纸上写。

忆秦娥说:"第一,不准跟前跟后的。"

"啥子不准跟前跟后的?"

"我走到哪儿,不准你跟前跟后的。"

"那就让别的男人跟着?"

"去你的。写。第二,不准见人就说这是我老婆。"

"咱都结婚了我还不能说?"

"不准说,就不准。我不爱人多的时候你说。"

"好好好,人多的时候我不说。"

"第三,大白天不准耍流氓。"

刘红兵把笔一扔,说:"这个不行噢,绝对不行。我们这不叫耍流氓,叫过夫妻生活。"

"去你的,按我说的写。你写不写?"

"咱能不能变通一下,不说大白天不能耍流氓。就说大白天,不能干影响工作、影响夫妻关系和睦的事?怎么样?"

"反正就是白天不能耍流氓。"

"好好好,不耍流氓。但必须让夫妻关系朝着更加友好和睦的方向发展,是不是?说,下一条。"

"第四,不准你跟团上人喝滥酒。尤其不许醉。"

"同意。下一条。"

"第五,我演出时,不准你在前后台乱跑。尤其是不准到观众池子去乱叫好,乱拍手。"

"照办。再下一条。"

"第六,不准看黄碟。不准在家说流氓话。"

"夫妻生活里边的性,是很重要的一环,懂不懂?性生活过不好,会直接影响到家庭安定团结哩。"

"不许你说流氓话,你还说。"

"好好好,这都是流氓话,不说了。再下一条。"

"先写这些,想起来再写。"

"你都说六条了,我加一条行不行?"

"不行,只能我定,不允许你定。"

"你咋独裁成这了,我咋就不能定了?"

"就是不行。"

"好歹让我定一条行不?"

"你说我看。"

"第七,不准施行家庭暴力。不准打人。不准敲牙。不准踢人,尤其是不准踢人的命根子。"

忆秦娥扑哧笑了,说:"你不要流氓,我就不踢。"

"问题是我们结婚了,我再在你跟前做啥,就都不是耍流氓了。那叫爱。就是跟你干那事,也叫性爱。"

"你又说流氓话。"

刘红兵哭笑不得地说:"娃呀,我的好娃了,你咋就是个开不了窍的瓜蛋儿呢。"说着,他还在她光滑得跟绸缎一样的额头上,轻弹了一个脑瓜嘣。忆秦娥一下抓住那只手,塞到嘴里,狠狠咬了一口。刘红兵就喊:"哎,你咋还咬人呢?""谁叫你说我瓜。"刘红兵看着眼前这个既美丽无比,又行为乖张的动人尤物,只剩下软硬都得屈服的苦笑了:"乖,我把你彻底服了!""不许叫乖,难听死了。""忆秦娥同志,制度贴在啥地方?""贴在你心里。""好好好,贴到我心里。"刘红兵说着,就掀起衣服,吐一口唾沫,啪地把那张纸,贴在胸口上了。忆秦娥直喊:"脏猪!"刘红兵到底还是顺手把忆秦娥搂住美美亲了一口。忆秦娥呸呸地说:"你就是猪。"

刘红兵觉得大功告成了,虽然这尤物难调教一些,但他还是相信自己调教女人的能力的。毕竟是太美了。就他活这大,在见过的女人里,忆秦娥无疑是最美的那个了。都说西京城满街都是大美人儿,他坐在钟楼边,还仔细观察过几回,像忆秦娥这么美的,还真没发现第二个呢。而这个最美的人,是他的了,彻头彻尾是他的了。如此大的人生福分,他有时都害怕自己消受不了。可也不着急,慢慢来吧。馍在笼里蒸上了,还愁气圆不了?忆秦娥的妙处,甚至包括了那些乖张的脾性。比如突然咬他一下,猛然踢他一脚,他都感到,是痛并受活着的。只要不踢咬得太重,他都能幸福地忍受。谁叫自己要贪最好的呢。

对于婚礼,刘红兵是坚持要大办一场的,可忆秦娥坚决不同意。并且不让告诉双方父母。刘红兵犟不过,只好照她说的办了。这事,毕竟是纸里包不住火的,团上跟刘红兵爱混搭的那些主儿,包括北山办事处和北山地区来的那些人,都撺掇着他请客。他背过忆秦娥,就哩哩啦啦请了几桌,自是没少煽惑他的幸福美满生活。婚就算结完了。

婚后的忆秦娥,依然把主要精力放在了练功场。她不喜欢待在家里,一待在家里,刘红兵就像一坨糖一样,爱朝她身上黏糊。黏糊黏糊着,就提些怪要求,把定的纪律制度,都当耳旁风了。有时她生气也不管用,好像他就为那点事活着,并且活得一心一意、乐此不疲、神情专注、不依不饶的。忆秦娥却咋都喜欢不起那事来。刘红兵一拾翻,就让她本能地想到廖耀辉,想到强暴,想到不洁,想到丑恶,甚至还想到了她舅跟胡彩香的偷情。有时,她甚至希望,在刘红兵干得正欢时,宋光祖师傅能突然出现,就像那晚砸廖耀辉一样,抄起房里的椅子,照着他屁股就是几下。可惜这间房里,没有那种腿脚粗笨的老椅子。刘红兵看她老不专注,就问她想啥。她一笑,也不说想啥,就直催,让他快些。他就索然无味地溜下去了。

忆秦娥是尽量减少在家的机会。到了练功场,其实也是喜欢一个人独处。好在这年月,练功的也少了,只要不排练,练功场就总是她一个人。她也有做不完的功课,从压腿到踢腿,再到各种组合,一遍基本功套路下来,就是一个多小时。然后,再把过去学的戏路子,挨个走一遍:从杨排风到白娘子,再到李慧娘,三本大戏走下来,好几个小时就过去了。她尤其爱走白娘子的戏,并且老出现幻觉,是封潇潇在给她配许仙,是演得水乳交融的。走得累了,她就"劈双叉""卧鱼",一个动作能静卧好几十分钟。秦八娃老师让她读书,让她背唐诗、宋词、元曲。书她是有些读不进的,生字太多。但背诵,跟记戏词一样,她倒是越来越有兴趣。尤其是"劈叉""卧鱼"这些耗时长、肌肉又酸困胀麻的动作,一边背着,一边练,反倒能分散注意力。她已背过成百首诗词了,尤其是李白的词牌《忆秦娥·箫声咽》,她都能倒背如流了。秦老师说,你既然叫了"忆秦娥"这个艺名,就得先把这个词牌弄懂了。最好是多背一些这类词,将来自己也写一曲"忆秦娥",那就算是没白叫这个艺名了。忆秦娥就拿手背挡住嘴笑。

开始背《忆秦娥·箫声咽》的时候,她还没啥感觉。不过最近背,就觉得里面有了意思。并且背着背着,她还想哭:

箫声咽,
秦娥梦断秦楼月。
秦楼月,
年年柳色,
灞陵伤别。

乐游原上清秋节,
咸阳古道音尘绝。
音尘绝,
西风残照,
汉家陵阙。

她也不知道,她是为什么流泪。反正"梦断""伤别""箫声咽""音尘绝""西风残照"这些词,她一背出声,就特别想哭了。何况秦老师还给她讲过,词的大概意思是说,跟自己"伤别"的那个人,从此"梦断",再无音信。自己只能看着西风残阳,照着老坟、残宫,通过呜咽的箫声,以寄托无尽的思念了。你说惨也不惨。她想着,果然是惨,就泪流满面了。

有一天下午,正是夕阳晚照的时候,她背着《箫声咽》,泪又落下来了。这时,刘红兵突然捧着一个金鱼缸样的东西走进来,直喊叫说:"你看我弄的啥?"忆秦娥还没回过神来,他就说:"这叫红茶菌,知道不?省上领导都在喝呢。北山办事处,最近都弄回去好几十钵了。我爸我妈他们都有。说这玩意儿营养大得很,不仅健身、健脾、健胃,而且还能给你亮嗓子呢。"忆秦娥还在擦泪,他就问咋了。她支吾说记戏词呢。他就硬把她缠回去了。

回到家里,刘红兵把饭都做好了,还熬了骨头汤,炒了鱼香肉丝。他看忆秦娥最近吃饭少,一回来就瞌睡,说要炖汤给她补一补。可忆秦娥还是没吃多少,直喊累了。她擦完澡,就要蒙头睡觉。他连锅碗都没来得及收拾,就两脚踢飞了拖鞋,一下扑上去,要行那事。忆秦娥说:"你能不能把我饶了?我太累了。""你咋天天说累吗?""我真的累。""昨晚你就睡得早,说累得很。今晚还这样。""你把这当饭吃呀?""要当饭,也是一天三顿,咱吃啥了?白天有制度,不让吃。那这晚上,总没违背纪律吧?"忆秦娥没忍住,在被单子里扑哧扑哧笑了。刘红兵就得寸进尺起来。

三十三

楚嘉禾觉得自己实在活得背运极了。来西京才刚一年,谈了两个男的,全都崩了。一个是她妈的同学介绍的,接触了一个多月,啬皮得跟钢夹子一样。他俩出去喝冰峰汽水,他还磨蹭着说,身上没零钱,等她掏呢。只说请她吃饭,快一个月过去了,还说没啥好吃的。有一天,他倒是勉强磨叽到了一个大饭店里,楚嘉禾想吃虾,他就是不点,嫌太贵,还说想吃虾了,啥时到大连他舅那儿吃去,那儿又便宜又新鲜。她想,你都五年才去见一回舅,还得看人家舅娘高兴不,等我到你舅那儿去吃虾,该到猴年马月了。勉强点了三个菜,还点了一个锅贴,没吃到一半,他又说,今天锅贴特好吃,我得给我妈拿几个回去尝尝。随后,就把盘子里还没吃完的,让服务员全打了包。她从饭店一出来,就没好气地跟他拜拜了。另一个是自己撞上的。人倒是长得潇洒帅气,也有情趣,只三天两后响,就把她哄上床了。可正热闹着,另一个女的竟找了来,哭着闹着,说的都是打胎不打胎的事。气得她,拿刀劁了他的心思都有。都怪她妈,说这年月,能早恋爱就得早恋爱。说等你明白了,好男人就都让灵醒女子耗完了。能剩下的,不是歪瓜裂枣、缺点大脑,就是家境贫寒、出手困难的。要都按剧团对青年演员的要求办,你这一辈子就休想找到好男人了。尤其是忆秦娥的婚姻,给她的刺激太大了。就那么个做饭的贱货,忽然就红火得平地插根烧火棍,都抽出芽穗开出花来了。宁州剧团的白马王子封潇潇,是拿命上,差点没自我报销了。一个专员的儿子,竟然也是一副没羞没臊、脸皮比城墙转拐处还厚的贱相,倒贪恋起了给真奴才去做奴才的快活。可笑的是,真奴才还爱理不理的,好像她还是省长的千金了。楚嘉禾老想着,也不仅仅是她想,还有好多人都想着,刘红兵这个花花公子,也就是"皇上选美,色重一点",喜欢上忆秦娥那副不会笑、老爱哭丧着脸,其实就是傻、就是命苦的冷表情,还有什么奥黛丽·赫本的脸了。呸,那也叫赫本脸?在农村,那就是寡妇脸——有骨无肉,高鼻子窄下巴的,全然一副克夫相。刘红兵就是贪着这副骚脸,贪着她靠剧情、灯光映照出的那份无与伦比的主角光彩,才奋不顾身杀进这个圈子的。大家都议论,这种玩法长不了的,一旦"得手",便会扭头而去,更遑论谈婚论嫁、生儿育女。可没想到,人家还就把婚结了,并且黏糊得比婚前更紧结。真是他妈的出了奇事怪事鬼事了。

楚嘉禾真的感到自己不顺。在宁州就不顺。她一招进剧团,几乎没有人不说,这娃将来肯定是朝台中间站的料。开头几年,团上也的确是把她当主角培养的。可后来,马槽里插进一张驴嘴,都去烧火做饭几年的忆秦娥,突然枝从斜出、鬼从地冒,由此就掰了她的主演馍,抢了她的主角碗。尽管如此,她和她妈还是觉得,忆秦娥只配出蛮力,唱武旦、刀马旦,而宁州团未来的当家花旦,还是非楚嘉禾莫属的。可没想到,团里几个死了没人埋的唱戏老汉,竟然左右了局势,又把"白娘子"这种是个演员都喜欢得要死要活的好角儿,硬搁在了忆秦娥头上。闹了好长时间的大地震都没震了,结果让忆秦娥的《白蛇传》,把宁州、北山全都震了个山崩地裂、人倒楼歪。这些事让她突然意识到,自己的美好唱戏人生,是真的有了苍蝇飞舞、恶狗吠日、老鹰扑食、老虎挡道的感觉了。好在遇上省秦招人,她妈前后出击,总算让她拔离了宁州的窝子。可没想到,事隔几月,忆秦娥又杨家寡妇出征似的持棍杀将而来。几番搏击,竟然又上位出演了李慧娘这个秦腔主角里的"皇冠明珠",一下红得吐口唾沫都能溅出血来。又是她妈分析来分析去,说省秦毕竟是两百多号人的大团,平常都能分两个演出队,是能飘起一群主角、一窝花旦的。说只要找对门路,进对庙门,拜对神鬼,是不愁分不上主角、唱不红西京的。好在,她还真从丁科长那里分得了一杯《游龟山》的羹。戏里的胡凤莲,也的确是个"耍旦"的好角儿。她由此才看到了一点希望,算是又有了一点奔头吧。

可要在省秦撑起一个大戏来,谈何容易啊!丁科长虽然阴、狠、霸道,可他毕竟不是团长。一切都得靠"运作"。干啥都好像是"地下党"在接头,这不让明说,那不让明讲的。好多事都是用手势、嘴角、眼神在暗示,活像回到了"打地道""埋地雷""传递鸡毛信"的时代。可人家忆秦娥排戏、唱戏,都是来路明,去路正。就这,人家好像还想排不排的。诸事团上都宠着、哄着、求着。一切自是安排得顺顺当当、妥妥帖帖。各路人马,也好像都屁股上长了戴着放大镜的眼睛,没有什么细活是看不见的。导演、作曲、舞美、灯光、道具、服装、音响、剧务,包括所有配演,好像也都是为人家生、为人家长的。都生怕自己出了丝毫的差错,而让"一棵菜"艺术,在自己这里烂了帮子、黄了叶子。而那一棵菜的"白菜心儿",就是做饭出身的忆秦娥。

楚嘉禾为搭建《游龟山》的班子,就忙了上个月。她私下请丁科长和他夫人,到南院门吃了葫芦头;到北门外吃了河南人做的正宗牛肉丸子胡辣汤;到回民坊上吃了米家泡馍、王家饺子、贾三包子;还买了几回刘家烧鸡、老铁家牛肉、黄桂稠酒,拿到丁科长家里,一边吃着喝着,一边商量角色分配和剧组搭档。这些吃喝都是科长夫人亲点的。她说海鲜就别吃了,得给娃省钱呢。可这些名小吃点的回数多了,钱也没省下。倒是她妈大方,让娃放心花,说只要能唱上省秦的主角,就是把她爸和她的工资都搭上,也值。楚嘉禾她爸是银行管信贷的,好像手上也有钱,楚嘉禾就在这方面,花得有点不管不顾了。好不容易把班子搭起来,都开排了,可单跛子又安排,要让团上把忆秦娥过去在宁州演的《杨排风》《白蛇传》,都捯饬起来,说今后省秦也好演出。还说这是群众来信要求的,鬼知道是哪个群众来的信。可气的是,封子导演也特别支持这事,在她请他出山排《游龟山》时,他是左推右辞,硬是让一个过去只演过《游龟山》的老演员,上手做了导演。而一说到要给忆秦娥捯饬戏,他又骚情得亲自披挂上了阵。

忆秦娥这个碎婊子,结婚第二天,就到练功场来泡着了。前一阵楚嘉禾和她妈放出的那些风声,不仅没有影响到她和刘红兵的婚姻,竟然也没有影响她的任何情绪。见天她是来闷练着,傻站着,呆卧着,一副让人看不透的瓜表情。在她准备排《游龟山》的时候,忆秦娥甚至还主动黄鼠狼给鸡拜年来了,说需要她做什么,开口就是。她还撇凉腔说:"哟,我们还敢让'秦腔小皇后'做什么呀,不过是在给你跑龙套的空闲,拾几个麦穗,岔岔心慌而已。"忆秦娥好像也不生气。过几天,又来多嘴,说她听了他们的对词,觉得有几句道白这样说,是不是更好一些。然后,她还把这几句道白说了一遍,是一副讨好她的样子。她虽然觉得忆秦娥道白的感觉是对的,并且明显比她说得到位了许多,但还是不屑地说:"导演要求的。妹子现在比导演都能行了?"忆秦娥好像还是没有计较,也许是真傻。有一天,她又对她说:"禾姐!"过去在宁州,同学都这样叫她。那时她忆秦娥还没这个资格叫呢。"咋了,妹子?""我觉得你在《藏舟》一场的道白,还可以再压低一点声,毕竟是在夜晚。何况外面还有官兵在追田公子呢。""妹子,你该不是又琢磨着,要偷梁换柱吧。这个角色可是我费了九牛二虎之力,自己讨来的,你就别打这主意了,好不好?"忆秦娥当时就傻愣在那儿了。

那阵儿,她正在"卧鱼"。那"鱼",是一下就"卧"死在那儿了。

就在这以后不久,团上就开始排《杨排风》和《白蛇传》了。楚嘉禾绝对坚信,是忆秦娥捣了鬼,要故意冲击她的《游龟山》呢。团长一旦发话,人家的排练就成"正出"了,而她的《游龟山》,自是"庶出"。加上丁科长平时也得罪了不少人,就有人夹枪带棒地说她是"寻情钻眼"才上的戏。还说她"嗓子、功夫都是霜杀了的柿子——不过硬"。《游龟山》的排练,也就慢慢转入"地下"了。

最为可笑的是,忆秦娥老要在她面前装出一副无辜的样子。好像她还很不喜欢再排戏似的,《杨排风》《白蛇传》都是团上硬要安排的,她忆秦娥绝对没有要挤对《游龟山》的意思。可楚嘉禾几次问丁科长,内幕到底是咋回事?丁科长每次都像是喉咙里卡了一疙瘩屎一样,把自己难受得吞也不是,吐也不是,只哼哼唧唧地说:"认命吧!认命吧!等机会!会有机会的!"她的主演梦,就这样暂时搁浅了。

《杨排风》里面,给她分了个站在杨排风身边的"四女兵",是拿着刀,让杨排风吆出喝进的活"木偶"。为这事,她还找过丁科长,问他为啥让她上"四女兵"。团上那么多女闲人,怎么偏偏盯上了她。丁科长还解释说:"这戏全是男角儿,一共就几个女的。导演让挑几个水灵的上,说免得观众审美疲劳。人是导演选的,业务科还不好改变。一旦改变,人家又会说业务科的心眼,都长偏到肚脐上了。给你安排《游龟山》,已经有人在私底下乱嚼舌根了。"丁科长要她"沉住气"、学学勾践"卧薪尝胆"。还说"心"字头上"一把刀",那叫"忍","小不忍则乱大谋"。她就忍了。可真正排练起来,整天跟在忆秦娥身后转来转去,除了"啊""有",就是"在""是",一站半天,站完就跟着转圈圈。一切都是为了衬托杨排风精明能干、武艺高强的。一个烧火丫头,不仅把大将孟良、焦赞打得满地找牙,还把辽国元帅韩延寿,也打得丢盔卸甲,魂飞魄散了。反正一台人,就是为了这个主角的光彩照人,在"前赴后继""英勇献身"。也许别人不觉得这有什么,但在楚嘉禾看来,这就是活活在侮辱自己。一班同学,开始活得天差地别的,还是自己先来的省城,结果落了个给人家跑"铁腿龙套"的下场。她尤其想到,《杨排风》演出,宁州剧团那帮人,是一定又会来捧场的。他们见了她这个比《游西湖》李慧娘替身更惨的"四女兵",会是什么眼神?会说出什么拿刀在人心上乱戳的话来?她都不敢细想。一细想,就不由得人从后颈到脚跟都发起凉来。

其实跟她一起跑"四女兵"的还有周玉枝。也都说她长得漂亮。还有人说她像电影明星陈冲。可这家伙,进了省秦,好像就有些满足了。让跑龙套就跑龙套。忆秦娥红火,就让人家红火去,好像不关她的事。为上"四女兵",楚嘉禾还跟她撺掇过,说:"省秦招咱来,是唱主演的。咱要嗓子有嗓子,要扮相有扮相,要个头有个头,结果天天只穿了龙套满台乱跑。我们要再不反抗,他们还以为咱是骨头贱,喜欢龙套的服装样式,觉得穿着美丽大方、舒适便当呢。"猜猜周玉枝咋说,她竟然说:"穿龙套也挺好的,省了很多麻烦。你没见秦娥,每天晚上演出,就跟死了一回一样,又是喷又是吐的,何苦呢?她比咱的工资又不多一分。能安生在省秦跑一辈子龙套,也是福分呢。"面对这号不思进取的"小炉匠",楚嘉禾也就没治了。不过她到底没把"四女兵"跑到头。在进入两结合排练时,有一天,她突然崴了一次脚,就乘势去医院开了假条:左脚踝骨裂,需休息一月。她长舒了一口气,总算是逃脱给忆秦娥当"白菜帮子"的厄运了。

《杨排风》演出几天后,她听广播也在说,电视也在播,报纸也在吹:"《杨排风》是'秦腔小皇后'的又一巨献。"啥词都用上了,什么"大宋霹雳",什么"戏曲舞台上的霍元甲",什么"技压群芳",什么"仪态万方",什么"婉丽飘逸",什么"美不胜收",什么"大气磅礴",还有更肉麻的,竟然说忆秦娥是什么"秦腔的武旦天后"。气得她端直把几份小报都撕了。就一伙夫,无非是能把杨排风这个烧火丫头的角色,体会得深一些,还就中国不出、外国不产了。《游西湖》一演,有人就骚情给她安了个"秦腔小皇后"。《杨排风》又给她挣了个"武旦天后",要再演了《白蛇传》,那不还得安个"王母娘娘她祖奶奶"的名号了?这帮吹鼓手,也真够恶心的了。她听说过梨园捧角儿的事,但没想到,能捧得这样酸、这样嗲、这样肉麻,这样刀把生芽、擀杖结籽、棒槌开花。她到底忍不住,装作脚还是很痛的样子,一瘸一拐地进剧场把戏看了一眼。

不得不承认,省上剧团就是省上剧团,整个舞台呈现,一下就比宁州高了几个档次。也难怪,宁州团统共就二十几只回光灯,在那里切来换去;而省秦是二百多只灯在变幻莫测地闪着。布景也是高楼、大山的立体层叠。而宁州团,就几个幻灯片,在那里制造着天波府的威严与边关烽火的恐怖。省秦乐队,更是铜管、民乐的混合交响。乐人一坐一乐池,光小提琴就八把,大提琴四把,还又是定音鼓,又是管风琴的。而宁州团,就十一二个人,在那里鼓捣板胡、二胡、扬琴、笛子、唢呐的大齐奏。那时戏的气氛,全靠忆秦娥她那黑脸舅胡三元制造,敲一本戏,他能屁股蹾烂几把椅子地拿锣鼓家伙施威助阵。演员的阵容更是有天壤之别:宁州团演《杨排风》,就二十几个演员,有些搞武打的,在宋营死了,又去穿辽兵的衣服,不"死"好几回,戏都接不上。而省秦端直就上了六十多人。最后大开打,两军对阵时,宁州团是四兵对四兵,四将对四将。而省秦是二十四兵将对二十四兵将,还各有军师、中军、旗手、马童陪列。但见连天号角一吹,定音鼓一擂,两方数十人全部站定,杨排风才稳健如三军统帅地挥刀出场。这样的氛围营造,谁演不是通堂好呢?那不是给她忆秦娥鼓的掌,而是给大宋救国军鼓的掌。楚嘉禾演,也是这掌声。周玉枝演,也是这掌声。瓜子演,傻子演,恐怕还是这掌声。再说宁州团的服装,还是20世纪50年代制下的,好多都已脱线烂边。而省秦才从杭州弄了一批新的回来,光忆秦娥唱一晚上,就换了四身:又是短打,又是蟒靠,又是斗篷的。那

"四女兵",在最后上舞台时,让导演改成了"八女将",服装头帽全新。八身女软靠,是八种花色品种。甫一亮相,顿时满台生辉,掌声四起。这就是省级剧团与县级剧团的差别,同样是演《杨排风》,忆秦娥就一下演成"秦腔武旦天后"了。

在谢幕的时候,忆秦娥五次被从大幕里请出来。那份荣光,那种装出来的谦卑,那种掩饰不住的激动,那种乡间野狗突然遇见一堆热屎的兴奋,让楚嘉禾看得心里阵阵恶心、反胃、抽搐。她看见,刘红兵这个傻瓜,也是站在池子的最后一排,把双手举过头顶来鼓掌的。那已不是鼓掌,那简直是在扇打大铜铙钹了。他一边拼命地叫着:"好!好!好!"还一边破着嗓门大喊:"再谢一次幕!让忆秦娥再出来谢一次幕!"

楚嘉禾得走了,再不走,还真要恶心得吐在剧场里了。

三十四

忆秦娥要说自己不想排戏,不想演戏,可能别人还说她是装的。在剧团,谁不想排戏、演戏呢?即使削尖脑袋、跌打损伤,累得王朝马汉、咽肠气断,只要能上主角,谁又能舍得不去领受这份苦累和煎熬呢?可忆秦娥还真是不喜欢。她觉得自己已经够风光了,不需要再把命搭上,去一而再、再而三地证明什么了。尤其是武戏,太耗体力,也太劳心。只要说演出,她几天精神都是高度紧张的。每演完一场,她在化装室卸装时,都会呆坐半天,动弹不得。有时直想哭,怎么就弄了这么个要死要活的职业呢?别人还不理解,说她是得了便宜还卖乖,捞了稠的还嫌干,撇了油花还嫌腻,咂了心肝还嫌苦。总之,里外都不是人。她也就懒得吭声了。她不说话,不吭声,别人又说她"心深似海",是"碎狐狸精"一个。说"表面看着瓜瓜的,肚里丝绸花花的"。单团长虽然也关心照顾着她,总是让办公室偷偷给她买点麦乳精、莲子粉、苹果罐头、德懋功水晶饼之类的营养副食品。可她觉得,宁愿不要这些,不要表扬,只要能让她跟别人一样,晚上跑跑龙套,列列队,站站班,心里没负担,上台不出力,不用功,就阿弥陀佛了。

《杨排风》一演又是一个月。她过去就听几个老艺人说过,角儿一旦被捧红了,屙下的,戏迷都说是香的。虽然这话有点难听,可她还真感觉有些道理。古存孝老师说,尤其是大城市,角儿一捧红,就跟宣纸一样,洒一点墨,洇一大片。他还说,捧红一个角儿,一个剧团好些年都不愁吃饭了。但这话好像在今天已经不灵了。剧团人都是拿国家工资,没有人认为,他们是靠你的名气吃饭的。相反,倒觉得是他们做了"垫背""底座""膨大剂""日本尿素",把你给垫高了、撑大了、养肥了,自己却是"杨白劳的干活"了。关键是业务科对演出事故还查得严,动不动就扣人演出费。作为主角,尤其是武戏,自是少不了要出纰漏。一月演出下来,她有时演出费还没人家跑龙套拿得多。要不是单团长老偷偷把扣掉的钱,又悄悄塞回她的口袋,她才真正是杨白劳呢。

忆秦娥是真的对唱主角、排大戏,兴趣不大了。在《杨排风》演到七八场的时候,她舅胡三元和胡彩香,还有惠芳龄他们几个同学,又一起来看了两场戏。都惊叹省上剧团的整体实力,说宁州剧团就是挣死,也达不到这样的水平。但他们也谈到,省上有省上的弱项,那就是太花哨,太虚张声势。不如宁州团的演出浑实,紧结,更像一台老戏。尤其是几个跟忆秦娥配合打"把子"的男同学,说省秦的"出手",没有他们当时演出那么"默契""放心"。说两晚上看演出,都担心枪出手以后,扔到一边接不住。忆秦娥就说:"省上剧团,只上班才排戏、练戏。一下班,就再找不见人了。不像咱县剧团,上下班都在一起混搭着。一个出手,都要练几百回、上千回呢。自是得心应手了。"一说到这里,忆秦娥又想起了当初封潇潇带头给她配戏的事。几个小伙子,也是天天陪着她练"出手",最后硬是练得杆杆枪出手都万无一失,演出从未出过事故。朱继儒团长还在大会表扬他们是"百炼成钢的'铁出手'"呢。她几次又想问问封潇潇在干啥,这个心结总是放不下。倒是惠芳龄了解她的心思,说:"如今潇潇也不行了,当了新郎官,连班都懒得上了。别说'出手'了,只怕扔个棉花包也是接不住了。"她舅胡三元看扯得远了,又扳回来说:"你们那个敲鼓的也太肉,感觉不到他的心劲儿,根本拿不住戏的节奏。这是一个武打戏,全靠司鼓把戏朝上催呢。他就跟没吃饭一样,把我急得都出了几身汗。"他还问忆秦娥,看能不能见一见这个司鼓,把他的意见和建议说一下。忆秦娥说:"舅,天下敲鼓的,都跟你一个脾性,一样骄傲。省秦敲鼓的,还能例外了?西北五省的敲鼓佬,都来跟人家学呢,你还准备给人家过招呢?人家一直坚持说,鼓不能敲得太火爆,太爆就是外县范儿。"她舅就气得半边脸越发地黑了下来。胡彩香老师也给她提了几条小意见,说她把戏演得有点太熟,细部的感觉就少了。胡老师说她第一次在宁州看她演出,有一段道白,一下就让她感觉到,这娃是个唱戏的精灵了。那段道白是杨排风对焦赞说的:"我说二爷,有道是,人不可貌相,海水不可斗量。眼前无有元帅将令,若有元帅将令,我出得营去,取那韩昌首级,就好比囊中取物,手到——擒来——!"胡老师说,这段道白看似简单,其实分了好几个层次,并且是动作连着动作,语气也要有轻重缓急、起承转合的,不可声音一般高。尤其是开头说"人不可貌相,海水不可斗量"时,调门要稍低些。到了最后"手到擒来"四字时,要让动作和语气,同时把烧火丫头的志气与稚气,刚帮利落脆地推向高潮。胡老师还特别强调,这段戏,过去演得充满了"稚气",现在全成了"志气",反倒不好看了。胡老师说完,惠芳龄还带头鼓了掌,说胡老师也能当省秦的大导演了呢。胡老师就说:"我是过去看秦娥这段戏,印象太深了,才班门弄斧呢。"忆秦娥觉得胡老师说得特别好,也觉得跟他们在一起很愉快。他们在省城住了三天,忆秦娥因戏太重,白天得休息,也没顾上陪,他们就回去了。不过,她从惠芳龄嘴里听说,她舅跟胡彩香老师还染扯着呢。胡彩香的男人张光荣,都动手把她舅捶了好几回了。最爱用的,还是那把足有一米长的大管钳,拿在手上是明晃晃的。

眼看演出到最后一场了,单团长还跟她开玩笑说,能不能再加几场。她当时快生气得软溜下去了。单团急忙说不加了不加了,是开玩笑的。

她的生活,全靠刘红兵照顾着。三十场戏,中间只因这一片限电,歇了两场,其余全连着。她也的确觉得刘红兵这个人不错。就是不听劝,爱吹牛,爱到人前显摆,尤其是爱到处显摆她。见人就说他老婆咋、他老婆咋,她最不爱他称她老婆了。她还骂过他几回,可他还是到处老婆老婆的,好像老婆就是他的一切,不说老婆,他的臭嘴就没哪儿架。好在她每天的确没时间跟他在一起。晚上演出完,回来好久睡不着,就那样坐着,或卧着发瓷。好不容易睡着了,到第二天早上九点,又得去团上集合,练功。吃了中午饭,就得赶紧睡。睡到下午三四点,再起来吃一顿。演武戏,吃多了,翻不动,打不利索;吃少了,又浑身没劲,饿得心慌。有时她只好吃点麻黄素片。这还是苟存忠老师给她过的方子,说过去好多老艺人,戏份要是重了,还得抽几口大烟呢。现在没大烟了,吃几片麻黄素也管用。她还真吃过几次,也的确管用,但一般只要身体能撑住,她就尽量不吃。说那东西上瘾呢。吃了下午饭,五点她就得赶到剧场化装。两个多小时的化装、包头、预热身子,再到穿服装,再加上两个半小时的演出,卸完装,回去又是快半夜十二点了。吃一点夜宵,再失眠,日子就这样打发完了。

刘红兵是新婚,加上好像又特别爱那事,老缠着要幸福一下。晚上看她演完戏太累,就提出,看能不能在中午破一下规矩,"加演"一场。气得她老骂。可再骂,他都要黏糊。他再黏糊,她还是那样沉静如水。烧红的铁棍,老被兜头一盆凉水激着,他也就懒得再兴风作浪了。作起浪来,也是自己给自己找难受呢。当然,他也的确是看到她的可怜、她的累了。过去没结婚,只知道点皮毛,一旦结婚他才发现,忆秦娥从排练《杨排风》开始,一直到演出,浑身几乎没有一块完整健康的皮肤。全都被"出手",也就是舞台上那些刀枪棍棒,击打得乌一块、紫一块的。她从后脑勺、到脖子、到小腿、到脚背,几乎没有没受伤的地方。为了表现传统绝技,枪要从敌人手中扔出来,刺向她。而她要使出浑身解数,把这些刺向她的刀枪,再用腿脚和背上的靠旗抵挡回去,扎向出手者。然后,再扔出,再踢回。观众要看的,就是这种准确无误的玄乎劲儿。一旦枪棍踢出正常范围,或落在地上,就算演出事故了。观众的倒好就啪啪上来了。刘红兵看过忆秦娥在北山的演出,只觉得这女子是那样沉着稳健,机敏过人。她把枪棍耍得溜的,轻松得跟玩儿一样。没想到,要达到"玩儿"的境界,竟然是这样艰苦卓绝的磨炼过程。主角,自然是希望打下手的能跟自己多练多踢,以免上台出丑。戏台上的打"出手",在刘红兵看来,如同推大磨,忆秦娥是轴心,每个"出手",都只跟她产生关系。但见失手,观众就以为是她的责任了。作为扔"出手"的配角,就算差错在自己,观众也不认得是谁。所以,忆秦娥为练"出手",还老央求着这些下手呢。动不动还要把他们请出去撮一顿。刘红兵都跟着去买几回单了。而她自己的腿上、脖子上,到处都绑着厚厚的纱布垫子。防着护着,还是被撞击得伤痕累累了。因此,忆秦娥没心情做那事,他也理解,尤其是心疼。反正就演出一个月,刘红兵想着,还能把人憋死不成。

三十五

终于演到最后一场了。刘红兵看忆秦娥也高兴,演完后,他就说回去卸装。忆秦娥说回去水不方便。他说一切都收拾停当了,热水烧了好几壶放着呢。她就跟刘红兵回去了。谁知刚一进门,刘红兵就说,扛了一个月了,今晚总得幸福一下吧。忆秦娥没好气地说,你是为这个才活着的,是吧?他说,那也总不能刚结婚,就禁欲么。忆秦娥也懒得理他,就开始用卸装油朝脸上擦。他一下挡住了,说:"秦娥,咱今晚能不能先不卸装?"

"不卸装干啥?你有病吧。"

刘红兵磨磨叽叽地说:"就算有病吧。你太好看了,化了装,尤其美。上了舞台,都是给别人看呢。今晚,得专门给我看一看。"

"你脑子让门挤了,是吧?"

"不是让咱家门挤了,是让剧场的太平门给挤了。观众退场那阵儿,我就想,今晚不让你卸装。"

"好吧,那你看。你看。"

"让我静静地看,美美地看。"说着,他一把拦腰抱起忆秦娥,朝床边走去。

"你要干啥?你有病呢。"

"我就是有病呢。娥娥,哥太爱你了!我这几天看戏一直在想,咋就把这么漂亮个人儿,弄成自己老婆了呢。"

"不许叫老婆。"

"好好,不叫老婆不叫老婆。叫娘子,娘——子——!"说着,他还撇上了戏里的韵白。

他刚把她放到床上,就用手解她的衣扣。

"你干啥?你要干啥?"

"娘子,咱们就这样宽衣解带,云雨一番可好?"他还是学的戏白。

忆秦娥一骨碌爬起来说:"你真是有病了。"说完,她抓起卸装油,啪啪给脸上拍了几下,再一混抹。立即,大美人就变成花脸猫了。

刘红兵气得大喊起来:"你……你咋是这样个人呢?"

"我是咋样的人了?"

"你说你是咋样的人!"

"你说我是咋样的人!"

"你就是个冷血动物。丝毫不解半点人的风情。"

"哦,我不卸装跟你睡,就是热血动物了?就是解人的风情了?那你咋不到舞台上睡去?杨排风是戏里的人物,你要想跟她睡,快到舞台上去。"

"你……你能把我气死。"

"我咋把你气死了?"

"唉,说不成。你真是个怪物。"

"你才是个怪物呢。"

刘红兵就再也懒得搭腔了。又是一腔热血,撞成了满腔怒火,他极力克制着。他知道这头犟驴,他也惹不下,就任由她把装卸了。

卸完装,忆秦娥有些兴奋,说要到回民坊上去吃烤肉。反正她所有想法跟刘红兵都是背道而驰的。刘红兵说,能不能明晚去,他还是忍不住,想温存一下,毕竟设计一晚上了。可忆秦娥的脾气,哪是他能降伏得了的,绝对是说一不二。他只好给她披上风衣,围上围脖,一块儿到坊上去了。在坊上吃了烤肉,又吃粉蒸肉,她还笑着说肚子有空间。刘红兵又给她买了一份粉蒸肉拿着,说明天热了吃。他想着,这下吃饱了,该回家办事了。谁知忆秦娥又提出,要到歌厅去唱歌。这两年,西京城刚兴起歌舞厅,凌晨三四点才关门呢。忆秦娥没去过,但听好多人都说起过。她今晚是真的想彻底放松一下了。刘红兵劝不住,就又陪着她去了歌厅。谁知在歌厅,竟然惹出一桩事来。

他们刚一进去,就有人多嘴说:"兵哥,咋好些天都不见来了。几个妹子疯了一样地寻你呢。"

尽管说这话时,那人把声音压得很低,可还是让忆秦娥听见了。忆秦娥当下就扭身向门外冲去。

刘红兵对那小子没好气地说:"嘴真贱。再犯贱了,赶紧拿麻子石,狠狠把嘴砸几下。"

等他扭头出来时,忆秦娥早已穿过马路了。

忆秦娥一过马路,就打上出租回家去了。等刘红兵赶到家时,忆秦娥都关灯睡了。他也不敢开灯,就坐在床边,死乞白赖地要去搂她,哄她。忆秦娥忽地坐起来,就让他的身子闪到了空里。他又去搂,她再抬胳膊猛一抖,就让刘红兵浑身像遭了电击一样,"哎哟"一声,从床边嗵地站了起来。

"哎,这可不是戏台子,你少上武旦那一套。"

"你滚!"

"我咋了吗?滚?"

忆秦娥啥也不说,就那样黑坐在床上发呆。

"这么说你还在意我了?你是生气那个烂嘴驴,说几个妹子找我的事吧?人家开玩笑你也当真了?真是个傻妹子……呸呸呸,我说错了,是我傻。那些货,嘴里能有正经词?就是有几个女的找我又咋了?唱歌么,跳舞么,那能咋?你跟一个又一个小生演员,成天搂搂抱抱的,挨得那么紧,又是哭又是笑的,爱得要死要活,做怨鬼成蛇精的,我又咋了?你没有男的找过?封潇潇没到西京来找过你吗?听一个烂人,说有几个妹子找我,好像我真的有了啥事了。除了一天讨好你,巴结你,驴跟着磨子瞎转,我还有脚的事,腿的事,驴头对着马嘴的事。你要天天爱我,还别说歌厅妹子找,就是玉皇大帝的妹子找,我也不亲自接见了。"

刘红兵这张片儿嘴,只来回倒了几下车轱辘,就把笑点很低的忆秦娥,说得哧哧地捂嘴笑起来。他乘势又扑上去,硬找嘴要亲。忆秦娥只用膝盖顶了一下,就把他顶下了床。这个动作,忆秦娥在《游西湖》里,是给色鬼贾似道用过的。刘红兵当下就狗吃屎一般,身子跌在床下,嘴是生生啃着床沿了。"你别上戏行了,好不?我是你男人,合法男人,不是贾似道。"忆秦娥光笑,卷起铺盖,滚到床的最里边睡下了。刘红兵又磨磨叽叽蹭上床,使了好大的劲,才扯开被子一角,慢慢钻了进去。他又是给人家挠痒,又是捶背的,许久,才勉强达成默契。虽然忆秦娥毫无配合的意思,但只要不抵抗,已是千好加万幸了,哪里还敢奢望什么如胶似漆,甚至超常发挥呢。

大概只歇了十几天,团上又宣布《白蛇传》立即上马。还要求春节前必须彩排,说节后就要到全省巡回演出呢。

为这事,忆秦娥还找了一回单团长,说看能不能朝后放一放,让她再缓一下。单团长说:"再缓,年前戏就排不出来了。"她没好气地问:"非要年前就排出来吗?"单团说:"人家隔壁邻舍的院团,都在紧锣密鼓地排戏,并且好像都有排《白蛇传》的意思,我们咋能落在人家后边?明明我们有现成的白蛇,再排晚了,还说我们是故意跟人家唱对台戏呢。"忆秦娥就说,要上也行,能不能别让她上A组。她说她可以在一旁帮着说戏、顺戏,要A组演员实在累了,她也可以顶上去演。单团还把她看了半天,说:"你还真个有点瓜瓜的。"忆秦娥就不喜欢听这话了,当下红了脸,问她咋瓜了。单团说:"哪有演员把适合自己的主角,硬让给别人的?"他说这种高风亮节是好的,但团上还要考虑演出市场,考虑观众买不买账。他说这个戏就别推了,现在培养新的白蛇,也来不及了,还是她上。忆秦娥看也说不过团长,就又老大不高兴地上套了。

她也听到有人在一旁撇凉腔,说单跛子也不知吃人家啥药了,锅里几块肥肉,全都挑到心肝肉尖尖一人碗里了。她也懒得理。这些话,在过去排戏时,也没少听。既然上套了,她就把全部心思,都用到排戏上了。天天排戏也有天天排戏的好处,免得刘红兵老在家里纠缠。这家伙,真是把那些闲事,要当饭吃的人,她可不喜欢了。她总觉得那是见不得人的事,一做,就让她想到死老汉廖耀辉,想到她舅和胡彩香的偷偷摸摸。

没想到,这次排练,团上又增加了一个新的矛盾面:单团从新疆突然调来一个演许仙的小生,一下闹得排练场里,又很是波澜起伏了一阵。

三十六

这个小生演员叫薛桂生,二十七八岁,长得还有点像封潇潇。可仔细一看,却跟封潇潇有许多的不同。先是有点女气,白净面皮,腰很软溜,路走得快了,还有点风摆柳的意思。成天把脸面抹得白里透红。衣服穿得四棱见线。即使围脖,也是围得"五四青年"一般地有范儿。动作起来还有点爱跷兰花指。在当地,据说有"活许仙"之称。之所以能调到省秦,也是因为要排《白蛇传》。这事在省秦,自然是要引起风波了。团上十几个小生演员,难道还没个"许仙"了,非得在新疆挖一个回来?单跛子咋不到苏联去,把演保尔·柯察金的瓦西里·兰诺沃依挖回来呢?还不知吃人家啥药了呢。有人就味味地笑,说这家伙该不会是同性恋吧。

忆秦娥也觉得跟这家伙配戏,有点怪怪的,想笑,又不敢笑。她开始都想建议单团长,既然要从外边调人来演许仙,何不就调宁州的封潇潇呢。把封潇潇调来,《白蛇传》会排得更快、更好些。可这样想,又没样做。封潇潇已经结婚,她也结婚了,一旦来,可能会有更多的不便。还不知要让人怎么埋汰她的不是呢。再说,她的建议,团上就能听了?更何况,新许仙都到了。

只对了三天词,她就发现,这家伙才是个真正的戏痴,比封潇潇排戏更加投入。封潇潇那时演许仙,说实话,是真正地为她在配戏,有点甘当人梯的意思。因为许仙在戏里,咋说也算是男一号。而这个许仙,口口声声讲究人物,讲究心理活动,讲究性格逻辑据说,他是在上海戏剧学院和中央戏剧学院进修过的,动不动就把世界三大表演体系抬了出来。说得封导好像都有点敬畏他三分。虽然每到薛桂生说话、跷兰花指时,大家多是以捧腹大笑相待。可他似乎毫不在意,永远都是那种一门心思攻戏的样子。到了痴迷处,常见他眉飞色舞。尤其是爱情戏,让他一处理,几乎每句话、每个动作,都有了不同于以往的意思。说肉麻,不是;说腻歪,也不是;说美好,似乎也不像;反正让人觉得,是有了一种新意。你还推翻不得。一推翻,大家还反倒觉得不是许仙这个人物了。薛桂生很快就在剧组站住了。他还有一个最大的特点,就是爱给别人说戏,分析角色。开始大家都很讨厌,可到了后来,就都在找他分析了。连忆秦娥也不例外,有时也得向他讨教一二了。

这事最感到肉麻、腻歪的,是刘红兵。他心里过去是有点阴影的。在北山看《白蛇传》时,他就在心里犯过嘀咕:男女演员,成天这样搂搂抱抱、哭哭啼啼,排练是反反复复、假戏真做,导演还一个劲地强调要感情"投入""深入"的,会不会产生戏中戏呢?那可是见天都要"夫呀妻呀""恩呀爱呀""死呀活呀""离呀别呀"好几回的。后来铁的事实证明,忆秦娥果然跟那个演许仙的封潇潇,是有些套扯不清的关系。这次排《白蛇传》,一开始,他也跟忆秦娥和全团人一样,对这个新疆来的许仙,是嗤之以鼻的。他还笑话人家说,哪里调来个娘儿们,演贾宝玉还凑合。有人说薛桂生演许仙,那是拿胡萝卜捣蒜——就不是个正经槌槌。谁知越排,问题还给越来了。刘红兵发现,不仅剧组人对这个"娘儿们"逐渐转变了看法,有了好感。就连忆秦娥,也是在向人家学习讨教了。回到家里,他还故意要说些"娘儿们"的可乐来。开始忆秦娥还跟着笑,后来突然反对起他再说人家了。有一次,竟然为这事还跟他翻了脸。他就不得不长了心眼,要开始加强这方面的巡逻、警戒与防范了。

薛桂生这"娘儿们",别看女里女气的,对于爱情,可是有一套获取的办法了。刘红兵多次去排练场发现,这家伙动不动就钻在女人窝里,给人家说戏,还给人家纠正动作呢。一纠正,手就在人家胳膊腿上乱动。有几次,他都发现,这"娘儿们"给忆秦娥说戏时,也出手了。他就大声咳嗽。一排练场的人都听见"红兵哥警报拉响了",并且都笑了,可薛桂生那跷起的兰花爪子,还是搭到了忆秦娥的肩膀上。就这,刘红兵似乎都能忍了。但让他忍无可忍的是,几处恩爱、别离戏,这"娘儿们"竟然把忆秦娥搂得那么紧。明显比过去在北山看封潇潇他们演出时,是搂得更紧些了。他还给封子导演提醒过:古典戏,还是要讲究含蓄美呢。可封子好像并没有把他的话当回事。他就不得不在家里反复提醒忆秦娥了。但忆秦娥除了不许他到排练场"胡转""胡窜""胡溜达"外,根本就不正面回应这些事。有一次,他又硬着头皮去排练场巡逻,见许仙与白娘子正在过端午节,喝酒呢,那种眉来眼去的样子,让他心里可不是滋味了。又恰好遇见楚嘉禾在一旁加了把火,说:"兵哥,可不敢让妹子把假戏唱成真的了。你看咱碎妹子那股投入劲儿。再看看'贾宝玉'眼睛里的欲火,都快自燃了。可不敢把咱妹子也点着了。"刘红兵心里就跟刀戳着一样难受。晚上,他再次警示忆秦娥道:"那'娘儿们'绝对不是个正经槌槌。这是演戏,得有分寸。戏一过,小心观众提意见呢。"忆秦娥没好气地说:"你懂个屁,还说戏呢。就你思想肮脏,才能想出这些花花肠子来。以后少进排练场,你再来,小心我踢你。"刘红兵哪能忍住,还是要去,但一肚子气,只能硬憋着了。

戏终于在年前彩排了。

彩排那天晚上,刘红兵从各个角度都发现,许仙跟白娘子分别的那场戏,胸部是贴得太紧了。忆秦娥平常高高耸起的乳房,都被那"娘儿们"的胸部挤得变了形。他不得不在前台"白娘子"(他老婆)正与"天兵天将"进行"水斗"时,把"许仙"(薛桂生)叫到一旁,就有关表演的分寸、尺度、距离问题,进行先是较为友好克制、后是针锋相对、继而剑拔弩张的探讨了。最后,刘红兵发现,他是咋都说不过这个满嘴歪道理的"臭娘儿们",就乘人不注意,照他的扁胸,狠狠砸了一拳。那"娘儿们"就跟尾巴被谁踩住了一样,吱哇一声,昂起头尖叫道:"干啥?你干啥?要流氓是吧?你这是对艺术的亵渎!是对艺术家的辱没!"刘红兵就又补了一铁拳:"你是你妈的个屄,还艺术家呢。你才是臭流氓呢。"

这件事在彩排结束后,就闹到单团长那儿去了。薛桂生要求刘红兵必须给他道歉。单团长急得连跛直跛地跑到刘红兵跟前,哄来哄去,他都是那句话:"那'娘儿们'得是欠揍得厉害?要是欠得厉害,我还可以拿砖上。"单团见给刘红兵做不通工作,就又给忆秦娥说,让她协调协调红兵与桂生之间的关系,要不然,只怕节后都不好演出了。

其实忆秦娥刚一演完,薛桂生就来给她数叨过了。薛桂生的语速很快,她还没太听清到底发生了什么事,只知道,刘红兵是把他打了,并且打得很重,很野蛮。他委屈得差点都哭出来了。兰花指也是激动得直颤抖,半天剥不下服装来。一剥下,他就风摆柳一般地扭身走了。边走,他还在边嘟囔:"这是艺术圣殿吗?这是古罗马野蛮的斗兽场;是威廉·莎士比亚笔下的血腥王宫;是法西斯集中营……"

刘红兵大概也知道惹了乱子,就在忆秦娥跟前显得殷勤了许多。对于这件事,他还不认为自己老婆有啥错,都是那"娘儿们"在勾引,在抽风,在做祸。自己的老婆,不过是被一个臭流氓所蛊惑、蒙蔽而已。他最见不得忆秦娥夸那"娘儿们"懂得多了。他说:"就他(到底用他还是'她',他都还无法界定呢,反正就那'二尾子'货吧)正应了阿拉伯谚语里的一句话:'朝过圣的驴,回来还是驴。'他不就是到上海、北京学习了几天嘛,回来就装腔作势,有了比其他演员更大的学问了。呸,就两个字:欠揍!"

刘红兵万万没想到,一回到家里,忆秦娥能给他发那么大的火,竟然端直又给了他一脚。这是近来很少发生的事。在他一再抗议下,忆秦娥的家暴倾向,已经收敛了许多。可今天,又故技重演了。他很是愤怒。但忆秦娥比他还愤怒。她直接咆哮道:"你凭啥打人?凭啥打薛桂生?"一下还把他给问住了。凭啥?凭他把你搂得太紧?又说不出口。但无论怎样,也不能让这头不阴不阳的驴,在明年正月初六晚上,当着更多观众面,把自己的妻子搂得胸部都变形了吧?这成何体统?是到了该捍卫自己做男人尊严的时候了。

"凭这小子不地道,凭啥?"他说。

"人家咋不地道了?"

"耍流氓,地道啥?"

"人家咋耍流氓了?"

"还不流氓,你还要他咋流氓?"

"刘红兵,这是演戏,你懂不懂?"

"没吃过猪肉,我还没看过猪走路了?我不知道这是演戏?正因为是演戏,才不能搂得太紧。"

"谁搂得太紧了?"

"还不紧?你们咋搂的你清楚。过去跟你好的封潇潇,也没搂得这样紧过。"

"你真无聊。"

"你有聊,你就让人家朝紧地搂。看别人咋说?看你还咋在社会上混?真是不要脸了。"

忆秦娥突然把一洗脸盆热水,呼地泼在了刘红兵脸上,喊道:"刘红兵,你给我滚!"

刘红兵还真的气得摔门而去了。

这已经是腊月二十八的晚上了。刘红兵原来预计着,等彩排完,还准备劝忆秦娥回一趟北山,跟他爸妈一起过年呢。他们结婚的事,到现在还没跟他爸妈讲,就那样稀里糊涂把结婚证领了。在这件事情上,他爸妈总是来回摇摆着:都承认忆秦娥长得漂亮,用他爸的话说,像画中人一样,都漂亮得有些不真实了。但他们又总觉得娃毕竟是个唱戏的,文化程度太低,有些门不当户不对。刘红兵一直在反驳着他们,说自己也才是高中生,给人"吆车"的。嫌人家唱戏咋了?美国总统里根,不也是演员出身吗?他们就没好再管他的事了。问题是忆秦娥还根本不把他这个家庭当回事。结婚时,连说都不让说,更别指望她到家里认公婆了。当然,她的确是忙,是累,是抽不出时间,可里面也分明透着一种毫不在乎的神情。这么大的事,他迟早是得让爸妈知道的。本来打算好,过年回一趟北山。他也在忆秦娥高兴的时候,给她隐隐打过招呼。她没说不去,也没说去,只说累,想在过年时美美睡几天。这下让那"娘儿们"搅和的,是彻底回不成了。

忆秦娥泼给他的洗脸水,已经在胸前结成冰了,硬得一走咯吱咯吱直响。气得他就想从路边抽一根钢筋,回去把忆秦娥美美教训一顿。其实当时水泼到脸上,他就想打,可咬咬牙,忍住了。他必须离开。要不离开,还不知会发生什么事情呢。不过他心里清楚,无论发生什么,最后都会是自己吃亏。倒不是他真的打不过忆秦娥,他是心疼,舍不得出重手。那样的结果自然是自己吃亏了。嫌那骚"娘儿们"把她搂得太紧,也是因为爱。他怕搂着搂着,又搂出了封潇潇跟她的那种感情。他也搞不懂,唱夫妻戏、恋爱戏,到底能不能唱出戏外戏?反正听说剧团过去是发生过这样的事,他就为此十二分地担惊受怕了。

刘红兵在外面游魂野鬼一样逛荡了半夜,冻得实在撑不住,只好到北山办事处去歇着了。到了除夕下午,他再也憋不住了,就又买了各种熟食、蔬菜、水果,回租房去了。忆秦娥心真大,他走的这两天,她就没出过门地睡了个昏天黑地。吃饭都是方便面。进房就一股方便面味儿。听见他回来,她连看都没看一下,就把头蒙得更紧地睡了。他收拾了四个凉盘,还炒了四个热菜,炖了一个鲫鱼汤,让她起来吃。也是将就了半天,才勉强把她将就起来。衣服还是他帮着穿的。吃了饭,他说带她出去转转,街上的红灯笼都挂满了。她也没兴趣,说到处放炮,火药味儿一闻就呛嗓子,会感冒的。他就不好再强求她了。就这样,忆秦娥在家里整整睡了好几天。即使下床,也就是到水池子洗洗衣服,洗完还是睡。他说她是瞌睡虫变的。她也懒得理他。刘红兵开始陪着睡了几天,总想着那事,结果睡得腰酸背痛的,忆秦娥还是紧裹着被子,连一个角都拉不开。他也就懒得陪睡了,干脆去办事处打了几天牌。

初六那天,《白蛇传》上演了。俗话说:运来黄土成金,运去称盐生蛆。忆秦娥的戏运,就到了"黄土成金"的地步了,《白蛇传》甫一出来,又是红火得票房窗户的玻璃都挤打了。刘红兵见天在池子里转来转去地看,挤来挤去地听,观众对老婆的赞美,把他心里都挠搅得有点奇痒难耐。他也不住地朝台上瞟,朝台上瞄,老婆果然是美艳得了得,有时瞄得他心里都不免要咯噔一下,甚至能泛起一丝邪念来。有观众说,忆秦娥这个演员,就属于天赐了,你几乎无法找到她的缺陷。如果满分是十分,这个演员就可以打十二分了。他也觉得老婆啥都好,就是那"娘儿们"搂得太紧,她不该没有采取措施。狗日的"薛娘娘",真正是挨了打不记痛的货,抱他老婆的尺度依然很大,很猛烈,很狂放,也可以说是很流氓。他就气得以观众名义,给单跛子写了一封信,"强烈要求"剧团这种精神文明场所,"绝不能传播淫秽色情画面"。

三十七

单团长是初八一大早,收到这封署名"广大戏迷"的来信的。开始他念得很严肃,很认真,念着念着就笑了,他能感觉到,这是刘红兵的口气。即使不是他写的,也是撺掇人写的。他就把信撂在一边,没理睬。到了初八晚上,刘红兵就找上门来了,说:"单团,你真个不管这事,任由那'娘儿们'胡来吗?你没听观众反映成啥了,都说剧团是文明场所不文明呢。别人我不管了,但我老婆我得管。你要再让薛桂生这样演下去,我就让老婆罢演了。"单团长知道刘红兵是吓唬他的,他还能管住忆秦娥?只是他也不想让刘红兵再这样无端滋事,就跟封导商量,看能不能改改舞台调度,让他们搂得松些、轻些,意到就行了。封导还坚决不同意,说:"这样的尺度,在过去封建时代也是可以的。夫妻生活么,哪有不搂搂抱抱的?再说那种生离死别场面,两人身子趔多远,哪来的感情?让观众怎么进戏?"封导一再表示,舞台调度坚决不改。他还说:"刘红兵没这个胸怀,就别找演员当老婆。那人家电影里,演员还要在床上脱光了折腾呢,还不把他刘红兵气死了?"封导甚至斩钉截铁地说:"不要惯他的瞎瞎毛病。还能让他牵着神圣的艺术鼻子走?看不惯别来看。你没看看观众的反应,剧场都炸锅了,说省秦好戏连台,是真正把秦腔振兴了呢。"单团也说不过封导,就又暗中给薛桂生商量,让他搂轻些,说做个"搂抱状"就行了。可这个薛桂生,哪是一盏省油的灯,他端直说,除非不让他演了,要不然,他是绝对不会自我亵渎艺术的。他还跷着兰花指,十分激动地说:"为艺术,我可以牺牲一切,直至生命。"弄得单仰平还真没话了。刘红兵见写信、直接跟单跛子面谈,都不起作用,就又找那"娘儿们"谈话了。结果那"娘儿们"还硬得邦邦的,根本与他免谈。说要谈,让他跟导演、团长谈去,他只为艺术负责。刘红兵也不敢再为这事,跟忆秦娥朝翻地闹了,只好十分揪心地继续看着、忍着、受着,并观察事态是否在进一步恶化。他内心真是太搅搅了,怎么找了这么个老婆,见天要在台上跟别的男人恋一回爱,入一回洞房。关键是搂抱的尺度都大得很。这鬼职业,实在是让他太苦恼了。

想来想去,刘红兵觉得只有对忆秦娥好,唯有对忆秦娥好了,她才不可能在搂搂抱抱中,节外生枝,感情出岔。他越发地为忆秦娥献起了殷勤,每晚演出卸完装,无论忆秦娥喜不喜欢,都是他亲自扣领扣、围围脖、披风衣、系腰带。越是人多的地方,他越是黏糊得紧些。尤其见了那"娘儿们",他还故意吹起《喀秋莎》的口哨来。那"娘儿们"下了戏,倒是挺规矩,不与任何人攀谈、打招呼。他(刘红兵心中是她)只端端坐在化装台前,闭上眼睛,像死人一样,在那里奔拉很久后,才慢慢卸装离开。有人说,"娘娘"是在扎大艺术家的势呢。刘红兵听说好多大演员,在演完戏后,都会有这种长时间的脑子"线圈短路",还有一坐几十分钟,不想跟人搭理的。上戏前,那"娘儿们"也会把自己弄到一个僻静的拐角,端起腿,拔拔筋,再把一只手捂到耳朵上,咿咿咿、呀呀呀地打理一阵嗓子。然后见他(还是用她准确些)面对墙壁,闭目半天,才更衣上场的。封子导演还表扬说,演员,就要有薛桂生这种专一的精神,才能把角色塑造好,把戏演好呢。可在刘红兵看来,那就是做作。碎蜘蛛肚子没多少丝货,还要强撑着织大网,不做作能行吗?

刘红兵观察,忆秦娥除了在排练场和舞台上跟人搭戏外,生活中,也是不跟任何人多交流的。包括那"娘儿们",下了戏,她也没跟他搭过什么腔。那"娘儿们"是做作,其实戏也不重,前后都靠他老婆演的白娘子保护着。而他老婆的确累,又是说、又是唱、又是翻、又是打的,不仅拼体力,拼表演,也拼嗓子。在刘红兵看来,那就是唱念做打的全能冠军。他是越看戏,越心疼老婆。越心疼老婆,就越发不能容忍那个"二尾子"在表演尺度上的放纵、放宽、放大。他发现,那货的咸猪手,依然多有冒犯之处。有几次,两人搂抱着,甚至真的哭得泪流满面了。刘红兵经常在后台溜达,知道演员脸上的泪痕,多是靠化装油抹出来的。可他们的表演,却没有下场抹化装油的时间,硬是眼看着一道道泪痕,在台上一点点泅润着反起光来。他的心情,每每就为此忽地沉重起来。腿也像灌了铅一样,好久都挪动不得。

都怪自己的老婆太美、太有名、太引人注目了。是个不折不扣的危险品了。而这个危险品,就端在自己手中,跟软壳鸡蛋一样,随时都有晃出盘子,摔得粉碎的可能。大概也正是这种无时不在"死盯"着的"巨大风险",让他对忆秦娥的爱,也上升到了越来越病态的地步。他不能不反复考验,反复试探,看忆秦娥心中,他到底有多大分量?别人能不能钻进空子?自己是不是完全占有?这个在他眼中最完美的女人,既然能跟那"娘儿们"演得如此投入,难道就不能跟自己在家里,也如法炮制一出同样的"爱情大戏"?

在元宵节那天晚上,他又自编自导起了上一次没有演成的那出戏。

那天晚上演出结束后,他又没让忆秦娥卸装,就严严实实地把她包裹了回去。他觉得忆秦娥自年前跟他闹过一仗后,最近表现特别好,温顺得跟小绵羊一样,叫她弄啥,她就弄啥,一切都服服帖帖的。因此,在他把她包裹照看着回家后,让她先躺一躺,她也就躺下了。他今天特别有耐心,没有急着把戏的高潮直接推出来,而是先煮元宵。他一边煮,还一边讲了下午到坊上买元宵的过程。说最好的那一家,光排队一个半小时,冻得直想尿裤子,还不敢离开。最后元宵是买到了,也的确把裤子尿了。逗得忆秦娥直喊叫,说她不吃了,嫌味道难闻。刘红兵还说,放心,绝对没尿到元宵上。元宵煮熟了,他端到床边,又给忆秦娥喂。忆秦娥还故意说,就是有臊味儿。他说,瞎说啥呢,哥逗你玩的,二十七八岁的人了,还能真尿了裤子。忆秦娥坚持要自己起来吃,他不让。他硬是把元宵吹凉,慢慢给她喂了下去。他问味道怎么样,忆秦娥直点头。他一连给她喂了八个。她竟然都吃了。刘红兵就开玩笑说:"夜半三更,一口气能吃下八个元宵的,恐怕也只有抡大锤的铁匠了。"忆秦娥说:"演武戏可比铁匠活儿重多了。铁匠就是抡个锤黑打。我这是既要打,还要用心,用脑子,还得废嗓子。铁匠吃八个,我就应该吃十六个。"刘红兵说:"好好好,我再给你煮八个。"忆秦娥说,你煮我就吃。刘红兵还真煮了。忆秦娥也真吃了。吃完元宵,忆秦娥说肚子有点撑,要起来卸装。他还是不让,说让她躺好,他给她卸。她就说:"那你卸,我困了,想眯一会儿。"说着,忆秦娥还真眯上了眼睛。

忆秦娥化装成白娘子后,他还没有这样近距离、长时间端详过。在后台化装室,还有侧台,那也就是远远地扫一眼,不能这样去观察她的毛孔,去听她均匀的呼吸。这尤物真是好看极了:饱满的天庭,高挺的鼻梁,长长的睫毛,双眼皮包裹着的丹凤眼睛,还有珠圆玉润的嘴唇;再用贴上去的大鬓角,把整个脸面,拉成椭圆的鸭蛋形,真正是美得能要了人的命呢。他最不敢相信的,就是这个千人稀罕、万人迷恋的李慧娘、杨排风、白娘子,竟然是自己的,是他刘红兵的。并且此时就躺在他的床上,把一切美,都献给他一人了。他知道,每次演出时,有多少观众是要想方设法去后台,跟她照一张相,或者近距离去看她一下呀!还有要拐弯抹角跟她搭上几句话,出去好跟人讲,他是见着忆秦娥"真神"了,还拉了话、照了相的。而这个"真神",此时此刻就躺在他的床上;刚吃过他煮的元宵;还是他亲自喂的;并且就要跟他宽衣解带、安枕就寝了。他不想太急着朝下走,还是以静静观察为主。因为平常,忆秦娥是不让他这样观察的。她嫌怪,说这样死鱼眼睛一样瞅着她,让她心里犯碜硬。可今天,她是那样静谧、安详地让他看,让他瞅了,他就想瞅个够。他发现,仅她的耳朵就够他玩味半天了:这对耳朵的确是长得太完美了,真正像两个大元宝。因里不涂油彩,而显得更加汁水饱足,活像是二三月份的抽芽柳条了。整个耳轮饱满、挺括、透亮。耳垂的汁液,有含露欲滴的晶莹感。越是到了生命末梢,越是充满了她那丰沛而健康的活力。他在惊叹,他在摇头,他在点头,他在浅呼吸,他在深呼吸,他在屏住呼吸。他在越来越控制不住的粗声呼吸中,把灯光慢慢朝暗里调了调。他觉得必须制造氛围。也许这种氛围,才能把忆秦娥自自然然地带进去。他在检讨自己,上一次,是有些太猴急了:像猴子抢饼干,像老鹰抓小鸡,像饿虎扑下山,像土匪进村寨。就是没有柔情似水,恩爱似蜜,月影重合,水到渠成。终于,房里呈现出一抹深红色,床上的白娘子,也跟《缔婚》那场入洞房戏一样,身上、脸上全都红了。他窸窸窣窣拉开自己的拉链,也慢慢解开了忆秦娥的衣扣。当他就要爬到白娘子身上时,只见忆秦娥像戏里《盗仙草》时的身手一样,一个"乌龙绞柱"腿,先是把他"绞"到了地上,然后自己盘腿打坐起来,问他想干什么。

"你……你说干什么!"刘红兵支支吾吾地反问道。

"怎么老是这毛病改不了?"

"你说这是啥毛病!"

忆秦娥喊道:"变态。"

"我咋变态了?"

"你这还不变态么?"

"我老婆,我想咋睡就咋睡。"

"我化成这样,还是你老婆?"

"那你是谁?"

"白娘子。"

"我就要睡白娘子。"

"那你找白娘子睡去。"

"你就是白娘子。"

"我不是白娘子,我是演的白娘子。"

"那还不是白娘子?你都能跟别人在台上要死要活的,看那假戏做得真的,眼泪都快哭成河了。就不能跟我亲热一下?"

忆秦娥把他愣愣地看了半天,说:"你真有病呢。"然后起身,又是抠了一把卸装油,一下把自己抹成黑脸张飞了。气得刘红兵抓起卸装油瓶子,砰地摔在地上,顿时玻璃碴四溅。几片碎玻璃,甚至还蹦到了忆秦娥身上、脸上。忆秦娥哪是任人揉搓的瓜瓢,顺手就抄起桌上的元宵汤碗,也砰地砸在他脚前了。那汤,那碎碗片,是比卸装油瓶子蹦得更高,溅得更远的,只听窗玻璃,都跟着啪啪啪地乱响起来。立马,满屋的红色,就由温馨、柔和、性爱这些浪漫情调,转变成激战、格杀、打斗的血腥氛围了。

无论咋闹,最后自然还是刘红兵先蜷腿,先收手,先告饶了。他知道,闹下去,对他半点好处没有。这碎娘儿们,这碎妖怪,这碎迷魂汤,就是个小钢炮、火箭筒,是一颗随时都可能擦枪走火的子弹。事实反复证明,自己就像毛主席说的那些反动派:捣乱,失败;再捣乱,再失败;直至灭亡。

他越来越觉得,自己面对的就是一个怪物。一个只会唱戏、练功、睡觉,其余啥都不懂,还不想听、不想懂的怪物。跟正常人的感情、想法、做事,完全不一样。他只能用"怪物"给她定位了。难怪说好多名演员,听传说很迷人,一旦接触就会犯神经了。自己是飞蛾扑火、引颈就戮、饮鸩止渴地摊上这么个让自己不神经都不行的怪人了。就是山鬼、水怪、树妖、虫魔,你离不开,舍不得,丢不下,又有啥办法呢?一丢下,就会要命地想她;一回来,又是要命地怕她。真他娘的,只怕是迟早都得要了他的小命了。

《白蛇传》在西京城演了十六场,红火得门票最后都炒到五六块钱一张了。而正常甲票定价才五毛钱。要演也能演一个月,可全省巡演时间已定,也就准备着下乡了。

这次下去有个任务:剧团一边演出,相关部门要一边做商品观念、科教卫生、农村普法宣传教育,所以去的人很多,并且是省上领导带队。刘红兵开始也想跟着去,说是可以帮团里打字幕。可忆秦娥跟他翻了脸,说他要去,她就不去了。这种玩笑哪里开得,他自然是去不成了。并且她要他保证,一个月巡演,哪个点他都不许去,必须好好到办事处上班。让他别像跟屁虫一样,一天到晚把她跟着,她嫌烦。他就给她准备了吃的、喝的,还拿了些治嗓子的药,把她送走了。

办事处平常也没啥事,来普通领导了,没人敢叫他陪。来重要领导了,他又指靠不住。因此,他也就是挂个名头,领份工资而已。有了啥好事,也没少他的。并且利用办事处的资源,他还可以为自己、为朋友,办很多社会上办不成的事。

忆秦娥走后,刘红兵到办事处昏天黑地打了几天几夜牌,然后又到歌舞厅,唱歌、跳舞、喝酒,一闹就是几个通宵。还是过去老陪自己唱歌、跳舞的那帮妞儿,现在搂着、喝着、跳着,就觉得没啥意思了。再说,这些人妆也化得太浓,仔细看,一个个脸上的粉,搽得太厚,一笑老朝下掉渣呢。跟他老婆忆秦娥比起来,那简直就是凤凰与斑鸠的差距了。使劲忍了几天,他还是忍不住,不仅想老婆,也不放心"白娘子",尤其是不放心那个狗日"许仙"的搂抱尺度。

他打听到剧团到了商山地区,还是死皮赖脸地开车撵去了。

三十八

忆秦娥到省秦后,不是排戏、演出,就是进京调演。正经下乡,尤其是时间这样长的下乡,次数并不多。不比在县剧团,下乡是家常便饭。并且县上下乡,那就是自己背着被子碗筷,走村过户,钻山穿沟。而在省上,所谓下乡,就是到地区或者县城演一演,到乡镇都很少。自己也不用打背包,睡地铺,滚草窝。住的是旅馆、饭店、招待所。不像在宁州当烧火丫头那阵儿,一下乡,人家演员、乐队都住的是大队部、小学教室。而他们炊事班,大多是在伙房就近安歇。好几次,安排不下住处,她就卧在灶门口了,让村上巡夜的还以为她是讨饭的花子呢。

而这一路演出,从省城开拔,就是记者长枪短炮地跟着。每到一地,都是当地领导亲自来地盘交界处迎接。到了住地,更是锣鼓喧天的欢迎阵仗。当然,大家都知道,人家主要是在欢迎带队的省上领导呢。有人说,秃子跟着月亮跑,那光,也就都沾得是一样的银灰色了。住得好,吃得美。顿顿有酒,见天八凉八热的大盘子,是整鸡、整鱼、整蹄髈地上。连包子、饺子、锅贴,都尽饱咥了。忆秦娥还是老习惯,喜欢一个人静静地待着。可这次,已经明显没有这种环境了。当地领导不仅关心大领导,也操心她吃好没、睡好没。她吃饭总是被安排到主桌,坐在领导身边。人家把酒喝到啥时候,她得陪坐到啥时候。有时一顿饭能吃三四个小时。回了房,也是这个来看望、那个来慰问的,几乎不能睡一个囫囵觉。她几次给单团提出,能不能不让她坐主桌吃饭了。可单团好像还面有难色,说这事他都做不了主了。反正不管同意不同意,答应不答应,高兴不高兴,再吃饭,她都不去了。她只让人从食堂给她带点东西回来,在房里胡乱一吃,就睡了。睡觉对于她来讲,是比什么都重要的事情。

　　大概这样连续走了几个演出点,就有领导传出话来,说没看出,这个忆秦娥人不大,架子还不小呢。才出名几天,就摆开角儿的谱了。单团知道这件事后,一跛一跛地,还前后到处给人解释说,这娃戏的确重,不休息好,晚上背不下来。有时单团也劝她,让她还得注意应付住场面。忆秦娥也懒得理,反正就是不去。她不仅嫌坐的时间长,也不喜欢他们的话题:不是说谁又上了,谁又下了;就是说谁又凉了,把谁又亏了。还有谁是谁的人啥的。有的因自己知道更多官场秘密,而在人前得意地摇头晃脑,抖胳膊闪腿。尤其是那些小官吹捧大官的话,比戏迷、记者捧角儿,能肉麻十倍不止。她不喜欢听,听了心里犯磕硬。包括他们说她长得好、演得好的那些话,她也不爱听。有一个肥头大耳的地方领导,腿短得坐在椅子上,双脚老踮不住地。只见他踮一下脚溜了,踮一下脚溜了,可他的眼睛却像安了吸盘一样,死盯着她咋都移不开:"都说狐狸精长得最美,咱们的大名演忆秦娥,大概就是山里狐狸精变的了。并且是狐中之狐,精中之精哪!"一个啥子主任,急忙起身给领导敬酒说:"那就是狐中极品了。""说得好!说得好!"顿时劝酒就有了新一轮的话题与热烈。弄得她笑也不是,哭也不是,走也不是,坐也不是。反正她觉得比那时在宁州下乡,住灶门口烧火做饭都难受。唯一的办法,就是关起门来睡,一睡一整天。醒了,也不开门,连窗帘也是懒得拉开的。哪怕就在房里压压腿,劈劈叉,扳扳朝天蹬,坐坐"卧鱼"。就像那时住在宁州剧团的灶门口一样,关起柴门,自己就有一个独立世界了。连团里好多人,也觉得忆秦娥是有些怪癖,不爱跟人在一起的。

到了晚上演出化装,后台又是拥来很多戏迷,要照相,要签名。地方报社也有记者要采访。忆秦娥都不喜欢。尤其是开始化装以后,但凡打扰,晚上都可能搅戏。她不仅不照、不签、不见,而且态度也不太和蔼,就有人说她:名角儿的脾气来了。

连续跑了四五个点,每个点都是五场演出。三个晚场是她的《白蛇传》《杨排风》《游西湖》。而两个白场,都是折子戏、清唱、乐器独奏、合奏啥的。白场主要是为会议搭台唱戏,中间还有领导讲话。而忆秦娥在这个时候,只来亮一下相,聚拢一下人气,唱两段清唱就回去休息了。

用楚嘉禾的话说,省秦这口大锅里的油花花,都快让忆秦娥撇干撇净了。连中午出一下场,也是满场的欢呼:

"忆秦娥!"

"忆秦娥!"

"那就是忆秦娥!"

"真个长得心疼!"

"跟画儿一样!"

"长得美,唱得才叫美呢!"

"嗨,唱得美,功夫才叫绝呢!"

"唱戏的天分,让这鬼女子占尽了,快成戏妖了!"

……

忆秦娥每次都是在警察的引导保护下,才能进场、退场的。

楚嘉禾有一天,看着这场面,酸不叽叽地对周玉枝说:"也不知是易家祖坟上哪根筋,给小鬼抽起来了。把个烂烂放羊、做饭的,还红火得比省上领导都红火了。领导进场,也才是几个小喽啰前呼后拥着。忆秦娥来,竟然跟谁把搅屎棍舞起来了一样,苍蝇唬唬的,警察拿警棍都吆不开。"周玉枝把她的脊背一戳说:"你这嘴真镵火。"

其实忆秦娥一直不喜欢中午也让她出去演出。那是露天舞台,风大,最易呛嗓子。她甚至觉得团领导都缺乏人情味儿,不把她当人,只当了演戏的牲口。一个地方五场戏,场场都要她上。那三个大本戏,分量就已经够重了。放在别人,担任其中一个角儿,也该是要团上重点照顾的。可她好像累死都活该。好多人都觉得,省秦把最干最稠的,都舀到她碗里了,她就应该为省秦出力卖命呢。

人家薛桂生就演了个许仙,每天把自己武装得又是戴口罩,又是围围脖的。平常跟人打招呼,都是用眼神、兰花指示意。意思是他不能多说话,说话费嗓子,影响演出质量呢。中午到外面给开会"拉场子",薛桂生也是坚决不去的,他说那不是艺术家干的事,他是艺术家,只为演出而活着。

忆秦娥可绝对不敢这样说,也不敢这样做。有气她只能憋在肚子里。最让她生气的是,晚上演出,因为观众秩序混乱,池子里又是喊大舅娘,又是喊二大爷、三姨婆的,弄得她说错了几回台词,算是演出事故了,还让丁科长扣了她好几晚上的演出费呢。一晚上八毛,都快把四五块钱扣没了。她真想给团上摆一回难看,不演了,看他们来这一百多号人,拿谁耍猴去。可单团长硬是悄悄给她口袋里塞了五块钱,还买了些营养品。单团长来时,就跟《地道战》里偷地雷的一样,把东西悄悄提到房里,还说让她不要声张,人多嘴杂。

她突然特别想刘红兵了。看来看去,还是刘红兵靠得住。不在身边不觉得,一旦离开就大显形。这个男人,虽然人前神神狂狂的,让她有些不待见。关了门,又爱想出些怪招来胡督乱她。但对她的好,对她所用的心思,还是周到得不能再周到,细腻得不能再细腻了。尤其是这次下乡,她实在不想到人多的食堂去吃饭。要是刘红兵在,还不知要咋侍奉呢。哪像现在,她有时想喝一碗稀饭,人家愣是送来一碗干捞面,她还不好说啥。团上领导都是男的,也都忌讳着跟女主演频繁接触。她就委屈得老感觉当主演,是这个世界上最出力不讨好的事了。

刘红兵就是这时来看她的。

那天她正在房里哭。昨晚演《游西湖》,累得她不仅又吐了一次,还在最后的时候抹了"头杂"。也就是满头的装饰,全在最后一个动作中,被贾似道的家丁打散开来,台上台下,贴的鬓角,插的玉簪、琼花,飞得到处都是。要不是大幕拉得及时,戏都无法收场了。演出刚完,后台就有人撒凉话说:"美,美,《鬼怨》演成'天女散花'了。美极了!"这天晚上她回到房里,不仅大哭一场,而且对主演这种职业,突然产生了十二分的厌倦与憎恶。演红火了,好像一团的人,腰都跟着粗了;而演砸了,自己就成了一团人的痰盂,连拉大幕的,也是可以随便往里唾几口的。

刘红兵是第二天中午到的。

他开始还有些试试火火,怕违反了"家规""家教",惹得忆秦娥不高兴呢。谁知他探头探脑地在她窗户前一晃荡,那窗帘很薄,身影一下就被忆秦娥认了出来。她竟然未开门先喊起来:"红兵!"并且喊得那么急切。随后,她是从床上跳下来开的门。刘红兵就呆头呆脑地进去了。他感到,忆秦娥不仅没有要发脾气的意思,相反,还表示出了平常从没有过的羞涩、亲热、稀罕情绪。

忆秦娥穿着一身粉红色线衣线裤,紧绷绷的,将浑身该突出的部分,全都强烈地突了出来,而将该收缩的部分,也都曲线优美地收缩了回去。刘红兵就有些沉不住气了。这种美,能让他生命的重要物质荷尔蒙,瞬间骤增到使他完全失去自制力的地步。但每每这时,他也会立即产生一种胆怯,害怕她那些迅雷不及掩耳的拳脚,会出其不意在不该出奇制胜的地方,让他那已有法律保障的事情,活生生地变成强奸未遂。他试探着想去拥抱她。谁知在他腿脚还有些颤抖的时候,她已经迎了上来,并且是十分温柔地投向了他的怀抱。他顺手一搂,就把她搂到了床上。他还在进一步试探,是否可以在中午开展有关活动。这可是明令禁止过多次的严重事体呀!谁知一切试探,都是无禁区地全面自由开放。刘红兵觉得是太阳从西边出来了一样,也不管这太阳是否适合出行,就毅然驰骋在了由玉石铺就的、冰清玉洁的、一马平川的生命大道上了。

也不知顺着西边出来的太阳,纵横驰骋了多久,反正刘红兵是平生第一次感到了生命的幸福与满足。勒了缰绳,拴了马,他就呼呼地睡去了。

等醒来时,他才发现,他是被忆秦娥看醒的。忆秦娥正盯着他笑,笑得有些不怀好意。

"咋了,你笑?"他问。

"我笑猪。"

"啥子猪?"

"你就是头猪,睡得比猪还猪。嘻嘻嘻。"

"太解乏了。我刚都想在马上死了算了。"

"你死呀!你中午还喝酒了?"

"喝了点。我其实十二点多就到了,怕你正休息,没敢来。就跟商山的朋友吃了顿饭。哎,我都不理解了,你那么严厉地要求我,坚决不许来看你,咋又这稀罕我呢?还是久别胜新婚嘛!想我了不是?"

"看把你美的。"

刘红兵又一骨碌要朝上趴,她一胳膊肘就把他拐下去了,说:"老实点。"

"那你说,你为啥要带头违反规定呢?"

"啥规定?"

"中午,不是不许耍流氓吗?"

"去你的。"

"你看这中午加演一场,多美的。"

忆秦娥就羞得一把捂住他的嘴:"不许说流氓话。"

"哦,我懂了,只能干流氓事。"

"滚你的吧!"

"好好,开玩笑,开玩笑的。我就说么,都成夫妻了,咋还这生疏的。今天这就对了么。"

说着,刘红兵还得寸进尺地,把头枕在了忆秦娥那美妙无比的胸脯上。忆秦娥又把他的头推了下去。他又枕,她还是朝下推。他就怏怏地说:"三分钟的热度又过去了。"

这时,只听窗外有人敲着玻璃喊:"哎,兵哥,中午还加演折子戏哩。"

刘红兵得意地对窗外喊叫:"是整本戏。"

忆秦娥就啪地一巴掌扇在了刘红兵的光脊背上。

几个人嘻嘻哈哈地笑着跑了。

忆秦娥突然冒出一句话来:"你说,我咋样才能休长假?"

"咋,累了?想休多久?"

"能休多久休多久。"

"除了产假,慢性病假,其余的假,最多也就休一两周。"

"产假能休多久?"

刘红兵又一骨碌爬起来问:"你想要娃?"

"你说能休多久!"

"这有啥下数。有了娃,就有了由头,我看连着休几年的都有。"

忆秦娥也突然兴奋起来:"那我就休产假。"

直到这时,刘红兵才隐隐忽忽明白,原来忆秦娥今天的一切态度,都是为这个而来的。平常要合作一次,那真是比吃粪还难的事。今天,似乎一切都是在主动应战,甚至连啥措施也没让采取。他当时就有些蹊跷,不知她哪根神经给撞了,竟能突然变得这样温顺起来。一旦搞明白,就把他吓了一跳。中午他是喝了酒的,并且是当地有名的"闯王醉",说后劲大得要命呢。那阵儿,他要不喝点酒垫底,还真不敢来见忆秦娥呢。谁知,她竟然是为休产假,才上演了这样一出恩爱床戏。这傻妹子,真是让他有些哭笑不得了。美得无与伦比,拗得无与伦比,怪得无与伦比,傻得无与伦比。他美美嘣了一下她光滑的额头说:"你咋这傻的呢?"

"不许说我傻。"

"想要孩子,咋也不早说呢?"

"我昨晚才想的,咋给你说?"

"那你为啥突然要休产假呢?"

"累了。不想演了。想休息。就这。"

"咱结婚时,可是给单仰平保证了的,五年内,不要孩子。得给人家好好演戏哩。"

"不想演了么。"

"傻了吧,人家争都争不到手,你还不想演了。"

"不想演就是不想演了。必须休产假。"

刘红兵看着这个傻蛋,扑扑哧哧地笑个不住,又要亲昵地搂她,却被她一掌推出老远,说:"休产假。回去就休。"

刘红兵又嘣了一下她的脑门说:"回去就休,拿啥休?"

忆秦娥羞涩地勾了勾头说:"你说拿啥休。"

"真要休,那你就要一切听我的,把步骤安排得扎扎实实的。"

"啥叫扎扎实实的?"

"就是除了晚上'正常演出',每天中午都得'加演'。还得多加。"

"加演啥?"

"你说加演啥!"

"去你的。"

忆秦娥的孩子,到底是在哪儿怀上的,连她自己也说不清。反正那一阵儿,刘红兵是如鱼得水,真正过了一段人生最幸福惬意的生活。

三十九

忆秦娥巡演回来三个月后,正式向单团长报告:她怀孕了。

她不能再排戏了,也不能再演出了。尤其是不能再演武旦了,更不能吹火了。她得休产假了。

这事把单仰平吓了一跳,甚至当下就跛得把半条腿都差点跷到半空里了。

单仰平郑重其事地问:

"忆秦娥同志,你是说真话么,还是开玩笑?"

"单团,我啥时跟你开过玩笑?"

单仰平倒吸了一口冷气地说:"娃呀,你咋能给我咥这冷货呢?"

"我咋了?"

"你说你咋了!"

"别人都能怀孕、生娃,我就不能?"

"你能,可你是主角,是团上重点培养对象啊!你这一生,团上岂不就……砸锅倒灶了?"

"我啥时有这重要的?"

"你不重要吗?你没感到你的重要吗?你不重要,我们能从深山老林里,把你当人参一样挖出来?你不重要,团上能把一个又一个大戏,都压在你一人身上?多少人寻情钻眼地要上戏,我们都哄人家,说以后会安排的。我顶着多大的压力,把上上下下都得罪完了,就想把你挡起来,给省秦竖一面大旗呢。你却把碌碡拽到半坡上,扭身溜了、逃了。你对得起谁?你对得起培养你的组织吗?"

单团在说这番话的时候,是在办公室里来回走动着的。与其说在走,不如说在蹦。那条跛腿,已经需要伸出一只手去,把膝盖捂着,才能避免满屋乱弹乱撂。他一边蹦,还一边把桌沿也敲得嗵嗵直响。他是有些失态了。可忆秦娥就那样闷坐着。你再说,再苦口婆心,她都一言不发。并且意志坚定如钢,绝无半点退让的意思。本来她是准备把事情再捂一阵,等肚子大些,自然显形了,再让他们领导自己看去。她听说,肚子里的娃越大,越不好采取措施的。可这几天,团上又要排戏,并且是要排《穆桂英大破洪州》。自然又是她的刀马旦穆桂英了。不亮底牌都不行了。

任单团咋说,她都死不给声。气得单团大喊起来:

"说你傻,你还不承认。我看你就是天底下的头号傻瓜蛋!不是世界第一傻,也是中国第一傻;不是中国第一傻,也是大西北第一傻;不是大西北第一傻,也是西京城第一傻;最起码是省秦第一傻……"

还没等他把更多的傻字说出来,忆秦娥一冲站起来,大喊道:"你才是世界第一傻呢。说我傻,你比我傻一百倍、一千倍、一万倍……"她暴怒地嚷着喊着,就夺门而去了。

只听单团长在身后喊道:"我不跟你这个傻子说,把你刘红兵给我叫来。他给我做了保证,发了毒誓的。你傻,说不清,他能说清。"

忆秦娥连头都没回地走了。

单仰平从这时开始,一连在院子里,失常地跛了好几个月。最后跛得还真挂起了拐棍。一些人说,单仰平肯定是遇见大麻烦了,要不然,还能跋成这样?

就在忆秦娥走后,单仰平还真找刘红兵来谈了几次话。刘红兵开始是一直有意回避着,后来看单仰平找得太苦,就去见了几面。单仰平真是打他的心思都有。那天,单仰平把他约到一个小酒馆,两人美美喝了一场酒。单仰平甚至都哭了出来。单仰平说:

"你狗日刘红兵,这下算是把我彻底给算计了。我把一个团的宝,都押在你老婆身上了。给她排了这么多戏,也是想挡红个角儿出来,让省秦振兴振兴,没想到,能遇见你这样个不讲信用的货。不让早婚,你死缠活缠的,说扛不住了,硬把婚结了。你结婚时,是咋样给我保证的?说要是五年内要娃了,就让团上把你劁了、骟了,你来团上演太监。说没说过?(刘红兵味啦一笑)这下好,一年都没满,祸就做下了。忆秦娥来要休产假了。你说你……唉,我真想把你那一吊肉绳之以法了。"

"对不起,对不起。单团,我真不是故意的。你想劁,就把我劁了得了。"

"你个赖皮货。这阵儿,谁还有心思跟你开玩笑。"

"我真不是故意的,真不是。"刘红兵一脸无辜的表情。

"这事还有失错的?"

"还真有失错的。真是失误造成的严重后果啊!我检讨,我给您深刻检讨!"

"谁不知道你的,死缠烂打个货,单位工作不好好搞,见天就赖在省秦。人家在商山演出得好好的,你倒是哪根筋抽得慌,一个月都忍不住了,非要心急火燎地跑去闯祸。你破坏我的纪律,扰乱我的军心,打乱我的全盘部署,把好端端一个团,眼看就要逼上绝路了,你懂不懂?"

"不至于吧,单团?"

"还不至于,你还要咋至于?她一生娃,立马三台大戏就演不成了。我好不容易攒点家底,都让你狗日的,彻底给搞泡汤了。你知不知罪？"

"我知罪。小的知罪。"

"我是没枪，要有枪，真想一下崩了你。"

"你崩，单团，你崩。我有猎枪，野猪都能打死，还愁把我崩不了？我借给你崩。"

"你这张片儿嘴。我就是把你当野猪崩了，一个团这几年咋办哩？"

"不是还有B角儿、C角儿吗？"

"你倒说了个轻巧。B角儿、C角儿随便就能上了？就是上，能演过忆秦娥？演不好，不是反倒砸了省秦的牌子？省秦正在爬坡阶段，这一连三本大戏，一下把声望给打出来了。让你老婆这一折腾，人家隔壁邻舍，很快就会冒出好戏，冒出硬扎角儿来。观众都是吹红火炭的，哪儿红，腮帮子就对着哪儿使劲吹。等咱的炭灰凉了，只怕是想吹也吹不起来了。"

"我检讨，我给单团做深刻检讨。"

"检讨顶屁用！"单团把酒瓶子使劲一蹾，站起来说："你必须做工作，采取断然措施。"

"啥措施？"

"你说啥措施！"

"我知道你说的啥措施。我要有这个能力，咋能躲了这些天，不敢见您老人家呢？"

单团就在酒馆包间里，快速踱动起来。他一边踱一边说："忆秦娥傻，你不傻吧？"

"单团，你千万别说她傻。谁说她傻，她就跟谁急。你就说我傻得了。"

"忆秦娥还不傻？我看她是傻到家了，傻到骨髓里了。连头发梢都冒着傻气。还有组织这么培养，这么信任，这么挡红，她还狗坐轿不服人抬的吗？"

这句话把刘红兵给惹得扑哧扑哧地大笑起来。

已经气得有些嘴脸乌青的单仰平问他笑啥。他说:"我笑单团的比喻,那狗要是坐起轿来,不定还真有些趣味呢。"

"去你的。我说正事,你还有心思在那儿胡咧咧。你说咋办!"

"我真的没办法。我也已经做过工作了,说看能不能先不要这个娃。你猜她说啥?"

"说啥?"

"她说……她说你当初咋不给你妈说,也不要你呢?"

"这不傻子吗?这不傻子吗?这不傻子吗?还要咋傻?"

"千万别拿傻字说事。秦娥就是一根筋。她想好了的事,八匹马也拉不回来。"

单团就跛得更凶了,说:"我不管。你给我保证了的,五年以内不要孩子,你得兑现承诺。"

"那你还是把我崩了算了,我给你取猎枪去。要剉要骟也行,我有吉利刮胡刀片,快得很。"

气得单团砰地砸了剩下的半瓶红西凤。他指着刘红兵的鼻子骂:

"刘红兵,你个臭流氓!你欺骗组织,你……你只顾自己骄奢淫逸、贪图享乐……你……你永远别让我再看见你!"

四十

刘红兵被单团狗血喷头地骂了一顿回去,又开始给忆秦娥做起了工作。其实他也不想这早要孩子,只要忆秦娥同意,哪怕一辈子不要都行。人么,就短短的几十年,何必要把精力都缠到孩子身上呢?他是知道要孩子的訾乱的。他的好几个同学,都是有孩子的人了,从有孩子那天起,他们就青春不再了。尤其是那几个女生,腰粗了,腿壮了,胸脯是无序地发散状膨大,脸也肿泡起来。连屁股,也是铁锅一样浑浑地扣在裤子里,没了一点形状。他可不希望忆秦娥变成这种样子。忆秦娥的美,他是希望永远留住,让他好多享受几年的。再说,他也真的不喜欢孩子。别人的孩子,他也不喜欢逗。有一次,为了让同学高兴,他把一个孩子接过来,朝头上架了一下,那孩子竟然将一泡稀便拉在了他的脖颈上。从此,他就再没抱过孩子了。他不敢想象,忆秦娥早早要下一个娃来,那对他该是怎样的青春耗损、凭空折寿啊。

他跟单团喝完酒回去,忆秦娥正躺在床上发呆,他就把见单团长的事,给她细说了一遍。忆秦娥用手背捂着嘴光笑。他就说:"还笑呢,要是枪在单跛子手中,他还真能把我立马崩了。"

"崩了活该。"

"我咋活该了?"

"反正活该。咋都活该。"她还笑。

"你就盼着我死?"

她还越发笑得厉害了。

"你笑啥嘛笑?"

"我笑你说单团气得把酒瓶子都砸了。"

"你还笑呢,就差没把酒瓶子扔到我脸上了。"

"谁叫你要去见他的,你又不是单位的人。"

"人家找了我好多次,能不见吗?再说,单跛子这人不错,对你好着呢。"

"好着的,他天天逼我演出,当牛使唤哩。我是人,我快累死了。他就是安慰,哄。哄完,还得给他卖命。我迟早都会累死在舞台上的。"

"有人想累还轮不上呢。"

"让累去呀。都试试吗,看主演是不是人干的?"

"你呀!"

"我咋了?"

"你是身在福中不知福啊!你看主演给你带来了多大的名声、荣誉……"

还没等他说完,忆秦娥就忽地坐起来:"刘红兵,我日你妈了,你也跟着别人一个鼻孔里出气。好像我咋了,你说我到底咋了。除了见天跟驴一样,蒙着双眼拽磨子,我还咋了?是比谁多拿了一分钱,还是比别人多坐了一个板凳,多睡了一张床?那些荣誉,是能吃么还是能喝?只是让我更使劲地拽磨,并且拽了还不能说话。一说,就说我变了,我骄傲了。除了这些,还给我带来了啥好处?他谁要喜欢荣誉了,就让赶紧拿回家去,供着养着。反正我就想跑龙套,轻省,好玩。演出中间还能在后台说哩谝哩,啥心不操。也出不了舞台事故。主演一出事故,还都能跟着说风凉话,好像他们比谁都更爱团,更维护团上荣誉似的。我是因为把戏演多了,才成了祸水的。累吐了,累趴下了,有人还说我是装的。'头杂'散了,有人竟说我是故意给团上摆难看呢。我不装了、不摆了还不行吗?"

刘红兵没想到,这家伙平常一句怨言都没有,再苦再累,回来就是倒头便睡。谁知她心里还憋着这么多的苦水,倒起来,还一壶一壶的。他就过去扶住她的腰,准备给她按摩按摩。谁知她膀子一筛,还不让。她问:"单团是不是又说我傻了?"

"没……没有。"

"还能没有?他还能不说我傻?他才傻呢。他要不傻,能说我傻?我要真傻了,才会上他的当呢。把我当傻子用,我偏不当这个傻子,哼!"

"好好好,咱不傻,咱啥时候傻了?可不当主演,也不一定立马要孩子嘛。"

"你看你傻不,不要孩子,能不去演戏吗?那不成旷工了。"

"也可以跟单仰平做工作,跑跑龙套嘛。"

"只要团上没有排出新戏来,他能把我饶了?看来看去,我只有休产假一条路了。"

刘红兵知道,忆秦娥一旦认起死理来,那是九头牛都拉不回的。做了几次工作,不仅白费力气,还把夫妻之间的感情,越做越生疏了。他也就不敢再做了。

有一天,单仰平又把他叫去,问到底做工作没有。他看单仰平到现在,手中拄的棍还没撂下,就吞吞吐吐地不敢说。单仰平把棍一撂,严厉地呵道:"说,今天得给个准话了,我不能栽在你跟你老婆手里了。一团人还得靠戏吃饭哩。"

他就磨磨叽叽地说:"效果不大。"

他以为单团会再求他呢,谁知这次单团来了个一百八十度的大转弯,说:"好,好,好。那我也告诉你刘红兵,请你转告忆秦娥同志,团上正盖的新单元楼,一户五十五平方米,两居室,还带一个十四平方米的客厅哩。客厅里能放电视机,还能放转角沙发,还带厕所。厕所还能洗澡、化妆。也就都没她的事了。"

"哎单团,你可不能这样做呀!省上领导能批下这楼,还不都是《游西湖》演得好,领导高兴才决定的吗?忆秦娥没有功劳也有苦劳么,你还能连房都不给她分了?她是休产假,又不是不干了。这有政策哩。"

"你少拿政策给我说话。团里也有政策:男职工二十六岁结婚。女职工二十四岁结婚。并且要求女演员二十六岁以前还不能要孩子。尤其是主要演员,因为培养成本太大,一要孩子,不仅毁了团上的事业,也会毁了演员个人的前程。这些道理还需要我给你多讲吗?"

"那是那是。不过,你这些政策,都是土政策。恐怕不能因为这个,就不给职工分房吧?"

"哎,还真让你说对了。这土政策里就有这么一条,凡违反者,将在个人荣誉、住房、职称上加以处罚。"说着,单团还真翻出一个制度来,让刘红兵看:"你看好噢,二十六岁是条红线。每提前一年生孩子,都要按实际年限折算。忆秦娥至少在四年以内,不能评先进个人;不能评职称;不能参与分房。"

刘红兵仔仔细细把制度翻看了几遍,嘟哝说:"这土政策也定得太苛刻了。"

"不苛刻,不苛刻剧团就得关大门了。这是职业特点决定的。要献身这行事业,就得晚婚晚育。"

单团见刘红兵摸着制度,很是惋惜,就又乘势说:"你再回去给那个傻女子讲一讲,看她是先要娃么,还是先要房。"

刘红兵也再没说啥,就把制度抄了一遍,拿回去给忆秦娥念。没想到忆秦娥还更加坚定了,说:"不要房,我就要娃。你告诉他单仰平,我哪怕一辈子住在外边,也要把娃生下来。我不给他卖命了。我就要休产假。"

为这事,刘红兵还偷偷给她舅胡三元打了电话,想着她舅是最关心她事业的人,也是最有可能说动她的人。

胡三元接了电话,果然第二天就来西京了。他是好说歹说,说你一个放羊娃,混到如今容易吗?一本接一本的好戏,一个接一个的主角上着,哪里就把你搁不住了?又是进北京,又是走州过县,又是上广播上电视的,这要放在别人,都是打着灯笼也找不到的好事,你还挑肥拣瘦是吧?何况这是省秦,多大的台面哪!你却是这样的狗肉挡不上席面,要自己朝后溜呢。过了这村可就没这店了!她舅说:"唱戏这行,好多人就是因为熬价钱,才把自己一千熬成八百了。你只能乘势而上,不敢自己朝溜溜坡上坐,一溜就溜得再也看不见了。能人多得很,紧赶慢赶,都有人会突然从你身边冒出来,你还敢停下,等着别人朝前拥哩。记住,娃,螳螂捕蝉,黄雀在后哩。生娃,说是大事,也是大事。说是小事,比起成名成家来,那就是小得不得了的事。村里像你这大的人,都有生两三个的,让计划生育撵得满世界跑,还是要生。你都没看看他们过的啥日子,真是活活让娃给拖垮了。你好不容易熬出来,活得有了点体面,却又为生娃,连角儿都不当了,划算吗?一生娃,体形脸形都会变。嗓子再有个三长两短,你想再红火都红火不起来了。"那天她舅整整说了大半天的话,本来就黑的脸,越说越黑得像舞台上的包公了。他还不爱喝水,说敲戏就不能喝,几个钟头得憋尿呢。刘红兵给他换了几次茶,他都连动也没动一下,就那样一边闪着腿,一边一溜一串地滔滔不绝着。刘红兵觉得她舅嘴里的词,可抓地、可生动、可丰富了。最后说得他口干舌燥的,两个嘴角都堆起了苞谷豆大的白沫,但还是没把忆秦娥说转。气得她舅起身要走,刘红兵拉都没拉住。出门时,她舅还撂下一句特别生分的话来:"你们忆秦娥把人活大了,心里也没这个烂舅了。烂舅是个啥吗,县剧团一个破敲鼓的,还配跟人家说话?人家都是进过中南海,跟中央领导握过手、说过话的人了。烂舅的话,就全当是放了屁了。"他也就再没把她舅拽回来。

她舅回去后,忆秦娥过去的老师胡彩香又来住了几天,也是说了个昏天黑地。胡彩香还说女人家在一起说话,不让他听,刘红兵就乐得去办事处打牌去了。他回来一看,还是没结果。胡彩香走时,倒是没有她舅那么激烈,只说:"非要生,那就让她生吧。也许早生早解脱,还有利于唱戏呢。反正总是要生的。"

谁也犟不过忆秦娥,看着傻呆呆的、闷乎乎的,主意却正得很。她啥事也不跟人商量,说怀就怀上了,说生也就生了。

别人怀孩子,生孩子,就跟害了一场大病一样。可她生小孩儿的当天,还在床上拿大顶,在房子里练小跳,跑圆场、踢腿,就跟没事人一般。在预产期前半个月,刘红兵终于把她娘胡秀英接了来。前边说接她娘,忆秦娥咋都不让,说她能行。做饭、洗衣、上街买菜,自己忙得不亦乐乎。预产期到了,她也不去医院,嫌住院闷得慌。遇见她娘,也是个没医学常识的人,一个劲地说:"生娃还去啥医院,咱村子不都是在家里生的嘛。"刘红兵气得一点都没治。

那天晚上,忆秦娥说肚子有点不舒服,她娘就说,是发动了。他要朝医院送,她娘还是跟忆秦娥一样不积极。但他坚决不行,硬是到办事处开车去了。结果等他把车开回来时,娃已经生到床上了。她娘在用提前准备好的东西包着娃。忆秦娥用手背捂着嘴,已经在对他傻笑了。

他说:"这快的。"

她娘说:"还不就这快的。你刚走,娥说要上厕所呢,腿还没挪下床,娃就溜到床沿上了。要不是我接得快,都跌到地上了。"

忆秦娥还是在那儿傻笑。

他就去弹了她一个脑瓜嘣,说:"真是瓜女子。"

"你才瓜呢。"

她娘说:"你也不问问,是男娃么还是女娃。"

刘红兵到这阵儿了,才想起问:"男娃么女娃?"

"你刘家福分大得很,是个牛牛娃。还像姑爷你。搞不好将来也能当专员呢。"

刘红兵笑得就凑上去看了一下,还把他吓了一跳,说:"长得这丑的?咋不像秦娥呢?要长得像秦娥就好了。"

她娘说:"秦娥生下来也丑,丑得我都担心,将来找不下婆家呢。结果三长四长的,还把眉眼给长开了。这娃呀,将来注定比娥儿还好看呢。"

忆秦娥脸上露出的,是胜利的笑容。

四十一

自从忆秦娥怀孕的消息出来后,省秦就波动了很长时间。先是班子波动,大家都埋怨单仰平"太护犊子",把个"傻不叽叽的忆秦娥"捧上了天,直到把全团都捧进了死胡同。单仰平也一个劲地检讨说,这事自己的确有责任,思想工作不细致,认人不清,看事不准。还说,事实反复证明,剧团不能"耍独旦",这是很危险的事。以后配了AB角儿,就得把AB角儿全排出来。就是差些,也不能"一花独放"了。

忆秦娥怀孕的事在全团传开后,立即炸了锅。都说才调来几天,就又要坐月子,一坐月子,不定这个"旦",就完完地完蛋了。尤其是武旦,一旦没了形体、气力、速度,那就是"软蛋"一枚了。都觉得团长严重失职,是拿上百号人的牺牲奉献开了玩笑。还说单跛子一天就像护他"碎奶"一样,有事没事,都把他"碎奶"像"龙蛋"一样含着、捧着,"碎奶"走到哪儿,他"跟屁虫"一样跛到哪儿,这下看他是朝天跛么还是朝地跛呢。对于忆秦娥,那就更是没有好话了。都议论说:没看出,这碎货还是人小鬼大,只怕急着结婚,也是把"弹药"提前装上了,不结不行才结的。很自然,大家就又把她在宁州跟那个老做饭的故事,串联了起来。越说,忆秦娥的形象,就越变异失形得不好辨认了。

对这事,楚嘉禾自然是暗中高兴了。她最早的消息来源,是业务科的丁科长。丁科长说让她抓紧准备,不仅要很快排出《游龟山》来,而且有可能《游西湖》《白蛇传》的B组,她都得上。她还问是咋了,丁科长神神秘秘地说,很快你就知道了。果然,在丁科长说完的第二天,团上就传开了,说忆秦娥怀上了。并且表示坚决不采取任何措施,要给副专员的儿子生龙种呢。这个傻帽儿,终于开始犯傻了不是。谁不知道,女演员这个时候不能退坡,更不能生娃。一旦进入怀孕、生娃、哺育期,就像汽车的空挡一样,一挂就是好几年。等你重新挂挡起跑时,一切都已旧貌变新颜,换了人间。楚嘉禾不仅暗自兴奋,也暗自涌上一股劲来,该是朝上猛冲几年的时候了。冲上去,就冲上去了,等忆秦娥再灵醒过来,她的黄花菜都已凉过心了。那时,就是让她演,恐怕也是平分秋色的阵仗了。何况哪个女演员,尤其是武旦,在生娃以后,还能有当年的风采呢?

团上好像也都憋着一股劲。从领导到群众,也都有意愿,要尽快推出新的角儿来。不然,连门都出不去,是要把唱戏的嘴吊起来了。

《游龟山》最成熟,都下过几次排练场了,自然是要先推出来。不过,单团长在给楚嘉禾谈话时讲:

"排《游龟山》不是目的。重要的是,要尽快把《游西湖》《白蛇传》恢复起来,这是秦腔的两本名戏,观众都喜欢看,包戏的也多。团上排古装戏刚有些起色,就让忆秦娥当头给了一闷棍,我们不能让这一闷棍打趴下。经过班子认真研究,业务科拿了意见,要重点培养你楚嘉禾了。当然,我们同时还要启动 C 组、D 组。你们都肩负着很重要的责任,就是振兴省秦,振兴秦腔。必须拿出牺牲一切的精神和勇气,把这几本大戏,全部保质保量地拿出来。让全省观众看看,省秦的人才,是层出不穷的,是源源不断的。也要让她忆秦娥看看,离了张屠夫,省秦是不是就只能吃浑毛猪了。"

事后,楚嘉禾才知道,单团长谈话不只找了她一个,而且也找了周玉枝,还有其他几个旦角。谈话的内容也基本一致,都是要大家在很短的时间内,力争把几个主角补上。虽然有广撒种子,看哪棵苗好了,再给哪棵重点追肥的意思,但她是排在第一位的。她也有信心比其他人演得更好些。何况业务科她还有人哩。因此,她也就显得格外地上心用功。

《游龟山》很快就与观众见面了,但没有达到预期效果。彩排后,只演了三场,就草草收场了。观众的评价是:"演胡凤莲的演员很漂亮,但没有光彩,把人物的内心没演出来。光漂亮不顶啥。"为这事她还有些生气,忆秦娥不是也因为漂亮,才吸引眼球的吗?丁科长说:"忆秦娥是'色艺俱佳',你还得在'艺'字上狠下功夫呢。"并且鼓励她说:"《游龟山》就是练练兵,关键要看《游西湖》和《白蛇传》哩。这才是你确立省秦台柱子的重头戏。"

楚嘉禾那一段时间,几乎白天晚上,都泡在排练场了。她也有些刻意模仿忆秦娥的意思,一天到晚,都只穿一身练功服,对一些来黏糊她的朋友,也下了最后通牒:戏没排出来,不许再来找她。

那段时间,日本电视连续剧《排球女将》的余温还没消退,剧里的女主角,叫小鹿纯子。她训练刻苦,拼搏顽强,像小鹿一样活泼可爱,又像白玉一样纯洁无瑕。小鹿纯子最拿手的球技就是"晴空霹雳",后又练成了"旋影扣杀"。观众几乎家喻户晓。剧里有一句经典台词是:

"我的目标——奥林匹克!"

楚嘉禾不仅给她宿舍贴满了小鹿纯子扣球、杀球的剧照,并且把那句经典台词,也无处不在地贴在了穿衣镜、门背后、床头柜、写字台上。每次出门前,她都要学一下纯子的"扣杀"动作,还要模仿几声日本女子的尖叫声,然后才信心满满地去排戏、练戏。

"苦战一百天,拿下《白蛇传》。"

这是团上的战斗口号,也贴得满院子满工棚都是。

先排《白蛇传》,是楚嘉禾的要求。说实话,她并不喜欢《游西湖》,尤其是不喜欢《杀生》那折戏,又是吹火,又是跌打的,太苦,太累。吹火也练得她多次发恶心,几乎把胆汁都快吐出来了。可不仅没练出忆秦娥的那些高难度,还把眉毛、刘海烧得几个月都长不起来。她想着《白蛇传》虽然也有武打,但总比吹火强。丁科长就按她的意思,先安排了《白蛇传》。

一百天后,《白》剧如期上演了。谁知一见观众,从团内到团外,都是一哇声地议论:"不如忆秦娥。""还不是差一点,而是差七八上十点。"有的干脆说:"连忆秦娥的脚指甲灰都不如。"尽管如此,团上还是硬着头皮在鼓励她、宣传她。每晚演出,都是单团长带头在池子里领掌、鼓掌。结束时,他也会装成观众,扯长了脖子,在人群里大喊几声"好"。有人在他跟前撇凉话说:"这演的不是白娘子,还是她的胡凤莲呢。演啥都一个味儿,属于那种'肉瓢子瓜'。"单团就批评说:"把你嘴夹紧,胡说啥?我看好着呢。某些地方,还有胜过她忆秦娥的东西。才出来么,演一演会更好的。看你那涎水嘴,少胡喷,少放炮,少给团上添乱。"不过说归说,单团却没有过去看了忆秦娥的戏那么激动。台上台下、台前台后,他也来回颠跛得少了。过去散戏时,他总是要兴致勃勃地混在观众群里,扯长了耳朵,四处听反应呢。听得那个滋润、受用劲儿,有时连自己都没感觉到,腿是不跛了的。自楚嘉禾演出后,他只跟了两次,那些刺耳的语言,刺激得他,腿跛得不是影响了右边观众走路,就是影响了左边观众走路,他也就懒得再跟了。

　　《白蛇传》一连演了五场,楚嘉禾就喊叫撑不下去了。观众也一天比一天少,最后一场,甚至连半池子都没坐下。演许仙的薛桂生,就找单团提意见说:团上对艺术不负责任,对演员也不负责任。他说楚嘉禾离白娘子还有很大的距离,从某种程度上讲,还不算是这块料。排练当中,他也多次给封导提醒,说锻炼锻炼可以,但靠楚嘉禾撑持省秦"当家花旦",恐怕是要贻笑大方的。谁都知道,领导和导演也都是有病乱投医呢:忆秦娥撂了挑子,总得有人把这担子接过来吧。没有扛硬的肩膀,溜溜肩也总得有一个吧!楚嘉禾虽然不完全是忆秦娥之后的唯一,但也算是筷子里边的旗杆了吧!何况业务科很是支持这个人,说她条件好,有上进心,服从分配。也许把担子压一压,还真就"德艺双馨"地出来了呢。

　　排完《白蛇传》,让大家七嘴八舌地,说得单团也有点拿不定主意了。《游西湖》到底还排不,给谁排,都是个事。但丁科长很坚定,说还是要给楚嘉禾排。封导就不干了,说楚嘉禾演白娘子,已经勉为其难了,功力根本不够,好多高难度动作,都是减了再减,才勉强推上舞台的。李慧娘的《鬼怨》《杀生》,难度更大,她根本胜任不了。有人也建议让周玉枝上。可周玉枝端直找到单团长,说她不适合演李慧娘。其实,周玉枝的病,不仅害在演不过忆秦娥,更害在不想跟楚嘉禾争戏上。她知道楚嘉禾的嘴特别厉害,不愿意为演戏,把自己弄得里外不是人。再加上,楚嘉禾已经跟她亮过好多次耳朵了,说《游西湖》也是给她准备的"菜",领导都给她打过招呼了。她也在暗中练习道白、顺唱,并且都偷偷吹上火了呢。周玉枝觉得不上戏,还落了个清闲,剧团能上主角的,毕竟是少数。她见识过了楚嘉禾在背后给忆秦娥使的那些手段,在心里,她就很是有些惧怕这个同学,也很是惧怕唱戏这行了。

也就在这时,丁科长升为副团长的任命下来了。

封导自然是坚持不过丁副团长了。

楚嘉禾就又上了李慧娘。

楚嘉禾是真的不喜欢《游西湖》。但再不喜欢,也不能让别人上了。她妈自打她开始排《白蛇传》起,就从宁州出来给她当了全职保姆。《白蛇传》一出来,她妈自是大加赞赏了。她妈的信息,也有些影响楚嘉禾对自己的判断,以为自己是要超过忆秦娥了。即使对李慧娘再不喜欢,她也硬着头皮要上了。这一上,就是省秦不折不扣的"当家花旦"了。

真的上了这个戏,楚嘉禾也是做了准备脱几层皮的打算。她虽然嫉恨着忆秦娥,却又是处处在向忆秦娥学习着的。就连平常打坐,她也是忆秦娥式的"卧鱼"状了。有事没事,她都在地上劈着双叉。直到这时,她才知道,忆秦娥有怎样一种深厚的功底啊!她"卧鱼",最多也就是几分钟,腿就酸得抽起筋来。可忆秦娥能一"卧"几十分钟,甚至一两个小时不动。那都是在宁州剧团灶门洞前练下的死功夫。在排练过程中,也不断有人说她这不像忆秦娥,那不像忆秦娥的。动不动就是忆秦娥是这样走的,忆秦娥是那样唱的。别人越是这样说,她就越是不按忆秦娥的路数做了。她说:"杀猪还有先杀屁股的,一人一个杀法么。何况搞艺术呢。"反正无论心里怎么偷着学,在表面,她都是从来不认忆秦娥的卯的。为了吹好火,她也买了些水果,去看过怀孕的忆秦娥,讨教怎么火的燃点老是不够。忆秦娥倒是不像那些老艺人,还藏着掖着那点技术,竟然和盘把松香配锯末的技术,都给她说了。她回去一试,果然灵验。当时她心里还在嘀咕:忆秦娥果然是个瓜子,要放在她,那是咋都不会透露的。何况她仅仅是花了几块钱,在快天黑时,去水果摊子上,给她买了点别人挑剩下的苹果、梨。

《游西湖》哩哩啦啦排了四个多月,牛曳马不曳的。一来给主演补戏,大家没有了原创热情;二来也都看不上楚嘉禾身上的"活儿"。觉得那就是个演二三类角色的料,愣朝"当家花旦"上捧,是拿着菜包子上供——硬充数哩。勉强把戏拉了出来,让单团一看,单团也热情鼓励了几句,可鼓励完,却没一点掌声。还有人撇凉腔说:"单团让忆秦娥把脑子游丝彻底撬乱了,连好瞎戏都认不得了,嘴里一满胡交代开了。"照说,封导认为戏连七成熟都不到,可年关已近,不绾个疙瘩都不行了。因为一开年,团上就得下乡演出,《游西湖》也是一个上了订单的戏。但无论怎样,封导都不同意楚嘉禾版的《游西湖》在省城首演,说下乡可以凑合。丁副团长为这事,还跟封导大吵一架。楚嘉禾她妈,也让女儿去质问单团:她的戏,为啥就不能安排春节在西京首演?难道她吃了这么多苦,好不容易把戏补出来,就是为别人"垫碗子"下乡吗?单团还解释说,团上也是为她好,到乡下先演一演,等成熟了,再登省城舞台,力争一炮打响。楚嘉禾也就不好再说啥了。

就在忆秦娥生下小孩儿的那几天,团上的单元房也交付使用了。一共是四十八套。为分房,单团让专门成立了分房委员会。先后拿了好几套方案,上了班子会,都被否决了。

要没有这四十八套房,省秦还安宁些,自开始建房起,矛盾就愈演愈烈了。

本来这栋楼,领导是为年轻人批的。如果要考虑中老年艺术家的因素,那就得建六七十平方米的大房。可在建设过程中,大家一看,房的设计特别合理。单团也上心,用的都是真材实料,并且把楼体染成了富贵红色,顶子上还扣了个"汉唐古风"的大帽子。好多中老年同志,就提出也要上"红楼"了。他们说年轻人大多是从外县调来的,也没啥贡献,住这样的好房,搞不好就贪图安逸,不想奋斗,反倒把事业耽误了。说他们奋斗了大半辈子,也才住了个三四十平方米的"鸽子楼",还没暖气。突然让年轻人抢了"头彩",咋说都是不合理的。年轻人也组织起来,开始捍卫自己的权利了。还联名给批房的省上领导写信,要求按建房初衷办。签名的风声,自是传到了中老年同志的耳朵里,他们也联名写起信来。上边领导看事情复杂,就把单团长叫去做了指示:向所有业务骨干倾斜。当然,首先要考虑到中青年骨干。但老艺术家也不可忽视。总之,房源少,要合理分配,兼顾到方方面面。以不出事为原则。

这下麻烦可就大了,分房委员会端直给单仰平撂了挑子。

面对"狼多肉少"的局面,单仰平在院子里跛了几天几夜,也拿不出能"兼顾到方方面面"的好意见。领导为了稳定,笼统说了个"要向业务骨干倾斜"。问题是,谁是业务骨干这个分寸太难把握。只要在这个团工作,就没有认为自己不是业务骨干的。连一个老剃头匠,也给他拿来了七八个奖状,几个印有"奖"字的喝水缸子、洗脸盆,还有当初给演蒋介石的演员剃过头的剧照。他是以"造型师"的名义,获过一个什么艺术节单项奖的。据说那个艺术节谁想要奖,找人都能要来。看人都要,他也就夹了一条烟,去要了一个。没想到还真派上了用场。关键是直到现在,他还在给演花脸、演小丑的演员刮头呢。你能说他不是业务骨干?谁站出来说说试试,看那剃头刀,不照着你鼻子飞过去。单仰平没了主意,就还是硬把分房委员会箍弄到一起,又搞了一套新的"平衡"方案。谁知还没上班子会,就走漏了风声。七八个觉得自己没希望分上新房的,端直夹了被子,"虎踞龙盘"到了他家门口,保卫科都请不走。他也就只好让分房暂停了。

尽管忆秦娥给他摆了难看,但在他单仰平心里,最想给分房的,其实还是忆秦娥。这房之所以能盖成,都是因为忆秦娥演李慧娘立了功,领导才批的。看现在这阵势,反倒是没她的事了。他也在分房委员会里暗示过,看能不能考虑一下忆秦娥。结果反对意见很激烈,说忆秦娥把团上害成这样,成一整年地给她擦屁股、补角色,再考虑给她分房,岂不是领导自己打自己的脸哩。单仰平倒是不怕打自己的脸,他是考虑,这个团从长远发展看,没有忆秦娥恐怕是不行的。通过两本大戏的排练,他发现,楚嘉禾还就是担任二三流角色的料。不仅楚嘉禾不行,试着准备推出的那几个"当家花旦",都比忆秦娥差了一大截。他就暗中,还是在打忆秦娥产假后,如何尽快恢复工作的主意了。这么大个团,没有真正扛硬的角儿是不行的。唱戏这行,就靠角儿吃饭哩,你说上天说下地,这个立不起来,一个团都是筋松骨软的。无论如何,都不能因为分房,把忆秦娥伤了。也刚好,有这么多人闹,他就干脆让分房停了下来。他得把团长的精力,好好朝忆秦娥这个瓜女子身上再用用了。这是省秦的根基,弄扯了,还就真没猴耍了。

不过一想到忆秦娥,他就头痛,这也真是个难缠的主儿。你说啥,她都是一副四季豆米油盐不进的样子。好几次谈话,他就想抄起电话机,把那个榆木脑袋狠狠拍几下。有啥办法,能让这傻子灵醒起来,给省秦拼着命地朝山顶上再冲几起呢?

急得他在房里转圈圈的力度,是越来越大了。

四十二

忆秦娥生完娃,还真是一门心思在家里享受起产假来了。

刘红兵成天买鲫鱼、鸽子、猪蹄子,还买了太子参、当归、红枣、通草、黄花,让她娘给她炖了吃。可她咋都吃不下,连汤也不好好喝。兴许与那些年一直在灶房待着有关,她一见廖耀辉那肥头大耳的样子,就感到恶心。因此,肥胖在她,是绝不能容许的事情。她从怀孕到哺乳期,身体变化都不大。反倒是她娘,一天把她不吃不喝的好东西,都拣着吃干喝尽了。前后只一个来月,就壮实得蹲不下走不动,衣服也是没一件能扣上纽扣了,眼睛都快胖得眯住了缝。连她自己都不好意思地开玩笑说:"就跟是娘坐月子了一样,好吃好喝的,都倒到娘肚子了。要放在九岩沟,只怕这些好东西,是够一沟的婆娘发奶了。"

忆秦娥看着娘的样子,光笑。娘问她笑啥,她说:"小心你回去,爹不要你了。""他敢。凭啥?"忆秦娥说:"凭你太胖了。难看。"娘一哼说:"借给他十个胆子,看他敢不。你爹呀,还就喜欢胖婆娘呢。村主任的老婆吃得好,屁股圆,胸大,你爹个老不正经的,还老偷看呢。我这下回去,他就不用看人家的了,自家的也圆了、大了、肥了。"把忆秦娥惹得捂住嘴哧哧地笑个不住。笑完,她就开始练起功来。她倒不是想演戏了,而是想起了村主任老婆的屁股,还有廖耀辉盐水腌过一般的大白肚腩,真是太难看了。她必须练功,她感觉,最近动得少些,浑身的肌肉都有些松弛,腿上也没了劲。刘红兵不听话,她伸了个"扫堂腿"去制伏,把刘红兵没扫倒,却差点把自己扫了个"仰板"。

刘红兵说:"你就能欺负我。团上分房,把你都打入另册了,你也不去找单跛子去。"

忆秦娥还是那句话:"我就没想要。"

"你傻呀,不要?"

"你傻呀,要。要了就得给人家卖命呢。"

娘就插进话来,问是咋回事。

忆秦娥不让说,刘红兵还是说了。

娘双手叉腰,朝起一蹦,蹩跳着说:"凭啥不要?我娃都是'秦腔小皇后'了,连皇后都没房,那把房都分给哪些贵人、妃子了?"

娘的嘴一旦插进来,就嘟嘟得停不下。本来是闹着要回去过年的,有了这事,她甚至自告奋勇着,要找那个跛腿子团长论理去。

忆秦娥就急忙安顿她回去过年了。

娘一走,刘红兵说,团里的房,好像闹腾大,暂时分不成了。问她能不能跟他一起回北山过个年。说爷爷奶奶都想抱孙子了。

忆秦娥连自己的家都不回,哪里又想去他家呢?她是谁也不想见。见了人,都要问她,啥时再上台演戏呢?她嫌回答得烦。再加上,她的确不喜欢刘红兵他爸他妈。这次生孩子,他们也来过一趟,却老是一副居高临下的神气。他妈说三句话,有两句里边都带着刺。一会儿说:"这娃的教育将来可是个大问题,再不敢跟你们一样,连大学都没念过。他爷爷要是有大学文凭,这阵儿把副省长都当上了。"她还逗着她孙子说:"总不能让我孙子将来也唱戏吧,你说是不是?"他们来时,还带了一个很精致的录音机,录的都是世界经典名曲。他妈说:"多给孩子听听贝多芬、莫扎特、柴可夫斯基。可千万别听秦腔,那么噪,会让娃养成生冷嘈倔的坏脾气的。"谁想到这样的家里去过年,是有病呢。忆秦娥才不去呢。

有意思的是,大年初一那天,单团长竟然给她登门拜年了。把她还弄得不好意思起来。去年为休产假,她是跟单团干过一仗的。单团说她是世界第一傻。她说单团比她傻一千倍、一万倍。自那以后,几乎快一年了,两人都再没照过面。今天竟然把这个平常只给离退休老干部、老艺术家拜年的大团长给惊动了。关键是单团行走还不方便,连老同志见他一瘸一拐地爬上楼去慰问拜年,也是要感动得泪眼婆娑的。今天,他却亲自提着一大网兜水果、糕点,过马路,进社区,爬楼梯地瘸到自己门上拜年来了。弄得她还真的很是有些难为情呢。

单团说,他是来看孩子的,年前单位忙,没顾上。刘红兵还给他开了一瓶酒,两人喝了一阵,但只字没提唱戏的事。他就是让她好好休息,把娃带好,把产假休好。然后,他就起身一跛一跛地走了。刘红兵说:"见了鬼了,还有黄鼠狼给鸡拜年的事。一定是急着想让你回去演戏了。"忆秦娥说:"角色都补了,还要我干啥?""补倒是补了,可戏连省城都不敢演,能补成啥样子?单跛子心里,只怕是明得跟镜子一样,哑巴吃黄连,有苦说不出。"忆秦娥也懒得多想。反正不演戏挺好的,白天逗娃玩得开心,晚上睡得踏实。再不用一天二十四小时为戏熬煎了。也没人说她坏话了。简直是有点活神仙的味道了。

可这样美好的日子不长,忆秦娥就感到有点心慌意乱了。先是刘红兵老在家里待不住,要朝外跑,有时一跑半夜不回来。说是有接待任务,也没法验证,她给办事处打了几回电话,那边也的确说在接待人,谁知是真是假呢。她能感到,刘红兵对她不满意,自怀孕后,就再也没有过过性生活。在她怀到四五个月的时候,刘红兵还拿回一本书来,给她逐字逐句地念,说这几个月,是可以"活动活动"的,只要不使蛮力就行。可她对这些毫无兴趣,他也就没敢蛮干,只挖抓了几把,看挖抓不出啥效果来,就放弃了。这一放弃,好像对她也就少了往日的稀罕。加上孩子也闹腾,他就老找理由朝出跑。在一个人关起门来,把孩子哄睡着后,她的孤独感,就慢慢袭上了心头。过去老觉得睡不够,那是真的累了,是在排练、演出之余的真正休息。而现在,只剩下休息了,睡觉便成了一件十分痛苦的事。

有一天,她舅胡三元又来了。上一次舅是生气走的,他说想来想去,还是得再来一趟,劝听劝不听,还都得再劝。舅说:"既然把你领到了唱戏的路上,我这个当舅的,就还得继续朝前拽。半途而废的,实是可惜了一块好料当。"舅来时,是把她娘胡秀英又叫了来。叫来也是想让她娘看娃,好让她腾出手来,加紧练功、恢复戏的。舅说再把月子坐下去,就真坐成家庭妇女了。

其实忆秦娥在春节后的那段日子,就已经过得心焦麻乱了。自己整天吊拉个孩子,刘红兵直说他单位忙,见天回来都在后半夜,有时还带着酒劲儿。气得她都上了几回拳脚了。她也看出来了,刘红兵对她的那些稀罕,在逐渐淡然。有时酒喝多了回来,也朝她身上生扑,想热闹呢。可越是这样,忆秦娥越反感。两人就干脆分开睡了。刘红兵是见天死猪一样歪在沙发上。也就在这段时间,忆秦娥突然开始怀恋起舞台生活了。

唱戏虽然苦,虽然累,有时甚至累得快要了小命,可那种累,总是在掌声的回报中,很快就悄然消散了。她甚至不断在回忆,一年前,自己是怎么就突然下了那么大的决心,坚决不当主演了呢?想来想去,当时还是因为累,因为不顺心。三本大戏,全都是文武兼备,见天演得死去活来的,还不落好。加上单团又要让她新排《穆桂英大破洪州》,就把她吓着了。那时她想,自己要是乖乖排了,单团不定能得寸进尺,又要让她排《穆柯寨》《十二寡妇征西》呢。其实他都当她面讲好多回了,让她趁年轻,多排几出"硬扎戏"。"硬扎戏"就是武戏。并且他当时就说出了《无底洞》《扈家庄》《战金山》《两狼关》《女杀四门》《三请樊梨花》等一串戏名来。好像她是铁打的金刚,不为省秦抛掉头颅、洒尽热血,他这个团长就不会收手一般。她也是连生气带恐惧,才从舞台中间逃离出来的。她那时真的没看出,唱主角到底有啥好。除了多出些力,多遭人一些嫉恨外,半毛钱的益处都没有。可就在她日思夜想着挣脱、逃离、休假后,才又慢慢品咂出唱主角的一些好处来。

什么叫主角?主角就是一本戏,一个围绕着这本戏生活、服务、工作的团队,都要共同体认、维护、托举、迁就、仰仗、照亮的那个人。你可以在内心不卯他的人格,以及艺术水准、地位,但你不能不拧紧你该拧紧的螺丝;不能不拉开你该按时拉开的大幕;不能不精准稳健地为他打好你该打的追光。

忆秦娥明白,一旦开始排戏演戏,其实全团近二百号人,都是在围着自己打转圈的。就连单团,说是团长,又何尝不是自己的"大跟班"呢?她说一声哪儿不舒服,单团就得跛着腿,来回忙着,把这些不舒服都"扑挲"舒服了。她说感冒咳嗽了,单团就会跟着"打喷嚏"。也只有到自己彻底冷清下来,她才能感到,被围绕、被注目、被热捧、被赞美、被高抬、被拥堵,甚至被警察架着走,该是多么美好的一种滋味呀!就在她最后一次下乡巡演时,无论走到哪里,都是一堆又一堆的人,把自己死死纠缠着。吃饭,是一堆有头有脸的人围着;好多看她的眼睛,都是发瓷、发烫、发腻、发嗲、发酸的;化装,也是一窝窝人,里三圈外三圈地猴猴着;换服装时,围观者也舍不得移开好奇的眼睛,让你无法阻止他们去直视你那内衣内裤,是黑色、白色,还是粉红色。就连睡觉,也有人在房前屋后转来转去。有的甚至要在窗玻璃上,把自己的鼻子压成蒜头状,隔着薄菲菲的窗帘,看忆秦娥在房里倒是睡觉么还在弄啥。好几次在广场演出完,观众围着不走,要看忆秦娥卸了装的模样。最后是几个警察,硬把她从人群里架出去的。那些动作,让她想到了她舅胡三元,当初被宁州法院押着游街示众的场面。她感到浑身不自在,就像自己也成了犯人一样。她甚至还觉得有些不吉利。她就故意把那些架着她的胳膊,朝开筛了筛。可警察一旦放手,人流就有吞食自己的危险。她又不得不让人家再铁钳子一般,把自己死死架起来。当时怎么就感觉那么不舒服。而现在,怎么又是那么地回味无穷与向往了呢?主角的滋味真好受啊!在家哄娃娃,不被人关注的日子,开始真的很美、很舒坦、很宁静。但到了这阵儿,是真的有些不能承受了。报纸上没有了自己的消息;电视上没有了自己的图像;就连广播电台,那么好做她的节目,也在半年以来,没有了任何声响。他们又在跟踪楚嘉禾了。虽然没有当初跟她那么热烈,那么密集,那么狂轰滥炸。但对她,已然是冷若冰霜、无人问津了。一个人怎么能冷得这么快呢?就像老家的铁匠铺,把烧得那么红火的铁器,只要朝冷水里一刺,立马就在一股青烟中,变成毫不抢眼的灰褐色的了。她感觉自己就像铁匠铺里,那些被扔进了冷水缸的铁器。连糖一样黏糊着自己的刘红兵,都在想方设法地逃避着这个家,逃避着她,更何况其他人呢?她舅对她有一个很形象的比喻说:"你都快成引娃女子了。"所谓"引娃女子",是九岩沟的说法,是宁州县的说法。在省城,人家都叫保姆。九岩沟里,有好多人家养的闺女,仅十四五岁,就被人介绍到县城,当了"引娃女子"。一月管吃管喝外,给十五块工钱,也就是混一口饭吃而已。忆秦娥如果到不了剧团,最后恐怕也得走这条路。用她舅的话说,你到了剧团,现在还是成了"引娃女子",何苦呢?

也就在这个时候,剧作家秦八娃再一次来省城了。

秦八娃这一次是带着他的剧作《狐仙劫》来的。

他已经好久没有看到忆秦娥的消息了。他也从小道消息里知道,忆秦娥是生了小孩儿。他为忆秦娥惋惜:这么好个角儿,可以说是秦腔几十年都难出的一个人物,怎么就被刘红兵这样的公子哥儿给下套夹住了呢?这都是一帮玩物丧志的东西,看着忆秦娥绝色、稀世,就把人家当了尤物,死死捏在手上不丢。可又不珍惜人家的前程,尤其是艺术生命。忆秦娥正值演戏的当口,就被孩子拖住了。尤其是武旦,那是要凭气力、功夫吃饭的。生孩子不仅耗散气力,而且在带孩子的过程中,也会把一个干净利落的女子,带成拖泥带水的家庭妇女。他知道这个消息后,第一时间就放弃了写作。他觉得忆秦娥,已经不值得他耗费心血了。

可就在正月初三的晚上,省秦的单仰平团长突然一瘸一拐地来了。说是给他拜年哩,其实是催剧本来了。他知道,剧团团长最缺的就是好本子。他就把他对忆秦娥的失望说了出来。谁知单仰平比他还恼火,开口闭口都说忆秦娥就是个大瓜子(团长骂人呢)。她枉长了一副人的模样,骨子里,是蠢得跟猪都挂了相了。他大骂了一通忆秦娥后,又说:"不过她瓜、她蠢、她傻,咱不能也跟着她瓜、蠢、傻呀!咱得把她朝灵醒地教不是?秦腔闺阁旦,尤其是武旦,毕竟宝贝少。咱不能眼看着她,傻到拿一根绳,把自己彻底吊死的地步吧?我这次来,就是想向秦老师讨教,看有没有治她那傻病根的方子。"两人三合计两合计,就说到了新戏上:不定忆秦娥对新剧目有兴趣,又会重返舞台,继续她的"秦腔小皇后"生涯呢。两人一说热,秦八娃就又把剩下的几场戏,很快写了下去,并且写得很顺畅。

戏一写完,他先给老婆绘声绘色地念了一遍。老婆一边磨着豆腐,一边听,中间还抹了几次眼泪。秦八娃都偷偷看在了眼里。念完,老婆就夸奖他说:"好戏。也好笑,也苦情,还曲里拐弯的,吸引人得很。"并且老婆也酸不叽叽地数落了他一通说:"你一辈子,就爱写个女人戏。"他一笑说:"男人戏,有啥好写好看的嘛。"老婆还用点石膏的木瓢,把他脊背美美磕了一下,说他是个老色鬼。

依秦八娃想,忆秦娥肯定已经不成样子了。在他们村,好好的女子,一拉娃,就成了懒散婆娘。可当他把忆秦娥家的门敲开时,几乎吓了一跳:忆秦娥不仅没有变懒散,而且比过去出脱得更白皙、更利落、更漂亮了。她穿着白色紧身练功服,除了脚上的红舞鞋,还有扎头的红丝带,浑身上下,都透着一股无法掩饰住的生命朝气。孩子是在床上睡着,而她正在一边墙上,把大顶拿得呼吸急促、大汗淋漓。

要不是知道她生了孩子,谁又能相信,这已是做了母亲的忆秦娥呢?

秦八娃几乎是感到一阵惊喜了。

忆秦娥见是秦八娃,自然也是喜出望外:"秦老师,你怎么来了?"

"看我们的名角儿来了呀!"

"还啥子名角儿不名角儿的。我离开舞台一年多,都成孩子他妈了。"

秦八娃看了看床上熟睡的孩子,说:"依你演戏的天分,要孩子真是早了点。"

忆秦娥亲昵地看着孩子说:"孩子很乖,一天特别爱睡觉。我倒没觉得有啥麻烦的。"

"这满头大汗的,还在练功呢。"

"活动活动,闲着也是闲着。"

"不敢再闲了呀,秦娥,再闲,只怕就把事业彻底丢了。"

忆秦娥笑着说:"丢了就丢了,反正孩子也得带。"

"孩子谁不能带?你得对秦腔负责哩。"

忆秦娥用手背把嘴一捂,笑着说:"我又不是团长、领导,也不是省戏曲剧院、易俗社的头儿,我还能负得了那么大的责任?"

"秦娥呀,秦腔出你这么个人才不容易。你不要自己把自己不当一回事。"

正在这个时候,忆秦娥她娘胡秀英买菜回来了。

忆秦娥就急忙介绍秦老师。

秦八娃说:"这不很好嘛,有你娘在这里照看娃,你赶快回去搞事业,多好。"

"就是的,连我去买菜,菜市场的人天天都说,你女子咋不见唱戏了呢?都盼着呢。"

忆秦娥最不喜欢她娘的,就这一点,走到哪儿都要卖派,说她是忆秦娥她娘。忆秦娥在这一带的确影响很大,胡秀英只要说出她是忆秦娥的娘来,连卖葱卖蒜的,都会少收一点零钱。有时还能搭几根葱、搭几头蒜呢。她娘也就在这一带招摇得搁不下了。但每次回来,她也都带着遗憾,说街坊邻居都问:你女子咋不唱戏了呢?真是可惜了!还都说生了娃,也得唱戏么。

就像是商量过的一样,就在秦八娃进门十几分钟后,单团长和封导也跟着来了,还提了酱猪蹄、烧鸡、西凤酒,说是要在这里给秦老师摆庆功宴呢。直到这时,忆秦娥才知道,秦老师把给她量身定做的戏写完了,并且秦老师自己很满意。最后酒喝多了,他还自吹自擂地说:"我把我服了!好多年没动笔了,可一动笔,那就是行云流水,江河倾覆啊!戏肯定是写成了,就看你们省秦的二度创作了。我还有一句话:忆秦娥不上,本子我收回。我不是你们管的人,山人是一个镇文化站的破站长,靠老婆卖豆腐为生,不卖文,也没有给你们写本子的义务。尤其是……帮你们培养二三流角儿的义务。我就是……就是冲忆秦娥来的……"

忆秦娥甚至被秦老师的一番"酒后真言",感动得几次掉下泪来。她满口答应:停止休假,回团上班。

四十三

忆秦娥上班的事,在省秦又引起了一番骚动,更多的人,猜测她是为了分房,才"闪电般"回来的。都说这"贼女子",看着傻乎乎的,其实比庙堂的磬槌都灵光。有人就觉得团上对这号人制裁不狠,应该在分完房后,再同意她结束产假。

忆秦娥还是那副老神气,一天除了练功,跟谁也没有多余话,就好像是局外人一样。等团上把新戏《狐仙劫》的剧组一宣布,大家才知道:10月份,国家在上海有个戏剧节,把忆秦娥弄回来,是为了排新戏呢。虽然大家心里不舒服,可想来想去,要去参加这样大的活动,不用忆秦娥,还真没了"能上杆的猴"。忆秦娥就又恢复了一个主角在团队里有意无意的中心地位。

为忆秦娥回来上主角的事,楚嘉禾跑到丁副团长家里,号啕大哭了一场。她十分委屈地数落说:"团上一有难场,就把我弄出来给人家垫背。一有好事,又把人家抬出来敬着供着。咱把命搭上,折腾了快一年,单跛子却把他'碎奶'又背出来,伺候着上了新戏。咱是有病呢,一天尽给人家填这黑窟窿。"丁团长说,为新戏的事,他也争取过,可那个写剧本的秦八娃有话,说这个戏就是给忆秦娥搞的。如果让别人上,他就要把剧本收回。丁团长的老婆一跳八尺高地喊叫起来:"你们团领导把先人都亏尽了,怎么还让一个烂写剧本的把事拿了。那个秦八娃是干啥的? 你光听听这名字,土气得比土狗还土。也是学贾平娃(凹)哩吧,人家叫个平娃,他还叫个八娃,咋不叫九娃哩?我就不信,离了什么八娃九娃打唱本,省秦还能封了戏箱,改说相声不成?"丁团长说,秦八娃是大剧作家,五六十年代就红火起来了,比贾平凹出名都早呢。请他写戏是很难的事。丁团长的老婆一下把话茬又接过去说:"请他干啥?哪里娃好耍耍,叫他到哪里跟娃耍去。还专给忆秦娥写戏,一听就是个老不正经的货色。要写,谁演啥角儿,就得团里管业务的说了算。你也是亏了祖先了,好不容易弄个团副,还是庙门前的旗杆——摆设货。我给你说,必须给嘉禾弄戏,这是我的干女儿。干女儿这么好的条件,不下功夫培养,不给压担子,就是你们领导的失职。尤其是你,还分管业务呢,管个棒槌业务。都让单跛子把权力霸着,人家说谁上主角,就让谁上,那你不是西瓜瓢子捏脑壳——成软腄了嘛。"

其实丁团副的老婆,也是做给楚嘉禾看的。楚嘉禾演的《白蛇传》《游西湖》她都看了,的确跟忆秦娥差了一大截。可这个娃天天朝家里跑,今天拿个这,明天送个那的,就没空手来过。连她妈都三天两头地来聊,来谝,也是从不空手进门的。她不让团副老汉给楚嘉禾鼓劲,都有些说不过去了。一般的事,单仰平会由着她老汉去做。可在大事上,这个跛子,主意拿得可老成了,谁说啥都不管用的。比如在重新起用忆秦娥的问题上,团部意见分歧就不小。可单跛子有个观点,并且传得满院子都是:"咱就是唱戏的单位,谁把戏唱得好,咱就捧红谁。彩电厂就要造最好的彩电。冰箱厂就要造最好的冰箱。省秦就要排出最好的戏来。这个没得商量。并且一切都得为这个让路。要不然,国家拿税收养活我们一两百号人,是白米细面没法变粪了?"谁也拗不过单跛子。丁团副毕竟才上来,也不能不在面子上维护大局。尽管如此,他还是给楚嘉禾争取了个三号角色。虽然戏份不到忆秦娥的五分之一,但排名却比较靠前,在剧中还是忆秦娥的大姐呢。

《狐仙劫》开排那天,封导还专门把秦八娃请到现场,给演职人员讲了讲戏。当秦八娃走进排练场时,大家先是一阵哄堂大笑,连单团和封导,也不知笑啥。都知道秦八娃五六十年代写的那几个名戏,说那时他才二十几岁,但已驰名全国。却不想,人是这样的"土不啦唧"。剧团人说谁长得如何,是爱用"造型"这个词的。有人说,秦八娃的造型,就有些酷似动画片《大闹龙宫》里的那只乌龟。也有人说,像远古的恐龙。还有人说,像外星人。反正两只眼睛很圆、很小,但间距却是出奇地辽远,互不关联照应地独立置放着,给人一种十分滑稽的感觉。走路时,他四肢的摆动也不协调。手臂长得过膝,而两腿却短得出奇,是更进一步夸大了他虎背熊腰的比例。大概与一百多双眼睛的直视有关,进门的前几步路,他竟然是走成了一顺撇。大家之所以哄笑,皆因此前传言,这家伙写《狐仙劫》,是专冲忆秦娥而来。闲话有多种版本,但每一个版本的最终指向,都是"老色鬼"一词。他一进门,大家发现,斯人竟然长得这般奇险诡谲、困难重重,自是都要哑然失笑了。

秦八娃除非不开口,一开口,立即就让满场全神贯注起来。秦八娃的开场白是这样的:

"各位艺术家,我看过你们的舞台表演,但这样近距离,注视你们离开了舞台后的音容笑貌,还是第一次。你们跟我坐在一起,优势是十分明显的。你们的面貌,对这个时代是有巨大贡献的。用八个字可以形容,叫风华绝代、春光旖旎。而我的面貌,刚才一入场,就已得到了你们的充分估价。(掌声,笑声)你们给时代贴金了,而我是给时代献丑来了。(掌声再次响起)"

这个精彩的开场白,一下就攫住了所有的人。接着,他就讲起了戏:

"我这次写的《狐仙劫》,其实是一个流传了很久的民间故事,之所以今天要拿出来献丑,是觉得,这是一个该拿出来讲讲的故事了。故事里的人,都是半仙之体的狐。他们盘踞在一个山高水长、四季鲜花盛开的地方,无拘无束、自由自在地耕织修行,活得很是快乐淡定。忽然有一天,一个很是富裕的狐狸,雍容华贵、珠光宝气地来到这里,不仅赤裸裸地夸赞黄金、美玉、财富的妙用,还嘲笑他们男耕女织、自给自足的落后愚昧。并且对修道,也是嗤之以鼻。说黄金、美玉就能买来神仙一般的美妙生活,还修的什么鸟道?从此,这个狐狸世界就躁动不安,甚至分崩离析起来。这个有九位美丽女儿的狐狸大家庭里,最小的九妹,生性刚烈,终于担负起了拯救这个家庭的责任。谁知她费了九牛二虎之力,把被富商狐狸骗走、买走的几个姐姐奋力救回时,她们却再也过不了昔日耕织修行的'苦日子',又一个个回到了富豪为她们建起的'欲望别墅'里。她们宁愿沦为玩物,孤独洒泪,也不愿再自食其力、安贫乐道。淳朴山寨,只剩下九妹还在修行、耕织、持守。但她的美丽,已经成为更多富豪狐狸死死盯住的猎物。终于,在面对数不胜数的贪婪魔掌的重重围猎中,九妹愤然跳崖身亡了。这是一个大悲剧,据说故事的发生地,就在我家居住的那个村子背后。九妹跳下去的狐仙崖,至今还叫这个名字。先是太婆给我讲,后来奶奶又给我讲,我娘也给我讲过无数遍。我是搞民间文艺搜集整理的。过去只觉得这是一个有趣的传奇故事,新意不多。可今天,我突然发现它有了一定的新意。也许再过十年、二十年、三十年,这个故事会更有意味一些,也未可知。总之,拜托大家了,相信各位艺术家,一定会把这个故事讲好、讲精彩的。再三再四地拜托了!谢谢大家!"

秦八娃讲完后半天都没人反应。是薛桂生先鼓起掌来,然后,整个剧组才跟着拍了一阵巴掌。丁团长当时就反问了一句:"这个戏,把富裕狐狸鞭挞得够呛,会不会有点不合时宜?"秦八娃立即回应道:"那要看他是怎么富起来的,还要看他富起来后都在干什么,不能一概而论。中国的传统戏,始终都是批判巧取豪夺、为富不仁的。这也是个文人立场问题。难道我们今人还活得不如古人了?"

薛桂生又带头鼓了一次掌。丁团长的脸,就唰地红到了脖根。

秦八娃跟剧组见面后,又跟忆秦娥长谈了一次。一是谈戏、谈人物;二是谈演员修养。秦八娃大概是太喜欢忆秦娥这个演员了,就不免给她设计了太多的修养课程。来时,他就在家里给忆秦娥带了几本书。到了西京,他又去书店买了一大摞。他还问忆秦娥,过去给她介绍的那些书都读了没?忆秦娥羞得立即用手背捂住了嘴。

"是没时间,还是读不进去?"

"一看就瞌睡了。"

"连《一千零一夜》这样的故事,也看不进去?"

忆秦娥还是笑。

"那《西游记》呢?"

"不认得的字太多。"

"不是有字典吗?"

"也查呢,可不认得的太多,查起来麻烦。"

"那好吧,咱变一个方式,你的记忆力不是特别好嘛,咱改背诵行不?"

"背啥?"

"把唐诗、宋词、元曲,各背一百首。你只要能背下《白蛇传》《游西湖》的戏词,就能背下这些东西。这个对你一点也不难。以你的记忆能力,两三天就能背下一首,几年下来,就是不得了的事。能做到不?"

忆秦娥点点头说:"过去也背过一些,只是没坚持下来。"

"得坚持呢。你要不按我说的办,以后就不再给你写戏了。"

忆秦娥又捂嘴笑。

秦八娃也笑了,说:"你不敢光傻演戏,得用文化给脑子开窍哩。"

"秦老师,你也觉得我傻吗?我不傻呀,我要是傻,要是脑子不开窍,能演白娘子、李慧娘、杨排风吗?"

秦八娃忍不住大笑起来:"哈哈哈,我早听人说,你不爱人说你傻,是吧?傻这个字,看怎么讲,绝大多数时候,我以为是当憨厚、当痴迷、当可爱讲的。"

"你明明说我脑子不开窍么。我真的显得那么傻吗?"

秦八娃笑得两个本来距离就很远的眼睛,更是离散得相互毫无关系了。他甚至掏出手帕,擦起了眼泪。他是真的喜欢这个女子,喜欢这个秦腔名伶。已经几十年了,无论从广播上、电视上,还是直接看戏,他都再没见过这好的演员坯子。首先是功夫过硬,面对难度再大的武戏,她都能洒脱不羁地轻巧以对。无论什么"兵器"、道具拿在手中,她都能举重若轻地把玩自如。那种速度感、力量感,还有稳如磐石的根基感、轻盈灵动的飞腾感,都让他觉得,这是当下最难得的武旦名伶。如果仅仅是翻得好、打得好、功夫好,那也就是一个好武旦而已。问题是,她还有一口响遏行云的金嗓子,唱得质朴浑厚,音似天籁。每每到情感激荡处,可谓字字切腹,句句钻心。有这两样,就已经是唱戏行当的宝中之宝、人上之人了,可她偏还有一副惊人的扮相。用"闭月羞花、沉鱼落雁"是太俗太俗了,可又有什么好词,能形容忆秦娥在舞台上的那种夺目光彩呢?关键的关键是,这一切,忆秦娥好像都浑然不觉。要放在有的演员,武功好,她就会在舞台上,拼命放大武功技巧,让你感到她是"杂技英豪";唱功好,她会拼命"卖唱",让你感到她的唱腔,是可以随着掌声变幻无穷的;扮相好,她会扭捏作态,拼命把那份美,放大到戏外戏的极限。而忆秦娥,就是那样天然去雕饰地唱着、念着、做着、打着,没有人为放大一样优长。所以他觉得,这就是世间最好的演员了。

这次写《狐仙劫》,秦八娃可以说是聚集了生命的全部能量,在写作过程中,几乎是与世隔绝的状态。为了避免老婆一会儿喊他搭手推磨;一会儿喊他舀豆浆、点石膏;一会儿又喊他抬石头压豆腐,他干脆跑到狐仙崖上的一户人家躲了起来,直到把戏写完,才回家受训、挨骂。这个戏,他已思考了很长时间。真正写,也就一个多月。在这一个多月里,他几乎天天跟一群狐狸对着话。主角自然是忆秦娥扮演的九妹了。他既在思考胡九妹的人物形象,也在思考如何雕琢忆秦娥的问题。与其说写的是胡九妹,不如说是在塑造忆秦娥。他把忆秦娥幻化成狐狸形象,也把狐狸幻化成忆秦娥的形象。让智慧、善良、勇敢、坚毅、牺牲、担当、信念等诸般美好,都集中到了这个美丽无比的狐仙身上。从而让主角的戏剧行动,不仅充满了鲜活生动的自由主义生命意趣、无拘无束的自然主义天真烂漫,而且也充满了大爱无疆、大义凛然的英雄主义绚烂光彩。在至纯至美的悲壮毁灭时,是山崩地裂、人间倾覆的天地决绝。那天晚上,在写到胡九妹纵身跳下狐仙崖时,秦八娃差点没产生幻觉,而让自己于泪雨倾盆、泪眼模糊中,跟着月光下的九妹幻影一同决绝而去。

他觉得他是把生命都搭进这个戏了。当然,他也担心忆秦娥的文化底子,把这个全新的形象,能否塑造好。白娘子、李慧娘、杨排风,毕竟都演得多了,而且还可以调出不同剧种的不同演出版本,反复参考。这种传统经典剧目,有时已演成一种无法更改的套路,随便创新,甚至是要付出远离观众的代价的。而《狐仙劫》还无套路可依,这就需要导演和演员去创造了。一个演员,要想成为一个剧种的代表人物,没有自己独创的戏,是站立不住的。就像梅兰芳,如果没有齐如山的文本支撑,也是成不了梅兰芳的。他觉得,忆秦娥是该有个由自己创造的角色了。他也自负地觉得,《狐仙劫》是够这个水平,够这个分量的。他在反复给忆秦娥和封导讲了他的千般思绪、万般构想后,才心怀忐忑地离开了西京城。

在离开的前一天晚上,他还去忆秦娥家里,跟她娘讲了呵护这个女儿的重要性。他听说她娘老闹着要回九岩沟,外孙子就没人照看了。他就对她娘说:"你为秦腔生了这样一个宝贝女儿,从某种角度讲,算是一个伟大的母亲了。我们都该向你表示敬意呢。希望你能再帮帮女儿,让她飞得更高更远些。"忆秦娥她娘也是光傻笑,直说要回去给她爹做饭。说家里养了一群挣钱的羊,火得见天收几十块,她爹忙得两头不见天的,饭都吃不到嘴了。秦八娃就问刘红兵呢。她娘有些不满地说,她来这长时间,总共能见到三四面,整天都不落屋的。秦八娃还想找刘红兵谈谈,却被忆秦娥阻挡了。从忆秦娥的脸上,丝毫也看不出她对刘红兵的不满来,她总是那样略显轻松地微笑着。秦八娃也就不好再说什么了。

秦八娃走了,但心里却带着重重纠结:这样一个秦腔宝贝,怎么连家里人,还都不高度重视呢?要是他的女儿,很可能他就不让老婆再打豆腐,而是要举全家之力,一门心思地侍弄"大熊猫"了。

四十四

刘红兵也不知道,自己是从什么时候开始,慢慢淡化了对忆秦娥的稀罕。最明确的界线,好像是在忆秦娥肚子渐渐变大以后,身子挨都不能挨了。本来性生活就稀少,这一下,她更是自我板结得,成了一块寸草不生的旱地。他那饱满得苍翠欲滴的种子,时时找不到撒播的地方,自是要到外边胡乱耕种了。生孩子前后,他也买过十几种《家庭大全》《夫妻生活》之类的书,反复参阅研读,还咨询过医生,说生育一月后,只要伤口愈合好,即可性生活。可三个月、四个月过去了,忆秦娥还是没让他近身,他就越来越对这块曾经那么热恋的土地,有了深深的失望感。他一直在研究怎么让妻子温柔起来,服帖起来。可书上和生活中朋友的答案,都不符合自己的实际。咋蒸,咋煮,咋炒,忆秦娥都是那成年风干的老豇豆,油盐作料,一概不进。她娘没来时,他半夜里,还得起来忙活娘儿俩的吃喝拉撒,有时还得把哭闹的孩子接过来,在房里摇晃半天。

她娘一来,刚好,家里也没法住,他就脚底抹油,溜了个利索。

忆秦娥那阵儿突然从舞台上退下来,他是极力反对的。不管别人对唱戏怎么看,他都是喜欢忆秦娥唱戏的,尤其是喜欢忆秦娥上了舞台后的光彩照人。她突然不喜欢唱戏了,要以产假的方式,躲避演戏、排戏,他就觉得是一种奇怪的想法。可忆秦娥一旦产生了什么想法,就是一个人闷想,从不跟人商量。想好了,这事就是铁板钉钉子,谁也改变不了的。当一个属于舞台的女人,突然龟缩在二十几平方米的小房里,紧紧搂抱着一个人事不知的孩子,并从公众视线完全消失后,那种美,就渐渐由千里风光变成了尺寸盆景。虽然忆秦娥并没有因怀孩子,而走样变形,甚至白皙得更加细嫩、温润,可在刘红兵的眼中,无论美的内涵与外延,都还是失去了它的丰富性与多样性,尤其是那种炫目感与自豪感。当她真的落下云头,不再飞升时,她的美,也就是一个普通美人的美了,而不见了天使一般的翅膀。她是一只蛰伏在巢穴里的折翼鸟了。尽管这只鸟,还是羽翼、喙冠皆美的。可这样的鸟,在化妆业蓬勃兴起的时代,已是随处可"依样画瓢"了,虽然大多数"瓢",是不敢拉到明亮的灯光下细看的。好在,刘红兵去的地方,也都是些隐隐糊糊能把人脸照个大概的地方。有些"瓢",甚至看上去不比忆秦娥差。他也就在不少的烦闷夜晚,有了马马虎虎的归宿感。

终于,忆秦娥又要上戏了,这让他精神为之一振。他是盼着忆秦娥重返舞台的。许多熟人也老问,你老婆咋不唱戏了?是不是你拖了后腿?你小子,可不敢只顾自己,把人家"秦腔小皇后"的前程断送了。他还真负不起这责任呢。加之,他也喜欢忆秦娥演出时,自己走在前场后台的那种感觉。因此,忆秦娥开始排练的第一天,他就乐呵呵地进了排练场。他给弟兄们挨个打着招呼,撂了烟。还到单团的办公室,拉了半天话,都是支持秦娥上戏的拍腔子表态。从他这里透露出,忆秦娥在家,从来就没停止过练功:"卧鱼"一卧小半天,朝天蹬一扳半小时,大顶也是一拿一顿饭的工夫。他给单团说:"娥儿身上利索着呢,连洗碗做饭,也是带着功的。儿子啥也看不懂,可她偏要把碗先抛出去,一个跟斗起来,才把碗接住,依然是白娘子'盗仙草'的身手。"单团自是高兴得捂不住嘴地笑。他也就顺便问了问房子的事,单团给他悄悄透露说:

"不为忆秦娥,分房等不到现在。"

他心里就有底了。有些高兴,他甚至还砸了单团一拳。

忆秦娥她娘家里有事,待在这里也是心慌意乱的。可为了让忆秦娥能扑下身子排戏,她还是决定:先把外孙子带回九岩沟养着。等排完戏,参加完全国活动,她再把孩子送回来。

儿子走后,忆秦娥一排练回来,见着孩子的任何东西,都要哭半天。刘红兵哄都哄不住。有一天半夜,她甚至突然醒来,说孩子病了,她要连夜去看孩子,不然,说连戏都没法排下去了。任他怎么劝说都劝不住,只好在单位门房给单团留了请假条,两人连夜赶回去了。他们到家时,已是九岩沟人早晨下地的时间。孩子啥事没有。听她娘说,孩子自打回来,一共就哭了三次,都是吃奶的时间,只要奶瓶朝嘴里一搭,就吸溜得跟小猪崽吃食一样喜兴。忆秦娥心里还有一点难过,养了四五个月,对妈,怎么还就没一点感情呢?

再回到西京,忆秦娥就踏踏实实开始排戏了。

在忆秦娥排戏的过程中,房终于分了。刘红兵就开始忙着装修起来。别人都是简单吊个石膏顶,再包个木门框、铺个地板砖啥的,就住了进去。刘红兵却把房装得跟宫殿似的,真是要迎驾"小皇后"的样子了。好多人一看,都羡慕得直骂自家男人臭屁无用。忆秦娥一直忙着排戏,没顾上看,也没想着要看,就任由他去折腾了。他也是想给忆秦娥一个惊喜,一直也不让看。直到房子彻底装好后,一天,他见忆秦娥心情大好,才把她弄了上去。忆秦娥进门一看,竟然大喜过望地尖叫了一声:"哦,我终于在西京有房喽!"喊完,就一个腾空起跳,四脚拉叉地重重跌落在席梦思上。

刘红兵乘势热扑上去,死死搂住,是几近癫狂地在新房里,做了一次直到分手多年后,还让他回味无穷的爱。

忆秦娥说:"要是一来,我就能分上房,不定就不会跟你了。"

刘红兵一边大动着一边回答:"得亏你没房,要有房,不定这会儿就是别人霸占着我的这份财产呢。"

"你死去。"

"我快要死了。"

"哎,你还记得那个牛毛毡棚吗?"

"能不能不说牛毛毡棚的事?"

"我就要说。要是不烧,也挺好的。"

"你能不能集中精力,我的小皇后?"

"你有病呢,啥时都能想起这事。"

"这就是人生最大的事。快,集中精力,咱们在新房的第一次,得留下一份最美好的记忆。"

"真有病呢。"她就哧哧地笑起来。

说归说,那天忆秦娥,还真迎合了他那些稀奇古怪的要求,投入了最美好动人的激情,在新房的多个部位,任由刘红兵把生命的浪漫多姿与冲锋陷阵,一次次发挥到了极致。

《狐仙劫》终于排成了。

《狐仙劫》对社会公演那几日,再次调动了西京观众的激情,天天爆棚,一票难求。而且所有媒体,都投入了前所未有的精力,不惜版面地炒作着一部原创秦腔剧目的诞生。这些媒体,本来是只关注电影、电视剧明星的,但每每对忆秦娥的戏,又都倾注了不亚于炒作影视明星的热情。有人说原因很简单,忆秦娥的美,是能与影视明星抗衡的。因而,时常有报纸,整版整版地只登一张忆秦娥毫无表情的冷艳照。他们说,忆秦娥让秦腔具有了时代的亮色。尤其是对忆秦娥这次"重出江湖",甚至给了"浴火重生"的评价。刘红兵剪裁下不少报纸,见天晚上,都要一点点念给忆秦娥听。忆秦娥却是在憨痴地想着她的娃。她说:"刘忆会想我吗?"在两人商量多次后,孩子的名字终于决定了:姓刘,名忆。是他俩名字的合成。

忆秦娥催着刘红兵,让他尽快把刘忆接回来。刘红兵说,等上海演出回来再接。其实,他是真的喜欢只有他跟忆秦娥两个人的日子。自从忆秦娥怀了刘忆,他那本来就有点麻绳系骆驼的地位,变得更是岌岌可危了。好不容易把孩子送走,又成了两人的世界,并且一切都在恢复着昔日的生活图景了。忆秦娥又回归了主演生涯,依然是火爆得一塌糊涂。尤其是忆秦娥的狐仙造型,这次封导专门请来了全国最厉害的化装师,整出来的那个惊艳扮相,竟然在忆秦娥第一次出场时,观众就跳出戏来鼓了半天掌。那一阵,刘红兵的心里,就跟春风钻进去一般,荡漾得哪个毛细血管,都是痒酥酥的,抓挠不得。这是自己的老婆,如此美丽的尤物,似幻似真的狐仙,是蜷缩在自己卧榻上,有时还是玉枕在自己胳膊上婀娜酣眠的。

那几天,编剧秦八娃也被单团请了来。他老坐在最后一排,不是颔首点头,就是摇头晃脑,抑或瘦手击节。他那两只长得距离实在有些遥远的眼睛,逗得刘红兵老想发笑。有几次,他还故意坐到秦八娃跟前,想听听他对戏的评价。依他想,秦八娃这样个镇文化站的土老鳖,戏让省秦搬上舞台,并且搞得这样绚丽夺目,他该是捧着后脑勺,要偷着乐的事了。谁知还把他家的,说了一堆不合适。首先,他觉得太华丽,让戏没有很好地走心,而是过多地"飙"了表皮;二是导演给忆秦娥安的动作太多,太炫技,让演员忘记了角色塑造;三是表演程式丢得太多,让好多演员出来,都归不了行当。他说像演戏,又不像在演戏。刘红兵说,这不就对了,年轻人就是嫌唱戏老套,节奏慢,才不好好看戏的,这个戏,刚好出新出奇了。何况还是去上海打擂台,又不是去北山秦家村下乡哩。秦八娃就摇着他的乌龟脑袋说:"戏还是得像戏呢。"

秦八娃的意见，好像封导还是有所接受。在去上海调演前，又进行了一次大的修改排练。也就在这次排练中，闹了一场不小的风波，让忆秦娥很受委屈，也让她感到唱戏这潭水，是太深太深了。

那是有一天中午，作曲、场记、剧务都吃饭去了。封导觉得忆秦娥的戏，还有一处不到位，就把她留下来细抠了细抠。谁知就在他抓着忆秦娥的胳膊，一点点纠正动作时，封导的老婆突然破门而入，并且劈头盖脸地一顿臭骂起来。连封导都愣在了那里：老婆可是好多年都没下过楼的呀！她不仅破口大骂，而且还脱下鞋，前后撑着，要抽"忆秦娥这个碎卖屄的"脸呢。

很快，一院子人，都闻讯朝排练场内外聚集了。

也不知是谁把封导老婆从楼上搀下来的，反正那天是下着蒙蒙小雨，满世界都雾腾腾的。因此，这老婆从住宅楼被谁搀下来，又是怎么进的排练工棚，都已成谜了。

人家为她好，替她打抱不平，封导的老婆自是不会把搀她的人供出来了。

她骂忆秦娥这个"碎婊子"，也骂自己的男人"老不要脸"。封导一个劲地解释，说这是在排戏。

"排戏？排啥戏？排独角戏？其余人呢？都死完了？"他老婆喊。

"都吃饭去了。"

"都吃饭去了，你咋不吃？是不是两人勾扯着比吃饭香？"

"刚排到这儿，不再说说，害怕忘记了。"

"你编。封子，你给老娘编。别看老娘几十年不下楼，团上的啥事老娘不知道？你一天就爱给女演员说个戏。你看看你排的戏，哪一个不是女角戏？你咋不排包公戏，不排水浒戏，不排岳家将的戏呢？尽给忆秦娥这碎婊子排戏了。你知不知道这碎婊子，小小的就让一个老做饭的拾掇了？这么个破瓜，你还当香包子朝脖项上挂呢？"

一直含笑规劝着老婆的封导,突然变了脸地说:"你胡说人家娃啥呢?看你有病,不跟你计较,还撒上泼了。回去!"说着,封导就去搀老婆。谁知老婆一屁股坐在地上,连哭带号叫的,把一院子人,就都招呼到工棚里来了。

刘红兵赶到时,单团都已经安排人把封导的老婆,四脚拉叉抬出去了。老婆一边在几个人身上扭动,一边还舞着一双破鞋,说是要朝忆秦娥这个碎婊子的脖子上挂呢。

刘红兵是给忆秦娥送饭来的。进了工棚,见所有人都在朝他脸上怪瞅着。

他一眼看见忆秦娥,是坐在排练场最拐角的道具椅子上,气得浑身都在发抖。

封导正在道歉,说让她不要跟病人一般见识。说完,他就急忙出门去,招呼自己还在破口大骂的老婆了。

单团在继续安慰着忆秦娥。

刘红兵很快就听明了原委。在一刹那间,也有一种酸溜溜的东西,袭过他的心头。但很快,他又觉得,自己老婆是绝不会跟封导有什么瓜葛的。他曾经吃过几个男人的醋,可吃完,还是没有发现这些男人跟忆秦娥有什么实质性的牵连。忆秦娥就是傻,就是一根筋。可忆秦娥对于情爱,好像还是一个白痴。他甚至觉得她是一个性冷淡者,是需要去看医生的。不过他不敢这样说出来而已。他看着妻子无助的可怜样子,突然伸出手去,把她拦腰抱了起来。他一边抱着朝前走,一边对单团说:

"请组织查一查,都是谁在搅浑水,是谁在唯恐天下不乱地搞破坏。我的老婆忆秦娥,比他谁都干净、正派。我老实告诉大家,在我跟忆秦娥结婚时,她还是一个处女。这有医院的诊断证明为凭。请不要再在我老婆身上打主意了,不要再给她泼脏水了!她就是一个给单位卖命的戏虫、戏痴。别再伤害她了!我敢说,她比这个世界上的任何女人都干净。我首先不配拥有这样好的女人……"

刘红兵从工棚一直喊到院子,并且喊得泪流满面了。

忆秦娥也哭得满脸不知是雨水还是泪水了。她狠劲朝刘红兵怀里钻了钻。

刘红兵就把她搂抱得更紧更紧了。

刘红兵穿行在一片黑压压看热闹的人群中。他突然低下头,将嘴唇深情地吻在了忆秦娥抽搐得已经变形的脸颊上。

四十五

连楚嘉禾也没想到,花花公子刘红兵,竟然当众演了这么一出。那天,她也在看热闹之列。准确地说,封导的老婆,就是她一手从楼上导演下来的。

一连串的事情,让她对封子这个人,有了越来越讨厌的看法。在封子心中,省秦最好的演员,就是忆秦娥。在忆秦娥怀孕休产假的那些日子,封子给她补戏时,从来没有投入过像对忆秦娥那样的热情。每每总是埋怨她,说她这不如忆秦娥,那不如忆秦娥的。听丁团说,封子在团班子会上都公开讲:楚嘉禾可以培养,但就是二三类演员,勉强站到台中间,也不是一根能撑持省秦的顶梁柱。他还说她没有"台缘",对观众没有魅力,主要是功底差,也缺乏演戏的灵性。还说她动作"肉",表演没有爆发力,不像人家忆秦娥,能在瞬间,积聚起巨大能量,把爱恨情仇,"顷刻间压榨成让观众迅速泪奔的琼浆"。听听这蹩脚而又肉麻的吹捧词。楚嘉禾觉得,忆秦娥都是有些厌倦了这行事业,准备撒撒脱脱去"造娃做妈"的人了,却又被封子和跛子鼓捣回来,还端直上了原创剧目。谁都知道这个戏是要去上海参加全国赛事的。听说还要评戏剧梅花奖呢。这可是演员的最高奖啊!才开评几届,全国也就几十号人入围。一旦评上,那就意味着是全国知名表演艺术家了。

是在丁团的努力下,《狐》剧才给她分了个贪财大姐的角色。那就是个"霉旦""女丑"。一共才三场戏,还不是"戏心子"。唱词只有二十四句,还是分三次唱完的。这样的"菜帮子"戏,大概连个配角奖也是拿不上的。而忆秦娥一共有二百零八句唱。核心唱段,一次就六十句。作曲也是百般地讨好,几乎把秦腔的精华板式,全都给她用上了。让忆秦娥在首场演出时,一板唱,竟然获得了二十一次掌声。还别说由她一身好功夫,带来的叫好连天了。尤其是封子导演,见了忆秦娥,连那几根头发旋来转去都遮掩不住荒凉的脑袋顶盖,好像也能发出油润的光亮了。见天排练拖堂,对忆秦娥的重场戏是抠了再抠。几乎每一句台词、每一句唱、每一个动作,他都要抠出花来,绣出朵来。那天把他老婆弄下楼,也是她踅摸了好久的事。她觉得,像封子这样的人,就应该给他一些严重教训。并且这是一箭双雕的事,既打击了封子,也搞臭了忆秦娥,何乐而不为呢?

这事她也跟她妈商量过。她妈把桌子一拍说:就这么干。

不过这事自始至终,她都没有出面。而是她妈到钟楼公用电话亭,一次次给封子老婆传递信息,一点点把封子老婆心火点燃的。她妈在电话里说:这事全世界都知道了,只怕就你还蒙在鼓里呢。不是你老汉心花,而是那个碎婊子见老男人就想染呢。老婆多次问她是谁,她说她是心怀正义的革命群众,是戏迷,是路见不平者。那天,老婆终于暴怒得要下楼了。她妈就一狠心,掏了十块钱,雇了一个进城卖菜的农妇,趁下雨,打着伞进去,把老婆从楼上搋了下来。人一搋下来,她妈就迅速交钱,让搋扶者消失在雨幕中了。这事,单仰平还找派出所查了一阵。派出所的乔所长让手下人折腾了好几天,也没折腾出啥眉目来。相反,倒是刘红兵那天的挺身而出,不仅让这事没发酵、发烂、发臭,还反让更多人羡慕起忆秦娥来了。都觉得忆秦娥是找了个好男人,在她最需要的时候,一把拦腰抱起,算是把她的面子,撑得比舞台的口面都宽大了许多。

大部队终于开向上海了,这是一个比较让人担心的地方。到北京演出,都没有去上海这么让一团人诚惶诚恐。上海人听不听得懂秦腔? 20世纪30年代,秦腔大师李正敏,倒是在上海百代公司灌过唱片的,并且一唱走红,被冠名为"秦腔正宗"。现在都即将进入90年代了。五十多年前出的几张老唱片,自是不会有啥影响力了。在东去的火车上,单仰平甚至在车厢过道里,还跛来跛去地坐立不安,生怕在"海上"把戏唱砸了。倒是长得像王八的那个编剧秦八娃,好像是胸有成竹地一直靠在下铺上看书。书还是线装的,得竖着朝下看。封子问他看的啥,秦八娃说什么《搜神记》。单跛子说:"你倒是能静下来。这么多人闹哄着,还能看进书。"秦八娃说:"我知道你担的啥心。放心吧,上海人能看懂外国戏,那就能看懂秦腔。这故事简单明了,通俗易懂。还有字幕。看不懂,那就是傻瓜了。"楚嘉禾暗中只觉得好笑,这么奇丑无比的一个土老帽,竟然也敢担了上海人的保。倒是刘红兵玩得轻松,在跟一帮哥们儿打牌喝酒。单仰平不许耍钱,他们就给脸上贴纸条。刘红兵的脸上,都快贴成招魂幡了。楚嘉禾看见忆秦娥自上车起,就睡在上铺没下来。吃饭也是刘红兵殷勤着递上去的。吃完还睡。她想学忆秦娥的样子,却是咋都学不来的。只睡一会儿,她脑子就转起很多事情来,不下来走动走动,跟人聊聊家常、谝谝闲传,就惶惶不能终日。看来瓜吃瓜喝瓜睡,也就只是忆秦娥这个怪物一人的基本形状了。

楚嘉禾从内心,是真的盼望着《狐仙劫》能彻底演砸在上海滩上。把这群好捧忆秦娥臭脚的老男人们,也都彻底打趴下。省秦也好重新洗洗牌。

可第一场演出,就轰动了。演完后,观众竟然长时间不走。都在呼唤着忆秦娥的名字。就连秦八娃,也被忆秦娥从侧幕条拉着,跟乌龟出水一样,一划拉一划拉地上到台中间,给观众磕头虫一般地点了十几下头,掌声还是不见减弱。封子导演也是被忆秦娥拉上去的。他一个躬鞠得,让谢顶盖上的稀疏毛发,全都垮塌了下来。惹得楚嘉禾站在台上都笑咧了嘴。忆秦娥就跟发情的孔雀一样,又是去拉作曲,又是去拉舞美设计的,最后甚至连单跛子都要拉上去谢幕。单跛子倒是死拉都没上,直说:"我是瘸子,咋能上台呢?我一瘸一拐的,上台了对戏有啥好处,对省秦有啥好处?"单跛子这趟来的任务就是拉大幕。观众谢幕时,大幕得一直来回动着。他的手,就一直紧拽在大幕绳子上。

这里面,最数刘红兵像个跳梁小丑。楚嘉禾一直在观察着他的丑态百出。打从戏一谢幕开始,他就从观众池子的最后边,一点点朝前挤着。他一边混在观众中鼓掌,一边还拼了老命地喊好。别人喊忆秦娥,他也喊忆秦娥。别人喊胡九妹,他也喊胡九妹。他胸前还挎着个照相机,不停地在抓着观众发狂的镜头。尤其是坐在靠前位置的领导、评委、专家,更是他极力抓拍的对象。在给上海市一个领导抢镜头时,楚嘉禾还看见,刘红兵差点让领导身边的人,掀趔趄在一个台阶上了。她还把站在身边的周玉枝推了一把,让她快看刘红兵这个小丑。周玉枝倒是淡定,说:"咋,羡慕了?这才叫好老公呢。"

观众折腾了很长时间,大幕才最终合拢。听调演接待方讲,上海市的领导,要求上海文艺界,明晚都来观摩学习,说让看看秦腔艺术的浑厚、大气、精湛呢。

这一晚,省秦的一百多号人,都得意扬扬地四散在上海外滩附近的几条繁华街道上了。楚嘉禾本来是要出去逛逛的,可演出的成功,让她没有了半点闲逛的心思。她倒是去电话亭,给她妈打了个电话。她在电话里窸窸窣窣地哭诉道:"狗日忆秦娥,又走了狗屎运了,连上海人都喜欢上秦腔了……"

上海的媒体,也是不惜版面地宣传起秦腔来。忆秦娥的狐仙剧照,登得到处都是,还弄得刘红兵满街跑着买起了报纸。随团来的本省媒体,也很快把消息传回了西京。第二天中午,楚嘉禾她妈就打来电话说,西京也传开了,说秦腔、说狐狸精忆秦娥,是什么什么"轰动上海滩"了。

上海方面,还有北京来的专家,为《狐仙劫》召开了座谈会。楚嘉禾作为人物表里排列的三号人物,自然也去参会了。

会议一开始,就有一个白毛老汉,硬要忆秦娥坐到前排去。说忆秦娥朝前排一坐,戏曲就有希望了。要不然,尽是这些白发老人,说戏曲就真成夕阳晚唱了。忆秦娥还扭捏了几下,到底还是被大家叫到前排去了。楚嘉禾从专家们放光的眼神里看到,他们对忆秦娥,不仅是喜爱,简直是恩宠有加了。

长得像乌龟的秦八娃,在全国倒是有些名声,后来也被请到前排去了。

丁团、封子导演和作曲,倒是跟他们坐在一起。单跛子干脆一声不吭地坐在最后一排的角落里,一直低头记着大家的发言,好像是生怕遗漏了一句紧要的话。

座谈会开得特别热闹,不停地有人要抢话筒说话。有几个老头,话说得有点长,就有另外的老头,不停地用茶杯盖,敲击茶杯边沿提醒着。主持人也一再讲,参会的专家多,每人必须控制在十分钟以内。可有的专家,话匣子一打开,就成几十分钟地说。阻止的敲杯声,也就此起彼伏了。都是一哇声地夸奖忆秦娥:什么功夫惊世骇俗,什么唱腔淳厚优雅,什么表演质朴大气,什么扮相峭拔惊艳,反正什么好词都生造出来了。竟然先后有七八个老头,又提到了"色艺俱佳"这四个骚乎乎的字眼。她看见,忆秦娥一直羞涩地低着头,还是那个老习惯、老动作,要把手背抬起来,捂着那张被宁州老做饭的廖耀辉,强摁强亲过的嘴,好像是谦虚、乖巧得不敢承受的样子。可心里,还不知是怎样一种灌了蜜似的滋润、得劲与狂乱呢。一百五六十号人,花好几十万元,浩浩荡荡来一趟上海,也就受活了忆秦娥一人。这碎婊子,太是走了破脑壳运了。

不过会议也出现了另一种声音。这个声音跟在西京初排时,丁团提出过的一样,说这个戏鞭挞富裕狐狸,会不会与时宜不合。在第一个专家发出这样的声音后,楚嘉禾看见,一直闭着眼睛听会的丁团,是突然睁大眼睛,把发言人盯了一下,并且十分迎合地点了点头。紧接着,丁团又把会场里的所有脸面,都认真扫视了一遍。在以后的发言中,有赞同这个观点的,也有不赞同这个观点的,还激烈地争论了起来。丁团就悄声对封导说:"引起争议了吧?麻烦了。"封导说:"能引起争议,不是啥坏事。"丁团说:"会影响评奖的。"封导就再没说话了。楚嘉禾听到这里,倒是有些舒一口长气的意思。

终于在快一点的时候,主持人要宣布会结束了,可秦八娃却站起来讲了很长一段话。核心意思是:文艺创作不是新闻报道,不能去岔了记者的行。咱们应该用手中的笔,对生活做出经得起时间和历史检验的评价。他说,为富不仁,为富不择手段,为富丧尽天良,在任何社会、任何时代都是要受到批判的。如果我们今天不能保持这个清醒和警觉,社会是会付出惨痛代价的……

坐在他后排的作曲,见几个持不同观点的专家,脸色已经很难看了,就悄悄拽了一下他的后衣襟。他的后衣襟,也是一片很滑稽的料当,竟然比前襟短了许多。大概是驼背撑得有些歪斜,衣边几乎是吊拉在裤带以上了。秦八娃此时已经是口若悬河、不能自已的激情澎湃状态,哪里能被身后的小动作所左右?拽得烦了,他甚至转过身,怒视了作曲一眼:"你干什么?"惹得满场还哄笑了一阵。他直说到口干舌燥,两嘴角白沫堆砌,有人又敲起了茶杯盖,说吃饭时间已过一个半小时了,他才拱手抱拳地道谢落座。谁知椅子早被自己的腿脚踢移了位置,一屁股坐下去,竟然是"无底洞"了。会议在再次的轻松愉快中,一哄而散。

几天后,评奖结果出来,果然没有逃出丁团长所料,戏只是拿了个演出奖,而没有获得优秀创作奖。只有忆秦娥是大满贯:不仅表演一等奖了,在以后不久公布的梅花奖评选中,还满票进入了获奖名单最前列。

在那个座谈会上,有专家公开讲:像忆秦娥这样的演员,就应该是梅花奖的样板。戏曲演员,如果都像忆秦娥这样功底扎实,扮相俊美,唱念做打俱佳,那就不愁拉开大幕没有观众了。

这些话,像刀子一样剜着楚嘉禾的心。碎婊子是什么都得到了,那自己的奋斗还有什么意义呢?再奋斗,也都只能在忆秦娥之下了,还唱这个戏,那不是自取其辱吗?她的心凉完了。

在上海演出结束后,团上还专门安排大家逛了一天。楚嘉禾却是连体统都扶不起来地蒙头大睡着。都以为她是病了。只有周玉枝知道她的病是害在什么地方。在没人的时候,周玉枝对她说:"嘉禾,得认命呢。"

"你脑子进水了吧,认命,认啥命?"

她的这个傻同学周玉枝,倒好像是真的认命了。一天瓜吃瓜喝,啥心不操,反倒活得哼出唱进的快活了。可她做不到。一想到做饭出身的忆秦娥,竟然混得比自己好,还不是好一点,是好得不得了了,她就浑身一阵乱颤,有一种活不下去的精神躁乱了。

四十六

从上海回来后,秦八娃就要回北山去了。走那天,忆秦娥说一定要请秦老师正经吃顿饭。她跟单团和封导说,没有秦老师这个戏,也就没有她获大奖的机会。而秦老师,什么奖也没有,她心里挺过意不去的。单团说,还是团上出面请,可忆秦娥执意要自己掏腰包。最后把地方定在了钟楼同盛祥泡馍馆。秦老师走进包间后,还说太奢侈了,他说吃饭,其实就街边小馆子,人来人往的好。他们想着,《狐仙劫》获了九个单项奖,连音乐配器、道具、服装都榜上有名,唯独编剧缺了项。而团里几乎所有人都明白,很多掌声,其实是鼓给剧本的。尤其是秦老师的唱词,写得生动典雅,浑然天成。喜剧处,诙谐幽默,令观众情不自禁地要相互拍腿捶背;悲剧处,九天银河,倾覆而下,满座泪光闪闪,唏嘘不已。狐事人情,家长里短,酒色财气,爱恨情仇,无不充满哲理意蕴。这都是评论会上,一些专家说的。可另一些专家,却提出了戏的"时宜"问题,最终还是与编剧奖失之交臂。大家的心情,好像都很沉重。忆秦娥端起一杯酒,毕恭毕敬地站到秦八娃面前时,嗫嚅着,只说了一句话:"秦老师,感谢你!大家都觉得,最应该获奖的是你。"

秦八娃突然仰天大笑起来,说:"秦娥,秦老师也是俗人一个,真给奖,我也不会矫情拒绝。你师娘还就爱我弄些奖牌牌回去,满屋里乱挂着,磨起豆腐来,屁股撅得老高地有劲。来了客人,也好显摆。不给这个奖,我也不少啥。你想想,我一个黄土都快掩住脖子的人了,评职称,没文凭;升官发财,一个镇文化站的碎摊摊,是老鼠的尾巴,榨不出几钱油来。何况我已是站长了,莫非还想靠奖,弄个太上站长不成?"把大家都惹笑了。

秦老师接着说:"说实话,我要是为获奖,就不写这样的戏了。我交个底,写这个戏,一切都是为了你忆秦娥。秦腔出这么个好角儿,太难得了,应该有属于自己的戏啊!包括写狐狸戏,也是为了充分展示你的美。人和妖比起来,那自然是妖狐更美些了。还可以在化装、服装上,做足文章。在写戏过程中,几乎每一句台词,每一个动作,我都想的是你忆秦娥在舞台上的表现力。怎么能充分释放出你的外在美与内在美,我就怎么写。很多观众与专家,觉得最精彩的那些笔墨,恰恰都是你艺术才华的极限展示。我觉得,这些地方,都是我们相互感应出来的,我是编剧,你忆秦娥也是编剧之一。"

"秦老师可不敢这样说,我哪里还编得了剧。"忆秦娥急忙捂嘴笑着说。

"不,艺术是通灵的,文字只是表达方式,是工具。在北山,有很厉害的剪纸艺术家,甚至可以叫剪纸大师,他们一字不识,但他们的造型、构图、意象摄取能力,甚至可以跟毕加索媲美。你忆秦娥,天生就是舞台上的精灵。你朝舞台上一站,任何文字,都只能是你的工具。上海有记者问我,你为什么要创作《狐仙劫》这个戏呢?我的回答就是:为演员写戏,为世间最好的演员写戏,这是写戏人的福气。"

忆秦娥越发地被说得坐立不安了。单团、封导一个劲地让忆秦娥敬酒,秦八娃也就大盅大盅地开怀痛饮起来。秦八娃说:

"金杯银杯不如口碑呀!尤其是戏,更是这么个理了。十年、二十年、三十年后,《狐仙劫》还能不能演,这是关键。其余的,都是过眼烟云,不足道尔,不足道尔啊!无论怎样,戏没有禁演,只是一些人有看法而已。只要戏还能见观众,那就是对写戏人的最大奖赏了。我很知足,很知足!真的,我觉得我的劳动,已经很值得了……"

那天秦八娃老师喝得酩酊大醉。就在几个人朝回搀扶的时候,他还口占了一阕《忆秦娥》:

忆秦娥·狐仙劫

狐仙咽,
山崖断处留残月。
留残月,
欢歌洞穴,
又成陵阙。

死生慷慨秦音绝,
悲歌召唤声声烈。
声声烈,

秦娥堪忆,
动容真切。

吟完,他呼的一口,把一肚子羊肉泡,全吐在单团的背上了。并且他死活要上钟楼顶上睡一觉,几个人都摁不住。还把单团给的三千块钱稿费都掏出来,说就买钟楼顶上一觉,看够不?幸好那天上钟楼的门关着,要不然,还不知要吵吵出啥乱子来。最后,他硬是在钟楼邮局门前的花坛石条上,睡了四个多小时,才慢慢醒了酒。酒醒后,看着身边的单团、封导和忆秦娥连呼:"喝一辈子酒,丢一辈子丑!把丑都丢到钟楼下了,实在是丢丑了!"

秦八娃老师回去了。

《狐仙劫》又连着演了二十多天。也就在这二十多天里,上边突然要求团上进行改革,说是要实行"名角挑团制"。全国都已动起来了。还说这是剧团今后的发展方向。单团长为这事专门去开了会,领回的精神是,为了稳妥起见,原有院团的建制予以保留,可以在大院大团,先探索成立演出队,但必须由名角儿挑头。总之,是要打破"大锅饭"了。还必须尽快行动起来。省秦如果分成两个演出队,不说艺术质量会彻底下滑,并且立马就拿不出一台现成演出剧目了。可上边的精神非常明确,要求必须贯彻落实。单团如果不动,别人还会说他舍不得放权呢。所以他就给忆秦娥做工作,想让她挑一个队先干起来。还说这也是上边领导的意思。在开会时,有领导的确指名道姓地讲:"我看像忆秦娥这样的名角,就可以挑一个团先干起来嘛!"

单团刚给忆秦娥说了几句,忆秦娥就一口回绝了。

那天忆秦娥正在工棚练《狐仙劫》里的"断崖飞狐"。这是戏里设计的一个高难度动作。虽然演出二三十场了,可还稳定不下来,有几次,都差点从断崖上跌下去。秦八娃老师就给她讲《庄子》,说那里面有一个"佝偻承蜩"的故事,也叫"驼背翁捕蝉"。秦老师还笑着说,你忆秦娥就是那个驼背翁了。把她还惹得笑了个不住,说:"我啥时又成驼背老汉了。"秦老师就买了一本《庄子》送给她,说这本书对他一生影响都很大,要她没事翻一翻。还说里面大多都是十分精彩的故事,很容易看进去的。秦老师走后,她就一直在翻这本书,并且跟背台词一样,先把《佝偻承蜩》背了下来。背着背着,她似乎突然从驼背翁练捕蝉的专心致志中,体悟到了一种过去不曾明白的东西。驼背翁为让竹竿上的泥丸稳定下来,才苦练了五六个月,就让蝉误以为他是枯树桩,而纷纷来投了。而她为唱戏的各种技巧,已苦练十好几年了。应该说唱戏的哪个技巧都比捕蝉复杂,但哪个技巧她也没练到驼背翁捕蝉的境界和水平。"断崖飞狐"这个绝技,之所以做不稳定,她觉得正是没修炼到驼背翁那种专一程度。驼背翁算是个残疾人了,跟正常人无法相比,但他在捕蝉这一技巧上,却远远超过了常人。孔子就说这个老汉是:"用志不分,乃凝于神。"根本还是完全排除了外界的干扰,才把活儿做绝的。一个驼背老汉,都能练就这般绝活,自己怎么就把一个"断崖飞狐"练不过硬呢?其实她也听到,大家都在吵吵分团、分队的事。也有人当她面说:"秦娥,你恐怕得挑团了。"她就捂嘴笑着说:"你儴我干啥呢?我就是个唱戏的,连娃都哄不了,还挑团呢。"她一句也懒得听,懒得打问。反正她相信,不管谁挑,都不会不要她唱戏的。所以最近,她就整天在工棚里"佝偻承蜩"着。

谁知单团来了这一招,她自然是差点没笑得喷出饭来。可单团是严肃的,认真的,还搬出了上边领导的"指名道姓"。忆秦娥就急忙拿起东西,浑身像是从水里刚捞起来一般,连声说着"不不不,绝对不可以"地跑出了练功棚。

她回到家里,见刘红兵一脸坏笑着。她问笑啥,刘红兵就说:"以后是该喊你忆团长呢,还是叫忆队长呢?"

"你咋知道的?"

"我能不知道吗,这事在团上都快吵破天了。大概就你瓜着呢。"

"你才瓜呢。"

"我瓜我瓜。单团跟你谈了吗?"

"我才不当呢。"

"恐怕不由你了,上边领导点兵点将,都点到你头上了。"

"管他点谁,我反正不当。"

"你为啥不当呢?"

"我咋能当领导呢?"

"你咋不能当领导呢?"

"都开国际玩笑是吧,我能当了领导?"

"你咋当不了领导?"

"我就是当不了。也不喜欢。"

"当上你就喜欢了。"

"打死我都不当。"

"必须当。不当就是瓜子。人家都跳起来抢着当呢。你这是鼻涕流到嘴边了,顺便吸溜一下就进嘴的事,还有个不当的道理?"

"你说得好恶心的。"

"话丑理端么。"

忆秦娥突然把刘红兵怔怔地看了半天,说:"莫非你跟单团都串通好了?"

刘红兵说:"不是我串通的,而是单团先找我做的工作。"

"你咋回答的?"

"我开始也客气地推辞了几句,后来就答应了。"

忆秦娥顺手就把擦汗的毛巾抟成一团砸了过去:"谁让你答应的?要当你去当。"

"我要是角儿,是秦腔小皇后,是梅花奖得主,不用你煽惑,一蹦就去了。当官是多牛的事,为啥不当呢?必须当。当了就是你说了算,再不受人摆布了。那时你想演就演,不想演了,就宣布全团休息了,懂不懂?"

"我不懂。"

"要不说你瓜呢。"

"我就不瓜,咋了?我就不当,咋了?"

"恐怕已经没有退路了。"

"我当不当,还由你了?哼,就不当。偏不当。"

"你知不知道,团上现在有多少人想出来挑头?"

"关我啥事?"

"关你啥事?如果是楚嘉禾挑了头呢?"

忆秦娥一下笑歪在了地上,说:"楚嘉禾,跟我一样,还能当了领导?"

"如果你不当,这个团谁都可以当。你搞清楚,人家楚嘉禾也是主演过《白蛇传》《游西湖》的人。报纸也宣传过,电台、电视也上过。要说名角,也是能跨上边边的。再说,楚嘉禾她妈的活动能量,那可不是你忆秦娥能小瞧的。"

忆秦娥就不说话了。

刘红兵接着说:"团上这几天都鼓捣疯了,听说跃跃欲试想挑头的,就七八个呢。都等着看你咋弄,你要弄了,青年队,就你挑头了,没人能跟你争的。要争的是另一个队的头儿。你要不弄了,那省秦可就热闹了。只怕连青年队,也是要争得打破头的。"

忆秦娥想了半天,还是直摆头:"不弄不弄不弄,坚决不弄。他谁爱弄弄去。没人要我刚好,我好引娃。"

忆秦娥还正说演出停下来了,赶快把娃领回来呢。她想刘忆都快想疯了。

刘红兵看这匹"烈倔骡子"咋都不上道,就说:"你会后悔的,你信不?要是让楚嘉禾挑了头,你哭都没眼泪了。"

正在这时,单团和封导也推门进来了。

自忆秦娥搬迁到新居,他们还是第一次来。

单团一进门就夸奖说:"把房收拾得这漂亮的。"

刘红兵说:"一般一般,世界第三。"

忆秦娥就踢了"片儿嘴"一脚。

刘红兵像是早有预见似的,在外面买了牛肉、梆梆肉、鸡爪子、鸭脖子、花生米啥的,一铺开,就是一桌硬菜。单团、封导一坐下,他就张罗着喝了起来。

也就在这个临时凑起来的酒桌上,一切事情都定了下来。

忆秦娥是不出山都不行了,单团说这是硬任务,胳膊拗不过大腿的。

好在,单团为她考虑得周到,把封导也强拉进了青年队。并且明确讲,由封导给她把架子撑着,她就挂个名。能顾上了,顾一顾,顾不上了,她演好戏就行了。

单团还说:"秦娥,你过去在宁州,不是也当过副团长吗?"

忆秦娥不好意思地说:"那就是挂名,啥事都没干过。并且当了一个来月,就调省上了。"

"这也是挂名嘛。拉杂事,都让封导去干好了。"

话都说到这份上了,忆秦娥再不答应,也真没理由了。加上刘红兵更是大包大揽,动不动就"没麻达",啥都是"碎碎个事",好像一切都跟揭笼抓包子一样容易。

忆秦娥是牛犊子不喝水,被强人硬按头了。

四个人碰了酒,忆秦娥就算是同意出任省秦青年演出队队长了。

四十七

演出队宣告成立那天,省秦院子里彩旗招展,锣鼓喧天。上边来了不少领导,媒体也是争相报道。省秦一下分成了两个演出队,一个由忆秦娥挑头。另一个,是由一名演黑头的名角扛旗。有领导提出,何必叫演出队呢,就叫演出团好了。中老年队叫演出一团,青年队就叫二团。出去叫着也顺口。大家就急忙改口,把忆秦娥叫团长了。忆秦娥还不好意思地看了看单团的脸,省秦怎么能一下冒出这么多团长呢?没想到,单团并没有不高兴的意思,反倒带头叫起她忆团长了。她也就少了内心的诸多不安。

一阵热闹过后,其实困难比想象的要多出十倍百倍来。首先是没一本浑全的戏。人员虽然有个大致划分:青年为一团,中老年为一团。可在实际操作中,有向灯,也有向火的,相互就扯拉得完全不是当初想象的那盘棋局了。比如楚嘉禾,就坚决不参加忆秦娥的青年二团。刚好一团也想要她,说是那边也要复排《游西湖》《白蛇传》。楚嘉禾一进入一团,就是按一类主演计分计酬的人物了,也算是进入一团的核心层了。

虽然说一切都有封导把局面撑着,可面子上的事,大家还是要找团长。开始忆秦娥也觉得有点新鲜,集合开会时,办公室人老把她朝主席台上挡,虽然也有点害羞,但挡上去坐了几次,也觉得滋味还是蛮好受的。过去全团集合,她都是窝在一个看不见的拐角,压自己的腿,卧自己的"鱼",劈自己的叉。领导讲啥,她也是这个耳朵进,那个耳朵出。有时干脆懒得听,就想自己的戏,背自己的词,默自己的唱。反正领导就那些话:排戏要遵守纪律,不能迟到早退,戏比天大,观众是上帝。听不听就那回事。现在该她说了,可她总是张不开嘴,老是要让封导说。有一天,封导硬是推她讲了一回话,她只说了几句,就找不到词了,她说:"是事儿推到这儿了,我们先得把戏排好。把戏排好了,有戏了,我们才能出门演戏。排戏不敢马虎,这是我们的饭碗。反正我会带头的,大家看我咋干,都跟着干就是了。办公室要把伙食给大家弄好,要干事,就得吃好喝好。我讲完了。""好!"封导不仅带头喊了一声好,还领了掌。说她讲得好,话不多,但句句都在点子上。那次,她还真的有点释然,觉得当领导讲话,也就那么回事了。

可时间一长,她还是有一种焦头烂额的感觉。又要排戏,又要管事,累得王朝马汉的,还不落好。她就老想着单团过去跛来跛去的样子。

他们建团的第一件事,就是补戏。封导跟她商量说,先把《杨排风》《白蛇传》《游西湖》《狐仙劫》补起来。然后又布置了《窦娥冤》《清风亭》《三滴血》《马前泼水》等几本大戏。两个团分开后,无论演员、乐队、舞美队,都扯拉得乱七八糟。光四本现成戏,就补了两个多月。加上一些演员已有的折子戏,总共凑了七八台节目,就算是可以出门演出了。

也刚好到了秋天的演出旺季,封导安排打前站的,挂了忆秦娥的头牌出去,台口竟然定下不少。加上刘红兵动用自己的关系,还有他爸的人脉,又到处打招呼,演出场次就从十月,一下定到了春节前。足有上百场戏呢。不过问题也是明显的:本戏太少,撑不住大台口。关中人包戏有个习惯,要么唱三天三夜,要么唱三天四晚上,还有唱五天六晚上的。见天中午、下午、晚上都得有戏。一天三场,三天就是九场戏。虽然折子戏专场也能作数,但只能在下午"加塞"演出,其余时间,都是要求要上"硬扎本戏"的。可二团凑来凑去,都凑不够九场戏。最后是拉扯了个"清唱晚会",才总算是能接"三天三夜"的台口了。

忆秦娥的团长,要说当得累,也累,主要还是累在演出上。平常一应诸事,担子都压在封导肩上了。据说封导差点都没来成。老婆在家闹得不行,不让他出门,尤其是不准他跟"妖狐"忆秦娥在一起。最后是单团出面做工作,说封导要去给她挣大钱了,并且给她雇了保姆,还买了些米面油,老婆才骂骂咧咧地放行了。单团对封导叮咛说:"无论如何,都得帮忆秦娥一把。等捯饬顺了,有人能顶住事了,你再撤退不迟。"

这事最红火的是刘红兵。与其说忆秦娥当了团长,还不如说是他当了团长呢。见天都有人给他打小报告,还有给他抛媚眼飞吻的。刘红兵本来就喜欢在团里钻来钻去,觉得这里的一切,都是那么有情有趣有意思。用他的话说,叫"特别好耍耍的地方"。这下,就更是有了理由乱钻乱窜起来。忆秦娥骂他,嫌他不该来得太多,尤其是不该参与团上的是非。他还有理八分地说:"我不替你盯着点,只怕让人家把你这个团长卖了,你还帮人家点票子哩。"

忆秦娥也的确是累得没办法,刘红兵要掺和,也就只好让他掺和了。有时还真能顶住事呢。比如到外面包场,他的外联能力,几乎是无所不能的。连封导都表扬好几回了。尤其是剧团每到一地,都是他出面跟地方领导协调,几乎没有办不成的事。无论伙食、住宿、车辆、结账,都办得利利索索、顺顺当当、妥妥帖帖的。当然,也有人撂杂话,说忆秦娥是在"开夫妻店"呢。这里面还发生了一件事,就是忆秦娥她舅胡三元,也在二团出门演出不久,就投奔忆秦娥来了。

在忆秦娥挑团的时候,她舅胡三元就来过一次,说了想帮她的话。可忆秦娥没好应承,就怕人说闲话:还没咋哩,先把自己的舅弄进来了。可下乡演出不久,团上那个敲鼓的,竟几次撂挑子,弄得有一天,差点把戏都摆在台上了。过去团上有三个敲鼓的,这次分团,两个都去了一团。二团这个,就成十里谷地"一棵独苗"了。先是闹着,嫌绩效工资给得低,要拿跟忆秦娥一样的分值。后又嫌每天演出,一坐就是十几个小时,屁股痛。他前后要把裤子脱了,让封导看,还扬言要让忆团长看呢。说是起痱子,都抓成黄水疮了,咋都坐不下了。还为坐车没安排前排、住店没安排向阳的房子,跟办公室也吵了好几架。都让封导想办法。封导说有啥办法,唯一的办法,就是再弄一个敲鼓的来,他就蔫下了。刘红兵就撺掇忆秦娥,让把她舅弄来。她就打电话把她舅叫来了。

她舅在宁州也是处于没戏敲的闲散日子。团长朱继儒退休了。从县文化局调来个新团长,说过去是兽医站的,能吹笛子,就进了文化部门。他不懂唱戏,也不喜欢戏,说一听秦腔就"腔痛"。到宁州秦腔团,才一个月天气,他就把一个老戏曲团体,改成"春蕾歌舞团"了。演员都唱了歌。乐队也都修起长发,玩起了电子琴、电吉他、电贝斯。节奏是靠摇沙锤。中间摆的是架子鼓。那玩意儿,胡三元自然是敲不了了,并且也不可能让他敲。他一个半边脸烧得黑乎乎的人,怎能坐到台中,摇头晃脑地当电声乐队的指挥呢?那是得一个风流潇洒的人物玩着,才能给舞台提神聚气的。并且好多团的架子鼓,还都是美女敲的。春蕾歌舞团的团长,一眼就看上了当初给忆秦娥配演青蛇的惠芳龄。娃年轻、漂亮、机灵、腿长,敲架子鼓就非她莫属了。这碎女子,也的确学得快,从武旦转行到敲鼓,只一个月,上台竟然就是满堂彩了。她不仅敲得神采飞扬,中间还突然把鼓槌向空中一抛,翻个跟斗起来,接住鼓槌,又连着往下敲。让观众都惊奇得站起来为她号叫、鼓掌了。胡三元觉得,自己的时代是结束了。宁州剧团再没人找他商量戏的节奏了。连过去跟他那么好的胡彩香也说:"你的好日子到头了。赶紧转行,哪怕学个刲猪骟牛都来得及。"气得他就想扇胡彩香一尻板子。新团长倒是征求过他的意见,问他做饭不,说如果同意做饭,也可以随团外出。宋光祖和廖耀辉那两个老做饭的,年龄太大,出去带着不方便。团上是准备出去跑一年的,路线端直划了好几个省。胡三元当时都想抽新团长几个大嘴巴,让他去做饭,得是又"文革"了,想整人呢?但他忍了,到底没发作。自是也不会答应去做饭了。可胡彩香去了,是随团做饭去了。她不想待在家里,老跟张光荣吵架。也怕胡三元瞽乱她,是出去图清净呢。再说,歌舞团能赚钱,最近凡来宁州演出的,都是满把满把地把钱赚走了。他们自然相信,春蕾歌舞团也是会"斗大的元宝滚进来"的。大家都出门后,胡三元也没啥事,就拿着一月几十块钱生活费,整天还练着他的板鼓。他知道,再练也没用了。可不练,又觉得活不下去。就还成天梆梆梆梆地练着。练得一个院子剩下的人,都觉得他是得精神病了。

终于,外甥女忆秦娥当了团长了。开始他也想投靠,可又开不了口,娃毕竟才当官,他也不想添麻烦。谁知不久,忆秦娥就打电话来让他去了。他是在甘肃天水的演出点上,把剧团赶上的。他一去,忆秦娥就给他讲了来龙去脉。他说:"放心,弄别的事舅不行。敲鼓,不是舅吹,还没有舅服气的人。《杨排风》《白蛇传》,包括《游西湖》,这三本戏舅立马就能接手。《狐仙劫》给舅三天时间,也保准不会把戏敲烂在台上。"忆秦娥是知道舅的本事的,可这么急呼呼地招他来,也不是想让他立马上,就是搞一个备份,让现在这个敲鼓的,有所收敛。这也是封导的意思。她就说:"舅,你来还是先坐在武场面,看看戏。帮着打打勾锣、敲敲梆子、木鱼啥的。一旦需要你上,我会给你说的。"她还一再给舅叮咛:"这是省秦,不是宁州县,千万不敢把那火药桶子脾气拿到这里来了。这里可没人吃你那一套。"她舅连连点头说:"放心,舅也是四十好几的人了,一辈子亏还吃得少了,还跟谁杠劲呢?不杠了,不会杠了。何况这是亲外甥女的摊摊,舅咋能不醒事到这种程度,把自家人的摊子朝乱包地踢呢?"

说归说,胡三元还是胡三元。吃啥喝啥,他都没要求,住啥房子,也不讲究,可一开戏,见别人敲鼓不在路数上,他的气就不打一处来。他觉得二团现在这个司鼓问题很大,首先是把戏的节奏搞得跟温暾水一样,轻重缓急不分;再就是手上没功夫,"下底槌"肉而无骨、软弱无力;关键是还有一个致命的瞎瞎毛病:看客下菜,故意刁难演员呢。他是一忍再忍,一憋再憋,可脸还是越憋越紫越黑。他不仅不停地报着那颗包不住的龅牙,还把怨恨之气,直接大声哀叹了出来。坐在高台上的司鼓,已经几次冲他吹胡子瞪眼了,可他还是忍不住要表示不满。有天晚上,差点都接上火了,但他看在外甥女的面子上,还是把气咽了。忍得他难受得,回到房里,竟然把一盆冷水,兜头泼了下去,还用空塑料脸盆,照着额头,嘭嘭嘭地使劲拍打了几十下。直到头皮瘀青,渗出血来才作罢。他像一头暴怒的野猪一样,在房里奔来突去。又是拿头撞墙,又是挥拳砸砖的,直折腾到半夜,才独自在一本书上,用鼓槌敲打起《狐仙劫》来,天明方罢。但这种难受、憋屈,到底没让胡三元走向隐忍修行,而是在一天晚上演《狐仙劫》时,终于总爆发了。

那天晚上天气也有些怪,不停地吹旋旋风,把舞台上的幕布,刮得铁墩子都压不住。有人还俏皮地说:"莫非今晚真把狐仙给惊动了。"敲鼓的就借机减戏。行话叫"夭戏"。他竟然把大段大段的戏,通过自己手中的指挥棒,给裁剪掉了。而这个戏,胡三元已经看过好几遍,剧本也是烂熟于心的。在私底下,他把戏的打击乐谱,都已基本背过了。按司鼓现在的"夭戏"法,观众肯定是看不懂了。并且他还在下狠手"夭"。胡三元就发话了,说:"戏恐怕不敢这样'夭'。"

司鼓本来对他的到来,就窝着一肚子火。知道他是一个县剧团的敲鼓佬,仗着自己是忆秦娥的舅,黑着一副驴脸,就敢到省秦这潭深水里来"胡扑腾"了。狗尿是吃了豹子胆,还给他唉声叹气甩脸子呢。这阵儿,竟然又公开指责起他"夭戏"来了。"夭戏"也是一种技术,一般敲鼓的,还没这几下蹬打呢。他"夭"得怎么了?他问他:"戏'夭'得怎么了?"

胡三元说:"'夭'得太狠,观众都看不懂了。"

"这么大的风,到底是让观众'吃炒面'呢,还是看戏?"

"这儿的观众,好多年都没看过戏了。这大的风,一个都没走,说明他们是想看,也能坚持。再说,人家是掏钱包场看戏,咱不能糊弄人家。"

"胡三元,你搞清楚,这鸡巴二团,虽然是你外甥女当了挂名团长,可摊子还是国家的。是国营性质你懂不懂?不是忆家的私人班子。把自家男人卷进来不说,还把烂杆舅也弄进来了。再过几天,恐怕还得把她舅娘、她姨、她姨夫、她大侄女都收揽来吧。"司鼓说完,乐队就爆发出一片怪异的笑声。

谁知胡三元不紧不慢地说:"只要需要,也没啥不可以的。唱戏么,谁唱得好、敲得好、拉得好、吹得好就用谁,天经地义。这不是都改革吗?也只有这样改,才可能把戏唱好。像你这样敲戏的,就应该改去搬景、做饭、拉大幕。"

"我日你妈,胡三元。你能,你来!你来!你立马来!你狗日今晚不上来敲,都是我孙子。你来!来来来!"那司鼓说着,一下从敲鼓台上跳了下来。而这时,舞台上马上就要狐仙两军对垒,进行"大开打"了。一切动作、节奏,都全靠司鼓手中的"指挥棒"呢。

所有人都吓得鸦雀无声地盯着胡三元。也有人起身在拦挡那位司鼓,说无论如何,都得先顾住前场。只见胡三元嚯地站起来,跟救火一样,一步跨上高台,一手摸鼓槌,一手拉过前司鼓踢开的椅子,一屁股坐了上去。就在屁股挨上椅子边沿的一刹那间,他手中的鼓槌,已经发出了准确的指令。立即,武场面四个"下手",也都各司其职,敲响了锣、钹、鼓、镲。舞台上已经发现乐队出了问题的演员,听到规律的响动,一下有了主心骨,迅速都踩上锣鼓点,把戏演回到了井然的秩序中。这惊心动魄的一幕,让乐队几十号人,也都毛发倒竖起来。大家想着,今晚要是把戏演得摆在了台上,可就算把人丢到外省了。

但自从"黑脸舅"登上那把交椅后,戏不仅没有"停摆""散黄""乱套""泡汤",而且还朝着更加激情、严密、紧凑、浑全的方向走下去了。就在全剧落幕曲奏完,武场面再次用大鼓、大铙、吊镲、战鼓,将气氛推向高潮时,忆秦娥的"黑脸舅",是扔了手中的小鼓槌,一下跳到大鼓前,抄起一尺多长的鼓棒,把直径一米八的堂鼓,擂得台板都呼呼震动起来。连他的双脚,也是在跟敲击的节奏一同起跳着。终于,他在一个转身中,双槌狠狠落在了鼓的中央。一声吊镲的完美配合,司幕把大幕已拉得严丝合缝了。

大概停顿了有四五秒钟,乐队全体自发起立,长时间地给他鼓起掌来。胡三元突然用一只手捂住脸,悄然转身走了。就在他转身的一瞬间,有人看见他是泪水长流的。没人再说他是忆秦娥的"黑脸舅"了。都说,宁州真是卧虎藏龙的地方,竟然还有这好的司鼓。有人说:"在秦腔界,老胡都应该是数一数二的人物。""看他敲鼓,简直就是一种艺术享受呢。"有人甚至还说:"胡兄的鼓艺,是可以登台表演的。"

这天晚上,尽管是野场子演出,有人喊叫说,西北风把娃娃都能刮跑。可数千观众,还是定定地看完了演出。戏演完后,还要围到台前幕后,看演员卸装,看舞美队下帐幕,看大家拆台装箱,并且是久久不愿离去。

忆秦娥这晚,也是经受了很大的惊吓。就在下场口司鼓跳下鼓台,扔槌而去的时候,其实上场口这边,已经看得一清二楚了。连台上的演员,也全都乱了阵脚。那阵儿,忆秦娥正在上场门候场,她扮演的胡九妹,是要去夺回几个失去自由的姐姐呢。眼看司鼓缺位,整个指挥系统一下瘫痪了。封导都让司幕做了关大幕的准备,可就在那千钧一发的时刻,她舅跳上了鼓台。不仅迅速控制住了局面,而且把戏敲得一段比一段精彩。连她的演出,也是一种很久都没有过的与司鼓配合的水乳交融了。直到"她"跳下断崖,大地悲切呜咽声声、长空鼓乐警钟齐鸣时,她才感到,自己是经历了一场比戏中情势还要激烈得多的较量。终于,她舅为她赢得了胜利。连《狐仙劫》这样的新戏,都敲得如此精彩、老到,还有什么戏,是能难住她舅的呢?她觉得,自己挑团,这是过了很重要的一个关口。角儿都拿不住她,因为大戏都是自己背着。可司鼓,眼看就要把二团的脖子扭断了。

今晚终于大反转了。

她听说她舅哭了,她也哭了。卸完装,她去房里看舅。她舅脸上的泪痕还没擦干。

"舅,你敲得那么好,都夸你呢,咋还哭了?"

她舅说:"娃,舅知道你的难处。这个头,可不好挑哇!不过舅不是为你哭,舅是为自己哭哩。"

"为自己哭?"

"舅这一辈子,就这点手艺,今天干不成了,明天干不成了。熬到四十好几了,家没个正经家。你胡老师对我好是好,可对她的那个蠢驴老汉,也死不丢手。说人家那钳工手艺,比我敲鼓强。你说现在人,都有点钱了,却不好好正经看戏,要去看那些穿得乱七八糟,有的连羞丑都遮不住的扭屁股舞。舅这手艺,咋就又过气得快混不住嘴了呢?要不是秦娥你收揽,舅只怕……只有饿死一条路了。"她舅说着,又淌起泪来。

她说:"舅,就凭你这手艺,只要还有唱戏这一行在,你就缺不了一碗饭吃。你今天可是给我长了脸了。一团人都在说,你舅是个奇才呢!舅,你真的是个奇才!你是咋把这个戏敲下来的?"

她舅只要说到敲戏,立马焦煳的黑脸庞上就有了光彩。他说:"舅就看了几场戏,翻了几回剧本,戏就化到肚子里了。这算啥,你信不?还别说把戏过了几遍,就是过一遍,真要救场,舅也敢上。不就是敲戏嘛,还能比造原子弹难了?"

忆秦娥扑哧笑了:"舅就爱吹。"

"不是舅吹,没个金刚钻,还敢揽今晚这瓷器活儿?"

她舅倒是以他高超的技术,在二团很快就立住了。那个撂挑子的司鼓,看没难住团上,自己反倒有丢饭碗的危险,蒙头睡了几天,就说屁股上的痱子好些了,要继续敲。封导也安排他上了戏,不过,好多演员和乐队都反映,胡三元比他敲得好十倍,那些重要戏,也就再轮不上他敲了。团上就给他起了个外号,叫"八钱"。意思是:好端端的一两银子,刁来熬去的,终是熬成八钱了。

她舅彻底站住脚了。可刘红兵在团上摇来晃去的,大家意见却越来越大。其实刘红兵也没啥别的毛病,就是爱在女娃窝里钻来钻去。给女娃娃们跑个腿,献个小殷勤啥的。他本身长得潇洒帅气,出手又大方阔绰,自是招女娃们喜欢了。加之忆秦娥一天几场戏,累得连装都很少卸,演完一场,倒头便睡。直到第二场戏开锣,才又起来包头、穿衣。刘红兵就拿了照相机,不停地到处给女娃们拍照留影。有些女娃,是有几个小伙子都在暗中追求的,自是嫉恨着刘红兵"隔手抓馍"的"荒淫无道"了。其实他什么也没干,就是好这一调调:不跟漂亮女娃在一起疯癫、热闹,浑身就不自在。这让很多人心里自是不舒服了。有人端直把他叫了"二皇帝",是"二团皇帝"的简称。

世上没有不透风的墙。忆秦娥在这方面再瓜、再麻木,还是有人以递条子、打小报告的方式,让她知道了一些藤藤蔓蔓。她一生气,就一脚把刘红兵踢回西京去了。

四十八

刘红兵回到西京,独自一人,更是如鱼得水,玩得几天都不落屋。那真叫个昏天黑地,醉生梦死。可就在他玩得正得意的时候,有一天,他妈来电话说,他爸年龄到了,从副专员的位置上退下来了。他妈的意思是,让他今年无论如何给忆秦娥做做工作,让带着孙子,回北山陪他爸过个年。说他爸心情不好得很。刘红兵这几年在西京浪荡的,都忘了他爸已是要退休的人了。怎么还有这一说,不是级别高的干部都不退吗?

即将到过年的时候了,忆秦娥才带团演出回来。刘红兵提前一天,也从九岩沟接回了孩子。他就跟忆秦娥商量着,想回北山过年。开始忆秦娥坚决不答应,当他说出他爸已经退休,最近心情特别不好的话来,忆秦娥才同意回去了。

自结婚后,忆秦娥只回去过一次,那是过中秋节。她能感觉到,刘红兵他妈心中只有她的宝贝儿子。而他爸心中,只有官场、官话、官腔。整个中秋节,基本都在家里接待人,跟走马灯似的停不下。只有晚上很晚了,才跟她拉过几句话。先问她为啥不演些鼓励发家致富的戏,又说现在通商贸、修公路、开矿山、搞城建,热火朝天的场面多了去了,为啥不演、不宣传?整天就演个白娘子、杨排风,还有女鬼怨啥的,跟时代有什么关系?她也回答不上来,反正从他的话里,压根儿就听不出对她事业的尊重。这让她很不舒服。只勉强待了两天,她就闹着回西京了。她本来是不打算再回北山去的,可刘红兵既然把话说到这份上,说他爸可能连年都过不好,她也就答应回去了。

回到家的那天,已经是腊月二十九了。他爸正在发脾气,也不知说谁,反正气得手都有些发抖:"人走茶凉,人走茶凉啊!连这样的老实人,都耍起花子来了,拜年还绕着咱家走呢。你看看他,猫着熊腰,张着河马一样的大嘴,朝人家新贵院子钻的那贼式子。看来在位时,这些人表现出的贴心可靠、忠诚老实都是假的,统统都他妈是假的。"刘红兵他妈见他们回来,急忙把他爸的话阻挡了。他爸虽然不骂了,可心思好像还在别处,就连逗孙子,也显得有点魂不守舍。逗着逗着,他爸又扯到了忆秦娥完全不知道的事上:"哎,你看看这些人,行署幼儿园,不也是在我手上拨钱翻建的么。他们的娃娃都舒舒服服地进去了,我孙子又不上它。那个园长叫什么梅来着?拜年都不来了。这快的,吃水把打井人就忘了。"

就在这时,忆秦娥身后的半空中,突然发出了同样的声音:"吃水把打井人忘啦!"吓了忆秦娥一跳。她急忙扭头一看,是一只鹦鹉。

"天哪,它咋学得这神的?"忆秦娥有些震惊。她听说过鹦鹉能学人说话,可还从来没见过把话学得这真这像的鹦鹉呢。

"这算啥,你爸还有一只鹦鹉,才厉害呢。还能唱歌。那阵儿放《渴望》,电视机一打开,它就先唱上'悠悠岁月,欲说当年好困惑'了。"

"那只鹦鹉呢?"忆秦娥急忙问。

他爸就一屁股瘫在沙发上,唉声叹气的,直冲他妈摆手说:"还说啥,还说啥。你咋是哪壶不开提哪壶呢?"

大家就都不说话了。

事后,忆秦娥还在操心着那只鹦鹉,她是想尽快找到,好给儿子唱歌玩呢。他妈才悄悄告诉她和刘红兵说:"跑了。你说怪不怪,就在你爸退休的那天下午,那只鹦鹉给跑了。两只都是别人送的,人家调养得可好了,名字也起得合你爸的心意:一只叫'两袖',一只叫'清风'。在家都养好久了。你爸每天下班回来,鹦鹉老远就喊叫:'两袖清风回来啦!''两袖清风回来啦!'你爸听着可高兴了,直撩拨它们说:大声些,再大声些。可就在你爸退休的当天,那只叫'两袖'的家伙,竟然跑得无影无踪了。你说是不是出了奇事?把你爸气得呀,天天都在嘟哝,让我把'清风'也送人算了。说'两袖'都没了,还留着'清风'干什么呢?他嫌吵得烦。"

这个年,在家里过得一点儿都不愉快。先是他爸消沉得饭都吃不下,老喜欢弄一堆文件在那儿看,还要给上面批些字什么的。嘴里一个劲地嘟哝说:好多文件都看不上了。刘红兵就给他弄了些小说、故事报回来,让"岔心慌"。在刘红兵看来,那些故事可提神了。但他爸看几行就瞌睡了。有时也能勉强看那么一两篇,看完就骂:日他妈,这要是我的秘书写的,我把他狗爪子都能剁了。

后来又因孩子的事,闹得忆秦娥心里特别不舒服。

就在他们回去的当天晚上,他妈就一惊一乍地说:"秦娥呀,你们发现没有,你们这个孩子有问题呀!"

"什么问题?"刘红兵问。

"智力不对呀!"他妈说。

"什么智力不对?"

忆秦娥就有些不高兴,当奶奶的,怎么能说孙子这话呢?

"孩子已经满一岁了,按说应该能说话了。就是说话晚,也不应该是这个神气呀!刚回来,我以为是坐车晕,反应迟钝了呢。这都过去好几个小时了,觉也睡够了,怎么还是这没精打采的神气呢?"他妈边说,还边挠着孙子的手心、脚心。孙子只是微微抽了抽,反应不大。他妈就说:"你们要引起重视呢。得尽快检查,看到底是什么问题。"

"没啥问题,能有啥问题?前一阵我要外出演出,把孩子送到我妈家放了几个月。我妈忙,可能也没时间调教孩子说话。接回来又不适应,就有点蔫儿吧。"忆秦娥没好气地说。

"把孩子放在乡下养,可能会反应迟钝些。可也不至于反应这么迟钝呀?孩子好像是这儿有问题。"他妈说着,还指了指孩子的脑袋。

忆秦娥就越发地不高兴了。在九岩沟,还有两三岁才学着说话的,后来不也都种地养家,活得好好的吗?怎么她的孩子,就脑子出了问题呢?你儿子脑子都灵醒得跟啥一样,孙子的脑瓜怎么就能蠢了呢?他妈不仅自己一惊一乍的,而且还神秘兮兮地,让刘红兵他爸也来看。爷爷奶奶,就像看一个怪物一样,看着他们的孙子。见她不高兴,就又偷着不停地用各种方式,测试着孙子的智力反应。有一次,甚至在她蹲厕所的时候,把孙子的下身,脱得光溜溜的,还翻出家里备用的医药钳子,冷冰冰地捣鼓起孙子的脚心、脚丫、大腿、鸡鸡来。是她及时出来,他们才停止了进一步实验的。她实在待不下去了。本来还说,初二要去看看秦八娃老师的,也没去,就急着抱孩子回西京了。

正月初六就要出门演出,并且定了三个多月的戏。想来想去,还是得把孩子送回九岩沟。只有把刘忆放到自己亲娘的怀里,她才是放心的。她坚信孩子是不会有啥问题的,只是跟妈妈在一起太少了,一副可怜委屈相而已。每每想到这里,她的泪水就濡湿了孩子的肩头。她觉得,她已经很对不起这个孩子了,可没办法,还得把孩子寄养在娘家。她把刘红兵他妈的担心,说给娘听了。娘一下气得火冒三丈地说:"他奶是放狗屁呢,这灵光的孩子,咋能智力有问题呢?这不是咒我外孙子吗?我外孙说话、走路是有点迟,但啥藤藤牵啥蔓蔓么,老子不傻娘不瓜的,儿子还能痴聋瓜呆了?再说,说话走路迟,也有迟的好处。你姐说了,有个啥子'死坦',四岁才开口说话呢,最后还成了不得了的大人物了。说是脑子世上第一好使呢。"娘为这事,还专门把她姐叫回来,问那个人叫啥子"死坦",四岁才说话的?她姐说:"爱因斯坦。啥子'死坦'。"把她惹得一阵好笑。

她本来就是相信娘的话的。娘生了三个孩子,还在村里帮人接过生,见得多,也不会哄她的。不过她也要求娘,要腾出时间,好好教娃走路说话,不敢再惯着了。一家人都满口答应了。

忆秦娥回到西京,正月初六一早,就带团出门了。

四十九

这次下乡,忆秦娥没有让刘红兵去。一来,是不喜欢他在团上的张扬。就好像他是团长似的,啥都爱拿主意,爱拍板,爱越过封导、业务科、办公室,直接"定秤"。团上已经有人叫他"大掌柜"了。二来是他爱朝"花枝招展""蜂飞蝶舞"的地方扎。爱帮女娃提行李;爱帮人家上车下车;爱钻到人家集体宿舍打牌;爱挤到人家一堆吃饭;尤其是爱帮人家整理衣服、鞋帽啥的。谁的服装腰带没系好、耳环有点偏,他都能一眼看出来,并且是要亲自动手,帮人家朝好里捯饬。有好几个爱情地位不巩固的男生,已经给她这个团领导撇过凉腔了,说红兵哥是贾宝玉一枚。有的还偷偷纠正说,不是贾宝玉一枚,是猪悟能一头。气得她也骂过刘红兵,说:

"你脑子进水了,一天尽朝女人窝里钻呢。"谁知刘红兵这个二皮脸说:"我是帮你密切联系群众哩。"

"联系群众,咋全联系的是女的?"

"男的也联系呀,可他们凑到一起就要喝酒、打牌、赌博,忆团座不是不让吗?"

"你不是整天也钻到女人堆里打牌吗?"

"可她们不带水,不赢钱,只给脸上贴纸条么。"

"所以你就见天给死皮脸上贴几十个白条子,演《诸葛亮吊孝》呢。丢人不?"

"哎,也是逗她们开心哩。开了心,不就更愿意给你打下手、跑龙套、当臣民了吗?"

忆秦娥咋都说不过他。这事好像也没办法朝细里说。不过,她倒也没发现什么大不了的事。对于自己的男人,忆秦娥自信还是没有到失控的程度。尤其是他对她唱戏、美貌、身体的那份稀罕,她觉得,还不至于让他节外生发出什么荒唐的枝丫来。加之演出任务重,见天累得咽肠气断的,好像对这样风里来雾里去的事,她也就有些麻木了。

最关键的是,这次回北山过年,他爸他妈当着她的面,把刘红兵骂了个狗血喷头。一股脑儿给他扣了"闲人""混混""街皮""二流子""橡皮脸"等十几顶帽子。说他年过三十的人了,要文凭没文凭,要地位没地位,到现在还是办事处一个没名堂的小科长。叫刘科长,带个长字也就是好听。说穿了,还不就是陪吃陪喝陪逛陪赌陪跳舞的二混子。看混到哪一天为止?他妈还说:"这下你爸也退了,连鹦鹉都跑了,还别说跟前的人了。谁也指望不住了。混得好,混得歹,都全靠你自己了。你爸为你的事,这几天还在找人说话,看那点余威,还起不起作用。他是想让你在办事处,先弄个副处级,然后再找人脉,朝正经地方安插呢。你总不能在办事处混一辈子吧?过了而立之年了,是得考虑自己往起站的时候了。

秦娥也不要拖红兵的后腿,让他一天到晚都卷到剧团里,算咋回事?包括秦娥你,唱戏是有名气,可也不能一辈子都唱了戏吧。有了孩子,红兵再弄个一官半职,你就得想办法退出来,把红兵招呼好。哪怕学学打字什么的也行嘛。将来能安排到跟红兵一块儿,我看当个打字员也挺好嘛。"忆秦娥就再懒得听了。她从来都没觉得这个婆婆的话中听过。好在,她从来也没想着要跟他们在一起过日子。不过,她也拿定了主意,以后是坚决不能让刘红兵再随团外出了。至于他能不能拿上什么副处级,忆秦娥也不懂那是什么玩意儿,反正都是他自己的事了。绝不能让他爸妈认为,都是她拖了后腿,耽误他们宝贝儿子的美好前程了。

刘红兵还跟忆秦娥闹了一场,说他就不爱什么副处正处的,嫌"太捆人"。还说那都是身外之物。他爸都副专员了,说下不也就一夜下来了。人下来了,连鸟都跑了,何苦要受那份罪呢?他说他就爱戏、爱玩、爱逛、爱人多、爱老婆。可忆秦娥还是坚决没让他去,说她担不起那个赖名誉。说心里话,她觉得刘红兵一月拿了办事处的工资,也该给人家干点事了。

下乡一去就是九十多天,演了一百七十多场戏。光忆秦娥就演了一百三十多场。中途,刘红兵到底没忍住,还去看过一次,可待了几天,她就逼他回去了。直演到五一前夕,大家实在撑不住了,她才带着二团回西京的。

他们的行踪,其实刘红兵一直都掌握着。就在他们回去的前一天晚上,刘红兵还给团上要好的朋友发过呼机,问大部队什么时候回来。那个朋友回答说是第二天下午五点左右到家。谁知,那天晚上的戏,因突然下大暴雨,而取消了。大家就闹着要连夜回。谁不是归心似箭呢?封导和忆秦娥就商量着连夜返回了。

车到省秦院子的时候,是凌晨四点左右。忆秦娥虽然累得有些站立不稳,可回家的兴奋,还是让她在上新楼的楼梯时,加快了脚步。

她没有敲门。她想着是要给刘红兵一个惊喜的。她甚至想着刘红兵这个赖皮,要是进门就纠缠自己怎么办。尽管累成这样,恐怕还是得满足他一下,毕竟有成百天没在一起了。想着想着,她甚至还有了点久别新婚的冲动。可当她扭开锁,轻轻推开门时,立马被眼前的一幕惊呆了:

一个赤身裸体的女人,与一丝不挂的刘红兵,是像两条蛇一样扭结在一起睡着,大概是太困乏了,竟然连开门走进来了女主人的严峻事实,都浑然不觉。

地板上铺的被子、单子,已被揉搓得像是生死搏斗过的战场。裤头、连体袜、乳罩、裙子,撒得满地都是。沙发也都被搏斗者,攻击得离开了原来的位置。用过的避孕套,也是尸横遍野地耷拉在地铺的周边地带。

也许是一种条件反射,刘红兵突然睁开了眼睛:"啊,不……不是说明天下午……五点……才回来吗……"

他大概做梦都没想到,情报会发生这么大的误差。

只听铁门砰的一声响,忆秦娥已经转身走出家门了。

忆秦娥也听说过刘红兵是花花公子,可以她对男女之情的经验判断,一个人,对自己是那样的钟爱、稀罕、黏糊、娇宠,又怎么能跟另一个女人干这种勾当呢?从现场看,那种疯狂,让忆秦娥感到阵阵战栗,也感到阵阵恶心。就在这套新房里,她第一次走进去的时候,刘红兵就曾疯狂得如雷如电过。他们把家正式搬进去那天晚上,发现沙发床脚与地板,是有巨大摩擦声响的。刘红兵也是把被子和她一起,抱到了客厅中间,摆开了另一个同今晚一样的战场。但这样的战场,每每因她的疲乏、劳累、冷淡、不感兴趣,而使战火常常骤然熄灭,炮哑烟消。她不敢想十五岁遭廖耀辉猥亵的场面。可每临这事,她又条件反射般地要想到肥头大耳的廖耀辉。想到他那白花花的、刮净了猪毛一般的大肚皮,以及毫无血色、像涝池脏水浸泡过的肥屁股。真是恶心透了。这样的场面一旦出现,男女之间的那点欢情,立即就变得不洁、不美、不快,甚至是淫邪、放荡、丑恶起来。她难以想象,刘红兵为什么对这号事屡有兴致,乐此不疲。虽然对刘红兵这个人,一开始,她也并不满意。可阴差阳错、三来四回的,一旦结婚,她也就认命、认理、认情、认夫了。她想着这一辈子,也就是这么回事了,既然捆绑到一起,那就是夫妻命了。可没想到,在她真的接纳并常常有点思念这个丈夫时,却突然遭到一记重锤,一下把自己叩击到了崩溃的边缘。

她从楼上走下去时,几次差点栽倒在过道里,但她还是强撑着走了下去。院子里还有好多人在走动。有些在乡下买了太多东西的人,还在卸车,还在把东西朝回搬运着。她不得不把自己藏身在黑暗中,等到无人时,才好从院子里朝出走。因为在车上,大家已经跟她开过很多关于久别胜新婚的玩笑了。说红兵哥一准把洗澡水烧好,就单等贵妃出浴了。她突然感到,自己像是被谁剥光了身子,虽然站在暗处,眼前却已是大白如昼的大庭广众了。她看见一个女的,用衣服上的帽子捂着头,从楼上跑下来,又急匆匆跑了出去。她感到这就是家里那个女人,个头高挑,也很漂亮。紧接着,刘红兵就跑下来了。有人还跟他开玩笑说:"红兵哥真是模范丈夫呀,这半夜的,都惊动起来了。忆团长不是啥都顾不得了,边解扣子边上楼了吗?"刘红兵支支吾吾地说:"噢噢,知道知道。我是给你嫂子弄吃的去。""模范,一级模范丈夫!"刘红兵就出去了。

直到院子彻底安静下来,忆秦娥才从一蓬冬青中走出来。她手里还提着下乡的东西,也不知要到哪里去。

她是恍恍惚惚地走出了大门。

没想到,刘红兵就在大门外的黑暗中站着。见忆秦娥出来,一把抱住她,并在黑暗中跪下了。他说:"秦娥,我错了。我不是人……我是畜生。只求你原谅我这一次,我是真心爱你的……那女的,是推销化妆品的。真的没有啥,就为给你买化妆品……"忆秦娥立即挣脱掉他,继续朝前走去。他又追上来,再次跪在她面前。她仍甩掉了他,快速朝前跑去。他再一次扑上去,死死抱住了她的大腿:"你打我几下好不?狠狠踢我几脚好不?我不是人!我该死!"可忆秦娥已经没有任何想打他、踢他,甚至骂他的意思了,只想立即、干净、彻底地抖掉他。刘红兵终于当街又跪下了。

这是一个还有车辆来往的十字路口,离省秦很近。也有团里刚回来的人,在出出进进。忆秦娥实在觉得面子无处安放,况且还有被堵住的大卡车,在使劲按喇叭。她就不得不随他朝暗处挪了挪。一挪到暗处,刘红兵就再次跪下,已是声泪俱下了。可她依然在做着逃离的决然努力。刘红兵说:"无论如何请你回家,我走,这是你的家。你不能在外面待着,不安全。我走。你只要回去,我立马走!"又折腾了几个回合,忆秦娥见已有团上人,在朝这里靠拢。她才半推半就着,随刘红兵折腾了回去。

忆秦娥死都不想再进那个门了。刘红兵硬是抠开她抓着门框的手,把她拦腰抱了进去。当忆秦娥仍要朝出挣扎时,刘红兵已经选择自己离开了。他是一步跨出门,砰地反拉上,并紧紧拽着门把手不放的。他见里面再无开门动作,才慢慢下楼去了。

忆秦娥在房里傻愣了许久。终于,她扑通倒在地上,号啕大哭起来。

她突然觉得,自己是被什么东西彻底掏空了。她感到,自己的人生,是再次遭受了比廖耀辉损害名誉更沉重得多的打击。她已全线崩溃了。

她先后十几天没有出门。刘红兵也来敲过几回门,还试着用钥匙扭过几回门锁,她都没理。有一天,单团长也来敲。敲得久了,她就答了声话,说不方便,还是没开。她舅胡三元来,她倒是让进门了,却只能装作无事人一般。这事是咋都不能让她舅知道的,她舅一旦知道,为保护外甥女,可是什么事情都能做出来的。当初他就差点打死了廖耀辉,今天岂能饶了他刘红兵?她就闷在家里,用剪刀把凡能剪的被子、床单、枕头、毛巾、浴巾,全都剪了。地也是用洗衣粉擦洗了无数遍的。像封导的洁癖老婆一样,她把所有别人可能接触过的地方、东西,都上了除垢剂、消毒液。凡是觉得洗不洁净的,干脆打了,扔了。尽管如此,可她还是觉得阵阵反胃。最后,她索性把新沙发和席梦思床,都当垃圾,让拾破烂的全搬走了。

本来这次回来,她是打算要回九岩沟看儿子的。可这种心情,也没法回去。加之半月后,还有一个重要演出,也是定了九场戏。还是擂台赛:一边唱秦腔,一边演歌舞呢。他们本来不想去,但给的戏价特别高,是平常的两倍还要多,也就把合同签了。她这心情,本来是没法演出的。可毁约,团上损失又太大。也就只好按原定时间出发了。

这次封导没有来,说他老婆到底还是闹得不可开交了。团上的事情没人打理,单团就主动来协助她。在车上,单团还悄悄问她:"最近是不是跟刘红兵闹啥矛盾了?"她说:"没有哇。"单团说:"那把刘红兵急的,像是家里出了什么大事呢。问他,他也不说。只让我帮他看看,看你在家不在家就行了。该不是两口子吵架了吧?""没有,我就是下乡演出累了,想睡觉。""你真是个瞌睡虫,还能一睡十几天不出门。"

忆秦娥只淡然地笑了笑,她是不想让别人知道她的那些恶心事。谁知道,也医不好那刀切斧砍的硬伤口。这是一种无法复原、无法替代、无法安慰、无法呼叫转移的伤痛。这种伤痛,只能是她一个人默默忍着、受着。知道的人越多,越能传成奇谈、丑闻、笑柄。最后甚至传成比街头小报上的传奇故事,更荒唐、怪诞的喜剧、闹剧来。尤其是她忆秦娥,这种事,可能会迅速扩散成别人的下酒菜、兴奋剂、发酵粉。虽然单团长绝不是这样的人,但说出来,解决不了任何问题,说又何益呢?这十几年,她独自忍下、吞下的事情还少吗?她深深懂得,把自己的苦痛使劲憋住、忍住,甚至严严实实地包藏起来,那才是对自己最大的保护,也是对伤口最好的医治了。

五十

　　这次演出,是在关中的一个大集镇上。这里四通八达,一边是八百里秦川沃野,一边是百折千回的黄河古道。这里曾是三省的骡马古会,据说已有好几百年历史。一百多年前,就有"每逢古会,人以万计。骡马牲畜沿河岸列阵,绵延数十里不绝"的记载。这次物资交流大会,更是引起了好几级政府的高度重视。从宣传与提前做工作的情况看,预计客商与逛会者不下十万人。交流内容,已不只是鸡鸭兔狗、猪马牛羊、骡子叫驴,而是延伸到了彩电、冰箱、自行车、缝纫机、布匹、成衣、种子、农具、卡车、拖拉机,甚至包括手机、呼机等方方面面。有人说,进了这个古会,就可以买到从生到死的一切用品。果然,在黄河滩边的一个拐角处,就摆放着厚厚的柏木棺板,还有打理得十分精细的坟头碑石。有操新型电钻的工匠,正在石头上嗞嗞嗞地表演着"音容宛在""千古流芳"的刻字技术。

　　大会中心会场,是在黄河滩上的一个大回水湾里。据说每年汛期,还会有细流顺沟槽漫进这片滩涂。而现在,已经是干涸得驴蹄子一踢一蓬灰尘了。场上搭建了一个中心舞台,那是用土方夯起来的。说是舞台,其实就是一个宽宽的长堤,最后用红地毯浑全地包裹了起来。飘起来的氢气球,形成了几乎全覆盖的彩色舞台顶幕。两侧立起几十个宽大的柱子,柱子上都喷着"一切皆是商品""无商你家不富"的大实话标语。台前台后,台左台右,排列着千人锣鼓方阵。鼓手一色是黄衣黄裤黄鞋,却包了红头,披了红坎肩,拿了红绸子包的鼓槌。大铙钹上,也系了飞舞的红飘带。那飘带是顺着后脖子牵连过来的,铙钹在空中扇打得一开一合的,就像漫天飞起了千只红蝴蝶。就在《八面来风》的锣鼓欢腾中,广场的角角落落,更是鞭炮齐鸣,火铳嗵嗵。嘉宾们戴着胸花,都神采奕奕地鱼贯向台上走来。站在头一排的是主要领导。二三四排是次要领导和一律报作"著名"的中、省、地、县各色人物。仅名单,主持人就念了二十好几分钟,还有不少漏报的。在主持词中间,有人还不断地递条子,主持人也不停地道歉补充着"重要来宾"的姓名。好在台子大,口面宽。要不然,这二三百嘉宾的豪华阵仗,还真是无法安顿得下呢。

广场的南面,搭建了一个不太大的舞台。台面上也铺着红地毯,台后的背景板上,是彩绘着一个吹萨克斯管的外国大胡子老头。老头旁边,是几个外国美女,穿着超短裙,正对着观众跳踢腿舞。腿踢起来,刚好露出窄窄的一溜底裤。有些戴着石头眼镜的老头,还把有色眼镜摘下来,凑近了看。看完,不无怪异地议论:"这羞丑都遮不住了,还好意思跳?"有老汉就说:"你个黄河滩上的土老鳖,懂个锤子。人家看歌舞团,就看的这西洋景呢。"台上已摆好了架子鼓以及各种电声乐器。最抢眼的,要数摆在舞台口的四个大音箱了。农村人看不懂,咋看都像是自己家里装粮食的老板柜。不过家里的板柜是平放着的。而这四口"柜"却是立着。包板柜的材料,也是没法比的,黑都是黑色,可人家的,却是黑得能放射出一道道彩光的。

广场的北面搭着一个真正的戏台子。这就是省秦二团的舞台。主会场开始锣鼓喧天、讲话、剪彩的时候,这里已经化好装,各就各位了。司鼓胡三元,已坐在了高椅子上。他抿着龅牙,偏着脑袋,一边在拿鼓槌轻轻敲击着自己的腿面热身,一边在等待着开锣的命令。舞台是他们自己雇人搭的,单团一直在忙前忙后。唯一让他感到不愉快的是,省秦的音响设备,已经太落后了。人家南方歌舞团用的是进口音箱。而他们还用的是高音喇叭。为了把声音送进观众耳朵,也是为了在打擂台中"抢声""抢戏""抢人",他们在演出场地的不同位置,仅高分贝喇叭,就绑了十六个。可还是没有人家歌舞团的音箱吼天震地。早上各自调试音响时,人家一声"昏睡百年,国人渐已醒",让整个地面都嘭嘭地跳动起来。唱歌人,像是从地心里冒出来一般。而他们的喇叭,只是嗡声大,杂音大,尖溜,割耳膜,却感觉不到脚下的抖动,更没有晴空霹雳的震撼。他想着,这次回去,无论如何都得在财政上申请点钱,把两个演出团的音响设备,要彻底更新一下了。

观众先是都拥到主会场前,看千人威风锣鼓,看百年不遇的古会阵仗。主会场开幕式一结束,两个台口,就同时发出了自己的声音。歌舞团是一阵架子鼓和电声乐队的琶音后,奏起了马克西姆的《野蜂飞舞》。而秦腔团,胡三元领着他的武乐队,敲响了《秦王破阵》的"大闹台"。单团生怕声音小,还一跛一跛地跑到台中间,把几个话筒朝武场面跟前拉了拉,说必须先声夺人。围在主会场前的观众,听到两个擂台响动了:一个在空中乱炸;一个在地心轰鸣。人群立马兴奋得呼啦啦一阵分流,像龙卷风的风暴眼一样,朝南北两个台口倾泻而去。年轻人,多数是拥向了歌舞演出。而中老年人,都扑向了秦腔台口。也有那两边扯拉着,胡奔乱突的,只是图了热闹,图了拥挤,图了能贴紧别人的前胸后背。有的还专拣那密不透风的地方钻,钻得越出不来气,越感到快活满足。一些哪里也挤不进去的小孩,就朝树上爬,朝枝丫上吊。戴红袖圈执勤的,生怕这些孩子掉下来,摔了自己,还砸了别人。他们就拿事前准备好的长竹竿,像采果子一样朝下戳。可越戳,孩子们越朝树顶上攀,也就奈何不得了。无论看歌舞还是看戏的,能挤到前边的,就席地而坐。也有那提前主意拿得正,用凳子占好了座位的。没凳子没位置的,就前后浪一样乱涌着。一会儿这儿卷起个旋涡,一会儿那儿又鼓起一个大包。台口两边,一边站着几个操着长竹竿维持秩序的人,他们不停地朝这些"旋涡""包块"上敲击、点穴。那神气,看上去比主角都更有吸引力。再远些的,啥也看不见,就只能看无尽的后脑勺了。有那气不打一处来的,就抓一疙瘩硬土,朝脖子伸得最长的脑袋掷去。打得那人回头四顾,是一通乱骂,骂完还照样伸长了脖颈看。在人群的最外围,有站在自行车、架子车,甚至驴背上看演出的。还有人干脆把拖拉机也开了进来,搞得一家老小都能站上去。事后有数字统计,说那天古会,总人数在十一万左右。除了做生意的能有一两万人,其余的,就都拥挤在两个台口前,还有附近凡能占据的所有制高点上了。

忆秦娥虽然最近心情坏到了冰点,可自打来到这个演出点后,还是有所排解。她一下车,就被成群结队的戏迷一路拥到了住地。那些人一边走,还一边招呼着远处的人:

"忆秦娥来了!"

"咱忆秦娥来了!"

"这就是电视和匣子(收音机)里的忆秦娥,真人给来了!"

"真的,你看那鼻梁子,绝对没麻达!"

甚至还有人说:"古会成了,忆秦娥都来了么。不是有人说请不来,要改戏吗?"

又有人说:"镇长都说了,秦腔非忆秦娥不请。歌舞非南方大城市的不要。"

"忆秦娥来了,这百年古会的戏台子,就算给镇住了。"

忆秦娥常常为戏迷的这种相识与烂熟而惊叹不已。自己从来没有唱过戏的地方,观众还是能远远地把她认出来。那种稀罕、那种爱怜、那种尊敬,常常能唤起她有些支撑不住苦累时的演出激情。尤其是这次演出,她真的是崩溃得不想来了。可当双脚踏上这块尘土飞扬的黄河滩涂时,还是平添了一份做人的自信。竟然有这么多人知道她、需要她、爱她。虽然她并不喜欢演出以外的任何抛头露面,可今天,她还是喜欢上了这条走了很久才能走到头的泥路。并且是越走人越多。还有几十个自发拍照的人。有的为了抢镜头,竟然是生生退进了路边的水凼、粪坑里。扑扑通通,下饺子一般,人跌下去了,照相机还在头顶响着连拍。惹得一路人哄堂大笑起来。反正她走到哪里,哪里就是数百人的包围圈。镇上不得不加派了好几个专门给她开路、护持的民警、民兵。

作为团长,虽然这次什么心都是单团在操着,可她还是担心擂台赛时,秦腔的台前少了观众。歌舞现在是太强势了,何况还是从广州请来的。当"闹台"一响,她发现,有不少人,还是围到戏台前,要看她的《白蛇传》时,她就有些激动。这场戏,她演得特别攒劲,也十分浑全。虽然没有歌舞的观众多,没有那边狂热,可演完后的评价,还是迅速在古会上传播开来。一批老戏迷,逢人便说:

"忆秦娥是秦腔几十年不遇的硬扎武旦。"

"忆秦娥是名不虚传的'秦腔小皇后'。"

"这次古会,忆秦娥给咱秦人把脸长扎了。"

……

第二天晚上演出《狐仙劫》。都知道这是忆秦娥获大奖的戏,观众一下竟飙升到了六七万人。这个数字,也是镇上根据观众的密度,拉皮尺计算出来的。为了安全起见,当晚还从地、县两级,抽调了好些警力。原想着,歌舞团那边也会人声鼎沸的。可没想到,《狐仙劫》开演后,那边很快就只剩下一些零星年轻人了。有人传出:这个歌舞团可能是草台班子。正经能唱歌的,就三四个人,是翻了烧饼地唱。跳舞的,来回也就那四男四女。跳到没啥跳了,就老邀请观众上去跟他们一起乱扭乱蹦。并且脱得只剩下了"三点"。"包子"烂了底,最后差点没跟地方小混混,在台上打起群架来。

《狐仙劫》的观众倒是越聚越多,并且秩序还越来越好。但谁也没有想到,一场大事故,却在舞台下面,一点点酝酿开来。

舞台是用木板搭建的。在看戏过程中,有人抽去了看上去不太重要的支撑舞台的斜掌子。是拿去当了坐凳,或是垫了脚底。在武戏打斗的不停弹压中,这些薄弱环节,变得慢慢互不给力起来。终于,在《狐仙劫》的"解救"一场,演员上得最浑全的时候,发生了台板坍塌事故。

如果在正常情况下,也就是伤了台上的演员而已。可这次,台下竟然钻进去好多看不上戏的孩子。他们钻到台下,有的在追逐嬉戏,上演着自编自演的另一种戏。有的是爬到掌子上,从台板缝里朝上瞧。当舞台塌下,有人大喊下边有娃娃时,已经是混乱得鬼哭狼嚎了。

坍塌现场是在几十分钟后清理开的。当场压死三个孩子。重伤七个,轻伤十几个。谁也没想到的是,在清理到最后时,竟然还清理出了单团长的尸体。

有人看见,单团是在舞台第一次垮塌时,从侧台跳下去的。在他跳下去的地方,有观众看见:一个腿脚不灵便的人,跳下舞台后,就冲进了还在垮塌的台板下。他抓出两个孩子后,台面发生了二次、三次崩塌。他就再没有出来。

忆秦娥虽然自己也在崩塌的台板里卡了很长时间,可被人救出后,当得知塌死了几个孩子,还砸死了专程来为自己打理工作的单团长时,她就瘫软成了一摊泥。几个人都架不起来了。

这天,她小便失禁的毛病,再一次发生了。甚至把彩裤以外的几层服装,都全尿湿了。

在舞台彻底垮塌的一瞬间,有人看见,忆秦娥她舅胡三元,是连人带凳子都塌陷下去了。可他手中的鼓板、鼓槌,还在高高地举着,并且完成了最后一个"四击头"的圆满收槌。有人把胡三元从胡乱翘起的台板缝中拽出来后,他第一个想到的是外甥女。他的脖子、胳膊、腿上到处都是血,可他还是径直扑到忆秦娥跟前,帮着把外甥女朝出抬。

那时忆秦娥也是满脸血迹,已处于休克状态。只听许多人都在喊:"快,快救忆秦娥!"

数千观众自发让出通道,层层保护着忆秦娥,有时是从人群头顶形成传送带,才把她运送到附近应急救护车上的……

事后追究事故责任,因为合同上写得清楚,舞台搭建由省秦演出二团负责技术指导。忆秦娥是团长,自然在众多干部的处理中,少不了要领一个"免去团长职务"的处分。至此,忆秦娥当团长的日子,总共是一百九十四天。

很多年后,还有人戏谑说:忆秦娥的团长,比袁世凯八十三天的称帝,多了一百一十一天。比李自成的四十二天皇上,多了一百五十二天。

忆秦娥再次走出了观众视线。

有人说她得了精神病。

有人说她去了尼姑庵。

反正有很长时间,在省秦的院子里,再没人见到过她。

下 部

一

　　在经历了那场舞台坍塌事故后,省秦腔团就一蹶不振了。本来分两个队,也叫两个团,就有些伤元气,好在二团有忆秦娥撑着,还一直在演出。一团自成立之日起,演出就稀稀拉拉,几乎出不了门。这下单仰平团长也殁了,就彻底停摆了。他的几个副手,一个年老多病,剩一年半载就该退休了,也不想管事,一直朝后缩着。还有一个是管后勤的,对业务一窍不通,从机关调来,就是为解决正科升副处级别的。但见说戏,就闹得笑话百出,创造下了一个个"经典段子",在业内一说起来,就要让人捧腹喷饭。能支应事的,也就丁团长了。可从名分上,毕竟是个副的,又排名最后。上边领导只说让他多操点心,暗示来暗示去的,可就是不发那张"委任状"。让他觉得,领导手中是拿了个肉包子,老在他眼前绕来绕去的,就是让他够不着。弄得他也是既想管,也不想管的,干脆麻绳系骆驼,只周一早上集合点个名,点完,宣布一声"技练",就任由"骆驼"四散了。

　　忆秦娥那晚被观众从人群中运出去后,很快就在应急救护车里苏醒了过来。她的所有伤,都是明伤,脖子上、脸上、腹部、背部、腿部都有划痕。腿上甚至被木碴划得见了白骨。但当她听说死了三个孩子,还死了单团长时,就一下从救护车的手术床上翻了下来。她说她要到舞台上去,她不相信这是真的。几个人拽着、摁着她,还是没有用,她感情完全失控地返回了现场。三个死去的孩子,听说尸体已经运到镇上去了。而单团,还停放在舞台旁边的一块木板上。团上人用一床脏兮兮的道具被子,裹着他的遗体。脸上,也是用一块舞台上用的金黄锦缎"圣旨"覆盖着。血已经把黄色污染成黑色了。直到这时,她才相信,单团是真的死了。一团人都围在旁边抽泣。有些年轻人,甚至是跪在他面前的,都在说着单团的好。平常,大家可能都觉得,自己的团长是个跛子,人前颠来颠去的,很是有些跌份、丢人。可单团一旦走了,还真有天塌地陷的感觉。都在说,这个团完了,灵魂走了。单团也爱批评人,但从不跟谁计较,批评完、骂完,你该弄啥弄啥。他有一句管理名言:软绳捆硬柴。他说剧团"硬柴"多,只有拿"软绳"才能捆住。他说不要在这种单位"上硬的",弄得大家鸡飞狗跳,心情不畅,戏也就排不好、演不好了。这样,大家在省秦干事,也就都没有害怕感,更别说恐惧了。单团宽厚,即使谁骂了"单仰平这个死跛子",他也不记仇。他说:"跛子是事实。至于死,那要到真死了的时候,才是个死跛子。"没想到,他还真成死跛子了。单团是特别顾及全团脸面的人,凡遇重大场合,他都会朝人后溜,把别人朝前挡。他说:"我个跛子,咋能刺到人前去呢。上台面是你们的事,我给咱在台下、幕后支应着就行了。"没想到他人生的最后一次"支应",还是在台下。大家都在回忆着、哭诉着单团的好。忆秦娥就更是不敢细想单团对自己的那些关爱、呵护了。她也背后骂过"死跛子",甚至当面摔过单团的杯子。可他还是人前人后,把自己挡着、抬着、捧着。这趟他要是不来帮她"支应",又怎能平躺在这个风沙能埋人的黄河滩上,再起不来了呢?

大家自发地为单团点燃了上百根蜡烛。哭声,比河道里把小树都能连根拔起的风声,更冷凄、惨绝。

返回西京后,火化完单团,忆秦娥就回九岩沟去了。

她急切想见到自己的儿子刘忆。也就在这个时候,沟里已经有人在说,忆秦娥的儿子,很可能是个傻子了。谁说,她娘胡秀英都骂:"别嚼牙帮骨了,俗话说了:贵人语迟。我外孙要是傻子了,那他一家人就都是痴聋瓜呆。"可最后,连她爹易茂财都说,娃可能是有点麻达,你看这涎水嘴,咋都擦不净么。

易茂财现在也没事干了,过去看的那群挣钱的羊,现在也挣不上钱了。忆秦娥一回来,她娘就叨叨说:"你爹把羊养瞎了。开始才十几只,现在弄了上百只,还都是赊账买下的。正经挣钱,也就那一阵子。这个乡借去哄领导,那个乡接去应付检查的。可你爹贼,人家领导比你爹还贼,看过的羊,一律让在屁股上剪了记号,有的还在耳朵上盖了红印戳。把羊整得怪模怪样、血糊淋剌的,像是上过杀场一样,就再混不成了。"她爹果然是在家里唉声叹气的,只领外孙子玩。羊在圈里咩咩地叫着,料也有些跟不上了。

忆秦娥就把一百多只羊吆到山上,把儿子背着、抱着、驮着,跟羊滚搭着,似乎是暂时能忘了那惨凄的塌台一幕。

儿子是真的傻了吗?她已托朋友问过医生,说最起码要到孩子两岁时,才能进行比较可靠的检查,还得等。而这几个月的等待,是怎样一种折磨人的事呀!好在自己终于从团长的轭下,解放出来了。自己本来就不想当,单团硬让上,没想到,最后还把他也搭进去了。这么好个人,说走,眨眼的工夫就咽了气。让她不敢回想的是,单团那条好腿,最后也被砸断成几截了。他脑袋被压扁后,捧起来已成半边空瓢。而那时,自己就正站在舞台中间,单团在台底下是承受着一百多人的压力呀!他和那三个孩子,又何尝不是自己直接压死的呢?还别说免了本来就不想当的二团长,就是把自己像她舅当年那样,五花大绑了游街示众,她觉得也是罪有应得的。单团的老婆身体不好,单团的女儿在给人家餐馆端盘子。单团一走,这一家人还有什么日子可过呢?自己的孩子,会不会是傻子,都让她这样日夜揪心,那三个孩子,连做傻子的资格都没有了,父母又该是怎样的钻心疼痛呢?她觉得自己就是这场灾难的罪魁祸首。她要没这点名气,没几万人挤来看戏,娃娃们就不会在台底下钻来钻去,又哪会有台塌人亡的恶性事件发生呢?

忆秦娥那些天,几乎天天晚上都要做噩梦,每每遇见自己是被阎王招了去,严刑拷打,问这问那的。好几个晚上,她都被噩梦吓醒,浑身冷汗涔涔,被娘抱在怀里半天,还惊魂难定。娘老问她,都做啥梦了,这样吓人?她直摇头,不想讲出来。娘就悄悄去了一个尼姑庵,求了符咒、香炉灰回来,把符咒用刀扎在门头、床头,把香炉灰用蜂蜜水化了,硬逼她喝下去。结果,那天晚上,阎王小鬼不但没制伏,而且还比往常更加穷凶极恶地带人来了……

  牛 头:你是忆秦娥吗?

  忆秦娥:小人便是。

  马 面:(对牛头一挥手)带走!

  牛 头:哎,你支谁带走呢?

  马 面:你呀!

  牛 头:你搞清楚没搞清楚我们的关系?我是主角!

  马 面:我们就是甲乙丙丁、牛头马面、龙套牙皂的平等关系。

  牛 头:阎王爷总是唤牛头、马面,可从来没唤过马面、牛头的。排名很重要,你懂不懂?我排名在前,那我就是主角,你就是配角。我说马面,拿人了!

  马 面:(极不情愿地狠狠把忆秦娥掀了一掌)走!

  忆秦娥:你们要把我带到哪里去?

  牛 头:带到你该去的地方。

  忆秦娥:求求你们,能让我跟我娘,还有我儿,再见上一面吗?

  马 面:少啰唆,你以为你还是什么角儿?什么秦腔鸟皇后?什么二团的弼马温团长?你就是真皇后、真皇上,在阎王爷眼里,也就是个屁。爷要唤你三更去,哪能磨蹭到五更。走!(又掀了忆秦娥一掌)

  [忆秦娥一个跟跄,脚跟还未站稳,马面就把枷锁戴在了她身上。

忆秦娥:(挣扎了一下)你们凭啥抓我?

　　[牛头、马面哈哈大笑起来,笑得天摇地动的。

牛　　头:凭啥?阎王爷要抓谁,还需要凭啥?就凭阎王爷那张谁也不认的脸。

马　　面:(怪笑着)漂亮也不认,阎王不好色。

　　[牛头、马面笑得快背过气去了。又是一阵推搡,就把她带走了。

　　[先是风声,就像那晚黄河滩上飞沙走石般的狂风。突然又传来狐狸的哀鸣,比《狐仙劫》里狐狸家族衰落败走时的集体哭号,显得更加凄惨悲凉。紧接着又是鬼叫声,比《游西湖》里的鬼魂慧娘,叫得更加幽怨凄切、肝肠寸断。

　　[一个转场,忆秦娥终于被牛头、马面带到了阴曹地府。

　　[忆秦娥是穿着李慧娘的那身雪白服装被押进来的。身后飘起来的斗篷,让她像小鸡似的被小鬼抓起来,再狠狠摁到地上时,有了一点不至于脸抢地、嘴啃泥的软着陆尊严。

　　[马面欲抢先向阎王爷禀报,被牛头瞪向了一边。

牛　　头:禀爷,忆秦娥带到!

阎　　王:什么忆秦娥?

马　　面:就是那个唱戏的。

阎　　王:不是让你们带好几个唱戏的来吗?

牛　　头:这是那个唱秦腔的。

马　　面:唱京戏、昆曲儿的,唱川剧、越剧、豫剧的,还有唱黄梅戏、评戏、二人转的那几个,也都有小鬼儿去下单子了。

阎　王：还有那几个唱电视剧、唱电影、唱小品、唱相声、唱主持人的,都拿来了吗?

牛　头：禀爷,那不叫唱,叫演,叫说。

阎　王：管他是唱是演是说,只要是脸皮厚,好出名的,统统都给我拿来。

牛　头：按爷的吩咐,应该都带到了。

阎　王：好。这个唱秦腔的,你刚说叫什么来着?

马　面：忆秦娥。

阎　王：听听这名儿,就是想出大风头的恶俗之名。你知罪吗?

忆秦娥：小女子有什么罪?

阎　王：你还不知罪,就因为你爱出风头,把多少好慕虚名的凡俗无辜,招致虚空台前,看你搔首弄姿,大玩花拳绣腿,鼓噪爱恨情仇,引发血光之灾,你竟然还不知罪。那好吧,先带这帮死要面子活受罪的家伙去参观,待参观完后,再看他们如何反悔思过。

牛　头：是。爷!

马　面：走!

　　〔牛头、马面又一把将忆秦娥提溜了起来,押着开始参观地府。

　　〔一阵鬼哭狼嚎声,忆秦娥被推进一个怪石嶙峋的门洞,只听里面铁器哗哗作响。皮肉遭炮烙、烤炙的嗞嗞声,烟熏火燎,伴随着绝望的哀叫声,此起彼伏。

　　〔忆秦娥突然发现,被押解着一起参观的,全都是电视、报纸、杂志上见过的那些熟脸儿。

［第一个参观现场。

［凌空吊下四个字:虚名莫求。

［在一望无边的黑暗断崖上,坐着数不清的浑身大汗淋漓的赤膊者。他们都有一个相同的道具,在做着一个相同的动作,那就是把一个个雕刻得金光闪闪的尖顶铜盆,不停歇地朝自己头上扣去。扣上,又取下;取下,又扣上。谁若停止一扣一取的动作,就会被身后峭崖上倒挂着的石杵,当空砸扁。

牛　头:(讲解)注意了,都看见那华美的金冠没?(指铜盆)每个冠,都有八十斤重。你们不是都喜欢图个虚名吗?图不上了,挂个虚衔、弄个策划、总监什么的,都要朝里挤。凡名不副实、虚头巴脑、爱戴高帽子者,到了阎王爷这里,都会让你戴个够。八十斤还嫌名头不够大的,百八十斤的还伺候着呢。不戴,哼,那上边可有千斤杵,在等着砸饼、拌浆、搓四喜丸子呢。

［马面笑得一颗假牙都跌了下来。

马　面:(豁着牙催促)看着走着,好看的还在后头呢。

［第二个参观现场。

牛　头:看见了吗?都朝那儿瞧。

［大家都朝牛头所指的方向看去。

［在一个看不见尽头的逼陡逼陡的斜坡上,攀缘着一支队伍,前不见头,后不见尾。他们背上都背着比自己身体要超出好多倍的东西,是红红绿绿、金光灿灿的。一边背,还有小鬼在上边加着码。

牛　头：知道那些红绿本本、瓶瓶罐罐、镶金嵌玉的牌牌，都是什么吗？

　　　［由于距离稍远，都无法看清。

马　面：装，都装。这不都是你们这些好图虚名者的荣誉凭证嘛。

牛　头：你们不是都好这一吊子吗？阎王爷就给你们多多的荣誉：金杯、银杯、铜杯、钢杯、瓷杯、玻璃杯。爱背你都尽管背。

马　面：(窃笑得扑哧扑哧的)可只能加，不能减。只能进，不能退。总有背不动的时候，你的脚下，就有一群饿得快要发疯的野猪，正等着你一脚踏空呢。(窃笑得更加厉害)长着点眼儿，朝前走着。

　　　［进入第三个参观现场。

　　　［这是一个浩大的舞台，也是用木板搭建起来的。舞台上站满了人。台边的在朝台中挤，台下的在朝台上挤。

牛　头：看见没？你们不是都爱当"台柱子"，朝台中间挤吗？阎王爷可是给你们这些人准备了个好地儿，即使挤到了中间，也是要被扛下去的。都收紧你们装满了臭大粪的腹部，朝下瞧瞧吧，那就是你们拼了死命，挤到台中，当了角儿以后的去处。

马　面：平常晕车晕船晕飞机的注意了，这可是万米高空。在你们瞧见他们的时候，你们的脚下也就都空空如也啦！咳咳咳(笑声)，瞧着！

　　　［只听凌空嘡的一声吊镲响，所有参观者也都悬浮到了半空中。

[忆秦娥在七魄走了三魄时,看见脚下的万米高空中,飘散着无数无以附着的肉体。他们在拼命寻找着可以抓附的物件。可这里干净得连一根稻草也找不见。

牛　　头:他们就永远只能在这里飘荡了,上不着天、下不着地,没有死生、没有轮回。多么美妙的去处呀!你们天天在舞台上挤着,大概还不知道舞台是怎么回事吧?朝那儿瞧好啦!舞台本来就是空的,那是搭起来的。凡你们人为搭起来的东西,都是会垮掉的。因为台子搭得高出好大一截,就都稀罕着它能出人头地。挤上挤下,挤来挤去,挤到最后,都是要跌下去的。

马　　面:所以呀,阎王爷就给你们发明了这么个云里来雾里去的好地界儿,取名叫"放飘"。让你们飘荡一辈子去。(又自个儿笑得喷起饭来)阎王爷可不管你是啥名人,说带走就一律带走,说放飘就一律放飘啦!

牛　　头:看见没,还有那么多可怜人儿,还在舞台边上挤着。一条腿挤进去了,整个身子却还在舞台外悬着呢。

[果然,那浩大的舞台边缘,还攀爬着无数的渴慕登台的生命。已登上台的,拼命用肢体和能抄起的家伙,把攀爬者向下赶去。

牛　　头:多可怜的人儿呀!到台上争个位置争个角儿,就那么有趣吗?

马　　面:那可不,过去被咱们"捉放曹"的还少吗?哪一个又真看透了呢?

牛　　头:那就让他们好好看看这台子吧!

　　　　［牛头说着，只一个手势，那台子便如变魔术一般，朝空中抬升起来。底部全都暴露在了他们面前。

马　面：看看这是多么危险的一个地儿，你们竟然都要削尖了脑袋朝里钻。还都只想唱主角，不演配角。都唱了主角，谁给你搭台呢？

牛　头：看吧，你们都好好看看，看看你们争破脑袋，拼着小命儿挤上去抛头露面的地方吧！

　　　　［忆秦娥看见舞台底部，怎么跟那个坍塌的舞台一模一样。最让她害怕的是，每个支撑的棍棒下，都垒着脑袋大的鹅卵石，像一个个巨蛋。蛋还摞着蛋。最要命的是，舞台下钻满了嬉戏的孩子，就是那群在黄河滩上看戏的孩子。她就拼命地喊："快让孩子们出去，快让孩子们出去……"可谁也不理她，眼看着，一个蛋，从蛋群中蹩了出去。接着，又有蛋蹦了碎了。偌大一个舞台，便在蛋飞蛋打中，轰然坍塌了……

"快，台底下有孩子，台底下有孩子……"

忆秦娥还在拼命地喊着，她娘就一把抱住她，把她朝醒里唤："娥，娥，娥，你又做噩梦了。娘在这里，娘在你身边，别怕，你在娘怀里……"

忆秦娥慢慢睁开了眼睛，吓得浑身还在抽搐。

"别怕，娥，娘在哩。"

"娘！"

忆秦娥看着木楼板，怔了好半天，突然说："娘，能不能让我到尼姑庵里，去住一段时间？"

"瞎说什么呢，那里不是你去的地方。"

"娘，就让我去住几天吧，兴许心里能安生些。我真的快要崩溃了。"

二

忆秦娥终于如愿以偿,去了尼姑庵。

这个尼姑庵建于什么时候,谁也不知道,只传说,最早在这里住庵的,是一个土匪的小老婆。土匪是一个秀才,文绉绉的,能写诗,后来被衙门抓去枭了首。他的小老婆长得如花似玉,被剿匪的千总拿进衙里,有点爱不释手。可她却讨厌着千总的五短身材与骄横无礼,尤其是伸手就进了他自己脖颈、后背、裤裆胡乱抓挠。对她更是强人硬下手,审讯的公案桌,也敢扒了她的裤子要当炕上。她就将计就计地施了美人计。得以脱逃出衙后,她躲进深山老林,盖了茅草庵,庵旁埋了她土匪男人的那颗头颅。她从此就在这颗头颅旁边吃斋念佛了。

也不知又过了多少代,这个尼姑庵,就发展成了一院房。据说香火最旺的时候,庵里住有十几个尼姑。直到"文革",里面还卧着一个老尼。后来是被上山"破四旧"的红卫兵,把老尼捆成肉粽,从山崖上摔下去了。直到这几年,庵堂才有人修缮。几间破房里,又住进了两三个尼姑来。

忆秦娥是让她娘提前给住持打了招呼的。住持说庙小,两三个人,已经是入不敷出了。她娘说,女儿不长住,就做几天居士,静静心而已。并且背来了米面油,还上了布施。住持就给忆秦娥安排了房子。但说好,是不可长住的。她说,就连那两个尼僧,也是在此临时挂单。

尼姑庵离家也就十几里地,忆秦娥安顿了孩子,拿了简单的生活用品,就住庙去了。

这座庵堂建在几座山峰的夹会处,远看,真像是一朵莲花的花心。山峦的底部,是连成一体的秦岭山脉。而在接近峰巅处,却开出几个枝丫来,也就有了莲花岩的美名。反正这里的山势,都有着鬼斧神工般的突然开合分叉,因此,大多也都叫着鹿角岭、三头怪、五指峰、七子崖、九岩沟这样的古怪名字。忆秦娥在很小的时候,是来过这个地方的。那时,她就是个野孩子,放羊、打猪草、砍柴,无论跑到哪里,只要晚上回家,背篓、挎箩里有东西,大人也就不管不问了。因此,她跟小伙伴们,也跟她姐,是来过这里好多趟的。那时这里就几间倒塌的房子,里面钻着老鼠、四脚蛇、蟾蜍,还有野兔啥的。年龄大些的孩子,说这里过去是住过尼姑的。尼姑是什么,都说不清楚。还说到红卫兵。红卫兵是什么,也都不知道。反正就说他们是从县城来的,用大拇指粗的草绳,把老尼姑捆成一个肉疙瘩,然后用箩筐抬到后崖上,一群人像足球一样踢下去了。崖底她是没去过的,听说那里连蟒蛇都成了精,能吸走几十里外不听话的孩子。

忆秦娥走进庵堂的时候,住持的门是虚掩着的。她正在安神打坐。住持虽然没有看过忆秦娥的戏,可忆秦娥的名声,在这方圆几十里,是比乡长、县长都要大出许多的。一些香客来,降了香,上了布施,就会到她的房里坐坐,说说自己的祈求。当然,也不免要扯些闲话,忆秦娥就是这些闲话里扯得最多的人。说一个放羊娃给出息了,也算是行行出了状元。尽管如此,住持还是有些不想收留她:毕竟是唱戏的,肯定花哨,来了不免要扰害庵堂的清净。可她娘偏又舍得出米面,出供油,上布施。住持也就答应了"暂住几日"的请求。没想到,忆秦娥来拜见她第一面,一下把她给怔住了:竟然是这等人才!长得画中人一样貌美、端方、清丽。应该说在她的见识中,是没有过这等脱俗人物的。她不由得欠了身子,双手合十,给忆秦娥道了声:"阿弥陀佛!"

忆秦娥也道了声:"法师万福!"这还是戏里学来的词。

住持一下就有些高兴,赐了坐,跟她攀谈起来。

"唱戏是何等风光热闹的事情,怎么要到这深山破庵来暂住呢?"

忆秦娥说:"想清净清净。"

住持微笑着说:"想清净,就能清净得了的吗?"

"希望大师能教我清净之法。"

"哦,清净之法?你进了庵堂,听见身后的山门,是有人关上了吗?"

"有人关上了。"

"那你就应该已经清净了。"

忆秦娥把住持看了好半天,才似乎是懂了点这句禅语的意思。

忆秦娥接着又问:"我应该学念什么经文,才能消除身上的罪孽呢?"

住持还是不紧不慢地说:"一切佛门经文,皆是度己度人、消除孽障的无量大法。几天修行,泥牛入海,也只能拣紧要的,诵读几篇罢了。先是要诵《皈依法》,知道点佛门的规矩,最是当紧的。若要论消除罪孽,《地藏菩萨本愿经》就是最妙的了。这是佛教的根本和基础,消业效果最好。愿施主立地成佛,功德圆满。阿弥陀佛!"

忆秦娥就算正式进住莲花庵了。

她与另外两个尼姑住在西厢房里。房子中间是堂屋。四间小房的门,开在堂屋的四个角上。靠阳面的两间已经住人了。她就住在靠阴面的一间房里。房很小,只有一张很窄的床,还摆了一张供桌。从桌上点残了的香火看,这房间不久前也是住过人的。她想跟那两位尼姑说说话,可人家的门都虚掩着,里面毫无声息,她也就没好打扰。她关上门,慢慢捧读起了住持送给她的《皈依法》。有好多字都不认得。不过她已习惯在包里迟早塞着米兰送的那本字典,凡有不认识的字,就拿出来查一查。这下有了更多的时间,她就一个字一个字地查着,诵读着。诵着读着,就又想到了塌台的那一幕。她努力想回到经文中,可那一幕,总是十分强烈地,要把她一次又一次带回到凄惨的画面中。她最不能忘记的,是其中有一个可怜的母亲,男人刚在黑煤窑里塌死,大女儿又在舞台下被砸扁。那母亲怀里抱着一个女婴,还不满月。让她感动的是,剧团所有人,都为这个女人慷慨解囊了,有的几乎是倾其所有。她只恨那晚自己身上带的钱太少,最后,是把结婚时买的戒指、项链,全都摘下来,塞在了那个女人的手里。她至今还能感觉到,那个女人的手心,是在发烫、发汗、发颤着的。那种颤抖,是直接从心脏深处牵连抖动出来的。她不知道这个女人,在不到一年的时间里,连续丧失两位亲人,此时此刻,还能不能让那两条瘦弱的大腿撑持住。而自己,在连续遭遇刘红兵出轨、带团演出塌台死人,尤其是在不断有人提醒,自己的儿子可能是傻子时,几乎崩溃得快要扶不起体统了。

  房里真静,小窗的外面,也静得只有轻微的山风,在摇动着庵堂檐角的风铃。虽然在西京,她也是喜欢一个人在家里独处,可那种静,却缺了这里的清寒、清凉、清苦、清冷之气。她觉得她是需要有这么个地方,让自己真正静下来,努力不去想住持所说的山门以外的事情。但愿这道门,是真的能把一切痛苦、烦恼,都阻挡在庵堂之外。她从来没想过,自己此时会对佛门这样亲近。很小的时候,她就听说,佛门是能超度罪孽的。她觉得自己要赎的罪孽是太多太多了。那三个孩子,还有单团的死,都与她有直接关系。甚至自己就是压死他们的最后那根"稻草"。还有儿子刘忆,难道真的是傻子吗?自己到底是造了什么孽,要生出一个傻儿子来呢?但愿她的赎罪,能给死者的亲人带去福报;也能为自己的儿子,赎来常人的生命。她在一遍又一遍念着《地藏菩萨本愿经》。住持说,念这部经文时,是不能中断的,一中断,就会前功尽弃。当查完生字后,她就能行云流水般地念下去了。念着念着,她感到自己是真的有点跳出三界外了。

也就在这时,死刘红兵又来了。

刘红兵是在她住庵七八天后找来的。先有人通禀到住持那儿,住持盘问了半天,才把忆秦娥叫去。住持叫她去时,又让刘红兵到一边等着。她问忆秦娥:"一个叫刘红兵的人,是不是你丈夫?"忆秦娥点了点头。住持说:"你有家有室有孩子的,不该置气,独自一人来山上享清净。"

"这个家……迟早是要散的。"忆秦娥无奈地说。

"那孩子呢?"住持问。

"我来,就是为孩子赎罪的。"

"有啥过不去的,非得妻离子散?"

忆秦娥想了想说:"缘分尽了。"

"不是一个缘分能了的事吧?那男人有愧于你?"

忆秦娥把头低下了。但她很快又抬起头来摇了摇。

住持微微一笑说:"佛说,宽恕别人,就是善待自己。你还是见见他吧,他来了。"

"不,我不见。法师,您让他走吧!"

"这个人,我是没法赶他走的。你还是自己去了断吧。"

她就跟刘红兵见面了。

在尼姑庵的院子里见,他给她跪在院子里。在外面的麦田见,他又给她跪在麦田里。忆秦娥睄见,无论是在院子里,还是麦田里,住持和那两个尼姑,都是在前后窗子的玻璃后边看着稀奇的。她是不想把事闹大、闹难看。尤其是在佛门禁地,人家本来就不想让她来,再有个男人跟出跟进、要死要活的,实在令人难堪。无奈,她才把刘红兵带到自己小房里了。

狭小的空间,带来了一种距离的紧促感。刘红兵还以为是昔日的夫妻关系,只要他讪皮搭脸地亲热一下,忆秦娥就能妥协退让。谁知今日完全不比从前,他刚把双手伸出去,忆秦娥扬手一打,他就一个大倒退。要不是身后的门框顶着,他都能仰坐下去。

"说,你来找我干啥?"

"我是给你赔罪来的,秦娥。我是畜生,我不是人,但我不能没有你。"

"还有更新鲜的话没有?没有就赶快滚!"

"你怎么这么不原谅人呢?"

"我什么都能原谅,就是不能原谅你那种无耻。我一生……已经受够了这种侮辱。你要是还有点人的脸面的话,就应该赶快离开我。"

"你就这样绝情?"

"不是我绝情,而是你……太让人恶心了。"

"那……那就是逢场作戏……"

"你别说了,千万别再解释,越解释越令人作呕。你走吧。"

"你要是抛弃我,我也只好来当和尚了。"刘红兵又开始耍赖了。

"那是你的事,与我一毛钱关系都没有。"

"可我们……已有共同的孩子……"

"再别说孩子,再别说孩子了……你快走吧,你必须离开这里,我要清净,我要清净!"

忆秦娥到底还是把刘红兵推了出去。

刘红兵没有离开莲花庵,可也不能在庵里歇宿,他就在附近农家找了个地方,晚上睡觉,白天又到庵堂里死缠。看忆秦娥的确没有任何回心转意的意思,他才给庵里上了布施,无奈离开的。

面对这样的婚姻,忆秦娥也不知该怎么办。反正自打看见刘红兵在家里的那一幕后,她就再也没有了与他共同生活下去的勇气。尽管过去也听到不少风言风语,可她从自己被人侮辱了这些年的情况看,总是不愿相信任何捕风捉影的流言。但这次是实实在在捉奸在床了,就不由得她不去做更多的联想。她是真的想把脑子里关于这些事的记忆,都掏空淘尽,可越淘,越是蛛丝马迹泛滥成灾。她就拿头狠狠地撞着墙。再然后,又拿起《地藏菩萨本愿经》,轻叩木鱼,嘴里念念有词起来。

让她感到心安的是,住持在她住了半个月的时候,还没有赶她走的意思,还给她细细讲起《皈依法》《地藏菩萨本愿经》来。有一天,还给她拿来了《金刚经》。说这三本经文,最好都能背下来。其实前两部,她早已背下了。她记词背诵的能力,好像是与生俱来的,有时简直能达到过目成诵的地步。

忆秦娥感到自己的心,是慢慢静下来了。有一天,她甚至在收拾那张活摇活动的禅床了。本来是打算凑合睡几天的,没想到,这一睡,还给睡得不想离开了。她就找了钉子、木楔,钻到床底,把卯榫都快要摇脱落的床架子,修理得结结实实了。她跟别人的打坐方式不一样,她永远喜欢"卧鱼""大劈叉"这些戏里的动作。这些动作既不影响敲木鱼,也不影响念经,还能让她更加忘我地沉浸在记诵中。关起门来,她就按她的方式参禅打坐了。

她的窗外有一窝燕子,参禅打坐之余,就是听它们呢喃,看它们飞来飞去。

它们也在看她。要不是窗玻璃隔着,她的笑容,是能把它们欢欢喜喜迎进来的。

三

省秦"兵荒马乱"了几个月后,上边要求尽快恢复工作秩序,保持正常的排练演出,要不然,国家拨的百分之七十工资,都不好要了。说一要,就有人质疑:剧团到处是麻将摊子,说满院子全是"报听""炸弹""夹二饼"声,听不到一句唱,看不见一个人练功、排戏,还要财政拨款哩?改叫麻将馆好了。丁团长就急忙开会,布置了排练任务。

一有戏排,剧团也就算是动起来了。

这次排的是《马前泼水》。剧情是说一个叫朱买臣的书生,一贫如洗,科考无望。其妻崔氏耐不住苦寂清贫,硬逼着朱买臣写了休书,她改嫁了暴发户张三。朱买臣遂发愤苦读,终得及第,并任了会稽太守。他赴任时,已沦落为乞丐的崔氏,跪于马前,请求原谅收留。朱买臣即命人取来一盆水,哗地泼在地上,说若能将泼出去的水收回盆中,他们也可重修于好。崔氏知道覆水难收的道理和用意,遂羞愧难当,触柱而亡。

主演崔氏的,就是楚嘉禾。

这也是丁团长精心为她挑选的戏。丁团长说:"你的功夫不如忆秦娥,就要学会避其锐气,不要演武旦,也不要演动作多的戏。《马前泼水》故事曲折,崔氏性格多变,跳荡很大,是个'戏包人'的戏。谁演一准能火。"

楚嘉禾有点不喜欢这个角色。说是前花旦、后正旦,其实那就是个"彩旦""媒旦""摇旦""丑旦"。戏倒是红火得一塌糊涂,可演完,对演员能有啥好处呢?人家忆秦娥演的杨排风、白娘子、李慧娘、胡九妹,都是一等一的美好形象,不是英雄,就是情痴,再就是正义的化身。以至于演到如今,把个烧火丫头的倒霉嘴脸,已经彻底弄得魅力四射、霞光万道了。她忆秦娥就真有那么美好,那么动人,那么皮毛光滑、阳光灼人吗?还不是好戏、好角色给她带来的无尽光环?真要演几个打着莲花落,在富贵人家门口唱曲要饭的彩旦、摇旦,试试看,看她还是不是个恨不得每人都想抱住啃几口的香饽饽。可丁团长一再做工作,说她至今,还没把一个戏演得大红大紫过。无论如何,得有一个这样的戏,让自己在秦腔界先立起来。她也就只好答应了。

在忆秦娥上海之行,一下把戏剧最高奖拿下后,楚嘉禾突然觉得,再干这行,是一点意思都没有了。你咋翻腾,都是翻腾不过忆秦娥的。可后来,又分团吃饭,她竟然应聘在一团做了主演。那一阵,她也的确下过不少功夫,可把队伍拉出去后,她每演一场《白蛇传》《游西湖》,都要受一场奚落、侮辱。有的观众,干脆跑到后台质问:为什么"偷梁换柱"?为什么"挂羊头卖狗肉"?省秦的白娘子和李慧娘,明明都知道是忆秦娥,怎么突然钻出个名不见经传的楚嘉禾来?还出现了几次给台上扔砖头、扣包场费的事情。因此,勉强应付了三四个台口,就草草收兵,悄悄回来"歇菜"了。

也是天无绝人之路,万事太红火了,都是要倒血霉的。果不其然,忆秦娥就倒了血霉。竟然还真给"垮台"了。不仅免了二团长,而且戏也是没心思唱了。最近还传出话来,说是出家做了尼姑。关键是还有一个传说,说忆秦娥的儿子,可能是个傻子。天老爷,如果属实,这会让忆秦娥的唱戏生涯,彻底砸锅倒灶的。一个人的心劲儿垮了、毁了,也就一切都兵败如山倒了。不过这一切,她还有些不相信,须进一步得到证实。只有证实了,她才可能有更大的激情和热情,去投入崔氏的角色创造。

一天晚上,她独自练戏回来,刚好在黑乎乎的院子里,碰见了蔫头耷脑的刘红兵。她就主动搭讪了一句:"哎,红兵兄,咋好久都没见你了?秦娥呢?"只听刘红兵长长地哀叹了一声:"唉,一言难尽!""有啥难怅事,还能难倒你刘红兵。""还真有事,把哥给难得快要寻绳上吊了。""哟,有这么严重吗?能给妹子说说吗?兴许还能帮哥排忧解难呢。""你?还是算了吧。""咋,还瞧不起妹子?""不是不是。我是说……唉!""看你那想说不说的样子,那就不说好了。"说完,她还故意与刘红兵身子挨得很近地走了过去,高高挺起的胸部,是比较精准地擦上了他二头肌的。以她对刘红兵的判断,这只贪色爱腥的花猫,受到这种刺激,是不可能不尾随而来的。果然,他就跟来了,说:"那就给妹子说说。家里没人吗?"楚嘉禾说:"还是到你家说吧。"刘红兵突然有点躲闪地说:"不……还是去你家吧。"楚嘉禾嘴角撇过了一丝只有自己能感觉到的冷笑。她也没说让他来,也没说不让他来,就独自在前边走着,刘红兵就跟着走进了她的家。

楚嘉禾也是跟忆秦娥一批分上新房的,但却没有忆秦娥的楼层好,还是西晒。房装得像儿童乐园一样,并且是一色的粉红,还到处安着串儿灯,频闪得此起彼伏的。刘红兵一进门,就感到一种燥热。倒是有一个窗机空调,却装在卧室里。楚嘉禾把卧室门开着,可客厅里还是没有多少凉意。坐了一会儿,刘红兵就不停地把身子朝卧室门口挪,还一个劲地朝里窥探。那张红色射灯照耀着的床,还有床上没叠的肉色被单,粉红枕头,都让他的目光有些游移不定。

就眼前这个男人,在北山时,那是宁州剧团好多女孩子,都羡慕得不得了的人物。可那时,刘红兵就看上了演白娘子的忆秦娥。其他人,也就只好在一旁,时不时偷看几眼这个总爱穿着一身白西服、扎着白领带、蹬着白皮鞋、修着长头发的"高干"子弟,给眼睛过过生日了。那时的刘红兵,就是一掷千金的主儿。她们的工资一月才二十八块半,可刘红兵每每掏出钱包,里面少说也都摞着成百张十元大钞。并且什么都能倒腾来,有人把他也叫"倒爷""官倒"的。楚嘉禾不是没有想过这个男人与自己的假如,但再想,也只能是假如。因为他的眼里,只有忆秦娥。为忆秦娥,他是可以忘却"高干"公子身份,日夜跟着剧团来回瞎转悠的。楚嘉禾也听说他爸退休了,可这个浪荡惯了的公子,好像并没有被就此霜杀雪埋。在忆秦娥带二团下乡那阵儿,团里就传出过刘红兵好像带女人回来过夜的事。她当然是希望看到忆秦娥的笑话了,可这个笑话还没彻底传开、闹大,忆秦娥竟然就自己把正红火的台子给演塌了,一下死出几个人来。那新闻大的,自然就把刘红兵那点毛毛雨给盖过了。都在传说,忆秦娥那晚塌台时,是吓得尿了裤子的。还有的说,大小便都失禁了。忆秦娥是以有病的事由,请假回老家的。丁团长有一次还当着她面说:"忆秦娥也该回来上班了,可怎么听说,她还进了尼姑庵,念起佛来了。"她就当着丁团长老婆的面,撇凉腔说:"看来丁团长也是离不开忆秦娥的了,人家刚回去几天,就念叨上了。"丁团长的老婆立马就骂开了:"这些死男人都是贱货,都爱给忆秦娥献殷勤。封子献来献去的,让老婆骂了个狗血喷头。单跛子前赴后继,又去献,倒是献得好,把小命都搭进去了。他要是不献那个殷勤,在总部把大团长当得美美的,咋能到黄河滩上,一瘸一拐地,端直钻到台底下,去见了阎王爷呢。"丁团长也就再不说话了。楚嘉禾就希望忆秦娥一辈子都别回来,好好当她的尼姑去。如果真能那样,她在省秦也就有出头之日了。

她是急切想打听到忆秦娥的真实消息,要不然,她还真不想让刘红兵进自己的家门呢。稀罕是曾经稀罕过,可他毕竟已成对手的男人,他们是穿着连裆裤的。一想到这点,她就觉得这个男人,也是跟忆秦娥一样令人生厌了。她给刘红兵沏了茶,可刘红兵热得一个劲地要到水龙头前喝自来水。她就感到,刘红兵今天是可以被她当猴耍的。

"秦娥还真的不回来了?"她也盘成"卧鱼"状问。

"谁知道,就跟疯子一样。"

"哟,你当初不就是跟疯子一样追着人家吗?现在倒说人家是疯子了。"

"不是疯子,能去尼姑庵?"

"也就是去玩玩,图个新鲜罢了。莫非还能真去?"

"那可说不定。忆秦娥是你的同学,你还不了解,生就一头犟驴,啥事也不跟人交流商量的。真撒起邪来,九头牛也拉不回来。"

"她到底是为啥事要去尼姑庵呢?"

"谁知道。大概就为塌台死人的事吧。"

"你刘红兵,都没再装啥药?"楚嘉禾故意神秘兮兮地看着他问。

"我,我能给她装啥药?"

"你个花花心肠,是个能安分得了的人?该不是让秦娥抓住啥把柄了吧?"

"没有,真的没有。"

"再老奸巨猾的贼,都有失手的时候。只怕是玩栽了吧。"楚嘉禾说着,还给他抛了一个媚眼。

刘红兵从楚嘉禾多情的眼神中,似乎得到了某种暗示。他就站起来,试着朝卧室走:"这里边多凉快,咱们到里边聊吧。"刘红兵说着,还把扎在裤子里的衬衫拉出来,把肚皮扇了扇。

"你倒想得美,那是本姑娘的卧室、闺房、绣楼,你都敢乱闯?要是秦娥知道,看不打折了你的腿,揭了你的皮。"

"她敢。"

"哟,谁不知道你刘红兵长了副贱酥酥的挨打相。还是规矩些吧,你不怕,我还怕呢。"

"这里只有天知地知,你知我知。"

"月亮可在窗户上看着呢。这月亮与你老婆那边的月亮,可是一个月亮。"

"看月亮晚上把啥事没见过,它能操心得过来?"说着,刘红兵就到卧室外抱她来了。

她把"卧鱼"一散架,坐在了地上。刘红兵第一下没抱起来,也坐下,一把搂住了她的脖子。楚嘉禾既没完全接受,也没彻底抖掉地只筛了一下说:"哎哎哎,你可别把我当成你那些招之即来,挥之即去的小妹妹了噢。"

"其实我早就……喜欢上你了。"

"我可不是十七八岁的小姑娘了,这些江湖言子少给我上。"

"真的,你很有味道。"

"什么味道?"

"香艳之气。"说着,刘红兵的手,一下就插进她的衣领,几乎是还没等楚嘉禾反应过来,就已经把要害部位,满把揪在手上了。

楚嘉禾一把抓住他的胳膊说："松手,你要不松我可就喊人了。"

刘红兵对这里面的尺度,是有深切把握的。就这种只抓胳膊,而不采取更加强硬手段的反抗,那就意味着默许、认同。只是为了让一切,尤其是面子,过渡得更加自然、合理些而已。他不仅没有松开已得手的那只手,而且把另一只,也快速伸进去,紧紧抓住了另一个要害。

要放在忆秦娥最红火的时候,楚嘉禾甚至都想过,干脆把这个男人,勾引到自己床上,从骨子里去羞辱忆秦娥一番得了。她甚至差点都迈出过这一步。可那时,刘红兵对她那副满不在乎的样子,有些让她觉得跌份。但现在,她又突然没有了这种意思。虽然刘红兵风流倜傥、体格健硕,对她还是有一种异性吸引力的。尤其是在抱住她的一刹那间,甚至有一股电流涌遍全身。但她还是不准备把他急切想要的,再给这个已经失去光彩的男人了。她突然发现,也许刘红兵的光彩,并不来自他当官的父亲,而是来自忆秦娥。是忆秦娥因塌台事故死了人、黯然退了场,并且在这种情况下,他还有被忆秦娥抛弃的嫌疑,因而才变得无足轻重了的。要放在忆秦娥最红火的时候,那她今晚,是要把对忆秦娥的愤恨、辱没,全都发泄到这个男人身体上的。尽管如此,她也没有就此罢手。她还想看看,看看忆秦娥的男人刘红兵,到底有多丑陋,多下流。她还是那两个字:

"松手。"

但她脸上,却是一种满含娇羞的表情。

刘红兵立马就得寸进尺起来。他一下抱起楚嘉禾,就朝卧室的床上走去。楚嘉禾在反抗,但并没有反抗得从他身上挣脱下来。其实她是完全可以挣扎下来的。刘红兵终于把她撂到了席梦思上,非常习惯老练地,先剥去了自己的衣裤。就在他雄强有力地正要发起总攻时,楚嘉禾突然从床头柜边,抽出了一把寒光闪闪的藏刀,端对着他雄起的部位,就要行刑。

"刘红兵,你把我当成什么人了?你以为我也是你家忆秦娥是吧?做饭的都可以上?什么脏老汉、跛子腿,都可以把她压到床上干?你打错了算盘。"

刘红兵气得直嗫嚅:"你……你什么意思?"

"你说我什么意思!你什么意思?"楚嘉禾故意乜斜了一眼他的下腹,嘴角还露出了一丝得意的嘲弄。

"你可以羞辱我,但不可以羞辱忆秦娥。她跟做饭的什么事也没发生。她跟我时,还是处女。"

楚嘉禾突然哑然失笑起来:"笑话,忆秦娥跟你时能是处女?恐怕能跑火车了吧?她不仅让做饭的睡了,而且还让那几个给她排戏的老艺人睡了,你怕是还蒙在鼓里吧?你以为帮她的那些人,都图了啥?图艺术?笑话,还不是图她身上的那股腥臊味儿。连单跛子都自投罗网,一命呜呼了。你说你们这些臭男人,还有一个不沾荤腥的吗?"

刘红兵终于忍无可忍地怒吼道:"楚嘉禾,你不要血口喷人,忆秦娥是干净的,起码比你干净。你更不要糟蹋单团长,你丧了口德,是会遭报应的。"说着,他窸窸窣窣地穿起了裤子。

"别动,凭什么穿起来?你是怎么脱下来的?怎么又能随随便便穿起来呢?"

刘红兵还反倒有些释然地一松手,裤子又垮到了脚踝骨处:"那你说该怎么办吧。"

"该怎么办?我应该把你这副德行拍下来,交给忆秦娥,让她看看她的丈夫、她的家庭有多美好。"

"那你拍吧。我已经没有资格做忆秦娥的丈夫了。如果说今晚以前,我还想拼命保留这种资格,挽留那份荣耀,现在,已经彻底不配了。我已经不配做忆秦娥的丈夫了。我此时,就是来嫖宿你楚嘉禾的嫖客,一个十足的大流氓。"说着,他还勇敢地朝楚嘉禾面前走了过来。

"你站住,你站住。再不站住,我可就真拿刀戳了。"

"你戳吧,这吊罪恶的肉,理该受到惩罚。因为它侮辱了忆秦娥,一个最不应该受到侮辱的人。"

这种直逼过来的气势,一下把楚嘉禾弄得无所适从了。她本来就是为了侮辱刘红兵,进而达到羞辱忆秦娥的目的的。可没想到,刘红兵竟然是这种阵势,不仅没有侮辱到忆秦娥,相反,还把自己弄得下不来台了。戳他一刀,实在不划算;不戳他,还真收不了场呢。她到底还是胡乱戳了一刀。可这一刀,戳在了空里。刘红兵扭过刀,直抵住她的咽喉威逼道:

"把裤子脱了!脱了!"

楚嘉禾乖乖地脱了裤子。

他呸地朝那里唾了一口,说:"再侮辱忆秦娥,小心你的狗命!"

然后,刘红兵慢慢穿好自己的衣裤,又把藏刀嚓地扎在大立柜上,才扬长而去。

等刘红兵走了半天,楚嘉禾才缓过神来。她觉得自己是做了一笔不小的赔本买卖。不过从刘红兵嘴里透露的信息看,忆秦娥可能是遭遇了人生的多重打击,包括婚变。也许忆秦娥这次是真要彻底退场了。

四

忆秦娥在尼姑庵一待就是好几个月。开始,她娘还给庵里送米面油,后来,发现忆秦娥是有不想走的意思,就停止了布施,想让住持赶她走。住持不但没有赶忆秦娥,而且还越来越喜欢上了这个暂住者。她起得早,睡得晚,上香、添油、庭扫、造膳,无不主动抢先,并且比别人更加滚瓜烂熟地背过了《皈依法》《地藏菩萨本愿经》《金刚经》《心经》《楞严咒》《大悲咒》等。就连剃度出家好几年的尼僧,有时也是不能把这些常用经文,背得如豆入盘、似水流淌的。可忆秦娥却有一种少见的正觉,背诵起经文来,好像是有神在助力,几乎过目成诵,悟性超群。关键是她心静,专一。她能一打坐几小时,动也不动。在住持眼里,这才是真正有慧根的佛徒。

她给忆秦娥亲赐了法号:慧灵居士。

忆秦娥在反复诵念《地藏菩萨本愿经》,为那三个孩子和单团长,还有她过去的师父苟存忠,超度着亡灵。在诵《金刚经》《心经》《楞严咒》《大悲咒》时,又在不断地想着为儿子刘忆,加持力量,让他彻底摆脱傻子的魔咒,成为一个正常人。她是一个从小过惯了苦日子的人,起早贪黑、洒扫造膳这样的苦累,对她几乎不是难事。别人做,靠轮值。而她却是自觉自愿,法喜充盈的。

她娘和她爹易茂财,还有她姐,几乎是车轮战似的,来劝她离开尼姑庵。觉得这已是易家的家丑,要出尼姑了。她舅胡三元,也来劝她,骂她,甚至都想打她。说她是没出息的东西,这才经受了点啥事,就要出家了。直到这时,其实她也没有要出家的意思,就是想为孩子赎罪,不想让刘忆成为傻子。她总觉得,以她的虔敬,是能把孩子可能出现的绝望,扳回来的。

莲花庵每年农历七月半,都有一个法会。过去并没办得那么隆重,可近几年,庙堂越建越多,都在拉香客,拉布施,提升山门影响力。住持就不得不考虑要大操大办一回了。她请了各山门的法师、长老,还请了县剧团的戏。忆秦娥知道这事时,剧团打前站、搭台子的人都来了。她想离开庵堂,躲避几天,可住持拦住了她,说:"跟县剧团都商量好了,还想让你唱一本《白蛇传》呢。"她从来没有对住持的要求,做过任何不同的反应。但这次,她摇头说不了。可住持还是微笑坚持着,说这是比念经更重要的功德。给佛门唱戏,自古都是对自身福报无量的大好事。就在说这一番话时,她舅胡三元,还有胡彩香老师他们,都已提前上山了。县剧团早已知道忆秦娥在山上修行,也都是想来看看她的。

封潇潇是最后一个上山的。见了她的面,眼里突然泪水一转,问她:"你咋了?"

她的泪水也夺眶而出:"好着呢。"

"好着呢怎么要出家?"

"我没有出家。就是来清净清净。"

"都说你出家了。"

"还没有。"

"准备出家?"

"没有哇。"她想尽量回答得轻松些。

"是不是那个刘红兵欺负你了?"

"没有,好着呢。你……好吗?"

"我能不好吗?"

从此,他们在一起待了好几天。可除了唱戏,也再没单独说过一句话。但忆秦娥心里,还是懂得了他的抱怨。在《白蛇传》的"游湖""缔婚""现形""断桥""合钵"等几折戏中,他们都演得心领神会、泪流满面的。但一到戏外,还是形同陌路,再无瓜葛了。他们各自都有家庭,都有孩子了。由戏生出的感情,似乎已永远留在戏中了。

让忆秦娥觉得寒心的是,宁州剧团已彻底后继无人了。十几个年轻人,都改表演了歌舞。昔日有名的"小花旦"惠芳龄,在给她配演青蛇时,竟然有意无意间,就扭起了霹雳舞、迪斯科。连胡彩香老师,都又回到了"台柱子"的位置。她唱了窦娥,还唱了《打金枝》里的公主。可无论身上的功,还是化装、表演,都已撑不起主角的台面了。她舅胡三元在那次塌台事故后,又回到了宁州。每晚演出完,都听他在骂:"把摊子快葬尽了,这已不是唱戏了,这叫耍猴,这叫亏了唱戏的祖先了。"

唯独《白蛇传》,让莲花峰的尼姑庵,放出了前所未有的光彩。关键是把住持惊呆了。她知道忆秦娥是唱戏的,并且都说唱得好,名气很大。可唱得这样好,是她没有想到的。尤其是身上的功夫:从"盗草",到"水斗",完成了一个又一个挑战身体极限的动作,真正称得上是"草上飞""水上漂"的身手。在她印象中,忆秦娥是一个很好静的人。没想到扮起来,竟然是这样动若脱兔的刚帮硬正。唱得也美妙动听,情由心生。扮相更是天仙仪态,超凡绝尘。住持年年也会到附近山上,去赶一些法会,也有请戏、请歌、请舞、请杂耍的。可像忆秦娥演的白娘子,却是大家做梦都没见过的。各路"高僧大德",在看完戏后,也有给莲花庵挑刺的,说:"啥都好,就是不该演《白蛇传》。'妖蛇'斗了一晚上'妖僧'。白蛇、青蛇动辄就'秃驴秃驴'地骂法海和尚,实在对佛门有点大不敬。"住持就微笑着说:"戏里骂秃驴的多了,莫非宽大慈悲为怀的佛门,还计较这个?要计较这个,只怕是好多好戏都唱不成了。"一个和尚便说:"你咋不让唱《思凡》呢?"住持:"剧团的戏里是没有,若有,我明儿个就加演《思凡》了。庙里的戏,是唱给香客听,不是唱给庙堂听的。连白娘子这样的好戏都有了忌讳,不能唱,那庙会戏唱啥?只唱给和尚歌功颂德的戏?干巴巴撸一晚上,一台子光秃秃的人,你来我往,也不怕干瘪得慌。戏情就是唱男男女女的事,和尚不待见,也不能把香客的事都拿了。戏是招待香客的不是?"反正各路大德都有点不大法喜。莲花庵的风头,今年是出得有点太劲太爆了。一个小庵,竟然唱成了法会大主角。有人估计,这次香火布施,庵里只怕是把两三年的供奉都攒下了。

法会结束了,僧众、香客、贩夫走卒全撤了。剧团也走了。小庵又归于沉静了。俗话说:道士走后的纸,戏子走后的屎。她们整整打扫了两天一夜卫生,才把莲花庵里里外外,又收拾得跟以往一样一尘不染。

那两个很少跟人交流的尼姑,突然用异样的眼光看着忆秦娥。

忆秦娥还以为是自己哪里收拾得不对,就问咋了。她们相互笑笑说:"不咋。都说慧灵居士太厉害了,有这样的身手,就是住庙,也该去住大庙的。"

这天晚上,忆秦娥擦洗完庙门,正要用大木桶烧水洗澡,被住持叫走了。住持没有把她叫到自己的禅房,而是拉她走出耳门,去庵堂后边的莲花潭了。

这个潭,是被庵堂的后院墙围在里面的。潭是山涧清泉聚灌而成,仅丈余见方。天上的月亮,此时正沉浸在清澈的潭底。汩汩流进的山泉,也一次次揉皱着那汪青碧。忆秦娥是知道这个潭的,但从来没进来过。通向这里的耳门,平常是锁着的。据说住持倒是常来这里打坐。

住持把她领到潭边,说:"慧灵,在这里洗吧,水洁净,冬暖夏凉。"

她有些茫然地看着住持。

"怎么,还怕羞,我背过身就是了。"住持说。

"我还是回去洗吧。"

住持说:"这可是神水,一般人无福消受的。只有剃度的尼僧,才能在剃度那天享用一次。这是莲花庵的规矩。"

"师父……是要我剃度吗?"忆秦娥突然有些紧张起来。

"洗吧,慧灵。洗了师父再跟你慢慢说。"

忆秦娥有些不知如何是好。但面对住持的安排,她也不好不遵从。住持已背过身去,独自打坐诵经了。她就羞羞答答地,脱了汗津津的衣服,坐进了潭水。水底的月亮一下就被她搅成了碎屑。潭不深,刚没齐腰部。水很滑,很温润,浇淋在身上,有一种被孩子亲吻的感觉。住持诵的是《地藏菩萨本愿经》。她在水里,也跟着念念有词。她觉得水是太洁净、太润泽了,没敢贪恋,只轻轻给身上浇了几遍,就要出潭。住持说:"慧灵,让我诵完《地藏经》再出来吧。"她就那样坐回水里,想着刘忆,想着那三个死去的孩子,还有单团,就分不清了泉与泪的界线。

《地藏经》终于诵完了。忆秦娥从潭里走了出来。住持站起来,给湿漉漉的她,包上了一件袈裟说:"慧灵,你就算是受戒入过佛门了。"

忆秦娥一怔。直到此时,她还都是没有想好要入佛门的。她就是要给自己赎罪,给孩子赎罪。她想要孩子成为正常人。刘忆满两岁时,就要进行最后检验,她是在为儿子争取时间。

"不,师父,我还没有想好……"

"不用想了,孩子。我今天之所以这样做,就是怕你有一天想好了,真要剃度,走入空门,那我也就有了罪孽了。"

"师父怎么说这样的话?"

"孩子,如果说几天前,老衲还有意,想让你进入佛门,那么在看了你的白娘子后,就彻底断了这个念想。"

"为什么,师父?"

"你是有大用的人才,不可滞留在小庵之中。"

"我不想唱戏了,我要给孩子赎罪。"

"也许把戏唱好,让更多的人得到喜悦,就是最好的赎罪了。慧灵,这个庵堂一直有个规矩,就是只收留真正无路可走的人。但凡有些路径,我们是不主张出家的。你知道当年被红卫兵踢下悬崖的那个老尼,一生也只收留了两个僧徒,是两个患了病的妓女。她们解放后没有了出路,人见人贱,老尼就收下,直到病死在这个庵堂。想知道我的身世吗?我原来是一个小学老师,后来丈夫被枪毙了,实在羞辱难当,才选了这条路径的……"

让忆秦娥万万没有想到的是,十几年前,那次公捕公判大会上,被枪毙的那个流氓教干,就是住持的男人。那次她舅胡三元是"陪桩"的。当枪砰的一声响,那个流氓教干的头颅上方,血柱冲天而起时,她是吓得尿湿了裤子的。那时她还不到十三岁。而就在那个现场,住持也是去给自己男人收了尸的。如果说缘分,她们也许是有过一面之缘的。而在她舅胡三元两次来莲花庵时,住持已认出了这个黑脸龅牙的男人,就是十几年前陪过她男人法场,让公判大会几次失去严肃性的敲鼓佬。敲鼓佬告诉了她有关忆秦娥的一切,她才安排唱了这场庙会戏。而过去,她是从来不想让小庵有大动静的,尤其是不想招惹更多的人来搅扰,更别说唱大戏了。她的小庙,够吃够喝就行了。唯安生、清净为要为大。

忆秦娥问:"你原谅他了吗?"

"谁?"

"就是……枪毙的那个。"

"他罪不当死。他的确花心,但也有好多证人……是被逼着说了假话,被逼着……要陷害他。有人想安排自己的人,去替代他的位置。"

忆秦娥不知该说什么好了。

住持停顿了许久,接着说:"我为他超度过无数遍了,但愿来世,能不再那样可怜地活着。别人陷害他,其实他自己也留有把柄。身心不洁,纵欲乱性,那是一种病,一种很深很深的病。他不是不知道,但不能自拔。这就是人的可怜了。"

这天晚上,她们在潭边打坐了很久很久。住持坚持劝告她离开,并说那两个尼僧,也是要让她们走的。因为她们都有活路。

"修行是一辈子的事:吃饭、走路、说话、做事,都是修行。唱戏,更是一种大修行,是度己度人的修行。只要懂得这个道理,就没必要住庙剃度了。要不然,这世间的庙堂也是住不下的。"

住持这晚跟她说了大半夜。

忆秦娥终于离开莲花庵了。

儿子刘忆也满两周岁了。

忆秦娥是抱着儿子,念着《大悲咒》离开九岩沟的。

五

　　那天刘红兵从楚嘉禾家里出来后,既有一种释然感,也有一种怅然若失感。他对自己是越来越不满意了。这阵儿,几乎是全然憎恶了。怎么把人活成这样了?自己出生在北山行署大院,那是很多孩子都羡慕的地方。即使在父母下放劳动的那些年,他们也没受过太大的苦。那是在一个小镇上,父母的工资,让他们活得仍很体面尊贵。他家可以有钱买活鸡、活鸭、活鱼、活鳖、活兔子,还能买点心、饼干、冰糖、水果糖。他坐在门前的石凳上,啃那掉着金黄皮屑的面包时,身边是会围上来好多孩子引颈观看,并频频要蠕动喉结的。他父亲用废铁饼做了杠铃,用木架子做了单双杠,还在门口大树上,安了吊环、秋千、爬杆。每早父子俩练起来,一个镇子的人,都是要来像看戏一样围场子叫好的。下放回去,他没有参加高考,他不喜欢上学。家里就通过内部指标,让他参了军。那时参军也是不比上大学差的选择。因为到了部队,还可以保送上军校的。可他在部队混了几年,给首长开车,陪首长玩耍,也没进军校。不是不能进,而是压根儿懒得进。不喜欢上学的约束,见书就头痛。母亲思儿心切,非让他复员。他又复员回来,满街胡逛荡。后来觉得还是开小车风光,就又给行署领导开了伏尔加。再后来,开放了,办事处红火起来,他就又到了北山驻西京办事处。当然,那也是为了追忆秦娥方便。总之,好像一切都是逢山开道、遇水架桥的事。没有什么是过不去、办不成的。直到父亲从副专员位置上退下来,他都没感到什么危机。可最近,他觉得已是危机四伏了。办事处的好多事情,都有意瞒着他。他想通过一些环节,"官倒"点活钱,也没那么容易了。过去那些巴结着他的这长那长,也都在有意回避着他。他已成北山的局外人了。尤其是与忆秦娥的关系,让他窝囊得一想起来,就想拿大耳光扇自己的脸。

连楚嘉禾都把自己羞辱成这样了,这是他万万没有想到的事。在他眼中,楚嘉禾就是一个有几分姿色的女人而已。不演戏,也倒罢了;一上台,就被人小瞧。她跟忆秦娥简直是没法比的。在他跟忆秦娥的整个恋爱、婚姻过程中,楚嘉禾是没少给他传递暧昧信号的。可他也清楚,楚嘉禾是一直在背后捣鼓忆秦娥坏话的人。她是一个自己把自己排进了忆秦娥竞争对手的人。其实在他和更多内行看来,论唱戏,她们就是凤凰与斑鸠的关系。加之那时,他的感情生活是饱满的、充沛的,就是需要填补,也还轮不上她楚嘉禾。西京啥都缺,就是不缺风姿绰约的好女子。也许是最近倒霉透了,什么都不顺心,什么都不遂意,孤独的夜晚遇见她,竟然还用汗津津的大胸脯,把他剐蹭了一下,他就鬼迷心窍地跟着去了。以他的经验,这应该是瞌睡遇见枕头、手到擒来的事,没想到,还生出这样古怪的枝节来。他倒已不在乎自己的脸面,被揉搓成了豁嘴塌鼻吊眼梢的小丑。而是觉得,实在不该给忆秦娥抹黑。明明知道她是忆秦娥的敌人,还偏要去寻花问柳,真是在用大耳刮子,扇打忆秦娥的脸了。在这个世界上,最不应该伤害的女人,他觉得就是忆秦娥了。

那天晚上,他走在护城河岸,一头栽下去的心思都有。即使不栽下去,他也想,要是有勇气剐了骟了宫了,也不至于活得这样低贱。他是把自己恨透了。

他突然觉得失去了一切方向感,就整天待在办事处里喝酒,骂人。他是逮谁骂谁,专员也骂。专员也是给他父亲当过秘书,绑过鞋带,拉肚子还帮着收拾过脏屁股的人。偶尔打场牌,也是输光输尽。没了本钱,连牌桌也是没人让他上的。真是到了喝口凉水都塞牙的背时光景了。

但有一件事他记得很清楚,就是儿子刘忆的两周岁生日。

听忆秦娥她娘讲,忆秦娥会在这时走出尼姑庵的。她要带儿子回西京进行全面检查,看到底是不是傻子。

他心里早就捏着一把汗了。如果儿子是傻子,大概自己是逃不了干系的。因为那段时间,忆秦娥不好降伏,他每每是借着酒胆,护佑色胆的。而忆秦娥怀上刘忆的日子,算来算去,也就是那阵酒喝得最多的时候。但愿儿子不是傻子。相信忆秦娥近半年的吃斋念佛,也该感动神灵,给他人生添点喜兴了。

在儿子两周岁生日的头一天晚上,他开车去了九岩沟。

忆秦娥也是那天晚上回家的。她跟他始终没有说话。第二天,她娘和她姐收拾了一桌菜,给刘忆过了生日,他就开车把娘儿俩拉回了西京。

回到剧团房里,忆秦娥并没有说让他离开的话,但他自己离开了。他觉得此时的自己,已肮脏得再也不能跟忆秦娥在一起了。只是孩子的检查,他得奉陪到底。这是他作为父亲的责任。

第二天一早他就来了,拉了娘儿俩,去了西京最好的医院,整整检查了一天。结果医生判定说,孩子语言有障碍,智力也有问题,并且是先天性的。医生看了看他们,还有点不相信地问:"这是你们的孩子?"忆秦娥木着。他急忙说是的。医生说:"你们都这么健康,妈妈这么美丽,爸爸这么帅气,怎么生了这么个孩子呢?是不是在备孕期间,喝过什么药,或者醉过酒?"刘红兵的脸,唰地一下就红到了脖根。忆秦娥也突然把他看了一眼,大概都同时在回想怀孕时节的那段生活。其实在最近一段时间,刘红兵已反复咨询过好多医生了,都说醉酒怀孕,固然容易引起孩子智障、畸形,但那也像买彩票,中彩的概率是有限的,不是百分之百。他多么希望自己不要中这个彩啊,可老天就偏偏让他中上了。他看见忆秦娥在凳子上,已经有些坐不稳了,他就向她身后靠了靠,尽量想用自己也在颤抖的身子,把深深爱着的女人扛住。可她还是离开他的支撑,狠劲把刘忆抱了起来。在即将出门的时候,忆秦娥还在问医生:"真就没有什么医治办法了吗?"医生说:"不要给孩子过度用药,没有太大意义。最好还是物理疗法,用爱,一点点唤起孩子的部分语言和智力功能。也只能是部分。"医生说得很肯定。

出门后,他想着忆秦娥是要破口大骂他,或者是拿脚狠狠踢他的,但没有。忆秦娥就是那样紧紧抱着孩子,朝医院大门外走去。她也再没有上他开的车,像是失魂落魄的《鬼怨》中的李慧娘,高一脚低一脚地朝前乱走着。他慢慢开着车,紧跟着。直到忆秦娥再也走不动了,一屁股塌在道沿上,他才凑上去,蹲在一旁。他多么希望,她能像李慧娘、白娘子怒斥贾似道和法海和尚一样,当街怒斥、痛揍自己一顿啊!可她连这点希望都没给他,又要起身前行。他终于强行抢过孩子说:"上车吧,离单位还远着呢。不能只相信一家医院。我们办事处有个人的爸,被两家医院断定是肝癌,结果到第三家医院复诊,说他爸只是肝囊肿,几年了,人还活得好好的。我们还得再找医院检查。我不相信这是真的。"也许他的这番话,给忆秦娥带来了希望,在他将她朝车门里挡时,她竟然再没朝下跳。

随后,他们带着孩子又去了北京,去了上海,去了广州。当最后一家医院,还是做出了相同的判断时,忆秦娥终于在珠江边上,号啕大哭起来。

这一路,他们的交流,一共不到十句话。

忆秦娥在最后的绝望时刻,终于对着珠江骂了一句:"喝死呢喝。报应,真是报应哪!"

从广州回来,他再去忆秦娥家,忆秦娥就没有开过门。

这样不理不睬的日子,又延续了很长时间。他空虚无聊的光阴,实在打发不过去,就又有了女人。可这次这个在舞厅认识的、走到亮处都不敢细看的女人,不是跟他玩玩就能算了的。在反复强调肚子里是怀上了他的孩子后,竟然掐住他的脖子,严正要求:"得给老娘一个说法了。"

他就不能不去跟忆秦娥了断了。

如果在孩子没有判断出是真傻瓜以前,他觉得跟忆秦娥谈离婚,也许还能说出口。他甚至都想过,把自己的那些龌龊生活,包括跟楚嘉禾的事,和盘托出,以证明他是不配跟她在一起了。可现在,明明知道孩子是傻瓜,并且可能是自己一手造成的,又怎能在这个时候离家而去呢?如果是忆秦娥提出来,还情有可原。可忆秦娥偏偏从不提说离婚的事。继续拖下去,又该如何是好呢?那女人的肚子,已是再拖不得的事了。明明没有那么大,她偏在人前穿个孕妇裙,腿脚叉开,腹部高耸,双手撑腰,行动迟重地扬言:

"是到去省秦找忆秦娥摊牌的时候了。"

这样的女人,是什么事都能干得出来的。他又怎能在这个时候,再给忆秦娥脸上抹黑,给她心上捅刀呢?想来想去,实在是被逼得走投无路了,他才觍着脸,又去死敲活敲的,把忆秦娥的门敲开了。

儿子还是那样傻坐在地上,腰上拴了一根红腰带。那是忆秦娥在训练他走路。他的到来,似乎也引起了儿子的注意。但回报他的,就是一嘴的涎水,还有"噢噢噢"的,说不清是想表达什么意思的古怪声音。他有点想流泪,但极力克制着。

他尴尬地坐了一会儿,忆秦娥还是没有理他的意思。他就干咳了一声,硬着头皮说话了:

"我对不起你!"

忆秦娥没有回应。

只有刘忆还在"噢噢噢"着。

"我们这样僵着,也不是个办法。"

忆秦娥还是没有吭声。

"仔细想,是我把你害了。也不能再害下去了。我提这样个思路,你看行不行:咱们离婚吧。"

他看见忆秦娥扶着儿子的手,突然抖了一下,但很快又稳住了。

他说:"我知道这个时候提说,不合适。可总这样拖着,也不是个事。你要有你的生活。也不能为了儿子,把一切都毁了。你还得上舞台,只有上了舞台,你才是忆秦娥,才是小皇后。我知道,你已经不能接受我了。连我自己,现在也很恶心自己,讨厌自己。我再勉强赖在你身边,只会增加你的痛苦。儿子我可以带走,有福利院能够接收,我们只需定期去看看就行了。生活费由我负担。你也别说我心狠,只有到了这一步,我才知道,世上的人都得面对现实。长期把生命泡在这里面,是没有意义的。另外,你看还需要什么补偿,我都会满足你。一切都是我的错,你提什么条件,我都会答应的。"

忆秦娥半天没有说话,也不知她心里在想啥。那双一直在抚摸着孩子身体的手,突然停了下来,她说:

"我只要孩子。"

声音很低,但很干脆。

他说:"还是交给我吧。你要演戏,你还有你的生活。"

"我生活的全部就是孩子。这是我造的孽。"

刘红兵就再也找不到继续朝下说的话了。

房子里的空气,凝结得都快要爆炸了。

只有刘忆,在有一下没一下地发着"噢噢噢"的叫声。

忆秦娥突然说:"你走吧,我们已经了结了。"

刘红兵扑通一下,跪在忆秦娥面前,把头磕得嘭嘭直响地说:"秦娥,我欠你的太多太多了!我不仅耽误了你的青春,损害了你的名声,而且还让你……背上了智障母亲的责任。我不是人,真的不是人!包括父母,我都没有觉得对不起他们。但我对不起你,这是一生的罪孽……"

"别说了。你走吧,你快走吧。"

他也不知是怎么站起来的,当昏昏沉沉从门中走出来后,就一脚踏空,从五楼滚到了四楼。再爬起来,那个熟悉的门,曾经也属于自己的家门,就看不见了。

　　没想到事情这么轻易就了断了。这种了断,让他更有了一份深深的愧疚与罪恶感。他觉得自己的生活,已经不是狼狈不堪所能形容的了。他是把自己彻底整成一团糟糕、一坨臭大粪了。离开忆秦娥,他清楚地感到,是在离开人生最美好的东西。他感到那扇美好的门,在他身后是彻底关上了。而即将走向的那扇门,似乎就是地狱之门。可他还得硬着头皮,往里走着。

　　如果说世间还有清清楚楚、明明白白的地狱之行,那他此刻,就已经在路上了。

六

　　忆秦娥想到过离婚,她觉得自己跟刘红兵的缘分是尽了。她咋都不能接受,一个能把别的女人,勾引到家里胡搞的男人,仍留在这里,与自己继续拥颈而眠。甚至去重复一种相同的龌龊画面。尽管她也见过她舅与胡彩香的偷情,并没有结束胡彩香的婚姻。她舅甚至为这事还骂过胡彩香,嫌她不该不跟那个操管钳的男人掰了、离了。可再骂再怨,胡彩香再情愿跟他偷偷摸摸在一起,还是维持着与自己男人张光荣的婚姻关系。她不是胡彩香,她是怎么都无法理解这种维系的。一想到,还得跟这个男人在一起吃饭、睡觉,甚至行房事,她的头皮就嗡地一下,端直麻到后脚跟了。如果没有亲眼看见那一幕,单听人说,她是不会相信的。因为她与廖耀辉的事,就纯粹是一种造谣诬陷,而让她深受其害,还有口难辩。可她亲眼看见了,也就不能不被铁板钉钉的事实所胶着。

　　但无论怎样,她还没有提出离婚的事。她毕竟是公众人物,婚变,会让各种说法铺天盖地。她又不能公开离婚的真正原因,说刘红兵在她的新房,与别的女人怎么怎么了。那会引发更多无厘头的故事。再加上刘红兵的父亲刚一退下来,忆秦娥就与人家儿子离婚,岂不是自己钻到"势利小人"的帽子底下了?尽管她从来就没喜欢过公公、婆婆。跟他们在一起,总是让她感到压抑,感到一切都不真实,一切都像在表演。虽然他们也不满意自己的儿子,嫌他没个正形,不走正路,不会做人做事。可这个儿子反倒让她觉得,更像是一个双脚踩在地上的真人。尼姑庵那位住持,在她离开的前夜,说了很多话,可印象最深的,还是说那个给住持带来了无尽耻辱的男人。尽管已被枪毙多年了,但住持还在为他念经超度。从她的话语表情中,同情、宽恕、原谅,已是从内心泛出的跟月色一样淡远的平常心境了。那一刻,忆秦娥甚至立马想到了出轨的刘红兵。多少年后,她也能像老住持一样,波澜不惊地,去与别人说起这种曾经是撕心裂肺的剜心之痛吗?如果会那样,眼下离婚的意义又是什么呢?

在刘红兵陪她给儿子检查智力的路上,虽然没有任何话语,可她还是像妻子一样若即若离地相随着。她甚至想,即使没有夫妻情分,他能为刘忆的治疗,尽一个父亲的责任,也是应该容留下的。但留下他,还需要给她时间。当回到那个家,客厅的那一幕就会惊悚狂跳而出,她还无法在只有夫妻才能厮守的夜晚,给他打开那扇容留的门。

万万没有想到的是,刘红兵竟然先提出离婚了,她还能再说什么呢?她无法说出:我不同意!她想,孩子有她就足够了。这样的父亲,不要也罢。

在他们离婚不久,她才知道,刘红兵把另一个女人的肚子,又搞大了,是不离不行了。她突然想起《地藏菩萨本愿经》里的一段话:

"我观是阎浮众生,举心动念,无非是罪。脱获善利,多退初心。若遇恶缘,念念增益。是等辈人,如履泥涂,负于重石,渐困渐重,足步深邃……"

刘红兵还有什么救呢?

刘红兵想了些办法,把离婚办得还算隐秘。可再隐秘,忆秦娥离婚的事还是传开了。基本套路,也正像她想到的那样:刘红兵的老子"毕了",刘红兵失势了、没钱了、不好玩了,忆秦娥就把那家伙一脚踹了。还有一个更肮脏的版本,说忆秦娥的傻儿子,可能不是刘红兵的种,刘红兵才愤然拎包走人的。

无论说什么,忆秦娥都懒得理会,她也算是经见得多了,你给谁解释去?她就只能把自己的全部心思,都用在刘忆的治疗上了。至今,她都不相信任何医院的判断。在她的内心深处,总有那么一线光亮:儿子是会出现奇迹的。她甚至在后悔,当时不该听了她娘和一些熟人的话,没在更早些开始治疗。都说"贵人语迟"。也许正是这句话,耽误了时机。她就像祥林嫂不停地喊"阿毛阿毛"一样,一天到晚,嘴里都嘟哝着"刘忆刘忆"的。她越来越像个怨妇了。不过不是怨给别人听,而是怨给自己听,怨给傻不棱登的刘忆听。有人说:孩子不会说话,都怪你忆秦娥嗓子太好,在舞台上说得太多、唱得太绝,把娃的那一份天性给"遮蔽"了、"独吞"了。难道老天就是如此权衡世事的?若真是那样,她都情愿自己立即变哑,好让儿子开起口来。

她一边给孩子念经赎罪,一边在已经认识的智障儿童父母群里,打探着新的消息。这都是一路检查看病中认识攀谈上的。回家后,就在电话上建立起了热线联系。哪怕有一点希望,她都会抱着孩子飞奔而去。短短一年多天气,她先后去了包头,去了哈尔滨,去了邯郸,去了宁波,去了长沙,去了郑州、开封、洛阳,去了少林寺,还去了曲阜、邹城。都说有"治障大师",能药到病除。可总是欢喜而去,悲凉而返。幻影一个个破灭,钱财如流水般飞逝。虽然刘红兵每月都把他的工资,准时汇到了刘忆的名下,可那依然是杯水车薪。很快,她就把亲朋好友的钱都借遍了。有人见了她,都在躲躲闪闪了。但她还不死心,还继续踏在创造奇迹的漫漫征程上。

有一天,秦八娃老师来了,是她舅胡三元陪着来的。

胡三元已经把她这个外甥女毫无办法了。他都当面骂过她,说儿子傻,她比儿子更傻。一提"傻"字,忆秦娥就气得暴跳如雷:"你个老舅才是大傻子呢。滚,舅你滚!"她舅觉得这么好个唱戏的材料,不唱戏,只陪个傻儿子,是太可惜太可惜了,就去搬秦八娃,他觉得秦八娃是唯一能把外甥女说通的人。此前,封导也来说过无数次了,可忆秦娥就是这样的一根筋,谁也无法改变。她在团上也请了长假。刚好丁团长在一心一意地培养楚嘉禾,算是一举两得的事,也就把她的假,十分宽大地放了个无限期。

秦八娃进门后,没有做任何批评,只是一个劲地表扬说:她一个没有多少文化的人,反倒做了这个时代最有文化的事。还说她内心柔软,根性善良,抱朴守正,大爱无疆,是这个时代的英雄了。她舅正纳闷着:怎么请来了个火上浇油的客?他外甥女,明明都已成穷困潦倒的寡妇了。才多大年龄,就脸不擦粉,发不打油;衣服除了洗得边子发毛的练功衣,就是缩了水,穿上不够尺寸的排练服;混得连跑龙套的都不如了,怎么还是时代英雄呢?就在外甥女听了秦老师的表扬,哭得呜呜呜的时候,秦八娃突然咳嗽一声,慢慢把话题转了:

"秦娥,照说我是无权来干涉你生活的,何况你也做得半点没错。自己身上落下的肉,又咋能眼睁睁地看着他,一天天由小傻子变成大傻子,由无尽的希望,变成彻底的失望呢?你已经努力了!在这个世界上,你不是唯一的傻子母亲,你同千万个傻子母亲一样,已经劳神费力,甚至把心血都耗干了。普通母亲,也就是舐犊之情,人皆会之,人皆有之。而一个残疾智障孩子的母亲,不仅要忍受巨大的社会压力,甚至讥讽、嘲笑,而且还要费尽钱财,穿行在无望的生命深渊中。这是多么了不起的奉献担当啊!我说你是英雄,面对一个傻儿子,可能我做不到,你舅也做不到,很多人都做不到,而一个以个人名利为大为先的舞台名伶,却做到了,你不是英雄吗？是的,这是你的孩子,但由此及彼,让我看到了你的心地。你所做的一切,都不是无用功的。如果你还能回到舞台上,我相信,你会把戏唱得更好。我觉得你应该是那个真正把人、把人性、把人心读懂、参透了的演员。可能因为这个磨难,你会由演技派,成长为通人心、懂人性的大表演艺术家。秦娥,你真的把磨难受够了。你要继续把陪伴儿子作为生命的一切,我也不会拦着你,那是你的选择,并且是很可贵的选择。但你似乎还有更重要的事要做。你应该把你的爱,还有你所理解的爱,通过唱戏,传递给更多人。让更多的人有温度,有人性,有责任。从而让更多的傻孩子,获得更多的爱与帮助,这才可能是你更有意义的工作。我不劝你,真的不是来做说客的。你舅找了我几次,我没想好,都没来。你这么长时间没上舞台,我是知道的。包括你带团演出,塌台死人的事,我也知道。单团长的死,还有你到尼姑庵住庙,包括跟丈夫离婚,我统统都知道。我是理解你这千般心结的。唱戏人,整天都在生离死别上挠搅着,可那毕竟是戏。而你是真的在经历这一切呀！我见面了,又能安慰你些什么呢？讲些大道理,又管什么用呢？可想来想去,我还是得来。你师娘给你带了一千块钱的打豆腐钱,那也不够给孩子跑一趟外省治病的。我是觉得,你还得回到舞台上。回到舞台上,也并不意味着放弃了对儿子的爱,对儿子的治疗。也许会有更多的戏迷,来帮你承担这份心力,去为孩子寻找更广阔的救助之路。如果你愿意回归舞台,我会根据你的这段生命体验,写一个关于母爱的戏,让你的生命烛光,在舞台上去照亮更多的生命幽暗。戏不好写,我是越写越没把握了。可这个戏,我觉得可能还是能写成的。写不成,我秦八娃都死不瞑目。"

秦八娃讲到最后,她舅先流下眼泪了。

在说话的中间,封导也来了,封导也听得流下了眼泪。

忆秦娥抱着孩子,更是哭得浑身抽动。

很快,她舅就把忆秦娥她娘胡秀英又接来了。

忆秦娥终于又回团上班了。

七

忆秦娥一回来上班,省秦就热闹了。先是全团人在那天早上集合时,自发地给她鼓了一回掌。这个团太需要忆秦娥了。没有忆秦娥,几乎已"烧火断顿",无法出门演出了。省上的戏曲剧院,还有市上的几个秦腔班社,逢演出季节,都在外面有台口。唯独省秦,一直在家趴着。并且天天起来,还在给楚嘉禾排着没有演出市场的戏,都窝了一股火着呢。忆秦娥突然中止假期,回团上班,简直就是全团的大喜事了。

连丁团长,内心也是觉得有些喜悦的。在几天前,他就先把风声放给了楚嘉禾。他怕忆秦娥真的回来,楚嘉禾会抱怨他,说他提前都没给她露点口风。楚嘉禾还问了一句:"她那傻儿子不治了?"他说:"可能是没啥希望了。"楚嘉禾就不阴不阳地说:"只怕是也都盼着人家回来吧。"他只是咧嘴笑笑,没有接话。从心里讲,他丁至柔是希望忆秦娥早点回来的。观众很怪,吃谁的药,那就是一吃到底。用行内的丑话说:角儿屙下的都是香的。要是不吃谁的了,你就是跪下叩三个响头,也没人朝你的台口拥。他已做了努力,想在自己手上培养出一个"当家花旦"来,可楚嘉禾已经连续排三本大戏了,一彩排,一宣传,也就撂下了。他几次设场子,请青龙观、白龙庙、黄龙寺、黑龙洞等十几个庙会的包戏大户,来吃酒,来看戏。吃酒都行,一个个五马长枪的,一斤两斤不醉。一看戏,就都哑口无言,没醉也都装醉了,只说回去商量,从此却再没下文。弄得一团人,都对他怨声载道的。

丁至柔在剧团待了一辈子,虽然没唱过主角,可没吃过猪肉,不等于不懂得猪走路。他把啥都看得清清楚楚的：演员这个职业，永远都是不服别人比自己唱得好的。尤其是主角与主角之间，别人看得明明白白的差距，自己却是一无所知。即使有人告诉他，也是不以为然的，总觉得是不同人的不同看法而已。楚嘉禾的扮相不比忆秦娥差，嗓子也够用，可就是演戏没有爆发力，没有台缘，没有神韵，没有光彩，这个谁拿她也没办法。可她自己并不这样认为，老觉得是团上推力不够，宣传不够。并爱拿忆秦娥比，说那时忆秦娥几乎是天天上报纸，上电视的。可她的新戏，媒体就是不关注，不热炒。团上即使把记者请来吃了饭，发了小费，登出来的也就是"豆腐块"，常常还塞在"报屁股"上，谁也没办法。只排戏，没台口，一年演出任务完不成，他"团副"转正的事，也就没有了下文。

尽管如此，丁至柔也还是没出面去找过忆秦娥。他知道角儿的贱毛病，都爱求着哄着，供着敬着。他才不去当那个贱酥酥的"保姆""香客"呢。他是主持工作的副团长，得有点带戏班子的威严。现在忆秦娥终于自己要求上班了，他也就不热不冷、不急不缓、不阴不阳地答应了一声："那好吧。"

忆秦娥那天早上刚一进工棚，不知是从哪里先响起的掌声，竟然狂风暴雨般地折腾了两三分钟，把忆秦娥还弄得有些不好意思。她急忙用手背捂住了傻笑的嘴。楚嘉禾的脸，红一阵白一阵的。不跟着拍不好。跟着拍，又十分地不情愿。她明显感到，全团人是在抽她的嘴巴，扇丁团的脸呢。丁团到底是老练，急忙低下头，跟业务科人叽叽咕咕商量起工作来了。而她，就只能任由一双双挖苦的眼睛，和狠劲扇动的巴掌，来羞辱和动摇她的角儿地位了。在忆秦娥退出舞台的这段时间，她已实质坐上了"省秦一号"的"宝座"。虽然出门演出少，但连着三本大戏的排练，已然是把她立成了不好轻易撼动的台柱子。忆秦娥这一回来，她立马感到，就像孙悟空扳倒了老龙王的"定海神针"，整个省秦都天摇地动起来了。

她服忆秦娥,但也的确不服忆秦娥。她服忆秦娥的是:刻苦,能傻练,能瓜唱。不服忆秦娥的是:运气好,老有人帮忙,本来都去做饭了,结果还做成了"秦腔小皇后"。真是逮了只铁公鸡,还给把蛋下下了。

在忆秦娥给傻儿子看病的这段时间,她也去看望过忆秦娥的。那是姿态,大家都去看,何况她和忆秦娥还都是从宁州来的,不看说不过去。当然,更多的还是去窥探,看忆秦娥到底是不是被彻底击垮了。有一次,她还把刘红兵到她房里的事,半隐半讳地拉扯了几句,意思是说:刘红兵这号人,离了就离了,不值得留恋。可她看忆秦娥并不关心这事。当她说到刘红兵也就是个花花公子,是吃着自己碗里,还爱盯着别人锅里时,忆秦娥还一下把话题岔开了,说不要当她面再提刘红兵,她不想听。她这才把话打住的。以她的直觉,忆秦娥是要把唱戏彻底放下了。她心中只有傻儿子了。可没想到,她突然又折回来上班了。这可是一个要命的事情。她知道,凭唱戏,她是玩不过这个傻女人的。可你不玩,她偏要回来跟你玩,又有什么办法呢?

忆秦娥一回来,白龙庙、黄龙寺、黑龙洞的庙会戏,立马就找上门来了。并且是一天三场,一个庙会甚至定了二十一场。楚嘉禾的几本戏,倒也是搭进去能见观众的,可忆秦娥领衔主演的戏价,是她主演戏的三倍。不仅让她面子过不去,而且也让团上那些爱撂风凉话的,有了稀奇古怪的佐料:"这戏价,那咱能不能只演三分之一?""要么只唱不说,要么只说不唱,要么只唱不做,要么只做不唱,反正总不能上全套吧?"还有更绝的,端直说:"能不能让忆秦娥在楚嘉禾的整本戏前,加两段清唱,给咱把浑全戏价弄回来?"楚嘉禾听在耳里,感觉就像有人拿锥子扎她的心脏。关键是观众还真只吹红火炭,到了忆秦娥的戏,人多得能把台子拥倒。到了她的戏,不仅人稀稀拉拉,而且还有妇女在借舞台灯光做针线活,男人在打扑克"挖坑",都说是等忆秦娥的白娘子呢。

除了庙会戏,集市戏、红白喜事戏也慢慢多起来。一段时间,忙得剧团两头不见天。有人就又埋怨起忆秦娥来,说忆秦娥一回来,咱又成关中老农了,基本上一年四季都在乡村田埂上走着。回西京,都快成鬼子进村扫荡,是有一下没一下的事了。小伙子们说,再不回西京守着,老婆都快成别人的"菜"了。忆秦娥就是贼傻,贼能背戏,一天唱到黑,又翻又打的,也不见喊累,见人还傻乐和着。

忆秦娥的傻儿子是她娘领着。开始没跟来,后来出外的时间长了,她娘就抱着傻孙子跟上演出团了。忆秦娥一见傻儿子来,演出就更有劲了。加上地方上的戏迷,都前呼后拥着她。见了她的傻儿子,一是同情;二是送吃送喝、送东送西的;还有送偏方、送药材的。弄得每走一地,忆秦娥离开时,都跟土匪从村里抢了东西出来一样,是大包包小蛋蛋地扛着、背着。有时,她练功的灯笼裤腿里,都塞满了礼物。一团人就既是艳羡,又是觉得揉眼地,用狠话砸刮起她来。加上她娘也有些顾不住场面,人多人少的,都在数礼物,翻拾东西,有时还故意卖派:"别看我这傻孙子,傻人还有傻福哩。你看看,连老银项圈都有人舍得送,你知道这上面雕的是啥吗?貔貅,辟邪的。"貔貅在戏里是常提到的一种怪兽,说这种动物有嘴无肛,能吞尽天下财物而不漏。它只进不出,神通特异,故有吸纳八方之财的招财进宝寓意。有人就暗中给忆秦娥她娘送了个外号,叫"老貔貅"。惹得楚嘉禾笑得咯咯咯地隐忍不住。她说:"爱演让她尽管演去,人家有傻儿子、有'老貔貅'跟着招财进宝哩。我们演得累死累活的,图个啥?"

在演出进入淡季的时候,团上又突然说,要排创作剧目了。平常排戏,抢角色倒也罢了,一旦说排原创剧目,主创人员就有些争先恐后了。关键本子还是秦八娃写的。这家伙,是写一个成一个,省内省外都在找他写戏呢。楚嘉禾已经知道是给忆秦娥量身定做的,就故意对丁至柔撇凉腔说:"替人家考虑得很周到呀,丁团,又要上创作戏了。"

丁至柔说:"明年要全国调演,咱不参加,省秦在全国就没声音了。在全国没了声音,本省人也就瞧不起你,不要你的戏了。"

"说这些干啥,给谁排呢?"

"你和忆秦娥都有份。"

"我又是烂B组吧?"

"这戏是秦八娃专门给忆秦娥写的。但团上还是考虑要实行AB组。并且都要排出来,一人一场地轮着演。你师娘也是这意思,下命令,要我给你争戏、争名哩。"丁至柔在说后边这句话时,是把声音压得很低的。

谁知楚嘉禾还是那么大声霸气地说:"打住,打住。B组我可不上。再不做给人垫背的事了。我已经被人羞辱够了。B组那就是个毕组、毙组。毕业的毕,枪毙的毙。"

楚嘉禾也知道说这些不管用,但她总结:在剧团就得这样,你不厉害,领导就是些吃柿子的货,专拣软的捏。这也是她妈反复给她灌输的人生经验。

排戏终于开始了。

秦八娃的这个本子叫《同心结》。好俗气的名字,就跟他人一样,走路是鸭子踩水的八字步,脑袋长得活像一只老乌龟。

在忆秦娥不再上台的那些日子,楚嘉禾还曾与丁至柔去北山找过秦八娃,想请他给她定制一本戏,把角儿捧起来呢。谁知秦八娃完全一副不待见的样子,一边帮老婆磨豆腐,一边说:"不写了,不写了,好久都没摸过笔了。没感觉,硬写也写不成,写出来也是一堆垃圾。"那天,丁团用团上的钱,给他买了好烟好酒。她还给拿了茶叶,给师娘买了化妆品啥的。谁知人家一概不收。秦八娃的老婆,好像还有些二杆子劲,不仅不收化妆品,而且还叨叨说:"你儳我呢,磨豆腐的丑老婆子,还化的啥子妆哟。"秦八娃倒是问了几句忆秦娥的事,就把他们打发走了。出来后,楚嘉禾还问:

"秦八娃的老婆,好像还不喜欢家里去女的?"丁团一笑说,好像有点。楚嘉禾就哭笑不得地哀叹:"就秦八娃这只老鳖,只怕是撂到路边都没人搭理,还操的这份闲心,哼。"

这才过了多久,秦八娃就献殷勤,把戏都给忆秦娥送上门了。有感觉了?有什么感觉了?真是个老色鬼哟。这个老色鬼不仅送戏上门,而且还参加了第一天的开排会议。会上,他把自己的烂戏本,还吹得中国不出外国不产的。并且当着剧组的面,还绘声绘色地朗读了一遍,读得他几次哽咽,几次抽泣,几次撂下本子,起身去厕所打理眼泪。可怜那两只长得相互不关联的小眼睛里,竟能涌流出那么多猫尿来。真是把老脸都快丢尽了。那天,忆秦娥和其他几个主创,也是哭得稀里哗啦的。可楚嘉禾怎么听,也就是个傻娘爱傻儿子的单薄戏。谁哭,她都觉得是在表演,是在做戏,是脑子里缺了几锨炭——发潮着呢。

楚嘉禾虽说给丁团表示过不上 B 组的话,可最终还是没舍得丢掉这个机会。用丁至柔夫人的话说:"一旦忆秦娥出了问题呢?人可说不来,都是会有旦夕祸福的。尤其是像忆秦娥这样的人,红透顶了,红伤心了,就会有丢盹倒霉的时候。她那个傻儿子,不就是他们丢盹时生下的吗?"

忆秦娥没有丢盹。戏排得很顺利,一上演,就红火得炒破了西京城。观众都说是去流眼泪的,拿了票,先问都准备手帕了没有。

因为这个戏,丁至柔这个代理了好长时间的"团副",终于转正了。

就这个戏,一下让省秦走遍了大半个中国。

八

丁至柔从来不敢想,他主政省秦时,竟然能得到秦八娃的本子,还是主动送上门来的。他领导了多年业务科,虽然自己唱戏一直不行,最多也就是上去唱个"四六句"啥的,但唱戏这行的渠渠道道,却是摸得滚瓜烂熟。他是深深懂得"一剧之本"的"致命性"的。就是再好的演员,本子不行,折腾来折腾去,也都是事倍功半、南辕北辙的事。用一句行话说:除了编剧自己,谁也救不了剧本的命。秦八娃的本子,往往会引起不同看法,或者争议。但观众喜欢,并且生命长久。《狐仙劫》就是一例。开始批评的声音很多,还很严厉,演着演着,好像与生活的本质越来越接近,那些不同的声音,也就自然消失了。早先他也反对过《狐仙劫》的,甚至觉得秦八娃就是个逆历史潮流而动的家伙。可这才几年天气,对金钱的拼命追逐,就已让《狐仙劫》的先见之明显示出来了。

这本《同心结》,也有一个与《狐仙劫》相同的开头。

丁至柔毕竟没上过几天学,十一二岁就去戏校学了戏。对于本子的好坏,还真是拿不住稀稠。他就邀请省市一些领导专家,帮他把脉。意见竟然是截然相反:一种说好得很,对当下的金钱社会,具有深刻的反思意义;另一种意见说,这就是个毫无新意、毫无价值的老传统本子。不过是秦八娃的编剧技巧高,修辞能力强,让一个精致的老坛子,又装出了一坛泛着浓香的陈酒而已。有人说,这个戏一定会让文化层次低的观众,哭得稀里哗啦的,就像当年看《卖花姑娘》。但都市知识阶层,会觉得戏曲的确老旧,的确需要更新改造了。还有的干脆说,知识层次低的观众,也未必喜欢看这些婆婆妈妈、哭哭啼啼的戏了,大家要娱乐,要轻快,要看笑破肚皮的喜剧,要了解住别墅女人的时尚生活了。《同心结》的主人公,放弃了个人事业,一心只养着个傻儿子,这已不符合时代精神了。但说归说,秦八娃这个老编剧的功力,大家还是认同的。加上是给忆秦娥排,现代戏花钱又不多,就都同意先立到舞台上看看了。谁知一立上舞台,反应最强烈的竟然是知识阶层。包括许多大学老师都觉得,这是一本真正对时代有深刻认识价值的重头戏,内容涉及拜金与人性的扭曲缠绕,高贵与低贱的价值混淆,生命与人格的平等呼唤,传统与现代的多维思考。普通观众,也是在泪如泉涌中,连呼戏好。上座率竟然打破了《狐仙劫》的纪录。

忆秦娥一下又红火得了得,连自己的傻儿子也成了明星。丁至柔开始极力想把楚嘉禾也挡上去,他是真的不喜欢主演"耍独旦""吃独食"。他是业务科科长出身,在几十年的演员角色调配中,可是受惯了角儿们的牵制、刁难、指斥、埋汰。他从来都主张:一个戏的主角,是必须安排 AB 组的。最好有三两个备份,那就会把世事颠倒过来。而不用科长觍着脸,去伺候那些"大爷""二大爷""姑婆""姑奶奶"了。可楚嘉禾,就是理解不了这个人物,排练过程中怎么都不进戏,她觉得抱个傻儿子,哭来唱去的,贼没意思不说,观众也不会喜欢看的。加之又破坏演员形象,她就自己慢慢退出了。当戏红火起来后,楚嘉禾也来找过他和他老婆。可那时,忆秦娥演得正火爆,再下排练场,已没人愿意给她陪练了。楚嘉禾只落了个"幕后伴唱:本团演员"的名分。

《同心结》在广州参加全国调演,一炮打响。获奖也是大满贯。连伴唱都有奖。一下把省秦又推到了艺术创作的巅峰位置。

紧接着,这个戏就被安排到全国巡演了。

出门遇见的第一件事,就是忆秦娥非要带着傻儿子不可。

丁至柔过去并没觉得忆秦娥有多难缠。除了那次非要生娃,死缠着单仰平请产假以外,其余都还是比较听话的。只是单仰平太护着这个"犊子",啥都替她想着、扛着、捧着、抬着,甚至有事还帮她包着、捏着、揽着、顶着。他就十分地看不惯了。他老有一个观点:这些角儿,不能给太多的好脸。给脸他们就容易上脸。上了脸,就容易让领导蹾尻子伤脸。能过得去就行了。可忆秦娥这回为了带着她的傻儿子,几乎给他拍桌子了。他咋都不同意,认为出去巡演,牵扯十几个省市,国家拿的钱有限,人员是一减再减,不能把你一家几口都带了去。

如果按忆秦娥的意思,的确是一家四口都卷进来了。快成"忆家军"了。

先是她舅胡三元。

自打忆秦娥当了二团那个"弼马温"团长后,他就把头削得尖尖的,钻了进来。这一钻进来,就磨盘压手——取不利了。一逢忆秦娥演戏,就得把他叫来。忆秦娥说别人敲,节奏很难受,配合老出岔,她已不会演了。这个胡三元敲戏,也的确有两下,技术绝对是一顶一的硬棒。论服气,都没啥说的,但也都不喜欢他的臭脾气。有人说他敲起戏来,严肃认真得就像是在发射卫星、制造原子弹。紧要处,鼓槌都敢敲你的脑瓜,磕你的门牙。惹了不少人,都想撵他走。可忆秦娥上戏离不了,也就都拿胡三元没办法了。据说这个人在宁州县剧团,也是个临时工。过去倒是正式过,后来犯科坐监,出来就再没进了单位的花名册。这人就是个"翻毛鸡",用起来很不顺,不用又很可惜。反正他走到哪里,都是块吃了是骨头、吐了是肉的主儿。这次排《同心结》,好几个主创都不约而同地提出,还是得用胡三元敲鼓。秦八娃还讲了个《运斤成风》的故事,来说明忆秦娥与她那黑脸舅不可分割的搭档关系。丁至柔还问什么叫"运斤成风"。秦八娃说:"这是庄子讲的一个故事。说有一个人鼻子尖上沾了白灰,叫一个工匠来帮忙收拾。这个工匠拿着一把斧头,就在他鼻尖上呼呼呼呼地砍起来。不一会儿,白灰就被砍得干干净净了,并且鼻子还一点都没伤。那个站着让砍灰的人,面对风一样运行的斧头,也是面不改色。后来,一个国君听到这个故事,就把那个挥斧头的工匠叫来,让给他也砍砍鼻子上的灰。工匠说:我的搭档已经死了很久了,自他死后,我就再没帮人砍过鼻尖上的灰尘了。没有人可以砍了。"秦八娃把故事讲得很玄乎。至于胡三元与忆秦娥之间,到底算不算是那种缺了离了,这门技术就彻底失传了的搭档,还得两讲。不过既然是搞重点剧目,抽调几个人来,也是理所应当的。这样,胡三元就又卷进来了。

如果说"忆家军"的头号人物是忆秦娥,二号人物是胡三元,那么三号人物,就是她娘胡秀英了。

这个胡秀英,也是个很有意思的主儿。开始带着她的傻孙子跟团演出,还缩头缩脑、闪闪躲躲的。后来发现她女儿竟然是这样受欢迎、受待见,走到好多地方,就跟嫦娥下凡一样,是能稀罕了一村、一镇、一县的人,都要出来前呼后拥的。过去人们叫她女儿"小皇后",她大概还有些不理解,唱戏的怎么叫了皇后?只有到了这样的场景,她才知道了"小皇后"的意思。既然女儿都是"皇后"了,那她自然也就该是"皇太后"了。开头,她抱着傻孙子,好像还有些不好意思出世。时间长了,混得熟了,她也就习惯了到人前招摇走动。什么都要打问,什么都要插嘴,什么她都要发表看法。当然,一切都是围绕着她女儿忆秦娥的:比如吃饭问题、喝水问题、住房的朝向问题、上"茅厕"问题、演出补贴不公问题,等等。据说忆秦娥也老批评她,让她少掺和团里的事,可"皇太后"的地位,又哪里能管得住那张不干政就不舒服的嘴呢?慢慢地,团上就有人给她起了"忆办主任"的外号。有的干脆称"胡主任""胡秘书长""胡太后"了。别人一叫,她还听得咧嘴直笑,深感滋润受活。还有一种更难听的称谓,就是"老貔貅"了。都说忆秦娥她娘爱贪小便宜,团上走到哪里,都会有瓜子水果的招待,有时乘人不注意,就见她娘一伙都扫荡走了。说有一回,她是穿了忆秦娥的练功灯笼裤,扫荡的东西,都装在了"灯笼"里,结果沉得连路都走不动了,像是扎了镣铐。而她手中还抱着"噢噢"乱叫的傻孙子。那模样,很是有些慷慨赴死的悲壮感。反正笑话很多,都是把她当进大观园的刘姥姥看了。

"忆家军"的第四口人,自然是那个傻儿子了。丁至柔觉得,由她娘带着,就留在家里,忆秦娥外出演出也省心。可这个忆秦娥咋都要带着儿子巡演,说儿子不在身边,她整夜整夜睡不着觉,演出很难安心。她还说,在路上还要给儿子看病呢,经过的好几个省,都有这方面的名医。他都想说:别折腾了,这儿子还没折腾够?你还能折腾出花来朵来?可他知道,忆秦娥在这方面从来就没死过心,他也就不敢说出过于刺激的话来。反正就是劝她不要带,话没挑明,意思很明白:这么风光的一个演出团,省上还有领导带队,你领个傻子,多不雅观?但忆秦娥是要一根筋地坚持,并且完全没有商量余地:"一切都由我自己负担。我只让团上帮我娘,把一路的车票买上就行了。钱由我掏。住就跟我在一起。吃饭钱,该掏的我照掏。为啥就不能带着他们呢?哪条规定,说我不能带孩子带娘唱戏了?"话都说到这份上了,丁至柔也没办法,就松口让她带上了。

一路上,"忆办主任""忆老太后""老貔狳"胡秀英,自然是没少制造段子、笑话了。

最让丁至柔不舒服的,还不在这里,而在忆秦娥。

忆秦娥一路的风光,的确让全团人都没想到。所到之处,大家对这个剧种、这个剧目、这个演员,竟然是如此推崇备至。忆秦娥还不爱出席各种活动,除了演出,就圈在房里睡觉、"卧鱼""劈叉"、打坐;开发她那个傻儿子的智力,引逗傻儿子走路、喊妈、喊姥姥。实在不参加不行的活动,她也是得让人催促再三,才姗姗来迟。可一旦到来,又是彩云遮月般的,让他有了颇多不快。没有人知道他是团长了,没有人关心他才是这个团的一号人物,是忆秦娥的顶头上司。但见安排宴席,忆秦娥必定是座上宾。吃了喝了,有时还给发很是像样的礼品。而他,常常被安排在下席末座陪吃。如果是两席、三席,他还根本连主桌都上不了。关键是忆秦娥这个傻蛋,也不懂得客气,把自己的领导介绍一下,往前推一推、让一让,或者敬敬酒、起身倒倒茶什么的。她就那样瓜坐、瓜吃、瓜喝、瓜笑着。笑得实在觉得嘴里的虎牙,都有些着风露凉了,才用手背捂着笑。她永远都不知道自己的领导,是被冷落得已牙黄脸长了。他几次都气得想起身走掉算了。遇见这样的下属,有时开销了她的心思都有。他觉得这样的瞎瞎风气,都是单跛子过去宠的、惯的、养的来。单跛子总是把角儿朝前推,自己就瘸到一旁窝下了。可他不行,他的腿是浑全的。既然是团长,就得有团长的尊严与体面。不能让这些不知天高地厚的人,视领导为空气、芥豆、粉尘末。办公室还有人给忆秦娥提醒过,说再遇见这样的场面,得顾及丁团的面子呢。她一是不爱去,硬性被叫了去,还是眼色活全无。一旦被人挡上主席位置,她脑子就"潮湿"得缺了几锨能烘干的炭,"短路"得只剩下冒"笑泡"了。

忆秦娥还有一个重大问题是:一路的媒体都在采访,而她在接受采访中,从没提他丁至柔是怎么抓戏的。一说就是秦八娃为何写了这个戏,她又是怎么理解这个角色的。不仅屡屡提到她的傻儿子,而且连"老貔貅"都捎带上了。有一次,甚至把她那个黑脸舅也提到了,可就是不说他丁至柔抓精品力作的胆识和勇气。气得他几次把办公室弄回来的当地报纸,都撕成碎片了。办公室主任还找过忆秦娥。忆秦娥直拍脑壳说:"哎哟,我想着丁团是领导,还需要我们表扬?"可后来她也把丁团表扬了、歌颂了,人家报纸登出来偏是没有,丁至柔就把问题还是看在她身上了。其实,忆秦娥本来就不喜欢接受采访,一是嘴笨,不会说;二是怕麻烦,弄得睡不成觉;三是电视采访,还得化妆,折腾死人了;四是不想把儿子的事说得太多。可人家偏就关心着戏和真实生活之间的关系,搞得她也毫无办法。团上开始还老做工作,说无论走到哪里演出,都得制造点响动。可一响动,又把丁团给得罪了,她就再懒得动弹了。丁至柔也更是生气,说她把人活大了,团上都指挥不动了。

在巡演中途的时候,团上人事科打来电话说:上边征求意见,要报一个政协委员。建议名单是忆秦娥。但也说了,团上要是觉得忆秦娥不合适,也可以报其他人选。丁至柔想了想说:"还是报楚嘉禾吧,默默无闻的,连着排了三本大戏,给团上打下了坚实的演出剧目基础;没安排演出,她还从来不抱怨,不计较个人名利得失;常常给别人当 B 角儿,做陪衬,甘为人梯、绿叶。还是得多鼓励这样的好同志。至于忆秦娥,也不错,但这娃被抬得太高、捧得太红了,尾巴已经翘得谁都压不住了。这次出来巡演,还给组织反复讨价还价,光家里人就带了好几个,此风不可长啊!还是稳稳地朝前推吧,以后还有机会嘛。再说,也不能把荣誉都撂在一个人身上不是?这对人才成长也不利嘛。"

这事丁至柔悄悄给楚嘉禾放了风,楚嘉禾中途还专门请假跑回去一趟。后来,楚嘉禾就当了委员。世上没有不透风的墙,有人还替忆秦娥打抱不平,说委员天经地义应该是忆秦娥当。谁知她还是傻不棱登地捂着嘴笑:"刚好,我不爱开会,一开就打瞌睡。过去在宁州县开政协会,坐在主席台上我都睡着了。人家都笑话我是瞌睡虫变的呢。"不管这话是真是假,忆秦娥还倒真是没在他面前提说过这事。要是放在别人,只怕是连他的办公桌,都要掀个底朝天了。

《同心结》在全国巡演,分三个阶段,先后持续了一年多。就在省秦最红火的时候,一种消极情绪,也在悄悄蔓延:累死累活赚不了几个钱,好地方倒是跑了不少,可越跑越穷,并且越看越窝火。尤其是在沿海城市的巡演,几乎让大家感到,自己就像是要饭卖唱的了。

见识多了,队伍就不好带了。

丁至柔感到,省秦真正的危机来了。

九

巡演一回来,剧团就瘫下了。一是的确太累,二是人心完全涣散了。这个涣散,不是来自纪律、规矩的破坏,而的的确确来自人心,来自对这个行业的绝望与无奈。

大家背着行囊,晒得满脸清瘦黧黑,走进院子时,第一眼看见的,是一辆停在排练场门口的黑色加长小轿车。许多人还不知道这种轿车的名字,是团里的留守人员告诉大家,这是劳斯莱斯。

主人就是曾经跟忆秦娥争李慧娘 AB 角儿的龚丽丽。

自那次争角儿失利后,龚丽丽就跟男人皮亮一道,正经干起了灯光音响家电营销生意。他们从骡马市的小摊点开始,直干到一个大片区的总代理商。现在龚丽丽一直驻扎在深圳、广州、香港一带,几乎很少回来。而今年突然高调回来了,并且开回了劳斯莱斯。还说在深圳、香港都有了房子。皮亮也早不在团上干舞美队的苦差事了。两人销声匿迹仅六七年时间,就大变活人,鸟枪换炮了。不,这不是鸟枪换炮,而是鸟枪换火箭炮,换原子弹了。这对一团人的精神意志,几乎是摧毁性的打击。那天回到院子时,忆秦娥怀里抱着傻儿子。而她娘穿的灯笼裤里,还扫荡了半裤腿从火车上收揽的大家没有吃完的瓜子、水果、鸭脖子。

回到房里,她娘问:"是你们剧团买的车吗?"

忆秦娥说:"只怕把团卖了,也买不起这样一辆车。说好几百万呢。"

"娘啊,谁这么牛的?"

"就团里的一个演员。我来时,还跟我争过李慧娘。"

"你看这事,要早知道,还不如让她演,你去给咱挣大钱去。"

忆秦娥说:"那都是命。我不演戏,恐怕挣大钱的事也轮不到我。你女子就是个烧火丫头的薄命,也别嫌弃了。"

"看你说的,我啥时嫌弃你了?娘就是信嘴说说而已。看这一年多演出,把我娃红火的,连老娘和孙子都沾大光了。"说着,她娘就把裤腿里的东西朝出倒。

忆秦娥有些不高兴地说:"娘,我说过多少次了,让你别这样捡拾别人不要的东西,你偏要捡,偏要扫荡。让人说着多丢人的。"

"丢什么人,都糟践着就好了?在九岩沟,糟蹋东西是要遭雷劈的。你看娘这不是出来的时间长了,要回去嘛。娘知道你把钱都耗在给娃看病上了,这次回去,不用你花一分钱,娘把看亲戚邻里的东西都攒够了。"

忆秦娥也再没话说了。全团人都笑着自己的娘是"老貔貅",啥都能吞下,还没肛门。她听着也不舒服。可娘是苦日子过惯了的人,即使谁在地上撒下一粒米,她也是要捡回去的。不捡,一天都活得坐立不安的。有啥办法呢。

娘拿着自己攒下的大包包、小蛋蛋的东西回九岩沟去了。

在娘回去的这段日子,剧团的话题中心,再不是排戏、演戏的事了,而是都在谈做生意。有的是真的开始开饭馆、摆小摊儿了。都觉得艺不养人,是该到清醒的时候了。

忆秦娥也被说得有点六神无主,可她还没想到更好的路数,只能守在家里,经管着儿子刘忆,哪里也去不成,哪里也不想去。她一边练功,一边也背秦八娃老师说的那些诗词、元曲,主要也是为了开发儿子的智力。儿子但见她背诵起什么来,就偏起脑袋听。有时她背得带上了感情动作,儿子还乐呵呵地傻笑,她就背得更起劲了。练功是为了给儿子看,让儿子模仿;背诵是为了开发儿子的智力。再加上洗衣、做饭,见天日子都是满满当当的,她也就想不到窗外的烦心事了。

团上整单的演出越来越少,倒是有"穴头"组织的零星清唱会,老叫她去。可儿子没人带,也就出不了门。她正思谋着,准备请一个保姆,好把自己解放出来,出去挣点零花钱呢,她娘又风风火火地来了。

她娘这次可不是一个人来的。易家除了她爹易茂财留守外,其余的是倾巢而出了。她姐易来弟、姐夫高五福、弟弟易存根,全都是背着准备长期战斗下去的生活用具,直奔西京而来了。

娘说:"九岩沟人全都出门打工了。家里除了老的小的,其余人,要是不出门挣钱,窝在沟里,就成笑话了。一沟的人都知道,你在省城混得好,有了大名望。那名望就是门子、门路。连团上争不过你的人,都发了横财,买了啥子劳死懒死(劳斯莱斯),你要是想发财,那还不发得扑哧扑哧的。"

原来她娘回去,连扇带簸地,把跟着女儿走了大半个中国,见了多少大官名流的事,说得天旋地转的。一村人也都听得一愣二愣。没门路的,就都想到西京来,跟着忆秦娥讨一口饭吃了。这事气得她爹易茂财,可没少骂她娘,说:"你是嘴贱了,见人就胡掰掰。把人都勾扯去,是吃你女儿的肉呢,还是喝你女儿的血?古话都说了:艺不养人。指望秦娥唱戏,能把这一沟人都养活了?麻利让别人的念想都断了。挣钱是比吃屎还难的事,你把人都煽惑去,是啃你的脊梁骨呀,还是熬你的跟腱肉!秦娥拉扯个傻儿子容易吗?你还给她添乱?趁早把你那没收管的烂嘴,夹紧些。"她娘就再不敢煽惑忆秦娥有多大的出息了。

外人、亲戚就算了,可自家人,要朝九岩沟外头奔,女儿忆秦娥毕竟是块跳板不是?加上女婿高五福,早有到西京谋事的打算。过去他是想投靠妹夫刘红兵的。后来发现,刘红兵是个贪玩的"大大爷",啥事都应承得好,用时却靠不住,也就再没来找过。他一直在收药材、贩药材,累得贼死,赚钱却是极度旱涝不均。有时让别的贩子一骗,往往是血本无归的事。好在他手头还积攒了几个小钱,就想着到西京能有所发展。过去是来弟不想来,现在看人家都霍霍出门了,还有去了深圳、广州、珠海的。她留在沟里当个民办教师,一共教了七八个把逃学技巧当本事的娃娃,觉得可没面子,才答应跟高五福出门的。小儿子易存根,今年也快二十岁的人了,初中都没念完,就回九岩沟当了"沟油子"。他弄了谁一个二手破"木兰轻骑",见天沟里沟外乱窜,说是在做生意挣钱,钱没挣下一分,倒是让家里贴赔进去两三千块了。前一阵,"木兰"也跌到沟底去了,好在人还浑全,只摔断了一条胳膊,这才接好不几天,娘就带着他到西京城来找活路了。

当着忆秦娥的面,娘气得还在叨咕存根的鼻子说:"若不把他带来,迟早都是要摔死在沟里的。他爹也管不下,一管,爷父俩就撑了。我要不在,他俩还能打起来。这就是一匹养不熟的白眼狼,把他老子能活活怄死。"

面对这样的阵仗,忆秦娥也没任何办法,就让都先住下了。

这天晚上,娘又跟她拉了半晚上的话,娘说:"九岩沟就那么尻子大一坨地儿,该寻的财路,让一沟的人,把地皮都溜过成千上万遍了。山药、火藤根这些人老几代都没挖绝的东西,现在连根都刨光了;竹笋挖得连老竹子都死了;好多树皮都当药材割干割净了;连山鸡、地火鸟这些好看的东西,都下网套走了,只剩下害死人的麻雀了。真的是没来钱路了。你爹守着,那也是还有几间破房,总不能连老屋场、老坟山都不要了吧?"核心意思是,无论如何,让她都得帮衬着点姐姐、姐夫,尤其是弟弟存根。娘一说起这个儿子,气就不打一处来:"为上学,你爹真的是拿绳子,把狗日的都朝学堂捆过好几趟了。可捆去,自己磨断绳子,又从学校窗子上翻出来跑了。你说这样的人,能上进学?回家说要跑生意,要发家致富,要当万元户,还心野的,要给家里盖房、买拖拉机呢。不成器的货,骑个摩托,去偷人家的鸡,捆人家的狗,招惹得撵贼老汉,还摔了个腿断胳膊折。害得家里光医药费给人家赔了一千多块,老汉还躺到咱家吃了几个月。他再留在九岩沟,还不得把你爹老命要了?秦娥,娘知道你也难,可再难,自家的弟弟还得费神劳心哩。不管咋,得给他找个营生不是?不指望他发财,但见能把自己的嘴顾住就行。这就是一匹野狼,来了你还得放厉害些,别给他好脸。这是个给脸不要脸的货,你还得想法帮娘把狗日给我笼挂住了。"

忆秦娥没有想到,一夜之间,家里就给她压下这样重的担子。说娘吧,见娘的确是有难处。不说吧,娘也真是把女儿当成能挑动山的人了。好在,姐姐和姐夫,都很快在外面租了房。她也找了过去认识的戏迷,给姐夫牵了些药材收购方面的线。姐夫他们就算是自己行动起来了。而弟弟这边,一时找不下合适的事,就让先在家里待着。有娘看管刘忆,忆秦娥也就能腾出时间,出去唱堂会,挣些外快了。

唱戏这行,在巨大的时尚文化冲击下,的确是日渐萎靡了。尤其是在城市,几乎很少能听到秦腔的声音了。忆秦娥他们即使唱堂会,也更多是奔波在乡村的路途上。有时一跑半夜,出一个场子,唱好几板唱,也就挣人两三百块钱。给忆秦娥还是高的。不过贴补家用,还算没有把日子弄得太捉襟见肘。

这时省秦已经有些撑不下去了。丁至柔见许多戏曲团体,都顺应时势,搞了歌舞团、音乐团,他也跟风,组建了一个"西北风"轻音乐团,还兼模特儿时装表演。有人劝忆秦娥改行唱民族通俗歌曲,走"西北风"的路子。说即使做模特儿,她的身材也是拿得出去的。忆秦娥在家还学唱了几天。对着镜子,也练起了扭屁股舞,走模特儿步。可有一天,被她舅胡三元撞见了,一下骂了个狗血喷头:"你这是亏了唱戏的祖先!一个这样全国驰名的角儿,却要靠扭屁股、卖看相讨生活。你还不如死去。"这话戳的,连她娘都愣在那里半天,不知该咋骂她这个黑脸兄弟。她舅这些年,都没给外甥女发过这大的脾气,忆秦娥也就没敢再往下学了。加之轻音乐团用了能歌善舞的楚嘉禾,人家放得开,也敢朝露地穿,又会跳各种现代舞,模特儿步也是走得风生水起的。忆秦娥就一身武旦的唱戏"范儿",扭起来、走起来,让人觉得哪里都不对劲,她也就只能留在戏曲队,还唱她"老得掉牙"的秦腔戏了。

十

胡三元的确是觉得绝望了。在宁州剧团晃荡了几十年,最后混得连个正式身份都没有。没身份也无所谓,只要有戏敲就行。可戏也敲不成了,改演歌舞了。敲鼓用了惠芳龄,一个唱小花旦的女子。人家不是坐着敲,而是走着敲,跳着敲,翻着跟头敲,他自然是敲不了了。好歹有外甥女照应,来了省秦混一碗饭吃。谁知省秦现在也搞歌舞、搞流行音乐、走模特儿路、亮大腿去了。他个敲鼓佬,明显又成了多余人。

他有时真恨自己外甥女忆秦娥没出息。堂堂一个走遍大半个中国,都吃香喝辣的角儿,扛着一两百号人的锅灶饭碗,混到最后,连自己也成了多余人。好像谁都比她强。她还要去吃别人的下眼食,让社会上的混混来教唱歌、教走路,真是把先人快亏尽了。他过去从来都没有产生过绝望的念头。即使坐监狱,也没想过要死的事。除非人家要枪毙他,没办法了,否则,他都是有强烈生存欲望的人。无时无刻不在苦练着自己的鼓艺,那是一种珍爱,一种习惯,一种禀性,也是一种生命的指望、信念。离了鼓槌,他真不知道自己活着的意义了。

他越来越承认,自己是一个活得窝囊透顶的人。他姐胡秀英经常这样骂他,说他就是个不成器的东西。快活半辈子了,房没个房,单位没个单位,女人没个正经女人,娃没个娃的,就活了一对烂鼓槌。他在心里说,不是一对烂鼓槌,而是敲烂好几十对鼓槌了。

说起女人,胡彩香也真是把他心伤透了。要不是这个女人,他也许早找了女人。可就是这个女人耽误着,让他一辈子再没找别的女人。那些年,胡彩香的男人张光荣,一年就回来探一次亲,而他跟胡彩香天天在一起排戏、演出、下乡、开会。她认卯他的技术。但见配合,就是呱呱叫的彩头。加上他俩的房子也住得近,一来二去地,眉眼里就有了火,有了电。他最喜欢的,就是胡彩香那双大眼睛。没人的时候,见了他,还爱故意眨动长长的睫毛,像是要用那眼睫毛把他夹住一样地风骚。演出时,他们也会用一切机会眉目传情。比如她演《补锅》里边的兰英,明明是跟女婿拉风箱补锅,却要一边拉,一边朝他看,忘了跟她未来的补锅匠女婿"放电"。他那板鼓,也就敲得越发地有情致、有"电流"、有力道了。真正让他感动并对别的女人再无兴趣的,就是胡彩香的有情有义。他犯事了,坐牢了,胡彩香没有因为这个,而与他划清界限。相反,只有胡彩香偷偷去北山监狱探过监,给他送过吃的喝的,送过钱。他出来后,胡彩香没有因为他身无分文,臭虫虱子满身爬而远离背叛他。依然是她,给了他人生最大的慰藉与温暖。她一点点亲吻着他那被烧煳了的半边脸说:"你哪怕烧成黑熊瞎子了,我还心疼你!"就连那个孩子,他也坚信是他的。但胡彩香坚持说,那是张光荣的。他还问能不能验血,胡彩香说:"你再别瞎搅和了,我们已成这样了,得给孩子一个脸面。"他就只能偷偷给孩子一些关心了。最关键的是,在他不在宁州团的时候,胡彩香精心照顾了他的外甥女忆秦娥。不仅给这个可怜的孩子争取了一个饭碗,并且一步步把她送上了主角的位置。这是一份大恩德,易家人一辈子都是不能忘记的。可就是这个女人,跟他再好,却偏不离婚。早年她还有松动。自有了孩子,尤其是张光荣失去了在保密厂子做事的优越,调回来做自来水公司的管钳工后,她就再也不提离婚的事了。这个挠搅了他几十年的女人,也真是把他的心,伤得透透的了。他离开宁州,也是为了逃避两双眼睛:一双是胡彩香的,另一双就是她男人张光荣的。张光荣的眼睛里是藏着火、藏着燃烧弹、藏着火焰喷射器的。随时都有可能喷射出来,把他的另半边脸,也烧成黑锅底。

他在省秦,是安排住在一个废弃的小库房里,刚好是他外甥女才调来时住过的那间房。后来失火,只把牛毛毡顶棚改成石棉瓦了。忆秦娥也曾说帮他在外面租间房。可他不想劳神,说只要能支个床,能安放下一个鼓架子就行。这里毕竟是剧团院子,氛围好,弄啥方便,水电也不用掏钱。忆秦娥时常会来看看他,给他买衣服,买吃的,关心得很是周到。他想着,一辈子只要能在这个小窝里住安宁了,迟早有戏敲,也就不枉活一生了。可没想到,这么快,没戏敲的日子就又来了。真是让他有些度日如年了。

他还是老习惯,一天到晚都要抡他的鼓槌,击打梆梆响的板鼓。害怕影响人了,就拿书敲,或垫上布敲。反正不敲,他是活不下去的。这一阵,还真有活不下去的感觉了。省秦满院子都在唱"西北风",跳太空舞,走模特儿步。正经唱戏的,蔫得跟龟儿子一样,大气都不敢出了。这玩意儿老旧了,落伍了,恓惶了,破败了。好在离城市远些的乡村,还有一些红白喜事,保留着唱秦腔的习惯。他跟外甥女就像城市幽灵一样,每当黄昏时分,就被外地来的车,悄悄接出西京城,去唱秦腔、过戏瘾、讨生活去了。

他最讨厌的是他姐胡秀英,啥都不懂,偏把一家人都吆喝来,给忆秦娥添乱呢。忆秦娥已经够乱的了:离婚了,还带着个傻儿子。他多少次说,不要把心思都费在儿子身上,没必要把自己的一生都搭进去。他听说西京有好几家托管智障孩子的地方,劝她说,请人家养着,定期去看看就行了,自己还得顾自己的生活。可忆秦娥死不听,像是走火入魔了,偏要带着儿子四处求医治病。眼看钱都打了水漂,他也毫无办法。

自打跟刘红兵那个混账离婚后,也有不少人来缠他外甥女的,他都知道。可外甥女是个把门户看得很紧的人,谁也是轻易敲不开的。她的嘴更严实。就她跟刘红兵离婚那档子事,他都问过好多回了,也没问出个子丑寅卯来。她只说过不到一起了。可在他看来,大概远远不止是那么回事。他觉得,好像是刘红兵亏了他外甥女。这样轻松地掰了离了,是不是太便宜了那狗东西!可外甥女咋都不让他插手,他也就不好再去找刘红兵算账了。反正那就是个公子哥儿。自打开头,他就没看上过。可外甥女面情软,人家一死缠,也就蚂蟥缠住鹭鸶脚了。现在看来,大凡死缠烂打的主儿,也都是趔得最快、逃得最远的。是没几个好货色的。

忆秦娥眼下的日子是紧张了。可她又是个傻得除了在家寻绳上吊，再不会找任何门路的人。他就不得不出来帮着分担点了。他看有人做红白喜事的"事头儿"，越做越红火，就也买了手机，广泛联络，并且有时是打了忆秦娥的旗号，还真接了不少演出的活儿呢。"红事"还好办，给老人过寿、给儿子娶媳妇唱戏，都喜兴、热闹，也觉得有面子。"穴头"们是争着抢着揽生意。可一遇"白事"，灵堂停着一具尸体，在灵堂外搭个台子，给人家唱《祭灵》《吊孝》《上坟》，好多"穴头"就都不干了。不是他们不想挣这钱，而是请不来演员。那种演唱，就像是丧事人家的孝子贤孙，唱着、做着，有时戏情还要求跪着，心里就不免犯硌硬。开始，忆秦娥是死都不唱"白事"戏的。尤其是不唱"热丧"戏。也就是给刚"倒头"者唱《祭灵》。要唱也是一周年、三周年这样的"白事"。毕竟尸体不在现场，心理好承受些。可"热丧"，接活的人少，给的钱又多，以胡三元两眼一抹黑的社交能耐和关系网，也只能在"热丧"上多挖抓几把了。揽下活儿，他就每每做外甥女的工作，让她去唱。他说，戏是演给活人看的，谁家死了人唱大戏，也都是为了答谢乡亲。再者，"热丧"能请戏，也都是七八十岁以上的老人，就是跪下唱，敬奉着人家一点，也是在积阴德，不定对儿孙还有好处呢。忆秦娥就去唱了。他知道，这对忆秦娥的声名有很大的损害。整个秦腔界都在议论说：忆秦娥都去唱"跪坟头"戏了。说秦腔的脸面算是让她丢尽了。其实忆秦娥从没跪过坟头，也就只是在舞台上跪下唱过《祭灵》。并且她真正跪下的，还是一个九十七岁的老太太。她听说老人一生养了几个孩子，都是傻子。老人硬是把一个个瓜娃送走后，才撒手人寰的。忆秦娥一听到这里，那天连一分钱都没要，就端直跪在老太太灵前，唱了好几板祭灵戏。她哭得咋都站不起来，最后是村里几个妇女硬架起来送走的。就是"热丧"，她也不能不唱啊，一家几张嘴在等着，靠她一月百分之七十工资，是咋都填塞不住的。

没活儿的时候，胡三元还是在练他的鼓艺。他总觉得，唱戏这行,不会就此算了的。照秦腔历史说,也是上千年的命脉了。一个活了上千年的东西,怎么会说亡就亡了呢?他不相信。但一日胜似一日的败落,让他也不得不服那些时髦艺术的血盆大口,已经把他们吞食得只剩下一点末梢神经在勉强抖动了。那段时间,他老听团里人说,到处都在议论什么"戏曲消亡论""戏曲夕阳论"。气得他直抿龅牙地骂:"你妈才要消亡了呢!"都说这门艺术,只能保留进博物馆了。他在想,难道他和外甥女忆秦娥,也得被装进博物馆的玻璃橱窗里,见人进来参观,他就敲起来,外甥女就唱起来?只要有鼓敲,有戏唱,装进橱窗就装进橱窗好了。反正他们这一辈子,也就只会这点营生了。

这样的日子熬了好几年。突然一天,怎么西京城里就有了秦腔茶社。并且不是一家,几乎是在一夜之间,就开业了好几十家。听说甘肃、宁夏、青海、新疆这些秦腔窝子,也都开了这种新玩意儿。说比唱流行歌都红火呢。难道是秦腔的春天来了?

胡三元这个敲鼓佬,一夜之间又突然红火起来。好多家茶社都要请他去敲鼓了。不知咋的,都知道他敲得好,说看他敲鼓,本身就是一种艺术享受呢。但见他半边脸黑着,龅牙是一抿一抿的。手下的鼓点,敲起来就像两匹绸缎在闪动。有人买账了,他是敲得越发地来劲,那技艺,发挥得就连他自己,都常常是要佩服得给自己鼓几下掌的。

锣鼓一响,黄金万两。秦腔在茶社一旦开锣,挣钱糊口,就跟拿簸箕揽钱一样容易了。茶社太多,需要的演员乐队也多。加上这几年秦腔撂荒着,人才也都流失严重,但见一个能唱会敲的,就都有了事做。外甥女忆秦娥,更是又有了昔日小皇后的风采。谁家要请她,都是要提前好几天打招呼的。

他一下又想到了胡彩香,那一口好嗓子,来了西京,还不唱得钵满盆满的,倒是去给歌舞团做的什么饭?他就想方设法地联系上了胡彩香。很快,宁州剧团就来了一大帮唱茶社戏的。

胡彩香来了,讨厌的是,她那个死老汉张光荣也跟来了。来了就来了,还要忆秦娥帮着找工作。

张光荣是扛着那个一米多长的老管钳来的。

气得胡三元直扇自己的嘴:贱,嘴真是犯贱了!

十一

秦腔茶社的兴起,在很多年后,都是一些专家研究探讨的话题,眼看着"黄昏""没落"了的艺术,怎么突然以这种样式"复苏""勃兴"起来了呢?仅仅是更多的"乡巴佬进城","卷土重来"了"乡村文明的种子、基因"吗?恐怕是难以简单厘清这种文化现象的。因为走进茶社的,不仅有乡村进城的"暴发户""土老板""新移民",也有老城根的"老城砖""老井盖""老茶壶"。而且还有大学教授、机关干部、各类职员,反正什么人都有。总之,这里是能够与歌厅、舞场、酒吧、咖啡屋、洗脚房,抢分一杯城市夜消费浓羹的地方了。那阵儿,地县专业剧团,甚至农村业余剧团,凡能唱的、能拉的、能敲的,都纷纷拥入这个城市了。他们游走在一个个大街小巷,循着锣鼓家伙与板胡奏出的秦声秦韵,走进一个个能够一显身手的地方,"撸"上几板"稠的",也就是唱上几板"硬扎戏",以求雇主"搭红""上货"。"上货"就是上钱。所谓"搭红",是搭给演唱者一条红绸子。那条红绸子代表着十元,或者一百元钱。雇主根据对演员表现的喜好程度,承诺着"搭红"的件数。唱得好的,一板戏可获得上百条红绸。而不喜欢的,也许一条都没人搭,就灰溜溜地退出去,另找场子,谋求新的发现与欣赏去了。这里很残酷,但这里也有一夜获得数万元"搭红"奖赏,从而成为茶社"秦腔明星"的。

除了唱戏,再不知生命为何物的忆秦娥,突然在这里获得了尊重,获得了价值,虽然没有演大本戏、折子戏那么过瘾,可每晚能一成几十板戏地唱着,被掌声、叫好声鼓励着,也算是一件很满足的事了。

但这种境况并不长,而且很快就变了味。只是唱得好、敲得好、拉得好的人,已越来越少有人关注了。而更多来"搭红"的,只会把"红"搭给那些"美人坯子"了。哪怕唱得荒腔走板,只要有些姿色,也是会彩旗飘飘,"红"绸飞舞的。忆秦娥她舅胡三元,就那么一副脸子,在秦腔茶社初兴的时候,凭着一手绝技,一晚上是要撸回几十条红绸子的。每每到关门结算时,茶社老板都要眼红着胡三元老师的"人缘""财运"。可到后来,他敲一晚上戏,竟然连一条红绸子都"搭"不上了,只能靠"搭红"演员的"分红",才不至于羞辱得"一丝不挂"。

宁州剧团来的那帮人,男的混不下去,就都慢慢回去了。在他们刚来的时候,忆秦娥甚至还想到了封潇潇。她还问过胡彩香怎么没把潇潇也叫来。胡彩香说,再别提封潇潇了,整天喝得醉醺醺的,路都走不稳,真正成"风萧萧"了,还能唱戏呢?忆秦娥每每听到封潇潇这般境况,心里总是不免要咯噔好几天。没来也好,来了也是混不下去的。而胡彩香还有几个"老观众",在一下没一下地,持续着被她自己谑称为"前列腺炎"似的"搭红"频率。胡彩香毕竟唱得好,加之年过四十了,却依然是徐娘半老,风韵犹存。要不然,张光荣也不会如此不放心地要紧跟了来,并且手里还操着那个大管钳了。忆秦娥给张光荣找了个修下水道的差事,他白天干活,晚上即使再累,再瞌睡,也是要到胡彩香唱戏的茶社,坐在一个角落,或是打瞌睡,或是睁着一只眼,要紧盯着胡三元与那些半老男人的不轨表情的。

世间的事就有这么凑巧,有一晚,胡彩香正唱《断桥》时,下边进来一个人,开始谁也没有注意,直到后来,才发现是米兰。就是宁州剧团当年一直跟胡彩香抗衡的那位"当家花旦"。

米兰并不是故意要来看胡彩香唱戏的。她是跟丈夫从美国洛杉矶回来,见满街都是秦腔茶社,就突然想听听这种乡音。何况自己从十二岁开始学戏,直到二十多岁才离开舞台。她是找了比自己大二十多岁的丈夫,才离开宁州来西京的。丈夫因懂外语,又有海外关系,就被派到美国做了外贸生意。她是后来去陪伴,时间一长,就定居在美国了。现在回来已是华侨身份。这个城市没有让她依恋的任何东西,她的根在宁州,是唱戏,是秦腔。她想回宁州去一趟,可听说宁州剧团已基本垮了,人都四处流散着。她也怕人家说她回去是故意显摆,就打消了这个念头。但无论如何,她都是要听听秦腔戏的。她也好奇着,怎么西京城的许多街巷,都出现了叫秦腔茶社的招牌。里面传出的,也确真是慷慨激昂的板胡声,还有秦腔演唱声。她在一条古色古香的街道上游走着,突然,一家装修得十分雅致的窗户里,飘来了白娘子的演唱,声音是那么熟悉,简直熟悉得跟昨天才听过一般。她就好奇地走了进去。

茶社的门脸很窄,只是一楼的一个过道。过道两边,都是成衣批发商店。从长长的过道尽头走上楼梯,就见二楼有一个宽阔的所在。一个小舞台,被搭建得红红绿绿的,背靠着南墙。台左侧坐着几个乐手。台上面正有人唱着白娘子。观众席是由十几张茶桌组成的,前排都已坐满了人,而后排桌子还有空位置。米兰刚一进来,还没来得及朝舞台上细看,就有倒茶的服务员过来,问喝什么茶,要什么小吃。她想既然来了,就得消费的,她点了一杯红茶,要了一盘瓜子。也就在这个时候,她才突然意识到,那个唱白娘子的,好像是胡彩香。

> 西湖山水还依旧,
> 憔悴难对满眼秋。
> 霜染丹枫寒林瘦,
> 不堪回首忆旧游。
> ……

是胡彩香。尽管舞台灯光是那种不停旋转着的,赤橙黄绿青蓝紫的舞厅动感色彩,但胡彩香的身影,还是在斑驳的光影中,一点点清晰起来。尤其是坐在司鼓位置的胡三元,虽然在灯光暗区,可那黑乎乎的半边脸,还是让她印证了胡彩香身份的真实。紧接着,她又发现了坐在右边侧台的几个演员,也都是宁州团的。她想起身离开,可胡彩香的声音,又让她无法不听下去。这个声音曾经让她那样纠结、苦恼,甚至憎恨,可今天,一切都随着时间的流逝而烟消云散了。她承认,胡彩香的确唱得比她好,不仅嗓音甜润,而且也有味道,是"秦腔正宗李正敏"的"敏腔"一派。那是在省艺校正规学习过的。真是见了鬼了,那时她怎么都唱不过胡彩香。暗中她也偷偷在宁州县的河湾里,背过人,下过很大的功夫,可唱出来,团上人还是说她嗓音"天质窄细,丰润不足"。那些年,她跟胡彩香是怎样地争戏、较劲啊!一幕幕突然回想起来,让她嘴角抹过了淡淡的一丝笑意。如果嗓子好,也许她当时就不会跟一个比自己大二十几岁的男人,离乡背井了。那时她就是想改变,想挣脱,想远离。终于,一切都如愿以偿了。并且这个可以给自己当父亲的男人,对她一直很好,就像呵护孩子一样,呵护了自己十几年。现在,仍然把她亲切地称"米"。那个"米"字,几乎从来都不离口的,即使拌嘴,也还是"米""我的米""亲爱的米"。她感到自己无奈的青春生命转身,也还算是华丽的。虽然梦中,她经常还在宁州的舞台上演戏:胡三元在敲鼓;胡彩香在后台砸东西,骂人。可一回到现实,她还是在庆幸自己当时毅然决然离开的正确。离开时,背过人,她甚至有点痛不欲生。进了西京,一下远离了剧团里熟悉的一切,一想起来,很长时间都有一种皮肉撕裂感。后来,她是进了一个英语培训班,在英语速成的疯狂练习中,才慢慢忘记了唱戏,忘记了秦腔。再后来,她就出国了。

　　在胡彩香一板戏唱完的时候,米兰听见嗞嗞响的扩音器里,传出了一个报账的声音:"一号桌刘总,搭红两条;三号桌朱总,搭红两条;七号桌乌总,搭红三条。"顿时掌声响起。她就悄声问身边的服务员,"搭红"是什么意思?服务员悄悄给她讲了,并且说一条"红"十块钱。她本想为胡彩香"搭红"一百条,可话到嘴边,又咽回去了。她突然觉得这样"搭红",对胡彩香可能有伤害。她本想起身离开时,再把这个"红"搭上去的,可还没等她站起来,身边就走过一个人来,她仔细一看,是胡彩香的男人张光荣。

"米兰,是米兰吧?我都不敢认了。你还认得我吗?"

"光荣……哥!"

"还没忘记你这个哥呀!听说你到国外去了,都成外国人了?"

米兰笑笑说:"也就是吃住在外国的中国人。"

"还惦记着秦腔?"

"唱了十几年,咋能忘了?"

米兰现在是站也不是,坐也不是,走也不是了。正在她想着该怎么应对这场面时,场子里突然骚动起来。她问张光荣怎么了,张光荣说:"忆秦娥要来了。"虽然忆秦娥与易青娥的读音不大一样,可米兰第一感觉,可能就是当初宁州那个可怜孩子易青娥。张光荣急忙介绍说:"就是咱们宁州出来的易青娥,现在艺名叫忆秦娥了。可红了,都是秦腔皇后了。"张光荣故意把"小"字省略了。

米兰在美国,也听西京去的人讲过秦腔的事,她毕竟是有着这份操心,几乎不止一次地听人提到过忆秦娥的名字。她也想着,此忆秦娥,是不是彼易青娥?但来人大多说不清楚,只说是在报纸电视上,看过秦腔在全国调演怎么拿奖,怎么红火,具体细节,就一问三不知了。张光荣算是一下印证了她的猜测。

来的果然是易青娥,现在叫忆秦娥了。

十二

米兰先是一阵兴奋,这个苦孩子,竟然在西京活得有了谱了。

场子骚动了半天,所有眼睛都迎向了楼梯口。

只见一个追光灯,调试得如圆月一般,在楼梯口反反复复地摇来晃去。又过了好一阵儿,才见一个引路人,在前边做侧身偏头状,把一只胳膊伸得很长地开着道。紧接着,追光定位了。

一颗笑吟吟的头颅出现在了追光里。

只听喇叭里喊:

"秦腔小皇后忆秦娥忆老师到——!"

全场顿时就掌声四起了。

米兰一眼认出了这个孩子,已完全是大人模样了,并且出脱得如此端庄大方!

她的眼泪唰地一下下来了。

孩子其实是一副不事张扬,不枝不蔓的谦和、内敛相。除了茶社人为制造的"小皇后"出场效应外,几乎从她身上,还看不到一点所谓的"大牌范儿"。

张光荣不停地问她:"娃变了没?娃长变了没?厉害了吧?"

米兰只是颔了颔首。她在努力回想着孩子当初的模样。

张光荣接着说:"前边胡彩香她们都是热场子、垫碗子的。秦娥一来,这就算'正菜'端上来了。秦娥一晚上要跑好几个场子,都是争不到手的红火角儿。谁争到,谁家茶社这一晚准发财。"

米兰这阵儿倒是想坐下来,好好看看昔日那个可怜的烧火丫头,是怎么炼成在西京一出场,就要掌声四起的名角儿了。

五彩缤纷的灯光,终于在忆秦娥到来后,突然停止了让人眩晕的频闪。那只迎接她的追光灯,再次把她众星捧月一般,捧在了台中央。米兰有些震惊,这孩子竟然出脱成这般靓丽的人物了,大形一看,简直有奥黛丽·赫本的翻版感。她个头高挑,面容素雅,眼睛深邃清纯,关键是那种落落大方的自然美中,还透射出一种包容与接纳来。这是米兰这次回来,很少看到的西京表情。看到的大多都是一种暴发户的颐指气使与满目鄙夷相。尤其让她眼前一热的是,这孩子朝那儿一站,面对不停歇的掌声,在一口洁白牙齿笑到露出了那颗虎牙时,还是那么习惯性地抬起手,用手背把嘴唇一挡。那种羞涩、质朴、单纯、谦逊的东方美,一下让她参与到了掌声的和鸣中。

"感谢大家的等待,感谢大家的掌声!今晚我还是先唱《鬼怨》吧,喜剧留在后边。谢谢大家!"然后她是一个长揖,开始了"苦哇——"的幽幽鬼怨:

怨气腾腾三千丈,
屈死的冤魂怒满腔。
可怜我青春把命丧,
咬牙切齿恨平章。
……
仰面我把苍天望,
为何人间苦断肠。
……
一缕幽魂无依傍,
星月惨淡风露凉。
……

一板二十六句的大唱段,让米兰酣畅淋漓地过足了秦腔瘾。她自始至终在抹着感动的眼泪,也回忆着这孩子在宁州剧团学戏与烧火做饭的过程。不知是些什么样五味杂陈的泪水,一直相互搅和着,让她眼泪涌流出来,一次次擦拭,擦拭完,又牵连不断线地涌流出来。

她心中,甚至在一刹那间,还突然唤起了唱戏的欲望:能把戏唱得这样美妙、精到,该有多好哇!还有比这更快意、美好、满足的人生吗?可很快,她就从那种向往中退了出来。

她听见,报账人清晰地报出了搭红的条数:

一号桌刘总二十条;

二号桌殷总二十条;

三号桌朱总三十条;

四号桌牛总二十条;

五号桌左总四十条;

六号桌郭总二十条;

七号桌乌总一百条;

……

张光荣悄悄对着她的耳朵说:"这才刚开始。秦娥是钢嗓子,一晚上,能唱七八段戏呢。只要她出场,搭红咋都是千条往上。有时能好几千条呢,那就是好几万块呀!茶社只抽她百分之四十的'头子钱',对秦娥是少抽了百分之十的。别人得一半对一半抽呢。不过秦娥拿了钱,也不是干的。她还得给乐队和'垫场子'的分。秦娥手大方,尤其是对宁州来的老乡,也几乎是一半对一半地开呢。要不然,大家早混不下去了。你往下看,好戏还在后头呢。"

果然,在后边的演唱中,"搭红"一步步升着级。其中几个老板还较起劲来:你搭二百条,我就搭三百;你搭三百,我就搭五百。米兰眼睁睁看着忆秦娥的八板戏,得到了五千多条红绸子。要按张光荣的说法,茶社抽走百分之四十,也还有三万多块钱的收入呢。

她问张光荣:"每晚都这样吗?"

张光荣说:"也不一定。有时老板来得少,也就没了这阵仗。今天算是好日子,让你给碰着了。反正只要秦娥出场,场子一准就热起来了。"

收入高低且不说,但这种获取收入的方法,让米兰实在有点不好接受。她是懂得一个戏曲演员成长经历的,尤其是忆秦娥,可以说是受尽了磨难,她的整个少年时期,都是在极其恶劣的环境下成长的。她付出了常人无法想象的代价,能达到今天这样的艺术高度,堪称真正的表演艺术大家了。米兰觉得她的回报,一晚上就是十万、二十万,也是值得的。但这不是她应该来的地方,她应该到正经舞台上去唱,是有尊严地唱。观众应该是心怀虔敬地来欣赏,而不是嘴里叼着香烟,歪七扭八地坐在对面,用一种居高临下的狎玩姿态,去给这样一位尊贵的艺术家施舍。艺术家这种获取劳动报酬的方式,让她感到难堪,也感到难过。

她没有看到最后就站起来了。她对张光荣说:"光荣哥,一会儿唱完了,我想请大家吃个夜宵。就放到我住的酒店吧。"

说完,她留下酒店地址,就快速离开了。

米兰身后传来了忆秦娥演唱的《五更鸟》声:

> 一更三点玉兔回了广寒宫,
> 忽听得蚊虫儿一声闹喧嗡。
> 蚊虫奴的哥,
> 蚊虫奴的兄,
> 你在窗外学虫叫,
> 奴在绣阁仔细听。
> 听得奴家好心痛,
> 鸳鸯枕上泪淋淋,
> ……

这是眉胡戏。随着节奏的加快,茶社里除了胡三元的鼓板声,还传来了敲击桌子、敲击茶碗、敲击杯盖的声音。

米兰的脸有些发烧,心也很烦乱,步子就迈得更快了。

十三

忆秦娥刚唱完戏,张光荣就凑上来神秘兮兮地说:"你们猜我看见谁了?"

胡彩香说:"你能看见个鬼。"

"还真是撞见鬼了。米兰来了,知道不?我十五六年都没见过了。人还没咋变,就是洋气了。说从美国刚回来,要请你们吃饭呢。"

宁州来的人就吵吵了起来。

忆秦娥自打调到西京,就有去看米兰的想法,可一打听,说去国外了。几次去找,都说没回来。后来又说在美国定居了。她知道,那时米兰跟胡彩香老师之间,就好像有深仇大恨似的,把她和她舅老夹在中间,来回不好做人。胡彩香老师跟她舅的关系,是宁州团无人不知无人不晓的,在常人看来,她必然是胡老师的人了。可米兰跟胡老师再闹,都从没把她当外人看。尤其是在她舅坐监狱那阵儿,为了她的事,米老师和胡老师甚至是可以暂时团结起来,共同帮助她的。直到米老师离开那天,都是把她最记挂在心上的,凡能用的东西,都留给了她。也许那时她是团上最可怜的人,一身练功服能穿好几年,是一补再补。米兰老师就把自己的好衣服,一多半都留给她了,直到调进省城,这些衣服穿出来,还都是不逊色的。她觉得米老师是个好人,在九岩沟莲花庵念经时,她是给米老师单独诵过经、上过香的。米老师竟然回来了,她自是特别兴奋,几乎有想跳起来的感觉。她直问人在哪里,就想立即见到。

胡彩香老师倒是有些冷淡地说:"人家现在还巴望着见我们,

只怕是你强人家要吃饭的吧?"

张光荣就急了,说:"哪个狗日的强人家了?你把我想成叫花子了,再穷,还缺了一顿饭?"

忆秦娥坚持说见,大家也就都跟着,去米兰住的那家酒店了。

米兰早早就在大堂等着了。

他们进去,大家一阵稀罕得又是搂又是抱的,就有好多双眼睛朝这里盯着。米兰嘘了一声,大家才安静下来,跟着她去了西餐厅。

忆秦娥这些年外出演出,倒是经常出入高级酒店。她舅胡三元也是见过一些大世面的。而胡彩香和张光荣他们,就连走路,脚下也是一趔一滑地稳不住。张光荣就开了一句玩笑说:"地咋这滑的,虱子走起来也能劈叉了。"胡彩香还瞪他了一眼。她舅胡三元就偷着抿嘴笑,还悄声嘟哝了一句:"真正的乡巴佬进城。"

他们在一张长长的餐桌上坐了下来。餐厅灯光很暗。白色的长条桌上还燃着蜡烛。

直到这时,忆秦娥才静静地端详起米兰老师来。

张光荣说她变化不大。除了过去素面朝天,从不化妆,现在是化着精致的淡妆外,还真是变化不大呢。在宁州剧团时,米兰和胡彩香老师,是一对姊妹花,也是整个县城的两道风景。她们一上街,一街两行的人,都是要驻足观望的。可现在,米老师与胡老师之间,已是天壤之别了。胡老师已经发福得有些像大妈了,脖子上的肉,在一折一折地相互挤对着。眼角的鱼尾纹也清晰可见。而米老师还保持着她离开宁州时的苗条身材,并且肌肉更加紧实。脸上还看不见一丝皱纹,十分有弹性,棱角分明。她们现在都化着妆,而胡老师的妆接近舞台演出的戏装,很浓,红、白、黑都很明显。尤其是桃色胭脂,搽得有点妖艳。那两道上扬的黑眉,又显得过于板正生硬。而米老师的妆,化得淡雅自然,只是把两道天然的眉毛,朝浓里勾了勾;再就是涂上口红,强调了嘴唇的宽阔、生动与性感,依然藏不住当年那份天生丽质。两人坐在一起,让人无法相信,在十几年前,她们曾是一个舞台上,两朵几近平分着秋色的奇葩。

她舅和张光荣他们,还是比较关心自助餐的内容。她舅甚至还帮着张光荣,在学习拿刀叉的方法,以及取自助餐的步骤、多少,还有吃法。米兰老师把更多的注意力,是放在了忆秦娥身上。她几乎是一直在用很欣赏的目光,细细打量着忆秦娥。这种目光当初在宁州,忆秦娥也曾见过,但那里面更多的是同情,是怜惜。而今天,是欣赏,是赞叹。当然,也有颇多的惋惜。

米兰说:"秦娥,你能成长到今天,我没想到。听说都是秦腔界'皇后'级人物了,真不容易。"

忆秦娥急忙用手背挡住嘴说:"那是瞎说呢。即就是成长了,也都是靠胡老师、米老师的提携呢。"

"会说话了,孩子!"米兰甚至突然也有些忘了她的年龄似的,伸出双手,使劲把她的脸揪了一把,还拍了几下。

"都好吗?"米兰又问起了胡彩香。

胡彩香说:"有啥好不好的,就是混日子。你米兰算是把人活成了,嫁了个好老公,早早就离开宁州,还跑到国外去了。团上人都羡慕得跟啥一样。"

"我其实也挺苦的,为学外语,都快神经了,差点没跳楼。出去好多年,也是不习惯。那时老想着回来,想回宁州。在国外,其实啥都得靠自己,亲戚只是把你介绍出去,一切都得从零开始。啥都得学习,到现在我还在进修国际贸易。不学,你在那个社会就立不住。"

"你还在上学呀?"张光荣又冒了一句。

米兰点点头说:"美国就是终身学习的社会,比我年龄大得多的人,也都在学习,在不断地更新知识结构和观念。要不然,你就会活得很恐慌。"

大家吃着喝着聊着,到了很晚的时候,米兰还邀请忆秦娥和胡彩香留下,她说她们今晚可以聊一夜的。

忆秦娥和胡彩香老师就留下了。

这天晚上,她们真的一夜没睡。米兰开了红酒,三人慢慢品着,几乎是从宁州剧团的建团开始,一直津津有味地说到了大天亮。

米兰睡的是一个很大的床,开始她们在沙发上说,后来就挪到床上了。米兰和胡彩香靠在床头,忆秦娥盘成"卧鱼"状,在另一边。她们说笑了,又说哭了;说哭了,又说笑了。也只有在更深夜静的时候,每个人说出的,才都是心底最真实的那些话。对于忆秦娥来讲,有些像档案解密。当时间与当事人都发生了根本变化后,那些秘密,似乎也是可以大胆解开的了。

胡彩香说:"米兰,你老实说,当时团上黄正大主任,是不是要把你挡上去,想把我彻底替代了?"

米兰看看忆秦娥说:"秦娥在这里,我也就把话朝明地说了,黄主任是不喜欢她舅胡三元,说老跟他较劲、使绊子呢。你也老实交代,你到底跟她舅是什么关系?"米兰说完,自己先笑了。

两个舞台老姐妹,有点突然回归青春年少的感觉。

胡彩香说:"不怕你笑话,我跟胡三元就是有一腿。胡三元对我好,尤其是在事业上帮助很大。那阵我当主演,几乎每个戏,都是他帮着抠出来的。他最懂戏的节奏,也会欣赏唱腔。加上那时张光荣一年只回来一次,我是女人,不是泥塑木雕,我抵挡不了胡三元的诱惑。"

米兰戳着胡彩香的胳肢窝说:"你是喜欢他的龅牙么,还是喜欢他的黑脸?还是喜欢其他啥,到底是啥把你诱惑了?你说,你讲!"

"我都喜欢,咋?他就是个为敲鼓活着的人,很简单。爱我也很简单。我也不怕他外甥女笑话,狗日胡三元就是把我朝死里爱,爱得撞到南墙也不回头的货。"

"那你为啥还不跟张光荣离婚呢?"米兰又问。

"张光荣也是个好人,恨不得把命都给我了。原来是想离呢,可后来,张光荣下岗了,我不能再给他伤口撒盐。我欠他的太多,没有理由在这个时候把他蹬了。"

"他知道你跟胡三元的事吗?"米兰问。

"咋能不知道,不知道能老提着大管钳?那管钳就是提给他胡三元看的。"

"那以后咋办呢?"

胡彩香说:"我给他胡三元说得清楚,这事没有以后了。好在秦娥现在把他也弄到省上来了,离得远一些,也许慢慢就过去了。再说,我们也都不是能疯张的年龄了。"

米兰问忆秦娥:"你把你舅调到省上了?"

"也就是临时的。我舅自那年出事后,就再没正式工作了。"

米兰说:"你舅的技术,那真叫一绝!其实人也挺好的,就是死认技术、本事,其余一概不认,所以那阵儿就吃不开,得罪了不少人。"

"哎,米兰,我问你,离开宁州,当时你就真那么情愿吗?"

米兰慢慢品下一口红酒说:"说心里话,很难过。对那个男人,当时也不是太满意。我那时毕竟才二十四五岁,他都四十六七了,比我父亲还大了两个月。但我当时给大家瞒了年龄,说他就大了十几岁。你想想,心里会是什么滋味呢?那时,宁州县城追求我的有好几个,但我就是想离开。也必须离开,离开我最喜欢的事业。因为太伤心了。活得那么累,那么艰难,何苦呢?走了很长时间我还在想,唱戏到底是个什么职业呢?让人这样想朝台中间站?不站,好像就活不下去了一样。到美国很长时间,我还做梦在宁州演戏。梦见你胡彩香给我胖大海水里下了药,让我站到台中间,连一句都唱不出来。观众把臭鞋都扔到我脸上了。"

胡彩香一拳头砸过去说:"哎,米兰,凭良心说,我胡彩香是那样的人吗?跟你争角色是事实,背后嚼过你的舌根子也是事实,可我能给你水里下毒吗?我有那么坏吗?你说,你说,你说!"胡彩香说着,还用手去胳肢她的腋下。

她们十一二岁,就到剧团学戏,一直滚打在一起,相互间最严重的惩罚,就是集体胳肢那个最捣蛋的人,非让她笑死过去不行。

米兰是真的笑得泪流满面了,她说:"彩香彩香,快饶了我,那就是梦,打死我都不相信,你会给我下毒的。你就是那种刀子嘴、豆腐心的人。饶了师妹,快饶了师妹吧。"

"日有所思,夜有所梦。没想到,你把师姐想得这坏的。我偏不饶你,看把你笑不死命长。"两人硬是玩得扭打在一起,完全成孩子的嬉戏打闹了。

忆秦娥不仅笑得满眼是泪,而且也感动得满眼是泪。师姐师妹当初的那点龃龉,在一阵跳出了年龄的童稚、童趣中,相互胳肢得无影无踪了。

忆秦娥可惜着自己没有这样的童年,她十一岁进剧团,十二岁多一点,就被弄到伙房烧火去了。她喜欢其他孩子的嬉戏打闹,喜欢她们相互胳肢,可都不胳肢她,也不准她胳肢人。都说她身上有一股饭菜味儿,凑近了太难闻。

这天晚上,米兰也讲出了她心里的不快。她说,看了茶社的演出,觉得心里堵得慌。

胡彩香问为啥。

她说:"我们从十一二岁,就把生命献给了这行事业,难道结果就是希望以这样的方式来演出、来回报吗?我从小向往的主角,就是在舞台上,剧情呼之欲出的时候,锣鼓音乐一齐响动,然后才出场、亮相演出,当然,那是样板戏的做派。可舞台上的任何严肃演出,一定是要让主角尊严出场、尊严表演、尊严谢幕的。观众面对真正的艺术,真正的艺术家,一定是要满怀谦卑、满怀恭敬,甚至是要高山仰止的。怎么能是这样居高临下的狎玩态度呢?秦娥,你付出了那么多人生代价,用十几年的奋斗,唱得这样撼人心魄、精彩绝伦,难道就是为了赢得这些人一晚上那几千条施舍给你的红绸子吗?"

忆秦娥的嘴微张着,不知如何回答是好。

胡彩香说:"米兰,你是站着说话不腰痛。你有钱了,日子过好了,可我们要讨生活,你知道不?得生活。秦娥还有一个有病的儿子,得看病。一大家子人都来西京了,也指靠她唱戏过活呢。"

米兰又问了问她儿子的情况,就没话了。

这时,天边已露出鱼肚白了。

酒店不远处的城墙上,突然传来了一声凄厉的秦腔板胡声。随后,又有了秦腔黑头的"吼破膛"声:

呼唤一声绑帐外,
不由得豪杰笑开怀。
某单人独马把唐营踹,
只杀得儿郎痛悲哀。
……

"西京到处都在唱秦腔,难道都没有正式舞台演出了吗?"米兰问。

"有,但很少。"

"最近有没有?我想看一场舞台正式演出。就看秦娥你的。"

忆秦娥说:"倒是有一场。是外国人来看,说是外事上选出访节目呢。"

"演的什么?"

"《打焦赞》《盗草》,还有《鬼怨》《杀生》。都是我的戏。"

"好,我一定要看。"

随后,米兰就专程看了忆秦娥的舞台演出。

那天是胡彩香陪着看的,事后胡彩香告诉忆秦娥说:"你可是把米兰给征服了,她在看几折戏的整个过程,都激动得不行,手在抖,嘴唇也在抖,一个劲地说:'这孩子怎么这么优秀啊!天哪,秦娥的功夫怎么这么好!天哪!今天还有这么好的武旦吗?天哪!看看孩子的做功、唱功,天哪!看看孩子的扮相……彩香,看来我们当初帮着她从伙房里走出来、学唱戏是对的。我有时也以为,让她唱戏是害了她呢,也许学做饭更幸福些。可这孩子,天哪,她的付出……是值得的!我要给孩子献花!你快去给秦娥买一束鲜花来,要最名贵的。'"

戏看完后,米兰就不顾一切地走上舞台,毕恭毕敬地把鲜花捧给了忆秦娥,还当着很多人的面,给忆秦娥深深鞠了一躬。她说:

"秦娥,你就是到百老汇、到世界上最顶尖的舞台上演出,都是最棒的艺术家!"

在米兰离开西京的时候,她们送到机场,相互拥抱完后,米兰突然深情地说:

"我有一个梦想,希望能在美国看到秦腔,是忆秦娥唱主角的秦腔。"

十四

尽管米兰对茶社演出有看法,并且不主张忆秦娥再进那样的地方,可宁州来了这么多人,还得靠她在茶社撑台面。加之省秦演出也少,一年至多十几场戏,她就依然还在茶社唱着。忆秦娥也感到,这里的风气越来越坏。听说有的演员,唱完戏后就被老板领到酒店去了。在一些人眼里,唱茶社戏,甚至已成被老板包养的代名词了。也有人在她跟前出手阔绰,跃跃欲试,并百般暗示的。但她总是唱完就走,也不跟人多搭讪。待人不冷不热、不卑不亢。无论谁说要用车接送一下,她都会再三婉拒,绝不给人留下"被人接走了"的口舌。加之老板之间,对"搭红"的事,相互也都盯得紧,她反倒是有了一种安全感。当然,这种安全感,也是来自她"可远观而不可亵玩焉"的"香远益清,亭亭净植"。这是一个记者说的。

可突然有一天,来了一个更大的老板,把这一切就彻底打乱了。

这个老板说来并不陌生。

看官可曾记得,当年给忆秦娥排戏的老艺人古存孝身后那个小跟班?就是老给古导接大衣、披大衣的那位,想起来没?

那人叫"四团儿",姓刘名四团。是古存孝的侄子。

古存孝把刘四团从老家带到宁州,又从宁州带到西京。后来古导在省秦失势,愤然离开时,也是带着这个影子一样的小跟班,从西京城消失的。十几年过去了,这个叫刘四团的人,突然给杀回来了。不过现在没人敢"四团儿""四团儿"地乱叫了,都叫刘总,还有叫刘老板,叫刘爷的,也有叫刘哥的。他住在喜来登大酒店,据说还是总统套房。刘总出门坐的是宾利、凯迪拉克、奔驰,还有一般人叫不上名字的怪车。有人说刘总有四五辆豪车,有人说有七八辆。反正不管哪一辆跑在西京的大街上,都是有人行注目礼的。刘总上下车,也都是有人先开门,并用手搭了遮篷,护了头,他才钻进钻出的。刘总也就三十七八岁的样子,穿着打扮,一概是电视剧《上海滩》里周润发的"范儿"。在老西京看来,虽然觉得这人哪里都不对劲,但他哪里又都是一丝不苟地在翻着"发哥"的版。西京城过了五一,好多女士早穿了裙子,男士也有换上短袖的。可刘总、刘哥、刘爷,还是西装革履,并且是要披着一袭黑色风衣的。哪怕在人多的地方,用双肩抖落给身后的跟班,也是一定要先披出来的。

就这个刘哥,刘爷,昔日的刘四团,一回到西京,第一件事就是打听,那个唱秦腔的忆秦娥在干什么?

说起秦腔,没有人不知道忆秦娥的。忆秦娥唱茶社戏的事,自然也是有耳目,很快就回禀给刘哥、刘爷了。有人问他,是不是晚上就弄来?刘爷的好事还能让过夜了?刘四团一摆手说:"不,咱也到茶社听戏去。"

这天晚上,在刘四团出发前,已有好几个弟兄先去打了前站,并且跟茶社老板商量好,场子全包,不许任何"闲杂人等"入内。给的价钱,自然也是让老板目瞪口呆了的。谁知刘四团来后,见场子里太冷清,又批评手下人不会办事,说听戏能这等冰锅冷灶?戏园子听戏,就是要场面红火热闹,敲桌子拍板凳都行,绝不能傻娃躺在凉炕上,一个人一凉到底。手下人就急忙打发茶社老板叫人。听便宜戏的人倒是不缺,很快,场子就又挤得满满当当了。手下人希望能把刘爷突出一下,朝前排主桌上放。可今晚的刘爷,有些一反常态,偏要十分低调地坐在中间靠后的位置。并且戴上了墨镜,说让把主桌空着。大家也就只能按他的旨意行事了。

戏还是先有"垫碗子"的,这些人刘四团都认得,但已经没有任何人能认得刘总、刘爷了。无论胡三元,还是胡彩香,还是其他宁州的演员、乐手,当初在那个小县城,几乎都是没怎么正眼瞅过他的。偶尔瞅一眼,也是在嘲笑他给古存孝披黄大衣、接黄大衣的动作,除此再无任何瓜葛。因为他从来就没属于过剧团,他就是古存孝的侄子,古存孝的私人跟班,吃的喝的,都是古存孝管。他没拿过剧团一分钱,因此,也从来没人觉得他是剧团人。让刘四团感到奇怪的是,竟然没有一个人认出他来。尽管他在今晚这个场面,无论坐在哪里,都是显眼突出的。并且也见他们不断地朝他这儿看,可看的只是一个大老板的派头。也听人叽咕说:还真有点周润发的势呢。但却把这势,是咋都跟那个刘四团联系不起来的。

忆秦娥是在演出接近尾声的时候才出现的。

就在忆秦娥出现的一刹那间,刘四团几乎是有些失态地张开了嘴。而这张过去跟在古导背后,老是微张着的不知所以的嘴,近几年通过学习周润发的表情,是彻底改变了的。他常常把牙关紧咬起来,做一种深沉、坚毅、果敢、冷酷状。可今晚,在见了忆秦娥后,还是再次张开了十好几年前的那种嘴形。

他跟随古存孝到宁州,初次见忆秦娥——那时还叫易青娥时,也没觉得她有什么特别的地方,基本印象是:人黑瘦黑瘦的,脸只有巴掌大。平常没话,一说话老捂嘴,多少冒着点傻气。特别能吃苦,见天练功服都能拧出水来。仅此而已。他听他伯古存孝常常当人面夸易青娥说:"别看一班四五十个学生,搞不好将来就只能出易青娥一个好演员。都吃不下苦么。唱戏这行,那就是在苦水里泡大的。没有一身好'活儿',再演都是二三流演员。一流的人物,一唱地动山摇的红角儿,那都是苦出来的。易青娥这娃要不是被人弄去烧火做饭,憋着一股子劲儿,恐怕也练不出这样一副好身手呢。"再后来,易青娥在四个老艺人的鼓捣中,就一点点"蛹化蝶""鱼化龙"了。几本大戏演下来,不知咋的,她眉眼也长开了,胸脯也挺高了,腰俏也细柳了,扁平的臀部也翘起来了,迟早健康得有些像女排里那些腾空而起的扣球手。尤其是她把头式再一变,就突然都说她像奥黛丽·赫本了。他就跟他伯悄悄暗示说:"伯,侄儿也是二十好几的人了,娘说了,让我跟着你,连媳妇也是要让伯伯操心的。""没有合适的么。那你看上谁了?"伯问。他嘴里磨叽了半天,到底还是说出来了:"你看易青娥能成不?"他伯古存孝把他看了半天,说:"娃呀,这岂是你能操的菜呀?""咋了吗?没你给她排戏,她不还是个烧火做饭的。你出面说,她还敢不答应?"他伯说:"伯还真个没看出,你的心还不小哩。易青娥要是还烧火做饭着,提这亲,可能是巴不得的事。可易青娥现在是宁州的台柱子啊!在整个北山地区都撂得这么红,岂是你敢乱趸摸的人?人就是这,没活出息,咋作弄都行。一旦活出人样了,连胡子眉毛的修法,都是大有讲究的,何况择婿招人哩。你没看看,团上的封潇潇,还有那一大群小伙子,都跟狼一样在日夜惦记着,易青娥给谁好脸了?这道菜,伯就是给你硬夹到碗里,吃了你也是克化不了,迟早要做祸的。你没看看,来提亲的,行署专员家的都有,你算是哪门皇亲国戚、公子贵胄?再别胡思乱想了,你的婚事伯在心着呢。有合适的,伯就给你张罗了。"自那时起,他的内心深处,就被易青娥折磨得够呛。再后来,他跟随他伯到了省秦,只说是远离了易青娥,能慢慢疗好这伤疤呢,谁知时间不长,他伯又撺掇着把易青娥调来了。这一调来,又让他产生出许多幻想来。可时间不长,他就发现北山地区副专员的儿子刘红兵,果然是糖一样,把忆秦娥给彻底黏糊上了。他几次都想在暗处,给刘红兵几黑砖,可掂起砖头闪了闪,终是没那个胆量。再后来,他伯在省秦排戏失势,加之两个伯娘也闹得欢腾,实在待不下去了,就又带着他到甘肃陇南、天水、平凉、定西一带,做流浪艺人去了。从此他再没见过忆秦娥本人。但忆秦娥步步蹿红的消息,却是不断地传到他耳朵里。忆秦娥演的戏,也在甘肃的电视上常有播放。十几年过去了,他对忆秦娥的那份心结,仍然是解不开、驱不散。这次回西京,就完全是为了了这份心结而来的。

忆秦娥的出现,惊动了全场所有观众,也更惊艳了刘四团。没有想到,忆秦娥已经是这样充满了气场的大明星。其实她并没有张扬,进来时甚至还低着头。因为舞台上,胡彩香还正唱着《卖酒》。即使是这样低调的出场,还是如一道闪电一样,立即让全场沸腾起来,并且迅速淹没掉了胡彩香的演唱。

刘四团清楚地知道,忆秦娥是三十多岁的人了,但整个形象,还是保持着他当初离开西京时的那股青春气息,只是更老练、沉稳、自信、怡然自得了而已。他在急切等待着忆秦娥登台演唱。他的心鼓,已经敲得比黑脸胡三元手下的鼓点,更急切、更有力,也更似珠落玉盘般地错杂乱弹了。

忆秦娥终于上场了。

忆秦娥开口唱的第一板戏,是《断桥》里的"西湖山水还依旧"。

因为长期跟着他伯古存孝的原因,刘四团对秦腔一直保持着天然的兴趣。尤其是对忆秦娥的那份暗恋,更是让他始终关注着秦腔演艺界的各种动态。无论跟古存孝,还是跟着他的煤老板,还是自己摇身一变成为煤老板,他都在爱流行歌、流行音乐之余,保持着对秦腔时有时无的关注。终于,他觉得自己是可以有资本,来西京会一会忆秦娥的时候了。他是带着向往,带着激情,带着团队来的。名义上他是想在西京投资,要谈一些挖煤以外的生意,但一切的一切,还都是为忆秦娥才展开行动的。煤这东西,见一个日头,就能给他挖出上百万的银子来,做其他生意,也就是图新鲜,赶风潮,混心焦了。成了成,不成打了水漂,也就是图看那串浪花了。

无论怎么说,他到底不是秦腔的行家,忆秦娥唱得怎么样,他还是要竖起耳朵听别人的评价。其实不听也罢,光看着那张让他动心动情了十几年的漂亮脸蛋,就已足够了。让他感到震惊的是,在灯光下,这张脸,的确是比十几年前,更加棱角分明韵味十足了。他觉得这次行动,是真的决策正确、行动果断、意义重大了。他不免感到一阵兴奋。

忆秦娥第一板戏快唱完了。

跟班走到他跟前,问他怎么赏。他们在别的地方,是也进茶社听过戏的。大西北秦腔茶社的规矩都一样。刘四团举起了一根指头。跟班还问了一句:"是不是一万一万地加?"他说:"按我说的办。"跟班回答:"好嘞。"

就在忆秦娥唱到"手扶青妹向桥头"时,拖腔还未收住,掌声已爆响起来。只听报账的,激动得声音都有些颤抖地喊道:

"刘老板,搭红,一万条——!"

顿时,全场观众呼地站起来,都要看看这个刘老板是谁。一万条就是十万元哪!这在西京茶社里,还是没有听过的搭红数字。当确证,这是事实时,茶社的顶棚都快让欢呼声掀翻了。

接着,忆秦娥开始了第二板唱,是《狐仙劫》里的"救姐"。当唱到快结束时,跟班又过来悄声问数字,刘四团给了两根指头。其实这时,观众听戏的兴趣已经不大了,都在看着刘老板的反应。当他轻轻伸出两根指头的时候,立即就引起了轰动,他听见身边人都在议论:

"天哪,要上二十万了。"

"今晚这戏好看了。"

"来了真神了。"

紧接着,报账的人,就比先前更激动十倍地报出:

"刘,刘老板,再,再搭红,两万条——!"

大家已经不知道该怎么表达这种惊奇、诡异、兴奋与冲动了。许多人干脆把巴掌已发不出的声响,全都转移到桌子、凳子与茶壶、茶碗上了。连茶社老板都激动地跑上去,抢过报账人的话筒喊叫:

"诸位诸位,诸位女士先生,哥们儿弟兄,还有姐们、妹们:今晚茶社是遇见贵人、遇见高人、遇见真人了!感谢刘老板屈尊枉驾,让我们蓬荜生辉、大开眼界了!我宣布:所有酒水一律免单!请各位陪着吉星高照的刘老板,玩个高兴,玩个痛快!"

就在这时,大家突然发现忆秦娥已经下场了。并且乐队上的几个人,都在惊慌失措地朝她下去的方向看着。好像有人还在阻拦。放在平常,有老板搭红,演员是要说一串感谢话的。如果搭得多,感谢话的分量也得加长加重。可今晚,忆秦娥在第一板戏唱完后,面对十万块钱的搭红,竟有点不知所措。她又一言未发地唱了第二板。当第二板戏唱完,搭红竟然又翻了倍时,有那观察细致的观众就发现,忆秦娥是脸色极其难看地下场了。这种情况过去也是有的,兴许是老板舍得掏钱,演员需要更充分的准备,下去喝喝水,擦擦汗,跟乐队商量一下,再唱什么最来劲。可今晚好像不是这样,忆秦娥下去后,是不停地有人在朝回拉。大家就觉得更有好戏看了。终于,忆秦娥还是被茶社老板再次请上台了,并且他还补了几句话:"忆秦娥老师非常感谢刘老板,觉得搭红是不是有点多。可我要代表秦腔观众说句心里话,咱忆老师的艺术水平,就是一晚上拿一百万,也是值当的。(掌声再起)这不是我说的,而是一个华侨说的,她说忆秦娥的秦腔艺术,在她心中,价值就是一晚上一百万的含金量。"(掌声、欢呼声更甚)

忆秦娥急忙拿过话筒说:"经当不起,真的经当不起。以后千万别再说这样的话,要再说,我就真的不好意思来了。我就是个普普通通唱秦腔戏的演员,一晚上拿到我觉得适合的报酬,能养家糊口,就心满意足了。多的真的是经当不起,给了我也不能拿的。谢谢这位好心的老板!戏迷朋友们,下面,我给大家演唱《游西湖》里《鬼怨》那段唱:'屈死的冤魂怒满腔。'"

在忆秦娥演唱这板大唱段时,刘四团一直在思考着怎么搭红的问题,到底搭多少合适?其实茶社老板如果没有那句话,最后一板戏的红,他就是要搭到一百万的。今晚他豪车的后备厢里,提着几百万现金呢。他是想一步步把级升到一百万的,没想到,茶社老板提前给他把气放了。放了就放了,看忆秦娥的样子,如果这板戏上到三十万,也许就不再唱了。她到底是什么心思,他还没有搞明白,很可能觉得这是一场儿戏吧。几十万几十万地上,还反倒没有几百块、几千块上得实在。在茶社这地方,趁锅里热,胡乱喊叫搭红,最后当了混世魔王、滚刀肉,而一拍屁股走人的,也大有人在。为了让她相信这是真的,不如一步到位,直接把一百万端出来。以他这几年的经验,把钱上到这个数,已经是没有不动心、不脱光、不举起双手、不伸出白旗、不缴械投降、不背叛出卖、不父子反目、不颠倒黑白、不里应外合、不陷害荼毒、不杀人灭口的了。今晚似乎也没有必要再把戏朝下唱了,加快节奏恐怕是必要的。

当忆秦娥把这板大悲剧,唱到快完的时候,他起身,用肩膀接住了跟班及时披上的黑风衣。他朝一直给他空着的主桌走了过去。

就在他落座的时候,突然又给了跟班一个手势,那是一个挥手的动作,意思是让把什么东西拿上来。

另一个跟班就提着一个密码箱进来了。

所有人的眼睛,就都盯到这个密码箱上了。

在阵阵骚动中,忆秦娥唱完了戏的最后两句:

　　一缕幽魂无依傍,
　　星月惨淡风露凉。

当忆秦娥还深陷在悲剧的巨大痛苦中不能自拔时,报账的已经喊出:

"一百万!刘老板,拿出了现金,一百万!一百万哪!明天该是轰动西京的大新闻了……"

奇怪的是,观众被这惊天搭红,震得全都傻愣在了座位上。

茶社在那一瞬间,甚至静得掉下一根针来,都能听到当啷一声响。

这时,有一个人走到刘老板跟前,拍了一下他的肩膀说:"四团儿,是不是刘四团?在宁州,跟着那个姓古的老艺人,前后接大衣、披大衣的那个小伙子,是不是?我是胡彩香的老汉,张光荣,记得不?"

刘四团隐隐糊糊记得,这就是扛着一米多长管钳,老要打胡三元的那个家伙。

到底还是有人把他认出来了。

十五

忆秦娥做梦都没想到,今晚会出这等怪事。其实最近已经有些老板,在用抬高搭红数额,挑战她的底线了。有的甚至把话说得很露骨,问她晚上能不能去酒店。还有人在私下打听,搭多少红可以把忆秦娥领走。虽然因她的矜持与防范,暂时还保持着安全的进退距离,可危机已是十分明显的了。她在艰难应对,也在考虑着如何抽身的问题。这里已经成为演员的染缸。正经唱戏,挣钱越来越困难,她不想把自己的声誉搭进去。其实已经有人把她进茶社唱戏,说得乌七八糟了。都说省市还有好多秦腔名流,是坚持着,绝对不进这些地方唱戏的。可宁州团的老乡,还巴望着她撑持台面。她一离开,也许他们立马就得卷包走人了。而回到宁州,靠唱戏是没有任何来钱路子的。正在她犹豫不决的时候,这个刘老板就把她逼到绝境了。

说实话,忆秦娥是不喜欢别人搭红出格的,一旦出格,她就觉得浑身不自在。好几次,在场子吵得最热的时候,她就借故嗓子不好,把那种无序升温终止了。靠唱戏挣钱养家,天经地义。她愣是不希望唱出什么幺蛾子来。可今晚,这位都说打扮像《上海滩》里许文强的刘老板,一上来,就把"红"飙到了十万元。一下让她失去了防守底线。她当时就想退场,可毕竟才唱了一板戏,有些不好脱身。但她没有像过去那样,哪怕观众只搭了十条、二十条红,几百块钱,也要鞠躬致谢。十万块呀,她没有一句答谢词,这让所有人都有些震惊。好在她还是接着唱了第二板戏。当第二板戏唱完,刘老板又把搭红提高到二十万元时,她再也坚持不下去了,终于在满场的混乱中退下台来。她舅胡三元已经看到了她满脸的不高兴。胡彩香老师也急忙上前把她挡住了。只听她喊叫:"这是干什么?这是干什么?这还是唱戏吗?这还能往下唱吗?"大家都没见忆秦娥发过这么大的脾气。一些人还不大理解:有老板愿意"脑子进水"还不好?钱赚多了还咬手吗?要不是茶社几个人拦着,忆秦娥已经冲下楼去了。这时,一个劲在台上答谢着刘老板的茶社老板,三步并作两步地跑下来,差点没给忆秦娥跪下磕头了。他是一再挽留,要忆秦娥无论如何再上去唱一板:"好歹得唱个三回圆满不是?"她没想到,这第三板戏,就把秦腔茶社的百万天价创造下了。

忆秦娥是绝对不接受这一百三十万的。她要她舅和宁州团的所有人都别接受。她舅立即响应道:"听娥儿的,别要了,这不是我们正当唱戏的价码。要惹事的。"说着,大家就开始收拾摊子,准备离开了。这时,张光荣突然跑过来说:"哎哎,你们猜那个刘老板是谁?谅打死你们也都猜不出。他就是当年那个古老艺人的跟班,记得不?就是老给古老师接大衣、披大衣的那个跟屁虫。"大家一下都傻愣在那里了。

还没等张光荣继续把话说完,刘老板已经走到忆秦娥面前了。他摘下墨镜,把披在身上的黑风衣朝后一抖,跟班十分准确地接在了手中。大家仿佛又看到了昔日他给古存孝接大衣的那一幕。

"还记得我不,诸位?"刘老板刘四团开口了。

大家都没人回话。面对这样大的变化,就跟变戏法一样的天地翻转、阴阳倒错,谁也不知该说什么好了。

"忆秦娥,成大明星了。当初我伯古存孝给你排戏那阵儿,我可是也没少为你服务呀!还记得吗?"

话说到这里,忆秦娥倒是感到了几分亲切,她急忙问:"我古老师呢?"

"走了,都走好几年了。"

"啊,走了?怎么……走的?"忆秦娥问。

"在带一个业余剧团出去演出时,拖拉机翻了。其他人跳下来了,我伯年龄大,反应慢,就连拖拉机一起,翻到沟里了。"

大家半天都没说话。忆秦娥忍不住,一声"古老师",就"哇"地哭了起来。这些年,她也没少托人打听过古老师,可就是打听不出来。没想到老师已不在人世了。

茶社老板催着叫结账,忆秦娥却坚决不让拿这份钱。在僵持不下的时候,刘四团说:"忆秦娥,咋了,嫌我的钱不干净吗?"

"不是这个意思,四团哥。"忆秦娥还记着老叫法,又急忙改口说:"看我,应该叫你刘老板了。"

"别别别,千万别叫刘老板,你就叫我四团哥,听着亲切。至于这钱,你们还是拿上吧,这对我,也就是一点毛毛雨啦。"刘四团说着,嘴角掠过了一丝轻快。

一个跟班就急忙插进话来:"刘老板是开煤矿的,可大的老板了,见天随便都能赚这个数。"

刘四团还把跟班瞪了一眼,说:"就是个挖煤的,煤黑子。什么大老板小老板的。忆秦娥才叫大老板呢。全国都有了名声,那还不大老板吗?"

任刘四团和茶社老板怎么劝,忆秦娥都坚决不要分到她名下的"红利"。那是一百三十万的百分之六十。为了把真金白银弄到手,茶老板愿意让她拿百分之七十,甚至八十。可她到底还是严词拒绝,只收了五万元。并要她舅,当场全部分给宁州老乡了。她还对茶社老板说:"你也只拿五万元好了,这已是不小的数目了。把剩下的,全退给刘老板吧。"刘四团坚决不要,可忆秦娥已经转身下楼去了。刘四团就急忙追下来,死活要用车送。这时,刘四团的车前车后,已经围下了好些看热闹的人。忆秦娥硬是把脸翻了,都没上他的豪车。最后倒是答应,宁州老乡明天可以在一起吃顿饭,她也是想了解古老师离开西京以后的事。

第二天中午,刘四团在一个五星级大酒店摆下一桌。忆秦娥就把宁州团的人,全都带来了。满桌就听刘四团一个人在海吹神聊着。所有人都没想到,古老师的跟班刘四团,竟然还是这样一个"大谝"。过去,这可是三棍子都闷不出个响屁来的人啊。忆秦娥不断把话题朝古老师身上引着。可他说几句,就又拐到煤矿,拐到认识哪个哪个大领导,还有到泰国怎么跟人妖照相、到澳门怎么赌博上去了。再么就是,他的手机值多少钱,手表值多少钱,皮鞋值多少钱,皮带值多少钱。说得高兴了,他甚至把一只价值上万元的手枪打火机,先是砰地朝张光荣开了一枪,然后又啪地扔过去,说是让他拿去耍去。张光荣死活不要,他就嗖地一下从窗口撇出去了,他说他送给谁东西,不喜欢谁不要,看不起人咋的?忆秦娥见实在聊不到一起,就说下午还有事,起身先走了。

忆秦娥想着已经给他面子了,戏钱拿了五万,饭也吃了,依她不卑不亢的态度,也该让他就此打住了。可没想到,这才仅仅是开头。更加猛烈的火力,更加生死不顾的强攻,还在后面呢。

忆秦娥自打见刘四团第一面,就觉得他这次是有想法而来的。那种神气、目光,都是掩饰不住的。让她难以想象的是,曾经那么猥琐、老实、蔫瘪,连正眼都不敢看别人一下的人,忽然一天,竟然有了这样张扬的姿势,有一种世间一切,都是他可以摆平的超然自信了。挂在他嘴边的话,就是这世上没有办不成的事。连他的大跟班,也在不停地给她递话说:"刘总可厉害了,好多领导都围着他转呢。你信不,哪怕离西京千儿八百里,他电话一打,晚上牌桌支起来时,保准不会'三缺一'。"任他说什么,忆秦娥也不感兴趣,她感兴趣的,还是古存孝老师离开西京这段时间,都是怎么过活的。可刘四团又总是没兴趣讲这些,他一开口,就是自己怎么过五关斩六将的事。要么就是与金钱、与物质有关的任性显摆。她藏着,她躲着,连茶社戏,也有好些天没去唱了,就是为了回避他。可刘四团还是想方设法地约着,堵着,要跟她见面。

一天,刘四团终于把她堵在家里了。

也许是这家伙放了眼线,怎么就那么准确地知道,她娘那天带着刘忆到她姐家玩去了。她刚洗完澡出来,还以为是娘回来了,也没从猫眼朝外看看,就把门打开了。谁知进来的是刘四团。她还穿着睡衣,并且是夏天的睡衣,很薄,也有些透。一下让刘四团和她自己都傻眼了。"怎么是你?"她就下意识地把紧要部位捂了捂,急忙进卧室换衣服去了。等她换衣服出来,小客厅里,就搬进冰箱、电视机、洗衣机、皮沙发等好些样东西来。

"你……你这是干什么？"

"我看你的那些东西都不能用了，就给你买了一套新的。"刘四团说。

"不要不要，真的不要。我那些都是结婚时才买的，还都挺好的。"

"正因为是结婚时买的，才更应该彻底换掉了。"刘四团说这话时，分明带着一副新主人的口气。他说："电视才二十四英寸，还是国产的。冰箱也是单开门的。我给你换的都是日本原装进口货，目前国内最好的品牌。洗衣机还是德国的，带自动甩干烘干，把一切事都省了。沙发是意大利真皮的……"

"你别说了，不要，我都不要。"忆秦娥似乎有一种旧戏重演感。十年前，刘红兵就是以这种方式，把她的生命空间，一步步强行占领了的。她再也不能接受这种业不由主的强占方式了。

搬东西来的人，正在把旧电视、旧冰箱、旧沙发朝出抬。忆秦娥看制止不住，就突然把脸变了："都给我住手！这是我的家，一切得由我说了算。请把你们的东西都搬出去，必须搬出去！我不喜欢这样做。刘四团，刘老板，请尊重我。"

刘四团顿了一下，就挥手让人把东西又搬出去了。

有一天忆秦娥没在家的时候，刘四团是来过一次的。她娘在。他就把家里整个转着看了一遍，把该换的东西都记下了。本想搞个突然袭击，让她美美惊喜一番，没想到，忆秦娥竟然是这样一副神情，让他还挺难堪的。

他说："秦娥，莫非还瞧不起我？"

"不是这个意思。你看我这些东西都好好的，用着也顺手了，让人当垃圾拉走了，怪可惜的。"

"啥叫好好的？像你这样的明星，就应该去住大别墅。房里应该有游泳池、有健身房，附近还应该有高尔夫球场。"

忆秦娥一下笑得腰都快弯下去了,说:"四团哥,你今天该没喝酒吧,咋说这些疯话呢?你在剧团混了这么多年,还不知道唱戏人值几斤几两?还住别墅呢,能住上这单元房,已经是烧了高香了。团里还有好多人连这房都住不上,还在筒子楼里闷着呢。"

"可你是忆秦娥呀,你是秦腔小皇后呀!"

"那都是人抬你捧你,你以为自己就真是小皇后了?"忆秦娥还在笑。

刘四团说:"你别笑了。在我眼里,你不仅是小皇后,而且还是大皇后、太皇后呢。"

忆秦娥就笑得有些岔气了,说:"我……我有那么老吗?"

"我是说你在我心中的唱戏地位。"

"快别瞎说了,这话要让别人听见,还以为我是疯了呢。唱秦腔的名角儿多得很,太皇太后级的还都活着,我算哪门子皇后哟?你再乱说,只怕有人要上门掌嘴呢。"

"看他谁敢。我说你是秦腔皇后,那就是皇后。你看需要怎么包装,怎么宣传,钱有的是。你这个哥呀,过去穷,是真穷,看人家吃冰棍都流口水哩。今天穷,也是真穷,穷得就只剩下钱了。"

"四团哥好幽默呀。"

"不是幽默,是真穷。如果有了你,我就一下富裕起来了。"

"可别乱说噢,我不喜欢谁开玩笑。"

"不开玩笑。我都进来这半天了,也没说让哥坐一下。"

"坐呀,请坐!"

刘四团就在沙发棱子上坐了下来,说:"能赏一口水喝吗?"

"你看我,都忘了。"说着,她急忙给他泡起茶来。

"秦娥,要说你的变化,的确很大,变得洋气了,大牌了,更有女人味儿了。要说没变,三十多岁了,还跟在宁州演白娘子时一样迷人,并且是更加迷人了。我可就是那时被你迷倒的。直到今天,还犯迷魂着呢。"

忆秦娥又笑了,说:"四团哥,没想到十几年不见,你还真变得不敢相认了。啥玩笑都敢开了。"

"不是开玩笑,我那时是真的被你迷住了,还跟我伯说过,想让他给你提亲呢。你猜我伯说啥?"

"古老师说啥了?"

"癞蛤蟆还想吃天鹅肉。"

忆秦娥笑得把嘴捂得更紧了。

刘四团说:"我伯说,易青娥唱戏的前程,这才是开了蚊子膪大一点头。将来成了名角儿,岂是你能有福消受得了的?真跟了你,你能制伏、降翻?趁早蜷了你那屹蚤腿,也免得时间长了,酸麻得自己都受不了。"

"古老师真逗。"

"我知道那时没我的戏。好在这一天……总算盼来了。"

"你说什么呀?"

"我总算把机会等来了。"

"刘四团,你要再乱说,我可就不让你坐了。"

"秦娥,真的,我是认真的。"

"你认真什么呀?"

"我这次来西京,其实没有其他任何业务。现在煤红火得跟啥一样,还没挖出来,人都排队等着哩。我来西京,就是为了了却一桩心愿的。"

"你别说了,你不要说了。要说,可以说说我古老师,其余的,一概不听。"

忆秦娥说得很坚决。

刘四团就转圜说:"好吧,你想听啥?"

"说说古老师离开西京以后的事吧。"

刘四团说:"其实也没啥,一切都怪我伯那脾气,走到哪里都不容人。像他那样的老艺人,唱戏其实就是混一碗饭吃,可他偏要说,他是在搞艺术。他的一切背运,都来自那个死不丢弃的'搞艺术'的想法。我跟他从西京离开后,由宝鸡到天水那一线,走了好多家剧团。有国营的,也有私人戏班子。落脚都不长。都怪他要搞什么艺术,非要把每一本戏,都排得他能看过眼了,才让见观众。好多演员没功,他一边排戏还一边带功,人家都觉得请他,是把'豆腐熬成了肉价钱'。一本戏排三四个月,有时还能耗大半年。演出了也不挣钱,就都觉得请他不划算。有的地方,干脆说他是'揉磨时间''混吃混喝'的。他受不得窝囊气,动不动就让我给他把黄大衣一披,要离开。一边走,他又一边等着人朝回请。结果人家是送瘟神一样地把他赶出来,就再没有回请的意思了。不怕你笑话,我们常常是可怜得吃了上顿没下顿,连饭都要过。后来遇见了一个爱秦腔的煤老板,也弄了个戏班,听说我伯能排戏,就把我们收揽下了。我还给他反复讲,说这是个有钱的主家,得伺候好了。他嘴上也说知道,可一到排戏,就忘乎所以了。不仅啥都要他说了算,而且还把煤老板喜欢的几个女子,骂得狗血喷头,说她们'唱戏是白丁,做人是妖精,功夫没半点,眉眼带钩针'。还说老板是瞎了眼睛。那几个碎妖怪,本来就不喜欢唱戏,人家喜欢的是唱歌跳舞,只因老板爱戏,才改了行的。这下见导演连老板都骂了,就挨个给老板吹风使坏。老板就把我伯撵了。我伯也就是这次离开后,去一个不到二十个人的业余班子教戏,出门演出时,从拖拉机上,一下摔到沟底去了……"

"当时你没在场?"忆秦娥问。

"我没有。自那次被煤老板赶走后,我就再没跟伯走了。那天我们大吵了一架,他让我滚,我就滚了。也实在混不下去了,就像要饭的。我毕竟是二十多岁的人了,也得有自己的生活了。我知道他又落脚一个戏班子后,就回到那个矿上,给老板回了话,把我伯没排完的戏,又接手朝下排。"

"你,还能排戏?"

"跟伯十几年了,啥套路都学了一点。矿上那帮学戏的,与其说是学戏,不如说是图哄老板高兴呢。老板咋高兴咋来,只要把钱能哄到手就行。就我那点戏底子,给那帮人排戏,已是绰绰有余了。最后哄得老板高兴,把他女子都嫁给我了……"也许最后一句话,是刘四团说得激动,一下给脱落嘴了。忆秦娥看见,他是有点想掩饰的意思:"不过,也不是一桩啥好婚姻。"

"咋了?"

"这女子是……是小儿麻痹。"

"哦,你是当了人家上门女婿,才发达的。"

"也算是吧。不过现在,这矿已全是我的了。她爸去年突然心脏病发作,正跟人结账,就死在老板台上了。"

"这是你的恩人,你可得把人家女子伺候好了,要不然,会遭报应的。"忆秦娥也不知怎么就说出了这句话,并且觉得这话在这个时候说出来,是那么自然、妥帖、及时且又有分量。

刘四团嘴里胡咕哝了一句:"那是,那是。"

今天的话,似乎谈到这个份上,就该收场了。可是不,就在刘四团站起来,即将走出房门的一刹那间,他又突然反身,扑通跪在地上说:"秦娥,我爱你,我是一直爱着你的!如果这一生没有得到你,我就是身家有多少个亿,又有什么意思呢?只要你能跟我好,提什么条件我都答应,包括马上离婚。"

忆秦娥立即制止了他的絮叨,说:"别说了刘老板。你有这个想法都是有罪的。我绝对不可能跟你好。"

"为什么?因为我有妻子?"

"就是你没有妻子,我也不会跟你的。"

"为什么?到底为什么?"

"不为什么。就为做任何事情,心里都要觉得能过去。"

"有什么事让你过不去的?"

"不知道。反正过不去就是过不去。我已是三十好几的人了,对人生,还是有点自己的理解了。请你立即离开这里,也许我们还能做朋友,做亲人。因为我毕竟感恩你伯父,是他把我培养成今天这个样子的。他是我的恩人,是我的衣食父母。"

"你为什么就不能跟我结婚呢?"

"且不说我能不能跟你结婚。你跟这样的妻子离婚,心里能过得去吗?"

"事实是本来就没有爱呀。"

"就是交易,到了这个份上,也得讲点因果报应了。"

"你咋跟我伯是一样的死脑筋。我就不信,你把戏唱傻到这种程度了。瞎子见钱都眼睁开,何况你是正常人。好,就照你说的,那要是我不离婚,你愿意做我的……情人吗?我可以在西京给你买最豪华的别墅、最昂贵的汽车。还可以让你一家人,都活得荣华富贵起来。我知道他们现在都在西京,都靠你养活。并且你还有一个傻儿子,那个傻儿子也需要钱看病……"

"请闭上你的嘴,不许说我儿子傻子长傻子短的。他是人,是有血有肉的人,是我的亲生骨肉……"忆秦娥已经气得双手颤抖,不知说什么好了,"你走,你马上走!"

刘四团露出了最后一点泼皮无赖相,说:"婚不结,情人不做,那你开个价吧!跟我到国外旅游一个月,给你一千万,怎么样?一个月后刀割水洗,人财两清。你还做你的小皇后,唱你的白娘子、黑娘子;我还去守我的破煤窑、瘸腿妻。怎么样?数字不够还可以加……"

忆秦娥终于忍无可忍地咬着牙关说:"刘四团,你这次回来,我感觉你变坏了。但没想到,能变得这么坏。你已经是个臭流氓、臭垃圾了。你就是有一百亿、一千亿,我忆秦娥就是沿街乞讨卖唱,也绝不稀罕。滚出去,你给我滚出去!请永远都别让我再看见你。你也永远都别提忆秦娥这三个字。让你提起,对我是一种侮辱。滚!"

忆秦娥狠狠把刘四团推出去,砰地关上了门。

十六

楚嘉禾生了个龙凤胎。

在跟随轻音乐团出去演出一年多后,楚嘉禾回来时,很快就生小孩了,并且是龙凤胎。男人是在海南认识的一个老板,也是西京人,已经在那里闯出了一片天地。楚嘉禾他们在一个露天海滨浴场,驻扎着演出了半年多,跟老公认识不久就怀孕了。结婚,是在怀孕三个多月以后的事。

风靡了好些年的歌舞、模特儿表演,大概因来势太猛,而使举国跟风而起。那阵儿,几乎无处不歌,无处不舞,无处不见三点式,无处不见模特儿,无处不睹丽人行。自是鱼龙混杂,相互绞杀,终致一个行业呼啦啦起,也呼啦啦跌地衰落下来。省秦歌舞模特儿演出团成立时,已经是这个行业的抛物线顶点了,等他们乘上这趟疯狂的过山车出门时,其实已是哐哐当当地在下滑了。虽然一年多,他们也挣了些钱。可这钱,是越挣越艰难。首先是团队太难管理,许多歌手模特儿,都是在社会上临时招聘的。一到外面,各种诱惑,就如同瘟疫一样,很快就摧毁了队伍的免疫系统。一拨一拨的人马,都四散而去,不是投奔了新的阵营,就是投入了新人的怀抱。而后援部队又跟不上。他们走时,尽管家里还留了几个专门培养的模特儿,可后边来得没有前边跑得快。到最后,质量也下降得有点惨不忍睹。连尺寸不够、腿短上身长的也都递补了上去,演出团自然是缺乏了竞争力。最后是自己打败了自己,才溃不成军,从前线撤回来的。这一撤回来,也就跟戏曲队一样,卧在家里了。

出去见了大世面回来的人,还有些瞧不起在家里唱茶社戏的留守者。大家的穿戴、谈吐,也都很自然地分开了界线。一帮洋,一帮土。一帮说话时,偶尔还故意夹带着英语、韩语、日语、港澳腔。一帮永远是秦腔,还连普通话都说不标准,一说就撂下一个让人忍俊不禁的"包袱"。尤其是楚嘉禾,应该是这次出去收获最大的人了。她不仅收获了爱情、婚姻、双胞胎,而且还收获了巨大的财富。虽然演出收入,还不够她大幅度提升了档次后的化妆、服装费。可老公的房地产生意,老公的豪车、别墅,也都自然是自己的家业、家产了。她老公比她还小了两岁,第一次见她,就被她"逼人的大姐大气质"所折服。"逼人的大姐大气质"八个字,是老公亲口对她讲的。每每从大海中游泳归来,再在淡水中沐浴一番,面对着硕大的穿衣镜,她对自己身上的每一寸领土,都仍然是自我欣赏不已、赞叹有加的。大概从幼儿园开始,一直到小学,她觉得自己的美貌都是没有输过人的。即使在宁州剧团的演员训练班里,大家对她美貌的评价,也是四个字:鳌头独占。没想到后来杀出个忆秦娥,竟然就把她"天王盖地虎""宝塔镇河妖"了。到底是角色漂亮,剧中人漂亮,还是本人漂亮呢?她也反复研究过,得出的结论是:演员一旦与角色、人物结合在一起,那种美,就超越了自身,超越了本真,而带着一种魔力与神性了。忆秦娥就是这样被推到宁州、省秦"第一美人"交椅上的。她之所以跟忆秦娥争,也许与上幼儿园时,就被一街两行的人,夸赞自己是"天下第一小美人"有关。这种声音听多了,自然是不习惯前边再有别人挡着。远了无所谓,端直挡在自己前行的路当中,并且什么都是人家的好,心里不免就有了诸多的怨恨与挤对的念头。

这下好了,一切都过去了。她忆秦娥无论哪个方面,都远远落在自己后边了。专员的儿子跟她离婚了,而自己刚刚才入主房地产大亨的东宫;忆秦娥生了个儿子还是傻子,而她生的是健健康康的双胞胎;忆秦娥为了生机,整天得四处奔波,给人家死人唱"跪坟头"戏,在茶社里摇尾乞怜,等着老板施舍"搭红",而她每天打打高尔夫,到海滨冲冲浪,到温泉泡泡澡,到品牌店看看衣服、鞋帽、包包,再到美容店做做面膜、指甲,就已是安排得满满当当,累得要死要活了。本来生小孩,是要放到海南的,可她嫌那边热。当然,更是为了让省秦那些看不起她演戏的人,尤其是忆秦娥,都好好看看,楚嘉禾现在是什么运势:连生娃都是"双黄蛋"了。其实双胞胎是提前从B超里就已看得一清二楚的事,可她没有声张,没有广播,她得给省秦更进一步制造一些突如其来,制造一些羡慕不已。

为演戏,为上主角,她在这里看了太多的白眼,受了太多的侮辱。直到最后,都没有一个人说她比忆秦娥唱得好,演得好。几乎每个角色出来,背后都是一哇声地议论:连忆秦娥剪掉的脚指甲,楚嘉禾还都没学会呢。这下终于好了,唱戏这行彻底衰败了。她忆秦娥就是有上天入地的本事,也拽不回这"夕阳晚唱"了。

楚嘉禾也听说了西京茶社的不少故事,包括流传甚广的"煤老板一诺掷百万,忆秦娥怒斥乱搭红"的"秦腔茶社神话"。且不说楚嘉禾对一百万这个数字无动于衷。单说唱茶社戏的下贱,就已是她十分不齿、不屑的腌臢事体了。更何况钱也并未成交。到底是刘四团的诺言,还是戏言,抑或是忆秦娥与刘四团的双簧表演,都已是永久的迷雾了。

总之,忆秦娥要彻彻底底走出她的视线了。忆秦娥已不再是她的任何对头、对手了。

一个人,一旦活得失去了对头、对手,也就活得很是乏味、无聊、没劲了。当楚嘉禾每天让保姆用两个小童车,把双胞胎推到院子里转悠时,她和她妈也总是要跟在后面,不停地大声介绍着孩子喝哪个国家的奶粉,吃哪个国家的饼干,穿哪个国家的童装,还有诸多关于孩子先天聪明的话。她老想在院子里撞见忆秦娥,可又总是撞不上。后来她才听说,忆秦娥每天还在练功场耗着呢。她就把两个童车,端直推到练功场去了。

忆秦娥果然还"提枪抖马"在练着刀马旦的"下场"。大概是太投入,并没有发现他们的到来。她竟然在连续二十一个转身后,又一个"大跳"接"三跌叉",然后"乌龙绞柱","按头"起,"抛刀",翻一个"骨碌毛",又"二踢脚""接刀",再"出刀""抢刀""砍刀""扫刀""切刀""背刀",然后"亮相"。再然后,"圆场"由慢到快,由"踮步"到"移步";由"碎步"到"疾步";由"鱼吻莲"到"水上漂"。她手上还运转着"回刀""托刀""旋刀""埋头刀"的"刀花"技巧。她的整个上身,更是密切配合着"三回头""两探路""一昂首"的"抖马"动作。而后,才见她"挥刀跃马",扬鞭而去。这是她十七八岁演《杨排风》时,大败辽邦韩昌的"乘胜追击"下场式。没想到,十几年后,不仅动作难度没有简化,而且还有增补提升。这让楚嘉禾立即想到了一种叫"屠龙"的技术,连龙都是子虚乌有的,你练下这般绝技又有何益呢?如果不是这些绝技已变得像梦幻泡影一般毫无用场,楚嘉禾是立马会嫉妒得七窍生烟、口眼歪斜、五官搬家的。可今天,这些"活儿"越漂亮,越绝版,就越显示出了拥有者的落寞、空寂与悲哀。因而,她也就十分释然、坦然地拼命鼓起掌来。

寂静空旷的练功场,顿时显得一切都不和谐起来。

"妹子呀,还练呢?练得这么'妖''骄''漂''俏'的,准备给谁看呢?"

累得有些上气不接下气的忆秦娥,弯腰撑着双膝说:"没事,闲着也是闲着。"还跟楚嘉禾她妈打了声招呼:"阿姨好!"

"秦娥好!"她妈说,"你看人家秦娥,始终都是这么勤奋刻苦的。"

楚嘉禾说:"闲着打打牌,逛逛街,出去旅游旅游多好。何必还要守着这孽缘呢?十一二岁就把人祸害起,你还没被祸害够吗?还练呢。"

她妈还把她的胳膊肘轻轻撞了一下:"说啥呢。"

忆秦娥咧着嘴,笑笑说:"锻炼锻炼身体,总是可以的吧。"

"那进健身房呀,练腹肌,练翘臀,练人鱼线去。咱这戏曲练功,完全就是不科学的愚蠢练法,把好多演员都练成五短身材、大屁股了。娥呀,也怪哦,你说我的身材,是练功一直爱偷懒,没练成企鹅、鸵鸟、北极熊。你练得那么刻苦扎实,咋也没成大熊猫呢?"

忆秦娥只是笑,没搭腔。

她妈插话说:"你看人家秦娥身上练得紧固的。看看你,得赶快练起来了。就是去健身房、游泳池,也得去啊!"

楚嘉禾说:"冬天去海南那边再练。你没看西京这游泳池,脏得能往里跳嘛。哎,妹子,我这次回来,咋还一直没见你娃呢?"

忆秦娥的脸,似乎微微红了一下,但很快又平静下来了,她说:"在家呢。"

"他姥姥领着?"

忆秦娥点了点头。

"现在能说一些话了吧?"

"能叫妈妈,叫姥姥,叫舅舅了。"

"爸呢,会叫不?"楚嘉禾问。

她妈又把她的胳膊肘撞了一下,急忙把话题扯到了一边:"秦娥,我昨天还见你妈了,挺年轻的。"

"哪里年轻了。在农村做得很苦,来了也闲不下。"忆秦娥说。

她妈说:"能劳动是福呀!你看我,在机关养懒了,来给嘉禾照看几天娃,都腰痛背酸的,晚上还失眠呢。"

还没等她妈把话岔完,楚嘉禾又问:"儿子能走路了吗?"

忆秦娥还是很平静地回答:"能走了,就是不太稳。"

"再没看医生?"楚嘉禾还问。

忆秦娥说:"有合适的,还是会看的。"

楚嘉禾说:"真可惜了,还是个儿子。不过也说不准,不定哪天遇见个神医,还能峰回路转呢。"

这时,童车里的一个孩子突然哭起来。一个哭,另一个也跟着哭。楚嘉禾和她妈就急忙弯腰哄起了孩子。忆秦娥见孩子哭,也稀罕得凑近去,想帮着哄呢。楚嘉禾却急忙让她妈和保姆,把孩子从练功场推出去了。

从练功场出来,楚嘉禾有一种极大的满足感。她觉得把好多气,似乎都在刚才那一阵对话中,撒了出去。虽然有些话并没有说到位,但好像也已经够了。双胞胎朝那儿一摆,其实什么不说,意思也都到了。

事情有时也不完全按一个人心想的逻辑朝前发展。比如楚嘉禾老公的房地产生意,在她热恋那阵儿,还是看不见隐忧的。但很快,就遇见了"冰霜期"。一栋又一栋无人购买的楼盘,日渐成了"烂尾楼",让那里的房地产行业,突然遭到了"灭顶之灾"。还没等楚嘉禾离开寒冷的北方,去享受阳光、沙滩、海浪的温暖浪漫,她老公就从海南撤资,回西京另谋发展了。而那些"烂尾楼",已经让他几近破产。

另一个让楚嘉禾没想到的是:在舶来的时尚歌舞、模特儿演出日渐萧索时,老掉牙的秦腔,竟然又有起死回生之势。不断有人来省秦要看整本戏的演出。"秦腔搭台,经济唱戏"的包场,也日渐多了起来。全国的戏曲调演活动,也在频繁增加。省秦那帮靠唱戏安身立命的人,又在喜形于色、蠢蠢欲动了。

让楚嘉禾感到十分痛苦的是,就在这关键时刻,上边突然来搞了什么"团长竞聘上岗"。她的保护伞丁至柔,在第一轮演讲投票时,就被淘汰出局了。据说票数连三分之一都不到。有人分析,给丁至柔投票的,只有出门挣了钱的歌舞模特儿团的人。关键是好多人都已离开了。而"戏曲队"的人,还有团里的行政机关,都正憋着一股火,要"清算丁至柔分裂省秦的罪行"呢。都嫌他当了几年团长,犯了方向性错误,把省秦带向了灾难的深渊。他自己倒是"吃美了,逛美了,玩美了,拿美了",秦腔却被他"害惨了,坑苦了,治残了,搞瘫了"。他的问题不是能不能继续当团长的问题,而是

"撤销一切职务,以谢省秦"的问题,是"不'杀'不足以平民愤"的问题。

最终,那个女里女气的薛桂生,给高票当选了。

这个活得跟"娘儿们"一样的薛桂生,一调来,就跟忆秦娥配演了许仙。以后又到上海学习、北京进修。他还从学演员转向了学导演,折腾得就没消停过。团里不景气了好几年,他却玩了个华丽转身,回来竞聘团长,说得五马长枪、头头是道;听得人一愣二愣、满耳生风。另外几个竞聘者,几乎完全不是他的对手。他们说来说去,还是丁至柔当初管理业务科那一套:不是要实行计分制,就是要打破铁饭碗、加大罚款力度,自然就很是不受人待见了。而那"娘儿们",是文绉绉地说了美国说德国,说了德国说俄罗斯,说了俄罗斯又说元杂剧。总之,扯拉大,有气派。让人感到省秦是要"扶摇直上九万里"了。都说学跟不学不一样,这个团,也该有个文化层次高的人,来好好带一带了。关键是,这"娘儿们"打的是传统文化即将复兴的牌,把未来的秦腔"饼子",画得跟"金饼"一样,说省秦从此将走向辉煌,走向世界了。经过如此背运的反复折腾,大家都希望有个黄土生金、时来运转的好日子,薛桂生算是大家瞌睡时给塞了个枕头。因此,在第三轮投票时,全团一百七八十号人,他就撸了一百三十四张票。

这个演讲时还跷着兰花指的"臭娘儿们",就算是得了势了。

省秦又改朝换代了。

十七

忆秦娥在经历了刘四团的那番强攻后,就再没进过茶社唱戏了。她觉得那个地方,也的确不适合再唱了。刘四团搭红一百万的事,虽然她当场拒绝,但还是在社会上传得沸沸扬扬,毁誉参半。

还有人，又把她当初被廖耀辉侮辱的事，也拔萝卜连泥地捎带上了。演员这行当，一旦名声让社会毁了，很多场合就无法再去了。什么侮辱你的方式都会出现。并且那时你才能真正感到，其实你的身影是十分孤单、无助的。你红火时，那种千呼万唤的场面，在你塌火时，是会用成倍的恶搞方式回敬你的。就在这节骨眼上，又出了一件事，更是坚定了她不再去茶社唱戏的决心。

　　大概在刘四团那件事后的半个月，她舅胡三元在茶社里，用鼓槌敲掉了一个老板的两颗门牙，让派出所端直铐走了。

　　事情的起因还是为了胡彩香老师。有个搞建筑的老板，从外县进城挣了几个钱，就整天泡在茶社里听戏。连底下的工长汇报工作，他也是在"叫声相公小哥哥"的戏里进行的。这个人卫生习惯很差，有些茶社，是不喜欢他去捧场的。他一根接一根地抽着黑棒烟，浓痰乱吐，鼻涕乱抹，还爱抖腿，一抖就是一晚上。好多人都不愿意跟他坐一桌。他搭红也是抠抠搜搜，一条也搭，两条也搭，十条八条也搭，最多没有超过二十条的。茶社红火时，都是见不得他来的，可一旦冷清下来，也有打电话请他的。那几天，就是茶社老板请他来的。他本来在别的茶社正听戏着呢。有些事真让人说不准，他过去也听过胡彩香的戏，没咋引起注意，可这次来，演员少了，场子冷清了，半老徐娘胡彩香就格外引人注目了。在胡彩香唱完第一板戏时，他甚至禁不住大喊了一声："嫽扎咧!"大概是喊得有点过猛，一下咳嗽得肺都快要蹦出来了。等胡彩香唱过了两三板戏后，他竟然是一反常态地让手下"搭红二十五条"。他这一破纪录，连茶社的老板都感到震惊了，就不停地朝上煽惑。他也就醉了酒似的，从三十条，到三十五条，到三十八条，到四十条，再到四十二条、四十五条、四十八条，直冲到五十条。他的大方，他的自我突破，所造成的效果，甚至比那晚刘四团的效果更加热闹、劲爆。戏结束了，在收摊子时，大家正高兴着今晚的红利时，茶社老板却过来叫胡彩香，说那个廖老板要见胡老师呢。大家当时就一怔。

张光荣说:"见啥,不见。咱只管唱戏,不见任何人。"茶社老板说:"还是见见的好。这是一个捧胡老师的主儿,不要轻易得罪。得罪的不是人,是钱哪!咱总不能跟钱过不去吧?"老板又是打躬又是作揖的,胡彩香就说去见见。张光荣要跟着,老板不让,说光天化日之下,谁还能把你老婆吃了。还故意给他支了个差,说厕所有些漏水,让他帮忙看看。他就提着管钳去厕所了。谁知胡彩香过去说得并不好。那廖老板一心想把人领走,说他今晚"放血"凭的啥,还说只要她去他家里唱,会放更多的"血"给她。一个跟班竟然还动手拉起她来。胡三元看在眼里,气得二话没说,拿着鼓槌上去,对着廖老板龇出嘴唇的两颗四环素门牙,就是哪地一下,大乱子就惹下了。很快,警车呜呜地叫着来,就把人抓走了。

忆秦娥知道这事后,就急忙打电话找派出所的乔所长。

作为她的戏迷,乔所长现在连茶社戏,也会以检查治安为名,时不时溜进去,要听她唱几句的。有人说,依乔所长的能力,本该是上分局当局长了,可为看戏,误过事情,受过处分,也就长在所长位置上不得动弹了。忆秦娥知道乔所长是为啥受处分的。那还是她演《狐仙劫》时,乔所长连着来看了五晚上戏,让"漂亮、勇敢、智慧、敢于牺牲的"胡九妹,把他吸引得一场都放不下。演到第六晚上时,他甚至给派出所的十几号人都弄了票,要大家集体来观摩,说是一次很好的学习机会,让大家看看"狐狸的奉献牺牲精神与勇敢战斗精神"。结果这天晚上,派出所里关的两个小偷,给翻墙跑了。虽说是无关紧要的"毛贼",可毕竟是从派出所里跑的,性质就比较严重。要不是他过去立过功,差点没把他的所长都撸了。分局局长批评他时,还隐隐约约点到了他"迷恋"秦腔名角儿的问题,让他注意"防腐拒变"。局长说有同志反映,他去看戏时,还老爱把皮鞋擦得贼亮,头发也吹得"波浪滔天"的。气得他当面就顶了局长说:"我小小的就爱把皮鞋打得贼亮。啊!你看外国大片里那些警察,哪个是穿着烂皮鞋出去办案的。啊!头发是自然卷,不吹都来回翻着哩。啊!再说咱是去看戏,外国看戏还要穿西服扎领带哩。啊!那两个'毛贼'本来也是要放的,真要关了杀人犯,就是你局长让看戏,我也是不敢去看的。啊!"尽管受了处分,可乔所长当着忆秦娥的面,也从没提起过。局里有人戏谑他,说是"招了狐狸精的祸"呢。他只让人家"避避避,避远些",可忆秦娥照迷,忆秦娥的戏照看。至于忆秦娥找他办事,那就更是没有不上杆子上心的了。

自她弟易存根来西京后,她就没少找过乔所长。她弟一来,就到处胡钻乱窜,说是熟悉门路,要自己找工作,其实就是贪玩遛街胡逛荡。他以为他姐忆秦娥都"小皇后"了,有多厉害,能上天揽月,下河捉鳖了。结果几次做事闪失,打出忆秦娥的旗号,不是说不知道,就是说你拿个唱戏的吓唬谁呢。气得忆秦娥骂也不是,打也不能。给她娘说,娘还说:"你弟不打你的旗号可打谁的呀?"她也帮着找了几个工作,她弟不是嫌钱少,就是嫌老板太操蛋。还有一家,嫌不该把他叫"乡棒"了。反正都一一跟人家"拜拜"了。最后,还是她找乔所长,才帮忙安排了个保安工作。大盖帽一戴,把酷似警服的保安服一穿,她弟倒是咧嘴笑了,只嫌腰上还缺把手枪。这下她娘就骂开了:"你狗日的是寻死呢,还要手枪,咋不弄个土炮架在脑壳上,砰一炮把你崩死,我也好安生。养下你这个不成器的、发瘟死的、挨炮死的东西。"

这不,刚把弟弟的事情安顿好,她舅又被铐走了。她给乔所长一再央求,说她舅就是她的再生父母,唱戏能有今天,全都是她舅一路拉扯过来的。她让乔所长无论如何都得帮忙。说她舅太可怜了,人好着呢,就是脾气太直,老惹祸。乔所长让她别哭,说等他把事情打问清楚了再说。

到了很晚的时候,胡彩香老师,还有光荣叔他们,都会聚到了忆秦娥家里等消息。乔所长专门来了一趟,说那个廖老板,还是他们县上的人大代表,为这事闹得不依不饶的,还有些麻烦。乔所长说:"你舅是另一个派出所抓去的,人倒是都熟,但这种事不能硬来,是不是?啊?敲掉了人家两颗门牙,是构成了伤害罪的。啊!这种事,处理办法有两种:一是民事调解,只要能达成双方和解,赔些钱,也就了了。啊!还有一种,就是调解不成,交由法院判决。啊!像你舅这种情况,判个两到三年也是可能的。啊!"只见忆秦娥她娘扑通一声,就跪在乔所长面前了,乔所长拉都拉不起来。她一下就哭成了泪人似的喊叫:"所长啊乔所长,你可要替我那个没用的兄弟做主啊!我兄弟可怜,从小就没了娘。我这个没用的姐,把他拉扯到十一二岁,就让考了县剧团。谁知人长得丑些,当不了演员,又弄到武场面敲了小锣。敲着敲着,敲得好,又让敲了大锣。大锣也敲得好,就让敲了鼓了。可我兄弟命硬,都让人家冤枉坐了一回监了,要再进去,就是'二进宫'了哇!快五十岁的人了,还连媳妇都没说下。再一折腾,这一辈子就完了。乔所长,你可要为我们做主呀!"乔所长、胡彩香和忆秦娥三个人一齐拉,才勉强把她娘拉起来。忆秦娥看见,她娘把眼泪鼻涕,都抹了人家乔所长一裤腿。连亮铮铮的皮鞋,也是湿漉漉地闪着娘的鼻涕印子。乔所长连连说:"一定一定。啊!"然后,他一边用卫生纸悄悄擦着鞋上、裤子上的鼻涕,一边商量起调解方案来。

　　胡彩香自告奋勇,说她去找廖老板。张光荣咋都不同意,说这不是羊落虎口的事吗?忆秦娥也不同意,说胡老师绝对不能去,她说她去。乔所长说还是请律师去说。最后就请了个律师。谁知律师也没谈下来,那个廖老板说,要么就让他用打狗棍,把那个黑脸敲鼓佬的一嘴狗牙全敲下来,要么就让狗日的坐牢去。其他方案一概免谈。这事就没法往下进行了。最后乔所长甚至都出面了,让廖总不要把事做绝,总得给自己和他人都留条活路么。说还是考虑赔偿方案更切合实际些。谁知这个廖总端直开了个天价,说一颗门牙一百万,看他个烂烂敲鼓的,能赔得起吗?乔所长说:"不要抬杠嘛,啊?纵是门牙,是廖总的门牙,也不值一百万一颗吧,啊?就是值一百万,人情留一线,日后好相见嘛,啊?"廖总气得当时就想从床上跳起来:"跟他相见?呀呸!"喊"呸"时,由于没有门牙,发出的竟是"肥"声。价钱到底没谈下来。以乔所长的意思,两颗门牙,连精神损失费,赔个四五万,已是很可以的数字了。可在廖总看来,赔四五十万都不够他的丢人钱。这事让关在派出所的胡三元知道了,说一分都不能给这个臭流氓赔,他就愿意为这事坐牢。谁要是赔了,把他放出来,他还会去把那家伙的槽牙也敲了。他说他绝对说到做到。忆秦娥她娘气得捶胸顿足地说:"你舅一辈子就瞎在这个驴脾气上了,看来是要把牢底坐穿了。小小的就有人给他算命说:这娃一辈子都逃不脱牢狱之灾。你看这命相说得多准哪!"连当事人都是这态度,也就只好交由法院判决了。

她舅胡三元被判了一年。

判决那天,忆秦娥、她娘、她姐、她姐夫、她弟易存根,还有胡彩香、张光荣都去旁听了。由于是茶社里出的事,一传十,十传百的,因而那天来的演员、乐手特别多。

她舅还是当年在宁州公判大会上的那副神气,头仰得高高的,甚至还带着一丝微笑。但由于半边脸太黑,这丝微笑,不免就透出了几分滑稽感。他不停地抿着龅牙,大概是想让形象更美观一些。他自始至终没有否认自己的犯罪行为。用法律术语讲,叫"供认不讳"。他反复强调,说那两颗门牙是他敲掉的,并且是故意敲掉的。他说他就是要给这种人一个教训:在茶社看戏,得尊重唱戏人。都是养家糊口,没有谁比谁高低贵贱多少的。他说,有两句歌儿唱得好:"朋友来了有美酒,豺狼来了有猎枪。"他的最后陈述,竟然赢得了满堂彩。张光荣甚至站起来连喊了三声:"好!好!好!"还被法警架出去了。就在他喊好的一刹那间,忆秦娥看见,光荣叔与她舅,是把眼中过去积攒的仇恨,一下化解得一干二净了。

尽管法官一再敲法槌制止,可掌声和喊声还是爆响了很久很久。

在她舅判决完被押走后,胡彩香、张光荣,还有宁州来唱茶社戏的,就都回去了。

忆秦娥也发誓再不进茶社唱戏了。

为这事,她跟她姐和姐夫还闹得很不愉快呢。

十八

忆秦娥的姐姐易来弟、姐夫高五福到西京城后,一直在找商机。高五福凭早先在宁州倒贩药材,挣了点家底。本来说到西京继续做这方面的生意,可经忆秦娥介绍的几个戏迷,也都是当着忆秦娥的面,说得天花乱坠,背过身,多是应付搪塞了事。看药材方面打不进去,又见秦腔茶社生意好,加之还有个"摇钱树"的妹子,他们就在二环路边找了个地方,悄悄装修起来,是准备借忆秦娥的名气,开个"春来茶社"呢。这事提前,他们其实已经给忆秦娥暗示过的,但忆秦娥没听明白,还以为是说别人的事。她娘也直眨眼睛,让他们先捏严,说等弄成了再说不迟。因为她娘听忆秦娥老嘟哝,说茶社越来越去不成了。她娘想,只要能挣钱,又有啥去不成的呢?谁知就在忆秦娥决意不再进秦腔茶社的时候,他们把开业的日子都定下了。忆秦娥为这事很是生气,说为秦腔茶社,都弄下这么大一圈子奇事怪事了,还往里钻,这里面已没有多少干净钱好挣了。可她姐说:"只要你去茶社,准保天天爆棚。""问题是我已不能去了。"忆秦娥的态度依然很坚决。她娘本来是一直暗中撺掇来弟,要他们开秦腔茶社的,可自打她弟胡三元被关了监狱后,她也觉得,这好像不是个太安宁的地方。但来弟他们小两口儿,已经把血本都搭进去了,秦娥如果不出面帮衬着点,她也觉得很不快活,就还开口替来弟他们帮腔说话。任一家人再说,再生气,忆秦娥还是不去。最后来弟都哭了,她娘也哭了,她才答应只开业那天去一次。她也果真是只去了一次,然后就再没踏进那个地方。由此,也就把来弟姐和姐夫高五福,全都得罪下了。

忆秦娥不进茶社了,外出"走穴"演出,也是时有时无。她甚至都有些茫然了,不知唱戏这行,还能不能养得起一家人的生活。尽管如此,她每天还是要进练功场练一趟功,那已经成为一种生活方式了,不练,浑身就不自在。连走路、说话、吃饭,也像是没有了精气神和味道。但练了图啥,她也不知道,只是一种完全没有目标方向感的行动而已。尽管这样,进了练功场,她还是要穿上战靴,扎上大靠,戴上翎子,提上各种刀枪剑戟,自我"冲锋陷阵"数小时不息。

有一天,她正练着《狐仙劫》里的一个绝技——"缩身穿墙"。突然,身后有人鼓掌喊好。她扭身一看,竟然是秦八娃老师,身边还站着他的"豆腐西施"。

她急忙过来打招呼说:"秦老师好!师娘好!你们怎么舍得来西京了?"

秦老师说:"你师娘一年卖豆腐,挣好几万呢。我现在都是靠傍你师娘这大款过日子哩。这不,你师娘还没来过西京,这次硬是我煽惑着,把生意都停下了。"

"也真该让师娘来好好逛逛了。这次我全陪。说,师娘都想看些啥地方?"

"你师娘啊,我说看钟楼,她说不看。我说看城墙,她说烂砖头块子垒的墙,有啥好看的。我说看碑林石头刻的字,她说不看。我说去看秦始皇兵马俑,她说不喜欢钻坟墓,看那不吉利。我说那就去看动物园,人家一拍屁股就来了。你就领着你师娘去把那猴子、老虎、河马好好看看,保准喜欢得嘴张得比河马嘴还大。"

师娘就狠狠拧了一把秦老师的胳膊肘,痛得秦老师直叫唤说:

"家暴,家暴。秦娥,你总算看见你秦老师在家过的啥日子了吧。"

忆秦娥抽出了好几天时间,陪着秦老师和师娘,看了动物园,也上了城墙,还上了钟楼、大雁塔,还逛了街道。她还给师娘和秦老师买了东西。本来说再留几天,去看看法门寺的,师娘是爱拜庙上香的人。可那天晚上师娘突然做了个梦,说家里豆腐摊子跟前,一夜之间冒出好多家"豆腐西施"来,一下把她家的摊子给挤对垮了。师娘是特别相信梦的人,因此急着闹腾要回去。她说生意这事,你再红火,一旦冷几天,搞不好就彻底冷清下来了。无奈,忆秦娥就把老师和师娘送走了。临走的时候,秦老师还感叹,说这次来,没看上一场好戏。忆秦娥不无颓丧地说:"只怕以后都难以看上整本的好戏了。"谁知秦老师十分坚定地说:

"秦娥,你信不信我的话?唱戏的好日子又快来了。"

"为啥?"忆秦娥问。

秦老师说:"新鲜刺激的东西,也该玩够了。世事就是这样,都经见一下也好,经见完了,刺激够了,回过头才会发现,自己这点玩意儿还是耐看的。"

"唱戏这行真的还能好起来?"

"你等着瞧吧。好好看养着你的那身唱戏功夫就是了。几个轮回过来,你可能还是最好的。"

在车站临别时,秦老师还说了这样几句话:"秦娥,我这次来,一是为了让你师娘出来逛逛,二来也是为了看看你。啥我都听说了,包括茶社唱戏的那些事,你都做得好着呢。人其实不需要太多的东西。比如我,帮你师娘一天打两个豆腐,那日子就已经好得睡着了都能笑醒了。人哪,就记住一点:做啥事都得把那个度把握好。一旦把度把握好了,它就是天翻了、地覆了,一茬一茬的人被卷得不见了,可你还在,你还是你呀!"说到最后,秦老师甚至还掏出一个纸片片来,说:"秦娥,我听说你在茶社,拒绝了一个老板的一百万'搭红',当时还真有点兴奋,就随手在一个纸烟盒子上,划拉了一首词,给你念念吧!"

秦八娃老师念:

忆秦娥·茶社戏

茶社里,
挂红披彩人交替。
人交替,
品茶者几,
问谁听曲?

钓竿纷乱垂佳丽,
纵抛百万鱼鳞逆。
鱼鳞逆,
洞天别启,
废都有戏。

秦老师不知道,她实际是拒绝了一千万。至今回想起来,她也糊涂着,怎么当时会有那么大的勇气,把自己实在需要得不得了的一笔大钱,竟一口回绝了。事情过了很长时间,她心里还扑腾扑腾乱跳着。跳什么呢?她不知道。反正那是一笔大钱,够她忆秦娥花几辈子,也够易家人花几辈子了。当时她是多么缺钱哪!可这钱她不能要,她也说不清为什么不能要,可就是觉得不能要,不能要,不能要,就是不能要。这一点她很清楚。即使出门挨家卖唱讨赏,她也是不能要这种龌龊钱的。

秦老师把词念完又说:"记住我的话,把戏看重些,其余都是闲淡事。啥都能没了,可戏没不了。一切还会好起来的,不信你等着瞧。"

难道秦老师还是能掐会算的人?果然,在他来西京不久,省秦的歌舞模特儿团就彻底解散了。连丁至柔,也栽在这个上面,把团长都丢了。

竞聘上岗的团长薛桂生,一上任,就说是要排秦腔大戏,并且是要从重排《狐仙劫》开始。他说这个戏在十年前出来时,对它的无论审美价值还是思想价值,认识得都远远不够,今天已有重新认识的必要了。

秦腔《狐仙劫》就重新上马了。

十九

省秦腔团在近十几年时间里,已经历了两次大的折腾。第一次是"单仰平时代"的折腾:上级硬是要求"名角儿挑团",把一个团分成两个演出队,让忆秦娥和另一个名角儿当了团长。也就是有名的"忆秦娥一百九十四天新政",最终以"垮台"而"逊位"。省秦里边不缺会说怪话的高人。他们总是要把团里的大小事情,说得跟历史重要人物和事件一样玄乎。他们说"单仰平时代"结束后,又迎来了"丁至柔时代",丁至柔依然把省秦分成了两个团。"单时代"的两个团还都在唱戏,而"丁时代"的两个团,一个走了"旁门左道",一个成了"老马卧槽"。单位是一再上演着"三国演义",分了合,合了分,只是缺个"久"字。时间都极短,但"三分天下",甚至"四分天下"的势力,倒是形成了。"薛娘娘"之所以能高票当选,除了"嘴能掰掰",也与他来团时间晚,来了又不停地出去学习,跟各方势力都没有太多"咬合"、角力有关。要不然,哪能轮上他主政呢?这个"渔翁",实实在在是在"鹬蚌"互钳的当口,侥幸"登基"的。

薛团长"登基"后,第一件事就是抓集训。荒废的时间太长,好多人的腿,都被自谑为"铁撬杠"了。压不下去,踢不起来。"圆场"跑得就跟颠簸在坑洼不平的路上一样,教练不停地喊叫:"小心,小心,小心把牙磕了。"惹得练功场不时发出哄堂大笑声。戏曲队那些一两年没进过练功场的人,都变得发福起来,被模特儿队的嘲笑为"肉厚渠深队"。"渠"是人体的沟槽部分。而歌舞模特儿队的,又一满不会了戏曲的走路,上场便是"霹雳"的蹦跳,"猫步"的仄仄斜斜。也被戏曲队的嘲弄为"疯人院队"。唯有忆秦娥,仍是身轻如燕,弹跳如簧,她把腿随便孝起来,脚尖就在耳旁。"朝天蹬"连扳都不用手扳,一只脚就端直横到了头顶上。"走鞭""趟马""搜门""下场"起来,更是虎虎生风,技艺不减当年。几乎每走一个动作,都有人要自发地为她鼓掌。也只有在这时,大家才突然感到,戏曲原来是这么有魅力、这么有难度的艺术。那些自豪着能走模特儿步、能跳各种流行舞的人,突然感到了自己脚下的轻飘。

忆秦娥又一次曝亮在全团人面前了。

那天楚嘉禾也来了。以她本来的心劲,是要彻底跟这个团拜拜的。可没想到,世事有那么奇妙,好日子还没享受几天,就在一夜之间,几乎彻底崩塌了。她老公把资金全都投在海南房地产了,还有不少外债。撤回来,说是另谋发展,其实就是躲债来了。虽说剧团这点工资,已不够她一月的零星开销,可毕竟是固定收入。她妈就给她反复强调说:"还别说女婿生意败了,就是不败,也不能丢了自己的饭碗。这是底线,这是最后的保障、最后的退路。省秦毕竟是国营剧团,就是垮了、撤了,也是要发生活费的。女婿的生意,毕竟是女婿的。他缠了一屁股债,咱也别卷得太深,看看行情再说。还是先回团上班,顾住自己为妙。"让楚嘉禾挠心的是,丁至柔也下台了。团上没个靠山,弄啥都不方便。她妈就说:"事是死的,人是活的。枕头、靠山,都是可以重找的。就不信那个'薛娘娘',还是包公、海瑞了不成。"楚嘉禾就来参加集训了。她觉得,忆秦娥也倒不是故意要表演,可那身刀马旦的真功夫,已然是把全团都震翻了。她脑子突然嗡地响了一下,感到已经远去的那种日子,可能是又要重返了。

薛桂生连着抓了三个月的集训后,开始排《狐仙劫》了。

这次导演,是薛桂生自己亲自担任。他觉得,无论从哪个方面讲,省秦都得振奋一把了。而剧团要振奋,那就是出好戏,出"一拳头能砸出鼻血的好戏"。一个再乱的团,只要出了好戏,队伍也都显得好带起来了。

薛桂生接手的,的确是一个烂摊子。从丁至柔分团起,先后三年多,戏曲基本是瘫痪状态。当然,这也不能都怪了丁至柔。全国的大气候,让好多剧团都改行唱歌、跳舞、走"猫步"去了。这一收揽,自然是矛盾重重、百废待兴了。但矛盾再多,都得用业务这个牛鼻绳穿起来。而要抓住业务的牛鼻子,就得业务上过硬的人站出来说话。剧团这种单位,业务上没有几把刷子,是会被人当猴耍了,还不自知的。因为专业性太强,几乎小到一件服装、一个头帽都是有大讲究的。不专业,就无法开展工作。他首先想到了忆秦娥,想让忆秦娥做他的副团长。

自他调到这个团做演员起,就跟忆秦娥在配戏。配的第一个戏就是许仙。让他哭笑不得的是,忆秦娥的老公刘红兵,那时就跟防贼一样防着他。每晚演出,刘红兵都要在侧台或者台下不同的角度,到处观察,看他跟忆秦娥的亲密程度。他的确是很喜欢忆秦娥这个演员,同台演出,特有感觉,但他却从来没有动过其他邪念。他老觉得忆秦娥是神圣不可侵犯的。并且这孩子——其实忆秦娥只比他小了八九岁,但他喜欢这样叫她——是不甚懂得男女风情的。除了演戏,还是演戏。演戏以外,她就基本像个傻子。尽管她也不喜欢人称她傻子,尤其是她生了一个傻儿子后,就更没人敢当她面提"傻"这个字眼了。为跟忆秦娥演戏,他先后挨过刘红兵的"铁拳",还挨过刘红兵的"铁蹄",并且是正踢在交裆处的。那阵儿,他还挨过一次黑砖,但抡砖头的人没看清,他也就不能说一定是刘红兵了。可想来想去,除了刘红兵,还有谁能抡他的黑砖呢？刘红兵能跟忆秦娥离婚,是他意料中的事。因为他咋看,这两人的搭配都是一种人生错位。究竟错在哪里,他也没想清,反正觉得就不是一路人。尽管刘红兵对忆秦娥的爱,那也是情真意切、要死要活的。总之,他对忆秦娥的感觉,就一句话:一位真正活在艺术中的表演艺术家。他走了不少省级剧团,像忆秦娥这样唱念做打俱佳的角儿,还是凤毛麟角的。

他是真的希望忆秦娥能出山帮他一把。其实什么也不需要她去做,把艺术标高立在那里就行了。可找忆秦娥谈了几次,她都坚决不上,说就让她演戏,别让她当啥子副团长了,她说她"伺候不了人"。一演戏,啥也顾不上,还得别人来伺候她呢。加上她家里事也多,演戏以外还得照看儿子,当了是个大麻烦。薛桂生看她态度坚决,也就没再找说了。可想当副团长的,却是大有人在。他没想到,就连楚嘉禾也是跃跃欲试的。

薛桂生对楚嘉禾一直没有什么好感。她人长得好,身材也好,是个好演员的坯子,但太懒,好临时抱佛脚。下苦功也是一阵一阵的,而且还爱争角色,爱生是非。总之,也算是省秦的一个人物吧。让他没想到的是,楚嘉禾这回不是来争角色的,而是争副团长来了。

楚嘉禾是晚上到他家来的。

他家其实就他一根光棍。他不是没找过老婆,在新疆就有,后来离了。人家就是嫌他"女里女气的",不阳刚。他也不知怎么回事,打小在戏校里,就喜欢学旦角戏。人也长得俊俏些,学了小旦,竟然比那些女生做戏还耐看,教练就有意让他唱旦了。直到十六七岁变嗓子,一下成了"公鸭子"声,都说唱旦角没戏了,他才又改行唱了武生。功夫倒是蛮扎实,可身架毕竟太软溜,无论"靠板武生"还是"短打武生",他都有点撑不起来。无奈,才改唱文小生了的。他唱过好多戏,但最拿手的,还是《白蛇传》里的许仙。那种瞻前顾后、窝窝囊囊的性格,就是唱文点、"娘娘"点,也是不失人物本色的。因此,到了西京,他也就一下在省秦的舞台上立住了。一个人没有家了,时间就特别多,加之他对自己的人生是有很多期许的,也就在演员以外又学了导演。几年下来,竟然把导演专业的研究生学历都拿下了。如果不是省秦招聘团长,他也许还不回来了。在外面排戏,挺自由自在的,还赚钱。但问题是,那毕竟是在给人家打工。遇见一个操蛋团长,什么也干不成,就只能挣几个外快而已。可那不是他的目的,薛桂生是对戏剧怀抱着许多梦想的人。唯有自己实际掌控着一个团,这些梦想才可能实现。他总算如愿以偿了。

当楚嘉禾把一块手表,那是价值好几万块钱的劳力士,摆放在他面前的茶几上时,他不由自主地跷起了兰花指,直问:"干什么?这是干什么?"

楚嘉禾说:"什么也不干,就是来看看薛团,表示祝贺。"

"这可不是祝贺。祝贺拿几颗糖来就行了。"

"这年月,拿几颗糖来祝贺人,不是僾人嘛。"

"我有几颗糖就行了。这么好的表,我戴不住的。你知道我排戏好发脾气,一发脾气,就爱拍桌子,一拍桌子,表蒙子、表链子就都散架了。我只适合戴几十块钱的表,能看个时间就行。"

薛桂生还以为她是来争角色的,好角色也不敢给她,她挑不动。即使勉强让她挑起来,也是会让整本戏大打折扣的。谁知楚嘉禾这次来,是想帮他分担点担子的,不是戏的担子,而是团领导的担子。当她转弯抹角,把这事说出来时,几乎把薛桂生吓一跳。她是这样毛遂自荐的:"薛团,你看我在轻音乐团这几年,开始只是演员队队长,到了后期,丁团就让我当副团长了。整个业务,其实都是我一手摇着呢。对这里边的渠渠道道,闭起眼睛都能跑几个来回。你要不嫌弃,我就给你当个帮手,业务这一摊子,交给我,你请放心好了。你就只管当你的龙头老大,排好你的戏,一切绝对万事大吉。别看我是女的,管起事来可厉害着呢。在海南演出那阵,团上都快垮了,我硬是抹下脸,连骂带整治,必要时,白道黑道一起上,最后才把个烂摊子撑下来的。"薛桂生听着头皮都有些发麻。在他的治团理想里,可不是要把艺术家们"连骂带整治",甚至"白道黑道一起上"的。他觉得对艺术家最重要的管理手段,就是尊重二字。他甚至马上想到了楚嘉禾与忆秦娥的关系。如果让楚嘉禾掌了权,那忆秦娥这个"瓜蛋",还有半点活路吗?而像忆秦娥这样的好演员,一旦被人用"黑道""整治",那就是他薛桂生对秦腔的犯罪了。这种女人,是绝对不能让她掌握任何权力的,她没有掌握权力的胸襟、德行与基本素养。

任楚嘉禾怎么说,他还是把楚嘉禾连人带表,都拒之门外了。他最终选择了一个特别好学的年轻人,做了副手。楚嘉禾为这事,竟然几次见他,都是做的"鬼怨、杀生"状,像是把她得罪得还比较深。

他一走马上任,其实得罪的何止一个楚嘉禾。自从他打出要重排《狐仙劫》的旗号起,就先跟封子导演结下了梁子。《狐仙劫》过去是封导排的,要重新打造,并且由他做总导演,封导这一关先是不好过的。

封导自那年忆秦娥带团演出"垮台"以后,头发一夜间就全白了。他说单团长是代他"受死"去了。要不是他老婆那趟死活不让他去,也许塌死的就是他,而不是单仰平了。从此,他就很少出门,也很少再介入团上的业务了。一是他老伴看得紧,不许出门,不许他跟女演员说话,更不许给女演员排戏。一旦不能给女演员排戏,那戏也就基本排不成了。试想有几出戏是没有女角的呢?何况他对以男角为主的"公公戏"本身兴趣也不大。二是年龄也不饶人了,转眼他都是五十七八的人了。薛桂生上台后,也曾请他出山,想让他做业务团长,说把年轻人带一带。可他是一再推辞,拒不受命。理由是干不动了,老伴也死不让干。他说老伴身体越来越差,人都卧床不起了,还不准请保姆。男的用不成,女的不放心,一切还全都靠他打理陪护着。薛桂生还到封导家去拜访过一次,他老伴的确是瘫在床上了,但脑子却还十分清醒,一再强调,不要让封子去排戏,还特别叮咛薛桂生说:"你当团长的,给女演员排戏,可一定得注意:少黏糊、少对眼、少动手、少加班。搞不好闲话就出来了。封子这一辈子,要不是我看得紧,早让人抹成'花脸猫'了。有时也不是人家要抹,自己的意志就不坚定么。你问问他封子,在美人窝里滚打这些年,他的意志坚定吗?就没出过问题吗?要不是我三令五申,搞不好早都犯严重错误了。就比如那个叫啥子忆秦娥的,名声就很不好嘛。封子还爱给人家排戏。要不是我管得紧,都差点为那个骚狐狸把命断送了。单仰平不就塌死了吗?你说我不管能行?你要当好团长,排好戏,关键的关键,就是建立起正常的同志关系来。尤其是女演员,甭叫娃、甭叫姐、甭叫妹子,就叫同志。忆秦娥同志!知道不?"封导一直在一旁无奈地苦笑着,最后对他说:"我家里就这情况,能免老汉不上班应卯,就算是对我最大的照顾了。"薛桂生还说到重排《狐仙劫》的事了。封导说:"既然是重排,不是复排,你就放心胆大地排去。我的态度是九个字:不反对,不介入,不干预。"他还说了要请封导必须关心,必须出任艺术指导的事。封导谦虚地摇着头说:"就不挂那些虚名了吧。"既然封导给了"三不"政策,并且一再谦让,他也就放心大胆地独自尝试去了。

他对《狐仙劫》的解释绝对是全新的。首先他定位,这是一部具有强烈批判现实意义的魔幻神话剧。他甚至在全剧中,让人物几次跳出狐狸身份,来指斥人间当下丑行。不仅充满了现实感,也充满了离奇、荒诞的浪漫主义色彩。戏中不仅大胆运用了歌队、舞队,而且还把当下最流行的迪斯科、太空舞、霹雳舞,包括模特儿表演,也都悉数嵌入。舞美、灯光、服装设计,甚至包括音乐设计,都是在全国请来的头牌人物。全剧总投入,在没彩排以前,已过了三百万。这在省秦的历史上是开天辟地的。西京文艺界都在传说,省秦要打造一个"瓦尔特"出来了。他自己对此也是信心满满的。

谁知甫一彩排,批评之声铺天盖地。一下把他打击的,瘫坐在团座的那把木头办公椅上,半天起不来。

那天是年关前的腊月二十八,外面大雪纷飞。尽管如此,池子还是坐了个满满当当。有人开始还提议,是不是控制一下人。他说来了都让进。他是想,上千观众的口碑力量,有时不比登报宣传差多少。谁知戏看到一半,就有人议论:这是戏?是杂技?是歌舞晚会?还是时装展销会?

这天,他还专门派人把秦八娃从北山接了来。他看见,秦八娃开始还看得兴高采烈的,到了后来,脸色就越来越难看了。最后甚至把头勾下,都懒得往起抬了。

封导说是不关心,其实一直都在打听着戏的进展。彩排那天晚上,他是早早就拿着请柬进来了。戏演到一半,狐仙们开始跳霹雳舞时,可能音乐动静也有些大,有人说池子地板都快震飞起来了。就见封导突然朝椅子底下一出溜,几个人勉强把他拉起来,只见他嘴脸乌青地说:"心脏,是心脏不大对付。一定请转告你们的薛大官人,无论如何,都要把我的名字抠下来。我不是这台戏的艺术指导,我指导不了这样高精尖的艺术作品。领教,领教了!"说完,他就捂着胸口让人搀走了。

演出完后,薛桂生去征求秦八娃老师的意见。秦老师坐在剧场休息室的沙发上,半天没说话。那两只本来就长得很不对称的小眼睛,这下更是失去了基本的关联度,像是在独自斜瞪着两个完全不同的目标。他说:"请秦老师好歹说几句吧,我们也好再修改修改。大年初六还要见观众呢。"

秦八娃长叹了一声,然后说:"我看还是演原版的好。"

薛桂生脑子嗡地一下就要爆炸了。

休息室坐了一圈主创人员,包括主演忆秦娥在内,大家都十分惊讶地看着秦老师和他。

他想问一句为什么,但没有问出来。这个秦八娃,好不容易把你从北山搜来,就是想着,我薛桂生能重排你的作品,你一定是欢欣鼓舞、大力支持的呢。可没想到,你一开口,就放出这样的冷炮来。

秦八娃问忆秦娥:"秦娥,你觉得这样演戏顺畅吗?还像是在演戏吗?你表演起来别扭不?"

忆秦娥只是脱了服装,解了头盔,抹了大头,脸上的装还没顾上卸,就来听秦老师谈意见了。谁知秦老师端直问到她了,她急忙用手背把嘴一捂,咧嘴一笑,算是搪塞过去了。

秦八娃说:"你忆秦娥是装滑头呢,还是真的觉得这样呈现,没有什么不好呢?"

忆秦娥还是傻笑着。

秦八娃接着说:"这么好的演员,这么好的扮相,这么精致的做工,这么奇妙的绝活儿,可惜都被灯光、布景给淹没掉了。一整晚上,我几乎都没看清忆秦娥的脸。山石布景运来动去;天地灯光变幻莫测;台前幕后烟雾缭绕;交响乐队震耳欲聋。这还是演戏吗?这还叫个戏吗?"

薛桂生的脸,唰地就红完了。不过他心里在说:这个土老帽,一生住在北山的一个小镇上,的确是太落伍了。让他来看这样的戏,算是对牛弹琴了。

秦八娃的话瘾还给绊翻了:"可能我是太老土了,看不懂你们的艺术创新。但我觉得任何艺术,都应该有自己不能改动的个性本色,一旦改动,就不是这门艺术了。戏曲的本色,说到底就是看演员的唱念做打。舞台一旦不能为演员提供这个服务,那就是本末倒置了。再好看的布景,再炫目的灯光,看上几眼,也都会不新鲜的。唯有演员的表演,通过表演传递出的精神情感与思想,能带来无尽的创造与想象空间。太空舞、霹雳舞、模特儿步,固然好看。我不是不爱看,尽管心脏有时也有负担。但我从不反对年轻人去跳、去唱、去走。可硬要植入到戏里,就不伦不类了。戏曲是个有上千年历史的老人了,老人应该有老人的行为处事方式。老人应该沉稳、持重些,活了这么多年,经见了这么多世事,更应该有所坚守了。千岁老人,已不需要用搔首弄姿来吸引眼球了。学时尚,学青春年少的猎奇好动,不是戏曲老人的强项了。一味地效仿,反倒会死得更快。我们重排,是想拯救戏曲,我想不应该是为了加速它的灭亡吧。话可能说得难听了些,但这是我的真实感受。对不起各位艺术大家了,我毕竟是个山村野老,见识浅陋。要想把老戏唱好,我觉得你们荒废的时间长了,恐怕得先补补钙了。姑妄言之,姑妄听之,姑妄听之!"

秦八娃说完,大家都没说话,有点兜头浇了一盆冷水的感觉。不,是浇了一头冰碴。

在朝后台走的时候,薛桂生问了忆秦娥一句:"你到底感觉怎么样?"

忆秦娥说:"我咋觉得秦老师说得有道理,戏是不是太花哨了?啥都像,就是不像戏了。"

薛桂生这个年过得糟糕透了。他的心,比天地间席卷着的雪花还冰凉。头一炮,好像就没放响。他本来是想把戏曲包装得更好看些,没想到一彩排,就招致这么多的反对声。他只好把希望寄托在见观众以后了。

二十

忆秦娥在排练中,就觉得薛团是太注重外部形式对戏的"包装"效果了,可她始终没敢多嘴。薛团毕竟是有大学问的人了,见识又多,兴许人家是对的。自打秦老师那番话后,她也在思考:戏曲到底是个什么东西?初六见观众后,一部分人说好得不得了,但也有很多人在说,省秦把秦腔要彻底糟蹋了。戏仅仅只演了一礼拜,就草草收场了。主要是成本太高,每演一场,光租电脑灯和外请人员劳务费,就需开支三万多元,而门票收入平均不到三千块。演得越多,赔得越惨,是不得不停演了。她看到,薛团也是受到了很大的打击,有人在背后嘲笑他说:"'娘娘'蔫儿了,连兰花指都跷不起来了。"忆秦娥有一天见了封导,封导也在说:"这个薛桂生,在外面学了些乌七八糟的东西回来,只怕秦腔是要毁在他手里了。"封导还郑重地对她说:"不管别人怎么胡搞,你恐怕还得朝传统的路子上靠。我也轻视过传统。你记得不,当年我跟古存孝一起排《白蛇传》那阵儿,我就太想出新,嫌他是老古董,太保守、太陈旧。思路不同,最后把老古都气走了。也是经过了这些年的反反复复,我才慢慢觉得,唱戏,真是要从老艺人那里继承起呢。所谓创新,其实就是对传统掌握到一定程度后,出现的那么一丁点小突破而已。除此而外,就都是'搞怪''耍猴'了。"

忆秦娥也许是从《狐仙劫》的重排中,得到了很多启示,她突然把自己的重心,又再次转移到了向传统老艺人的模仿学习上。也直到这时,她才发现,活着的老艺人已经不多了。即使活着,也都在六七十岁往上了。有名望,而且身上有"活儿"的,甚至都上七八十岁了。前几年,她到北山,还去看望过给她教"枪花""棍花"的周存仁老师。北山戏校在戏曲最红火的时候,把周老师调去当教练,后来遇上戏曲不景气,戏校解散了,一月才给他发百分之五十工资。她还给周老师寄过钱,寄过自己亲手织的毛衣毛裤呢。这才转眼间,她就听说周老师已得肺癌去世了。把忆秦娥从烧火丫头,一步步送到舞台中心的四个老艺人,已经有三个都不在了。仅剩下留在宁州的裘存义,也是病病歪歪的,既教不了戏,也出不了门了。忆秦娥就在大西北遍访能排戏的老艺人,开始了又一轮的艺术"补钙"。但也就在这时,她才慢慢发现,学艺的时间与劲头,已大不如前了。家事与身边的事,已经搅得她迟早都是焦头烂额的。

先是她舅的事。

她舅从监狱出来,人的精神头大减,头花突然也花白起来。她几次想把舅再推荐给薛团长,可想来想去,还是觉得不合适。她就通过戏迷,在郊县剧团,给她舅找了个敲鼓的差事。让他先去,说回头再想办法。她千叮咛万嘱咐,要她舅别再耍脾气了,说遇事一定要忍,尤其是要看好鼓槌,激动时,千万别在人家头上嘴上乱点乱敲。事已至此,她舅也不好再说啥,就黑着脸,抿着龅牙,点了点头,袖着自己的那对上好鼓槌,到郊县剧团敲鼓去了。

她舅在一年服刑中,乔所长还领着她去看过好几次的。她还给人家监狱义务唱了戏。听管舅的警察说:"你舅在里面就是爱乱敲。反正见啥都要敲几下,不是拿指头敲,就是拿筷子敲。床沿、门框、水管子,逮啥敲啥。连好多犯人的头上、背上、屁股上他都敲过。凡能敲的东西,他都敲遍了。凡能没收的,咱也都给他没收完了。可他拿起臭鞋底子,还用指头敲得啷啷响。叫他去给号子刷马桶,他在马桶上也敲。除了爱胡乱敲外,这人倒是没啥其他大毛病。"她知道,舅这一辈子,除了敲,也真是没有别的任何能力和念想了。她可怜着舅的越混越背。她娘更是一个劲地骂她舅,说:"驴改不了傻叫,狗改不了吃屎,骡子改不了尥蹶子。你舅这辈子就算是毕实了心了。"也真是的,谁又能改变舅眼里揉不得沙子、脑子管不住双手的瞎瞎禀性呢?

她姐和姐夫,就为开茶社让她去挡红场子的事,和她彻底闹翻后,有好长时间都不来往了。听说他们把茶社开败后,又改开风味小吃店了。结果小吃店也不兴旺,把一点本钱耗完,还欠了一屁股债。她姐就又来找她想办法了。好在那几年,她在茶社唱戏,还攒了点底子,就一次给姐拿了十好几万,才算把窟窿补上。最近,他们又折腾起了婚纱影楼。还是她帮着凑了点钱,才勉强开张的。她觉得她姐和姐夫也不容易,起早贪黑的,还连住塌火、亏本、"交学费"。不过终是舍得下苦,拼着命,都想在西京打下一片天地来,也就总是有希望的。

弟弟更好折腾,好不容易在保安公司戴了"大盖帽",却又嫌管束太大,想出来自己"单挑"。要不是娘拿锅铲美美撸了几铲子,让他别再五花六花糖麻花地给姐添乱,他可能都已从保安公司蹩跳出来了。

儿子刘忆的治疗,看来是彻底没戏了。孩子转眼也是十几岁的人了,让她和娘调教的,倒是能自理一些生活了。娘就老唠叨,让她别再一门心思只顾唱戏,说戏唱到这份上,已是角儿中角儿,够得够够的了,得把婚姻问题解决一下了。娘说再过了四十,还真不好找了。娘一边唠叨,一边又骂起刘红兵来,问忆秦娥知不知道刘红兵的下落,说是要能找到这货,她都想把狗日的眼珠子抠下来:"瞎了狗眼的东西,把我女儿害成这样,不到三十岁就守了活寡。"说着她还呜呜地哭起来。

刘红兵自打跟她离婚后,她就再没见到过。但听人说,他还几次来看过她演戏,只是戴着口罩,勾着头,已不想让人认出他来了。他给儿子的生活费,也是按月打着的,有时会迟些,倒没缺欠过。就是在离婚后,她越来越多地听到了关于刘红兵的闲话,说她得亏跟他离了,要不离,搞不好还能染出一身病来呢。说刘红兵一天到晚,基本都在小姐窝里泡着。还有说得更难听的,说他一晚上能睡好几个。后来,他也打过几次电话,说想来看看她和孩子,她就恶心得坚决不让,并把电话都换了。

刘红兵是把她的心伤透了。

自她离婚后,来骚扰、来谈对象的,几乎见天都有。但她是把这扇门彻底关死了。她甚至对任何男人都有点不感兴趣。无论自己找上门来毛遂自荐的,还是通过他人保媒拉纤的,她几乎一概都笑而拒之。要说这里面的人,也都还是有头有脸的:什么省部级,什么厅局级,什么"相当于副局级",还有部队的将军、大校,集团公司的董事长、老总,也有大学的教授博导。反正不是丧偶,就是离异,有的尚未离异,正在办理。都说喜欢她的戏。其实更是喜欢着她那张酷似奥黛丽·赫本的漂亮脸蛋,还有她的名气。因为来者几乎都在说,他们不仅喜欢秦腔,也喜欢赫本的电影,有的甚至还能背诵《罗马假日》的大段台词呢。但大多数年龄相差较大,且有的真的是长得歪瓜裂枣:腰粗、腿壮、脸胀、脖子短的。她甚至常常有点悲哀地感叹:难道人一离婚,就这么跌份掉价了吗?她离婚那年才二十九岁呀!就是年龄相差不大的,她也不愿意见面。刘红兵的确让她对任何婚姻都失去了信心。这一生,她受的闲话已太多太杂太乱,她是真不想再给自己,招惹任何因婚姻闪失而带来的是非麻烦了。可娘天天喊叫,天天催,说她眼看就要"奔四"的人了。"奔",是朝四十在奔跑啊!这个"奔"字,真是让人一听,就要沁出一头冷汗来。年龄的确是不饶人了。

其实,最近倒是有一个人,一直在对她进行着猛烈的进攻。她只是没感觉,也不想再蹚这趟浑水,才不断拒绝、回避着的。

这个人叫石怀玉。

他是一个书画家。一脸的大胡子。说话幽默得能把在座的人笑得满地打滚。关键是他自己还不笑,只看着别人笑傻了的表情,还一脸疑惑地表示着:"这有什么好笑的?"忆秦娥见惯了刘红兵他爸妈那两副不苟言笑的干部嘴脸,就始终不喜欢跟这样的人在一起。哪怕是吃饭、看电视、说过日子、待在一起,都觉得是十分无趣、别扭、压抑。可自打见了石怀玉,就完全是另一番光景了。她特别喜欢听这个人说话,哪怕他一个劲地说都行,她光用手背捂住嘴笑就是了。笑得实在撑不住了,害怕人说她傻,她就一头扎进厕所里去笑,去擦眼泪。擦完,出来还接着听,接着笑。她是有点喜欢跟这个人在一起了。

这个人是在看重排《狐仙劫》时出现的。那天晚上忆秦娥演完戏,正对着镜子卸装,镜子里就突然闪出个大胡子来。那张毛脸还有些像张飞,把她吓了一跳。她猛回头,是想向他发出警告,让他趔远些。谁知大胡子冲她笑笑说:"是不是吓着忆老师了?照说修炼了五百年的狐仙,是不会害怕一个山鬼的狰狞面目的。"她就觉得这个人并无恶意。并且看着他那丛大胡子中间露出的大嘴洞,还有某种令人忍俊不禁的滑稽感。他身旁站着薛团长。薛团长急忙介绍说:

"这是石怀玉老师,大书画家。一直在秦岭深山中,修炼着他的绘画书法艺术呢。我们过去在新疆就认识。这次是专门请他出山来看《狐仙劫》的。他对你的表演评价很高,说一定要来看看你。"

"谢谢石老师鼓励!"忆秦娥一边卸装,一边还欠身,给石怀玉点了点头。

石怀玉急忙说:"不敢不敢,千万别叫石老师。看了你的戏,我敢说,就在这个西京城,能经当起您称老师的人不多。如果我都不敢了,那他们也就都得把马朝后抖了。"

薛团长笑着说:"你石老师打出生起,就没谦虚过。"

"桂生,你这话可不对啊,我在未满月前,还是很谦虚的,无论谁在身边夸奖赞美,我都是双眼紧闭,以哭拒之,概不领受。知道那是阿谀奉承、名不副实的。"

大家就都笑了。

忆秦娥天生笑点低,一下笑得把手上的卸装油,都抹到脖子上了。

也许是秦八娃老师和封导提了意见后,薛团把戏做了修改调整。这个石怀玉,对戏却是大加赞赏。他说这是一个美到极致的舞台艺术精品。尤其是忆秦娥的表演,可以说是展现给了观众一串闪亮的珍珠。而这些珍珠,哪一颗单独提出来,都是一幅精美绝伦的书画作品。

石怀玉最后说:"看了忆老师的戏,我是得改行了。"

"你改行做什么呀?"薛团戏谑地问。

"做忆老师的门下走狗。"

"你也学唱戏?"

"在忆老师面前哪敢说唱戏。就是做一条能逗老师开心的宠物狗而已。"

从此后,这个石怀玉就把毛乎乎的脑袋,彻底塞进省秦来了。

他几乎是天天来。一来就朝练功场跑,他知道忆秦娥一准泡在那里。并且每次来,手里还拿着一枝玫瑰,很是郑重地捧在胸前。玫瑰戳着那脸大胡子,显得十分滑稽可乐。

很快,省秦院子里又炸锅了。都说一个毛脸张飞,把忆秦娥给缠住了。那架势,不比当年刘红兵来得轻省、委婉、舒缓。

忆秦娥的花边新闻,就又不胫而走了。

二十一

薛桂生主政省秦后,第一炮没咋打响,他知道全团都在笑话"薛娘娘"了。他在前边走,后边有人把兰花指甚至都快跷到他头顶上了。他也想改变少年时学旦角的那些动作习惯。可咋改,都已是手不随心,身不由己,索性也就随它去了。尤其是那些竞争团长、副团长的"政敌",几乎快要到忽悠他倒台的时日了。虽然《狐仙劫》也有一些人喜爱着,但作为团长,又是重排导演,戏一推出,引起这么大争议,并且不是为剧本,而是为二度创作,他就不能不顶着巨大压力,开始反思了。他突然觉得,也许忆秦娥是对的。这么多年,她以不变应万变,始终坚守着戏曲的基本程式与套路,这次受到普遍好评的,也恰恰是她死死持守的那一部分。当忆秦娥在纷纭的争议中,突然把心思又放到遍访老艺人,一招一式,传承起那些"老掉牙"的"古董戏"时,他迅速意识到:忆秦娥对秦腔的许多感知,可能是"春江水暖鸭先知"的。虽然从表面看,她永远是最迟钝、最蠢笨、最不懂应变的那个人。

他在暗暗支持着忆秦娥的"复古"行动,并且也在根据忆秦娥的感觉,微调着省秦的"发展战略"。省秦从本质上讲,经历了老戏的十几年封杀后,始终没有补上传统这一课。正是因为唱戏的各种功底都不扎实,而使这个团队,在一有风吹草动时,就会摇头晃脑,猴不自抑地变来变去。他觉得,要抓住戏曲回暖的机遇,得从忆秦娥身上做起。

当然,他最近又发现自己犯了个很大的错误,不该把书画家石怀玉,引见给忆秦娥了。

他认识石怀玉,还是在戏校学戏的时候。石怀玉整天背个画夹子,到戏校写生,画戏人。石怀玉人很聪明,说话风趣幽默,大家就都很喜欢他。石怀玉说他是在美院上过几天学的,后来主动退学了。他有一个理论,说你见八大山人、齐白石,谁是上过美院的?然后,他就满世界当自由画家去了。他只身到过撒哈拉大沙漠;到过俄罗斯最北端的切柳斯金角;还到过南非的好望角;南美大陆最南端的弗罗厄德角;再然后,他就一头钻进秦岭,好多年都没出来过。他这次出来,是准备办画展的。结果看了一场《狐仙劫》,就被忆秦娥迷住,连办画展的心思都没有了。他前后要薛团"为民做主",说他要是得不到忆秦娥,这一生可能就毕了。不仅在书画上一事无成,甚至可能连活下去的勇气都没有了。

薛桂生还真有点生气,生气石怀玉怎么是这么一个情种。也四十好几的人了,说起忆秦娥来,竟然还一把鼻涕一把泪的,连胡子眉毛都揉得跟丝瓜架一样乱糟。说只一个月下来,他就相思得瘦了七八斤,手表都成呼啦圈了。他说他没有想到,这个世界上,还有这等优秀的人物,这些年他算是白活了。他还威胁说:"你薛桂生要是把这事办不成,我就从你省秦最高的那座楼上跳下去了。"

他怎么想,都觉得这是一件很滑稽的事。忆秦娥就是再找一百次对象,在薛桂生看来,也是跟石怀玉挂搭不上的。石怀玉绝对是个好画家、好书法家、好艺术家。他的作品也的确超凡脱俗,充满了自然山水与生命的灵动与率性,没有匠气,没有铜臭味。一看作品,不用看题款,就都知道是石怀玉的东西。在同时代书画家里,可谓独领风骚。有人甚至断言,石怀玉的东西,是可以传世的。但他毕竟没在世俗的主流圈子里混过。还没有多少人知道他的名头。除了一脸毛胡子,带着书画家的同质性外,西京城里,还没有多少人提起这个名字。而忆秦娥是西京城不折不扣的大名人。把这样两个人弄在一起,总是让薛桂生觉得有点不伦不类。何况忆秦娥是需要找一个能持久相伴的人。在薛桂生看来,石怀玉就是个流浪汉,是个无根浮萍。把他们牵到一起,是不是会害了忆秦娥?他是能帮着忆秦娥打理生活的人吗?忆秦娥就是个戏痴,本来就把生活过得一塌糊涂,再招惹来个更不靠谱的,这日子都怎么朝下混呢?可石怀玉不这样看,他觉得忆秦娥一旦拥有他,会在艺术上平添翅膀,再经历一次华丽转身的。

因为他们从少年起,便有许多交往,因此,石怀玉一来,就敢跟他薛桂生狗皮袜子没反正。他要是不搭这个桥,石怀玉就压住胳肢他,甚至拿毛胡子扎他、乌阴他。他实在是被逼得没办法了,才说让演员们都不妨跟着石怀玉,学学写字画画,算是开了一门艺术修养课。其实是明修栈道,暗度陈仓。忆秦娥自然也就跟着石怀玉学上了。

忆秦娥早先是学过画的,后来七事八事,就耽误下来了。现在团上又安排学,她自是最积极的一个。她觉得戏曲演员是什么都应该会一点的。梅兰芳就跟齐白石学过绘画。她甚至还想着要学古琴的。刚好石怀玉也能弹,并且弹得还很专业。她就有些愿意接受这个有趣的老师了。让她不高兴的是,石怀玉每次来省秦都太高调,回回都拿着一枝玫瑰花,还要当着很多人面,恭恭敬敬地献给她,说是献给他心中最伟大的艺术家。她还说过他几次。可这个石怀玉,好像是在秦岭里待得久了,有些不食人间烟火似的,偏要把玫瑰高调捧着,并且一回比一回捧得抬头挺胸。她不让献,他就放在课桌前。其实大家心里,谁又不明白石怀玉的用意呢?都觉得这个人好玩,她也觉得这是人家的一种幽默方式吧,也就随他幽默去了。可事情发展到后来,就不大幽默了。当她感到,石怀玉是有意要跟她谈情说爱时,想由此打住,可已经有些打不住了。

她开始只觉得石怀玉有才情,画是画得极耐看。尤其是题款部分,不仅字好,而且句句别致风趣,读来让人忍不住要捧腹大笑。她第一次交的作业,是画的一只山羊,腿脚都七扭八裂着。这种情况下,羊是站不起来的。关键是画得还不像羊,有点像狗。大家就都在笑她,说忆秦娥的"狗",是被谁打得站不起来了。谁知石怀玉拿起毛笔,在画边题款道:"坐起来是土狗,卧下去是山羊,坐卧不安者绵羊也。"大家就鼓起掌来。一些人是学画的新鲜感一过,就不来了。还剩下几个,大概是看出了石怀玉教学的"着力点",也都借故开了小差。最后来上课的,就只剩下忆秦娥了。石怀玉说:"终于达到目的了。要再不淘汰完,我还真成幼儿园的阿姨了。"

大概也就是在这时,忆秦娥才听到一些风声,说她跟石怀玉搞对象了。这事几乎把她吓了一跳。怎么能把她跟石怀玉联系到一起呢?她只是觉得石怀玉风趣、幽默、好玩、有才气,仅此而已。若要搞对象,那简直是她想都没想过的事。怎么有人就能把她跟石怀玉往一起勾连呢?竟是出了奇事了。她不得不明确告诉石怀玉,让他别再来了。她也不想学了。她说最近在请老艺人排戏,没时间再学画画写字。然后,石怀玉再来,她就没搭理了。

那段时间,她也的确在请一个老艺人排《背娃进府》。这是清代秦腔男旦魏长生的拿手好戏,早已失传。现在只有一个汉调桄桄老艺人还能教。这戏需要高跷功,她就每天给腿上绑了六寸

"木跷",在练功场来回走着、练着。

薛团长上任后,在集训方面,出台了一些制度,也曾吸引了一些人来练功、排戏,但也就是早晨集合完后,热闹一阵子。下午和晚上能坚持的,还是只有忆秦娥一个人。那阵儿,练功场倒是多了几个家属的孩子,都想跟着忆秦娥学戏。家长们说,娃们学习成绩都不行,家里也没人辅导,即使将来勉强上了大学,回来还未必能进省秦这样的事业单位。都说不如子承父业,早早学戏算了。薛团也在多种场合放出话来:省秦该招一班新学员了,人才已严重青黄不接。既然薛团都有了话,让娃们早点入行,将来考试,也就能近水楼台先得月了。这些父母都教孩子,要以忆秦娥为榜样,说把戏唱到忆老师这份上,就算把人活成活大了。忆秦娥也许是天生喜欢孩子,就都应承下来,在自己练功、排戏之余,把娃们组织起来训练开了。练功场一有了孩子,立马就生动起来。

那个石怀玉又像当初的刘红兵一样,任你怎么回避、甩脸,他还是不依不饶地要来骚扰。她甚至都跟薛团告了状。薛团也拿石怀玉没办法,人家说是冲孩子们来的,又不冲你忆秦娥来。石怀玉是背着画夹子在写生,你也不能不给一个画家提供创作戏曲艺术素材的机会吧?关键是这个石怀玉,很快就跟孩子们打成一片了。孩子要个啥,他就能画个啥。他的线描功底、漫画能力极强。每次来,都会给孩子们画出几张漫像来。有时仅几笔,就让入画的孩子憨态可掬、栩栩如生了。他一天不来,孩子们还要不停地打问,怎么不见大胡子叔叔来呢?我们想大胡子叔叔了。石怀玉把孩子们的心,给彻底俘虏了。孩子们的家长,自是也喜欢起他来。忆秦娥懒得搭理,却有的是人待见。石怀玉画的时间长了,过了饭口,竟然还有人回家,给他做好吃好喝的端来。忆秦娥在心里骂着:这又是一个没皮没脸、死缠烂打的货。嘴上说在给孩子们画画,贼眼睛却是老在踅摸着她的。每天他还是照样拿着玫瑰花,却假装是要献给最听话的孩子了。他除非不开口,只要一开口说话,表面是逗孩子和家长们乐哩,其实每句话的后面,都藏着对她的暗示、进攻、骚扰。你都难以想象,他怎么就有那么多妙语连珠的怪话,就有那么快速机智的反应。

她在心里骂着,却也在心里越来越亲近起这个人来。也许,与这样的快乐生命组合在一起,自身生命也会快乐起来呢。当偶尔有这种想法时,她又会迅速打消这种念头:不可能,忆秦娥是绝对不可能跟这个滑稽的大胡子搞到一起的。可以笑,可以乐,却是不可以在一起生活的。

可时间再一长,发生了一件大事,就让她跟石怀玉走得越来越近了。

二十二

在跟忆秦娥学戏的孩子中,有一个叫毛娃的男孩儿,跟她儿子刘忆一模一样大,连月份都不差。所以她对这个孩子,就特别亲近一些。

毛娃是秦腔世家,到他爷爷奶奶这辈,都已经在秦腔班社里,滚打到第三代了。20世纪50年代初,他们从私人戏班被公私合营到国营剧团。擅长演大武生的爷爷,曾以"赵子龙"名动三秦,合营后,改行当了教练。奶奶也是"响遏陕甘"的"刀马旦",曾演过《佘塘关》里的佘赛花,也就是杨家将里佘太君的青年时期。她曾是戏班里响当当的台柱子,一月拿三份包银的红角儿。进了省秦,也就慢慢销声匿迹了。到了毛娃他爸这辈,赶上了"文革",但他依然被招进了剧团。毛娃他妈,也是从外县招来的学生。他爸演过《杜鹃山》里的"毒蛇胆",要归行,算是秦腔花脸行。他妈演过《龙江颂》里的"盼水妈",属老旦行。他们结婚很晚,生毛娃那年,他妈已是高龄产妇了。忆秦娥记得很清楚,在她生刘忆的时候,省秦是还出生过一个男孩儿的,说产妇差点把命都丢了。就是这个毛娃,六七岁时,他爸就逼着他压腿、劈叉、拿顶、下腰、扳朝天蹬。每每见孩子哭得眼泪汪汪的,可他爸还不依不饶,要用藤条抽他细得跟麻花一样的两条腿。一些人就在背后教毛娃,让骂他爸是"毒蛇胆"。可骂归骂,他爸依然还是要体罚孩子,还是要逼着孩子"冬练三九,夏练三伏"。毛娃一年四季,都穿着一身改装的练功服,腰上扎着宽宽的练功带,屁股瘦得大人一把就能把两瓣全捏完。他见天拿着大顶、劈着双叉、蹲着马步、跑着圆场。迟早都见他清鼻掉多长,也闹不清到底是鼻涕还是眼泪,反正有一个绰号,就叫"鼻涕"。忆秦娥每每见他爸体罚毛娃,心里都特别难过。她还劝过毛娃他爸,说娃既然不愿意练功,又何必非要让他再入唱戏这一行呢?他爸说:"我们这样的家庭,还能教出什么样的人物来?你有啥子能耐,让他去升官发财,去找一份光宗耀祖的好工作?你有这样的靠山?有这样的亲戚?有这样的朋友?还是有这样的同学?咱祖祖辈辈都唱了戏,认得的人,也都是唱戏圈子的,你还想干啥?如今没人脉,你能干啥?他能把戏唱好,也就算是给祖坟头插了高香了。可要唱好戏,不练童子功能成?你忆秦娥不就是功底好,才把戏唱到这份上的吗?我和他妈,就是让'文革'给耽误了,没练下功,一辈子就只能给人家穿个三四类角色,跑个大龙套啥的。既然让娃入这行,就得给他把底子打好,让他将来吃一碗硬扎饭。"忆秦娥就再不好说啥了。

　　毛娃从六七岁,练到十三四岁,一直都是极不情愿的样子。开始他是刮着光葫芦,后来硬是坚持着留起了盖耳长发,头发一长,脸就显得更窄了,有时简直窄得仅剩二指宽一溜了。尽管他不情愿,但还是把功练得极像那么回事。团上好多演出,有孩子戏时,都要让他上去客串。遇上武打场面,也会把他推出去,一连翻出三四十个"小翻"来,震得全场一愣二愣地掌声雷动。有时,要再在字幕上出现一下毛娃的名字,底下甚至还会轰动一下。说明毛娃,也已是有点声名的"碎人物"了。

其实这孩子跟忆秦娥一起练功,已经是好几年的事了。不过毛娃除了哭,除了流泪、流鼻涕,从不跟人交流说话。他总是占着一个黑乎乎的拐角,静静地劈叉,静静地拿顶,静静地扎马步、下腰、扳朝天蹬。即使跑圆场,也是在她不占用的地方,来回掏空跑着。直到近些时日,这孩子的话,才突然多了起来。但并没有引起忆秦娥的注意。她只以为孩子是年龄大了,放得开了,可没想到,孩子是把自己,在朝绝路上放了。

最近,毛娃他爷突然出面,在给毛娃排《哪吒闹海》。

毛娃整天背着一个"乾坤圈",乘着两个"风火轮",在练功场练着有些类似滑冰的"绝技"。但乘"风火轮",明显是要比滑冰难度大多了。有时他还要滑上岩石,再从一个峭壁,凌空滑向另一个断崖,危险性是十分巨大的。连忆秦娥也看得有点目瞪口呆。可毛娃一有闪失,或因害怕停下来,他爸就在一旁,拿藤条抽他那瘦得看不见的屁股和麻花细腿。毛娃都十三四岁的人了,有时觉得脸面过不去,就跟他犟嘴,甚至当面骂他爸是"毒蛇胆"。"毒蛇胆"就"毒蛇胆",反抗得越凶,他爸压迫得就越强。"绝活"还得练,危险还得一次次去闯。他爷倒是不打,但也很严厉,老爱说:"唱戏就是苦差事,吃不得人下苦,就成不了人上人。你忆阿姨绝对是苦出来的。到了今天,也是快四十的人了,名气这么大,还整天泡在练功场压腿、劈叉的。她不成事谁成事?她不出名谁出名?角儿就是这样练出来的。我的孙子啊,除非向你忆阿姨好好学,要不就到山西挖煤去。你在学校,也是老考'两根筷子抬个大鸡蛋'的主儿,没有第二条路好走了。"毛娃他爷说这番话时,把忆秦娥还弄得很是不好意思,毛娃本来就怨恨着学戏,她还成毛娃的"活样板"了。这不给毛娃心里添堵吗?自己学戏的确苦,但看着别的孩子也这样苦,她心里就很不是滋味。为啥偏偏要让娃学戏呢?

有一天,她正练"高跷",突然摔倒了,毛娃急忙从拐角跑出来,帮她解"高跷"绳子,还帮她揉着崴了的脚脖子。毛娃问她:"忆阿姨,你为啥还要这样猛练呢,不累吗?"

"累。可排戏需要,不练不行么。"

"人家也都不练,咋就行呢?"

"人家不排《背娃进府》,不需要练这些。"

"忆阿姨,你觉得唱戏有啥好处吗?"

这话还把忆秦娥给问住了,她想了想说:"人总得有个吃饭的职业不是?阿姨当时只能选择这个职业,所以就学戏了。"

"听说你原来做过饭,当过烧火丫头?"

"当过。"忆秦娥知道,几乎所有人,都把她的过去放得很大。所以连孩子们,也是知道她烧火做饭这个出身的。

"做饭多好,为啥要苦苦挣巴着学戏呢?我看去挖煤都比唱戏好。为啥要学唱戏呢?狗日的唱戏。狗日的'毒蛇胆'。"

忆秦娥没想到,毛娃心中是这样痛恨着唱戏,痛恨着他爸的。回头想来,孩子为唱戏,的确是付出了全部童年。即使练到今天这个份上,他也没有看到任何出头之日。他说:"忆阿姨,你都把戏唱得红火成这样,还苦巴巴地挣着、练着、熬着。那活着还有什么意思呢?活着就是为了练功、为了唱戏、为了出名吗?人家都在打牌、逛街、打游戏机、看电影、看电视,你整天就这样练'高跷',练'卧鱼',练'出手',练'圆场',活得有意思吗?"

毛娃那天的话,的确把她给问住了。她从来就没想过这些事,只是把练功、排戏当作生活方式,当成过日子的一种了。可孩子不能理解这一切,也不能接受这一切。她甚至是给毛娃,当了很坏的"样板",而让他爸爸、爷爷,拼着命地要把他朝不归路上推去。

终于,有一天早晨,毛娃吊死在了练功场的高空吊环上。

毛娃是这个练功场每天来得最早的人。因为团上集合后,他就得退到一边,不能再占练功场的地毯、海绵垫子、跳板这些训练设备了。剧团还没有开始招收学员,他还不是省秦的一员。

而每天第二个来练功场的,就是忆秦娥。当她推开练功场门,看见一个人,长溜儿地吊在工棚的吊环上时,她的第一反应就是毛娃。可毛娃的个头没有这么高。但那瘦屁股、瘦腿,明明又是毛娃的。并且"乾坤圈"和"风火轮",就扔在他的脚下。她立即断定是毛娃了。她大喊一声"毛娃",就扑过去抱住毛娃的双脚,却怎么也够不着绳索紧勒着的长脖项。她就跑出工棚去,大喊救人。当来人一起把毛娃解下来时,孩子已浑身冰凉。他的舌头长长地吊了出来,惨如阴间小鬼。

毛娃已死一两个小时了。

毛娃他妈知道这事后,差点服毒自杀了。他爸嗵的一声倒在床上,几天都醒不过来。直到这时,大家才知道毛娃他家的困难:无论是当年的"赵子龙(爷爷)""佘赛花(奶奶)",还是后来的"毒蛇胆(爸爸)""盼水妈(妈妈)",日子都过得十分拮据恓惶。主要是"佘赛花""盼水妈"都是病号,把一点家底全掏空了。这下,又殁了家里的唯一希望,辛酸悲痛,自是难以言表了。

随后,团上不仅给了补贴,而且薛团长还发起了为老艺术家义演的倡议。忆秦娥唱了她的拿手好戏《鬼怨》《杀生》。石怀玉也就是在这个场面上的表现,让忆秦娥对他刮目相看了。

据说石怀玉的创作作品从不出售,也绝不送人。哪怕你是什么达官显贵、老总富豪,一律免送,也一律免谈。他平常主要是靠卖一些线描、漫像画糊口。他能做到把你看上一眼,就能画得特征凸显、神形毕肖,令观者无不拍掌称妙。可这次,他却拿出了一张八尺创作画《太白积雪》。这也是他最得意的作品,曾经反复拿出来给人展示"炫耀"过。现场拍卖了十二万,并且悉数交给了毛娃他爷他爸。

大胡子石怀玉,也由此在省秦声名大振了。

二十三

忆秦娥过去对石怀玉的好感,是停留在大胡子"能说能谝"上。她长这大,还没见过这么有趣的人,不仅充满了才气,而且字画又好,还能弹一手漂亮的古琴,就觉得是个奇人了。让她没想到的是,死大胡子,竟然打起了她的坏主意,到处放风说:"忆秦娥迟早是我的。不信你都等着瞧。"忆秦娥想:笑话,我怎么就是你的了?你也等着瞧。她就不再理这个疯疯癫癫的人了。可毛娃上吊这件事,让她对石怀玉完全改变了看法。她觉得,这是一个有巨大悲悯心的人。她是住过寺庙的,对一切怀有悲悯情怀的人,都是要多看一眼的。因为她的一生,每每遇见这样的情怀、这样的眼睛,都是要让她生出许多活下去的勇气的。

在毛娃上吊以前,石怀玉就给毛娃画过几张漫像。后来她回忆起,石怀玉曾对她讲过,说毛娃可能有心理疾病。她想着,石怀玉是在找机会跟她搭讪呢,就没好气地说:"你别瞎说。人家孩子好好的,怎么就有心理疾病了?戏曲演员就这么苦,别少见多怪的。"石怀玉虽然再没跟她提说毛娃,可他自己还是把毛娃带出去逛过两次。毛娃回来还跟她说:"大胡子叔叔人可好了,带我去打游戏、蹦迪了。说要给我减压哩。"可第二次回来,还让"毒蛇胆"美美抽了几藤条。说从今往后,再不允许跟社会上那些"不三不四的人"去鬼混。"毒蛇胆"还说,从面相上看,修那一脸毛胡子的,就不是个正经人。忆秦娥也说:"你爸说得对着哩,别再去打什么游戏、蹦什么迪了,那就不是乖孩子应该去的地方。听你爸的话,别跟大胡子乱跑了。"从此后,毛娃也就再没跟石怀玉出去了。

不久,毛娃就出事了。

毛娃出事后,石怀玉那天的第一反应是:突然扑通一声跪在练功场的吊环下,失声大哭起来。还直说他有责任,是他忽视了这事的严重性。他说第六感觉告诉他,这孩子是要出事的,可没想到,会出得这么快,这么无可挽回。谁也不能说石怀玉哭得不真诚。连忆秦娥也不得不认为,石怀玉的这番跪哭,似乎不是冲她来表演的,那是真的在忏悔,在悲悯。

随后,在义演时,石怀玉捐出了他最好的画作,并且自己还没登台亮相。他说:"本人的嘴脸,是不值得让一千多观众去瞻仰的。"

过去一直在说石怀玉坏话的那些人,慢慢变得不再说了。而一提起石怀玉,还都竖起了大拇指。一些对字画价值感兴趣的人,也在努力接近着石怀玉,觉得这是一只值得感情投资的"绩优股",或者至少是"潜力股"。石怀玉在省秦的书画班摊子,就又被学生们"轰抬"起来了。忆秦娥却没参加。有一天,石怀玉故意碰上她问:"你学不学?你要不学,我就把摊子撤了。能开这个班,分文不取,就只一个目的:为秦腔培养一个梅兰芳。你不来,我是闲得学驴叫唤是不是?"忆秦娥捂嘴一笑,就又加入学画行列了。

这个石怀玉,在感情上,是绝对纸里藏不住火的主儿。他眼睛迟早热辣辣的,有人说是色眯眯的,就盯着她死瞅。她即使画得再烂,也见他在想着法儿地表扬。有时看着他在教画、教字,可一转眼,又扯拉到人生、事业、爱情上去了。有一回,他甚至控制不住情绪地仰天长叹起来:"怀玉这一生,什么都经历了,就缺一场狂风暴雨般的爱情了。来吧,来得猛烈一些,让我品尽这生命的甘美乳酪后,就归隐山林,化作长风,永世冥寂!"惹得全场哄堂大笑起来。大家都回头看忆秦娥的反应。她的脸唰地红得跟猪肝一样,气得她就想飞起一脚,踢死这个不要脸的怪货色。

忆秦娥喜欢是有些喜欢石怀玉了,但还是努力跟他保持着距离。那段时间,她连着排出了几折失传的"古董戏"来,每次排练,都见石怀玉在一旁画着戏人。后来,团上下乡演出,她是想叮咛石怀玉一下,让他别去的。在家里,很多人不进排练场。一旦到了乡下,成百号人,整天都会滚搭在一起的。出行,生活,演出,本来就容易传闲话。加上石怀玉又是个性情中人,啥都不管不顾的。并且这家伙还好卖派,只要是他心中向往的,即使没有的事,都是能艺术加工出来的。他只图了嘴快活,留给她的,就剩下很长时间都抖搂不利的麻烦了。可自己跟石怀玉到底是什么关系呢?凭什么要干预人家的行踪呢?想来想去,又不好提醒叮咛。最后石怀玉自然是去了。这一去,就把她跟石怀玉的故事,演绎得很快升级了。

石怀玉在追求她的手段上,很是有些像刘红兵。但石怀玉又绝对不是刘红兵。刘红兵跟着省秦到了乡间,还是前后围着忆秦娥转。有时他会钻到女演员窝里当贾宝玉。但更多的,还是到处给她搜罗好吃的:到农民家里给她炖老母鸡;跑出去偷人家的鸽子,给她熬汤;再么跳到淤泥湖里,抓泥鳅、鲫鱼、螺蛳,说给她补身子呢。总之,是一切都想着她,迟早都在她的宿舍边环绕着,要么就是在舞台前后黏糊着。石怀玉来,她就怕又是这个德行,弄得她太难堪。可谁知,这家伙却一反常态,从不跟剧团过多地卷。他是住在农民家里,只前后在观众中忙活着他的事:画速写,画人物,搞创作。说这是他大秦岭组画中,最重要的一部分。他说秦腔是大秦岭的魂魄。他还说秦岭与秦腔的关系,才是大秦岭艺术创作最深沉、最富有生命张力的关系。

他看上去很兴奋,一天到晚,都支个画架子在那里画着。有不少栩栩如生的看戏场面;也有单个乡村老汉、老婆的肖像作品。有几幅大画,当有一天,挂到后台的幕布上时,几乎把所有人都震惊了。

其中最大的一幅,是画的忆秦娥进村时,村民们自发欢迎的场面。成百老乡,拉手的拉手,接行李的接行李,像迎接久别归来的女儿一样,一直把忆秦娥从车门口往住地接。

这是许多地方都发生过的事情,只要忆秦娥一出现,大家就会自发地迎上来,四处奔走相告:

"忆秦娥来了!"

"咱秦娥来了!"

"就是忆秦娥,真的是来了!"

省秦人,对这种场面已司空见惯。可石怀玉的眼睛,一下就湿润了。大概也就在那一瞬间,他捕捉到了艺术创作灵感。他先后用了十几天时间,画了数十张底稿,终于在第七个演出点,把一幅六尺整张的画作,完整呈现在了后台。立即引起了一阵热烈的掌声。

忆秦娥当时正在化装,听见掌声,扭头一看,几乎把她吓一跳。石怀玉怎么把那一幕幕真实的生活,提炼得这么好,这么生动,就像是拍照下来的一样。但那画面,又明显比照片更突出,更感人,更有冲击力。这大概就是绘画艺术的魅力所在了,她想。有人把画作的名字念了出来:

"咱秦娥来了!"

忆秦娥再也忍不住,眼泪哗哗的,就把装给污染了。这是她每次下乡演出,最喜欢听到的一句老乡的招呼声。

只听石怀玉在一旁介绍道:

"本来是想叫《农民领袖忆秦娥》的。因为关中这一带,把秦腔明星都是当领袖捧的。我听见也有人已把忆秦娥称作'农民领袖'了。可我觉得,这样称呼忆秦娥,有些别扭。让人老想起陈胜、吴广来。一个弱女子,要是当了领袖,也会立马变得不可爱起来的。所以我就还是用老百姓这句口语了。"

忆秦娥在心里说:得亏没叫"农民领袖忆秦娥",要叫了,别人还以为我忆秦娥不好好唱戏,是想造反了呢。

第二幅画叫《披红挂彩》,这也是根据生活真实创作的。

忆秦娥几乎每到一地演出,唱得最红火的时候,都会有这种场面出现。先是鞭炮突然响起。有的地方,还会放出几声火药冲子来。接着,地方头面人物,就会在鞭炮和冲子声中走上台,把一床床大红被面子,披在她身上、绑在她肩上、围在她脖子上。披得越多,越说明观众的爱戴程度。有些就成了一个村落永久的唱戏佳话。这次下乡,很多地方都是连唱十几台大戏。忆秦娥一人身上,就背了九本戏的主角,让观众过足了"忆秦娥瘾"。有一个地方,还就真给她披了一百床被面子,把她几乎当下就压垮在舞台上了。石怀玉就是捕捉到了那一瞬间的观众欢呼,与她的快乐、激动、感奋情绪,而使整个画面,充满了几近岩浆迸发般的生命涌动感。

石怀玉扭过头对忆秦娥说:"请把被面子给我分五十床,要不然,我这力就算白出了。"惹得大家又是一阵哄笑。有人说,忆秦娥已经把被面子分给大伙了。石怀玉说:"收回来,立马给我收五十床回来。"忆秦娥心里暗暗好笑着,死毛胡子的嘴,就是能掰活。

第三幅画比较小,叫《抹红》。画的是忆秦娥坐在后台化装凳子上,身边围着一群大妈、大嫂和孩子。都把娃娃的脸蛋凑上去,让忆秦娥给"抹红"呢。

这是大西北很多农村都有的讲究。说小孩子最怕唱戏的,一旦遇见唱戏,晚上就会做噩梦。因此,唱戏前,总会有很多人,要把孩子抱到后台,让"戏子"给孩子脸上抹点红,以辟邪遮灾。好多演员不愿意给抹,一是嫌麻烦;二是不喜欢被人称"戏子"。而忆秦娥每遇这事,总是会停下手中的活儿,高高兴兴地给孩子们一一抹好,抹漂亮。有时她还会把孩子的小脸蛋亲一下。她是真的爱着所有的孩子。尤其是那些残疾孩子,父母躲躲闪闪的,还不好意思抱进来。每每至此,她都会起身接过孩子,不仅要紧紧地抱一会儿,而且还会把孩子抹得最漂亮。因此,老百姓就更是把她传得神乎其神了,说忆秦娥多大牌的角儿,半点架子没有,那就是德行修炼到了:"秦娥戏唱不红,老天都不会答应的!"石怀玉竟然把这一细节,紧紧抓住了。并且正抹着红的孩子,就是一个兔唇,画面十分感人。石怀玉在展示完后,甚至很是大方地告诉忆秦娥:"这幅送给你。其余的,我是要办画展用的。它们的最终归宿,应该是国家美术馆,连我最后也是没有支配权的。一千年后,这两幅画,也许还会拉到西京来巡展的。没办法,作品太伟大了,我把我自己都服得一塌糊涂了。这一幅《抹红》,就交由你收藏。不过有言在先,展览时,我打借条,你可一定要借我一用噢。可不敢卖了,买奔驰、宝马了。"

忆秦娥笑着收下了《抹红》。

这三幅画,她是真的打从心底里喜欢。这个死大胡子,自然也就跟他的画一样,在忆秦娥心中越来越升值了。

也就在这次下乡演出中,忆秦娥对孩子的那种爱怜,让她终于收养下一个孩子来。

其实,她从来都没有过要收养孩子的想法,她觉得自己的母爱,已被儿子刘忆占得满满当当了。可突然来到面前的这个孩子,又让她抑制不住内心的冲动,想要领回去,给她一个比自己更美好的童年。她觉得,她现在是有这个能力了。

这是在演出的最后一个点。那天,她在后台不停地听人说,给咱们帮灶做饭的一个女孩子,好可怜的,才八九岁,就被她婆弄来帮忙烧火了。"烧火"二字,让她心里咯噔了一下,她是无论如何都要去看看这个孩子的。

果然,在乡村野场子搭起的临时灶台背后,蹴着一个正用吹火筒吹火的丫头。

孩子腮帮子鼓多大,脸蛋挣得绯红绯红的。她都在孩子身边站好久了,这个孩子还没意识到,还在使劲地吹。

多么像她当年在宁州的那一幕呀!每天早晨,她都是全团起得最早的一个,拿吹火筒把灶洞的火种,拼命朝兴旺地吹着。不过那时自己已经十二三岁了,而这个孩子,才只八九岁。

她慢慢蹲下了身子。孩子终于发现了她,就急忙把吹火筒放下了。她拿起吹火筒,帮着孩子把火吹着了。

孩子咧嘴笑了。

她问:"认得我吗?"

孩子捂着嘴说:"唱戏的阿姨。"这动作多么像自己呀!

她又问:"几岁了?"

孩子回答:"九岁。"

"没上学吗?"

孩子摇摇头。

"为什么不上学呢?"

孩子羞得又捂住嘴笑。

"谁让你来烧火的?"

"婆。"

"你婆人呢?"

"在剥葱。"

正说着,忆秦娥就见一个头上苫着一块白手帕的老太太,拿着剥好的一竹笼葱走过来了。

老太太一下就认出她来了:"这不是秦娥吗?你的戏唱得几多好呀!你看看,几十里外的人都赶来了。都说'不看秦娥唱秦腔,枉来人世走一趟'呢。我这就算没白活一世了,不仅看了你的戏,还见了真人,真个是长得跟天仙似的。还安排我来给你们做饭了呢。"

"阿姨辛苦了!这孩子是你的外孙女吗?"

"是呀,你怎么知道的?"老太太问。

"这么小的孩子,怎么能让来烧火呢?"

"我来做饭了;她弟在上学,她在家没人管,不带来都不行了。"老太太说。

"孩子叫什么名字?"

"外号叫个丑女儿。"

只见那孩子急忙纠正说:"我不叫丑女儿,我叫宋雨。"

她婆说:"就是这个名字起瞎了,把雨水都送人了,你还能有啥好日子过?"

"孩子为什么没上学呢?"

"唉,不怕你笑话,她爸到南方打工,跟别人好上了,连家都不要了。她妈也生气跟人跑了。就剩下姐弟俩,都跟了我。这个书念不进,我老婆子也抓养不起两个上学的,就让她常跟着我叫个小口。我是这远近还算有点名气的厨师,红白喜事都有人请哩。娃就随我出门烧个火,混个嘴。在这农村,就算是吃了香的喝了辣的了。麻利把火再朝大地吹,要上笼蒸馍了。"

忆秦娥就离开了。

可连着几天,忆秦娥都惦记着这个叫丑女儿的孩子。其实这孩子一点都不丑,甚至比她那时还漂亮许多。

没想到,这事同时还有一个人惦记着,那就是石怀玉。他竟然给宋雨画了一张画,恰是正吹火的那个画面,让每个人看了几乎都有些怦然心动。忆秦娥看着这幅画,甚至潸然泪下,最后竟然是跑着冲出了后台。

石怀玉来到了她的身后,问她:"你喜欢这孩子?"

忆秦娥点点头:"嗯,很喜欢。"

"想要吗?"

忆秦娥突然回过头问:"你说什么?"

"想要吗?"

忆秦娥说:"人家的孩子,怎么能给我呢?"

石怀玉说:"我试试。"

当天晚上,石怀玉就告诉她:"行了,老太太答应给了。孩子也愿意来。"

在这个点演出结束时,忆秦娥就把宋雨领走了。

孩子没出过门,也没坐过车,上车来就晕得一塌糊涂。是石怀玉一路把她抱回西京的。

二十四

楚嘉禾自打在海南过了几天舒心日子,回西京后,就一直觉得啥都不顺。尤其是这个"薛娘娘",好像是一概不买她的账,只在忆秦娥的石榴裙下拜倒着。特别让她揪心的是,好不容易找了个有钱的女婿,还比她小了两岁,人也挺奶油鲜亮的,又生了个双胞胎。却在一夜之间,把房地产生意彻底给做垮了。女婿回到西京,被债主逼得东躲西藏的,几个礼拜见不上一回面。见一回,还得捯饬成各种不引人注目的样子。有一次,是化装成女人摸回来的。睡到天不亮,又赶忙起身,在窗户上一探再探,然后才蹑手蹑脚溜下楼去。有好几回,要债的就住在家里不走,说生要见人,死要见尸。她妈无奈,就给她出主意说,干脆跟女婿把婚离了算了,也免得一辈子受牵连。说这样对孩子也好。女婿倒是通情达理,除了必须要一个孩子外,其余的都依她,然后就真把婚离了。离了婚,她一切就还得指靠省秦了。而在省秦,唱不了戏,当不了主角,那也就是混日子。可楚嘉禾又不想混,尤其是面对忆秦娥,还有一口咽不下的气在里面。因此,她就还得在排戏演戏上,使劲挖抓了。

自"薛娘娘"上台后,业务倒是抓得很紧,又是集训,又是排戏的,竟然能把《狐仙劫》重新翻拾一遍。在剧里,她演的那个贪慕虚荣的大姐,真是滑稽透顶了:见了豪门老狐狸,心里挠搅的,恨不得连夜就嫁过去。结果嫁过去后,才是一个小妾身份,又于心不甘,就在里面挑来斗去的;也是受尽了捉弄与羞辱,才被九妹(忆秦娥扮)搭救回去;谁知再也受不得深山修炼的寂寞清苦,自己又偷偷跑回去,跪着求着,依然做了人家的贱妾,直到被逼疯、上吊。角色倒是一个有戏的角色,可这种形象塑造出来,总归是个"丑旦"。咋都没有人家忆秦娥扮演的那些人物美好、光鲜、英武。弄得好像连她也成了女英模似的,人见人敬,人见人爱了。而自己扮演的角色,却常常成为人们戏谑的对象。她是十分不待见这种戏谑的。好在《狐仙劫》的重排,不仅没给薛娘娘这个新贵加分,而且还迎来了相当强烈的批评反对之声。就连那个眼睛七扭八裂在额颅角上的秦八娃,两条长得像"逗号"样的眉毛,戏看完也都气成"顿号"了,直说是胡闹。封子更是气得差点没心肌梗死。社会上也有人说:"这个新团长,不是在发展秦腔事业,而是在刨秦腔的祖坟呢。应该把狗日的团长赶快撸了。"照说戏受了攻击,主演也是要被连带的。可谁知这次却是一反常态地鬼怪,说要不是忆秦娥拿深厚的传统功底撑着,省秦就算是"欺祖灭宗"了。

也就从这次开始,省秦突然狠抓起了传统继承。抓的力度,让楚嘉禾甚至都有些不可理解:一时,省秦院子里竟然走动着十好几个老艺人。都是忆秦娥和一些演员从大西北旮旯拐角请出来的。有的还带着"跟班"、家眷。一个艺术大院,很快就成到处是用麻绳系着石头眼镜、穿着老羊皮袄、叼着旱烟锅子的人的关中集镇了。隔壁邻舍一些文艺团体的人,甚至噗噗耻笑着说:"你们省秦咋了,是准备搞民俗村,发展特色旅游吗?"楚嘉禾自是看不上这些老古董排的所谓"失传戏"了。且不说排着有用没用,先是那些老艺人吭吭咯咯、乱吐乱尿的卫生习惯,让她都无法忍受,还别说在一起滚搭着"搞艺术"了。哪能有半点艺术享受的成分呢?可没想到,几年下来,忆秦娥竟然又神不知鬼不觉地,给自己积攒下了大小十几本戏。但凡下乡演出,只要包戏的主家强求,她都能一个台口包抄了全部主角。几乎让所有人都显得有自己不多、无自己不少了。这个很是怪癖的女人,每每总是在别人都不经意时,就能为下一次腾飞,插上一些稀奇古怪的翅膀。一旦有了机会,她还就真的能飞起来,并且飞得很高,飞得让人望尘莫及。真是一个表面似憨厚瓜傻,而内心却十分阴险狡诈的"鸡贼女人"。

就这样一个女人,还总有男人飞蛾扑火,慷慨赴死。不说忠、孝、仁、义那几个老艺人了。还有什么秦八娃,听听这恶俗不堪的名字,不提也罢。还有封子、单跛子、薛娘娘这些"胡骚情"的"业余爱好者",一提溜就是一长串。单说走了一个小白脸刘红兵,又来一个大胡子石怀玉,哪一个不是上心上杆子地要爱她、宠她、帮她呢?还一个个腻歪的,把她含在嘴里怕化了,顶在头上怕打了,抱在怀里还怕捂死了。尤其是这个大胡子石怀玉,开始出现时,那就是全团的一个玩物。就像一个院落里,突然跑进个怪物来,谁都想拿棍戳几下。不过是看看刺激反应、找找乐子而已。那时楚嘉禾,倒是蛮希望忆秦娥倒进大胡子怀抱的。这种不靠谱的"倾倒",只会给忆秦娥带来更多的笑柄、佐料、花边新闻而已。可时间一长,大胡子在省秦,竟然还成了幽默、有才、正义、善良的代名词。尤其是烂画,竟然一幅能卖到十二万的价码。这才让她觉得,"财神"要真跟忆秦娥结合到一块儿,也不是一件值得拍手称快的事了。果然,他们是越走越近了。几次下乡演出,石怀玉画下的那些肉麻作品,把忆秦娥是一点点俘虏过去了。忆秦娥也许是对傻儿子绝望至极了,趁下乡,竟然还要了别人一个女儿回来。据说那个女儿,也是大胡子帮她撺掇的。回来时,他俩竟然是你一把我一把地,把那碎女子搂着抱着,挠着亲着,像是真要走到一起过日子的样子了。

忆秦娥要真跟大胡子走到一起,又会是个什么境况呢?她还有点想象不来。不过她得琢磨这事。琢磨起忆秦娥的事来,她总是既有时间也有心思和兴致的。那天,她甚至把周玉枝也叫了来。两人在一起,探讨了半天忆秦娥可能到来的二婚之喜。

周玉枝是越来越不喜欢跟这个老同学在一起做任何事情了。尤其是不喜欢她说忆秦娥。在楚嘉禾折腾歌舞、模特儿那段时间里,周玉枝在家静静养着孩子,她也许是比较早地看透了唱戏这行的本质,就是"残酷"二字。不当主角,在外人看来,你就是在剧团里混饭吃的。可要当主角,又谈何容易呢?一本戏,也就那么一两个人物,可以称得上主角,其余的叫主角,也就是图好听而已。都主了角儿了,那还不成大烩菜了?要当主角,很多时候,是需要天时、地利、人和,一样不差的。差了一样,你就可能与主角失之交臂了。只要在剧团唱戏,几乎没有人觉得,自己是会比别人差多少的。都认为,只是没有机会,给了机会,"麻子脸上也是要放光彩的"。周玉枝开始也是这种感觉,觉得自己跟忆秦娥到底差了多少呢?本本折折,都是她忆秦娥唱了,自己永远就是配演或大龙套。尤其是都从宁州来,忆秦娥是响当当的主角,楚嘉禾也隔三岔五地能攀上主角宝座过过瘾。而自己,几乎没有改变过从属、配演的地位。宁州来的人,老对她说:"你咋不朝前走呢?你周玉枝又比她谁差了多少?还是门子没投对,得想法朝前奔呢。"她开始心劲儿也很涌,可后来,看到忆秦娥那么苦苦奋斗,也是活得屈辱缠身、伤痕遍体的,就觉得何苦呢?楚嘉禾倒是一门心思在朝前奔呢,可奔着奔着,也多是"羞辱大于荣耀,得不偿失"。这十个字,算是她对这个老同学生命不息、冲锋不止的基本评价。因此,她也就慢慢变得现实起来了。

由于自己的客观条件不赖,周玉枝也被无聊的臭男人们,排列进了省秦"八大贵妃"之一。那几年,给她介绍的对象还真不少呢。就在别人都忙着争角色、排戏的时候,她却悄无声息地进入了挑拣对象时段。也不知怎么就有那么大的挑选余地,她竟然在一年多时间里,就遴选过了三十几个男人,有的竟然还选成了"回头客"。不过在阅人无数、阅世渐深后,她也逐渐给自己有了定位:找一个能好好陪自己过日子的人,是关键的关键。太有钱的靠不住;社会地位高的,即使眼下能看上自己,也无非是这点姿色在起作用。一旦青春不再,又无文化底子支撑,悲剧就会自己找上门来。这样的悲剧,省秦几乎年年都在上演。最终,她找了一个重点中学的老师,憨厚朴实,视教书为生命。就是年龄略比她大了些,但挺会心疼人。她也就尤其珍视这桩婚姻了。她在省秦分不上房,老公却分了一百四十平方米的四居室。她在省秦有时只拿百分之六七十的工资,数字都不好跟人讲。老公却在月薪七八千的基础上,还带着几个补习班,光额外收入一年就十好几万。家境也好,公公、婆婆都是退休小学教师,身体倍儿棒,不用她操半点心。关键是去年还生了一个儿子,生下来就七斤八两,健康得一岁时就能跑出十好几米远来。这才不到两岁,就已能背三十几首唐诗,还能背下《弟子规》了。周玉枝还要什么呢?还想要什么呢?她现在就是想少演戏,少下乡,甚至少化装。每场演出,就给人家站站合唱队就行,并且最好不要当领唱。就是感冒了,嗓子哑了,还照样能混在里面滥竽充数。演出费也不比她忆秦娥少多少,她拿五十,忆秦娥拿一百撑死。可忆秦娥又出的是什么力呢?比鸡起得早,比狗睡得晚,比牛挣得苦,比驴跑得欢,累死累活的,又何必呢!

不过说心里话,周玉枝还是很佩服忆秦娥的。无论别人怎么看,她都觉得,忆秦娥是个好人。没坏心眼,没害过人。当然也不太懂人情世故,生活中常常冒着傻气。就凭四十岁的人了,一天到晚还守着练功场这一点,今天大概已很少有演员能做到了。因此,忆秦娥演什么样的主角,得什么样的荣誉,受到什么样的热捧,她都是服气的。

相反,她的这个楚嘉禾同学,的确是有一百个心眼子都在眨动着。加上她妈那一百五十个,有这二百五十个心眼子集合起来,就把她的生活过得够丰富多彩,也够乱麻一团了。她过去还爱到楚嘉禾那里去谝,毕竟从宁州团就来了她们三个人。忆秦娥早晚都在练功、排戏、给儿子治病,似乎就腾不出时间跟她们闲聊。即使聊,也就是傻坐着,单听你说,她只负责点头、捂嘴傻笑。最多也就是夸夸她儿子,说都能自己冲马桶了。这样来往多了,也是无趣。而楚嘉禾嘴又太多,太镲火,什么都敢说,什么也都是捕风捉影地乱说。她也就尽量回避着,免得惹是生非了。

· 808 ·

这次也是楚嘉禾一叫再叫,她才来的。她以为来了有什么大不了的事呢,结果,来回车轱辘话,就是说那个猛追忆秦娥的大胡子。楚嘉禾问她:"你看大胡子跟忆秦娥成得了?"她说:"你这不是咸吃萝卜淡操心嘛。人家成得了成不了,关你屁事。"楚嘉禾说:"你看玉枝姐说的,秦娥是咱妹子哩么,这大的事,咱还能不帮着操点心?我是怕又来一个刘红兵,看着追得紧,其实也就是玩玩而已。最后吃亏的还是咱傻妹子。""把你自己的心操好就行了。哎,你觉得秦娥傻吗?"楚嘉禾说:"你这话问对了。忆秦娥的傻,就是表象。其实骨子里,比咱谁都灵光呢。""你说的灵光,指的是啥?"楚嘉禾说:"指的啥?忆秦娥跟刘红兵结婚,她傻吗?她是看上了刘红兵老子的身份,还有随手就能拈来的财富。刘红兵老子一退,她立马就把刘红兵给蹬了。这又来个大胡子,听说开始她也不咋待见,结果看人家的画能挣钱了,又笑得跟菩萨似的,黏糊到一块儿去了。你看这两个货,能成吗?我咋总觉得怪怪的,一想起来就想笑。"

周玉枝一笑说:"你看你操的这些心。闲心操多了不耐老,见天进美容院也不顶啥。"

楚嘉禾煮了一壶浓咖啡,周玉枝喝得一个劲地要加水加糖,她却品得有滋有味地说:"哎,玉枝,你就准备彻底这样认卯算了?老一演戏,就当个合唱队队员,朝乐池拐角一钻,全场灯光一暗,'咿咿啊啊'地喊几声,做了陪衬的陪衬,鬼都不知道你是谁了。你觉得长期这样行吗?"

"挺好的呀!"

"真心话吗?"

"这还有啥真心不真心的。我就喜欢这样的生活。每晚还不用化装。跟团上每个人都挺好的,多好!"

"当了半辈子演员,总得朝台中间站一站吧?"

"绝对不站了,我是绝对不想站了。现在就非常好。我吃不了人家忆秦娥那份苦。没有付出那么多,站在舞台最拐角,是理所应当的。"

"忆秦娥仅仅是靠吃苦上去的吗?"

楚嘉禾突然撂出了一句很是突兀的话。

周玉枝反问了一句:"忆秦娥,难道还不是靠自己刻苦努力上去的吗?"

"我的傻姐姐,你恐怕是把家庭日子也过傻了。没有单跛子,有她忆秦娥的昨天?没有'薛娘娘',能有她忆秦娥的今天?"

楚嘉禾在说这两句话时,里面的含意是意味深长的。

周玉枝都想说,那你的昨天,跟丁至柔又是什么关系呢?但她终于忍住,没说出来。

楚嘉禾接着说:"咱这个妹子还不能吗?在单跛子手上排了五六本好戏,花了国家好几百万,该拿的大奖也拿完了。到了'薛娘娘'手里,才几年天气,又偷偷排了大小十几本戏,这还有别人喝的汤吗?省秦是他谁的私人戏班子吗?忆秦娥傻吗?这些年,权势、财富、名誉、情色,哪一样落下她了?这能叫傻吗?要说傻,我的玉枝姐呀,咱俩才是中国不出、外国不产的一对大傻瓜呢。"

周玉枝从楚嘉禾的眼神、语气,甚至毛孔中都能感到,这个妹子,虽然生活受到了如此多的挫折、打击,但还是没有就此打住的意思。并且她有一种预感,楚嘉禾是会把一切气恼,都要撒在同乡忆秦娥身上的。因为她也再没有别的能耐,再没有别的出气筒子了。

二十五

大胡子石怀玉到底跟忆秦娥结婚了。

这事在社会上传开以后,很多人都不相信。首先不知道大胡子是谁。即使书画界的,也都隐隐只听说过石怀玉这么个人,但从不见他参加任何活动,也不跟书画界任何人往来。更没有一个哪怕是"环球书画协会副主席"之类的名头。很多年,他就在秦岭深山里泡着。打扮得像个游方僧,或者老道。完全是个体制外的"侠客"。忆秦娥是何等有名的人物,怎么就跟了这么个不三不四的人呢?书画界名流大佬,给忆秦娥"放电""献媚""联袂""赠画"的还少吗?忆秦娥都是不曾沾染的呀!

连忆秦娥自己也没想到,跟石怀玉才认识不到一年,就被他拉到终南山脚下一个翠竹掩映的农户家里,入了洞房。

也许是平日生活太沉闷了,需要一个快乐的人相伴吧。这个石怀玉就是如此地懂得快乐,竟然靠说话,一天就能把忆秦娥笑得窝在地上好几次,直喊肚皮痛,要他别再说了,再说她就活不了了。也许是石怀玉太另类了,跟她身边的所有人都不一样。他说什么、干什么都显得那么真实透明,从不藏着掖着。爱她也是单刀直入,不像别人,送一束花,都是要拐弯抹角、躲躲闪闪的。而石怀玉直到结婚后很长时间,都保持着每天送她一枝玫瑰的习惯。直到他们分道扬镳,各自含怨而去。这是后话。

单说当初要结合那阵,就连她娘也是不同意的。娘觉得自己这么个出息女儿,红火得连满街道卖菜的,都知道她是忆秦娥的娘,最后怎么就看上了这么个"毛脸贼"?他既没官身子,也没时下吃香的老总老板名头,还连个正经单位都没有,就会写写画画,终是个没用的玩意儿。刘红兵虽然不成器,可毕竟还是专员的公子,好歹有个名分。这个大胡子有啥?咱招女婿总不能是老母猪下崽,一窝不如一窝吧?她是怎么都容不下那个大胡子来叫娘的。并且一想起这事,她就硌硬得慌。既然娘住在这里,并且一直尽心尽力照看着刘忆,在这件事情上,忆秦娥也就不能不征得娘的同意。忆秦娥把这事跟石怀玉说了,石怀玉说:"这算个啥事,咱娘有咱哩么,保准让她催着让你赶快把我朝回娶哩。""你就爱吹。"

"吹,今晚就会下圣旨。你等着接旨好了。"

果然,大胡子一个下午,就把她娘的思想工作拿下了。

那天晚上她回去,她娘还把嘴没合拢,笑得也是一个劲地捂。她就问娘笑啥。娘说,那个死大胡子咋那逗人的,他平常就这样说话吗?忆秦娥问,他咋说话了?娘说,他咋说话了,就没一句正经话,光逗娘笑了一下午,把娘的肚子都笑痛了。娘下午也丢人了,有好几回,都笑得溜到桌子底下,直喊叫让他快别再说了。忆秦娥就问,啥话这逗人笑的?娘说:"啥话?诳话、屁话、鬼话。"把忆秦娥吓了一跳,以为是把事情搞砸了。谁知娘把话一转弯,说:"不过,他确实会说、能说,娘还是蛮爱听的。你别说,家里有这么个人,整天说说笑笑的,恐怕是都要多活几十年哩。"忆秦娥一下给轻松了下来,就说:"到底说啥了,看把你神神道道的。"娘说:"我也记不得了,反正笑了一下午。他刚推门进来,我就没给好脸,连坐都没让他坐。只听他说:'哟,我还说今天来开叫,丈母娘会喜眉活眼地迎接新女婿呢,没想到,咱娘今天不高兴咧。咋的了,是娥惹你生气了吗?'我把刘忆正玩着的擀面杖抢过来一拍说,谁是你丈母娘了?他说:'你呀!好我的岳母大人了,天大的喜事已经降临到易家门前了,你咋还蒙在鼓里?看这个娥,还有规矩没有,连娘都没请示到,就先斩后奏了。'我说,少说屁话,谁是你娘了?他说:'好我的娥呀娥,不是说都跟娘说好了吗?把我闪到这半空里,让我都咋出这门吗?那好,我先走了,等娥回来跟你说,明晚来叫娘也不迟。反正娘已是我的了,早叫晚叫都一样。'说着,他把刘忆的脸蛋还亲了一下,就要离开。我喊叫说站住!他就站住了。我说,你是干啥的?他说:'娥啥都没给你说吗?'我故意问他,你是哪个单位的?我的意思是你没个正经单位,还想来讨我的女儿。只听他说:'胡秀英责任有限公司的。'我第一遍还没听清,又问了一次,什么什么?哪个公司的?他一脸正经地说:'胡秀英责任有限公司的。'我就问他,胡秀英是个什么公司责任的?我还以为真有这么个公司呢。他说:'胡秀英是个家政公司。'我说,你们老板是谁?他说:'胡秀英哪!'我愣了一会儿问他,男的么女的?他说:'女的。'我又愣了一会儿问他,你在公司干什么?他说:'还没正式任命,但有可能是副总。'我说,吹牛哩吧,你还能当了副总?他说:'那就要看胡总的眼力了。'越说我越有些蒙,就问他,你们胡总多大了?他说:'六十二。'我问他,多大?他说:'六十有二。'我问他,几月的?他说:'二月二,龙抬头那天的。'见了鬼了。我就说,你是蒙我哩吧,怎么还有这样一个胡总,跟我年龄连日子都不差。他说:'我公司的老总就是你呀!'我说,再别开玩笑了,我还能当老总,能当烧火做饭看娃的老总。他说:'可不是,居家过日子,你不就是咱家的老总是啥?我这一入股进来,你这责任有限公司就算是成立了。大家都有官衔了,你当董事长,你女儿当了总经理,还能不给我个副总干干?'我是第一次被这个死大胡子惹得扑哧一下给笑了。然后,他就连珠炮似的,把我逗得就笑着搁不下。他又是给刘忆画画,又是给我画画的。把我的嘴,画得跟斗一样大,还是四四方方的。我说,我的嘴有这难看吗?咋还是方的?像个斗。他说:'秦岭山里有句俗话说:嘴大吃四方哩。你想想看,你胡总的嘴还不是吃四方的嘴吗?不仅你吃了四方,从九岩沟吃到了西京城,而且把一个女儿,培养得吃遍了全中国,将来还要去吃世界哩,这还不是吃四方的嘴吗?还有你大女儿来弟、女婿高五福、宝贝儿子易存根,哪个不是托你老的洪福,成了吃四方的嘴?所以呀,你这个嘴,是易家的总嘴,知道不?必须画大画方。要不画大画方,以后就没得吃了。'这时,我已经笑得第一次溜下去了。他还收不住,继续惹我笑说:'我的岳母胡总大人,今天小婿来,不光是等你任命我,我也是代表三秦父老,来给你发委任状哩。任命你为秦腔皇太后!为什么叫皇太后呢?你看噢,娥在十几年前,就被委任成秦腔小皇后了。这些年过去了,大家已经自然而然地把小字取了,那就是正经皇后了。你女儿配,你知道不?你女儿值,你知道不?这是老百姓封的,你知道不?老百姓拿嘴封的,你知道不?老百姓拿嘴封的,那才是真的,你知道不?她要是皇后,你还不就成皇太后了?皇太后在上,女婿石怀玉给你请安了。'说着,他跟唱戏一样,把半边身子一歪,还真给我磕了一个响头。把我笑得就第二次溜下去了。反正娘这半辈子都没笑过这么多,一下午差点笑毁了。我还问他,一个大大的男人,为啥不做点正经营生,光写字画画,能养家糊口吗?你猜他咋说:'我的皇太后大人,那你就是还没发现驸马爷的价值了。我这字画,只要卖,随便都能给你家牵回一群牛羊来。至于是不是正经营生,那你说皇帝是不是正经营生?'我说当然是了。他说:'那你知不知道岳飞伺候过的那个皇上?'我说岳家将的戏我看过,岳飞伺候的,可是个没啥名堂的皇上。他说:'那个皇上就会写字画画。皇上早让人忘了,可他写字画画的名气,到今天还大得没边没沿的。既然皇上这营生都让人忘了,只剩下书画名头了,咱何必再去当什么皇上呢?见天要起早上朝,开会训人,能把人叵烦死。还不能留胡子。你见哪个皇上留个大串脸胡呢,好像没有吧?我直接就当了书画家,想咋活就咋活,岂不快活、受活?何况俺婆姨就是皇后,丈母娘就是皇太后,咱不当不当,也就是个名誉皇上了,你还要女婿谋的是哪门正经营生呢?'娘我就第三回笑得溜下去了。后来他就一个劲惹我笑。我笑,刘忆也跟着笑。我发现他还会逗刘忆得很,刘忆好久也没笑过这么多了。笑到最后,刘忆都在房里翻起了跟头。秦娥,也许这个人还行,找个'死钉秤'的,一天三棍子闷不出个屁来,过着也是心烦。我只给他提了一个要求,看能不能把胡子剃了。你猜他咋说:'岳母太后大人,那你老还是把我推出午门,亲自斩首算了。我之所以不贪恋正经营生,就是喜欢着这脸胡子。我石怀玉,是留头留胡子,要是不让留胡子,那我也就不准备留这个狗头了。'你说我还说啥,只有狠狠拍他一巴掌,让他走了算了。再待下去,只怕是要把我的下巴,嘻嘻嘻,都要笑脱落了。咯咯咯,好了好了,我再也笑不得了。你的事,我不管了。你也少让石怀玉来,再来,把娘笑死了,谁给娘偿命呢?咯咯咯。"

娘这一关就算过了。

石怀玉在终南山的那院小房,是从当地村民那儿租来的。那家村民,在城里买了欧式单元楼,这小院,便被石怀玉便宜租了来。外观几乎没变,甚至还加强了竹林茅舍的感觉。室内倒是拾掇得很是文艺、温馨起来。忆秦娥第一次被他忽悠来,就喜欢上这地方了。真正是山清水秀、鸟语花香的一处所在。坐在院子葡萄架下,学古琴、学画画、临王羲之,有一种说不出的清幽自在。要说忆秦娥真正对石怀玉有感觉,就是在这个院子里才产生的。她突然觉得,也许自己跟这样一个书画家,才是最合适的。石怀玉单纯、率真、幽默;处事大气、阳光、随和;且又能给她教字、教画、教琴;他还喜爱着秦腔戏,并且是从骨子里,尊重着唱戏这个职业的。自己如果真要再找一个男人,还有比石怀玉更合适的吗?关键是,石怀玉让她快乐,让她活得轻松,这是最重要的。也就是这一次小院相会,她把主意就算拿定了。如果那天石怀玉在提出非分要求后,她没答应,而石怀玉再要强人硬下手,她也是会在脑子里,给石怀玉打个大大的问号的。可石怀玉没有,只是暗示了一下,她回答了一个"不"字,他就再没朝下进行。尽管环境那么适合发生点什么故事。她看见,石怀玉甚至把卧室粉红色的台灯都打开了,可她极不情愿让人感到她的轻薄。她是不能轻薄的。她也是轻薄不起的。十四五岁就被人侮辱,她是懂得,她不轻薄,别人都以为她是轻薄的。虽然那阵儿她也是面红耳热,心跳加速着的。好在石怀玉还算君子,为了减轻她的压抑、局促,甚至把门窗洞开,让山风呼呼地穿堂而过。小院,立即像透明体一样,对外亮出了全部内脏。他没有做出任何强迫的举动。她就把这事彻底决定下来了。

忆秦娥在省秦的房子,住着儿子,住着宋雨,住着娘,还住着她弟。自是无法做洞房了。而到终南山脚下住,又的确太远,会影响上班。车走得最快,也需要四五十分钟。石怀玉为这事,还专门买了一辆二手越野吉普。反正一切都为着结婚,一切都为着能搭建起一个爱巢来。

这个巢穴也的确温馨、温暖、温情。忆秦娥已经很久没有品尝到这种雨露滋润了。她没想到,平常在她跟前那么温顺的石怀玉,竟然是这样一个癫狂至极的野人、疯子。他是真的浑身长满了毛发,胸膛和腹部的,甚至比胡子还浓密。躺在那里,就像是一块不规则的黑地毯,从头顶开始,只裸露了一方肉脸,还有一个大嘴洞,然后就端直铺排到脚背上了。尤其是两条腿,活似两根烧火棍。翻过身去,露出脊背上的毛发,更是长得凶险诡谲,不可思议。忆秦娥阵阵惊讶,也阵阵笑得腹内抽筋,怎么长成了这样的毛葫芦。石怀玉解释说,是在山里待得久了,许多时候,他都是跟野人一样,一丝不挂地在山林里穿行、狂奔。有时画出一幅好画来,他甚至能给胳膊上绑两个簸箕,从岩石上朝下试飞。有一次,还真摔断了一条腿呢。忆秦娥是被纠缠在毛乎乎的世界中了。从额头到脚心,几乎无处不刺激着,针扎着,酥麻着,她是幸福得老想用手背去捂住发笑的嘴。可狗日的石怀玉,嫌她的手太有劲,还碍事,早拿她的练功带,把她的双手反剪在背后,死捆起来了。她嘴里不停地喊着:"野人,疯子,野人……"但打心里,她是喜欢和满意着这个野人的施暴了。

但好景不长。先是上班连续迟到,都被薛团警告几回了。

娘说刘忆见天晚上也闹着要跟妈妈睡。有一晚,甚至还翻上阳台,说要看着妈妈演出回来。她娘说完后,她心里就特别难过。她跟石怀玉商量,看晚上能不能把刘忆接过去住。石怀玉倒是没反对。可这个刘忆,却是个"夜猫子",人来疯,尤其是好长时间没跟妈妈睡了,晚上就兴奋得整夜整夜睡不着。给他安排的小房,死都不去,他老要躺在她和石怀玉中间。石怀玉即使伸手把她拉一下,他也是要狠劲地哭,狠劲地喊,还要用嘴咬石怀玉的手。咬是真咬,一咬,石怀玉就跟遭马蜂蜇了一般,忽地蹦起来,像一头黑熊瞎子一样,要在房里跳起来号叫。一晚上两晚上还行,见天晚上这样,石怀玉就躺在一边,做老牛的哼哼声了。

关键是她娘说,宋雨来家也不习惯。上学早上也送不走。说娃要回去,想婆了。忆秦娥就考虑,是不是还能再在终南山脚待下去了。她跟石怀玉说,她得回去住一段时间了。石怀玉死活不答应。他们就开始了第一轮的家庭矛盾。

二十六

让薛桂生有些生气的是,忆秦娥自从跟了石怀玉后,就变得迟到早退,不大专心于练功、排戏起来。过去,她一天到晚都是泡在练功场的。现在,见天都听业务科的人,在满院子喊叫:"忆秦娥来了没有?"有时他知道,是故意给他亮耳朵听的。他一批评,她就傻笑。也不反抗,也不强词夺理,但也不见改正错误。气得他还找石怀玉来谈了一次话。

这个死石怀玉,见了他,话就多得插不进嘴。一脸的毛胡子,都是朝上翘着的。连那张胡子怎么包围,都还是口面很大的嘴,也是喜兴得就跟强电流烧焦的闸刀,咋合都合不上了。石怀玉一进办公室,不是朝他办公桌的对面坐,而是端直朝他的座椅旁边挤。像是在耳语,声音却又大得满楼道的人都能听见。说是大声说,却又像是要给他耳语似的,开口的第一句话就是:

"桂生,你知道什么叫幸福吗?你见到过幸福的模样吗?我他妈现在就幸福了!幸福的模样,就他妈是我这个样子!幸福是要浑身长毛的,你懂吗?"

看着石怀玉那副癫狂样子,他哭也不是,笑也不是,就说:"去去去,坐那边说去。"

石怀玉还兴奋得给他捏起肩来,说:"桂生,我的团座,我的幸福都是你给的,也必须跟你一同分享,懂不懂?要不跟你老哥分享,老弟就不够意思了,你懂不懂?的确幸福!我他妈幸福得就想冲到大街上去喊,就想插两个翅膀朝天上飞。"

"别飞啦。你这个尻人,看把忆秦娥的业务耽误成啥了。"

"磨刀不误砍柴工。我的老哥,你光说忆秦娥迟到早退,你没看看她的气色、面容,是不是年轻多了?女人哪,就要靠爱情来滋养,你懂不懂?没爱情的女人,就是干喳喳的,枯树桩一个,你懂吗?艺术呀,那就更需要爱情滋养了。只有懂爱情的人,才可能在艺术上有大造就,你信不信?我是在给你培养秦腔大师呢。别在意一城一池的得失嘛!在人才上,要有战略思维。秦娥迟到早退是暂时的,她的艺术超越与腾飞,将是永恒的,我的团长老哥!"

"行了行了。我说怀玉,别贫嘴了。让秦娥住得那么远可不行。你恐怕得尽快想办法,让她住回来。你知道她肩上担着省秦多大的责任哪!二十几本戏,都背在她身上。无论哪儿包场,包括外事演出,没她当主角的戏都不要,你知道不?你说,你爱她啥?"

"多了。美貌,身材……"他突然把毛乎乎的嘴,对着他的耳朵吹气说,"还有的,老弟无法告诉你,真是妙不可言,妙不可言哪!你懂得什么叫销魂吗?我他妈现在就处于销魂状态。再就是戏唱得好,是他妈真好,真叫一个绝!"说着说着,石怀玉又兴奋得要蹦起来了。

"别蹦别蹦,你坐着好不?"

"幸福得坐不住么。"

"我说怀玉,我们的心思是一样的,都想把忆秦娥推上秦腔大师的宝座。这不仅是为她,更是为了这个事业;为省秦在秦腔界的那一席地位;还有在演出市场上那要命的竞争力。你自私得整天拖后腿,她功不练,戏不排,还能进步,还能成大师吗?"

"放心,放心,蜜月期一过,保证让她按时上下班。不过,我们这个蜜月期,可能会略微长一点。也许是半年,也许是一年。嘻嘻。老哥,你是不知道我们那炉烈火干柴,烧得有多旺啊!我他妈幸福得就想死!立马去死!就是立马死去,也是无悔一生,也是要含笑九泉的!哈哈哈,哈哈哈……"

看着石怀玉那癫狂样子,他也不好再说啥,也无法再说啥。薛桂生只后悔,不该把这个尿人领进省秦。尤其是不该让他认识了忆秦娥。还不知以后会生出什么幺蛾子来,反正眼下,是已经严重影响到事业发展了。自他上任搞新版《狐仙劫》引起争议后,他就一直在调整治团方略。秦八娃有几句话,对他触动十分深。秦八娃说:"戏曲天生就是草根艺术。你的一切发展,都不能离开这个根性。所谓市场,其实就是戏曲的喂养方法。如果一味要挣脱民间喂养的生态链,很可能庙堂、时尚,什么也抓不住了。民间性更是会根本丢失的。那你就只有走向博物馆一条路了。过去所谓带戏班子,今天叫管理剧团,都是看你的主意。看你想干啥。没有准确定位,东一榔头,西一棒槌,最后只能把自己搞成四不像。"因此,他在众多剧团的竞争空间中,找到了省秦的定位:拼命向传统的深处勘探。把别人弃之若敝屣的东西,一点点打捞上来,重新擦洗、拨亮。并且,也很快见到了效果。省秦现在不仅国内市场红火,而且境外演出商,也频频来洽谈合同。仅今年,港澳台演出,就定下二十多场。欧洲,还签了一个七国巡演的单子。不过,很多节目,演出商都提了苛刻要求,需要修改加工。大概是过去被这些演出商骗得太惨了,几乎十谈九空,不到登上飞机,都有被人耍弄的可能。因此,漫长的修改加工排练,大家情绪就不高。尤其是主演忆秦娥,被石怀玉弄到终南山脚下住着,每每让薛桂生感到,推进工作,是困难重重。他耳旁常听到一股风凉话说:

"薛娘娘是把'他爷'养成器了,啥戏都朝一个人头上安。'忆爷'养大了,养肥了,也该是要踢'孙子'响尻子的时候了。"

薛桂生终于动怒了。

在业务科一连拿出两个多月的考勤表,忆秦娥几乎没有一天是不迟到早退的时候,一办公室人,都盯着他,看他怎么办。只见他把桌子一拍,站起来说:

"怎么办?生炒、干煸、上油锅烹。"

他真的要动用制度,杀鸡给猴看了。一次让扣除了忆秦娥几千块钱工资,还要写出深刻检查。如果拒不悔改,就彻底停职检查,"换刀换枪换人"。

在他做出这个决定的中午,有好几个女演员,还故意跑到他办公室门口,掀起门帘,塞进半个头来,夯起大拇指,摇了几摇。啥也不说,又抽出头走了。

他还听见楚嘉禾在外面跟谁撂了一句:

"娘娘这回总算拉了一橛硬的。"

这一招也果然奏效,说忆秦娥当天晚上就搬回来住了。

他还是从石怀玉嘴里知道这消息的。

那天一早,石怀玉就跑到他办公室,屁股朝椅子上一坐,就再没起来蹦跳过。

"咋了?茄子让霜打了?"他故意问。

"哎,你说你个薛桂生,凭什么要这样制裁忆秦娥呢?"

"咋了?罚了几千块钱心疼了?"

"不是钱的事。"

"那是什么事?"

"是脸面的事。有关大秦腔的颜面。"

"这么严重?"

"不是吗?忆秦娥是什么人,你能这样去制裁?传出去,对你薛桂生能有什么好处?轻者是滥施淫威,重者就是迫害人才。"

"我就迫害了,咋了?她是省秦的人,就得遵守省秦的规章制度。这里没有特殊职工。"

"难道……难道忆秦娥,就没有她的特殊性?"

"太特殊了,其他人怎么办?"

"像忆秦娥这样的台柱子,你有几个?秦腔界有几个?你不护着、捧着,让她多睡睡懒觉、养养精神,一旦累垮了怎么办?"

"你咋前后就操心着忆秦娥睡觉的事。难道她除了睡觉,就再没别的事要干了吗?"这句话倒是把石怀玉顶得有些尴尬起来。

薛桂生接着说:"还嫌我没有捧着、护着,还要怎么捧着、护着?你都应该好好算算,一个剧团培养一个主角的成本,到底有多大。就这样涣散下去,团还办不办?戏还演不演?"

"你也得抓抓别人么,光把忆秦娥死抓住不放,那她还有她的生活吗?"

"石怀玉,我看忆秦娥就是跟你后,才走下坡路的。你还想她把这下坡路走到啥时候呀?"

"反正得给她休息的时间,总不能搞成戏虫:吃戏、喝戏、拉戏,除了戏还是戏吧?"

薛桂生说气话:"那就给别人把舞台让出来么。"

"该让就得让。反正得让她除了戏以外,还能享受一下阳光、空气、生活吧。"

"你能做得了忆秦娥的主吗?"

"我能。"

石怀玉把话还没说完,忆秦娥已经一跨脚进门了。

"我的事我做主。薛团,对不起,我再也不会迟到早退了。前边的认罚,并且给你检讨。"说完,她扭身就走,连石怀玉理都没理。

直到这时,薛桂生才知道,他们可能是闹了矛盾了。

他问蔫驴一样一下耷拉在椅子背上的石怀玉:"怎么了?"

"还怎么了,不都是你闹的。在南山脚下住得美美的,这一处罚,好,把人给你逼回来了,却把我的饼子给擀薄了。你个薛桂生,这叫棒打鸳鸯,知道不?"

"回来住了,就鸟兽散了?"

"我给你说,这鸳鸯鸟要是被你打散了,我可就吃到你家,住到你家了。我有这份幸福容易吗我?"

"你爱住哪儿住哪儿。"薛桂生才不怕他威胁呢。

事后,薛桂生了解到,忆秦娥跟石怀玉果然是不说话了。石怀玉到练功场去找忆秦娥,忆秦娥都让他滚出去了。这事还让薛桂生有些不安:忆秦娥已经是二婚了。第一次就闹得沸沸扬扬,如果再出现第二次闪失,对忆秦娥还真是麻烦不小的事呢。毕竟是大演员,关注的人太多了。何况对忆秦娥的风言风语,从来就没中断过。为这事,他还找过忆秦娥,问她跟石怀玉到底咋了。尽管他从一开始,就觉得石怀玉这个人,好玩是好玩,有才情,有趣味,却未必是一块做丈夫的好料当。可忆秦娥这个人心很深,啥都问不出来。也不知她家里,到底是发生了喜剧还是悲剧,反正她依然还是那样遇事都捂嘴笑着。只说没有啥,就还练她的功,排她的戏了。

直到后来,他才知道,石怀玉跟她是在终南山打架了。

二十七

终南山脚下的小院子,的确很有味道,尤其是生活气息逼人,但忆秦娥却是越来越不能忍受那种几乎与世隔绝的生活了。尤其是不能忍受与唱戏隔绝的生活。不练功,不排戏,不演出,她就觉得活着很是乏味。而石怀玉的生活习惯,就是晚上能整夜折腾,白天朝死里睡。等她早上好不容易爬起来,坐一小时车去上班,基本就十点多了。别人等不及,早骂骂咧咧地走了。她一人也排不起戏来,说练功,却是四肢乏力,再没了强度、力度,练也就是过过趟而已。她甚至感到,自己的胳膊腿,在一天天僵硬起来,柔性、韧性都随着活动的减少,而大不如前了。最关键的是,两个孩子的生活节奏,也让她给彻底打乱了。

先说宋雨。

这孩子被她从农村带回来后,就先跟娘发生了摩擦。娘说怎么要个女娃子,即使收养,也是该收养个男娃的。她说女娃子就是个赔钱货,养大了,总得让人家出嫁吧。出嫁你还得给人家置办陪嫁,不是赔钱货又是啥?忆秦娥就不高兴,说:"我也是个女娃子,要你养活,要你陪嫁了吗?"一句话,把娘碓得还没话说了。想了半天,娘说:"世上又有几个我女儿这样的人才呢?你舅都说了,你是五百年才出一个的唱戏天才。"忆秦娥就笑了,说:"你们就觉得自家的人能行,谁又敢保证这个女孩子就不行呢?你不想养活我了,早早把我送去学唱戏,给人家当了烧火丫头。这孩子也是个烧火丫头,人家就为啥不行了呢?"娘说:"那要看祖坟山埋的是不是正穴。要埋的不是正经地方,九岁在灶门洞烧火,九十岁还得给人家担水劈柴呢。看娃长得那副鸡骨头马朣的样子,恐怕也成不了啥气候。"可这孩子在家住了几天,她娘又喜欢上了,说娃眼见生勤,腿快嘴甜的,是个好娃娃。并且刘忆也很喜欢,两人还玩闹得热火朝天的。刘忆还多学了一个"唯唯(妹妹)"的称呼,乐呵呵的,一天喊到晚,还老撑着要抱"唯唯"。她娘就悄悄对着她的耳朵说:"不定还给我孙子养了个媳妇呢。"忆秦娥就把脸一变说:"娘,你怎么能这样想呢?"随后,忆秦娥就安排宋雨上学了。上学的事,都是派出所乔所长一手给办的。可宋雨上学成绩有点跟不上,并且说话地方口音很重,老被同学嘲笑,就渐渐厌起学来。直到有一天,忆秦娥突然发现,孩子在偷偷学她练功,并且把腿和腰,已经练得有些软度了。连"卧鱼"都能下去了。她就问:"雨,你这是干啥呢?"宋雨也是拿手背挡住了嘴,半天不说话。她就说:"玩一玩可以,但你还是要好好上学,知道不?学戏很苦。妈妈的苦,是没办法给你说的。妈妈要你,就是想让你好好念书。妈妈希望咱家,能有个把书念得很好的孩子,懂不懂?"宋雨没有说话,只用嘴啃着手背,但她也没有表示反对,还是去了学校。

忆秦娥把宋雨从农村要回来后,也曾觉得自己有点心血来潮,怎么就把人家这么大个活人,给生生要来了呢?当时她真的没想过别的,就为这孩子是个烧火丫头。烧火丫头这几个字,太要她的命,太撞击她的心灵了。在那一瞬间,她甚至突然产生了一个想法,要彻底改变这孩子的命运。因为自己在当年被弄去烧火时,是多么希望从天上降下一个神仙来,帮她一把,让她别去厨房做饭了呀!哪怕叫她回去放羊都行。可那时是叫天天不应,叫地地不灵。但现在,她是有这个能力,来改变一个烧火丫头的命运了。可当把宋雨真的弄回西京后,她又觉得,自己当时是不是太冲动了一点。养一个人,是一件多么不容易的事呀!不仅仅是供吃供穿的问题,那无非是自己多出去走几趟穴,多挣点外快而已。单是让孩子上学这件事,就已经够让她操心劳神了。这孩子几乎是天生地念不进书。她还寻情钻眼,把宋雨送进了交大附小,可宋雨的学习成绩,很快就让学校把她弄去开了几次会,谈了几回话。说这孩子在课堂上就是个"白盯"。所谓"白盯",就是看着上课是把老师死盯着的,结果一问三不知。问得急了,她就用手指头抠鼻子窟窿,用手背捂住嘴。咋批评咋问话她都不搭腔。老师甚至还疑惑说,这孩子智力是不是有问题?忆秦娥脸一红,很是不高兴地说:"孩子智力健全。只是才从农村来,不适应。得有个过程。"可几个月过去了,宋雨还是让老师别扭着,让她也揪心着,难堪着。尤其是她跟石怀玉结婚以后,一下住得远了,宋雨的上学问题,就更是成了一桩事了。

刘忆虽然接到身边了,可石怀玉却有些不待见。他倒不是不待见孩子的痴傻、残疾,而是嫌孩子太闹腾,整夜整夜兴奋得不睡觉,影响了他的"好事"。他就老提议,还是把孩子送回姥姥那儿去。一回两回,她只是笑笑算了。说得多了,她心里自是不舒服起来。尤其是有一天,石怀玉竟然偷偷给刘忆吃了五粒安眠药,让孩子美美睡了一天一夜,让她就跟石怀玉彻底闹翻了。

那是一个星期天,团上倒也没排戏,他们起床时,已是快中午时分了。那天天气特别好,太阳金黄金黄的。要是放在市区,不开空调,都是没法在房里待的。可在这里,山风吹得凉飕飕的,舒服极了。尤其是在院子的葡萄架下,简直给人一种洞天福地的神仙感觉。刘忆闹腾了半晚上,后半夜才睡下。她是觉得好些天没有正经练功,身上哪儿都僵着劲,就起来在院子里活动起来。一阵腿脚踢得累了,她一屁股坐在葡萄架下的石凳上,还是"卧鱼"的身姿。石怀玉突然从卧室的窗户里,光着毛身子探出头来一看,竟然激动得从窗户里,张飞一般跳将出来,大喝一声,说他创作灵感来了,要画画。他还老鹰抓鸡般一把将她抱起来,放到秋千架上,一边推着她荡秋千,一边说:"乖,能不能跟你商量个事?"说着就愣亲起她的脖根、耳朵、眼睛、鼻梁来。

"讨厌,毛乎乎的。什么事?"

"能不能让我创作一幅作品?"

"给你当模特儿?"

"是的,乖。"

"那我有个条件,我可以给你做模特儿,但你能不能让我只周六过来,平常就睡在家里。我要上班,要排戏。"

"你就爱跟我讲条件。先答应了我好不好?"

"那你必须先答应我。"

"好好,答应你。来来来,让我给乖乖收拾打扮起来。"

石怀玉说着,就开始剥她的衣服。

"你干吗呢?"

"来来来,先卧在这儿,让我慢慢给你摆姿势。"说着,他又把她抱到了石凳上。他一边亲着她的高鼻梁,一边又脱起她的练功短裤来。

她一把将短裤拉住:"你疯了,这是院子。"

"这院子没人来,大门也关着。这个世界就你我二人。"

"胡说,还有孩子呢。"

"孩子睡着呢。"

"也该醒了。我还要给他做早点呢。"

"不急不急,我这阵儿创作欲望正强烈,咱们赶快动起来。"说着,他还要脱。

忆秦娥就一骨碌从石凳上爬起来说:"你要画什么?"

"阳光、绿叶、藤萝、葡萄、荼蘼架。多少鲜活的生命包裹着你呀!我在秦岭很多年,都没有感受到如此强烈的审美愉悦与冲动了。乖,就让我好好创作一幅作品吧。"

"那你画吧。"

石怀玉又脱起她的衣裤来。

"你要干什么?"

"画裸体。这么美好的一切,只有你的裸体,才是可以与它们媲美的。也只有你的裸体,才能拎起这个画面的生命重心。"

"你是疯了吧,石怀玉。"

"谁疯了?作为画家,如果我不能把今天这种对生命的独特感知,真切记录下来,那就是我的失职,是对人类美术史的不负责任。"

"去去去,你想画裸体找人去。我是绝对不可能让你画的。"

石怀玉突然嚯地跪在她面前说:"娥,就让我画一次吧!今天的阳光、植物、生命,包括我的创作冲动,一切的一切,也许不会再重复出现了。这种稍纵即逝的灵感,如果丢失,会让我后悔一辈子的!相信你也会后悔的!"

忆秦娥看他说到这里,就又补了一句:"别说得太玄乎,我可不是啥子青春少女了,有什么好画的。"

"你跟别的女人不一样。也许是因为一直在练功,你的身材、皮肤还跟二十几岁的姑娘一样,充满了活力与弹性。"

"别瞎说了,还有孩子呢。他醒了咋办?"

"他醒了我们就停下来,好不?"

忆秦娥是在半推半就中,被石怀玉剥得跟葱白一样,平放在了长条石凳上。他把姿势摆来摆去,摆了半天。最后,忆秦娥还是要求给身上盖点什么。石怀玉就拽了几枝葡萄叶子和葡萄下来,把她的敏感部位,做了些影影绰绰的掩饰。几年后,在石怀玉的画展上,这幅作品,几乎轰动了西京。当然,不仅是因为石怀玉画得好。详情后边会说。

单说那天,忆秦娥配合石怀玉,从中午画到下午,都不见儿子刘忆喊叫,她就觉得有点奇怪。在画画当中,她还去看过两次,刘忆一直都是睡得呼哧大鼾的。她还说孩子果然玩得累了,今天可是睡好了。可五六个小时过去后,她去看,刘忆还睡得人事不省。她就有些怀疑。她突然发现石怀玉放药的地方,有一个瓶子上的说明是新撕了的。结果在垃圾桶里,她发现了这张小纸片,上面有安眠药的说明字样。气得她一冲出去,就把石怀玉的画夹子给踢翻了。石怀玉知道是怎么回事,就只傻笑,不反抗。忆秦娥揪住他的毛耳朵逼问:"你干什么了,说。"

"没……没干啥。"

"石怀玉,你好歹毒的心。说,给孩子吃什么了?"

"安……安眠药。我是被这个家伙……弄得整夜睡不着,才买的。是给我买的。"

"说,给他吃了多少粒。"

"五……五粒。"

"正常吃几粒?"

"一到……四粒。"

忆秦娥气得浑身发抖地说:"石怀玉,你这是投毒!是犯罪!是杀人!你要把我孩子弄出个三长两短来,我就跟你拼命。"说着,她飞起一脚,踢在石怀玉的下巴上,接着,又是"打焦赞"一般拳脚相加起来。在石怀玉被打得满地找牙的时候,她抱起孩子愤然离开了。

在离开那院孤零零独自存在的民居时,她甚至有种逃出鸟笼的感觉。

这个石怀玉,想来也真是个怪物。就在几天前,也是在葡萄架下,他突然拿出一本绣像《金瓶梅》来,指着那幅潘金莲和西门庆在葡萄架下的春宫图,就要绑她的腿脚,加以操作实践。那天她就踢了他一个"二踢脚",还旋了一个"扫堂腿",喊他是大流氓。今天想着他是要创作,就很是不情愿地遂了他的心思,也是想补救这些天来刘忆的闹搅。谁知他竟然还给刘忆做了手脚,这就是怎么都不能原谅的事了。他是把底线突破了。在一刹那间,她甚至连杀他的心思都有。敢这样做,时间长了,难道他就不敢谋害刘忆吗?都走出院子很远了,她内心还在打着寒战。

忆秦娥回家后,她娘就看出他们两口子可能是吵架了。娘还说了她几句:"这可是你情愿的。放着好好的城里不住,要住到南山去,连老娘都不要了。看来把男人也没维下。"忆秦娥啥也没说,就拿起宋雨的作业本翻了翻。宋雨低着头,用嘴啃着手背,不敢说话。她看见,几个作业本上,几乎都是大红叉。有几个红叉,明显是老师气得有些失控,竟然把好几页纸都划成烂片片了。她说了宋雨几句,宋雨一只脚丫子踩着另一只脚丫子,只使劲在那儿搓着,就是不回话。她本来是想发脾气的,可又觉得,孩子怎么就那么像儿时的自己,既可怜,又憋屈。看着那样子,她直想落泪。她也就啥都没再说,只让她把鞋穿上,小心着凉。倒是刘忆眼尖,把宋雨的拖鞋,一只顶在头上,一只含在嘴里,是趴到地上给"唯唯"把鞋穿上了。

她娘把她叫到一旁说:"这娃心思不在念书上。"

"那在什么上?"忆秦娥问。

"唱戏。你只要一走,她就把自己关在房里,又是拿大顶,又是下腰、踢腿的。一叫念书、做作业,她就闹着要回去找她婆。"

忆秦娥半天没有说话。

她娘说:"不行就让学唱戏算了,不定还能又学出个小皇后来呢。"

"不行。必须让她好好念书。"忆秦娥给她娘回答得很干脆。

晚上,她一边搂着宋雨,一边搂着刘忆。她还给宋雨讲了很多道理,要她好好学习,说唱戏太累太苦,除了身体累,心会更累。可觉得孩子又听不懂,她就直说,要她以后不许再偷着练功、学戏了。说把书念好了,她会把她婆接来看她的。要不然,她婆也会不高兴的。宋雨也不说啥,就钻到被窝里抽泣。刘忆是一直独霸着妈妈两个奶的,见"唯唯"哭了,就很是大方地让给了"唯唯"一个。忆秦娥将两个孩子紧紧搂着,觉得好像这才是她最踏实的生活。

忆秦娥正常上班后,石怀玉来找过很多次,她开始不想理,排出访节目也的确忙。可石怀玉找得不依不饶的。有一天,薛团长就找她去做了一次工作,说:

"秦娥,无论你跟石怀玉现在是什么情况,都得慎重考虑这事了。你毕竟离过一次婚,社会上对你的关注度又高,要是处理不好,对你的伤害是会很大的。我的意思是:能和好,还是尽量要和好。只要没有什么大不了的事,还是不再折腾为妙。你跟别人不一样,你折腾不起呀,秦娥!"

她也觉得薛团说得有道理。去香港、澳门、台湾演出一回来,她就又半推半就着,去了终南山脚下的民居。

谁知她这次去,只住了十几天,刘忆就出事了。

二十八

刘忆觉得,这个家自从有了那个毛脸大胡子,一切都好像不是原来那么回事了。大胡子开始也是爱自己的,一到家里,就拿满脸的大胡子亲他,扎他。早先他可不喜欢了。比妈妈、姥姥亲他的感觉差远了。并且那个大胡子嘴唇厚,牙黄,有时还有口臭。要再抽烟了,亲他,他直想吐。可这个大胡子好像爱讲笑话,把妈妈笑得老捂嘴、喷饭。姥姥开始也不待见,后来也被大胡子惹得笑岔过几回气,溜到沙发下,直让他帮她捶背、顺气,说她都快笑死了。还是他跟大胡子一起把姥姥拽起来的。至于讲了些什么笑话,他也听不懂。反正那丛比猪鬃还硬的大胡子围起来的屁红色嘴里,话可多了。一家人坐在那里,就见那张嘴在白话。其余人,只管笑就是了。他那两片嘴,一张一合一张一合的,能鼓捣一天不闲,也不知哪里就有那么多屁话,真正是应了姥姥爱骂小舅的那句话:话比屎多。大概就是那张嘴能掰掰,姥姥先是轻狂着给人家擀臊子面了,碗底还埋了荷包蛋。这是给他才吃的东西,怎么就让大胡子咥了呢?咥得恶心的,鸡蛋花子还抹了一胡子。后来他见妈妈也不对了,不光是喜欢笑,喜欢用眼睛看着大胡子,而且有一天,大胡子趁姥姥到灶房做饭时,还在沙发上准备亲妈妈呢。要不是他眼尖手快,拿起拖把把大胡子撅起的屁股,美美捅了一下,还真让大胡子把妈妈欺负了。妈妈的嘴,打小就是他一个人的。妈妈用嘴,把啥东西都嚼细了给他吃。他发烧了,妈妈还拿这张嘴给他喂水。他嫌药苦,也是妈妈先拿嘴抿了,说抿甜了,才给他喂进嘴里的。大胡子来以前,妈妈的嘴,可是没跟任何人亲过的。包括姥姥,她的亲娘,妈妈也是不亲的。可这个大胡子,竟然吃了豹子胆,就敢亲妈妈了。让他生气的是,他拿拖把捅大胡子的屁股,妈妈不仅没帮他的忙,而且还用手背捂着嘴笑。看来妈妈也是被这个大胡子的烂嘴,给迷糊住了。最让他伤心的是,妈妈还跟这个大胡子过起日子来了。姥姥说,那叫结婚。以后他要把大胡子喊爸爸了。姥姥还老教他这两个字,他才懒得学呢,虽然他会喊,其实"爸爸"这两个字最好喊出来了,可他偏不喊。姥姥一教他"爸爸",他就"凹凹""刷刷""拉拉"地乱喊一气。他才不想把大胡子叫爸呢。没想到,事情会发生得这么严重,妈妈跟大胡子在一起过日子,就意味着他要靠边站了。人家到南山脚下过日子去了,把他竟然撂给了姥姥。姥姥也学妈妈,晚上让他摸着奶睡。可姥姥那是什么奶呀!蔫皮皮的,像两个倒空了米的袋子,摸着咋都睡不着。他就闹着要妈妈。姥姥说,妈妈跟人结婚了。结婚了,就得跟人家在一起过日子了。他想:那我呢?妈妈为啥不跟我结婚,要跟大胡子结?大胡子还有口臭。大胡子吃饭也比我脏,我是沾在嘴角、鼻子上的;他是沾在毛胡子上,越抹越擦越朝胡子里钻,比动物园里满地乱卧的猴的屁股还脏。

"唯唯"宋雨,也不知是他们从哪里弄来的。人倒是乖,也听话,把他哥长哥短地叫着。他要坐,宋雨就会拿板凳。他要上床,宋雨也会帮着他把腿抬上去。好是好,可好像也在把他的饼子朝薄里擀呢。睡觉,妈妈能让睡在一个床上。宋雨睡不着,妈妈也让摸着她的奶睡,这算咋回事?这算咋回事?这到底算咋回事?难道妈妈的奶,也是可以分给她摸的吗?饭她可以吃;床她可以睡;电视她可以看;玩具她可以玩;甚至连他的电动汽车,也是可以让她坐的。可妈妈的奶,却是不许任何人动的。那就是他一个人的。好在宋雨听话,他说不让摸,宋雨就不摸了。有时半夜醒来,他发现宋雨是摸着妈妈奶睡的,他就会狠狠掐她一指甲,然后把手掰开去。除非有时他高兴,也是可以让"唯唯"摸一下的,但那只是一下,摸完必须把手拿开。要不拿开,他就会揍她的。"唯唯"也好玩,妈妈不在的日子,她比姥姥好玩多了,她爱学妈妈拿大顶、劈双叉、踢腿、下腰、卧鱼、扳朝天蹬。可好玩是好玩,却终是代替不了妈妈的。妈妈不在,他几乎整夜整夜睡不着觉。妈妈给门上安了一个猫眼,是为了让他能朝外看的,他就经常贴着脸看,把两个眉毛都蹭掉完了。妈妈就把猫眼拆了,他现在能看见妈妈回来的地方,就是阳台了。可妈妈自打跟大胡子去南山过日子后,这里就很少能看见妈妈的身影了。他不吃饭,也不睡觉了。一天到晚,就在阳台上搭把椅子,站上去等妈妈回来。后来,姥姥就让妈妈把他也接到南山脚下去了。

原来南山脚下这么好玩的。不仅地方大,而且还有院子,有秋千。出了院子,还能朝田埂上跑。地里种满了棉花。妈妈说,这就是为我们穿衣服种下的。反正那个好玩呀,真是能把人高兴死。可只高兴了一两天,他就高兴不起来了。事情全都要怪那个死大胡子。大胡子绝对不是一只好鸟,他是要把妈妈彻底从他手中夺去了。先说睡觉,这么个毛乎乎的家伙,有些像动物园里的野猪,竟然也是能躺在妈妈身边的。他还听大胡子给妈妈捣鼓说:孩子大了,应该让他分床睡。多么阴险歹毒的家伙呀,竟然是要独霸妈妈了。他才不上毛胡子的圈套呢。毛胡子给他收拾了一间房,还摆满了玩具、甜点、饮料,他偏不去睡。他就要睡在妈妈身边。毛胡子朝哪边躺,他就朝哪边翻。并且他还要掐毛胡子,咬毛胡子,拿屁股顶毛胡子,拿脚踢毛胡子。反正毛胡子不下床,他就想方设法地拾掇他。直到毛胡子气呼呼地起身离开。惹得妈妈老捂嘴笑着,还刮他的鼻子说:"你个坏蛋。"

开始毛胡子还忍着让着他。到了后来,毛胡子脸就有些变了。背过妈妈,老威胁他说:"今晚你要再不到你的床上睡,我就把你扔出去喂狼。这外面的狼可多了,专等着吃不听话的孩子呢。昨晚都来过了,我说你今晚就会听话的。说,今晚听不听话?"还没等大胡子说完,他就跑到妈妈怀里,直说"羊……羊……",可惜他发不出"狼"的准确声音来。妈妈还说,这里哪有羊呢,等将来回九岩沟看姥爷时,就有羊了。晚上他还是睡在妈妈怀里。大胡子要上床,他还是拿脚踢。他才不怕什么狼不狼呢。只要在妈妈怀抱里,就是遇见啥,也是不怕的。到了第二天,妈妈上厕所时,大胡子又把他叫到一边吓他说:"你信不信,今晚你要再睡在你妈床上,我半夜就拎起你的胯子,从后窗户扔出去了。我跟狼都商量好了,我一扔出去,它们抬着就跑,谁都撵不上的。包括你妈,要敢撵,它们也都说好了,是要一同吃掉的。看你再没妈了,可咋办呀!晚上还上你妈床不?说,还上不?"他又一溜烟跑了,并且端直跑进厕所,猴到了妈妈的背上。晚上,妈妈走到哪儿,他跟到哪儿。妈妈上床,他也上床,并且整夜整夜地不睡,说窗外有"羊"。死大胡子还是要朝床上赖。只要有妈妈在,他才不怕你什么大胡子不大胡子的。他就是不让他上床,大胡子从哪儿上,他就拿着枕头朝哪儿打。气得大胡子就猪一样哼哼着,瘫到地上的凉席上了。其实他心里,还真有点怕大胡子半夜把他扔出去了呢。因此,他就来个整夜不睡,等白天妈妈把他抱上车了再睡。回到姥姥家,也是睡。可一旦下午妈妈把他带回南山脚下,他就不再睡了。有一晚上,他故意装着睡着了,看大胡子能咋把他朝出扔呢。谁知大胡子倒是没扔他,却窸窸窣窣摸上床,把妈妈压住,还呼呼哧哧地收拾妈妈呢。他气得一骨碌爬起来,就抄起了床头柜边的一根防身铁棍。那是大胡子准备的,说这是乡间,搞不好会有毛贼来犯呢。没想到,毛贼竟然是死大胡子自己。他照毛胡子撅起的黑屁股,美美抡了三棍。要不是妈妈一把将铁棍抓住,第四棍都抡下去了。大胡子猪一样号叫着,把妈妈笑得都从床边溜下去了。他问妈妈咋了,妈妈笑得噎不上来气地说:"没咋,你个乖儿子呀!"

从这天以后,大胡子对他就越来越不客气了。他也不知安眠药是什么东西,事后他才听说,大胡子是给他饮料里下了安眠药的。让他一睡就是十几个小时,人事不知。也就从那件事后,妈妈才彻底从南山脚下搬回来了。他记得,他那天醒来时,妈妈还抱着他号啕大哭了一场,只说对不起他,他还不知是怎么回事呢。

从南山脚下回来后,好像一切又都正常了起来。妈妈天天去排戏。要是晚上去练功场了,还能带着他,让他在海绵毯子上翻跟头。"唯唯"有时也去,跟他一起玩。有几回,他还看见大胡子来找妈妈,妈妈不理睬。他就拿起演戏的刀、枪,去撵大胡子,是前后要戳他腿、戳他脚、戳他的屁股,死毛胡子的屁股,可恶心人了。

再后来,妈妈就说到啥子香港演出去了,说回来给他买新衣服,还买巧克力呢。他可喜欢吃巧克力了。要是姥姥不东藏西藏的,妈妈每次买一盒巧克力回来,他都能一顿吃完。

每次妈妈一走,大姨和大姨父就来了,说的都是他们日子的艰难。好像还嫌妈妈管得少了。姥姥就说大姨,说秦娥也不容易,养了个傻儿子,还养了个要来的女子,加上她,加上小舅,好几张嘴要吃要喝的。傻儿子就是说他。他最讨厌谁说他傻了,可姥姥偏要说,他就过去踢了她一脚。姥姥急忙改口说,我孙子不傻,是姥姥傻,姥姥傻。姥姥还说,要大家都体谅着秦娥一点,说这一大家子人,还不都靠秦娥支撑着。但凡能帮的,秦娥也都帮了。大姨说,他们好像在买房子,叫个啥子按揭房,说月月都催得跟鬼吹火一样。姥姥经常会给他们摸些钱出来,说这钱也都是秦娥给娘的零花钱,娘也都转置着给你们了。姥姥每次把钱塞给大姨时,好像还生怕他看见了似的。那一阵儿,姥姥又不把他当傻子了。小舅也不成器,姥姥说他干啥啥不成。小舅老回来问姥姥要钱,气得姥姥遇见啥,就拿起啥来打小舅。他看见,姥姥光拿炒菜的铁瓢,都把小舅的脑壳磕了好几回了。说小舅迟早都是要跟老舅爷一样,去坐牢的。可小舅还是混得好好的,并且越混还越出息了,摩托车都开上了,说在外边跑啥事情呢,还说钱都是自己挣的。姥姥就骂他:"买你娘的屄,又买摩托呢。我还不知道,上万块钱的摩托,光你姐都给了四五千。还要电脑呢,让你姐给你买个驴脑子安上,败家的东西!"

"唯唯"倒是乖巧,可在妈妈不在的日子,老是逃学。姥姥还不敢多说,一说她就要回去找婆。妈妈从香港回来那天,听说"唯唯"逃了好多天学,光练戏,还打了"唯唯"一巴掌。"唯唯"哭得连新衣服都不试,巧克力也没吃。他差点把给她的那一盒都吃完了。还是姥姥硬从他手上抢去藏了的。

在妈妈不在的时候,大胡子还来过几回的。有两次,姥姥没叫进门,让大胡子站在门口,说了几句话,就把门又关上了。有一次,大胡子硬要朝进走,他就去厕所拿出拖把,照他脸上戳。要不是姥姥挡住,都戳到胡子上了。大胡子还给他买了巧克力,可他忍住几天没吃,只老是去看一眼,就呸的一声离开了。不过最后,他到底还是没忍住,一回吃了大半盒。巧克力的确好吃,尤其是酒心的。大胡子给他买的就是酒心巧克力。

妈妈刚一回来,大胡子就来了,基本是前后脚进门的。他去拿拖把赶呢,妈妈把他推到里边房去了。也不知他们在外面说了些啥,反正他从门缝里,听见妈妈又在笑。这一笑,他就觉得没好事。他可讨厌妈妈对这个死大胡子乱笑了。那天晚上,姥姥还给大胡子擀了面,面底下又是卧了荷包蛋,气得他眼睛一直朝大胡子瞪着。他也用眼睛瞪了姥姥,还瞪了妈妈。大胡子要走时,还故意到他跟前,做要抱他、亲他的样子,他呸地朝地上唾了一口。其实嘴里啥也没有,他就是想吐一下,气气死大胡子。

后来,妈妈就又到南山脚下去住了。

妈妈说去住几天就回来,没说带他去的话。他也不想去,不想见大胡子。心里也怯着,害怕死大胡子又给他下毒药呢。妈妈交代,要他好好听姥姥话,跟"唯唯"好好玩,她就拿了几大包东西走了。

他在阳台上,是看着妈妈钻进大胡子的臭车里走的。

这一走,就是好多天。他天天闹着姥姥要妈妈。姥姥老说,很快就回来了,可他每天站在阳台上朝远处看,就是不见妈妈回来。平常阳台的玻璃,都是扣死的,姥姥见他上阳台,更是要把窗扇检查一遍又一遍的。

这天晚上,姥姥在洗衣服。"唯唯"在练劈双叉。他就又到阳台上,朝远处看了。外面雾沉沉的,啥都看不清楚。加之树梢也有些挡眼,他就搭了椅子,站到更高的地方看。看着看着,远处好像是妈妈回来了。他就喊,他就兴奋得蹦跳起来。

他打开了一扇窗户的插销,把半个身子都探出窗外,直喊叫"妈妈,妈妈,妈妈……",谁知窗框没抓紧,椅子一摇晃,他就从窗口倒出去了。

像是在飞,但他感到又有些不妙,想用双臂做翅膀,那翅膀却咋都扇不起来。他感觉头是朝下的。像姥姥有一次,把摆在阳台上的一个老冬瓜绊翻下去了一样。那个冬瓜,还是姥姥从老家带来的,说有五十多斤重。一沟的人都说,冬瓜快成精了呢。他们家住在六楼,那个冬瓜下去后,只听砰的一声,就摔成一摊稀泥了。他下去看时,白色浆汁溅得到处都是。

他感觉自己就像那个冬瓜一样,跌下了六楼。

在空中没转几下,他就感到,头是撞在很硬的东西上了。他一下想到了那个冬瓜坠地时的惨象。大概不会是白色浆汁了。可能会是红的,红色比白色好看多了。妈妈里面就爱穿红色内衣,可好看了。妈妈嘴唇也是红的,可美、可甜了……

二十九

忆秦娥从港澳台演出回来,迫于各种压力,又跟石怀玉去了终南山脚下的民居小住。

当然,石怀玉的真诚,也再次打动了她。不过,她跟石怀玉也谈得很清楚,在剧团外出回来休整阶段,可以过去住,一旦开始排练,她就必须住回去。那阵儿,她说什么,石怀玉都答应。只要她能"凤还巢"。关于刘忆,石怀玉没有明确说不让带的话,但她心里已有了阴影,是不想再把儿子带过去惹麻烦的。其实这次矛盾升级,主要就在石怀玉给刘忆吃安眠药上。好在为这事,石怀玉已经给她道过无数次歉了,说他绝对是"爱屋及乌",没有"谋害"孩子的意思。当时就是想让孩子睡一会儿,这孩子太像夜间才圆睁两眼的"猫头鹰",一点都不给他留空间。他说:"你想想,咱新婚燕尔,烈火干柴的,却不给亲热的时间,无异于把人架到笼上清蒸、又到火上烘烤、塞到炉子里炼化呀!"不管他怎么狡辩,反正在忆秦娥心中,对石怀玉已是防着一手了。刘忆毕竟只是三四岁孩子的智力,石怀玉真要做起什么手脚来,还真是防不胜防的事。关键刘忆不是他亲生的,又智障。她觉得还是让孩子远离着他点好。

要说石怀玉对她也确实好。闹翻这段日子,他几乎就没中断过联系与道歉。即使在港澳台演出,他也是一天几次信息地发、几个电话地打。告诉她国内是怎么宣传的:说忆秦娥在港澳台,是怎么为秦腔赢得空前影响力的。就连香港、澳门、台湾多家报纸给她做的采访,也被他搞到手了。看来石怀玉在省秦也是有内线的。这一切,毕竟还是让她感到了石怀玉的有心与温情。因此,在回来的第三天,她就又到南山脚下的民居来了。她已是离过一次婚的人了。用她娘的话说,女人离一次婚,就不值钱了,你还敢折腾第二次。她也觉得自己是折腾不起了。何况石怀玉是爱着自己的,她没有理由不去修复、维持这种关系。

石怀玉是个疯子,也是一个在性生活方面极其强烈的狂人。并且有很多癖好,是忆秦娥绝对不能接受的。比如他希望她跟他一道,保持一些"野人"的生活方式。他说城市太虚伪,太讲究掩饰、装扮,又是打粉底,又是抹口红,还要丰假乳、隆鼻梁、拉皮、削腮帮子、割什么双眼皮的。连说话,都要带着一种拿捏的腔调。他说他爱她,爱的就是这种朴实自然,素面朝天。他觉得在这个家里,是可以剥去一切生命伪装,来个一丝不挂的畅美、快意生活的。他说他在山里作画,就常常这样赤身裸体着。就连在院子里荡秋千,他也是要像"山鬼"一样,剥光剥净,只给头上扎一个花环,腰上别几片树叶的。但忆秦娥一概不予配合。说她不是猿猴,更不是野人。并且也不准他一丝不挂,毛乎乎地在家里到处胡扑乱窜。

猛一撞见，还以为是野猪、黑熊瞎子什么的钻进家来，直立行走了呢。她宁愿不荡秋千，也是不会剥光了身子，到院子里到处胡跑的。狂风暴雨天气，他又要忆秦娥跟他一道回归自然，到田野里去，裸奔呐喊屈原的《天问》；大声朗诵哈姆雷特的"活着还是死去"；还模仿李尔王，在电闪雷鸣中，要"把一切托付给不可知的力量"。他自己折腾了不算，还要忆秦娥也在风诉雨哭中，大唱《鬼怨》。说那种感觉，一定跟舞台上不一样。他还说，冤魂野鬼，是最有可能在这种天气出现的。虽然这片田地，在暴风雨中，可能也遇不见任何人，但忆秦娥是死都不能这样去唱《鬼怨》的。他要裸、要奔、要喊，让他尽情裸、奔、喊去，谁也阻挡不了。但自己绝不配合。她只从窗户里，看疯子一般，观望着他超常的生命宣泄，傻笑一番而已。

不仅如此，石怀玉还有许许多多稀奇古怪的想法，都让忆秦娥无法理解，也无法承受。忆秦娥很保守，很传统，很内敛。过夫妻生活，都希望是要把灯关了的。甚至把一些太越格的行径，都视为下流、不洁、兽性。而石怀玉动不动就要拉她出去"野合"。有时还不分白天黑夜。见太阳好了，他也兴奋；见月亮圆了，他也把持不住地要到田野里吟诗、喝酒、做爱。可在她内心深处，对性，却是总在一种干净与不干净中徘徊。跟刘红兵在一起，她就是尽量哄着、躲着、回避着。当然，那时排练演出也的确太累。但也与她十几岁时，被廖耀辉所侮辱的那片阴影有关联。这个石怀玉，是个比刘红兵还猛的角色。他浑身充满了一股野性，还好强制。他们之间就不免要天天置气、天天闹别扭、天天打嘴仗了。忆秦娥住了几天，想孩子，就闹着要回去一趟。可石怀玉死都不肯，说已经几个月不在一起了。他说过去在一起，也是孩子老从中作梗，现在好不容易有了机会，也该尽情补个蜜月了。有一天，忆秦娥甚至准备偷着跑一回，结果让石怀玉发现后，干脆用铁链锁把前后门都锁起来了。

石怀玉不是不爱她,而是爱得太乖张,太过分,总是有一个野性男人的强劲欲望、山夫粗暴、开怀放纵在其中。自跟石怀玉认识后,他给她教会了古琴入门曲《凤求凰》《老翁操》。这次又学习了《梅花三弄》。书法、绘画也大有长进。她的特点是:苦练加猛练。就连秦八娃老师要她背诵的那些诗词曲赋,她也靠笨功夫,"生吞活剥"着强记下五六百首来。而在石怀玉看来,那都是蠢驴才干的活儿,艺术贵在体悟、悟妙、率性。贵在用他山之石攻玉。他说看着都在操古琴,却大多都是猪队友。既不懂高山性情,也不知田野风物,那你弹的什么《高山流水》,奏的什么《渔樵问答》呢? 那就是作,朝死里作。在一个雷鸣电闪的夜晚,石怀玉突然从床上爬起来,竟然弹起了惊心动魄的《广陵散》,还把自己弹得泪流满面的。尽管她还瞌睡着,却还是为他的生命投入而惊异、动容了。

　　不能不承认,石怀玉是一个才华横溢的艺术家。他不仅能说会道,而且身手也的确不凡,几乎是琴棋书画无所不能,无所不通,无所不精。可要跟他在一起过日子,也确实有点太扯淡了。忆秦娥越来越感到了这一点。石怀玉无父无母,无兄无妹,光棍一条,一条光棍。他常年四处浪荡,钻山穿林,无拘无束,无挂无碍。而她上有老下有小,身边还有姐姐、弟弟,甚至还有舅舅,全都得靠她帮衬、打点、支应。爱情、闲适、洒脱、放荡不羁,可能都是艺术家最好的天性,但她不行。她放不下儿子,放不下收养的宋雨,也放不下因她而投奔进城的一大家子人,更放不下她唱戏的事业。如果说过去不爱唱戏,老想逃避着唱戏,那么现在,她是越来越爱了。无论在乡村被老百姓拥着、围着、抬着;还是在城市被戏迷捧着、宠着、炒着;抑或是在港澳台被记者包围着,鲜花簇拥着,被长达十几分钟的谢幕掌声震撼着,都让她对唱戏这个职业,有了无悔的认识。可自从跟了石怀玉,虽然他也爱着她的戏,却从不鼓励她好好上班,也不催促她练功练唱。他只说磨刀不误砍柴工。成天就鼓捣着玩一些没名堂的事,动不动就拽她进秦岭深山里,一钻就是好几天。他倒是画了不少画。而她,也就只扮演着一个让他创作激情迸发的模特儿了。她是真的不想再混下去了。在最后几天,他们甚至天天吵架。她是坚决要离开民居了。她也的确想儿子刘忆了。

石怀玉提出了最后一个要求:要画她演的白娘子。

她不同意。

石怀玉几乎都快跪下央求了。

这次来,她倒是把白娘子服装带着的。因为春节要去欧洲演出,她需要把白娘子的戏再好好练一练。结果来了,服装她还连一次都没穿上身过。化装用品,她也是随身带着的,怕有时会有走穴演出,她得挣钱养家呢。"穴头"电话一来,说走便有车来接的。她也是为了脱身,就答应把白娘子扮起来。不过条件是:当完这趟模特儿,必须放她回去住。

是石怀玉畅快答应了,她才把白娘子扮起来的。

千不该万不该,就不该扮了这趟白娘子,而耽误了回去的时间。最终酿成了让她痛不欲生的悲剧。

那天中午化完装,石怀玉就把她弄到院子里摆造型。等一切摆置好,灯光打到位,又整整画了六七个小时,作品才初步完成。石怀玉左看右看,有些不满意,觉得是把自己心中的那个白娘子,还没画出来。可这时已是晚上十点多钟了,他的腿坐麻了,忆秦娥也有些哈欠连天,筋疲力尽。石怀玉就说:"明天再接着画。"但忆秦娥是提前跟他说好了的,今晚必须回省秦。她在摆造型时,甚至几次隐隐听见刘忆在院子里喊妈妈。她还出去看过几次,越看心里越慌乱。她是真的归心似箭了。谁知石怀玉放下画笔,又一把将她抱住,要朝床上压。她奋力反抗着,可石怀玉毕竟比她力气大些,加之她也害怕把一脸的油装,蹭到床单上了,就被他压到床上了。她说:"装都没卸,你要干啥呢。"石怀玉一脸坏笑地说:

"我就要的是化了装的白娘子。让我也当一回许仙,跟白娘子睡一回。"

忆秦娥一个"按头",从床上挺起来,照石怀玉交裆就是一脚。她异常恼怒地说:"石怀玉,你个臭流氓,难怪折腾一天,都画不好白娘子,你就不配画她。今辈子也休想画好白娘子。老实告诉你,我心中的白娘子是任何人都不能亵渎的。"

忆秦娥说着,伸手抓了一把卸装油朝脸上一抹,就变成狰狞厉鬼了。她还对她龇了一下白牙喊道:"滚远些!"

就在卸装的时候,她弟弟易存根打电话来了,让她赶紧回去,说刘忆出事了。

她心里咯噔一下,问出什么事了。

她弟没多说,就让她赶紧回。

她听见手机里,娘在放声大哭着,是撕心裂肺的号叫声。

她浑身一下就抽了起来。

连装都没卸完,她就起身朝外跑去。身后的凳子都被她踢翻在地了。

三十

石怀玉见忆秦娥接电话的脸色不对,装卸了半截,就朝门外跑,知道可能是发生了什么要紧事。忆秦娥那一脚,把他踢得实在够呛,放到平常,他绝对就窝下去起不来了。可今天,见她那么一副精神错乱的神情,他就硬撑着,出去把车发动了。路上,忆秦娥情绪有些失控。他问过几次,到底发生了什么事?她只流泪,只骂人,说要是刘忆有个三长两短,她就把他杀了。他这才知道是刘忆出事了。他一边开车一边想:刘忆是个傻子,平常都关在家里,有姥姥看着,能出啥事呢?大不了病了,或者烫了、摔了,还能严重到哪儿去呢?没想到,孩子竟然是从六楼的窗户上跌下来了。

他把车快开进城的时候,薛桂生给他打来个电话,要他只听,不说话。薛桂生在电话里说:

"秦娥的儿子刘忆,从六楼摔下来,摔得很惨。我们已拉到医院抢救过了。人已不在了。你先别告诉秦娥,把人直接拉到西京医院再说。"

他觉得这回麻烦大了,忆秦娥肯定是要把他当罪魁祸首了。

也怪,忆秦娥这几天都特别焦躁不安。有一晚上,半夜还突然醒来说,儿子在叫她呢,并且说就在院子里叫。她还披着衣服,打着手电,到院子里找了好半天。没想到,竟然出了这么大的事。要早知这样,他也就早把人送回去了。

忆秦娥只知出事了,还不知出了多大事,要是知道儿子已死,只怕是连车也坐不稳当,要从车窗扑出去了。

自打他跟忆秦娥认识到现在,在忆秦娥心中,那个傻儿子,永远是处于第一位的。只要有空,她都要亲自给傻儿子喂饭、洗脸、擦屁股。这个傻小子,也只要他妈干这些活儿。他妈不在,姥姥虽然也能替代,但他会搞出许多恶作剧来:要么故意把饭碗用嘴拱翻在地上;要么不擦屁股,还故意把屁股掰着,满房里跑着让人看。他有时还有点不理解这种感情,就一个傻子,忆秦娥怎么能爱成那样呢?忆秦娥她娘有一次说了一句话,倒是触动了他,她娘说:"家里就是养个小猫小狗,侍弄上一阵,都会有感情的,何况是人。"为给刘忆看病,忆秦娥少说也花上百万了。她抱着孩子,竟然跑过十几个省市。别看刘忆傻,可爱他妈的那份感情,却是正常儿子都没有的。刘忆每天从门孔里、后阳台等他妈回来,一等就是几个小时。见他妈一回来,猛地扑上去,能把他妈的脸上、脖子上、手上亲好几遍。说是亲,又更像小羊羔、小牛犊、小猪崽们的那种亲昵围攻。他嘴里直喊叫"妈妈妈、妈妈妈、妈妈妈……"的,能一喊成百遍不停歇。说是喊,却又更像是唱。每每在这种不停歇、不换气的喊、唱声中,就见忆秦娥也忘了家外的一切不顺、不适、不快,迅速变得激情澎湃、心花怒放起来。他妈累了,他能跪在地上给他妈脱鞋,亲他妈的脚丫子,给他妈捶腿。哪个家里有这样一个活物,人能不挂牵,不思念,不心疼呢?他真不敢想象,到了西京医院,忆秦娥知道儿子已经不在人世,该是一种怎样悲痛欲绝,精神崩溃呀!他觉得,自己很算得上是一个能说会道的人了,可这阵儿,却连一个准确的安慰词,都想不出来了。他只能集中精力开车,力争把忆秦娥安全送到医院就是了。

当他把车勉强开到西京医院地下车库时,薛桂生已经安排好些人把车围住了。薛桂生没有让忆秦娥下车,而是让她姐和她弟,还有周玉枝上车去把人看护着。他把石怀玉先叫下来商量事情。

薛桂生说:"人其实在摔下六楼的时候,已经死了。可以说摔得没有人形了。娃的脑壳都成空瓢了,脑浆四溅,脸面全无,只是一摊血污而已。"

薛桂生问怎么办,因为石怀玉毕竟是忆秦娥的丈夫。关键是还让不让忆秦娥看遗体。

石怀玉想了想说:"恐怕得让看一下。不看,忆秦娥是过不去这一关的。"

那边车上,已经在骚动了。忆秦娥是要朝车下扑,几个人死拦着。

薛桂生说:"我已交代过他们,说孩子还在抢救。要一步步告诉她,让她有个心理准备过程。都知道忆秦娥对孩子心重,怕一下说出来,她受不了。先说在抢救,再说有生命危险,最后再正式告诉她。把过程拉长些。"

石怀玉平常都是很有主见的人,这阵儿,脑子也一片空白了。

薛桂生接着说:"我们正请殡仪馆的化妆师在给孩子整形。大概还得一两个小时吧。等整好后,看能让忆秦娥看了,再说。"

石怀玉紧紧握了一下薛桂生的手说:"你考虑得很周到,就这样吧。"

然后,大家就按照薛团长安排的步骤,轮番做着忆秦娥的工作。

忆秦娥咋说都要去抢救室。

薛团长说:"抢救室不让人进,怕带进病菌,对抢救不利。"

直到团上办公室人说,形基本整好了,薛桂生才拉着石怀玉的手,悄声说:"我们先去看一下。然后再看,让不让她看。"

石怀玉心里还有些麻阴阴的。虽然在秦岭山中,没少见过生老病死,他甚至还抬过进山游玩失足摔死的大学生遗体,并且一抬就是几十里山路。可这孩子的死,似乎自己有脱不了的干系,他就还是有些两腿打闪,脚底像踩着棉花包一样,步步虚飘着。

薛桂生尽管越忙,兰花指越跷得厉害,可胆子却贼大。他一脚就踏进太平间的铁门了。

石怀玉也只好毛发倒竖地跟了进去。

一眼望见,里面是摆了好几具拿白单子盖着的尸体。

刘忆是在靠门口的一个地方摆放着。

石怀玉斜眼睨了一下,就已是吓得七魄走了三魄。化妆师虽然已经根据照片,把刘忆的脸形基本归整缝合了起来。可这个涂了脂粉、画了口红的脸,还是一点都不像刘忆了。

怎么办?

薛桂生站在尸体旁边,就商量起事情来。

化妆师说:"这已是最好的结果了。孩子是脸着地的,啥都没有了。现在的脸皮,还是从孩子屁股和腿上割下来的。要实在不行,也还有一个办法,就是把照片放大,放到头部也能凑合。这里面灯光本来就昏暗,你们把他妈拉进来,隐隐约约看上一眼,就立即朝出拉,也能应付得过去。过去有出车祸的,也都这样干过。那就是对亲人的一种安慰而已。"

薛桂生要石怀玉拿主意。

他这阵儿哪里还有主意,就说:"还是团长定吧。"

薛桂生就决定上照片算了。他请化妆师尽量要弄得像一些。他说一会儿他安排人,以最快的速度把忆秦娥架进来,然后立马抬出去。

一切都收拾安排停当后,薛桂生亲自上车,告诉了忆秦娥最不幸的消息:孩子没有抢救过来!让她去再看一眼。

忆秦娥哇的一声,就哭得昏死了过去。

她姐和她弟掐着人中,在呼唤。周玉枝不停地摩挲着她的胸口。

当她慢慢缓过气来后,几个人把她运下了车。

这时,团上已有一群劳力在等着架人了。

忆秦娥是在完全没有知觉的情况下,被七八个小伙子架进太平间的。只勉强让她看了一眼,就有人故意挡住视线,把她抬出去了。

忆秦娥不停地喊:"刘忆脸上还是好好的,不像是走了的样子。再救救他,求你们再救救他……"

薛桂生和石怀玉都松了一口气,说明照片还是起作用了。

任忆秦娥怎么反抗,还是被团上来的几十号人,硬抬进大轿车里,拉走了。

石怀玉帮着把刘忆拉到火葬场火化后,就不知道自己该往哪儿去了。

在忆秦娥还不知道刘忆死亡的消息,甚至对"抢救"怀抱希望的时候,他曾到车上,想安慰一下忆秦娥。谁知忆秦娥百般暴怒地狠狠踢了他一脚,让他滚远些。他算是在大庭广众场合受了侮辱。以他的脾气,要是别人这样待他,他是会暴跳如雷,奋起还击的。在山里,他也是跟猎户一起,打死过几头野猪的好身手。可面对忆秦娥,他最心爱的女人,却只能以尴尬的表情、罪人的心理,憋屈地退到一旁,任由别人看"这个死大胡子"的笑话了。她弟易存根、她姐易来弟,还有那个姐夫高五福,本来就不咋待见他这个"野人"的。在他们眼中,忆秦娥大概是应该找个省长、市长,或者总裁、老板才般配的。最后却找了他这么个不靠谱的"死大胡子"。虽然也曾把他们逗得满地打滚,有时快乐得只差一口气就能毙了命,可这一切,终归是个"玩意儿"而已。无论写字、画画,在"台面上",石怀玉连会员、理事都不是,还别说混个这长、那长的头衔了。据说有的协会,秘书长、副秘书长都是能一抓一大把的,可他连这样"一大把"的"兑水"角色也是"够不着"的。他能感到,他们打心里,是从来都没尊敬过他这个姐夫、妹夫的。到了这阵儿,出了人命,忆秦娥又把"总脓根子"看成是他,她的姐弟,自然也是要找出气的筒子了。尤其是她弟易存根,本来就二虎逛荡的,都闯几回祸了。听忆秦娥说,要不是她的忠实戏迷乔所长扛着,恐怕跟他大舅公胡三元一样,也都是"二进宫"的主了。把刘忆后事处理完后,他也试着去了家里一趟。结果被小舅子易存根堵在门口,咋都不让进屋。忆秦娥在里面听见了,也是激动得就要扑出来拼命,说他就是杀死她儿子的凶手。从易存根的眼神中,他已能看见两股即将喷射出来的火焰了。是她娘使眼色,让他赶紧走,他才悻悻然撤离的。

这天晚上,他独自一人上了古城墙。

躲过管理人员的眼睛,他把十三点七四公里的路程,来回走了两圈。

他是用一整夜时间,在整理自己的生命。他突然感到,自己是面临着一次重大抉择了。

三十一

石怀玉出生在甘肃嘉峪关。父母都是小学老师。父亲是带体育课的,还能打拳。曾经一拳头,把农家一头跑进学校操场的母猪给打死了，手劲厉害得了得。石怀玉从小就吃够了这两只铁拳的苦头。他们是一心想把石怀玉培养成大学生的，并且希望是学理科，觉得学文科没啥出息。结果他天生就"不成材""理不顺，文不通"的，在学校几年，就当了娃娃头，打群架了。并且在小学三年级时，他就煽动几个孩子扒火车，偷偷去了几百公里外的敦煌，弄得公安局都出动了，才把人找回来。父亲的铁拳镇压得越凶狠，他就反抗得越厉害。父母拿他也没办法，就问他到底想干啥。他说他想画画。也是到敦煌，看了壁画，有些冲动。母亲就说服父亲，让他考美术学校，说他既然爱，兴许还能学出点名堂来。家里花了一大堆钱，让他上了两年多美术补习班，还拜了当地的名师，把一点家底都掏空了。考完试，父亲让他估分，他给自己估了个二百五左右，看那表情，还有点低调保守的成分在里面。父母也就暗自窃喜，想着如果是这个分，上美院就不成问题了。谁知结果出来，总分一百三，数学还是零蛋。连他自己都蒙了：那么多填空题，难道一道都没蒙对？真他娘的是活见鬼了。他脑子里，忽地就想起了那头被父亲一拳砸死的猪。他知道自己这次，是绝对逃不脱那头猪的命运了，就吓得连夜翻墙出逃了。他是在乌鲁木齐遇见薛桂生的。那时薛桂生还是剧团的一个小生，唱戏之余，也爱画画。他就跟着剧团浪荡了一段时间，给人画像，也给剧团帮忙搬布景道具，装台、拆台。吃喝倒是不愁，但时间久了，也是觉得无趣，就独自一人到西京闯天下来了。

西京在他心中是一个很大的城市。好多甘肃、新疆人，都到西京发展来了。尤其是学画画，西京绝对是一个重镇。谁知他来以后，怎么都融不进去，就先后在几家裱字裱画店，还有私人画院，给人家当下手打杂。倒是偷着学了不少东西。中途他还在西京美院谋个临时差事，给人家整理了大半年字画仓库，又见识了不少历代艺术真迹。再在文宝斋给外国人写字画画，也就是混个肚儿圆而已。他觉得自己是不能再这样混下去了。出门这些年，他一直给父母写信检讨,说自己不混个样子出来,绝不回去见他们。结果是越混越没眉眼,他也就真无法回去见江东父老了。西京大了去了,能写字画画的人,得用火车皮拉。有一天,他去省戏曲剧院看戏,一个叫《大树西迁》的秦腔戏里,一句台词差点没把他笑翻了。那里面有一个大学教授说:"在西京这地方,你千万别说自己是书画家。城墙根下的厕所里,一早蹲了十个人,九个都是书画家。还有一个拿得老成,死不吭声的,你猜干啥的?是著名书画家。"这虽是一句调侃话,但对他的震动很大:说明了在这个城市吃书画饭的艰难。他觉得自己是该找个地方,沉下来,扎实做点事情了。西京太浮华,找口饭吃容易;钻到热闹处,混个脸熟也不难;拜拜门子,弄个什么头衔,也不是没有可能。一些人,不是自己就给自己封了什么"全球书画协会主席""当代艺术大师"的名头吗?可真要成事,不能远离这种闹躁,不能静下心、沉下身子,也就终是只能做西京的"闲人"了。西京像他这样可以称作文化闲人的人,是太多太多了。每个人都有一大把头衔,但实际上,大多都没有任何东西是可以让人为之眼前一亮的,更别说告慰平生,踏实而眠了。他觉得自己必须清醒,也必须改变。

他买了中国美术史上一些重要画作的印刷品,以及书法史上那些扛鼎之作的出版物,还有二三百本文史哲类的经典著作,就去秦岭深山中一个古庙里住了下来。这个古庙的大和尚,曾经在文宝斋与他有过一面之缘。在这里,他静静地读书、写字、画画,一沉寂就是三年。再然后,又离开古庙,朝秦岭更深处走去。他觉得,自己是应该有自己的突破口了。他在努力规避着城市的虚浮、甜腻、做作、夸张,甚至所谓的创新。他想在人物、花鸟、山水上找到自己的心灵表达方式。开始,他是在农户家安歇。后来到了海拔一千七八百米的地方,没有人烟了,他就在一个叫"天井海"的地方,搭棚子居住下来。每天读着梭罗的《瓦尔登湖》,画着自己心中的秦岭风物,种着苞谷、大豆、马铃薯,对着山风吹起漫天飘舞的蒲公英。直到觉得是可以出山展示一番的时候，才像野人一样回到了西京。谁知西京的任何书画市场，都是讲究要有名头的。石怀玉既不是书协会员，也不是美协会员，更别说这方面的官衔了。关键是他还没个美术书法方面的学历文凭，就是个"野逛子""野蹦子""野八路"。画倒是有些人很看好，可也是曲高和寡，连要办画展，也是没有正经地方愿意承接的。让他觉得不虚此行，并幸福得快要死去的事情，就是遇见了忆秦娥。在看完《狐仙劫》的演出时，他兴奋得心脏都快要蹦出来了。好在他跟薛桂生是认得的。借了薛大官人的金面，他才得以认识秦腔小皇后。并且他很快就把这个大艺术家，他打心眼里佩服得五体投地的艺术家，给彻底征服了。

　　在他看来，忆秦娥就是这个世界上最好的女人。美是由表及里的。开始他几乎不敢想象，自己是能跟忆秦娥走到一起的。可几番接触后，就觉得，这一生如果得不到忆秦娥，他就可以回到山里，拔一根青藤，吊死在太白山顶的老树上了。他甚至觉得，连自己十几年隐居深山的全部创作，在忆秦娥的艺术创造面前，也都显得没有了太大价值。忆秦娥是把秦岭山脉的所有苍凉、浑厚、朴拙、大气、壮美、毓秀，都集于一身了。在连续看过忆秦娥十几本秦腔大戏后，他甚至一下打消了搞书画展的念头。他觉得自己创作的"大秦岭生命"系列，还没有到那个火候，还远远没有攫住秦岭的精魂。他还得再沉潜下来，找到像忆秦娥那样大气磅礴、挥洒自如、精彩绝伦，甚至炉火纯青的表达方式。他在爱着忆秦娥，更在解剖着忆秦娥。甚至借助忆秦娥，在解剖着他心中的大秦岭。当然，他更在野性十足、雄心勃勃地占有着这个像秦岭一样混沌且神秘莫测的女人。他甚至想把忆秦娥诱骗进深山老林，从此与她终老不出。可忆秦娥除了唱戏是尊神以外，其余一切，都是俗世社会中的大俗人一个。她心里全装的是傻儿子，还有她娘、她姐、她弟、她舅，甚至还有因同是烧火丫头，而产生深切怜悯的收养女宋雨。

依他想,这样大的艺术家,一定是感情丰富、生活浪漫的主儿。谁知她封建保守得还不如山里的村姑。她大概也不知道她的身体有多美妙,连做爱,也是要黑灯瞎火的。有时他故意把灯一拉亮,她立马会抓过任意一件床上用品,把那些最神秘的地方,死死捂住,不让欣赏,不准偷看。她是把生命里所有美好、曼妙、自由、浪漫的东西,都浪费殆尽了。

他也感到,忆秦娥对他是越来越不满意了。要不是还有一张结婚证维系着,只怕早都脱缰而去了。这次孩子的死,要说他的确是有责任的。忆秦娥几天前就闹着要回城里,他咋都舍不得,硬是用各种办法把她多锁了几天。没想到,就锁出了这么大的事。要早知如此,哪怕自宫了,他也是不会自己给自己寻死的。

他想回山里去了。

他突然感到了在这个城市的孤独。

可这时走,是不是太不负责任了?忆秦娥正痛不欲生,自己怎能一走了之呢?

他在古城墙上整整徘徊了一夜后,第二天,又找到薛桂生,问他自己该怎么办。

薛桂生说:"还是回避一下的好。不要再刺激忆秦娥了。等她缓过劲来,再弥合夫妻感情不迟。"

他又找忆秦娥她娘也谈了谈。她娘也说:"你还是先躲一躲的好。娥儿老觉得,是你把刘忆杀了。你再出现,搞不好她是会疯掉的。"

那天,他还遇见了妻弟易存根。易存根二话没说,就给了他几拳,打得他满脸是血。但他没有躲避。小舅子打他的左脸,他是真的把右脸也递给他了。最后,是丈母娘看不过眼,骂了小舅子几句,易存根才没再打的。

他从秦娥家的楼梯拐角下来后,回到那院民居,只拿了一幅画,就离开了。

那幅画,是他画的忆秦娥的那张裸体。他觉得这是他一生中,画的唯一一幅可以告慰生命的作品。

石怀玉又进秦岭深处,当他的"野人"去了。

三十二

忆秦娥被儿子的死,完全击垮了。她千悔万恨,悔自己不该上石怀玉的贼船,跟了这么个妖魔鬼怪,迟早把自己像犯人一样圈着。说他是限制她的人身自由,可那分明又是一种爱。爱得好像一会儿不亲她一下,抱她一下,甚至像小孩子驮马架一样,把她驮起来乱跑一阵,就会死掉一样。刘忆对她的思念、期盼,她是能想见的。可石怀玉这个淫棍,偏用铁链子,锁了所有能出去的门窗。他虽然没有亲自操刀,没有亲手把人推下楼去,要是早放她回家,又哪里会有这等惨祸发生呢?石怀玉不是杀人凶手,又是什么呢?何况他是早有歹心,"投毒"在先的。她是越来越恨着这个男人了。他要胆敢再来,她还真就能跟他拼命了。这个野人,这个恶魔,这个臭不要脸的货,忆秦娥跟他已是"怨气腾腾三千丈"了。

刘忆的死亡案,全盘都是乔所长带人处理的。经过详细勘察、论证、分析,结论明确:孩子是自己失足掉下去的。

在火化刘忆的时候,乔所长还来征求过她的意见,问要不要让刘忆的亲生父亲知道一下。不管咋说,这是人家的儿子。何况人家一直拿着抚养费的。

前些年,刘红兵的确一直是按期把抚养费打到卡上了。可这一年多天气,账上打的钱,是一下没一下的。有时甚至一月才打几十块钱进来。她似乎感到,刘红兵是把日子过烂包了。要不然,这不像他的做事风格。好在自己私下搭班子出去演出,也还能挣外快,一家人过日子倒是不愁。她也就懒得问,懒得要了。反正各凭良心吧。谁知乔所长和薛团长都是这个意思,说火化前,应该通知一声刘红兵。她就同意他们看着办了。

去通知刘红兵,是乔所长和团上保卫科的人。乔所长觉得还应该去一个家属,就把易存根也带了去。他们是七弯八拐,才在北山办事处旁边的一个小巷子里,找到了刘红兵。刘红兵已躺在床上,一条腿被截肢了。

乔所长跟他是熟悉的,问咋回事。他说开车去青海湖玩呢,喝了些酒,把车翻到沟里了。第二天早上才被人救起,腿就只能截了。连脊椎也是钛合金接起来的,下床已经很困难了。他说得很淡定,就像是说别人的事一样。

前妻弟易存根,他是熟悉的。并且那时易存根是很喜欢他这个姐夫的。他就问:

"你姐好吧?"

易存根点了点头。

"我对不起你姐。我算是把你姐给害苦了。啥都说不成了……"他摇了摇头,接着说,"给娃的抚养费,现在也不能按时打。请给你姐说说,原谅我这个残废。但凡手头宽裕,我还是会给儿子打钱的。"说着,刘红兵眼角还溢出了亮闪闪的泪花。

当时乔所长想,到底给他说还是不说刘忆的事呢?想了想,还是给他说了。刘红兵就把被子拉起来,盖住了头。他像是尽量在忍着,但还是听见鼻子一吸溜一吸溜地在被窝里哭。

乔所长听办事处的人说,刘红兵现在很可怜。办事处不景气,朝不保夕。他父母也不太认他,嫌给家里丢了人,他自己也不想回到父母身边去。跟忆秦娥离婚后,刘红兵又先后找了两个女人,都是瞎混,连证都没办。一个嫌他穷,打了一阵架,不见了。还有一个在他出车祸后,见锯了腿,也吓跑了。刘红兵现在屙尿都成问题,是办事处雇了一个人看着。但他省吃俭用的,还是老要给儿子打钱,有时都是借的。现在把办事处人的钱都借遍了,也没人再借给他了。要借,也就是可怜他,给个十块八块的,都是不指望他还的。

刘红兵是不能起来,到殡仪馆送他的傻儿子了。可他还硬是坚持着,向给他收拾吃喝、屎尿的雇工,借了一百块钱。说让无论如何替他帮孩子烧点纸钱。他说,这是他造的孽,让火化时说一声,爸爸对不起儿子。然后,他就又把脸蒙住了。

他们把这事,回来说给忆秦娥后,忆秦娥哇的一声,哭得又一次快昏死过去了。只听她还骂了刘红兵一句:"咋不摔死,你咋不摔死算了呀!"

这事自然是把她舅胡三元也惊动回来了。

她舅回来几天,她才知道,她把舅介绍到郊县一个剧团去敲鼓,最近是又惹了一场事。到现在,人家还前后追着他要钱呢。他说他回西京奔丧,人家还跟了来。她舅先不敢给她说,只劝她,要她别太难过,说哭多了,不仅伤身子,也伤嗓子。还说傻儿子走了,也许还是她的福分呢。忆秦娥就嫌她舅不该说这话。她娘也骂她舅,说一辈子不成器,让他不会放屁了滚远些。后几天,是她娘一个劲在客厅里唠叨她舅,她才知道,她舅是又惹祸了。

还是为敲鼓。

她舅嫌那个团没人把事当事干。上边天天喊叫,要把剧团转成企业,大家也就没心思干了,在那里混天天。戏排得粗糙的,比业余的还业余。就这还敢拿出去演,拿出去哄人钱。她舅觉得演这样的戏,是太丢唱戏人脸面了。别人的事他管不了,可武场面的事,他是鼓头,想睁一只眼闭一只眼都闭不住。开始他也是克制着,尽量哄着大家干,有时还给打下手的买一碗面吃,算是款待。可这一招无法长期使用,发给他的临时工钱,一月就两千块,刚够顾住自己的嘴。实在看不过眼了,他就忘了外甥女的叮咛,忍不住要发脾气。这年月,谁尿谁呢?又不吃你的喝你的,何况你还是临时工。人家就是转了企也还是正式的。你胡三元算老几?开头还

· 853 ·

有人把他叫胡老师,毕竟年龄大些,何况还是忆秦娥的舅。后来发现,他就是一个"刺儿头":爱管闲事,爱挑毛病,爱提意见,爱皮干。大家就都想治治他的"瞎瞎病"了。先是不喊胡老师,喊老胡,喊三元了。后来连老胡、三元都不喊了,喊"黑脸",喊"煳锅底",喊"黑脸熊"。再后来,干脆成"狗日的黑脸""驴日的黑脸熊"了。他心里很不是滋味。但他还是记着秦娥的话:要忍,再不敢爆那臭脾气了。找一碗饭吃不容易。可有一天,他到底没忍住,还是用鼓槌把打下手的门牙敲掉了。他真不是故意要敲的。那个打下手的,连着把几个铜器点子都没"喂"上,把主演晾在了台上。他是一边看着演员的动作,一边用小鼓槌狠狠示意下手呢。没想到,那阵儿,那个打下手的正在看手机短信,把身子朝前一探,也是为了躲避一束光亮,结果他的鼓槌,就刚好点在了他龇出的门牙上。那人当下就是一嘴血,把牙噗地朝出一吐,也不管台上还正在演出,就端直把那面直径足有两尺的大锣取下来,"咣当"一下闷在了他头上。文武场面一齐乱了起来。要不是大幕关得快,野场子的好多观众,都能看见侧台的"武斗"。这事还得亏了忆秦娥认识的那个团长帮忙,要不然,都可能把他弄进局子里了。最后调停来调停去,答应给人家赔三万块钱了事。她舅身上这些年,也就攒了一万多块钱,剩下一万多,人家就前后追着要。他也不敢给忆秦娥说,倒是偷偷向大外甥女来弟借过。可来弟说他们买房欠了一堆钱,生意也不敞亮,只给凑了三千,他也不好再要了。他知道,他姐胡秀英那个大炮筒子嘴,也要不成,要了就是一顿臭骂,钱还未必能给你凑上。外甥易存根连自己的嘴都顾不住,也就别打他的主意了。他本想着,不行了回宁州向胡彩香借去,胡彩香就是再骂,也会帮他解难的。可那个"账主子"等不及了,端直跑到秦娥家里来坐着不走。他姐就开始骂大街一样,把他骂了个狗血喷头。最后是睡在里间房的秦娥听见了,才把他叫进去问究竟。他也不好再隐瞒,就实话实说了。秦娥只哀叹了一句:"舅啊舅,你叫我咋说你嘛!"然后,她就拿出一万多块钱,把缺了门牙的"账主子"打发走了。

她舅可怜得一直把头低得下下的,不敢看她。她看见,她舅的头发虽然修得短,但已经快白完了。他脸上的黑皮也在慢慢耷拉下来。她觉得,舅是快老了。一身的好敲鼓手艺,哪儿都认他的卯,但哪儿也都因这手艺又惹祸不尽。生活真是过得太一塌糊涂了。她都不知道该咋帮这个舅了。是她舅先说:

"秦娥,舅对不起你,看给你添了多少麻烦。舅再也不麻烦你了。舅今天就走了。你也别太伤心,人死不能复生,你也算对得起刘忆了。你还得顾活人哩,家里还有好几张嘴等着你呢。还得好好唱戏,咱就是这唱戏的命。好在你是把戏唱成了,好多人唱一辈子,还啥名堂都没有呢,你要珍惜呀!"

说着,舅眼里的泪水都在转圈了。

舅可从来都是硬汉,她很少看见舅要落泪的样子,她就问:"你要到哪里去?"

"我想到宝鸡、天水那边闯荡去。听说那边业余戏班子多,要是能混口饭吃,也就行了。"舅说。

"你都是六十岁的人了,还跑那么远去干啥?"

"让舅去吧,只要有鼓敲,舅就算活安生了。"

舅说完,忆秦娥也没留住,就起身要走。她硬是给舅腰里塞了五千块钱,还叮咛着:"舅,你可是再别惹事了。"

"再不惹了。再惹,舅就自己把手剁了。"

她娘还进来骂了一句:"光剁手?你要再惹事,就死到外边算了。"骂完,娘也给她亲弟弟怀里塞了一千块,才泪汪汪地把人送走。

没了刘忆后,忆秦娥在床上躺了将近一个月天气,一想起来,心里还抽搐。也许这个孩子,比一个健康儿子,都更让她恋恋不舍,她是为这个孩子付出得太多太多了。这孩子对她,也是超越了一般母子感情的一种依赖、依存关系。家里没了这个人,她觉得空落落的,是连心都被剜走了的感觉。就在她勉强好些的时候,她又记挂起一个人来,那就是刘红兵。她没想到刘红兵会混成那样,竟然把一条腿都锯了。让她感念的是,就在那种情况下,他还惦记着自己的儿子,还在尽力给刘忆的卡上打着钱。她是实实在在被打动了。

也只有在床上静静躺这一个月,她才把自己的人生好好捋了捋。咋想,觉得刘红兵这个人,对她还是不赖的。尤其是有一幕,让她一想起来就要热泪夺眶而出。那是好些年前的事了:有人为了搞臭她,故意把封子导演多年下不了楼的病老婆,突然弄下楼来,到练功场对着她破口大骂。那天,那老婆几乎是把人间最肮脏的污水,全都泼给她了。当时她真的是要崩溃了。可就在最无助的那一刻,相信同样也受到了伤害的刘红兵,不仅没有猜忌、妒恨、醋兴大发、落井下石,而且还挺身而出,当众一把拦腰抱起她,对着单仰平团长,也对着所有人大喊道:

"我的老婆忆秦娥,比他谁都干净、正派……请不要再在我老婆身上打主意了,不要再给她泼脏水了!她就是一个给单位卖命的戏虫、戏痴。别再伤害她了!我敢说,她比这个世界上的任何女人都干净。我首先不配拥有这样好的女人……"

每每想到那一幕,她都会泪奔起来,直到今天仍然如此……

她觉得无论如何都得去看看刘红兵,这是她的前夫。人毕竟是落难了。

在她能下床的第一天,她就让弟弟把她领着,去了一趟刘红兵住的地方。

在他们还没走近那间昏暗的小房时,她就听见里面刘红兵在号叫,像是有人在打他。她弟跟她就加快了脚步。

她弟一下推开门,果然,是有一个男人,在用鞋底抽打刘红兵的屁股。那屁股,已经瘦得不能叫屁股,而像是两张蔫皮包着的肘关节了。那人一边抽打,还在一边骂:"你是不是个畜生?你是不是个畜生?刚打整完,又拉一床,你死去吧你。"见有人来,那人才扔下鞋,把被子给刘红兵盖上了。她弟问:"你为啥打人?"那人说:"尻子没收管,一天打整四五回,还都是稀屎涝。"她弟说:"人家单位雇你,就是伺候他的。你还能这样虐待人家?""你没问问单位给了多钱?一月才一千块,够吃么还是够喝?"存根说:"那你可以不干哪!""不干,不干他欠我的钱咋还呢?他说他有一个傻儿子,每月需要钱。我开始伺候他的时候,他月月借,结果到现在也还不了。我咋走呢?"

忆秦娥眼泪哗地就流了下来。她静静坐到脏兮兮的床边,拉起了刘红兵干瘦的手。

刘红兵的眼泪也浑浊地淌了下来。

他的头发都快有上尺长了。脸也是瘦成一小捧了。他嘴唇上结着痂,明显是缺水的样子。她就起身倒了些水,给刘红兵喂了几口。又从包里拿出化妆用的棉签,把他嘴唇蘸了蘸。她想跟他说点什么,可又觉得说什么都是没用的。

她问那个雇工:"他欠你多少钱?"

"一千七。"

忆秦娥就从包里拿出一千七百块钱来,交给了他。临出门时,她又问那个雇工:

"你看还愿不愿意伺候他,要不愿意,你就跟人家单位说,让人家重找人。要愿意,就请你善待他。他是一个残疾人,一个可怜的病人。"

那雇工说:"可怜?才不可怜呢。这家伙过去就是一花花公子,花钱跟流水一样。听说翻车时,车里还拉着两个小姐呢。他老子过去是一个当大官的,知道不?我让他问他老子要,他就是不要,说他娘老子都不要这个祸害瘟了。你知不知道,这家伙过去有多会玩,把秦腔小皇后忆秦娥都玩了,你知道不?"

她弟易存根就想挥拳揍他,被忆秦娥挡住了。

忆秦娥说:"你要愿意好好伺候他了,我可以一月给你加一千块钱。条件只有一个:要善待他。钱每月可以打到你卡上。"

那人愣了一会儿,她弟也愣了一下。

"给个话。"她催道。

"好吧,我再伺候着试试。"

她弟说:"不是试试,你要再敢欺负他,我就卸了你的腿。我可是干保安出身的。"

那人直点头说:"一定,一定。"

出了巷子,易存根还在埋怨他姐:"刘红兵把你还没脏败够吗,一月还给他贴补一千块?"

"我现在相信佛经上一句话了:众生都很可怜。真的,很可怜!"她说。

在刘忆死后不久,薛桂生终于给省秦把一百名演员的招生指标要下来了。

忆秦娥是怎么都不同意让宋雨学戏的。可几乎所有人都在做她的工作,说宋雨不定将来还是个小忆秦娥呢。加之宋雨自己又特别愿意学。并且为这事,还跟忆秦娥闹了好几天别扭,不仅逃学了,而且还要回去找她婆呢。

欧洲巡演马上要开始了。一去就是七个国家,三个多月。如果不答应宋雨,娘在家里,把这孩子是一点办法也没有的。

无奈,在出国的前几天,她终于答应,让宋雨进演训班学戏了。

三十三

宋雨终于如愿以偿了。她做梦都没想到,自己也是能学上戏的。

很小的时候,村里唱戏,她就喜欢挤到后台看戏子化装,穿戏服。尤其是女角的戏服可好看了,头上插花戴朵,还贴得明光闪亮的。身上衣服也是描龙绣凤,绣喜鹊、牡丹的。那种好看,是她做梦都想穿戴一回的。可她哪里就能有这样的福分呢?爹跟娘不和,经常在屋里打死架。后来爹出门打工,就跟别的女人好了,说是不要娘了。娘从那时起,也突然收拾打扮起来,天天把脸画得就跟要唱戏一样,眉毛也文得像两个死蚕在那儿卧着。再后来,她娘连她和弟弟都不要,就跟一个来村里收拴马桩、收老磨盘、收老门墩石的人跑了。她跟弟弟都跟了婆。在婆眼里,弟弟是得上学,要有出息、要继宋家香火的。而她,在婆眼里嘴里都是"赔钱货",说养大了也是人家的。何况婆确实过得可怜,也养不起。婆是远近闻名的白案子厨师,就经常带她出门烧火,也是为了"混嘴"。

婆说:"无论哪家过红白喜事,也都得折腾个七八上十天的。一月能有一家折腾着,咱婆孙俩的吃喝,也就都有了着落。何况还是吃香喝辣的。"

婆说:"女娃子上学出来,还是给人当媳妇做饭。不如早些学着做,将来也就是个大厨了。"

婆说:"人只要有生老病死,就没有不拉席待客的。结婚、满月、做寿、忌日、上学、升官、发财,好事多着呢。只要是太平盛世,像咱们这样的大村堡子,当厨师,就是比当村主任老婆,都差不了多少的好红火差事。"

婆说:"你知道万事啥最大?嘴。懂不懂?就是嘴。万事嘴为大。千里当官,都为的吃穿。吃总是放在第一位的。你没见现在村上、乡上,包括县上、市上来的干部,走到哪里,第一还不就是忙着吃?啥好吃,让弄啥。原来还吃猪哩、狗哩、牛哩、鸡哩、鸭哩、鱼哩,现在都让到山里去打,到坡上去逮了。凡天上飞的、洞里钻的、河里游的,一伙都弄来吃了。他们逮来、捉来,还得咱煮、咱炒不是?就是尝盐味,厨师也是能把肚子尝饱的。只要他不让上浑的,翅膀、大腿都随咱剁哩。人哪,能吃饱喝足,那就是好日子了,你还想咋?"

婆说:"你见七十二行里,谁脸最大,谁养得最胖?厨师。吃得来。"

宋雨就跟婆到处烧火做饭混吃的去了。婆对她也的确好,只要灶房没人,婆就把好肉旋一疙瘩,噗地撂进她嘴了。只让她低着头吃,装作弄火,别让人看见。只要出门有事做,她就没少吃过婆塞给她的炒肉、扣肉、鸡心、鸭肝、猪尾巴。有时她弟放学回来,也是要来帮忙烧火的。烧着烧着,婆就把他的肚子塞圆了,然后就让他麻利回去做作业。

后来,就遇见忆秦娥妈妈来村里演戏了。都说忆秦娥妈妈厉害,是秦腔小皇后。有人争说,早成皇后了,还小呢,说那就是"咱秦腔的龙头老大"。那天,忆秦娥妈妈来村里时,她也是挤到人群中,钻来钻去跑了好半天。人没看见,却把一只鞋跑丢了。回到灶门口,还让婆在她头上磕了一"毛栗壳子",把她眼泪都快痛出来了。婆说:"不知你凑的啥热闹。戏子一来就要开饭,你还有闲心到处乱窜。"说完,把一疙瘩猪心,就塞进了她嘴里。还用半张油乎乎的皮纸,包了一疙瘩,让她藏好,说晚上拿回去给弟吃。忆秦娥妈妈演了几天戏,她只正经看过几段。那还是她跟婆到后台送洗脸水,站在侧台瞭了几眼。她多想多看几眼呀,可婆说:"戏子演完戏就要吃饭,洗装,我们还能看成戏?要能做饭看戏两不误,这好的事情,恐怕村主任早安排人家亲戚来干了,还能轮到我们?你就安生烧你的火吧。戏就那样,故事婆都能给你讲。今天演的《白蛇传》,白蛇是个妖怪,可是个好妖怪,是一条白蛇精变的。蛇精变成了个大美女,就像忆秦娥那样的大美女。有一天游西湖,她看见一个叫许仙的读书人,一个美男子——比你爹长得都好看——她就喜欢上了……"婆的确讲得有鼻子有眼的,就像故事是她编的一样。后来她正式看忆秦娥妈妈演的《白蛇传》,真的跟婆讲的也差不多。婆还给她讲了《游西湖》《铡美案》《窦娥冤》这些戏,也都跟她后来看的戏情一模一样。婆说:"这些故事,村里老辈子都会讲。好些戏,都是一成几十遍地看呢。"她问:"看几十遍了为啥还要看呢?"婆说:"这就是看戏的妙处了。村里老辈子人,都爱看重复戏。是看哪个角儿比哪个角儿演得好,唱得好,功夫硬扎些。真懂戏的,是不需要睁开眼睛看的。只眯着眼睛听,就知道谁是唱戏把式了。听着听着,谁把眼睛一睁开,那就是发现唱得不对劲了。眯缝着眼睛,吧嗒着旱烟,用头点着戏的板眼,那才叫真看戏,真听戏,真懂戏呢。"

灶房离舞台不远。婆在切菜、炒菜之余,果然有时是要竖起耳朵听一阵,并要把忆秦娥妈妈赞叹几句的,婆说:"是大把式,忆秦娥才是唱秦腔的大把式!"

再后来,说忆秦娥妈妈就把她看上了。看上的原因,直到很久后她才知道,就因为她烧火。说妈妈在过去,也是给人家剧团烧火做饭的。有个大胡子,后来她也叫过爸爸的,来跟婆商量了好几次。他们到底咋说的,她不知道。她只知道,家里的破房子,大胡子爸爸是答应给了翻修钱的。他还给婆和弟弟都买了新衣裳。还给弟弟买了好看的书包。至于还给了些啥,她就不知道了。是婆告诉她说:"你要到省城过好日子去了。咱宋家前世辈子烧了高香,你被秦腔皇后看上了,要收你做亲闺女呢。这下,你一辈子都有戏看了。"她说不去,舍不得婆。婆说:"瓜娃哟,你这就算是掉进福窝了,哪有不去的道理。留着,将来就是跟个没出息的男人。好了,还能出门去打打工,挣点小钱;不好了,一辈子就是戳牛尻子,犁地、耙田的命,能有个啥出息?还是去吧。女娃子在农村,那就是芝麻扁豆,再泡,也没啥大发涨。要是到了城里,可就不一样了。你没看电视里演的,城里人求婚,都给女的下跪呢,可值老鼻子钱了。你看看忆秦娥,活得比县长都红火。县长来村里,也就十几个干部前后跟着溜。忆秦娥来,那可是一村人都要蜂窝被戳了一样,把方圆几十里都能躁惊起来的。去吧,也算是婆给你这个没爹没娘的娃,找了条好活路,去了你就知道了。要是人家待你不好,你还回来找婆就是了。只要婆没死,就少不了你一碗饭的。"她抱着婆哭了大半晌。最后,她是被大胡子爸爸,抱上拉戏子的大轿子车,进了西京城的。

到了忆秦娥妈妈家里,她才知道,忆妈妈还有一个儿子,是傻子。村里有好几个这样的人,但都没人好好管,到处乱跑着,也到处挨着打。有的还用铁链子在门口拴着呢。可妈妈的傻儿子,却是家里的宝贝蛋蛋。一见面,妈妈都是要抱住,把他亲好半天的,可让她羡慕了。她打小就没享受过这样的待遇。爹和娘一打架,就爱拿她出气。有几次,她爹甚至是用打她来气她娘的,并且骂着怪难听的话,说娘生了个烂女娃子,还以为是给宋家生了龙种了。她甚至有几次是被她爹举起来,又狠狠摔到地上的。要不是婆护着,都能把她摔死了。后来娘生了弟弟,有一段时间他们好些了,可最后到底还是没好起来。爹娘就都找了别的人,不要他们姐弟俩,分头跑了。她被忆妈妈带回西京城里,开始能感觉到,妈妈她娘,让她叫姥姥的也是不待见她的,说:"要抱养人家的孩子,也该抱个男的。抱个女娃子,也不知算的是啥账。"有一回姥姥还说:"也好,把这娃养大了,给我孙子做媳妇。"妈妈还把姥姥说了一顿:"你再没啥说了!我抱养她,那她就是刘忆的亲妹妹。再不许说这样的胡话,再说我可就生气了。"姥姥说:"不说了不说了,我也就是说着玩的。"妈妈说:"说着玩以后也不许说了。我们要是有这样的想法,就是损了阴德,就不该抱人家的孩子回来养。"在妈妈不在的日子,大姨、大姨夫,还有小舅他们,都爱凑到家里来说事。大姨也这样说:"秦娥抱养个女娃子回来,肯定是想养大了,给做儿媳妇的。"姥姥就急忙制止说:"千万别再说这样的话,你妹妹知道是要骂人的。说损阴德呢。"她那时想,将来要真逼她给傻子做媳妇了,她就跑,跑回去找婆去。她才不给傻子当媳妇呢。

在这个家里待得久了,她发现,妈妈的负担的确重,有时做了事也不落好。她就听过大姨抱怨说:"能抱养别人的孩子,都不舍得给我们多贴补一点。"姥姥就说:"做事要凭良心。一大家子人,从九岩沟搬来,哪一件不是靠你妹妹帮衬着?都没算算账,这些年,你妹妹帮你们的钱,少说也在四五十万往上了吧。还不算我偷着给你们的,那也都是你妹妹给我的孝敬。你弟一天老惹乱子,都是靠你妹妹补黑窟窿着的。老娘在这里吃喝穿戴,还有给你爹每年款待的烟酒新衣裳,哪一样不要你妹子花钱?你知道你妹子的钱是咋挣来的吗?干工资,一月也就五六千块。演出补贴,一场才百儿八十的。其余的钱,都是靠走穴走出来的。你知道啥叫走穴?那就是团上不演戏了,私下组织的黑班底,没远没近地跑。一般都是下午三四点就上车走,晚上回来多是半夜三四点了,有时还有快天亮了才赶回来的。一回来,又要去应卯上班。夏天还好说,大冬天,晚上你妹妹回来,冻得手脚麻木,嘴里牙都直磕磕。有一次回来,刚进门就昏倒在地上了。挣几个钱容易吗?挣下了,也是一处烧火,八处冒烟。你当你妹是摇钱树了?那就是个生蛋的鸡,蛋也是一颗一颗攒起来的。人活大了,事情也多。人情礼往的不算,光这亲戚,都快把你妹子给吃死了。不说别人,就你那个烂杆舅,有时还都得外甥女给贴补呢。都心疼着你妹妹点吧,可不容易了!就是乡下农民,也没有像你妹这样下苦的了。挨骂受气的事,我就不跟你们说了。你以为戏好唱、名好出吗?红火背后的窝黑事多了。你妹都是咬着牙往前挺着的。要放在你们,只怕早都挺不住,要寻绳上吊、扑河跳楼了。何况你们现在也是芝麻开花节节高了,有了自己的挣钱摊摊,还连房都买了,那里面也没少你妹妹的贴补呀!虽说钱没结清,可在西京有了能在客厅支乒乓球案子的房子,那也是把九岩沟人吓得要吐舌头的。你们就满足吧你!"

在大胡子爸爸跟妈妈结婚这件事上,一家人也是气得见面就唠叨,都嫌妈妈瞎了眼睛,怎么找了这么个野人。给家里帮不上一点忙,还勾扯得妈妈连家都不回,到终南山脚下安营扎寨,算是"当了土匪的压寨夫人"了。后来,刘忆哥哥掉下楼摔死,大姨他们还在议论说:早点听劝,哪会有这样的窝黑事发生。

她自来到妈妈家,就想学戏。一是喜欢妈妈挂在墙上的剧照,可好看了。她就想活得跟妈妈一样,也化这样漂亮的戏装,穿这样美丽的戏服。看着妈妈在舞台上的好看样子,还有观众跟疯了一样地喊叫鼓掌,她就偷偷扎起了妈妈的板带,学起了妈妈练功的动作。妈妈开始是坚决反对的,只叫她好好上学,说希望家里出个有知识有学问的人。可她咋都念不进书,就想学戏。有段时间,她越练,妈妈还越反对。直到刘忆哥死,妈妈好像也伤了元气,才不再有心思管她了。刚好那段时间,剧团又在招新学员,她就偷偷去了考场。结果一考,把所有老师都看傻了,说这娃是块唱戏的好料,不定将来还能培养出个小忆秦娥呢。她不敢把这事告诉妈妈。最后还是薛团长三番五次找妈妈,才把她收进演训班的。

妈妈在刘忆哥死后不久,就去欧洲演出了。一去就是三个多月。她怕妈妈回来又变卦,因为当时妈妈就是勉强同意的。也不知咋的,妈妈就是不想让她唱戏。她甚至都想,妈妈是不是觉得自己不是亲生女儿,不想把这吃香喝辣的好手艺传给自己呢?

妈妈在欧洲的演出,几乎天天都有消息传回来。过几天,西京的报纸,就会登出妈妈在哪个国家演出的照片,还有外国观众的反应。一时秦腔都成西京逢人便说的热门话题了。妈妈把戏唱得火成那样,为啥就不让自己学戏呢?妈妈越是不让学,她就偏下死功夫学。在妈妈不在的几个月里,她甚至把浑身的劲儿都使尽了,白天练,晚上练,背过别人偷着练。她是想通过自己的努力,给妈妈一个惊喜,让妈妈彻底改变主意,不再三心二意。反正她是把戏唱定了。既然妈妈这个烧火丫头能成秦腔皇后,那她也就一定能。

过去练功,也就是偷着学妈妈的样子练。一旦正规起来,的确是苦,是累,可她不怕。就连有几天练得尿出血来,她也没跟人说,还是坚持着,并且一切都要做得最好。她几乎每一样功,都是被教练排在前边表扬,要给别人示范的。

可天有不凑巧,就在妈妈快回来的前几天,她在练习大跳时,落地不稳,一下把脚踝骨给摔骨折了。妈妈一回来,就跑到红会医院,抱着她哭了半天,然后说:"再别练了,还是回去上学吧。妈妈给你找最好的家教,力争尽快把功课补上。"

她不。

她坚决不。

妈妈说得厉害了,她就拉起被子,把头蒙住,死也不答应妈妈的要求。

要么唱戏,要么就放她回去找婆。

三十四

忆秦娥没有想到,宋雨性格会这么执拗,还有点像自己小时候,不说话,但主意正得要死。是九头牛都拉不回来的死犟。动不动就要回去找婆,有点像《西游记》里的猪八戒,一受挫折,就要回高老庄。弄得她还有些哭笑不得。

从欧洲演出回来很长时间,她都在应对媒体,做各种节目,无非是说秦腔怎么好,走出国门怎么受欢迎。但这次演出,给忆秦娥心中也造成了很大的阴影,那就是,欧洲观众看中国戏曲,更多的还是在欣赏"绝活"。她是凭着一身过人的武艺,穿越了七个国家的五十多个舞台,而让演出商赚得盆满钵满的。出去的三十八人演出团,却累得多数疾病缠身、遍体鳞伤。留下的,也只是"中国演员功夫好"的名声。作为演员,她第一次感到不满足,甚至感到窝火。她觉得自己不是一个表演艺术家,而是一个杂耍演员。在演出过程中,演出商甚至让把大段精彩的唱腔都砍掉了,只保留打斗场面,累得她几次晕倒在刚刚谢完幕的舞台上。那也是因为强撑,才没有在关上大幕前倒下的。几次都是靠打强心针才缓过来。她不想宋雨当演员,与这次欧洲之行也有绝大关系。这次让她觉得演员,是真要拿身子骨当"钢铁长城"去拼命的。

过去忆秦娥是一个不太多嘴的人,团上怎么安排,她就怎么演。累死累活,遗尿吐血,也不想让人知道。但这次回来,她主动找了薛团长,说:"以后出访演出的节目,必须有自己的主见,不能让演出商说了算。如果不能完整呈现戏曲唱念做打艺术特色的,最好不要接。演来演去,既给团上挣不上外汇,也给演员捞不下欧元、英镑。说是走了七个国家的几十个城市,可除了在车上睡觉,就是在剧场前后台吃方便面,忙活化装演出。给西方观众留下的印象,就是'中国演员功夫好',演员舍得出力。那有武术、杂技就行了,又何必要中国戏曲去呢?这样的出国,以后团上就是签合同,也少安排我。要去,咱们就完完整整演大戏。哪怕演一折,也得把一个故事讲清楚了,让人家知道我们的喜怒哀乐、善恶是非跟他们是一样的。我想我们能看懂他们的《悲惨世界》《人鬼情未了》,他们就能看懂我们的《游西湖》《白蛇传》《狐仙劫》。"

其实薛团长也在思考这个问题。当团长几年来,已被艺坛"雾里看花,水中望月"的"变幻莫测"世事,搞得一头雾水了。他时常跷着兰花指,独自在办公室里,哼着那首"想看个真真切切明明白白"的流行歌,也终是理不出个带团的头绪来。一时要传统,一时要反传统;一时要简约,一时要繁复;一时影视手段照单全收;一时外国音乐剧元素全盘植入。像原子弹爆炸一样,借着媒体攻势,"轰"地上天一个"精品","砰"地又上天一个"力作",好像是真把戏曲艺术"提升到一个新阶段"了。可"各领风骚三五天"后,热闹的很快销声匿迹,时尚的又再次新鲜出炉。并且媒体又是钢花四溅的"地毯式轰炸",到处赫然写着"全球震撼上演"。可只"震撼"三五场,观众面大概波及不到一二十里地,"全球震撼上演"的巨幅广告,又换成"人类巨献"了。创作剧目也是层出不穷,见天有"礼花弹升空"。以他对艺术创作的规律认知,觉得一个团三到五年搞一部原创剧目都是很吃力的事。可现在好多团基本都是一年上一个,甚至一年上好几个。故事编不圆,人物立不起。动辄花几百万,甚至上千万,还都在各种活动中得了奖,还都被吹捧为"真正的精品力作"。薛桂生的兰花指,就抖动得,自己把它压在桌面上,使劲朝平直里捋,都是咋也捋不平直地乱翻乱跷起来。他知道,几乎全团人背后都在拿他的兰花指开玩笑、打手势。有时他一讲话,就听某个角落哄的一声,爆炸出一片笑浪来。他知道,那又是谁拿他颤抖不已的兰花指在搞怪了。

他自一上任,就为重排《狐仙劫》走了麦城。甚至一两年内,在艺术决策上都有点说不起话。好在几年间,忆秦娥带头,到处找秦腔老艺人,给她自己和团上,积累下了几十本快失传的老戏。不过闲话也很多,都说省秦都快成乡下业余戏班子了。但他咬着牙,硬是把这个积累完成了。现在看来,仅有这种"老戏老演"的"克隆""翻版",也是不够的。好多戏的确粗糙、粗俗甚至粗鄙。作为省秦,掌握了这么多资源,如果对这行事业的发展没有提升和推进,也算是白端了省级剧团的饭碗。他薛桂生可不想只当个混饭吃的团长。他一再在全团会上强调,要仅仅为唱戏,就目前这么个工资水平,他薛桂生早都改行了。可每当他下到关中农村集镇,看见一场演出,有时竟然能有数万观众拥到台前,刮风下雨都不离不弃时,他就想流泪。他就觉得秦腔这东西,是值得他一辈子去求索、玩味的。既然大家选他当了这个团长,他也想给这个团留点什么,到底能留点什么呢?遍访大西北秦腔老艺人,从他们嘴里抠出几十本戏,从他们身上挖出几十种绝活,固然是留下了点老本、根基。可仅有这些,还是无法让秦腔再现生机的。他老想着二百多年前,秦腔男旦魏长生的发迹史。说到底,还是一种革新和创造。包括梅兰芳的成功之路,也是与创新分不开的。如果仅仅只做了传统的"克隆",即使功底、技巧再好,原汁原味再浓,也还是要被时代"敬而远之"的。尤其是这次欧洲演出回来,包括忆秦娥在内的所有艺术家,都提出了秦腔的存活方式与出路问题。他觉得,是应该对一些久演不衰的剧目,进行经典化修护的时候了。

他决定:再排《狐仙劫》。用几十年对戏曲艺术的审美积累与认知,来完成这部作品的经典化提升。

他觉得,经过了二十多年的检验,这个剧目里充盈的追求生命自由、挣脱物质奴役、淬炼生命境界、保护天赋家园的多重思考,依然闪烁着炽热的思想精神光芒。加之秦八娃特别会写戏,几乎场场精彩,人物个个鲜活,唱词句句珠圆玉润,每场演出,掌声都会成百次响起。并且他觉得,这是一个真正可以称为人类题材的好故事。面对越来越多的国际商业演出,重排这个剧目,意义也显得特别重大。

在薛桂生看来,一个剧团,哪怕存活一百年,如果能留下一部传之久远的作品,也就算是贡献巨大了。他常说,省秦如果能留下一部《游西湖》《白蛇传》《铡美案》《窦娥冤》这样的好戏,纳税人哪怕一年掏多少钱来养活,省秦也就不算是"吃干饭"了。问题是我们创造出这样的"好货"了吗?我们创作的大多是"见光死"的垃圾,花钱无数,演出三五场就"刀枪入库",这不是对纳税人的犯罪吗?虽然《狐仙劫》不是在自己手上首创、首演的,但他觉得自己有责任,为省秦留下一点创作的雪泥鸿爪,而不是去"猴子掰苞谷"式地,无尽推出那些排出来即"封箱""打包",永远只能存活在各种先进材料与总结表彰大会上的"精品力作"。从秦腔历史看,任何创作,其实都是集体所为,是一代又一代人对一个故事、一场好戏、一段唱腔、一句道白、一个动作,甚至一个锣鼓点的反复敲打研磨,才集腋成裘、聚沙成塔的。就连关汉卿、汤显祖、孔尚任写的戏,也是故事流传经年后,被他们炼化成文,再由一代代艺人流血淌汗、添砖加瓦,才磨砺成了数百年闪亮不熄的舞台珍珠。没有人是可以越过前人的肩膀,突然为自己竖起一座高耸入云的纪念碑的。一旦狂人太多,数典忘祖,也就必然制造出无尽的垃圾,还都当是创新、创造得"前无古人后无来者"了。也自然是要跳出些"泰斗""大师"来,把滑稽的高帽子,硬捆扎在自己的尖脑袋上,做小丑状而不自知了。世人都说戏班子难带,薛桂生倒没觉得是人的问题。他既不怕羞辱、谩骂、攻讦、诬陷,也不怕谁端直朝他大腿上坐。他怕的是"乱黄",看着忙忙碌碌,今天过节,明天获奖,后天庆功的,把日子都荒荒完了,却留不下一点文脉、做业。长此以往,他这个男不男、女不女的"二尾子"团长,也就白当,更让人白骂了。他必须把自己的思考付诸实践。他甚至顶住了各种干预压力,让《狐仙劫》第三次上马了。

这一次,薛团是拿出了玩命的精神,他不仅请秦八娃对剧本做了必要的修订,而且在表演、导演、作曲、舞美,甚至包括服装、道具、化装上,都做了全面提升。他说,这次提升不是"烧钱",不是"比阔",不是"炫技",而是要"精细""精到""精确""精粹"化。哪怕一招一式、一个眼神,都要在传统的框范中,找到现实感情的合理依据。不要为传统而传统,为技巧而技巧,为表演而表演。要让内心外化出程式,而不是用程式遮蔽内心。既要让观众欣赏到传统的绝妙,更要让观众看到活在当下的生命精神律动。总之,他是有一套理论,在那里指导着他的艺术实践。他是团长,又是总导演,因此,在这场要为秦腔"留下一点文脉、做业"的"精粹化"艺术创作过程中,他与方方面面,几乎是进行了堪称"决绝"的较量。很多平常看来,已经很艺术化的布景、道具,都做了反复的回炉加工。连老狐仙的一根蒺藜拐杖,也是先后打磨了四五次,才被他"拍板定案"了的。有那平常好以嘲弄娱乐团领导为快事的,甚至把薛团的"拍板定案"动作,演化成了用兰花指在桌上蜻蜓点水的曼妙揉摸,自是要惹得人人喷饭了。

薛团的严格,甚至把以装台闻名于世的刁顺子,都惹得大为光火起来。好多布景道具,依然是请刁顺子团队承包制作的。以刁顺子的精细认真,还没有哪个院团是感到不满意的。就连北京人艺来演出《白鹿原》,包括美国、英国、俄罗斯那些正规班底,来西京演世界名典,都是他刁顺子带人装的台。省戏曲剧院多大的门楼子,四个团的台子,都是他刁顺子常年包了。不信还伺候不了你一个小小的省秦,伺候不了你"薛兰花"了,哼!刁顺子本来是不想骂人的,加上薛团平常待他也不薄。可这次实在是忍无可忍了。气得他,也当众学起了薛团指斥他的兰花指。说为一个狐仙打坐的蒲团,他刁顺子亲自修改了七次,还是被薛团跷着兰花指打了回来。这不是生生地折磨人嘛!他终于在一气之下,宣布他公司的全体职员,撤出《狐仙劫》剧组了。此处不留爷,自有留爷处。人家端直去给从美国百老汇来的《妈妈咪呀》剧组装台去了。据说身边还配了漂亮的女翻译跟出跟进呢。

  好多人都说薛团这次是疯了。几乎没有不埋怨、不讥讽、不在背后说怪话的。有的当着面就开了火,说这就是唱戏,唱戏终归是假的。你要想制造"神舟六号"了,应该让国家给你重新任命职务,这个只相当于正处级的戏班子领班长,恐怕是完成不了如此高难度"发射"任务的。任你再说,再讥讽,他还是要按他的想法去操作,去实践。就连忆秦娥这样好说话的演员,这次排练,也前后跟他闹崩了几回。忆秦娥说,连她都不知戏该咋演了:唱腔嫌粗糙,道白嫌不走心,动作嫌卖弄技巧,那你要我干什么?忆秦娥从本质上是愿意炫点技、愿意表现些绝活的,因为她这方面的确过硬。在当今戏曲舞台上,都是凤毛麟角的。完全卖弄技巧,搞杂耍,她不甘心;可一旦大幅度减少技巧、绝活,她又觉得表演有些失色,甚至失重。而薛团要求的就是"精确"二字。什么是"精确"呢?有时为一个舞台动作呈现,他们可以试验一天。站着争执不行,就坐下来辩论。唱腔也是一样,连每句唱的换气口,他都要找几个老音乐家来现场研究。直到唱得气息通畅,字正腔圆,感情表达准确了才放过。他是要通过"精确化",来克服秦腔那些严重脱离剧情,哪怕把脑袋唱得缺血缺氧,只要观众掌声不"给劲",不"炸堂",不"掀顶",都死不停止拖腔、甩腔的坏毛病。

一部《狐仙劫》的重排整整折腾了八个多月。要放在平常,三四本大戏都排出来了。而薛团还摇着头,跷着兰花指说:"如果再有八个月,也许这个戏,会流传得更久远些。"

这次演出,果然各方一致好评如潮。薛团专门邀请了全国七八个大剧种的专家,来会诊把脉。大家共同的认知是:秦腔新时期真正的原创经典诞生了。

也就在这个时候,米兰又一次从美国回来了。

米兰现在是美国一个艺术基金会的小头目,专门负责亚洲这一块艺术交流活动的。她自上次看了忆秦娥的戏,心中就暗暗产生了一个想法:一定要把秦腔介绍到百老汇去演出。就像当年梅兰芳进百老汇一样。那毕竟是一个让世界认识中国艺术的大舞台。尤其是秦腔,她为之付出了十五年青春生命的艺术,就更希望能在那里展示了。

关键是忆秦娥有这个实力。她看过百老汇不少演出,觉得忆秦娥是一定能在那里打响的。

他们这次来,就是选节目的。看了《狐仙劫》,艺术总监和一个资深演出商,几乎当晚就定下了去百老汇的演出事宜。不过,米兰有一个要求:

一定要把她的师姐胡彩香带上。

在谈判过程中,薛桂生是咋都不同意加进这个县剧团演员的。他认为,现在的戏,经过很长时间磨合,换谁都是会影响"一棵菜"艺术的。

但米兰很坚决,说胡彩香唱得极好,必须随团去百老汇演出。

薛团看米兰这样坚持,也不能不有所妥协。

最后达成的协议是:让胡彩香唱一段伴唱。舞台调度做适当修改,争取让胡彩香亮一下相。让她一边唱,一边在一个遥远的山头上,向远处瞭望瞭望即可。

去百老汇的演出,就算敲定了。

三十五

忆秦娥陪着米兰老师回了一趟宁州。

这是米兰自三十多年前离开后,第一次回来。她是想祭拜一下祖坟,然后,也想看看一起学戏的师姐师弟。母亲去世早,那还是在她没有离开宁州的时候,山里发生泥石流,把家里连人带牲口,都卷得无影无踪了。好在父亲那天被抽到几十里外,去参加"农田大会战",倒捡了一条命,却也是病病歪歪的。后来,她还把他接去美国,住了大半年,却因骨癌发现太晚,死在了异国他乡。宁州算是没有亲人了。她先去了米家的老坟山,已经荒凉得杂草丛生、蛇鼠乱窜了。唯有母亲的衣冠冢——母亲的遗体没有找到——倒是修葺得像模像样。坟前还有残存的祭物,后来一打听才知道,是胡彩香掏钱重修过的。胡彩香的父母,埋得也离此不远。因而,年年上祭,她都是会到米兰母亲的坟上,恭恭敬敬跪下点三炷香,烧些纸钱,再要放一串鞭炮的。她嘴里还会念念有词:"姨,米兰离得远,她是让我代她来看你的。我也就是你的亲闺女了。"米兰听到这里,眼泪怆然而涌。

胡彩香跟她是一个村子的人。小时一同出门打猪草,一同上小学,又一同考上县剧团,背粮去学艺。又是一同开始演的李铁梅AB组。从能割头换颈的好朋友,直闹到反目成仇的陌路人。说心里话,那时盼她突然得急症死、坐手扶拖拉机翻到沟里的心思都有。她一死,就没人跟自己争主角了。何况胡彩香的确比自己唱得好。她们两人的条件是:她个头比胡彩香高些,苗条些,上台鲜亮些,嗓子仅仅是"够用"而已。这是当时团上好多老师对她的评价。而胡彩香是个子比她矮,腰比她粗,屁股比她大一些,嗓子却是出奇地好,出奇地能"背动戏"。只要一开口唱,没有人不说这是块唱戏的好料当的。胡彩香那阵,靠的是忆秦娥她舅胡三元,还有一些老师的支持,总能上主角。而她,却只有黄正大主任和他老婆支持着。黄主任越支持,团上反对人越多。这种拉锯战,反倒把她拉得筋疲力尽了。直到后来忆秦娥(那时还叫易青娥)站到了台中间,才把她和胡彩香,慢慢挤到舞台边沿去的。那时她跟胡彩香表面上都支持忆秦娥,其实心里也是五味杂陈的。反正只要把对方从主角的位置上挤下来,挡谁上去都行。何况忆秦娥那时的确行。她跟胡彩香的关系,是直到离开宁州,嫁人去了远方,才慢慢有了释然感的。回想起来,不就是为了唱戏,为了争主角,为了朝台中间站,为了人都给自己跷大拇指吗?竟然就把好端端的姐妹,弄成了那么大的仇敌。有时几乎是有我没你、有你没我的你死我活的斗争了。今天想来,她既想哑然失笑,又有点笑不出来,尤其是面对被胡彩香修葺一新的母亲的衣冠冢。

她也买了香表纸马,去到胡彩香父母的坟头上,泪流满面,长跪不起了。

忆秦娥把这一切看在眼里,心里也有说不出的感动。她不知道米兰老师这会儿在想什么,但从哭泣中,从长跪不起中,分明感受到了米老师内心深处,那份复杂情感的剧烈搅动。

回到县城后,天刚刚黑下来,她问米老师,是不是先在宾馆住下来。米老师说:"不。今晚去胡彩香家住,我们得让她好好破费一下。还得商量她去美国的事呢。"

她们就直奔胡彩香老师家了。

胡彩香老师住的是拆迁户的补偿房,在县城很边缘的地方,晚上到处都黑灯瞎火的。忆秦娥只知道地址,地方却很难找。剧团原来那块城中心的院子,已被开发商买去建了高档住宅楼,剧团人几乎很少有能买起,再"凤还巢"的。她们勉强找到胡老师的房子,家里有个孩子,却死活不开门。问来问去,才知道是胡彩香的孙女。她说奶奶在县城卖凉皮,大概要到晚上十一二点才回来。她们就又到城里到处找。好在县城小,晚上热闹的地方就那么几处,很容易也就把胡老师找到了。她是真的在卖凉皮。并且老公张光荣在帮着清洗碗筷、收拾桌凳。别说米兰开始有些认不出胡老师来,就连忆秦娥,也是有点半天不敢相认的。几年前,胡老师跟她在西京唱茶社戏时,那是刻意打扮了的。而现在,她已完全是个卖凉皮的老大妈了,与那一溜小吃摊上的任何一位大妈一样,都没有别样的韵致了。她两鬓飞满雪丝,头上竟然还戴着一顶医护人员用的那种白帽子。算年龄,胡老师也就六十出头的样子,却已完全与"演员""主角""台柱子"这些名词,没有任何关系了。她在吆喝着,并且吆喝声比别人的都大。声音倒是纯正、甜美、有腔有调、有范儿。旁边还有人在轻声说:"到底是唱戏的,连卖凉皮,都吆喝得跟人不一样。"她的摊子前,顾客明显也比别人多些。忆秦娥要朝前走,却被米兰老师拽了衣襟,说:"这样会不会让彩香难堪?"忆秦娥也不懂她们姐妹之间的关系,也就没朝前走了。她们在离胡老师较远的一个摊子前,坐了下来。这里灯光比较昏暗,不太容易看清人的脸面。她们要了一碗鸡蛋醪糟,慢慢喝着,品着,就听胡老师那边突然唱起秦腔来。是有人煽惑,让胡老师来一段,胡老师就唱起来了。

她唱的是《艳娘传》里的一段戏:

(白)我把你个没良心的人哪!
(唱)奴为你担惊又受怕,
　　　奴为你不顾理和法。
　　　奴为你伤风又败化,
　　　奴为你美玉玷污瑕。
　　　奴为你黑黑白白明明昼昼夜夜心头挂,

你怎忍狠心撇奴家。

一段唱完,围上来吃凉皮的,又闹哄着让她再唱第二段。胡老师就又唱了一段:

　　(白)咦,我把你个薄幸的人儿呀!
　　(唱)走得奴心乱脚步儿忙,
　　　　声声不住恨白郎。
　　　　临行时对奴咋样讲,
　　　　却怎么今日丧天良。
　　　　可怜奴千山万水高高低低遭魔障,
　　　　小小脚儿怎承当。
　　　　京城物博人又广,
　　　　该向何处找行藏。

　　忆秦娥听着这些唱,也不知心里是啥滋味,她甚至还突然想到了她舅胡三元。米兰老师听着听着竟然又哭了。她们姐妹间的感情,还真不是她能完全理解得了的。

　　张光荣倒是一直乐呵呵地在忙他的涮洗打扫。夫妻的日子,的确还过得有些其乐融融。

　　直到摊子上客人越来越少了,米兰才跟她一起走到胡彩香跟前。

　　她们俩的突然到来,几乎把胡老师吓了一跳。她的第一反应是:急忙解下连胸白围裙,又一把抓掉戴在头上的白帽子。她很是有些难为情地说:"咋是你们,回来也不提先告诉一声。你看这乱的,也是……也是没事,晚上出来练练摊儿……玩呢。做梦都想不到,米兰你还能回宁州。"

　　张光荣也过来给她们打招呼说:"米兰回来可是稀客呀!秦娥也成稀客了!你们回家里坐,这里我先招呼着,也快收摊儿了。"

米兰老师说没事,就在摊子上坐着聊挺好。胡老师到底还是坚持先带她们回家了。

胡老师家是七十多平方米的房子,两室一厅。所谓厅,也就是能放一个长沙发,再放几个小凳子而已。沙发上、凳子上,还有地上,几乎到处都摆的是做凉皮、面筋,长绿豆芽,摊辣椒面的东西。从她们进门,胡老师就收拾,半天才收拾出沙发来,让她俩坐下。她自己是弄了一只矮板凳圪蹴着。在昏黄的灯光下,忆秦娥突然发现,胡老师又老了一大截,真正成省秦人爱糟蹋的那种"过气"女演员形象了:肉厚,渠深,腿壮,脸胀。胡老师还有些不好意思地一直搓着有些发僵的脸面说:"看你们都保养得好的,我都成老太婆了。"米老师说:"再别瞎说了,你这一退休,自己的日子才刚刚开始呢,怎么就成老太婆了?那是你的心理年龄。你一想着才十七八,脸上马上就开了花了。""还开花呢,开红苕花、喇叭花哟。干喳喳的,一摸,都锯齿一样拉手。哪像你,命好,嫁了个好男人,保养得几十年不变地细皮嫩肉、油光水滑。再嫁一回,只怕还都要演一折《王老虎抢亲》呢。""你个死彩香,还是那张不饶人的嘴。要放到四十几年前,才学戏那阵儿,我都能拿鞋掌把你的碎嘴抽烂。"两人前仰后合地笑了半天。米老师说:"彩香,赶快收拾床,好让老姊妹躺一躺。跑了一天,困乏得就想当卧槽马了。"胡老师说:"还是到宾馆去睡吧,家里脏的,干净人是卧不下的。"米兰偏要坚持在家里睡。胡老师就从箱底翻出一套东西,把床上整个换了一遍,三人才躺下。

她们躺下好久,才听光荣叔从凉皮摊子上,驮着东西吭哧吭哧回来。胡老师又起身帮忙收拾。最后胡老师吩咐,让他到隔壁杨师家去搭个脚。说他在客厅沙发上睡不方便,厕所是跟客厅通着的。光荣叔就连声答应着走了。

她们谝着谝着,又谝到了她舅胡三元。还是胡老师自己把话挑起来的,她说:"不怕秦娥不高兴,那时我得亏没听你那个死舅煽惑,要是跟他跑了,可能连西北风都没得喝的了。你舅就是个野人,没良心的货,这些年,在外面跑得连个人影都没有了。我要不是死跟了张光荣,恐怕连一个窝都安不下。张光荣是没啥本事,就会给人家修下水管道。他每天都在人家厕所里、臭水沟里爬着,可见天能给我挣一两百块钱回来,日子靠得住。他白天累得跟啥一样,晚上还帮我出摊子,生怕我遭了别的男人勾引。你说我都成老太婆了,他还死不放心,还把我当潘金莲了,你说是不是个怪货色。我倒想再勾引一个哟,可眼里放不出电了,那秋波,还真正成秋天的菠菜了。"胡老师一下把几个人都惹笑了。米老师说:"你那一对水汪汪的骚眼,我看现在,也是会给他张光荣戴绿帽子的。"胡老师踹了米老师屁股一脚,说:"这话你可不敢当老张说,说了他几天就吃不下饭了。你说老张这个死鬼,真是没见过啥的,好像我还是七仙女,是刘晓庆,是林青霞了,一城的老男人都把我惦记着。你说我这样子,还有人惦记吗?可我高兴。说明死鬼在意我。晚上他一跟就是半夜,也没半句怨言。早上四五点还要起来帮我蒸皮子、拌调和、烫豆芽。要是跟了你舅胡三元,你再看看,还给你出摊子、蒸皮子、拌调和、烫豆芽呢,一天到晚就是拿一对鼓槌,敲死样地乱敲。你让他帮忙刷碗,他会拿筷子敲;你让他帮忙蒸皮子,他会拿铲子敲;你让他扫地,他能拿扫帚敲;你让他摆桌子,他能拿指头敲。百做百不成的货,几时不敲死,他都住不了手的。听说在外面,把人家好几个打下手的牙又敲掉了。我要是跟了她,这牙还能保得住?不定早被敲成河马嘴了。"她和米老师都被那个形象的河马嘴比喻,逗得扑哧扑哧打着滚地笑起来。胡老师还说:"那就是个敲死鬼。前世辈子让人把爪子捆死了,这辈子放开了,就是专门来活动那对死爪子的。"胡老师对她舅的控诉,不仅把米兰老师笑岔了气,就连忆秦娥,也是笑得把嘴捂了又捂,把腹捧了又捧的。到了最后,胡老师还是关心着她舅的去处,问现在死到哪里去了。她说,可能在宝鸡、天水一带,业余剧团里敲戏着的。胡老师就说,"那双贱爪子,几时不敲得抽风,不敲成半身不遂,不敲死,他都是不会回来的。"忆秦娥还是笑。她能从胡老师的骂声中,感到胡老师对她舅那份说不清道不明的感情。

谝完她舅,又谝起现在的宁州剧团来。胡老师说现在是惠芳龄当团长。米兰记不得惠芳龄是谁了,胡老师说:"就是当年给秦娥配演青蛇的那个娃,后来又是打架子鼓,又是唱歌的。折腾了一整,最后还是回头唱戏了。说是唱戏,也没个正经戏唱了,县上有啥活动,给人家弄几个表演唱而已。旅游节唱《宁州好风光》;楼盘开市,唱《风水这边独好》;保险公司投保,唱《省下一口,还你一斗》。都是改上几句唱词,老舞蹈换身'马甲',就又满台胡扑着'欢庆'起来。反正是'打酱油'凑兴,挣几个小钱而已,连一台正经折子戏,都演得缺胳膊少腿的。还转成啥子,叫个啥幌子……又是集团,又是股份,又是公司的,名字长得把马嘴都能绊成驴嘴。"

忆秦娥一直想问的还是封潇潇。几十年过去了,这个结,依然死死栓塞在她的心头。这是她的初恋,不知那个朦朦胧胧的初恋情人,近况如何。直到把十几个人都谝过去了,胡老师才说到了封潇潇。胡老师说:

"封潇潇要说活得窝囊,我看也是活得最幸福的一个人了。整天都喝个烂酒,没有一天不是醉醺醺的。他经常睡在街道旁的排水沟里,连满街拉三轮车的都知道,这是剧团的封老师。他们遇见了,都会用三轮车把他送回去的。潇潇的老婆也没办法,整天就那一句话:迟早都是要喝死的。"

胡老师说到这里,还故意把忆秦娥的脸看了一下说:"都说封潇潇是爱你,才把自己爱成这样了,你承认不?"

胡老师一下把忆秦娥的脸给说红了。

胡老师接着说:"潇潇过去是多么乖的一个人,文武不挡的北山第一小生。没想到,自你走后,就成了酒疯子。说现在已是酒精依赖症了。这歹症候是一种瞎瞎病,并且是死都看不好的病。他儿子用绳子捆住他,他自己把绳子割断,还是跑出去喝去了。谁拿他有啥办法?说家里还弄出去治过几回,能管几天,回来还是喝。一早眼睛睁开,就得吹半瓶子。基本也唱不成戏,是一个废人了。"

忆秦娥这一晚,翻来覆去地睡不着。她也不知咋的,怎么就害得几个男人都成了这样。难道真有民间所说的那么玄乎,自己是克夫的命了?初恋情人封潇潇成废人了,刘红兵也成废人了,石怀玉又"逃进深山"当了"白毛女"。这是团上那些嚼舌根人说的怪话。他们的婚姻,至今也没了断。几十年的家庭生活,怎么就过得这样一团糟呢?

第二天,米兰要去看望黄正大夫妇。她说无论怎样,人家过去对自己好过。

昨晚听胡老师讲,黄正大从剧团走后,又调了好几个单位,人都不待见,还是好整人。说他当领导群众受不了,当群众领导受不了。退休后,他还不安生,整天写告状信呢。自己写了不上算,还组织人联名写。把几个单位的领导,都告得下海的下海,辞职的辞职,都说是遇见"活鬼"了。现在都八十好几了吧,仍闲不下,说又自告奋勇,当了他们那个小区业主委员会的头儿了。见天把一些老头老太太,弄得楼上楼下地开会,他一讲就是半天,跟物业办朝死里斗哩。说物管方面的头儿都换好几茬了,并且是换得一茬不如一茬。他们也就斗得更加上心、来劲,动不动连警察都招了去。米兰听着光笑,说黄主任还有那么大的劲头。胡老师说:"嘿,死老汉劲气大得很着呢。大前年老婆死了,人家端直找了个五十几岁的乡下保姆,保着保着,就保到床上,成老婆了。你都没见,现在活得满脸红皮团圆、油光水滑的,日子可滋润了。"

米兰无论如何,都要去看一下黄正大的。她让胡彩香陪,胡老师坚决不去,说她在县城但凡碰见老黄,都趱得远远的,从没跟他招过嘴。最后,米兰做忆秦娥的工作,让她陪着去。忆秦娥也是碍

于米老师的情面,才答应去了。谁知在小区门口,就碰见了黄正大。他正在组织人,给物业办拉白布印的大黑字标语:

"必须把贪赃枉法侵占业主的物管费吐出来!"

几个老婆把一片白布没有绷展妥,他就后退到远处,高高低低地来回指挥着。

突然见米兰站到面前,他还有点认不出来了。是米兰做了自我介绍,他才一拍脑袋,连声噢噢噢了几下,甚至感动得还有点想落泪了。

忆秦娥站在很远的地方,不想靠近。她对这个黄正大,是无半点好感的。谁知黄正大听说她来了,还偏要大声闹嚷着,说大名演忆秦娥看他来了。几乎小区所有人都拥了出来,都想看看忆秦娥,弄得她是想离开都来不及了。关键是黄正大还大声霸气地卖派说:

"这就是我当年保护过的易青娥,你们知道不?也就是现在鼎鼎大名的忆秦娥!中南海里都唱过戏的人,知道不?当初是她舅走后门把她弄进来的。后来她舅出事了——她舅那个人不行,差点都让枪毙了,也是我一手保了的,知道不?为保这娃,我可是冒了很大的风险哪!先把她安排到厨房里烧了几年火,那就是最大的保护措施,知道不?其实是在暗中让人给她教戏呢。最后终于把娃挡红成秦腔皇后了,你都知道不?秦娥,算你有情有义,成了这大的名,还能来看我黄正大,我黄正大这辈子也就算知足了。可惜你姨不在了,你姨要在,今天一准会给米兰和你包鸡蛋饺子吃呢。你姨的鸡蛋饺子,包得可香可浑实了。米兰知道的。"

忆秦娥还能说什么呢,黄正大到底是患了健忘症,还是要故意颠倒黑白呢?这才过去多久,并且当事人都在,他就敢这样张口说瞎话了。她本来想客气地对他微笑一下,毕竟是一个耄耋老人了,但她终于没有笑出来。她只在心里想:那时,黄正大怎么就能那样跟她和她舅过不去呢?到底为啥来着?

离开黄正大后,她本来是要去看老艺人裘存义,还有大师傅宋光祖的。他们都是她当烧火丫头时,像长辈一样帮过自己的人。四个给她排戏的老艺人,也就仅剩裘老师还活在人世了。她本来是想看完胡老师,就去看裘老师的。谁知在她和米兰从黄正大那里出来后,就得知:裘老师昨晚已经去世了。裘老师活了八十四岁。

她们的行程就不能不有所改变了。她说她无论如何,都要参加完了裘老师的葬礼再走。

也就在那天葬礼上,她不仅见到了封潇潇,而且还见到了让她受难一生的仇人廖耀辉。

廖耀辉是被宋光祖师傅用一个木轮车拉到火葬场去送裘伙管的。他大概怎么都没想到,会在这里遇见忆秦娥。宋师告诉她,廖耀辉已经偏瘫在床好几年了,但他无论如何都要来送送老伙计裘存义。廖师说老裘是个好人,一生几次帮他圆了大场,转了大圜,要不是老裘,他廖耀辉恐怕早都在这个单位做不成饭了。廖耀辉并不是剧团的正式炊事员,却在这里做了五十多年饭。他家里没有后人,得了半身不遂,偏瘫在床后,团里就让宋光祖照顾他的起居了。剧团也穷,大伙工资才发百分之六七十,一月给廖耀辉发些基本生活费,已是做到仁至义尽了。医药费有些报不了,大家就凑点份子,把他老命延续着。宋师对她说:

"廖耀辉到现在还在唠哝,说这辈子最对不起的就是娥儿了。是他把娃的名誉损害了,让他得啥病,都是老天的惩罚和报应。他还说,光祖有机会见娥儿了,一定给娥赔个不是。说下辈子,他宁愿变一条狗,给娥儿看大门都行。他迟早都在说,他是丧了德行了。现在话也说不清了,可怜得很。"

忆秦娥远远地看着坐在木轮车上浑身颤抖并且涎水四流的廖耀辉,看了很久很久。一刹那间,她好像突然原谅了一切:

这终是一个可怜的生命而已。

· 881 ·

在快离开宁州时,她甚至给了宋光祖师傅几千块钱,说:"给廖耀辉买个轮椅吧,这样你经管着也方便些。"还没等宋师明白是咋回事,忆秦娥已经泪眼汪汪地转身离开了。

她不是哭廖耀辉的可怜,而是哭人的可怜,包括自己,都是太可怜的生命。

忆秦娥在裘存义的葬礼上,还看见了封潇潇。他不是站着,而是躺在灵堂旁边的一个壕沟里,醉得身边是围着几条狗,在吃着他胡乱吐出的污秽物。她怎么都止不住泪水的涌流:

人啊人,无论你当初怎么鲜亮、风光、荣耀,难道最终都是要这样可可怜怜地退场吗?

米兰老师直到最后,才给胡老师吐露,让她到美国百老汇参演秦腔的事。说就几句伴唱,相信她一定会唱得精彩绝伦的。

米老师说,她从十几岁时,就嫉妒着胡彩香那一嗓子好唱。这些年了,她一想起胡彩香的唱,心里就不免一阵抽动。

临走时她说,她九岁开始学秦腔,今年已是六十多岁的人了,也不知多少次,在美国做梦,都还是在宁州的秦腔舞台上唱戏。

她说她生命内核里,终还是一个唱秦腔的戏子。

离开宁州时,她紧紧抱着胡老师说,她在美国等着迎接自己的师姐。并说:

"你一定要来!从某种程度上讲,我是为秦娥,也是为你才淘了这大的神,费了这大的力。你一定得跟秦娥一起来。秦娥,一定要把你胡老师拽来,一定!"

忆秦娥直点头说:"一定。"

三十六

秦腔要进美国百老汇演出,这在西京,自然是一件很轰动的事情了。

队伍还没出发,媒体先炒作起来,几乎见天都能看见忆秦娥的剧照和消息。即使是采访女二号楚嘉禾,报纸登出来,也成《忆秦娥和她的狐仙姐妹备战百老汇》了。气得楚嘉禾连报纸都撕了。秦腔好像就是忆秦娥,忆秦娥就是秦腔;省秦也是忆秦娥,忆秦娥也是省秦;《狐仙劫》是忆秦娥,忆秦娥也是《狐仙劫》了。反正一切的一切,都成忆秦娥一个人的荣誉、一个人的游戏了。问题是薛桂生这个团长,一见报道,还高兴得兰花指直跷:"让办公室剪下来,快剪下来,朝报栏里贴。"各种专访、采访里,他薛桂生也就是被提提名字而已,实质上,全都在围绕忆秦娥做文章。有一天,楚嘉禾和另外两个主演,还在练功场给他提过意见:"哎,薛团,咱省秦是不是要改叫忆秦娥团了?如果访美演出,忆秦娥一个人能把《狐仙劫》演了,那就让她一人去好了,何必要拉着五六十人去垫背呢?""薛兰花"还笑笑地说:"只要宣传了秦腔,那就是咱们这一行的胜利嘛!人家天天说影视明星的绯闻,你们又觉得人家报纸无聊。人家这下有聊了,见天说秦腔了,你们又嫌人家不该只宣传了个别人。一定要看到,无论说谁,从本质上讲,都是在提升秦腔的影响力呢。媒体就得找新闻人物、新闻点。要不然,那就没话说,也没人看了。"

到了美国更奇葩。

整个接待,主演忆秦娥是跟所有人都不一样的。在曼哈顿的肯尼迪机场一下飞机,就有人给忆秦娥献花。然后是专车把忆秦娥接走的。进了宾馆,忆秦娥住的是套房,其余人全都是两人一间。带团的是上边领导,有省上的,还有京城的,连"薛兰花"也是以演员名义来的。说起来可丢人了:他还在戏里扮了个小角色,是一只被捣了巢穴的老母狐狸,"携众狐狸过场"。不到一分钟的戏,只见他愤怒地跷着兰花指,领着一群失去家园的小狐狸,是"满腔悲愤地集体过场"而去。乐队一个瞌睡,第一次彩排,就被

"薛兰花"逗得把唢呐吹炸音了。还有一个,笑得端直把手上的大锣都跌到了地上。连团长都跌份成这样,可忆秦娥却风光得像是来的"国家元首"。

在演出后台,那更是等级森严。忆秦娥一人一个化装室,门口还站着"安保"。别人想进去,他会不停地"No,No,No"地摆手。据化装师说,里面可阔气了,不仅摆着鲜花,而且还有单独卫生间呢。其余人是在一个大化装室里。演员多,明显很是挤巴。薛桂生还请米兰出面协调,看能不能让几个次主演,也到忆秦娥那间化装室去化装。只见剧场管事人,又是耸肩又是摊手的,表示坚决不同意。说剧场没有这规矩,主演化装室就是主演化装室,主演化装时需要安静,需要休息,需要温习台词,是不能打扰的。还特别补充了一句:"她的劳动需要获得所有人尊重。"连媒体也是把"长枪短炮"支在门口,静静等待着主演化完装出来时,才可以拍几张照片的。并且这里还不能跟主演进行任何交流,要采访,也得在演出结束后才能进行。

这次来美国,楚嘉禾对米兰这个人,有了不小的看法。过去在宁州,她当学生那阵儿,就知道米兰跟胡彩香为争主角,闹得水火不容的。这阵儿,不知哪根筋给抽起来了,却突然把胡彩香稀罕得还专门让占了演出团一个名额,为几句伴唱来了纽约。胡彩香过去她就不待见。她一进团,就听说这家伙跟忆秦娥她舅有一腿呢。连她那儿子,也都说是跟胡三元的私生子。大家在一起,老比照她儿子与胡三元的鼻子、眼睛、嘴巴,甚至耳垂,都说这娃除了脸没被烧黑外,其余简直就是跟胡三元一个模子刻出来的。就这么个烂货,却给忆秦娥教了一口好唱,硬是把忆秦娥从黑黢黢的灶门洞,一路送到了西京的舞台上,几乎完全成秦腔界的一个诡异神话了。

胡彩香这次来,跟着演出团一路也没少丢人。飞机一起飞,就吓得她直喊:"娘啊,心就跟老鹰抓到半天空了一样,老鹰爪子要是一松,老娘这一辈子就算交待了,死张光荣在家可咋办呀!"在飞机上,闹的笑话更多。要咖啡,她却嫌咖啡苦;要饮料,给人家说不清楚,人家拿的酒来,喝得她端直溜到椅子底下了。整个人形,就不是这个团队能带出来的人:上身长、下身短、还腰粗、脸大的。她完全是一旅游大妈形象,却混在赴纽约的"中国秦腔演出团"里,提溜了两个人造革拉锁包,一个拉链还拉不上,说都是给米兰拿的土特产。可笑的是,一块黑乎乎的腊肉,还刺出一截带把肘子来,她用别针别都没别住。包大得双手提着不方便,她就用毛巾从中一绑,把两个大拉锁包前后搭在肉乎乎的肩膀上。结果,过海关时,先让把"带把肘子"没收了。气得她还直骂:"死'城管(其实是海关)',在哪里都没一个好东西。"除了忆秦娥,几乎没人愿意跟她走在一起,都嫌丢不起人。关键是她还不知别人的感受,嘴多得要死,只要一讲话,就惹得一阵哄堂大笑。随团外事方面的负责人,都批评好几回了,说出门不要扎堆,不要大声喧哗。可遇见这么个进了大观园的刘姥姥,谁又能忍住不违反纪律呢?

到了纽约,米兰似乎只把胡彩香和忆秦娥当回事。同样是从宁州来的楚嘉禾和周玉枝,却享受不上那两位老乡的待遇。虽然米兰也私下把她们四人宴请过一次,但对胡彩香和忆秦娥,明显是高看了好几眼,并感情深厚得无法相比的。周玉枝倒是不在乎,说:"人家米兰跟胡彩香老师是师姐师妹关系。忆秦娥又是人家两人帮过的,自然走得近些。那时我们是学生,跟人家就没任何关系。来了美国,人家能单独请我们一次,已是很不错了。你还计较人家没掏钱让咱上帝国大厦。戏太过了噢。"

忆秦娥还是老样子,一来就睡觉,哪儿也不去。除了保证演出,几乎连华尔街都没去看一下。她们倒是落了个清闲自在,不让逛,还是都出去逛了。摸着华尔街金牛那光溜溜的牛蛋,把相也照了。帝国大厦也上了。连"9·11"被炸掉的两座大楼原址也去看了。她跟几个人甚至还偷偷去华盛顿逛了一趟呢。

演出也的确成功。还是真的很成功。那次去欧洲演出三个月回来,媒体吹说是"轰动欧洲",大家都想发笑,其实就是去耍"绝活"去了。可这次在百老汇,是真正的大戏演出:故事剧情完整,有文有武,并且文戏与唱腔分量还很重。两场演出,第一场上座率在百分之八十左右。第二场竟然爆棚了。华人观众能占到五分之一,其余还都是老外。并且在演出完后,五次谢幕,时间长达十六七分钟。第二天,美国很多媒体,都报道了中国最古老剧种秦腔在百老汇的演出盛况。忆秦娥的剧照,甚至都有媒体是用整版推出的。

尽管大家对胡彩香有一百个瞧不上,可在百老汇的演出,胡彩香那几句伴唱,还真是震撼了全场。按照米兰的要求,是一定要胡彩香出场演唱的。"薛兰花"是照米兰的意思,安排胡彩香出现在了剧情的高潮处:

〔面对狐仙老巢的崩毁,一白发苍苍的老狐仙,拄一藜杖,颤巍巍地从废墟中走来。

〔她站在陡峭山头上,唱出了这样四句苍凉备至而又精神昂奋的苦音慢板:

山高水长的摩崖,
千秋万代的狐家。
百折不回的摧打,
生生不息的勃发。

〔在老狐仙杖策远迈的路上,聚集起越来越多蓬勃的新生命。

楚嘉禾虽然那么不待见胡彩香,可还是被胡彩香这四句苦音慢板,唱得心生震颤,后悔不迭。要是当初有眼光,早早把胡彩香缠住,给自己也教出这一口好唱来,哪里还有她忆秦娥的米汤馍呢?世间真是万事都只能在无从更变的时候,才看出征候来,等看出时,一切也都晚了。不过要能早看出来,都成了神仙,恐怕这个世界也就只能都兴风作妖了。这个该天杀的胡彩香,出了一路的丑,没想到,最后在百老汇,却因几句唱,而红火得也上了报纸,成了演出的"大亮点"了。

米兰在演出结束后,竟然上台来,抱着胡彩香号啕大哭起来。她说:"你没变,就是这个声音,四十年前就唱得这样让人心碎。"

楚嘉禾想,四十年前的心碎,恐怕跟今天的心碎,完全是两个概念了。只有争主角的人,才懂得这种心碎的残破程度:那是要滴血,要搅肉成泥的。

回国后,忆秦娥的戏迷,竟然拥到机场,拉起横幅,打起锣鼓,把忆秦娥是抬着弄上一辆大轿子车接走的。

楚嘉禾回到西京才知道,对忆秦娥的宣传早已铺天盖地了。连胡彩香那几句唱,都有人提说。而她一个堂堂女二号,竟然翻遍报纸和各种网络,只字未见。她妈本来就是一个碎嘴,这下更是火上浇油地说:

"你团真是古怪,这明明是秦腔出访,省秦出访,怎么宣传报道出来,都成忆秦娥一人的事了呢?既然她一个人能成,那就让她去美国唱独角戏好了,怎么还要拉一堆人去呢?你们都是泥塑木偶吗?这扣碗肉的底子,也垫得太窝囊了点吧。嗨,你还没见忆秦娥那个土老帽娘,才张得搁不下呢。现在死了傻孙子,没事了,也瞎收拾瞎打扮起来了。在忆秦娥去美国的时候,她把两道掉光了的眉毛,也文成了两个死百脚虫的样子。嘴本来就薄气,这下还画得红赤赤的翻了出来,活像白骨精她妈了。她整天穿条大花裤子,还是萝卜形的。上身还绑了块印度女人才绑的那种说衣服不像衣服、说披肩不像披肩的大花布。先头她还是拿个花扇子,在南城门外人群背后,战战兢兢地扇着,舞着,有时腿脚笨得都能把自己别倒。现在可不一样了,都敢举一把花不棱登的'太平伞',走到人前,又是吹哨子,又是整队伍的,都在领秧歌舞了。开口秦娥长,闭口秦娥短的,生怕没人知道她是忆秦娥她娘似的。还有一件事,可是把我快笑死了。就在你们去美国演出,说是轰动了百老汇的第二天,我到城墙根下闲转呢,见忆秦娥她娘,张得把《天鹅湖》里的'四小天鹅'都跳上了。说是跳的芭蕾,却放的是《好汉歌》,'大河向东流,天上的星星参北斗……说走咱就走,你有我有全都有……',只见她领着舞,一跛一跛地出来,还起了一个'大跳',嗵地落下来,差点没把城墙砖砸个窟窿。哈哈哈,哈哈哈,你说好笑不好笑,真正是棒槌进城,三年都成了精了。"

楚嘉禾听着她妈对忆秦娥她娘的糟践,心里也觉得有几分好笑,却又有点笑不出来。她妈接着叨叨说:

"别看忆秦娥闷闷的,那都是表面现象,会来事得很呢。你没算算,这些年,几乎把一家人都弄到西京城了。听说她姐现在也玩起文化了。说开了个啥子文化公司,又是给单位办庆典,又是给人操持婚礼,还又是承揽演出的。说最近还拍起《都市碎戏》来了,连她姐、她姐夫,还有那个老白骨精,都出镜做演员了呢。还说戏好卖得很,一年拍成了几十集,在灞河把房子都买下了。她弟那个不着调的东西,你说人家迟早都会跟她舅一样,要蹲大牢的。结果人家现在还开了网络公司,雇下一帮人,专做秦腔传播的点击生意,听说把歌舞团的一枝花都掐了。你看你,都混的啥名堂:戏没唱成个戏,家没操成个家。活得还别说忆秦娥,连人家周玉枝都不如。人家两口子把日子过得,生了儿子,前些年还弄了指标,又生了女子。算是儿女双全了。说在曲江把复式楼都买下了。你再看看你,看看你,都把日子过成啥样子了?不是我说你,一辈子弄啥都下不了狠心,连找个男人,都看不住,呼啦一下,把婚离了,结果人家这两年又在海南翻起身来,都是身家几个亿的大老板了,与你有什么关系?你说你……"

"别说了,好不好?这些事哪一样不是拜你所赐?弄成了今天这个样子,你以为我想这样吗?我一回来你就嘟哝,都嘟哝我一辈子了,还想嘟哝。求求你,别再管我的事了好不好?我有我的活法好不好？你整天给我爸出主意呢,倒是把我爸从副行长弄成了正行长,不就是个正科级嘛,现在也退休了,一退休,在县上连鬼都没人理了,正科级又能咋？唱戏这行,跟其他行业都不一样,别说你弄不懂,我也弄不懂。咋红火,咋窝黑,都是说不清道不明的事。你就别再给我瞎掰扯了,我求你了。"

楚嘉禾哭了。她妈气得也拎着包走了。出门时她妈还嘟哝了一句:"爱听不爱听,我都把话撂在这儿:你就是个受气包。不是你不能唱,而是你缺心眼。一个人想成事,没有一些过人的心眼还能成？你就干等着在家怄气伤肝吧,活该！"

她妈走后,她号啕大哭了一场,气得把家里能砸的东西,基本都砸完了。她不仅是生唱戏的气。最让她窝火的,就是自己的那个男人,躲债、跑路、背运了好几年后,突然在海南又咸鱼翻身了。这次翻起身来,几乎让过去的烂尾工程、闲置土地,一下赚了几个亿。并且最近赫然上市,市值更是高达几十个亿了。当她知道这件事后,立即领着儿子去了一趟海南。千说万说,可你是在人家最艰难的时候,与人家刀割水洗的,是撇清了所有可能产生的债权纠纷才离去的。现在回来,哭得一把鼻涕一把泪的,人家虽然给了"前妻"礼遇,但覆水难收,替补队员都给人家把儿子生下了。并且那个"替补",是在他最困难的时候,帮过他的一个大学生。年龄还比她小了十三岁。人长得猛一看,酷似甄嬛。她是诚惶诚恐而去,失魂落魄而归。儿子人家还是想认,并且希望让他养,以便得到更好的教育。她倒是死都没有丢手这根最后的生命稻草。

其实这些年,给她保媒拉纤的也不少,自己亲自上门纠缠的也络绎不绝,有时把门槛都能踢断了,但都没有她认为遂心合意的。她觉得,自己唱戏没唱过忆秦娥,把男人总得找得胜过一筹吧。忆秦娥的两任丈夫,都算是丢人现眼,这让她心里不免有些得意。可要找个像样的男人,尤其是与她年龄相配的半老男人,真是比找条温驯乖巧的狗都难。好男人都有下家。来瞽乱她的,也就是瞽瞀乱。给你表忠心,说是要离婚娶你,可千万别信那鬼话,那都是心急火燎时的托词,一旦得逞,他有一万个理由跟你"劈腿"。还都美其名曰,是为了保护你的名誉呢。尤其是从海南回来以后,她觉得自己的男人是更难找了。与其找个让人发笑的,不如落个"单身耍俏"。自己虽然是这把年龄了,毕竟保养得好,姿色还是充满了回头率的。她的戏迷里,也有几个算得上是"高大上"的人物,她只是懒得理而已,但凡给点好脸,都会屁颠屁颠地就来了。

她这几天在想一件事,还是忆秦娥的事。

忆秦娥从美国演出回来,一些戏迷突然吵吵着,要给忆秦娥搞个什么"演出月"。说让忆秦娥把她几十年演过的戏,全部演一遍。然后,这些戏迷还在网上联名,准备以多家单位联合的名义,给忆秦娥授予什么"秦腔金皇后"的牌子呢。这事已经把风声闹得很大了。楚嘉禾虽然也知道,人家就是再给秦腔授两个三个金皇后、银皇后、铜皇后,也未必能轮到自己。可这事,总是让她心里像吃了死苍蝇一样难受。难道就任凭忆秦娥这样把名声坐大,直到遮云遮月,让别人都活得暗无天日吗?也就在她心里挠搅得无法抑制、排解的时候,她的一个处长戏迷,打电话来问候她。她知道这家伙的心思,就笑着让他来家里了。

那天晚上,他们谈了很久。她是一肚子苦水,不知该怎么诉说。而那个处长却是心急火燎的,别有一番缱绻惆怅。她是穿着一身很漂亮的睡衣,坐在沙发上。处长的眼睛,就一直在那时开时合的丰硕胸部上扫射着。她说到了忆秦娥可能得到的更大荣誉,认为这样一个生活极其糜烂的女人,是不配享有秦腔金皇后美誉的。处长听到"生活糜烂"这个词,很是有些兴奋,就问咋个糜烂法。楚嘉禾就从忆秦娥十四岁被一个做饭的强奸,然后把一个叫封潇潇的玩成了酒鬼残废,还有四个老艺人与她之间的"海淫海盗",直说到单跛子、封子还有现在活着的薛兰花,包括派出所的乔所长,说乔所长新近也死了老婆,是乳腺癌,不定都是被忆秦娥气死的呢,等等等等。当然,更少不了对刘红兵与石怀玉"始乱终弃"的不平。她几乎是一口气说了二十多个与忆秦娥有染的男人。那处长终于忍不住,一把抱住她说:

"不说了,不说了,说得我都想变成坏男人了。"

"你以为你是啥好东西。"

"知道就好,知道就好。放心吧,我就是笔杆子,绝对会利用网络,还有其他手段,把这个忆秦娥彻底搞臭的。"

说着,处长顺势就把她压到了床上。

她也很自然地配合起来。

"你真有这本事?"

"这样说吧,弄这事,是咱的拿手好戏。咱都帮领导弄过好几回了。我头儿就是这样上去的。"

"吹牛。"

"你等着瞧么。"

"你这晚了不回去,老婆都不问你干啥去了?"

"单位加班写材料。"

"哎,你准备咋样写呢?"

"搞得咋臭咋写。想把谁搞臭还不容易。"

"那你说咋样才能把忆秦娥搞得比屎还臭。"

"你能不能让我把事办完再问?"

"一定要写上这就是个烂货。从十四五岁就烂起。"

"你是好货。你是好货。你是好货。你是好货。你是好货……"

"去你的。去你的。去你的……哎,要快哦,不然她还真把金皇后的帽子给戴上了。"

"你真讨厌,别再说忆秦娥了好不?你到底是让我想你么,还是想她?"

"敢,你个臭流氓。"

三十七

谁也没想到,秦腔戏迷会有如此大的推动力,竟然在忆秦娥百老汇演出归来后,真把"忆秦娥演出月"给操作起来了。后来觉得剧目多,一个人连着演,怕背不下来,又改成演出季。再后来,干脆搞成"忆秦娥从艺四十年演出季"了。

天哪,怎么就唱了四十年戏了?她扳指头一算,十一岁进宁州县剧团,转眼还真从艺四十年,已是年过半百的人了。这年岁,几乎把忆秦娥自己都吓出一身冷汗来。也许是除了生刘忆那阵儿外,几乎一日都没有停止过练功的原因,无论身材,还是相貌,看上去,顶多也就四十出头的样子。说心里话,她有点不喜欢这个"从艺四十年"的名头,太暴露一个旦角演员的年龄了。可不仅戏迷们这样炒作着,薛团也觉得这样办挺好。说她有资格、有实力办,并且要办好,办红火。就这样,由省秦牵头,八方参与,研究着、策划着,硬是把事越闹越大了。尤其是铁杆戏迷热心参加的活动,三煽四惑的,活动冠名,又升温成"秦腔金皇后忆秦娥从艺四十年演出季"了。

薛团有些拿不住,觉得"秦腔金皇后"这几个字,有点刺激人,搞不好给忆秦娥带来的会是负面影响。但赞助商呼声很高,绝不退让,他就有点没了主意。他问忆秦娥,忆秦娥还是那副傻样儿,五十岁的人了,遇事仍是拿手背捂着嘴傻笑,好像一切都是别人推着磨子转,不太懂得这里面潜藏的祸患与危险。薛团还跟她说:"很多秦腔老艺术家都在,省戏曲剧院,还有市上那些大牌演员怎么想?你成'金皇后'了,那她们还不要挂'太皇太后'的名号了?"忆秦娥也不让挂,可戏迷们让她别管,说这不是她操心的事,让她只管把戏唱好就行了。她算了一下,连折子戏专场,她可以演到四十多场不重样的戏。听说过去的老艺人,谁都是可以背几十本大戏的。有的肚子里,记着上百本戏呢。而现在的名演员,能演出四五本戏,都已是行内高手了。忆秦娥也真想把她这几十本戏集中展示一下。她觉得,是时候展示了,也许再过几年,想展示都没这个气力了。

就在组织者为用不用"秦腔金皇后"这个名号,吵得不可开交的时候,秦八娃突然被薛桂生请来了。

薛桂生请秦八娃来,本来是为给学员班写戏的,遇上了忆秦娥这事,也刚好求教一番。

秦八娃是个很古怪的人。到美国演出,薛桂生团长是咋都想让他去一趟的。戏去了,大编剧不去,总是有些说不过去。人家对方在计划名单时,编剧、导演都是专门邀请了的。可惜这边要安排的"上边人"太多,谁也得罪不起。连他也是扮了老妖狐,才编进演员队的。想来想去,他给秦八娃安排了一个打狐仙旗的旗手,跟在狐狸将军背后,过两次场就行。可秦八娃坚决不去,说自己的脸面,不适宜暴露给美利坚的观众:"有伤国体。"薛桂生笑着说:"不会暴露脸面的。旗子很长很宽,能有你家双人床单那么大小。你用竹竿举着,将军战死时,有狐狸也给了你一刀,你只要慢慢软下去,还把旗子死撑着就行。几乎不用化装就能上场。还是个英雄狐狸呢。"秦八娃说:"饶了我吧,还是把旗子让给更想去美国的人打。现在是卖豆腐的旺季,我一走,老婆一天要少挣一两百块钱呢。老婆一少挣钱,气都不打一处来,见天会骂我是让狐狸精给迷住了。到了美国,耳朵根子也是会发烧的。再说了,本老汉睡觉越来越择床。换一个床,几天晚上都睡不着。还有一个大毛病,都说不出口。老汉见天晚上睡觉,得老婆抓着背睡,要不然,痒得就睡不着么。去了美国,谁给我抓背呢?还是不去的为妙。"后来这旗子,是安排了上边一个快退休的领导来打的。打回来,那人就办退休手续了。

秦八娃一来,薛桂生就把忆秦娥的事说了。秦八娃认为集中展演是好事,忆秦娥身上能背这么多戏,那是真正能浮得起名角旗号的。可"秦腔金皇后"的名头是绝对不能用的,用了,就把忆秦娥给彻底撂治了。这应该是后人,或者民间的自由评价,而不能弄成有组织的"吹牛不上税"。

为这事,薛桂生和秦八娃一道去找了忆秦娥。秦八娃把话说得很严重。忆秦娥还是傻乎乎地笑着,好像还不太理解这个严重性。她觉得,反正也不是她弄的,挂啥名头,都是为了让她好好唱戏。戏迷她也说不过,她就只在家里准备戏,谁也不见。只要能搭台让她把学了一辈子的戏,完完整整展示一遍,还没有别的附加条件,那就是天大的好事了,她以为。

她准备戏的方式还很独特,就是做平板支撑,一做一小时。边做,她边温习一本戏的道白唱腔。她娘说,娥儿见天就在卧室关着门,把身板平支在地上。连她弟也是只能支四五分钟,两个胳膊哗哗颤着就塌下去了。可她,一支就是一小时,身子骨平平展展,脖子以下一动不动的,只是嘴里念念有词。

薛桂生暗中对忆秦娥的评价就是"牛犟"二字。这是关中的土话,死犟活犟的意思。你说她不是傻子,可多数时候,她是比傻子还傻的傻子。但见你说她傻,她更是要跟你朝死里杠劲。两人见敲打不灵醒,也就没再敲打了。薛桂生又带着秦八娃,去见了几个铁杆戏迷,再次阐明了他们的观点。可这帮戏迷,摊血本包租三个月的剧场,还给了剧团一定的演出费,就自是要做主了。他们本意就是要把忆秦娥朝高地捧、朝绝地捧,捧成秦腔的"珠穆朗玛峰"。他们甚至从骨子里,就是想跟别的秦腔名家"斗法"呢。说来说去,谁也说服不了谁,有人就先从网上,把"秦腔金皇后"的名头,给提前捅出去了。果然,在"演出季"开始不久,一种负面声音就迅速发酵,跟帖几乎是铺天盖地而来了。

这是一次对忆秦娥私生活全面攻击的总爆发,光有名有姓的男人,就给她罗列了二三十个。当然,除了廖耀辉、封潇潇、刘红兵、石怀玉外,多数是朱某、裘某、顾某、苟某、古某、封某、单某、薛某、秦某、乔某了。虽是以"某"代替真人名字,但在圈内却是众所皆知的。由忆秦娥的私生活,说到她"走穴""唱茶社戏"的艺德问题。更有甚者,说忆秦娥是用纳税人的钱,尤其是省秦一百多号人的"血泪""尸骨","包养""滋生"出来的秦腔"蛀虫""戏霸""怪胎"。俗话说:一将功成万骨枯。忆秦娥是"一唱成霸万鬼哭"啊!

看似是很多人写的,但忆秦娥的班底做了仔细分析比照,发现其实最恶毒的文章,都出自同一手笔。不过是故意断章取义,分裂成"多弹头导弹",署上一些莫须有的名字,诸如"老干部""老党员""老艺术家""秦腔资深观众""忍无可忍者""路见不平者""心存正义者""良知未泯者""拯救秦腔于水火者"而已。可谓是万箭齐发,大有要彻底把忆秦娥从秦腔界射杀、碎尸、淬粉,使其寂灭之势。更有恶劣者,竟然还雇了骑着摩托送信件的人,把忆秦娥的私生活与艺德之丑陋,用长达二十几页、列有数十条罪状的信"无情指斥与揭露",把忆秦娥说成是"拿人民血汗钱包养起来的秦腔小丑",并且传递散发到了许多有影响的人物手中。信件号召大家觉醒起来,共同揭露这个秦腔的"败类""娼妓""渣滓"。总之,凡能想到的丑恶词汇,全都罗列、排比殆尽了。有的还送到了很多表扬、关心、支持过忆秦娥的领导手中。看来忆秦娥不灭,是"人民不答应""天理难苟容"了。

忆秦娥知道这事时,还正在卧室的一块瑜伽垫子上平板支撑着。她嘴里默诵的是当晚要演出的《三请樊梨花》台词。但凡见观众的戏,哪怕再熟,她都是要在脑子里扎扎实实过一遍的。她弟嗵地推开门,大喊一声:

"姐,你还演他妈的呢演。你看看,狗日的,都在网上、微信上把你糟蹋成啥了。他妈的,我要是把这个狗日的找出来,看不把他碎尸万段了!"

尽管弟弟那么愤怒,可她还是没有塌下平板支撑的身子,只问:"咋了,把你气成这样?"

"还咋了?姐,你完了,你被人毁完了。"

忆秦娥还是没有松下身子,问:"到底咋了吗?"

她弟说:"说你是秦腔界的妓女、败类、渣滓。"

忆秦娥的身子噗地就塌下去了。

"咋说的,我看看。"

"你就别看了好不?赶紧想办法消除影响,要不然你就完了。"

"到底咋了吗?"

"给给,你看你看。"她弟易存根把手机递给了她。

忆秦娥看着看着,双手颤抖了起来。终于,她狠狠把手机扔向了墙上的镜子,哇的一声大哭起来。这时,她娘也进房来了。母子俩见忆秦娥伤心痛苦成这样,就急忙一把把她架住,放到床上去了。

三十八

这些信息,其实薛桂生也看到了,并且团上不断有好心人来报告他,要他赶快想办法处理。说跟帖的不少,啥话都有,而且绝大多数对忆秦娥不利,对省秦伤害也很大。

薛桂生给乔所长打电话,乔所长说也看到了,说他正在通过他的渠道处理这事。乔所长还叮咛说,要安抚好忆秦娥,怕她受不了。

既没手机,也没微博、微信的秦八娃,还是薛桂生找到宾馆,亲自给他念了一些短信、跟帖、文章后,他才感到麻烦升级了。他说:"我想着挂'秦腔金皇后'的名头会惹事,但没想到会惹这大的事。我不懂互联网,但这个东西太厉害了。已经没有任何是非可论了,几乎是一边倒地挞伐,认为自封'金皇后'是无耻行径。这本来不是忆秦娥的意思,就因为她太简单,缺乏分析判断能力,而让爱她的戏迷把她害了。也许连炮制这些'炸弹'的人,都没想到,效果会这么剧烈。薛团长,不是我说你,你是有责任的。那个名头你是可以制止的。哪怕不要企业家的赞助,不办这个演出季,也是不该把忆秦娥架到火山口上去烤的。"

"那你说咋办。"薛桂生问。

秦八娃说:"立即把这个演出名头先扯下来。要演,要挂牌子,也就是'忆秦娥从艺四十年演出季',其余什么都不要说了。"

"弄成这样,忆秦娥还能演吗?"

"她必须演,还得演好。要不然,她可能就此毁于一旦了。"

薛团长低着头说:"我实在对不起忆秦娥。为这个团,她把命都搭上了……我也是想办好事,结果办砸成这样。让我怎么去面对她呢?"

薛团长不仅兰花指乱颤乱抖起来,而且眼里还旋转起泪花来。

秦八娃说:"走,我跟你一起去见忆秦娥。她只有硬撑着,别的,再没啥路子可走了。"

薛桂生和秦八娃到忆秦娥家里时,忆秦娥躺在床上,两眼正直勾勾地淌着泪。

她娘开门时,悄声对他们说:"娥到现在一句话都没说,就一个劲地流泪。哦,倒是埋怨了我一句,说那时为啥要逼她去唱戏,为啥不让她在家放羊。"

他们进到房里时,忆秦娥一直闭着眼睛,眼角的泪水还在往外溢着。呼吸节奏,是好久才狠狠抽动一下的。

她弟见薛团长来,怒火又冲天冒将起来,说:"你们要是不把害我姐的坏人查出来,我就点火把你团长办公室烧了。不信咱走着瞧。"

薛团长没有说话,只是像犯了罪的人一样,自我低头罚站在那里。

忆秦娥她娘倒是制止了儿子一句:"悄着。团长来了,那就肯定是要替你姐做主了。别再在这里火上浇油。"说完,还把易存根叫出房去,把门掩上了。

秦八娃坐在床边的凳子上,不紧不慢地说:"秦娥,我知道这时劝啥也没用。还别说你是个女的,是公众人物,是秦腔明星,就是我这个乡下打豆腐、写唱本的糟老头,被人这样铺天盖地地辱骂着、诽谤着,也是受不了的,搞不好也会发疯上吊的,何况你。可话又说回来,人家不拿你开刀,不拿你出气,不拿你娱乐,拿谁玩能有这个效果呢?你首先得想开,你获得了那么大的声名,也是应该有些驳杂的。何况这次从艺四十年演出策划,也的确有漏洞,有空子可让人去钻。当然,这都不怪你。大家说你傻,你还不喜欢听,其实你就是傻。正因为傻,你才成就了这大的事业;也因为傻,你才把自己的生活搞得一塌糊涂,有时甚至是狼狈不堪。可你对秦腔事业的贡献,是谁也抹杀不了的。你所达到的艺术高度,也是人人心里都再明白清楚不过的事。但不是任何一个优秀的人,都会被所有人承认的。有人不仅不愿承认,而且还会正话邪说,黑白颠倒。问题出在,这些戏迷非把你怎么能行都要喊出来,把你的了不得都要张扬出去,祸根这不就种下了吗?为啥我老要叫你看《老子》、看《庄子》?就是觉得一个成了事的人,不看这个是不行的。先人太伟大了,把什么事情都参透了。我们只需要明白他们的话,就能规避好多苦难。其实也没啥,说你是娼妇,你就是娼妇了?连我这样丑陋的男人,都以'秦某'的名义给你安上了,天底下又会有多少人相信呢?我承认,我是爱你忆秦娥的,但不是他们所说的那种爱。你是我的精神恋人,秦腔恋人,艺术恋人,而在生活中,我把你敬重得连坐得近一点,也是觉得对你有些猥亵、玷污、大不敬的。说你是秦腔界的败类、小丑,你就真是败类、小丑了?有哪个败类为秦腔赢得了这么多国际国内的真认可?有哪个败类,到了五十岁的年纪,还成天扎着大靠,在练功场一练就是一整天？有哪个败类,拒绝一切社交活动,连圈在家里也是要把身板支撑在地上,记词记戏默唱腔的？有哪个败类为秦腔抢救了这么多失传的'老古董'？四十多台戏的主角呀,已经够辉煌了！可你还有计划,还想赶退休前,排够五十本戏。还在找本子,还在访老艺人,还在拼命朝前奔着。如果秦腔界多有你这样几个'败类',恐怕早就不需要喊振兴的口号了。秦娥,你是因为太优秀,而遭人嫉恨、围猎、恶搞的。你太优秀,就遮了别人的云彩,挡了别人的光亮。人性之恶,恨你不死的心思都有,何况是口诛笔伐。这还是给你留着一条命的弄法呢。何必去想,又何必去与还搞不明白的敌人计较呢！如果你因此而痛苦、战栗,甚至消沉、退却,那岂不是正中人家的下怀了？听我一句劝,天地自有公道。黑的说不白,白的说不黑。即使把白的说黑了,你对秦腔的贡献也已写进观众心底了。相信乔所长他们会为你查源头、鸣不平的。我知道你很痛苦,很难过,但你别无选择。你还得好好唱戏。只有好好唱,唱得比过去更好,更精彩,才有可能让这场危机化解过去。要不然,会有更多不理性的声音,把你放到'绞肉机'里,彻底绞杀掉的。记住:能享受多大的赞美,就要能经受多大的诋毁。同样,能经受住多大的诋毁,你也就能享受多大的赞美。你要风里能来得,雨里能去得,眼里能揉沙子,心上能插刀子,才能把事干大、干成器了。哭一哭就得了,晚上还得登台唱戏。秦娥,这就是我来找你要说的话,听不听都在你了。"

忆秦娥突然拉过被子,捂住头,号啕大哭起来。

薛桂生悄悄给秦八娃竖了个大拇指。

两人又坐了一会儿,薛桂生轻轻问忆秦娥:"秦娥,你看今晚这戏……要实在撑不住了,也可以停一晚上。团上可以对外出一个说明,说电路突然出现故障,需要检修。"

忆秦娥没有回话。

但秦八娃说:"我不主张这样做,秦娥今晚必须唱。哪怕明晚后晚'故障'了都行,今晚剧场实在不宜'检修'。"

忆秦娥还是没有回话,但她也没有表示反对。

下午五点化装时,连不化装的,都提前来看忆秦娥今晚到底演不演了。薛桂生更是早早就到舞台上,以检查舞台装置的名义,在前后台转了一个多小时了。有人看见他的兰花指,今天一直都是蔫着的。偶尔跷起来,也不大像兰花了,倒像是没有修剪的龙爪槐。

可五点刚过几分,忆秦娥就来化装室了。她眼睛明显是虚肿着。大多数人都远远地看着她,只是传递出一种同情和支持的表情罢了。唯有楚嘉禾,端直走到忆秦娥跟前,还愤怒异常地说:"太黑了,真是太黑了。怎么能这样有的说上,没有的捏上呢?网络真是太可怕了,鬼在哪里,人还捏不住呢。"周玉枝给忆秦娥递了一条热毛巾说:"是鬼都能捏住。阳间捏不住,到了阴间也是能捏住的。"楚嘉禾就再没话了。

这天晚上,连平常不帮忆秦娥的人,都在她换服装、抢场、赶场时,帮助起她来,甚至让她还感到了一种少有的集体温暖。

戏迷仍是百般捧场、鼓掌。可就在戏快结束时,一个舞台灯光暗转中,不知谁给舞台正中扔上一只破鞋来。当灯光升亮,樊梨花(忆秦娥扮)扎着大靠出场后,那只破鞋就成了观众议论的焦点。在观众池子的后区,甚至有人鼓起倒掌来。是樊梨花的"马童",一串漂亮的跟头翻过后,一脚将破鞋踢到后台,剧场秩序才慢慢舒缓平稳下来。

这天晚上,乔所长也在下面看戏。他就怕出点什么事,可在舞台灯光转暗的当口,谁撂上去一只破鞋,弄得他到底还是把这"黑案"无法侦破,只能给忆秦娥内心刻下更深的伤痕了。网上无尽的帖子,通过有关部门删了不少,但微信圈子的转发,谁也无法止住。那些像雪片一样,一封封飞向诸多"名人"的"黑信",查来查去,也在"蒙面人"的操作中,失去了有价值的追查线索。忆秦娥这次被黑,是真的黑得有些无法擦白了。

但忆秦娥在坚持着,她在努力坚持把戏朝完地演。

可"演出季"刚进行到一半的时候,她还是栽倒在舞台上了。

那一晚演的恰恰是《游西湖》。她吹完火,杀死了贾似道,就感觉自己也是要死在舞台上了。

一刹那间,她甚至突然想到了师父苟存忠。苟老师也是为演《鬼怨》《杀生》,活活累死在北山舞台上的。

她强撑了几下,眼角睄着大幕是合上了,才扑通一声栽倒在地。

三十九

忆秦娥是两天后,才在医院醒过来的。

醒过来以前,她感觉是一直在做着一个噩梦,让人用铁链子拴着手脚,拉到了一个似曾相识的地方。她猛然想起,就是那次演出塌台,死了几个孩子后,做那场噩梦的地方。

依然还是牛头、马面把她拉着。

牛头说:"都弄来治过一回了,毛病还改不了。"

她问咋了。

"咋了,你还问咋了?我说你们人间哪,真是没治了,自己蠢,还说人家驴蠢,喊蠢驴。自己好吹大话,还赖我们牛界吹了什么牛。看看你们都把自己吹成啥样子了。就那么好出名,还给自己弄个'秦腔皇后'什么的。皇后了还不算,前边还要加个'金'字儿。咋不叫个'镭皇后''浓缩铀皇后'呢?据说那玩意儿更贵更稀罕。不就是唱个戏么,得是想出名想疯了?"牛头说。

"不是我弄的。"忆秦娥辩解道。

"不是你弄的,那是谁弄的?"

牛头还没说完,马面就插进嘴来:"你们那一套真叫绝。明明是自己在搞阴谋诡计,还赖人家猫,叫什么猫腻。明明是自己合伙干坏事,却赖人家狼和狈,说什么狼狈为奸。明明是自己目光短浅,偏说人家耗子鼠目寸光。尤其是对狗更不公平,骂你们那些龌龊的同类,都赖是狗日的东西。你看看你们啥时主动承担过,哪怕是一丁点属于自己的责任?"

忆秦娥看牛头、马面说话唠叨,还粗俗不堪,就没再搭理它们。

牛头说:"忆秦娥,你说'金皇后'的事不是你弄的,就算是别人弄的,你阻止了吗?"

多嘴的马面又接话说:"阻止,只怕心里还是美滋滋、乐呵呵的吧。"

"那不就是你自己想弄的了。"牛头接着说,"阎王爷还是抱着治病救人的态度,让再给你治一回。要是这次再治不断根,阎王爷就要收网拿人了。阎王最近给我们发了几次大脾气,说怎么把好图虚名的'大师'病还越治越严重了。再治不住,恐怕是得让下几个油锅、煮几个饺子、炸几个肉丸子瞧瞧了。你也可以先看看别人都是咋医治的。朝这儿瞅,这就是那些到处号称'大师'的人物,其实就是自己给自己脸上多贴了几十层厚皮而已。这些皮,经过反复磨砂、粘贴、增厚,已经成为脸面的一个有机整体了。治的办法其实也很简单,就是一层层剥下来就成。"

忆秦娥只听到阵阵撕心裂肺的号叫声。果然,就有看不到边的各种"大师",是被捆在成千上万个拴马桩上。每人跟前都立着两个小鬼,戴着血糊糊的皮手套,握着手术刀——还有拿犀牛刀片端直上的,正给"大师"们脸上揭皮呢。只听一个小鬼嘟哝:"这家伙脸皮真厚,竟然给自己蒙了七八十层,要不是用阳间的什么纳米技术,脸皮该有几尺厚了。他光'大师'头衔就好几个。其中一个,还叫什么'一笔虎'大师。就是一笔能写下一个虎字,尾巴拉得老长,说挂在家里,还能镇宅辟邪呢。哪一行都让这些'大师'搅得乱鼓咚咚,还说谁能跟这些家伙照张相,好像都荣光得也有了学问、本事、技艺,也能到人前英武了。看剥了这些胡乱给自己贴上去的虚皮,赤条条扔回去,还有人磕头叫大师、烧钱养大师、有病乱投医的没有。"

过了"'大师'矫治术分院"后,又到了"挂名矫治术分院"门口。里边也是哭天喊地,抽打得一片啪啪肉响。忆秦娥被押到门口,朝里探了探,马面还说:"这个与她无干,不参观也罢。"

牛头却说:"也不一定,让她看看没有坏处。不定哪天没能耐、唱不了戏了,也好起挂名这一口来呢。不如早受教育,早打预防针,也免得将来传染上。"

原来这里的拴马桩上,全绑着各种与自己劳动无关,却要在别人的成果上挂上各种名头的人。还要把自己的名字,挂在真正劳作者前边。而让那些流尽血汗的真正劳动者,彻底淹没在人名的汪洋大海之中。治疗的方法也很简单,就是自己抽打自己的嘴巴,一边打,一边喊:

"我不要脸,我不要脸,我不要脸……"

直抽打到满脸是血时,有小鬼用铜瓢浇一瓢污泥浊水,混淆了血迹,再让自抽自打自喊。说要一直医治到阎王认为大病基本告愈,才放还阳间,以观后效。若有脸皮厚再犯者,捉来就不是自己抽打自己了,而是用黑熊瞎子来执掌刑罚,多有脸面不再全乎者。

忆秦娥是被押解到"虚名矫治术分院"下边的一个"刮脸科研所"接受治疗的。

患者也是一望无际地看不到边。她先是被绑上了一个狗头蛇身的拴马桩。就见所长被四个小鬼用轿子抬了来。所长要过牛头斜挎在背上的册页翻了翻,又看了看忆秦娥说:

"来过的?"

"来过的。"牛头说,"算是二进宫了。"

"为啥屡教不改?"所长问忆秦娥。

忆秦娥说:"我……我不是故意的。"

所长哼了一声说:"到了这里,谁会说自己是故意的?一辈子就好出个名。过去为出名,把台子都弄垮塌了,死了那么多人,还不吸取教训。还要弄什么'金皇后'的标签,朝自己脸上生粘硬贴呢。先看看,她脸上不实的虚皮到底有多少层。"

随着所长的吩咐,就有两个小鬼上来验她的脸皮。验完,一个小鬼报告说:"脸皮倒是不厚,基本都是自己原来的。"

另一个小鬼报告说:"应该说她的虚名,还基本上是靠自己血汗换来的。当然,也有一些虚皮,一搓就能掉,不用纳米刮刀也行。"

所长就有些不高兴地问牛头、马面:"那你们拿这货来干啥?还嫌这儿不热闹、不拥挤是不是?我们是五加二、白加黑、一天二十四小时地工作把这些患者都治不完,你俩是闲得蛋痛,还抓她来凑什么热闹?"

牛头急忙说:"有耳目反映,说她自封'秦腔金皇后',胡吹冒撂,招摇撞骗。是阎王爷批了条子让抓的。"

所长对小鬼说:"再验。"

两个小鬼就又仔细验了一番,说:"脸皮倒真是自己的,这点光泽也都是靠自己下苦挣出来的,但表皮上的确也涂了些金粉末。"

所长就发脾气道:"刚才为啥不报告?"

一小鬼道:"禀所长爷,刚才你只是让小的们验脸皮,没说让验脸皮上涂抹的东西。"

所长立即发布命令道:"刮了,把胡乱涂抹上去的金粉全给我刮了。人间太爱搞这一套,动不动就乱给自己脸上贴金。你们下手可以重一点、狠一点,凡不属于自己的东西,一律都给我刮干刮净,丝毫不留。你两个的毛病我是知道的,爱给漂亮女犯行刑时打折扣,还偷我的麻药给她们乱上呢。我正式警告你们:小心饭碗。让她接受点痛苦对她有好处。再犯,就不是弄来刮金了,而是得抽背梁筋了。"说完,所长气汹汹地去处理下一个患者去了。

两个小鬼就拿起刮刀,在她脸上嗞嗞地刮了起来。痛得她大汗淋漓,直呼救命。

忆秦娥就醒来了。

忆秦娥睁开眼睛,发现身边围了一堆人,有她娘、她姐、她弟、宋雨,还有薛团长、乔所长。好像自己是从死人堆里爬出来一样,娘和姐先是哭得不行。而薛团长和乔所长,却是一副如释重负的样子。娘说:"娥呀,你可把娘快吓死了呀!你知道你都昏迷多长时间了?医生把病危通知书都下了,说你是劳累过度,随时都有猝死的危险呀!"

宋雨一直在一旁偷偷抹着眼泪。忆秦娥觉得这孩子是越来越像自己了。任何时候,她都表现得很冷静,但她心里的担惊、害怕、难过,甚至恐惧,忆秦娥却是能实实在在感受到的。她把宋雨朝自己跟前拉了拉,宋雨就顺势倒在她怀里,哭得眼泪端直浸透了她的病号服。

她最担心的还是演出季,一半戏还没演呢。但没有任何人敢在这时提说此事。最后,是她自己提出来,说没办法给观众交代的。她弟大声吼道:"命都快没了,还管演出季不演出季。不演了,从此不演戏了,保命要紧,好我的傻姐了!"

大家都不说话了。

"你先好好养几天病再说吧。演出那边,我们已经出了通知。演员有病停演,这是很正常的事。等养好了再说。"薛团长说。

她弟又是一顿乱喊道:"不演,坚决不演了。团上要是查不清是谁诬陷、攻击我姐,我就朝法院告。这事不弄个水落石出,忆秦娥就终生跟秦腔拜拜了。"

乔所长说:"都冷静一下,这事还查着呢,啊!就是第一个进网吧上传攻击文章的人,伪装得分辨不清楚,还在技术分析着的。啊!"

"网上弄不清,那发了这么多攻击信件,几乎给文艺团体的知名人士、新闻媒体、上级领导机关都发遍了,还用无名手机号到处乱发乱骂,手段那么卑鄙、恶劣,你们派出所都查不出来吗?"她弟还在发飙。

乔所长仍耐心地解释说:"送信人戴的口罩、墨镜,还有棒球帽,像是掏钱雇下的。也正在查。"

"能查出来吗?"

"反正弄这事的人,心理都很阴暗,手段也很恶劣,并且特别狡猾。但要相信,再狡猾的狐狸,都是会露出尾巴的。再说,能把忆秦娥恨成这样,其实也是可以判断出来的。"

"你判断出来了吗?"忆秦娥的弟弟还在发威。

乔所长还是那句话:"冷静,冷静些好。啊!"

"我冷静不了!我姐是人,不是木头、钢铁!我都受不了,她能受得了吗?……"易存根喊着,自己先哭了起来。

其实很多艺术家,都把攻击忆秦娥的信件、手机短信,全转交给了薛桂生。要他一定重视,说这看似是在侮辱忆秦娥,其实是在摧毁省秦。把你行业的领军人物抹黑、搞臭、弄倒,你这个团队还有什么高度,还有什么存在价值呢?封子导演与几个老艺术家,甚至逐字逐句地给薛桂生分析"黑信",并一针见血地指出:这是一场有策划、有预谋、有组织的行动。他们用红笔勾出了这样一段话:

"忆秦娥身上的一切荣誉,都是靠出卖色相得到的。她让省秦一个又一个掌权者,拜倒在了她的石榴裙下,从而拿公款进贡、贿赂、包养出了这么一个艺术怪胎、人间'奇葩'……"

信件明显是经过精心润色,再分解成多篇控诉状,然后以"地毯式轰炸"的方式,抛向高层、抛向社会,企图达到彻底毁灭忆秦娥的目的的。所有看过信的人,都认为省秦找不到这样的写手。看似藏满了杀机,却与时代语言粘贴得严丝合缝。给忆秦娥列举了十大罪状,几乎每一桩,都说得言之凿凿,有理有据。单看信,忆秦娥几乎到了"十恶不赦""不杀不足以平民愤"的地步。还说:"这仅仅是忆秦娥丑陋人生的冰山一角。"薛桂生跟乔所长都商量好多回了,并且到市局也立了案。可搞了这么一大圈坏事的人,是深谙此中之道,才弄得有点滴水不漏、大雪无痕的。

大家其实一直不愿忆秦娥知道得太多,是想让她在尽量封闭的状态里生活着。可在医院躺了几天,戏迷是成群结队地来看她,过道里都摆满了鲜花。连从不看戏的医生都惊讶地说,这个唱秦腔的演员还这么厉害的!

忆秦娥就躺不住了,想接着把演出季搞完。

薛团长正高兴着,准备安排继续演出呢。她弟终于忍不住,把他能收罗到的所有"黑信",全搜了来,要他姐好好看看,看她还唱不唱这个烂戏。

忆秦娥一页一页地翻着,心里就跟刀子绞着一样,泪是从心底涌出来的血珠。

几乎每件事都是黑白颠倒的。首先是她跟廖耀辉的关系,明明是廖耀辉强奸未遂,却偏说她为了骗人家廖耀辉的冰糖吃,而自己摸上了人家的床榻;忠、孝、仁、义四个老艺人,都是她唱戏的恩师,像待亲孙女一样爱怜着她,却被说成是她为演戏,跟四个老头,都干尽了"投怀送抱"的苟且勾当;与封潇潇的确是有点恋爱的意思,却说她长期睡在人家家里,骗尽了感情后,攀上高官之子,将人家一脚踹开,从而让一个前途光明的文艺人才,堕落成对社会毫无用处的街头酒鬼;单仰平团长,是一手把她从受尽歧视的"外县演员",提携成省秦的台柱子,最后为救人,以残疾之身,塌死在台下,却落了个与她"长期勾搭成奸""身残心更残"的"淫棍团长"恶名;封导的爱人,在她来省秦之前,就已是病人不能下楼,却硬说成是因为她想上戏,而死缠住封子,与其"长期苟合",以致气得他夫人一病不起,终成废人;薛桂生团长的确没有夫人,原因不得而知,但在这些信件里,却说两人因暗中姘居多年,薛桂生才色胆包天,用纳税人的钱,两次重排《狐仙劫》,以达到把情妇忆秦娥包装成"秦腔金皇后"的丑恶目的。忆秦娥不仅在团上大搞权色交易、艺色交易,而且在社会上,以唱茶社戏为名,大肆敛财,与多个老板有"床笫之染"。尤其是和一个叫刘四团的煤老板,以上床一次一百万的成交额,先后收取数千万"卖淫费"。更为可憎的是,因其道德败坏,品行低下,而先后抛弃两任丈夫:第一任是因其高官父亲退休,再无油水可榨,置丈夫身体有病于不顾,毅然决然抛弃离异;第二任,完全是从玩弄性欲开始,只是觉得从山里来的"野人"荒蛮有力而已,玩腻后,最终也因其无权无势无钱,而再次被赶进深山,做了当代的男"白毛女",至今生死下落不明。忆秦娥惯用的伎俩就是:只要利益需要,什么"烂桃臭杏",都可塞进嘴中,"嚼之如甘饴"。就连丑陋如武大郎的民间编剧秦八娃,为了请人家给她写戏,也是几次请来西京,与其在酒店"蝇营狗苟",彻夜"陪吃陪喝陪睡"。信写到最后,甚至连着发问起来:我们真的需要这样的艺术家吗?需要这样的金皇后、银皇后吗?她已经堕落为"社会渣滓""反面教材",却还占据着舞台中央,让成批的优秀演员,成为她可怜的殉葬品。醒来吧,各位受蒙蔽而还支持着忆秦娥这个娼妇的领导、同人、戏迷们,该是让阳光把丑陋与罪恶晒化的时候了!让我们共同努力,还艺术一个晴朗的天空吧!

忆秦娥眼前越来越模糊了。

她突然狠狠骂了她舅一声:"胡三元,你为啥不早些死了呢?把我弄来唱戏,唱你妈的唱!"

忆秦娥愤然把正给自己输液的吊瓶抓下来,狠狠摔碎在了地上。

她弟听到响声进来,一把抱住姐姐。忆秦娥已经哭得气都抽不上来了。

她弟急忙喊来医生,给她打了一针镇定药,她才慢慢平复下来。

忆秦娥又一次醒来的时候,病房里坐的是薛团长和秦八娃。

她的脚头,偎依着宋雨。

忆秦娥什么话也不想说。她知道因为她,所有跟自己有工作和生活关系的人都染上了麻烦。她脑子里几次闪到楚嘉禾。但楚嘉禾在自己受损害后,提着水果来看望过自己,还到处都说得义愤填膺的。说她还找周玉枝说:咱们姐妹得团结起来,要好好保护秦娥呢。周玉枝给忆秦娥说起这事时,她还特别受感动。在她心中,楚嘉禾也还没坏到那种程度。加上这样的文章,就是打死,谅她楚嘉禾也是写不出来的。薛团长让宋雨出去,他们三人留下,又分析了一阵,想到底可能是谁干的事。秦八娃摇摇头说:

"不要分析了,没有用。你忆秦娥只要优秀,只要处在这门艺术的高端,你就是众矢之的。除非你自己躺下,再不出场,再不演戏了。当大家都叹息着'可惜了可惜了'时,你忆秦娥就安生了。你们把这事看得过于严重了。我可能是乡巴佬,反倒把这事看得一文不值。这倒是个什么事情?不就是让臭虫咬了一口,起了几个红疙瘩而已。它就真的能把忆秦娥搞臭吗?它就真的能把忆秦娥打倒吗?打不倒的。永远记住,能打倒自己的,只有自己,谁也打不倒你的。把你气成这样,也许人家正在偷着笑呢。秦娥,什么都是有代价的,优秀的代价尤其大。这是人性之恶。坏人在这个世界上是铲除不净的。若能铲除净了,我就帮你姨彻底打豆腐去了。你也就不需要再唱《游西湖》《白蛇传》《狐仙劫》了。你尽力了!你为秦腔所做的事情,应该有一份任由评说的放达。秦娥,你不喜欢人说你傻,其实你就是傻乎乎的。我倒是希望你能保持着这股傻劲儿。什么也别在乎,就唱你的戏。单纯,是应对复杂的最后一剂良药。"

"戏已把我唱得……可以说是肝肠寸断,苦不堪言了。"忆秦娥说。

"离了唱戏,你会更加苦不堪言,甚至变得一钱不值的。"秦八娃的话,说得很狠。

"把我都说成娼妓了,我还能朝舞台中间站吗?"

"任何丑恶,在你的单纯、阳光、敢于直面面前,都是会显得苍白无力的。"

"他们为什么要这样?为什么要这样?我害过一个人吗?我甚至是见了蚂蚁都要绕着走开,不愿踩死的人,别人为什么要这样待我?"

"谁让你要当主角呢。主角就是自己把自己架到火上去烤的那个人。因为你主控着舞台上的一切,因此,你就需要有比别人更多的牺牲、奉献与包容精神。有时甚至需要有宽恕一切的生命境界。唯有如此,你的舞台,才可能是可以无限延伸放大的。"

秦八娃把这段话说得很慢,但很坚毅。

忆秦娥到底还是坚持着,把剩下的戏唱完了。

四十

薛桂生自做团长开始,就有一个梦想:一定要在自己手中,给省秦培养出一批新生力量来。他跑断腿,磨破嘴,总算招下了一批学员。经过几年培训,是到了该用一个好戏,把新人推出来的时候了。

忆秦娥这一代,算是把省秦撑得红破了天。可她毕竟已年过半百,这个团要生存下去,就得有后续力量。

剧团这行业,是红一阵黑一阵,热一阵冷一阵。由于文化生活方式的丰富多样,传统行当,总体是显得越来越不景气了。社会本来就对搞吹拉弹唱的抱有偏见,加之成业又苦又难,尤其是能干到"主演""主奏"份上的,几乎是凤毛麟角。有时成百人的一班学员,最后能叫"成器"者,也就那么三两个人。甚或有整批"报废"者。景象的确十分残酷。即使挣扎上去,也是声名大于实际受益,且大多数配演、乐人、舞台装置部门,待遇都极低。好多剧种已招不下人了。

都知道薛桂生上任表态时,跷着兰花指,说了三个他特别熬煎的字:

钱。戏。人。

钱不用多解释,看门老汉都知道剧团缺钱。戏就是好戏,一锤子能砸出鼻血的戏,真正叫好叫座,还能长久演下去的好戏。人,自是人才了。尤其是后备人才。在薛桂生看来,剧团培养一两个"顶门"人才,是比皇上培养太子都难的事。

兰花指,刚好是三个指头跷着的。所以薛桂生走到哪里哭穷、喊冤,就都知道省秦是有"三个指头"的"难怅"的。跷得最高的是小拇指,而那个小拇指,恰恰就是后备人才问题。为了不让这个饱经风霜的名团"烧火断顿",他有意让逐年退休空出来的编制,不再进人。预留出"金饭碗",好让这种看得见摸得着的就业吸引力,把新学员牢牢吸引住。事实证明,剧团自己招学生,跟班培养戏曲人才的方式,虽说传统、老旧了点,但却最是行之有效的。它可以很好地保持住一个大团的艺术风格,并让行业的师承关系,得到更具根性的生长发挥。

转眼到了第五年。他招的学员,该是到推出毕业大戏的时候了。他的兰花指,就跷得比以往任何时候都更密集、慌乱、无序了。未来的省秦主角,能不能从这成百个孩子里浮出水面呢?如果花了五年工夫,浪费银子无数,最终悉数报废,那他只有找刀,把自己的兰花指剁了算了,免得留下笑柄,让省秦人几十年后,还拿他的"三个指头",跷来跷去的说事。这一伙鬼,模仿人的特点,那可都是天下一等一的好角色。好在他跟所有人,几乎都看见了希望。

这个希望就是宋雨。

忆秦娥给宋雨排出的第一个折子戏,就是《打焦赞》。同时还排了一个唱功戏《鬼怨》。《打焦赞》是她当初在宁州的破蒙戏,长度仅半小时,可忆秦娥整整给宋雨排了一年半。《鬼怨》只二十几分钟,光唱腔,她就教了一年多,戏又排了一年多。连宋雨都有些烦了,可忆秦娥还说动作感情都不到位。她说:"妈妈当初之所以能出道,就是因为没人急着要我出道,所以才暗暗在灶门洞前苦练了好几年。那种苦练,也不知什么时候会有人看到,就是一种每天都必须打发掉的日子而已。唱戏,看的就是那点无人能及的窍道,无论唱念做打,都是这样。尤其是技巧、绝活,没有到万无一失的程度,绝对不能朝出拿。只有练到手随心动,物随意转,才可能在舞台上,展露出那么一丁点儿角儿的光彩。练到家了,演出就是一种享受;练不到位,演出就是一种遭罪,甚至丢人现眼呢。"直到有一天,忆秦娥觉得是可以与乐队两结合了,宋雨的一文一武两个折子戏,才慢慢被人完整看见。但几乎是一下就把所有看过的人都震撼了。训练班的头儿,很快就汇报给了薛桂生,要他赶快去瞧瞧。薛桂生把戏一看,那个激动啊,兰花指发抖得用另一只手压都压不住,他直在心里说:"成了,成了,这帮娃可能成了!只要成一个,那也就是成了。"

也是从这时开始,有人就把宋雨叫"小忆秦娥"了。

秦八娃是薛桂生提着礼当,专程去北山接来的。

秦八娃最近很忙,他忙前忙后,忙了好多年才忙下来的"秦家村古镇"维修,终于动工了,虽然没人让他负责工程,但他得盯着点,他还害怕这伙急功近利之徒,把好事给搞砸了。他老婆也死活不让他出门,说八娃一走,她整夜都睡不着。她就是要听着八娃老抽不上来气的鼾声,看着看着憋死了,可猛地一下,又给抽上来了,才能消停安歇的。她还说:

"你们老日弄他写戏,挣几个钱,还不够他抽烟、喝酒、吃药的。那是写戏?那是熬人油、点人蜡呢。你们知道不,八娃弄一个戏,挣得两只眼睛跟鳖眼一样,见了我都发瓷呢,一成半年都缓不过劲来。连打豆腐,他说的都是戏里的事。这个老色鬼,还就爱写个旦角戏,整天哼哼唧唧的,好像他还成里面让人家爱得要死要活的相公了。你知道不,为给你们弄戏,好几回把豆腐石膏点老了,让人家老主顾都骂咱是卖砖头的呢。倒是写的啥子破戏哟,穷得还不如帮我打豆腐来钱快。"

薛桂生是千恳求万作揖的,还给他老婆打包票说,这回保准稿酬高,才算把秦八娃拽上了车。

请进省城,薛桂生先陪他看了宋雨的《打焦赞》《鬼怨》。戏一看完,秦八娃就说,他血压有些不对,直喊脑壳炸得痛。弄到医院挂上吊瓶,他才给薛桂生表态说:"成了,省秦又要出人了!我就是死,也再帮你写一回戏,我是看上这娃的材料了。照说我这年纪,只能改改戏,是真的写不动了。激动不得,熬夜不得,苦思不得,冥想不得了。有时为捻弄一句好词,把脚指头抠烂都抠不出来。老婆老骂我,说我上辈子是吃了戏子的屎了,这辈子就这样心甘情愿地给人家当狗呢。再写一回,搞不好就把老伴写成寡妇了。要是写成寡妇了,你薛桂生可得负全责哟。"

薛桂生急忙跷着兰花指说:"我负全责,我负全责。"

秦八娃说:"你负得了这个责任吗?"

秦八娃被薛桂生安排到了宾馆里,专门让办公室最漂亮的女主任,亲自打理伙食。也是严防死守,怕他悄悄逃了。一切的一切,终是为了逼出个好本子来。在薛桂生心中,再没有比秦八娃更合适的编剧了。他是想借助这个大功率"火箭发射器",把娃们一次成功发射出去。只要秦八娃在,薛桂生的兰花指,就自由自在地弹跳得了得。他天天对办公室的美女主任说:"只要把这老家伙伺候好,火箭发射就成了!"办公室主任说:"薛团这是给秦老师上美人计呀!"他神秘地眨眨眼说:"放心,老家伙乖着呢。"

不过最近,薛桂生的烦心事倒是不少。忆秦娥受了那么大的肆意攻击、侮辱,竟然并没有把这个行业搞臭搞衰。相反,倒是有越来越多的演员,都以无法预测的能耐,给自己跑来资金,要排新戏,想把自己也推上主角的宝座了。有些平常连几句戏都唱不到一块儿的三四流演员,也不知采取的什么手段,竟然也都跑来了钱,跑来了剧本,还扬言要去参加什么节,拿什么大奖呢。薛桂生还不好阻挡这种积极性。一旦阻挡,就有人说他心中只有他"忆爷"了。说他就是他"忆爷"的私家团长。其余人都是路人、外人,顶多也就是个"干亲"。气得他还有火无处发去。

就连多年都不上台,在单仰平团长手上为跟忆秦娥争李慧娘而愤然离团,出去开灯光音响公司的龚丽丽,最近也突然来找他,说想办个人专场了。

开始他还没听懂,说你们把灯光音响公司办得红火得连大西北都总代理了,还办什么砖厂呢?砖瓦厂那是农民企业家干的活儿,你们办哪吃得消?是不是听到什么信息,能挣大钱了?一下把龚丽丽惹得好笑地说:"不是办砖厂,是办秦腔个人专场演唱会。"薛桂生才跷起兰花指哦了一声。龚丽丽说,她都六十岁了,从艺也四十年了。把秦腔爱了一辈子,也恨了一辈子。她想再过过戏瘾,就跟秦腔彻底拜拜了。还说只要省秦挂个名头就行,配演、乐队、合唱队,包括一应排练费用,全都由她个人包圆。据说,两口子这些年大概赚了几千万;房子、别墅也是好多套;孩子送去了澳大利亚;她和丈夫皮亮跟候鸟一样,冬天住在三亚,夏天住在冰岛、瑞典、芬兰、丹麦。可就是这"唱戏瘾"不过,一口气早晚都咽不下。她曾是这个舞台上的李铁梅、柯湘、江水英哪!岂能就这样,挣一堆钱,吃吃喝喝,游游乐乐就把生命了了?团上也是考虑到龚丽丽过去的贡献,就答应给她把个人专场办了。谁知一石激起千层浪:办了龚丽丽的专场,王丽丽、朱丽丽、刘丽丽也怦然心动,都觉得站到舞台中间的感觉真好,也就都来缠着要办专场了。弄得薛桂生左右为难,实在嫌耽误团上的人力、时间,他就推三阻四的,搞得一些人背地里又说"薛娘娘",是省秦历史上最难说话的"二尾子"团长。

其实就办办个人专场,团上还好应对,毕竟简单些。可有些硬是要排原创大戏,还要参加这赛那奖的,就委实让薛桂生作难了。这里面闹得最凶的,就是楚嘉禾了。

这家伙能耐真大,最近跟一个私营企业老板搞到了一起。老板爱戏如命,并且就希望把自己一生奋斗的故事,写成秦腔,让剧团到处演出宣传去。说省戏曲剧院就排了好多现代戏,到处演,观众还爱看。他说他相信他的故事,不比那些戏里的差,并且更感人。还说钱不是问题。打心里讲,薛桂生是不喜欢搞这种戏的。且不说是为一个挣了几个钱的老板立传,不合乎他的价值取向;单说那故事能不能成戏,内行一看,都是心明如镜的。可楚嘉禾怎么都不相信蛇是冷的,热情高涨得了得,加之又"不差钱",看来不让她试一试,就有"打压人才"的危险了,他就不得不勉强点头同意了。

楚嘉禾立马找了跟她关系好的编剧,商量本子咋写。这个编剧为她跟忆秦娥斗法,也是没少出主意、下暗力的。结果剧本写出来后,楚嘉禾傻眼了。他们商量好的,戏虽然以男角为主,但着力点,却是要放在他老婆身上的。是这个老婆支持着男主人公把事业干大的。可编剧咋糅,老婆的戏还是卷不进去。即使安排了几大段核心唱段,一段都是四五十句的唱词,还是觉得戏不在她身上。剧本又反复改来改去好多稿,楚嘉禾倒是满意了,老板却不高兴起来。他是想着要宣传他的光辉业绩,顺便把老婆捎带上就行了。可没想到,戏是把个老婆从头说到尾、唱到尾,他就像个白痴一样,当了老婆的傀儡。戏演出来,只听旁边观众说:"这就是个瓜尻老板么,啥都听老婆的,自己能弄尻。"气得那老板坐在椅子上,戏演完半天,还起不来。最后,是楚嘉禾硬缠着他要合影,才问戏咋样,他把大腿一拍,站起来说:"还说尿哩说。我就是个瓜尿、闷种、头顶粪桶的吃软饭的傻货,还办厂哩,能办他妈的厂。"说完,愤愤而去了。

楚嘉禾连装都没来得及卸,就跟着编剧一路去回话,反复表态,说还可以改,立马改。老板一句话再没说,噌地上了路虎,一脚油踩的,连车旁的垃圾箱,都被撞了几个翻身。

事后,薛桂生对人说:

"艺术这个东西,规律性是很强的,仅仅不差钱是不够的。关键你得相信:蛇是冷的。谁说他再能,靠焐,是把蛇焐不热的。"

四十一

忆秦娥从艺四十年演出季,算是高高提起,轻轻放下了。她回避了所有采访宣传,就只当平常演出而已。四十多场戏,让观众,尤其是"忆迷",过足了瘾。自己内心,却是始终处于一种恐惧与隐痛中。

在活动持续降温的同时,有关方面的调查,却一直在升温。查到最后,把注意力几乎全部集中到了省秦内部。见天都有警察进进出出。他们挨个找人谈话,要每个知情者都提供情况。只要平常跟忆秦娥有过摩擦的人和事,几乎都要问个"底儿掉",弄得气氛十分紧张,也搞得很多无辜者怨言四起。是忆秦娥主动找领导,找乔所长,要求赶快停止调查,省秦的惶恐与人人自危,才慢慢平息下来。她弟为这事还跟她大吵一架,怨她就是一个软蛋、窝囊废,说坏人不查出来,以后还会变本加厉。可她依然坚持,不让再查下去了。

她觉得,这件事与自己一生所受的侮辱相比,又算得了什么呢？反正知道秦腔的人，就知道忆秦娥。知道忆秦娥的人，就知道她十几岁就被一个做饭的糟践了。还说她"裤带很松"，谁都可以解开的。你跟谁论理去？对手到底是谁？敌人隐藏在哪里？谁有这么大的能耐，几乎让人人皆知：忆秦娥就是个"破鞋"，忆秦娥是谁都可以拉上床的"贱货"？其实这些侮辱她的文章里面提到的男人，还远远没有真正想接触她的男人多。如果她的口风不紧，甚至可以给她罗列出成百上千号人来。多少爱她戏的男人，通过短信、微信、电话，甚至邮件，向她表示过暧昧的情怀与好感哪，但她都悄然删除，从未回复接纳。如果是"破鞋""娼妓"，她可能都跟成百上千个向自己献殷勤、示好、设套、围猎、追逐的男人上过床了。有的男人下的功夫之大，真的让人无法想象：他可以直接送你一个价值数十万的钻戒，甚或一套房子，一辆宝马……她觉得自己的嘴，是严实得可以用铁壁合围、固若金汤这些词了。

她懂得，演员，就是大众情人，不过你得牢牢守好自己的底线。

为了不惹闲话，为了省却更多麻烦，为了躲避无尽的尴尬、无奈、困窘，她从来都是演出完就回家，既不去任何公众场合凑热闹，也不参加各种名目的宴请，更不赴约去谈天说地。并且她平常总是穿着一身练功服，连淡妆都是懒得化的。平板支撑之所以能撑一小时，现在甚至能撑到一小时四十分，就是因为她能静下来，像乌龟一样一动不动地缩伏静卧。即使在家里，她也不太说话，娘说三四句，她能回一句。手机大多时候也是关机状态。她已饱受了人生最致命的侮辱，甚至对性，都有一种天然的憎恶感，连夫妻生活都一定是要在黑暗中进行的。第一任丈夫刘红兵，是她说啥就是啥。石怀玉这个"野人"，倒是把她折腾得有所开放。可自打儿子从楼上摔下后，她就越来越觉得，可能正是自己如野生动物一般的"放浪形骸""荒淫无度"，而让儿子遭受了报应。她到现在都还恨着石怀玉。觉得自己就是杀害儿子的凶手，而石怀玉是走狗、帮凶、递刀人。总之，她对自己是越来越不满意了。她甚至还暗暗觉得,那些侮辱她的东西,与这个世界上真正对自己有觊觎、有想法、有行动的男人的行为比起来,真是九牛一毛了。正像"黑材料"里所指出的:"这些罪状,仅仅是忆秦娥丑陋人生的冰山一角。"她从来都没觉得,那些觊觎自己的男人是什么好东西,包括一些很有身份地位的人。但她也没觉得那是些什么坏东西。在她眼中,那些人,也都是佛祖说的"可怜的不觉者"而已。反正她每每就是傻笑一下,装作不懂、不解,回避不理也就是了。在她肚子里烂掉的东西,可真是太多太多了。这些事,如果都让恨自己的人知道了,再添盐着醋地炮制出来,还不知要毁掉多少人的生活与前程呢。自己为什么又要去毁坏这些可能是一念之差而陷害自己,也可能就是可怜得不能自拔的不开悟者呢?潘金莲就只染了个西门庆,觊觎了个武松,就成淫妇荡妇了。自己一生,竟然搅扰得那么多男人不得安宁,论起来,该是要比潘金莲坏十倍、百倍、千倍的女人了,即使凌迟处死,大概也是死有余辜的。

有一天,乔所长突然把她叫去,有些神秘地告诉她说:"所有线索,最后可能都指向了一个人。啊!"

"谁?"她问。

乔所长说:"楚嘉禾。啊!你的老乡。她背后还有人,有写手,有推手。啊!这些文章、短信,大概出自两三个人的手笔,但都与楚嘉禾有关。啊!她没文化,不能写,但她有调动这些写手的手段。啊!最后发酵成这样,可能是他们希望的。当然,也可能是他们没有想到的。啊!整个社会上,这种很是'有趣''有色''有味'的名人'丑闻',传播得一发不可收拾了。啊!"

忆秦娥问:"敢肯定是楚嘉禾吗?"

乔所长说:"还得进一步侦查,获取强有力的证据。啊!但网已收小。你的这个老同乡,几十年的主角争夺者,也是整个剧团人所提供的怀疑对象。啊!这件事可能要坐实。啊!"

忆秦娥半天没有说话。大概过了许久,她十分镇静地说:"算了,乔所长,不要查了。"

"为什么?"乔所长有些不解。

"不为什么。"

"你已经让这次事件搞得面目全非了,为什么不查?啊?为什么不惩治这样的恶人?啊?"

"不为什么,我已经厌倦了。对于我来讲,澄清也是没澄清。只要有人想说几句忆秦娥,就会自然带出自己的许多联想来。我十四五岁时的伤痕,是清清楚楚、明明白白的。结果说来说去,还是被说得不仅远离了事实真相,而且污秽了我做女人的一生。越解释越模糊,越反馈越令我憎恶,还是不说的好。一切都让它就这样过去吧!我没有伤害过任何人,任何害我的人,我也不想知道。我也不愿意看到,他们经受比我心灵的伤还惨痛的惩罚。我需要安静。只要由此安静下来,再无人冤冤相报、兴风作浪,我也就能心静如止水了。谢谢所长!也谢谢派出所的同志了!改天你们有空,我去给你们唱一次堂会。谢谢了!"

乔所长还想说什么,忆秦娥已经起身离开了。

也是出奇地凑巧,忆秦娥从派出所回来,竟然在大门口就遇见了楚嘉禾。自恶攻她的事件发生后,楚嘉禾在她面前,是表现得格外殷勤了。过去,逢年过节,她从来都不给她发短信的。但今年除夕,楚嘉禾还专门发来一条祝她"新年大吉""万事如意",还有什么"身正不怕影子斜""云开雾散见太阳"之类内容的贺词。她当时心里还一热,觉得到底是老乡,遇事才见人心呢。没想到,竟是一蹚浑水,让她越踩越迷糊起来。

她有种身心疲惫感,也有种百无聊赖感。自己还能干什么呢?只有唱戏,好好唱戏。唯有把生命全都投入到练功、排戏、唱戏中,才感到自己是没有伤痛地存在着。要不然,她就会联想到很多很多:儿子、家人、刘红兵、石怀玉……几乎没有一件不让她不淘神挠心的事。尤其是石怀玉,还连婚都没离,就钻进深山,音信全无了。

她忆秦娥到底算咋回事?就这样乱七八糟地活着人。不排戏、不练功、不一撑一个多小时地在门背后平板支撑着,她还真不知日子该怎样打发了。

好在她心中,还有好几本大戏要排。她给自己暗下的决心越来越坚定,那就是到六十岁时,演够五十本戏。忠、孝、仁、义那四个老艺人都说过:往日,一个名角,背不动一百本往上的戏,那就算不得大名角。戏越少,被人超越、替代、顶包的可能性就越大。他们强调说,名角是靠走州过县唱出来的,而不是喊出来的。她怀疑,她这一生,已经没有能力和精力排够一百本戏了。但五十本,还是有希望实现的。演的戏越多,她越感到了拿捏戏的自如,真应了那句话,叫"从量变到质变"了。也唯有不断地排戏、演戏,她才觉得是在有意义地活着;是填补了生命空虚、空洞,忘却了哀怨、伤痛地活着。

除了自己排练演出,她还有给养女宋雨教戏的任务。直到如今,她也没有觉得让宋雨学戏是件好事。一切的一切,还都是怕孩子受伤害。成了主角,是众矢之的;成不了主角,也会活得进退两难;有时甚至还会觉得痛不欲生,脸面全无。总之,唱戏,就是一个让人爱恨不得的古怪职业。可没想到,她给孩子只排了两个折子戏,竟然就引起了这大的响动。听说全班毕业大戏,都要根据宋雨的条件"量身定制"了。至于上什么戏,薛团长对外还都保密着。有人说是《杨排风》;有人说是《白蛇传》;有人说可能是《游西湖》。可把秦八娃老师请来干什么呢?难道还要对这几本戏进行大修改?要不然,杀鸡何用宰牛刀呢?

忆秦娥在精神逐渐恢复以后,就想见秦八娃老师。她还有一个梦想:在有生之年,再演一部秦老师写的原创剧目。如果能再演一部,也就是三部了。一生能演秦先生的三部原创作品,也算是没白当一回演员了。她觉得,演原创剧目,更过瘾一些。尤其是演秦先生的戏,几乎每一部都是巨大的挑战,需要你使出浑身解数,去理解人物,去创造角色。她也知道,全国很多知名演员,都在找秦先生写戏,可秦老师说,他只熟悉秦腔,写不了其他剧种的戏。他说不了解剧种特性,没有那儿"抓地"的生活,写出来也是干巴巴的。因此,他一生只为秦腔写戏,写得很少,但"出出精彩""个个成器",还都成了经久不衰的保留剧目。秦老师也是七十多岁的人了,这几年一直在为她打理戏。他答应过,是要再给她写一部原创剧目的,还说那也将是他的"压卷""封山"之作。

秦老师最近一直在西京。她因为遇见这么些龌龊事,并且把先生也牵连其中,也就没心思、更不好意思去叨扰了。当乔所长说出楚嘉禾这个名字时,她反倒有了一种释然感。她从来不自大,但也从来没把楚嘉禾当回事。那就是个功底很差,但又特别想上台面、出风头、当主角的演员。即使老天爷帮她搭了镶金嵌玉的舞台,让她站上去,也就只能唱那么几出,发不出任何光彩的"凉桄戏"来。她致命的弱点,还不全在功夫差,更差在缺乏内在情感上。她的戏,迟早都只走了表皮,与内心发生不了任何关联。任导演再说,同行再提醒,包括自己,也是给她说过多少次的,可都无法改变她演戏"不过心"的"顽疾"。"顽疾"二字是封子导演说她的。还不能说她理解能力不够,她的嘴,甚至比任何演员都能说,角色也分析得头头是道。可一表演起来,就是"温暾水",就是"凉桄",就是"傻皮"。谁也拿她没办法。这大概就是演员这个职业的残酷了。内心不来电,无生命爆发力,骂死、打死、气死也是枉然。也许到了今天,忆秦娥才突然有点不管不顾起来。哪怕别人说她是"戏妖""戏霸""戏魔",是薛团长"他姨""他婆""他奶",甚至"他祖奶",她也要唱戏。不知谁还给她起了个"忆爷"的外号,叫得到处都是。她明明是女的,怎么就被称作"爷"了呢?又不是自己叫的,爱叫让他尽管叫去。反正她就是要占领着省秦的舞台中心,成为省秦无可替代的"金台柱子"。唯有这样,她才可能真正从社会的谣言、诋毁,甚至妖魔化中,找回忆秦娥来。

可让她万万没有想到的是:秦老师的确在写戏,并且是原创戏,剧名叫《梨花雨》,还是以女角为主的戏,写的是旧艺人的命运,但主角却不是她。

《梨花雨》的主角,是她的养女宋雨。

她当时就傻愣在那儿了。她甚至失态地问:"为什么不是我?"

秦老师还反问了一句:"把你女儿宋雨推出来不好吗?"

"她才十六七岁,能担得起这样的主角吗?"

"秦娥,我记得你出道的时候,也才十六七岁啊!在十八九岁的时候,你已经是北山地区的大明星了。这个戏的创作还需要一段时间,等二度完成时,宋雨也该是年满十八岁的人了。"

忆秦娥双手微微有点颤抖地说:"你……你不是答应……再为我写一部吗?"

秦八娃两只眼睛分离得很开很开地说:"我没有觉得这部戏不是为你写的。"

"明明是……"忆秦娥激动得都有些说不出话来了。

"秦娥,宋雨是你收养的孩子。她排的两个折子戏,也都是你手把手教的。团里所有人,几乎都自然而然地把这孩子叫小忆秦娥了。为她写戏,把她推上秦腔舞台的中心,难道还不是在为你写吗?"

忆秦娥说不出话来了。

她的悲凉感,从心底慢慢抬升起来,手脚都有些冰凉。

这时,薛桂生也突然来看秦八娃了。他见忆秦娥是这般魂不附体的神态,就有些不明就里地看了看秦八娃。

秦八娃继续说:"秦娥,培养这帮孩子,是秦腔事业的需要。托举宋雨,我觉得既是省秦的需要,也更是你的需要。你的艺术生命,走到今天,唯有依托徒弟的演进,才可能继续延展下去。否则,等到你六十岁的时候,这帮孩子已二三十岁了,再站不到舞台中间,一切也就晚了。我已是七十七岁的人了,真的感到写戏有些力不从心了。但看了你女儿宋雨的折子戏,觉得这一生,若不为这个孩子写个戏,我的生命可能都是不完整的。这里面有对秦腔的感情,有对一个好苗子的感情,更有对你忆秦娥的感情啊!我觉得,我是在为你赓续生命哪!"

无论怎么说,省秦上一个原创新戏,主角已不是忆秦娥了,这让她还是突然感到了生命的致命一击。

她对薛桂生从来都是尊敬有加的。可今天,她突然感到,这家伙简直就是天底下最大的阴谋家了。他跷起的兰花指,也是那么恶心、做作。秦八娃也是从来没有如此丑陋过的,尽管那眼睛过去就是"南北调"。有人说,那是一对还没有进化过来的古生物眼睛:一只是仰望着天空,一只是扫描着大地的。他的眉毛昔日就是两只相背而去的"小蝌蚪",但今天看上去,就更像个老戏舞台上,总在暗中摇着鹅毛扇的"大丑"了。在她生命最艰难的时候,他们竟然合谋着,把自己朝秦腔舞台的边缘上推,并且推得如此决绝,如此心狠手辣。

她绝望了。

尽管宋雨是自己的养女,其实也就是自己从来没有冷眼相待的亲闺女。她也希望孩子既然唱了戏,就得唱好,就得唱成台柱子,唱成秦腔响当当的名角。可不是现在。不是今天就站出来跟自己抢主角,抢名头,抢位置。自己才刚过五十岁,还有好多戏要唱呀!舞台中心她是会让出来的,尤其是让给自己的女儿,但不是今天。今天就让她退场、谢幕、下台……真是太残酷太残酷太残酷了。她觉得这是比那些毁灭她的谣言、"黑材料",更让她深受伤害的事。

她慢慢站起来,甚至还摇晃了一下身子。

薛桂生用兰花指扶了她一把,她怔了怔,一把推开"薛兰花",愤然走出了秦八娃写戏的房间。

她听见,薛桂生和秦八娃在身后还叫了几声,但她没有回头。

走了很久很久,也不知是怎么就走到了这个城市最有名的大学校园里。看着满园的樱花,她的泪水,就一直伴随着樱花雨,纷纷飘落起来。

也就在这个当口,又发生了一件大事:石怀玉突然回到西京,办起了规模宏大的个人书画展。

石怀玉也来邀请过她,但她没有见,也没有任何兴趣去参观他的什么破画展。加之她是至今还都不能原谅石怀玉那晚不让她回家所造成的刘忆坠楼悲剧。要见他,就是谈离婚。可现在,又觉得不是时机。她不想把本来就一团糟的生活,弄得更加稀里哗啦地破败不堪。

谁知开展的第一天,有人就给她耳朵传来话,说石怀玉画展的第一幅作品,就是一个女人的裸体,并且咋看,这个女人都像你忆秦娥。忆秦娥听说后,几乎肺都快气炸了,她顺手袖了一瓶平常练字练画的墨汁,就去了画展现场。一看,狗日的石怀玉,果然是把画她的那幅裸体画,公然悬挂在了最显眼的位置。并且围观者多得让她几乎不能近身。

她是戴着棒球帽和墨镜进展室的,没有人认出她来。但几乎所有人都在说,这画的是忆秦娥。说忆秦娥曾经是这个画家的老婆。在勉强能挤到画作跟前时,她终于忍无可忍、恼羞成怒地掏出墨汁,哗,哗,哗,哗,连打叉带挥洒地将一瓶墨汁全泼了出去。一幅丈二画作,很快就成了一坨一坨的墨疙瘩。

也就在这天晚上传来消息,说画家石怀玉自杀了。他是用一把利剑,刎颈在那幅丈二画作之下的。

四十二

忆秦娥知道这消息时,还汗津津地平板支撑在卧室里。她依然在愤恨着野人石怀玉,竟然把那么一幅见不得人的东西,公然展览在了美术馆里。据说开馆时,是有上千人看过这幅画的,并且已在微信圈广为传播。虽然画作名字,也并没有提名叫响地写着忆秦娥。并且她能看出,与当初画的那幅,也是做了不少修改的:整个身子,过去是卧在葡萄架下,而现在,是深深浅浅地半掩半藏在烂漫的山花丛中了。脸部,也改得有点似是而非。可她这张脸,毕竟是有太多的人熟悉。加之他们又曾是那样一种关系,人们就端直说这是画的忆秦娥了。

她一边平板支撑着,一边还在回忆那幅让她怒不可遏的画。如果不是画的她,那的确是一幅很吸引眼球的作品。能看得出来,作者是对所要画的主体,饱含着无限爱怜与深情的。整个画展的名称,叫《大秦岭之魂》。而这幅以她为模特儿的大画,竟然就叫《秦魂》。她还听人在议论说:"画名似乎没起好,一个裸体女人,与秦魂有什么关系呢?"但有人立即回应道:"人是万物之灵。忆秦娥是秦腔精灵中的精灵。作者肯定是有他用意的。你能明显看来,这幅画,是这组大秦岭画卷中,最精致、最抢眼的一幅。"

当初画出来时,最让她震撼的是:就能那么像她,真是太神奇了!但那种一丝不挂的裸露,又让她感到羞耻。虽然在紧要处,是遮挡了枝叶与葡萄的。现在这幅,葡萄和枝叶都不见了,却蓬勃着漫天山花,让本不该暴露的地方,也若隐若现起来。过去人是静卧在葡萄架下的。而眼前的画,人是侧卧在金黄色的阳光里,那种生命的健康肌理,从脸部、脖颈、手臂、臀部,甚至夹着蒲公英的脚丫子,都有一种能看进皮肤深层的透明。它与大自然中的花冠、花茎、草叶、清泉,形成了完全无法分割的整体。忆秦娥毕竟是学过画的,如果是欣赏另外一幅与自己无关的画作,她是会爱不释手,甚至对画家要肃然起敬的。可这个几乎全裸着的女人,画的竟是她,就让她绝对不能饶恕宽容了。无论如何,这幅把她再一次在大庭广众场合剥得一干二净的丑陋之作,是不能存在于这个世界上的,并且要消失得越快越好。终于,她仅用了几秒钟时间,就把自始至终围满了拍照人群的巨幅画作,彻底毁于一旦了。所有人都蒙了。当有人清醒过来,抢下她手中的大瓶墨汁,甚至愤怒地抓住她,掀掉伪装着的棒球帽、口罩、墨镜,才发现是忆秦娥时,都惊诧得连同美术馆的空气一道,迅速凝固起来。

忆秦娥感到这幅画作对她的人生羞辱,是空前的,是灭顶的。如果石怀玉在场,她是会跟他拼命的。可她没有见到石怀玉,也就无从释放这种切齿痛恨了。她知道,自己的这一举动,一定会引来轩然大波,但已顾不了许多。剩下的,就是找狗日的石怀玉,与他算总伙食账了。可让她万万没有想到的是,还没等到她与石怀玉刀枪对决,他就自刎在美术馆了。当她在平板支撑中,看到朋友微信圈发来的这个消息时,噗地一下,身子就软塌了。这是真的?这会是真的吗?消息很快就得到了证实:石怀玉果然是自杀了。并且就自杀在她毁坏的那幅巨型画作下。被人发现时,已血流成河。美术馆工作人员送去抢救,其实人早咽气了。

天哪,天底下还会出现这样的事情,忆秦娥完全被吓傻了。

当她在她弟和薛桂生的陪同下,赶到医院时,石怀玉都在太平间摆着了。

忆秦娥已经吓傻得不知如何是好了,她弟一直把她紧紧搀扶着。

美术馆来了不少人,是薛桂生在与他们交谈着石怀玉自杀的原因和过程。只听美术馆的人讲,石怀玉这次展出的大秦岭组画,引起了很大反响,连许多专业画家,都震惊着这些作品给人带来的无与伦比的审美冲击。尤其是他捕捉大秦岭魂魄的独特视角,以及创新技法,都是具有很高认识价值的。而他自己最满意的作品,就是这幅《秦魂》。有业内人士以为,这幅作品,是代表了这个时代美术创作的某种高度的。还有人说,可惜了,石怀玉兴许是可以写进美术史的人物。据说在开展仪式上,石怀玉自己反复介绍说,

《秦魂》是他人生最得意的作品。自第一次在终南山麓画下初稿后,他又带进深山,进行了无数次修改。他觉得这是他个人最伟大的作品。他还表示,此一生,不可能再画出这样的杰作了。他在用"伟大"与"杰作"这些词汇时,几乎毫无谦虚掩饰的意思和表情。也许正是这种满意与自信,而让他在面对"伟大杰作"的全然损毁时,竟然号啕大哭起来。直到晚上闭馆时,工作人员才发现,石怀玉已经在《秦魂》下,刎颈自裁了。

在他血淋淋的尸体旁,留着一封遗书。美术馆的人先交给薛桂生看了一遍,然后薛桂生又交给了忆秦娥。遗书很简单,到底是写给谁的,主体也不清楚,就半页纸:

我已活够了,就是再活下去,也没有什么意义了。我该完成的作品也已完成,我会带着它,到另一个世界去展览、悬挂的。

展出的作品共三百一十八幅。今天有人已订购十一幅,总金额五十五万元。请将这些钱帮我分别交给相关人:一、给秦岭云台道观十五万。我长期吃住在那里,道长从不嫌弃,为我提供衣食住行。十五万,恐怕是连十几年的吃饭钱都不够的。烦请转告道长,我对不起他,本来我是答应要用我的画,为他修个像样的大殿的,可画价现在如此低廉,也只能等来世了。二、请给云台道观山脚下的云台小学十万元。那是只有七个孩子的一所小学。校长不弃,一直让我给孩子们带美术课。我是答应要帮他们维修一下校舍,并要给一个孩子买一套画画用具的。还答应要搭建一个在野外写生的遮阳棚。三、剩余的钱,请转交给我老了的父母。我是这个世界上最不孝顺的儿子,一跑就是几十年,算个真正的野人。不孝儿子,是应该给他们回馈一点养育费的。可惜钱太少,不足以报恩于万一。

我这一生最对不起的是我最爱的妻子忆秦娥。我的爱,都在那幅画中了。秦岭是我的生命腹地,自打见了忆秦娥,听了忆秦娥的秦腔后,我才似乎突然抓住了秦岭的精魂,觉得她就是这个巍峨山脉的魂中之魂了。我以为画出这个精魂的阳光透明状态,就是画出了世界最美的东西。可在她眼中,却是丑陋不堪的。也因此损害了她的名誉,我向我的至爱深深道歉!如果能原谅我,请在我的画作中,挑出她最喜爱的,要多少,她可以挑多少。我的生命都是可以给她的,何况字画。其余的,全部交由美术馆收藏。当然,决定权仍在忆秦娥,因为她至今还是我的合法妻子。

我该走了。

似乎也没有什么事再可以做了。

也没有什么画再想画了。

如果可能,如果忆秦娥能原谅我,请在火化我时,不要播放哀乐,就播一段她唱的《鬼怨》,以送我魂归秦岭吧⋯⋯

再一次向我的爱妻深深致歉!是我害死了她的儿子,是我损坏了她的名誉,我当堕入地狱,万劫不复⋯⋯

忆秦娥终于号啕大哭起来。她长喊一声:

"怀玉——!"

她一下扑在石怀玉的遗体上,深情吻别起了那颗白布单覆盖着的毛乎乎的头颅。

几个人连拖带拽地把她拉出了太平间。

石怀玉的死,的确给忆秦娥的震动很大。没有想到,这么坚强、刚烈,甚至冥顽的一个人,在她心中,甚至完全是一个没有驯化好的野人,有时粗暴得能像老虎、狮子、豹子、狼一样只剩下一身的兽性,却有着这样一颗脆弱的心灵。竟然因一幅画被损毁,而毅然决然地结束了生命。她无法想象,在生命的最后几小时,他是怎样撕裂、疼痛、绝望,以至无法忍受、无从排解,而挥剑抹过了脖颈的大动脉。那血,竟然能让数丈外的地方,都飞溅着冲决的痕迹。在自己的人生中,也是有过几次欲死念头的,但终于没有那种勇气,还是隐忍苟活了下来。可这个石怀玉,就为一幅《秦魂》,竟然决绝得山崩地裂、玉石俱焚了。忍受着来自方方面面的诸多谴责与压力,倒并没有让她感到委屈、难过。她就是不能理解:石怀玉为什么这样轻而易举地就自杀了。是因为画?是因为她?还是因为有其他再无法活下去的理由?她有点不能承受这种生命之重。

她娘的观点是:"肯定是混不下去了,跛子拜年——就地一歪。还把原因赖到你身上。那就是一个野人、逛山、玩意儿,过日子根本靠不住的。还给你画个光屁股像挂到画馆里,让千人盯万人看的,那是能盯能看的东西吗?哪个男人愿意让别人看自己老婆的这些东西?我夏天晚上嫌热,在老家院子里脱了上身,胸前还搭着一块毛巾,都让你爹把我臭骂一顿,生怕过路人看见了不该看的地方呢。他是你男人,却把你画得光屁股露肚子的,还挂到大庭广众让人看,让人照,这还算是你男人吗?谁家男人不是恨不得别人家的女人露光露净、一丝不挂,而要把自家的女人捂得严严实实、不走光不露风的。只有那些不是自己男人的野男人,才能干出这等下贱的事体来。想起来我就来气。还死都不会死,你过不下去了,割一根藤条,吊死到山里边不完结了,还硬要跑到城里来死。真是死得稀奇了。你忆秦娥就算是八字硬,遇上祸害瘟了。"她让娘少嘟囔些,娘还是要嘟囔。还要连着她孙子刘忆的死,一块儿嘟囔。

这事让她怎么都排解不了,刚好遇见秦八娃老师和薛桂生来看她,她就问:"石怀玉的死,到底算咋回事?"秦八娃长吁了一口气说:

"你有责任。"

她没有说话。损毁了那幅画,她的确有责任。但那就至于让他不活了吗?

秦八娃说:"石怀玉我不了解。但从石怀玉的举动看,这是一个视艺术为生命的人。他只为艺术而活着。碰见你,他也觉得是碰见了一件他一生最珍爱的艺术品。你毁了那幅画,在他看来,既是毁画的问题,更是毁人、毁心的问题。他能把这幅画叫《秦魂》,你就能看到作品在他心中的分量,更能看到你在他心中的分量,以及大秦岭之魂——秦腔人的分量。据说有人开价几百万,他说唯有这件作品是不卖的,多少钱都不卖,还说死也不卖的。而你却毁了这幅作品。他是从毁画中,看到了你对他的生命态度,他绝望了。他可能觉得那时他已一无所有,百无聊赖,也了无牵挂了。从他的死,可以看出,这个人活得十分单纯。跳出正常人的思维看,石怀玉就是一个与世隔绝的幼稚生灵。尽管他长着一身野人的毛发,却稚嫩得像个人间婴孩。他有点像动物界的大雁和天鹅,配偶死了,自己就会死守一旁,郁郁而亡。你想想,画死了,那画中人是你呀!你毁画的举动,本身也给他传递了你们感情死亡的信息,还有什么能比这个让他更绝望呢?他就只能拿起那把锋利的宝剑了……"

忆秦娥哭得用双手砸起了床头。

薛桂生说:"也不能全怪你。石怀玉我知道,就这么个古怪性格。你不要想得太多,还得自己保重节哀。"

忆秦娥从来不相信什么"八字硬""克夫"这类鬼话,可今天,她似乎有点怀疑自己了。爱自己的男人,几乎最后都是要死要活的:封潇潇成酒鬼了,刘红兵成瘫子了,石怀玉自杀了。除了封潇潇,只用心做,而几乎很少拿语言交流外,刘红兵和石怀玉,都曾说过这样的话:

你忆秦娥就是上天派下来的妖孽!一个专门谋害男人的活妖怪。让我们受尽情感的折磨,却又欲罢不能地要给你当牛做马。

刘红兵说:"我爱你,纯粹是脑子进水了,但还想再进些水。"

石怀玉说:"我爱你,是脑子被门缝夹了,可还想朝死里夹。"

他们都被她折磨得够呛:踢、踹、捶、捏、掐、抓、揪、骂,体罚手段无所不用其极。但他们还是都把她爱得死去活来。他们自己生命中只要有一斗,哪怕借,也是要给她挑来一石的。

在失去石怀玉后,她甚至突然想到了刘红兵:这个男人实在是因为自己把自己折腾干了,但见还有那么一星半点的好处,他都是愿意和盘给她托来的。此时,她特别念记起,在他已十分窘迫的时候,还借钱给儿子刘忆打生活费的事。

他现在实在是无能为力了。

她突然觉得,已经失去了石怀玉,再不能让刘红兵给自己留下亏欠与遗憾了。在火化了石怀玉后,她又一次去探望了刘红兵。

刘红兵是眼泪汪汪地面对着她,不停地拿头撞墙。那种悔恨,真是无以言表了。这让她突然想起了在莲花寺记下的一句经文:

如是一切诸孽障,悉皆消灭尽无余。

离开时,她郑重告诉伺候刘红兵的那个男人说:

"我每月再给你加点钱,请你务必把他伺候好。你得让他有尊严地活着。"

四十三

秦八娃终于把新创作剧本完成了。

他以自己丰富的民间文学修养,捋出了诸多传统秦腔艺人的故事,并从中再抽丝剥茧出最精彩的几段,胶合成了一个高潮迭起的好戏。

戏是以古装的形式,用数百年积累下来的戏曲程式、绝活,表现一群秦腔艺人,由几岁到几十岁的苦难生命历程。用秦八娃的话说,他在写天地间的那股耿耿正气;在写一群生命看似渺小,却活得仁厚刚健、大义凛然的"惊天地、泣鬼神"的"历史潜流"。在讨论剧本时,秦八娃数度哽咽。听他朗读的人,也一再让他停下来,说让大家都缓口气。

忆秦娥一边听剧本,一边在想象着舞台立体呈现后的样子,几乎激动得不能自已。她一再找薛桂生,也找秦八娃,要求担任主角。可薛桂生就那么犟,说:"这是为培养学生写的戏,主角已定,并且就是你的养女宋雨。还有什么不好呢?"但她是太爱这个角色了,并且实在不愿从舞台中心,突然退居一旁。哪怕是自己的养女,她也有些接受不了。

几十年了,她由嫌戏份重,希望大家都分担一点,以免自己太苦太累,还落尽抱怨,到今天突然觉得,排哪怕任何新戏,只要自己不是主角,都再也无法接受。尤其是原创剧目,重点戏,过去哪一部不是围绕忆秦娥来打造呢?今天出了这么好的本子,主角竟然与自己无缘了,这是怎样一种失重与坠落呀!薛桂生跷着兰花指,一再讲,这次请她出任艺术总监。她想:自己一个站在台中间的顶梁柱,突然做的什么艺术总监呢?谁不知道那是一种挂名?多有安顿、安慰之嫌。并且现在多是一些与艺术八竿子打不着,却为分得一杯劳动成果羹汤者,才去蹭挂的名分。自己怎么就惨到这个份上了呢?

她还在争取。

在薛桂生那里争取不到,她又去找秦八娃。这是她舞台艺术生涯的主要支持者。她反复诉说着自己更适合主演这个戏的理由。可秦八娃,竟然跟薛桂生的说法完全一致:

"秦娥,你把主角唱到这个份上,应该有一种胸怀、气度了。让年轻人尽快上来,恰恰是在延伸你的生命。尤其这孩子还是你的女儿呀!你希望自己是秦腔的绝唱吗?"

忆秦娥倒考虑不了那么多,她只觉得,让自己下得太早了。她坚持说:

"我是支持培养年轻人的,可这个角色分量太重,只怕宋雨一时完成不了。我可以在前边带一带,先给她画个样样。一旦觉得她行,立即把她推到前台就是了。"

秦八娃说:"你成名时,也就十七八岁,而他们现在正是这个年龄哪!应该让他们试一试了。"

"我倒不是反对他们试。我是怕他们把这好的本子,给排糟蹋了。秦老师,我真的太爱这个戏了,那里面有我的影子啊!"

忆秦娥不无激动地争辩着。

秦八娃定了定神,语气很是平缓地说:"我理解,这个戏的主角,的确有你的影子。不过秦娥,有你在,有你帮着娃们,我相信这个戏就糟蹋不了。"

忆秦娥还能说什么呢?

秦八娃接着说:"我搞了一辈子民间文艺,眼看这些东西都快完结了。若能多出几个像你这样的年轻人,这一行才会大有希望的。我懂得你内心的苦处,尤其到了这个年龄,对舞台更是恋恋不舍。可这不是让你退出,我以为是让你前进。你还能继续演你的戏、排你的戏。需要我改,我还给你改戏。但如果宋雨真能成为名副其实的小忆秦娥,那你岂不是能更加久远、深广地活在这个舞台上吗?你都没好好想想这个道理?"

忆秦娥没有说过薛桂生,也没有说服秦八娃。她只能听任安排,做艺术总监进剧组了。

大型秦腔传统剧《梨花雨》开排了。

忆秦娥被薛桂生导演邀请坐到排练场,从对词开始,就一句一句为青年演员抠着戏。虽然忆秦娥在抠戏的过程,一直为好本子可惜着:孩子们大多只排过一两个折子戏,很多都学的是套路,而原创剧目,需要的是经验、理解和创造。他们欠缺太多。就连学得最好的宋雨,也是很难把一句道白、一句唱腔,说到、唱到她心窝里去的。可她想起了当初那四个老艺人,给她抠戏时的无私、真诚。她还是一字一句地给娃们耐心教着、引导着。她发现她的脾气有

· 933 ·

点坏了,有时甚至想拿起教练们常用的藤条,对着那些不用心、不专注、不长进的学员,狠狠抽上几藤条了。

　　宋雨的确一直很用心。她想着,孩子被她领回家,转眼也都九年了。娘说,这孩子心很深,一天到晚几乎没一句话。她理解,那是自卑。尽管她在一切方面,都努力想让宋雨忘掉养女的身份,可孩子还是整日沉默寡言着。宋雨最大的特点,就是能下暗力,那是一种钉子钉铁的顽强毅力。就说平板支撑吧,她是为了防止赘肉,保持身形紧致。像宋雨那个年龄段,是完全没有必要那么猛做的。可孩子还是偷偷在与她"较劲":她能做一小时四十分;宋雨竟能支撑一小时四十五分。那种韧性与耐力,让她都暗中感到十分吃惊了。

　　这次担任《梨花雨》女一号,孩子几乎是玩了命了。也像她一样,除了排练,回到家,关上自己的房门,就在里面一练半晚上,好像还生怕她知道似的。也许孩子是知道了她也想演这个戏,所以心里就有了些什么顾忌。因此在家练戏时,还总是躲着她的。其实从她内心讲,并不想跟孩子争角色,更没有吃孩子醋的意思。她甚至还担心孩子一次冲不上去,反倒让人小看了孩子的实力和潜能。即便就是让她在前边引引路,蹚蹚水,最终她还是愿意把戏教给宋雨的。可这孩子心深似海,自担任主角后,就更加自我封闭起来,跟她几乎没有了任何家庭交流。她感到,自己与孩子之间的感情,已是隔着好些层了。

　　她是真的太爱这个女儿了。在她心中,是从来都没有把孩子当外人的。她娘倒是老有些奇奇怪怪的念头:早先给刘忆打过主意,后来,又偷偷给她儿子易存根踅摸过。面对越长越貌美如花的宋雨,她弟易存根自是有些贼眉鼠眼、心猿意马。忆秦娥知道这事后,不仅狠狠把她弟臭骂一通,而且对她娘,也毫不客气,说他们根本就不尊重她,也不尊重宋雨。还说这是"缺德",是"乱伦"。她娘辩嘴说:"女子不是收养的嘛。"气得忆秦娥拍桌子喊道:"她就是我的亲闺女,收养的也是亲的。谁要再在这个问题上胡思乱想、胡成乱道,那就请离开这个家!"既然话说到这份上了,易存根也就好长时间,都没敢再胡瞅胡盯,就到别的地方趸摸去了。她娘也是死了这份让她咋都有些想不通的心思。搁在九岩沟,收养一个可怜人家的女娃子,长大了,那不就是人家的"一碗菜"嘛,想咋吃咋吃哩,还能养成精了不成。

忆秦娥任心里再有疙瘩,还是天天蹲在排练场,诚心实意地做起艺术总监来。凡看到宋雨路数不对的地方,都会当场点拨,面授机宜。她几乎把自己演半辈子戏所积攒下的那点"心经",毫不保留地传授给女儿了。宋雨进步也很快,虽然还远没达到她内心对这个角色的体验程度。包括外部表现力,也多显得浮皮潦草。但在几次联排后,不仅薛桂生、秦八娃感到满意,而且团里许多老艺术家,也都心怀惊喜地给宋雨竖起了大拇指。忆秦娥还真感到了一点衣钵被传承的生命快乐呢。

她老在想,当初忠、孝、仁、义四个老艺人,给她传道授业的要妙到底是什么?除了戏、技、艺外,他们都爱讲的一句话就是:唱戏做人。人做不好,戏也会唱扯。即使没唱扯,观众也是要把你扯烂的。她觉得这句话让她受用了一辈子。她也学他们的神情,原原本本地传给了宋雨。在说这番话时,她甚至觉得自己像苟存忠、古存孝他们,也有些老气横秋了。

她娘也许是连着几次想法都没得逞,心里就有点不顺,看宋雨也是越来越觉得怪异的:这娃排完戏回来,跟谁都不搭理,就把自己反锁在小房里,一锁就是好半天,悄无声息。她娘不免好奇,总要耳贴门缝,探听个究竟。有好几次,都听到宋雨在里面打手机。打着打着,甚至她还哭了起来,好像是说与这个家里无关的事。并且娃哭得很伤心、很激动。她就把这事给忆秦娥说了。忆秦娥说,孩子十七八的人了,跟同学或者其他什么人打打电话,也属正常,要她别大惊小怪的。可后来,当《梨花雨》正式彩排公演后,忆秦娥才知道,她娘的怀疑,并不是没有道理的。

《梨花雨》整整排了十个月。在没有见观众前,内部请专家看了三次,提出了不少修改意见,都说戏基本趋于成熟。可一些老同志给薛桂生建议:

戏一锤子砸不出鼻血来,就不要见观众。这是给娃们排"破蒙戏"哩,不能一揭"盖头",里面捂了个"塌鼻子""豁豁嘴"。让社会当头一棒,把娃们乱砸一通,几年,甚至一辈子都别想翻起来。这就是唱戏这行的残酷。

谁知薛桂生比他们更能沉住气,当他们都说能行的时候,薛桂生还让多"捂"了一个月。等方方面面都觉得戏是能"砸出鼻血"了,该是"发射"的时候了,薛桂生才从策划宣传、观众组织,以及"演出月"名称等方面,系统制定出一套方案来。

终于,在又一个新春佳节的正月初六,省秦要"点火发射卫星"了。

四十四

忆秦娥那几天,有点失眠。甚至还请人开了安眠药,让自己晚上能勉强睡那么几个小时。一醒来,她就想着宋雨的首演,几乎比自己演出还让她上心。孩子毕竟是第一次上大戏,让她担惊受怕的事太多了。自己初上台时,可是没少出漏洞笑话:不是把头没包好,将满头金簪银花,散得台上台下到处都是;就是中途要上厕所,却没有任何时间,竟然尿在彩裤里。反正能想到的,她都为女儿想到了,几乎是一点一滴地在帮宋雨准备着。

正式演出那天,剧场的第一次铃声响起时,她甚至都紧张得双腿突突打战。但她还是在不停地拍着宋雨的肩膀,让宋雨别慌张,说这时一定要保持镇定。说演员既要做到心中有人,又要目中无人,只有这样,才能把演出水平,自自然然地发挥到极致。这是个半文半武的戏,对演员的体力也是很大的挑战。她甚至在演出前,还给宋雨喝了温热的增强体能饮料。总之,凡过去忠、孝、仁、义四个老艺人,还有她舅,还有胡彩香和米兰老师能为她想到的,她都为宋雨想到了。连他们没想到的,根据自己多年的经验,也都想到了。她是要把闺女体体面面、漂漂亮亮地打扮"出嫁"了。

演出的轰动效应,是省秦,甚至包括西京秦腔界所有人都没料到的,全喊叫"炸了锅了"。"炸锅"有两种炸法:一种是瞎得炸了锅了;一种是好得炸了锅了。《梨花雨》自然是好得"炸了锅了"。秦腔现在的演出,除了像忆秦娥这样的名角出场,一个戏,一般也就只能演那么两三场。而《梨花雨》的"演出月",竟然到了场场爆满、一票难求的地步。媒体的报道是"美得时尚""美得惊艳""美得令人窒息"。有多家媒体,也在称宋雨为"小忆秦娥"了。

可每当谢幕时,观众一浪一浪朝台前涌去,并大声呼唤着"小忆秦娥"时,站在最后一排的"老"忆秦娥,内心的失落感,又是难以言表的。尽管这个小忆秦娥就是她的女儿。

忆秦娥不断听到观众各种评价:

"省秦又有台柱子了。这娃绝对没麻达!"

"这个宋雨不比忆秦娥差,首先年轻么,现在讲颜值哩。"

"忆秦娥已是年过半百的人了,那化装出来就是没有娃们好看么。你看这戏多好看的,再看都不厌烦么。"

有的干脆说:"有了这帮娃们,忆秦娥恐怕就该退出历史舞台了。"

"如果秦腔都是这样鲜活好看的脸面,还愁没有观众?我看比美国大片都过瘾哩,这都看的是真人么。"

就连装台名人刁顺子都说:"有新把式了,看来忆秦娥这个老把式得退阵了。过去说,阵阵离不了穆桂英。我看这个宋雨,只怕是要成省秦阵阵离不了的新穆桂英了。"

尤其让薛桂生,更让忆秦娥没想到的是,春节后,已经定好的十几个台口,有一半要换《梨花雨》。到底是冲好戏来的?还是冲"小忆秦娥"来的?还是冲"青春""颜值"来的呢?

忆秦娥傻眼了,她第一次感到了生存危机,更感到了一种几乎无法向人言说的羞辱感。

又一天,团里开《梨花雨》座谈会。她坐在秦八娃旁边,一直看着秦八娃用铅笔,在一个纸烟盒上写着什么。无意间,她瞄到了"忆秦娥"的字样,就要拿过来看。秦八娃说:"胡划拉了几句,还没改呢,别看。"但她硬是拿过来看了:

忆秦娥·看小忆秦娥出道

西风薄,
夜摇碧树红花凋。
红花凋,
枝头又俏,
艳艳桃夭。

去年花旦鳌头鳌,
斗移星转添新骄。
添新骄,
春来似早,
一地寂寥。

里面有些字,已涂改得看不清了,但忆秦娥还是大致蒙出了一些意思。

秦八娃老师曾经为自己写过两首这样的词,而今天这首,已经不是在为自己写了。似乎也不是为宋雨写的,而是为他自己的一种感觉和心情在写。那句"春来似早,一地寂寥",其实完全不是今天座谈会的氛围。座谈会上,好多人已经把好词给宋雨用尽了,用得几乎都有些忽略她的存在了。好个"一地寂寥",岂不是在说自己此时此刻的心境吗?

但她还是在为自己的孩子高兴着,甚至几次都有点喜极而泣。

也就在这时,她娘说过多次的"宋雨的秘密",彻底暴露出来了。

《梨花雨》公演几场后,忆秦娥就发现,宋雨每晚演出完,回来都很晚。宋雨的解释是,同学们想在一起高兴高兴。这种兴奋,她是能理解的,只要他们别玩得太晚就行。因为晚上休息不好,会影响嗓子的。忆秦娥一辈子保证唱好戏的经验,总结起来就两个字:睡觉。只要有演出,她都要雷打不动地睡好觉。可宋雨一连好多晚上,越回来越晚,她就有些疑心,害怕女演员一出名,被社会上不三不四的人盯上。这些人,什么手段都能使出来的,演员一旦没有定力,什么事情也都会发生的。何况宋雨还不到十八岁,年龄太小,她必须紧盯着。可还没等她发现问题,她娘已把事情的原原本本,搞得清清楚楚、明明白白了。

自打正月初六第一场演出起,宋雨的婆,还有她弟,还有她的亲生父母,就来剧场看戏了。戏演多少场,他们就看多少场。每晚看完戏,都要把宋雨叫回家去,大团圆地哭一场。

一对已完全分离的夫妻,在各自的折腾中,又都先后解散了"二次混搭",最终因宋雨这张"感情牌",而在西京重合复婚。现在,房子也买下了;夫妻店式的羊肉泡馍馆也开张了;儿子也从乡下接来西京读高中了。只等有合适机会,哪怕请律师,打官司,也是要把亲闺女正式朝回领了。

当娘把这一切告诉忆秦娥时,宋雨的婆,还有她妈、她爸,很快就提着厚礼,还有存折,到她家来,要跟她谈判了。

他们要认这个孩子。

当然,他们也承认忆秦娥是孩子的母亲。

宋雨的婆,是摇晃着已年近九旬的帕金森综合征的头颅在说:

"求求秦娥了,你是我们宋家的大恩人!但宋家既然有了团圆的这一天,还求你高抬贵手,让娃认了自己的亲生父母吧!"

说着,老太太竟然颤颤巍巍地要给忆秦娥下跪了。

忆秦娥被彻底击溃在沙发上了……

　　[这是一个春寒料峭的夜晚。
　　[西京城的灯火已经暗淡下来。夜已经很深很深了。
　　[忆秦娥独自徘徊在古城墙上。
　　[低回的伴唱声隐隐传来:
　　　　夜沉沉,风啸啸,
　　　　漫天杨花作雪飘。
　　　　一城躁动终单调,
　　　　唯留春风当剪刀。
　　忆秦娥(唱苦音"二六板"):
　　　　谁将星月用云罩?
　　　　谁让今夜风呼号?
　　　　谁弄倩影城欲倒?
　　　　谁舞痛楚败良宵?
　　[转苦音"二倒板",接"慢板":
　　　　五十年风雨如注一棵草;
　　　　五十年冷暖见惯无矜骄;
　　　　五十年生离死别知多少;
　　　　五十年真情常被一旦抛。
　　[转苦音"二六板":
　　　　十一岁泪眼婆娑离山坳;
　　　　十二岁学戏皮肉遭藤条;
　　　　十三岁强逼烧火去帮灶;
　　　　十四岁魔掌险些使花凋;
　　　　十五岁柴房苦练待破晓;

十六岁一折焦赞打出梢；
　　十七岁白蛇仙子一角挑；
　　十八岁唱红北山领风骚。
［转苦音"双锤带板"：
　　烧火丫头突显耀，
　　更易风传近魔妖。
　　调进西京愈玄奥，
　　西湖一游成风标。
　　誉满古都似珍宝，
　　毁满三秦多腥臊。
　　谨小慎微遭撕咬，
　　百般龟缩仍惊涛。
［转四分之一"散板"。唱"二六板"中的"二八板""清板""撂板"：
　　几多次不想再上主角套，
　　为罢演结婚早孕朝后逃。
　　谁知道越逃角色越缠绕，
　　四十年本本折折难拣挑。
　　主角是聚光灯下一奇妙；
　　主角是满台平庸一阶高；
　　主角是一语定下乾坤貌；
　　主角是手起刀落万鬼销；
　　主角是生命长河一孤岛；
　　主角是舞台生涯一浮漂；
　　主角是一路斜坡走陡峭；
　　主角是一生甘苦难号啕；
　　占尽了风头听尽了好，
　　捧够了鲜花也触尽礁。

〔转快"二六板":
　　一生追求奇绝巧,
　　日循舞台绕三遭。
　　不懂世外咋喧闹,
　　只愁戏里缺妙招。
唱戏让我从羊肠小道走出山坳、走进堂庙,北方称奇、南方夸妙,漂洋过海、妖娆花俏,万人倾倒、一路笑傲;
唱戏也让我失去心爱的羊羔、苦水浸泡、泪水洗淘、血肉自残、备受煎熬、成也撕咬、败也掷矛、功也刮削、过也吐槽、身心疲惫似枯蒿。
〔转欢音"二六板"花彩腔:
　　千般折磨抿嘴笑,
　　唯有登台气自豪。
　　谁知后浪冲天啸,
　　百丈峰头打航标。
〔转苦音"双锤带板"。再转"黄板"散唱:
　　呕心沥血备花轿,
　　嫁出去的闺女竟是已暗中修好的旧窠巢。
　　因爱收留一孤小,
　　是烧火丫头的命运让我寒霜惜冰雹。
　　既然命运已改道,
　　忆秦娥为何不能为人间真情架一桥?
〔伴唱声再起:
　　夜沉沉,风啸啸,
　　残月破晓挂城梢。
　　凄厉一声板胡哮,
　　谁拉秦腔似哭号。
〔忆秦娥伫立在箭楼上,静静听着那声十分凄绝的板胡苦音。

[似乎是从老城根下,传来了一个秦腔黑头的吼叫声,酷似老腔:

　　人聚了,戏开了,
　　几多把式唱来了。
　　人去了,戏散了,
　　悲欢离合都齐了。
　　上场了,下场了,
　　大幕开了又关了……

[忆秦娥眼含泪水,慢慢向城外走去。

[暗转。

四十五

　　忆秦娥突然那么想回她的九岩沟了,她就坐班车回去了。

　　她已经很久没回来过了。家里除了老爹,全都进城了。本来她把老爹也是想接进城去的,可爹说要守老房子、守老屋场、守老坟山。

　　娘说:"你爹主要是舍不得他那一摊子皮影戏呢。"

　　还没到易家老屋场,忆秦娥就听到了锣鼓闹台声。敲得很专业,很讲究。甚至让她有些疑惑,哪里会有这样讲究的锣鼓敲家呢?

　　有老汉、老婆子、娃娃们,在陆陆续续朝易家老屋场赶着。

　　突然,有人认出了忆秦娥,一条沟里就迅速沸腾了。连各家各户的狗,也都跟着主人跑出来,对着不明真相的事体,乱叫乱咬起来。

　　家家户户出来的人再多,也都是老汉、老婆子、娃娃,几乎没有看见一个精壮劳力与姑娘媳妇。忆秦娥就问她认识的七叔:

"七叔,村里的小伙子,还有姑娘媳妇呢?"

七叔说:"都出去打工了,但凡能动的,都不在家了,就剩下三八六一九九部队了。"

忆秦娥问:"啥叫个三八六一九九部队呢?"

七叔说:"这你还不知道?三八就是妇女。六一就是儿童。九九就是重阳老人。现在是连三八部队也开进城里了,六一部队能剩一些,基本都是病病歪歪、要死不活的九九部队了。"

忆秦娥说:"不是听说,九岩沟这一片都要搬迁,让住到山脚下集镇上去吗?"

七叔说:"想得倒简单。住到别人的地盘上,人生地不熟的不说,房子都在半空里鸟窝一样垒着,连种一棵菜的地方都没有。钱也没处挖抓去。咱这山上,好歹住了人老几十辈子,随便扒拉几下,也是不愁吃不愁穿的日子,何必要到镇上去挤那热闹呢?鸡不让养,羊不让放,猪不让喂,牛不让拦。老坟山也没人看。下去住一阵,就都跑回来完屦了。还是咱九岩沟活得舒心徜徉么。"

终于,忆秦娥在几十个老汉、老婆子、娃娃的簇拥中,回到了易家老屋场。

老屋场靠房子的地方,竖起了一道皮影幕帘,俗称"亮子"。第一个映入眼帘的,竟然是她舅胡三元。她有好久都没有得到舅的消息了,没想到,他已回九岩沟老家了。

他是跟她爹一道,支起了这个皮影摊子。

她突然发现,舅老了。老得满头白发,几乎没有一根青丝了。唯有那半边被火药烧黑的脸,显得更加幽暗黧黑。在正规剧团,武场面一般最少都由五六个人组成。除司鼓外,有敲大锣的,有敲小锣的,还有敲吊镲、敲木鱼、打铙钹、擂大鼓的。反正基本是各执一件家伙,很少交叉混打的。而在这里,七八样乐器,全都是她舅一人操作着。除板鼓、战鼓、大鼓外,他把其他几样乐器,都用一根有好多枝丫的根雕挂起来。木鱼、梆子,是绑在两条腿上的。关键是还有很多发明:竟然把锄头、镰刀、簸箕、箩筛都当了"响器"。戏里的"战斗"一打响,那就是冷兵器与"飞沙走石"的搏杀声了。并且他还兼吹着唢呐、管子。把他一人忙活的,观众都不好好在"亮子"前边看戏,而是要跑到后台看他了。

她爹是在"亮子"后边,操作着即将上演的《白蛇传》。

还有一个瞎子老人,是在一边弹奏月琴,一边清着嗓子,要开唱了。

忆秦娥的出现,让整个易家老屋场立即轰动起来。

她舅是因为敲打得太投入,没有发现她。

倒是在"亮子"前后,忙着给几个唱皮影的老把式端茶倒水的人,一见忆秦娥,几乎是嗖的一声,扭头就朝老屋场外面跑去了。

这个突然撒开腿逃跑的人,戴了顶灰不溜秋的棒球帽。他浑身上下的打扮,与这个乡村也有些不搭调。忆秦娥还没弄明白是怎么回事,后来才听她舅说:那就是开煤窑发了大财的刘四团。后来煤窑出了事,加上煤业不景气,政府也在下手整顿乱象,刘四团欠下一屁股烂账,就跟他一起到处"跑路""躲猫猫"来了。舅还说:"这小子想法大,还准备打你的牌,在九岩沟搞旅游开发呢。可惜镚子儿没有,心急得跟猫抓似的。"

不知啥时,她舅也喜欢像古存孝老艺人一样,在演出时,披一件黄大衣了。刘四团就像当初给他伯父古存孝披大衣一样,但见演出,也是要伺候她舅披上、筛下好几次的。

忆秦娥已无法追上这个昔日曾经那么纸醉金迷的刘四团,也只好由他去了。

她爹果然是老了,老得把两颗门牙都丢了。她问爹:

"门牙怎么没了?"

气得她爹直抱怨说:"问你舅去,问你那个死舅去。"

原来爹的两颗牙,也是让舅在排练时,拿鼓槌无意间敲掉了。

舅是嫌他把小锣"喂"慢了半拍。气得爹当时还跟她舅打了一架。但一想到皮影摊子得用人,尤其是像她舅这样的好把式、大把式,不用,找谁去?爹最后只好忍了。

爹说:"你这个死舅,又能拿他咋的?把他告到派出所,抓到局子里去?可他毕竟是我的妻弟、你的亲舅呀!一辈子可怜的,连个老婆都没娶下。都坏在这'瞎瞎起手'上了,他是敲了一路的鼓,也敲了一路的牙,还坐了一路的牢。老了老了,回到九岩沟,我还能再把他送到法院去?现在好了,就让他一个人敲。咱这摊摊,也养不起那么多下手。要敲,除非把他自己那一嘴狗牙,全敲掉算了。"

这天,他们唱的是《白蛇传》。

当满九岩沟的人,知道忆秦娥回来了,还要"亮几嗓子"时,很快,莲花岩、三叉怪、五指峰、七子崖的人,全都来了。

皮影戏本来是要把演员藏在"亮子"背后唱的。但这一晚,忆秦娥是站在"亮子"旁边唱的。并且村上还点了多年没用的汽灯,一下把个易家老屋场照得明光光、亮晃晃的。连那些已经失明多年的老人都说:

"亮,今晚咱九岩沟真亮堂!"

    西湖山水还依旧,
    憔悴难对满眼秋。
    霜染丹枫寒林瘦,
    不堪回首忆旧游。
    ……

忆秦娥唱得声情并茂,眼含热泪,她舅敲得精神抖擞,气血偾张。她随便一个眼神、一个手势、一个移步、一个呼吸、一个换气、一个拖腔,甚至一个装饰音,她舅都能心领神会地给以充满生命活性与艺术张力的回应。那是高手与高手的心灵相通,是卯头与榫口的紧致楔入,是门框与门扇的严丝合缝,是老茶壶找见了老壶盖的美妙难言。好唱家一旦与好敲家对了脾气,合了卯窍,那唱戏简直就是一种极高级的享受了。这种享受,他们舅甥之间过去是有过好多次的,但哪一次都没有今天这般合拍、入辙、筋道、率性。两个从九岩沟走出去的老戏骨,算是在家乡完成了一场堪称美妙绝伦的精神生命对接式表演。忆秦娥唱完,已是浑身震颤,泪眼婆娑,她先向父老乡亲鞠了九十度的躬,然后又深深给老舅鞠了一躬。老舅当下就捂住黑脸,哭得泣不成声了。

老舅说:"他妈戏弄好了,真是能享受死人的。老舅现在死了都值了!"

忆秦娥就极其享受地留在老家,跟老舅、老爹一起唱了三夜皮影戏。

白天,她还到坡上放了三天羊。她爹这些年,是一直给女儿留着三只羊的。羊养老了再换新的,反正一直都保持着三只。

就在忆秦娥回来的第四天,派出所的乔所长开车找她来了。

乔所长说,把你娘吓得跟啥一样,一家人分析来分析去,说你可能是回了九岩沟。乔所长就开车找来了。

乔所长刚办了退休手续,现在是无官一身轻。加之夫人去世,孩子也有了孩子,倒把他弄成一个深度的戏迷。他自称是忆秦娥的"钢粉"了。

忆秦娥本来是想回来住上一年半载的,在唱完三夜戏、放完三天羊后,她又去了一趟莲花庵,想在那里住上一段时间。谁知莲花庵的老住持,已经得乳腺癌去世了。她突然面对老住持的坐化塔,哭得长跪不起。

她是她舅搀起来的。

舅说:"你还是得回去唱戏呢。我听广播里说了,小忆秦娥都出来了,是咱的娃,好事情嘛!各是各的路数,你还有你的观众、你的戏迷么。你的那些戏,小忆秦娥还得好多年才能学像呢。到了

· 947 ·

这个年岁,名角都得唱戏、教戏两不误了。胡彩香要是没给你教几出戏,早都没她了。就因为给你教了戏,凉皮都卖不安生,现如今,又被市艺校高价聘去教唱了。连狗日张光荣都跟着吃了软饭,屁颠屁颠地去给艺校看大门了。你麻利回去吧,我这些年在山里洼里、沟里岔里到处乱钻,知道秦腔有多大的需求、多大的台口,只怕你人老几辈子,都是把戏唱不完的。"

第二天一早,她就听她舅在老屋场敲起了板鼓。那种急急火火的声音,催得连上学的娃们,都是一路小跑。

她在家里再也待不住了。

忆秦娥又一次离开了九岩沟。

突然,她想唱点什么,或者喊点什么。一刹那间,她猛然想到了秦八娃先生说的一句话:

"你哪天要是能自己吟出一阕《忆秦娥》来,就算是把戏唱得有点意思了。"

她就突然脱口而出地 随意吟了一阕《忆秦娥·主角》:

易招弟,
十一从舅去学戏。
去学戏,
洞房夜夜,
喜剧悲剧。

转眼半百主角易,
秦娥成忆舞台寂。
舞台寂,
方寸行止,
正大天地。

她身后,是她舅敲板鼓"急急风"的声音:

仓才,仓才,仓才,仓才,仓才仓才仓才仓才,仓才才才才才才才……

板鼓越敲越急。那节奏,是让她像上场"跑圆场"一般,要行走如飞了。

2015年10月至2017年2月一稿于西安

2017年3月至4月二稿于西安

2017年5月至6月三稿于西安

2017年7月四稿于西安

2017年8月五稿于西安

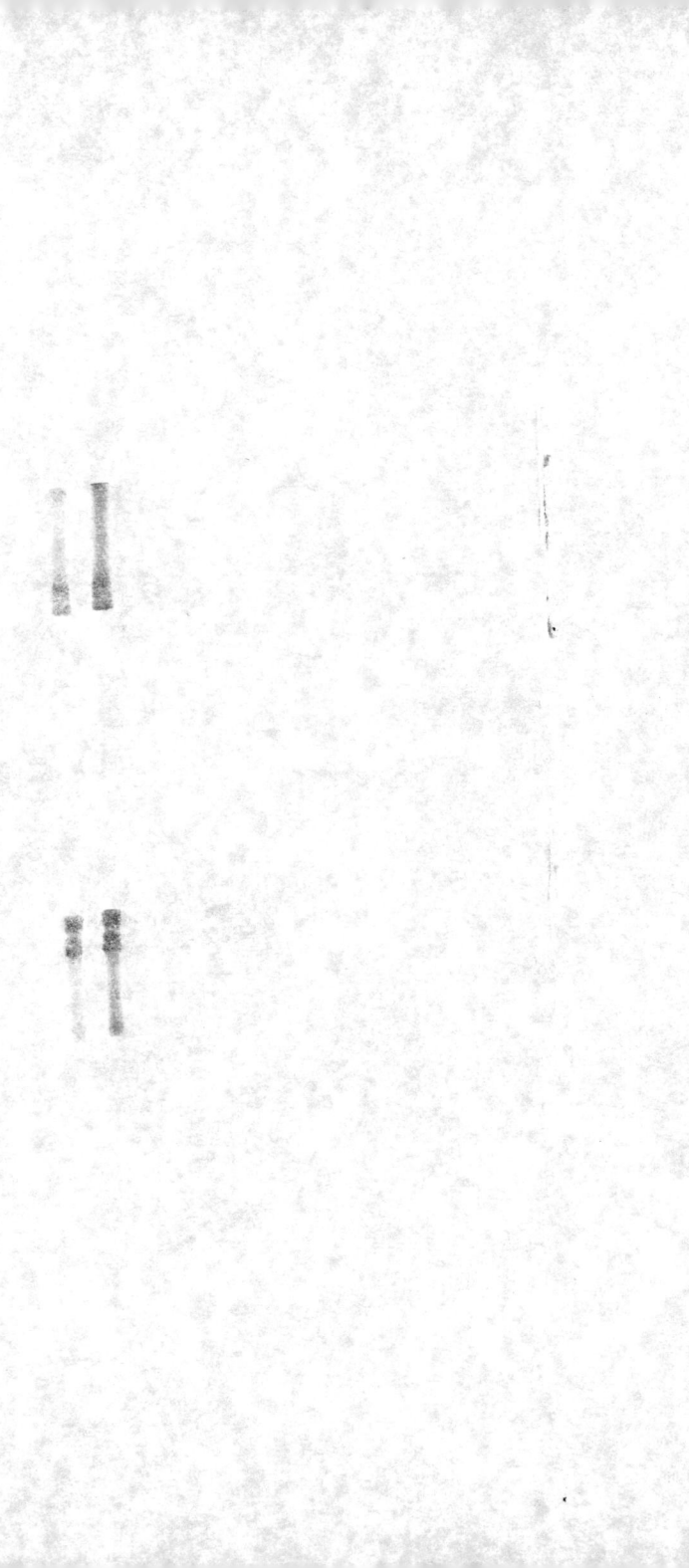